광마회귀
2

광마
회귀
狂魔回歸
2
유진성
문학수첩

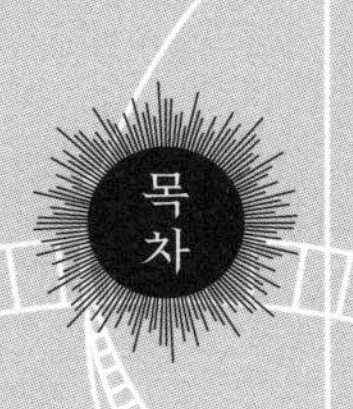

목차

61.
믿는 도끼로 쪼갰습니다

"내가 어디서 왔느냐는 중요하지 않아."

"..."

"지금 세상 중요한 것은 네가 눈을 껌벅이지 않는 거다."

이제 놈의 눈에 핏발이 가득했다. 잠시 후에 눈물 한 방울이 흘러내리는 것을 보고 경고했다.

"강호삼대탄지공."

갑자기 운우회에 방문해서 문지기와 눈싸움을 하는 사람, 그게 나다.

"내가 어디서 왔느냐? 말하자면 길지. 나는 본래 부모님에게서 나왔겠지만, 근본이 어디냐는 물음은 아닐 테고. 어느 동네에 왔느냐? 그런 지역적인 물음도 아니겠지. 이른바 어떤 세력에서 오셨느냐, 그런 물음 같은데 이것도 이야기가 꽤 길다. 그러니까…"

인내심이 바닥난 문지기가 침을 꿀꺽 삼키면서 말했다.

"살려주십시오."

"살려줘?"

"예."

"싫어. 눈싸움은 눈싸움이고, 승부는 승부고, 딱밤은 딱밤이다."

나는 슬슬 승부가 결정될 것이라 예상하고 엄지와 검지를 모아서 입으로 가져온 다음에 뜨거운 바람을 불어넣었다. 놈이 평정심을 잃었는지 헛소리를 해댔다.

"외상값을 드리겠습니다."

"필요 없어."

놈의 눈이 찰나에 껌벅이는 순간, 나는 딱밤으로 이마를 갈겼다.

퍽!

문지기가 뒤로 공중제비를 돌더니 바닥에 엎어진 채로 기절했다.

"나의 승리다."

문지기를 이긴 나는 둥그런 돌이 놓인 길을 따라서 안으로 들어갔다. 본진 구조가 살짝 음흉하다는 생각이 들었다. 총대장인 수선생을 수행하는 자들이 많이 빠져서 그런지 예상보다 내부는 한가했다. 나는 잠시 자그마한 연못에 멈춰서 물고기를 구경했다. 이름도 모를 자그마한 물고기가 돌아다니고 있었다. 신기하게도 내가 내려다보고 있자, 먹이를 달라는 것처럼 내 발치에 모여드는 놈들이었다.

약하면 이렇게 남에게 먹이를 구걸하고 좁은 곳에 갇히기 마련이다. 문득 광승이 대붕大鵬만 한 물고기를 찾았던 것은… 본인의 실력과 자아가 대붕만큼 커서 큰 바다에는 어떤 고수가 있는지 살피러 가는 여정이었겠다는 생각이 들었다. 어쨌든 서장에서 절강으로 이동하는 과정에서 덩치가 큰 놈들은 전부 눈에 띌 테니까 말이다.

금세 흥미가 떨어져서 주변을 둘러봤다. 장원 형태의 본거지라서 그런지 정원이 꽤 넓고 군데군데 용도를 알 수 없는 작은 집과 창고, 소각장도 보였다. 나는 소각장으로 가서 등을 돌리고 있는 사내에게 물었다.

"여기서 뭐 태우는 거냐?"

덩치 큰 사내는 작은 탁자에서 뭔가를 먹고 있다가 나를 위아래로 살피면서 대꾸했다.

"누구십니까?"

"수선생 보러 온 사람이야."

"아, 지금 안 계실 텐데요."

나는 사내가 먹는 것을 바라봤다.

"식사 중이구나."

"예."

"지금 안에 누구 있어? 부회주 있나?"

"손님들만 계십니다. 부회주께서는 외출하셨을 겁니다."

나는 커다란 소각장을 턱짓으로 가리키면서 물었다.

"여기서 뭐 태우냐고."

"시체 태우죠. 뭘 태우겠습니까."

"너희가 시체 태울 일이 있어?"

덩치 큰 사내가 떫은 표정으로 고기를 씹으면서 대꾸했다.

"돈 안 갚으면 태우는 거죠. 시키는 일이라서 전 잘 모릅니다."

나는 열심히 고기를 먹고 있는 사내를 바라보다가 한숨을 내쉬었다.

"밥 먹는 놈 죽이려니까, 기분이 좀 그렇네."

놈이 그제야 젓가락질을 멈춘 채로 나를 뚫어져라 노려봤다. 나는 놈이 먹고 있는 음식을 가리키면서 말했다.

"마저 먹어라."

돌아서서 손님들이 누구인지 확인하러 가려는데, 식사를 멈춘 사내가 일어나더니 소각장 옆으로 걸어갔다. 내가 뒤돌아보니, 놈이 도끼를 손에 쥔 채로 날 바라봤다.

"손님이 아니죠?"

놈이 도끼를 쥔 채로 다가왔다. 얼마나 많은 사람을 죽여봤기에, 사람을 죽이겠다는 판단이 저렇게 빠른 것일까. 지능이 약간 떨어지는 놈이어서 그런지 같은 말을 반복하면서 도끼를 휘둘렀다.

"손님, 아니잖아요!"

도끼 휘두르는 자세를 보니 외공과 근력만으로 삼류 강호인 십여 명은 도륙할 수 있는 실력이 있었다. 나는 놈의 몸에 손을 대는 것이 싫어서 목계탄지공으로 눈을 노렸다.

퍽!

눈이 터진 놈이 소리를 지르려는 순간, 복부를 발로 차서 날린 다음에 소각장 입구에 정확하게 집어넣었다. 도끼를 놓친 놈이 양손으로 소각장의 입구를 붙잡고 나오려는 사이에 나는 달려가서 놈을 소각장 안으로 구겨 넣었다.

퍽! 퍽! 퍽!

놈이 비명을 지르는데도 한 명도 나오지 않았다. 나는 바닥에 떨어진 도끼를 주운 다음에 본관으로 향했다. 가까이 갈수록 본관 내부에서 흘러나오는 음악 소리가 커지고 있었다. 문을 열어보니, 본관 내부가 제법 넓었다. 내가 들어왔는데도 쳐다보는 놈이 없었다.

중앙 무대에 맨살이 훤히 비치는 옷을 입은 무희들이 어색한 춤을 추고 있고, 그 아래에 잡다한 복장을 한 강호인들이 구경하고 있었다. 나는 도끼를 손에 쥔 채로 걸어가서 무대 위에 올랐다. 그제야 무희들이 비명을 지르면서 퇴장하고, 무대의 주인공 역할을 내가 차지했다.

나는 도끼를 옆에 세운 다음에 관객석을 바라봤다. 무대 주변에만 등불이 밝혀져 있고, 창문은 차단막으로 가린 상태라서 관객석은 제법 어두웠다. 그제야 음악이 멈추더니 정적이 내려앉았다. 나는 무대에서 주변을 둘러보다가 말했다.

"누가 불 좀 밝혀봐라."

이상한 일이었다. 누구 한 명 도망치려는 놈 없이 전부 병장기를 꺼내고 있었다. 도대체 왜?

* * *

나는 피 묻은 도끼를 옆에 세워둔 다음에 가부좌를 틀었다. 나를 무림맹에서 온 자라고 착각한 모양이다. 관객들이 전부 내게 죽자사자 덤볐기 때문에 이들을 모조리 죽이는 데 일각이나 걸렸다. 잠시 피 묻은 도끼와 함께 운우회가 뭐 하는 곳인지를 고민했다. 대화를 나누지 않았기 때문에 알아낸 것이 없었다. 무희들에게 물어보고 싶지도 않았다.

새삼 누군가에게 물어보기 위해 눈을 떠보자, 주변에 전부 시체밖에 없었다. 다시 눈을 감았다. 외출을 나갔다는 부회주가 돌아올 때까지 기다릴 수밖에 없는 상황. 뭐가 어찌 됐든 간에 규율이 엄격한 무림맹원에게 전부 목이 잘린 놈들이니 대충 눈감아 줄 수 있는 나쁜 짓은 하지 않았을 터였다. 눈을 감은 채로 주변 소리에 귀를 기울이자, 발걸음 소리를 극히 줄인 채로 돌아다니는 놈들이 있었다. 그 외곽까지는 소리가 들리지 않았다. 아직 내 무공의 수준이 강철의 거북이도 아니고, 대붕의 수준도 아니기 때문이다.

후각에 집중하자, 처음에는 온통 피 냄새가 가득했다. 집중하자, 분내와 향수 같은 내음을 피 냄새 사이에서 구별할 수 있었다. 분무噴霧 형태의 독을 뿌리는 흑도가 제법 있기에 항상 이런 식으로 냄새를 구별해 놓아야 한다. 눈을 감고 있는 동안에 여러 가지 생각이 두서없이 떠올랐다.

일단 무희들의 춤이 엉망이었다. 배운 지 얼마 되지 않은 춤이랄까. 전문 무희가 아니라는 뜻이다. 그리고 내 도끼에 맞아 죽은 놈들은 죄다 돈이 많아 보였다. 나를 다짜고짜 공격한 것에 대해서는 이런 결론을 내렸다. 오히려 흑도였다면 내 정체를 묻거나 도망을 치거나 사태를 살펴보는 놈들이 있었을 것이라고.

그렇다면 관객 대다수는 세가世家에 속한 돈 많은 무인일 가능성이 있었다. 돈이 많은 상류층이 흑도와 어울리는 것은 특별한 일이 아니다. 흔한 일이다. 흑도는 돈만 받으면 무슨 일이든 해주는 편이고, 상류층은 돈을 쓸 곳이 없어서 점점 이상해지기 때문이다. 이 틈바구니에서 항상 괴롭고, 죽어나가는 자들은 정직한 일을 하면서 돈을 버는 사람들뿐이다.

그러니 전생의 백도도 내 손에 많이 죽었고. 그 선을 정해두지 않았기 때문에 나는 무림공적의 서열을 빠르게 올릴 수가 있었다. 이 놈들이 천라지망을 펼쳐야 했을 정도로 말이다. 과거로 돌아왔어도 어쩔 수 없이 반복되는 일은 있기 마련이다. 하지만 괜찮다. 나는 계속 강해지는 중이기 때문이다. 이때, 여러 명의 발소리가 들려서 눈을 다시 떴다.

* * *

본관의 문이 다시 열리더니, 공연을 주관했던 놈들이 황망한 표정으로 내부를 살펴봤다. 규율이 엄격한 조직이라서 그런 것일까. 떨거지들은 입을 꾹 닫고 있는 와중에 부회주가 내게 말했다.

"너 누구야?"

수하들이 차단막을 치우자, 시야가 밝아졌다. 부회주는 꽤 침착한 사내였다. 일단 표정에서부터 침착함이 드러났고, 내 예상보다 나이가 많지도 않았다. 내가 침묵으로 일관하자, 부회주가 무대 아래까지 다가와서 나를 올려다봤다.

"어디 흑도야? 회주님을 감당할 수 있나 보지?"

딱히 재미있는 대화를 나눌 것 같은 상대가 아니어서 대충 대답했다.

"외상값 받으러 왔어."

"외상값이 대체 얼마기에 이런 짓을…"

"얼마까지 줄 수 있는데."

부회주는 잠시 고민하더니 놀랍게도 이렇게 대꾸했다.

"통용 금자 삼백 개면 될까?"

"놀랍게도 흑선보주가 내게 갚으라고 했던 금액과 정확하게 일치하네."

부회주가 슬쩍 웃으면서 대꾸했다.

"아, 흑선보주에게 빚이 있나 보군. 그렇다면 내게 삼백 개를 받아서 빚을 깔끔하게 해결하라고. 흑선보의 빚 독촉은 우리 못지않으니까 말이야."

"안 갚아도 된다."

"어째서."

나는 흑선보주의 머리통을 박살 내던 상황을 대충 손으로 설명했다.

"낭아봉으로 네 번인가? 피와 살점으로 흩어지다 보면 빚 독촉도 까먹기 마련이지. 누구에게 빌려줬는지도 모를 거야. 너희도 흑선보에 빚이 있었다면 내게 고마워해라."

부회주는 입을 다물었다. 나는 부회주가 지금 무슨 생각을 하고 있는지를 예상할 수 없어서 좋은 말로 타일렀다.

"도망가지 마라. 수하들은 살려주고, 너만 쫓아가게 될 테니까. 수하들에게 먼저 덤비라는 명령도 내리지 마라. 무시하고 너만 죽일 테니까."

"그럼 어쩌란 말이냐. 돈부터 가져올까?"

"그것도 하지 마. 여기가 휑한 것을 보니, 병력은 다른 곳에 있나 보군. 돈 가지러 간 사이에 병력이 밀려들 것 같구나. 그냥 너희는 여기 있어. 나랑 같이 참회하는 시간을 가지자. 죽은 자를 애도하고. 우리 인생이 어쩌다 여기까지 흘러오게 된 것인지 깊이 생각해 보자. 우리가 태어났을 때부터 악한 놈들은 아니었을 것인데, 어쩌다 이 지경에 이른 것일까."

이때, 다시 본관의 정문이 활짝 열리더니 칼을 쥐고 있는 자들이 조용히 입장했다. 수하들이 수십 명이나 더 도착했음에도 불구하고, 부회주의 표정은 여전히 굳어있었다. 나는 정색하는 어조로 부회주에게 말했다.

"너 나랑 대화하기 싫어? 이런 식으로 나올 거냐."

부회주는 문득 입을 동그랗게 말더니 숨을 크게 내쉬었다. 공격 명령을 내리려는 것처럼 손을 올렸다가 수하들에게 말했다.

"너희는 나가 있어라."

부회주가 말없이 손짓하자, 수하들이 전부 빠져나갔다. 부회주는 짧은 시간에 격렬하게 무공을 겨뤘던 것처럼 지친 표정으로 내게 말했다.

"내보냈으니 진정하고, 원하는 게 있으면 말해보고, 처음부터 끝까지 대화로 풀어보자고. 나는 협조도 할 의향이 있고, 배신할 생각도 있고, 무릎을 꿇고 목숨을 구걸할 생각도 있어. 일단은 말로 하자고."

나는 고개를 끄덕였다가 대꾸했다.

"꿇어."

부회주가 무대 끄트머리에 오르더니 무릎을 꿇었다.

운우회 부회주는 양손을 모은 상태에서 속으로 빌고 또 빌었다. 이제 확신이 든 상태. 자신은 지금 완전 미친놈에게 걸려든 상태였다. 대화를 나눠보니 알 수 있었다. 눈빛을 보고 나선 더 큰 확신이 들었다. 그리고 손님들의 시체 상태가 자신의 추측이 틀리지 않았음을 말해주고 있었다.

보통 도끼로 죽이게 되면 팔다리를 자르는 게 일반적인데, 시체들 대부분이 정수리가 반으로 반듯하게 쪼개져 있었다. 시체의 상태만 봐도, 미친놈의 실력을 대충 가늠할 수 있었다. 부회주는 딱 여기서만 일단 살아남자는 심정으로 말했다.

"원하는 게 있으면 얼마든지… 일단 다행스럽게도 회주님이 부재중이어서 뭐든 말해도 되지 않을까 싶은데. 물론 돈도 관심 없고, 여자도 관심이 없겠지만 일단 뭘 원하는지 말을 해줬으면 좋겠군."

나는 무릎을 꿇고 있는 부회주의 질문에 대답했다.

"수선생은 언제 오려나?"

"오늘 늦은 저녁에 오시지 않을까 싶은데."

"네가 죽일 수 있겠어?"

"물론 나 혼자서는 어렵지. 어렵지만, 내 직속들과 동시에 치면 죽일 수 있어. 독, 암기, 합공, 매복. 그리고 오늘은 술을 드시고 오실 테니까 평소보다 쉽겠지. 할 수 있어. 죽일 수 있다고… 믿어다오. 내가 못 죽이면 그때 날 죽이면 되잖아. 어차피 수선생도 죽일 생각이잖아. 그때 다 죽이면 되지 않을까 싶은데."

"배신자네."

나는 도끼를 쥐고 일어나서 부회주에게 다가갔다. 반격을 기대하면서 다가갔으나, 부회주는 전혀 움직이지 않았다. 왼손으로 부회주의 머리를 쓰다듬다가, 도끼를 짧게 쥐었다.

"수선생이 대나찰만큼 강하다던데 할 수 있겠어?"

"그건 정식으로 겨뤘을…"

나는 그대로 도끼를 내려쳐서 부회주의 머리를 반으로 쪼갰다. 생각해 보니, 운우회 전체가 질이 나빠서 거둬 쓸만한 놈들이 별로 없다는 생각이 들었다. 약자에게 강하고, 강자에게 약한 배신자 놈의 시체가 무대에 추가됐다.

62.
다음에 하자

"문주님, 어서 오십시오."

모용백이 황망한 표정으로 갑자기 방문한 나를 위아래로 살폈다. 나는 신발에 묻은 피를 흙에 비비고 있다가 걸린 상태.

"선생, 내가 너무 늦게 방문한 것이 아닌지."

모용백이 고개를 저었다.

"괜찮습니다. 들어오시지요."

"나가려던 길 아니었소?"

"별일 아닙니다. 만두나 좀 사 올까 했는데 다음에 먹지요. 그런데 무슨 일 있으셨습니까?"

"들어갑시다."

모용백은 앉자마자, 손을 내밀었다.

"맥을 좀 짚어보겠습니다."

나는 얌전히 손목을 내줬다. 맥을 짚으면서 모용백은 내 눈을 살피고, 안색을 살피고, 옷에 묻은 핏자국도 살폈다.

"부상은 없으십니까?"

"없소."

"큰 문제는 없어 보이지만 유난히 피곤해 보이시는군요. 심력 소비를 하신 모양입니다. 또 싸우셨습니까?"

"나야 뭐 자주 싸우는 편이라서. 일상이지."

나는 고개를 끄덕였다.

"따뜻한 차라도 한잔하시지요."

"그럽시다."

모용백이 의녀에게 차를 부탁한 다음에 내게 물었다.

"오늘은 또 어디와 붙으셨는지요?"

"대나찰이 죽은 것은 알고 있소?"

"어찌 모르겠습니까."

"대나찰이 죽었더니 대나찰 주변의 흑도가 결집하고 있는 모양이오. 그래서 먼저 운우회를 다녀오는 길이오."

모용백이 고개를 끄덕였다.

"운우회에서 한판 하셨군요. 문주님, 오늘은 좀 솔직하게 대화를 해볼까요."

"그럽시다."

모용백이 씨익 웃으면서 내게 말했다.

"심마心魔가 문밖에 서있는 것처럼 보입니다. 문주님, 상태가."

나는 낄낄대면서 웃었다.

"그런 거 같아서 선생을 찾아왔소. 나는 종종 환자가 되고 있소."

나는 운우회 부회주를 죽인 다음에 무희들을 풀어주고, 그 과정에서 덤비는 놈들을 더 때려죽였다. 문득, 이대로 복귀하는 수선생과 붙으면 말 그대로 폭주하는 광마가 될 것 같아서 자제하고 모용 선생을 보러 온 상태였다. 나는 내 문제점을 고치려고 하는 냉철한 광마가 되고 싶지, 살육에 미친 광마가 되고 싶진 않기 때문이다. 전생보다 조금 더 나아진 광마, 그것이 내 목표다. 그리고, 아프면 의원을 찾는 것이 강호의 도리이기도 하다. 모용백이 말했다.

"무슨 일이 있으셨습니까? 운우회에서는."

"뭐 별일 없었소. 도끼로 좀 죽인 것 같은데."

"도끼로 어떻게…"

"정수리를 쪼갰소."

"검으로 죽이나, 도끼로 죽이나, 주먹으로 죽이나 살생은 마찬가지 아니겠습니까. 혹시 실수로 죽이지 말아야 할 자를 죽이셨습니까?"

"그렇진 않소."

"그렇다면 문주님의 눈빛에 깃든 불온함은 어디서 왔습니까?"

"그것은 잘 모르겠소."

모용백이 나를 바라보면서 엷은 미소를 지었다. 마침, 의녀가 차를 가져와서 탁자에 내려놓았다. 모용백이 손수 차를 따라주면서 말했다.

"문주님은 독에 대해 좀 아십니까?"

나는 고개를 저었다.

"선생보다는 알지 못할 것이오."

전생의 독마가 내게 독에 대해 묻다니, 나는 웃음이 절로 나왔다.

모용백은 독마가 되지도 않은 상태에서 독에 대한 생각을 밝혔다.
"독은 본래 약입니다."
"어째서 그렇소? 독은 사람을 죽이고, 약은 사람을 살리는데."
모용백이 차를 가리켰다.
"드시지요."
나는 모용백과 함께 맑은 차를 한 모금 마셨다. 모용백의 말이 이어졌다.
"세상의 가장 강력한 독은 대부분 벌레, 식물, 동물들에게 있습니다. 강호인은 이들에게서 독을 강제로 빌려다 쓰지요."
"그렇소."
"그러나 본래 이런 독의 발동 조건이라고 해야 할까요. 반사 작용이라고 해야 할까요. 독을 품은 벌레들이 독을 사용할 때는 자신의 목숨이 위급할 때가 많습니다. 생존을 위해서 쓰는 경우가 대다수죠. 애초에 강호인들과는 사용 목적이 다릅니다. 자신이 죽지 않기 위해 쓰는 것이니 애초에 약과 같습니다. 어떤 것은 먹으니 사람이 죽더라. 어떤 것은 먹으니 회복되더라. 그래서 독과 약으로 구분을 지었으나 본래 같은 겁니다."
"그렇소? 일정 부분은 동의하나, 애매한 부분도 있고."
모용백이 고개를 끄덕였다.
"그냥 제 의견이 그렇구나, 하고 넘어가시면 됩니다. 심마도 마찬가지입니다. 마음의 독을 끌어다가 사용하면 어떻게든 여파가 있기 마련입니다. 벌레들도 독을 내뿜은 다음에 스스로 죽는 경우가 종종 있습니다. 혹은 먹히는 과정에서 독을 내뿜어서 포식자와 함께 공멸

하는 경우도 있죠."

"그건 양패구상 초식과 비슷하군."

"그렇습니다."

"그렇다면 내 마음에도 독이 있어서 이것이 나를 다치게 하는 중이라는 거요?"

"그렇지 않겠습니까. 악인을 죽이는 것도 마음에 쌓입니다. 그리고 사람이라면 그게 정상입니다."

나는 고개를 갸웃했다. 내 심마를 설명하는 것과는 조금 다른 이야기였다. 그러나 모용백이 너무 진지한 터라 아니라고 할 수는 없었다.

"그럼 어찌해야겠소."

모용백이 보기 드물게 껄껄대면서 웃었다.

"적당히 하면 됩니다."

나도 모용백의 표정을 보다가 피식 웃었다. 광마 시절에 나보다 더 살육에 미쳤던 사내가 나보고 적당히 하라는 말을 하고 있으니 웃을 수밖에 없었다. 나는 고개를 끄덕였다.

"선생이 적당히 하라는 가르침을 주셨으니 적당히 해보겠소."

모용백이 다시 차를 따라주면서 말했다.

"적당히 하시고. 동료들과 나눠서 하십시오. 강해질수록 한두 번은 용서해 주시기도 하고 말이죠. 마음의 독을 모조리 꺼내 쓰면 문주님에게 해를 끼칠 겁니다."

이것은 나도 동의한다. 전생에 그랬기 때문이다. 전생에는 모용백이 나를 독으로 살리더니, 이번에는 마음을 다독여서 살리고 있었다. 뜻밖에도 모용백은 이런 말을 꺼냈다.

"사마외도를 죽이는 것은 필요한 일이나, 무림맹의 경우에는 맹원들이 폭주하지 않도록 법을 엄격하게 세웠습니다. 즉결 처형하는 경우가 드물고 보통은 맹으로 압송을 한 다음에 처리하지요. 이것은 죄인을 보호하는 법이 아니라 어찌 보면 맹원을 보호하는 법입니다."

"그것은 또 처음 듣는 견해로군."

이쯤에서 나는 궁금한 것을 물어봤다. 오히려 이것이 내 심마의 근원에 닿은 질문일 것이라 생각하면서.

"내가 세상에서 가장 싫어하는 사람이 있는데."

"예."

"엄청난 고수요. 수하들도 강하고. 만약 내가 강해져서 그 고수를 꺾을 수 있다 칩시다. 그 밑에 있는 수많은 자들이 나를 증오하고, 미워하면. 내가 이들까지 전부 죽여야 옳은 일이오?"

"그럴 필요 없습니다."

"나는 그 점이 좀 우려되는데."

"그런 조직은 종교밖에 없습니다. 문주님의 적이 천마신교입니까?"

나는 대답 대신에 씨익 웃었다. 모용백이 긴장한 낯빛으로 말했다.

"강호의 삼재三災를 적으로 삼으시다니 제가 문주님을 너무 편하게 생각했군요."

"나는 예전부터 포부가 좀 컸소."

"크시군요."

나는 모용백이 의원 시절이라 겁을 먹은 것이라 판단하고 그를 달랬다.

“선생에겐 피해가 없게 할 것이니 걱정 마시오.”

순간, 모용백의 자존심에 금이라도 간 것일까. 이놈이 갑자기 이런 말을 내게 했다.

“듣자 하니 삼재에 속한 고수들은 전부 만독불침이라 하더군요.”

“뭐 내가 천하의 고수들을 독으로 죽일 생각은 없으니 내겐 상관없는 일이외다.”

모용백이 고개를 저었다.

“그게 아니지요.”

“그럼?”

“저도 공부를 좀 해서 문주님을 백독불침, 천독불침으로 한번 만들어 드리겠습니다. 독에 대한 내성이 생기면 사마외도를 상대하는 것이 더 수월하실 겁니다.”

“만독불침은?”

모용백은 현실적인 사내였다.

“그건 좀 어렵지요.”

나는 모용백과 동시에 웃었다.

“나는 슬슬 가야겠소. 아무래도 수선생을 비롯한 흑도들이 나를 가만히 두지 않을 것 같아서…”

“일어나시지요.”

모용백에게 배웅을 받으면서 걸어 나가는데, 모용백이 뜬금없이 이런 질문을 했다.

“문주님.”

"말씀하시오."

"혹시 제가 문주님의 지인을 치료한 적이 있던가요?"

이게 무슨 의도가 담긴 질문이지? 나는 괜히 뜨끔해서 대답할 말을 골랐다.

"어째서 그런 질문을 하는지 모르겠군."

모용백이 멋쩍은 표정으로 대꾸했다.

"문주님이 깊은 호의를 보여주셔서 그냥 해본 말입니다."

나는 고개를 끄덕였다.

"음, 그럴 수도 있겠군."

나는 모용의가 앞에서 작별의 말을 나눈 다음에 질문에 대한 대답도 해줬다.

"사람이 살다 보면 보자마자 죽이 맞는 경우가 있소. 그 이유는 모르는 채로 말이오. 어쩌면 선생이 전생에 나를 한 번 살려줬었나 보지."

내가 미소를 짓자, 모용백이 고개를 절레절레 저었다.

"아닐 겁니다."

"어째서?"

모용백이 씨익 웃으면서 말했다.

"저는 전생에 강호인이었을 겁니다. 사람을 너무 많이 죽여서 이번 생애에는 여러 사람을 보살피고 치료하라는 업을 받은 게 아닐까… 그런 생각을 종종 했었습니다."

나는 모용백을 바라보다가 등줄기에 소름이 돋고 있었으나 차분한 어조로 대꾸했다.

"그럴 수도 있겠군. 서로 건강 조심합시다."

"살펴 가십시오, 문주님."

모용백이 고개를 숙였다. 나도 강호의 예로 화답할 수 없어서 고개를 숙였다. 내가 마음으로 느끼는 어떤 불안감이 시원하게 해결된 상황은 아니다. 어쨌든 내가 강호의 많은 고수들을 적으로 생각하고 있기 때문에 가진 부담감일 수도 있다. 그러나 모용백과 이야기를 나누자, 속이 금세 편해졌다.

어쨌든 이 사람은 내 속내를 털어놓을 수 있는 상대이기도 하고, 본래 영민한 사내라서 내 방황을 어느 정도 이해하고 있었다. 그제야 나는 다시 시야에 꽃과 나무가 들어왔다. 숨을 쉬는 것도 한결 편해진 상태. 문을 두들기던 심마가 도로 물러난 것을 느끼면서 흑묘방으로 복귀했다.

* * *

흑묘방에 도착해 보니 나보다 먼저 온 놈들이 있는 모양인지 소란했다. 나는 잠시 대청으로 향하는 동안에 안에서 벌어지는 광경을 상상했다. 내가 부른 놈은 십이신장 사제들, 독고생, 차성태 등이다. 안타깝지만 차성태가 이길 수 있는 놈들이 단 한 명도 없다. 어디 구석탱이에서 얌전히 눈치나 보고 있을 차성태의 모습이 눈에 훤했다.

"쯧."

나는 대청문을 활짝 열어서 내부의 분위기를 살폈다가 잠시 멈춰 있었다.

"…"

독고생은 아직 도착하지 않은 상태. 그러나 십이신장 사제들과 소군평을 비롯한 흑묘방의 간부들이 전부 모여있었다. 양측에 십이신장과 흑묘방의 간부를 앉혀놓고, 정중앙의 상석에는 차성태가 앉아있었다.

"음?"

차성태가 일어나더니 내게 포권을 취했다.

"문주님, 오셨습니까."

그제야 다른 놈들도 내게 예를 갖췄다.

"방주님, 오셨습니까."

"대사형, 오셨습니까."

내가 상석으로 가자, 차성태가 의자를 빼내서 나를 기다렸다. 나는 상석에 앉은 다음에 차성태도 바라보고, 십이신장과 다른 간부들의 분위기도 살폈다.

"다들 앉아."

"예."

"처음 보는 사람들도 있을 텐데 서로 소개는 끝났고?"

옆에 서있는 차성태가 대꾸했다.

"다 끝났습니다."

나는 궁금한 게 많은 사람이다. 뭔가 좀 치사한 기분이 들긴 했으나 궁금함을 풀기 위해서 차성태에게 물었다.

"넌 왜 상석에 앉아있어?"

차성태가 침착한 표정으로 대꾸했다.

"제가 하오문의 총관이잖아요."

"그렇긴 하지."

단도직입적인 성격을 가진 홍신이 고자질하듯이 끼어들었다.

"본인이 하오문의 이인자라고 하던데요. 대사형, 맞나요?"

나는 고개를 홱 돌려서 차성태와 눈을 마주쳤다. 차성태가 눈빛으로 말하고 있었다.

'맞다고 해줘요. 좀.'

'내가 여우 새끼를 키웠구나.'

호가호위狐假虎威(여우가 범의 위세를 빌려 행세함)의 장본인이 내 눈앞에 있었다. 호랑이 새끼를 안 키운 게 다행이라는 생각이 들면서도 나는 고개를 저었다.

"안 통하지. 차성태는 그냥 하오문의 총관이다. 이인자 같은 것은 없어. 하지만 총관도 중요한 직책이니 그에 걸맞게 대우해 주도록. 보다시피 한두 대 때리면 죽을 놈이다."

그제야 십이신장들의 표정이 밝아졌다. 차성태가 구석탱이로 가는 동안에 내가 말했다.

"차성태."

"예."

나는 계속 차성태를 갈궜다.

"꼬우면 강해지든가. 못난 놈, 허접한 놈, 사마비에게 수십 번이나 연패한 놈, 호가호위하는 놈."

말석에 자리를 잡은 차성태가 내 말에 대꾸했다.

"아닙니다. 여기 계신 분들은 강한 사부를 만나 영약도 먹고 좋은 무공도 배우고 그랬으니 강해졌겠죠. 저는 사부도 없고, 영약 구경도 못 했고, 그냥 살아남기 위해 칼을 휘둘렀습니다. 그러니 외공만으로 싸우면 승부를 장담할 수 없다는 것이 제 생각입니다."

가만히 듣고 있었던 소군평이 차성태를 노려봤다.

"지금 외공만으로 한번 겨뤄볼까."

차성태가 소군평을 노려보면서 대꾸했다.

"다음에 하자."

별거 아닌 말인데 홍신이 갑자기 웃음을 터트리고, 홍신이 웃자, 금해도 웃고, 이어서 사신장들도 피식대다가 결국 웃었다. 결국 차성태를 빼고 전부 웃었다. 나도 결국 웃으면서 말할 수밖에 없었다.

"다음에 꼭 해라."

"예."

63. 보름달 좀 구경하게

"어떻게 박살을 내야 소문이 퍼질까. 쳐들어가느냐? 아니면 여기서 수성戍城하느냐? 자유롭게 의견을 내보도록."

내 질문에 가장 늦게 도착해서 상황 파악이 느린 차성태가 대꾸했다.

"누구랑 싸우는데요?"

"이룡노군과 이룡노군에게 합류한 수선생 이외에도 흑도의 떨거지들."

차성태가 아무렇지도 않게 대꾸했다.

"그 정도면 병력이 사오백은 훌쩍 넘겠는데요."

좌중의 시선이 차성태에게 향했다. 다들 네가 그걸 어찌 아느냐는 눈빛이었다. 나도 어리둥절한 심정으로 차성태에게 먼저 발언권을 줬다.

"네가 말해봐."

"수성이 재미있겠습니다."

"왜?"

"저희 수가 밀리니까요."

"그게 다야?"

"먼저 공격하는 놈이 보통 나쁜 놈이죠. 저희가 먼저 이룡노군을 공격하진 않았잖아요."

나는 고개를 끄덕인 다음에 큰 틀의 작전을 결정했다.

"그럼 수성전을 펼치겠다."

이번에는 좌중의 시선이 일제히 내게 꽂혔다.

"…!"

그걸 그렇게 쉽게 정하냐는 눈빛들이었는데, 나는 변명이 필요 없는 사내다.

"나도 이번에는 수성이 재미있어 보인다. 더 재미있는 의견이 있으면 내보도록."

홍신이 손을 들었다.

"대사형?"

"말해."

"수성전을 하실 거면 안에 있는 시비들이나 무공을 익히지 않은 사람들은 대피하는 게 좋겠습니다. 휘말려서 죽을 수도 있어요."

나는 고개를 끄덕인 다음에 바로 언성을 높였다.

"손 부인!"

안쪽에서 손 부인이 부리나케 달려왔다.

"예, 방주님."

“시비들 싹 모으고, 아픈 사람들, 무공 안 익힌 사람들 전부 모아서 일양현으로 떠날 채비해라. 호위는 내가 알아서 붙여주겠다. 알뜰살뜰하게 챙겨서 사람들도 모아봐.”

손 부인이 바로 대답했다.

“알겠습니다. 바로 준비하겠습니다.”

나는 수하들을 둘러보면서 말했다.

“호위 맡을 사람? 참고로 오늘 밤에라도 몰려올 수 있으니 즉시 떠나야 한다. 여기서 싸우는 것만큼 중요한 일이니 미안해할 필요는 없다.”

홍신이 자신은 호위하기 싫다는 것처럼 말했다.

“저는 오늘 한바탕해야겠어요.”

수선생에게 나쁜 감정을 품고 있는 백유, 백인, 청진도 입을 꾹 다물고 있었다. 어쩔 수 없이 나는 차성태의 의견을 물었다.

“허접한 성태가 갈래? 어차피 여기에 있어도 도움이 별로 안 될 텐데.”

너무 직설적인 말인가 하고 후회했을 때는 이미 차성태의 얼굴이 새빨갛게 익어있었다. 차성태가 눈을 부릅뜬 채로 대꾸했다.

“문주님, 저 일양현의 차성탭니다. 일양현 대표로 여기에 있겠습니다. 저는 빼고, 문주님이 결정해 주시죠.”

나는 고개를 끄덕였다.

“다들 있고 싶어 하는 눈치니까, 그럼 내가 결정하마. 호위 명단을 부르겠다. 벽 총관.”

“예.”

"그대가 선두에서 총책임을 지고, 후미는 사마비 일행이 맡아라. 사마비는 발 빠른 자들 미리 내보내서 길이 안전한지 확보하도록."

사마비와 벽 총관이 동시에 대꾸했다.

"예."

사마비가 아쉽다는 표정으로 일어섰다. 그러나 나는 사마비가 똑똑한 데다가 일양현을 오가고 있어서 그가 적임자라 판단했다. 삽시간에 떠나는 자들 때문에 대청이 분주해졌다. 나는 지켜보다가 피난 행렬이 출발할 때쯤, 금해에게 말했다.

"금 사제."

"예, 대사형."

"네가 최후방에서 따라가. 무슨 일 생기면 네가 판단해서 보고하고."

금해가 일어나면서 대꾸했다.

"알겠습니다."

금해는 내공을 회복하는 중이어서 자신의 상태가 신경 쓰일 터였다. 나는 흑묘방의 수하 한 명에게 말했다.

"우리는 심심한데 술이나 마시고 있자."

"예, 방주님."

수하들이 술을 가지러 간 사이에 점점 날이 어두워졌다. 잠시 후 술이 석 잔쯤 돌았을 때 대청 문이 활짝 열리더니 위아래로 시커먼 옷을 입은 놈이 등장했다. 허리에 두 자루의 검은색 직도를 차고 있었다. 복장과 무기, 표정 때문에 주변에 어둠이 휘몰아치고 있는 사내처럼 보였다. 독고생이 상석에 있는 나를 노려보다가 말했다.

"자하야, 형 왔다."

하도 어처구니가 없는 인사여서 나도 대꾸할 말을 잃었다.

"저 미친 새끼가…"

독고생이 뒤를 돌아보더니 데리고 온 간부들에게 말했다.

"대장에게 인사들 해라."

그러자 떨거지들이 얼굴을 내밀더니 나를 향해 엉망진창 뒤죽박죽의 인사를 건넸다.

"대장님, 안녕하세요."

"안녕하세요. 오랜만이에요."

"저희 왔습니다. 술 마시고 계셨구나."

독고생이 간부들에게 손을 내저었다.

"바깥에서 대기해."

독고생이 대청문을 닫고, 앉아있는 사람들을 훑으면서 다가왔다.

"안녕들 하신가. 고수가 제법 많이 모였네."

독고생은 금해가 앉아있던 자리에 자연스럽게 착석했다. 그것이 하필이면 차성태의 옆자리였다. 독고생이 차성태에게 빈 잔을 내밀자, 여태껏 심통이 나있었던 차성태가 대뜸 욕지거리를 내뱉었다.

"뭐 이 새끼야. 네가 따라 마셔."

독고생이 별다른 반응 없이 술을 따르자, 이미 석 잔을 연거푸 마신 차성태가 독고생을 갈구기 시작했다.

"넌 뭐 하는 새낀데 문주님에게 형 왔다, 이 지랄이야? 정신 나간 새끼네."

독고생은 차성태의 말을 무시한 채로 망우초를 꺼냈다. 나는 독고생에게 물었다.

"이름은 정했나?"

독고생이 망우초를 만지작거리면서 대꾸했다.

"우리는 예전에 흑선보였고, 지금은 하오문이다. 다들 멍청한 놈들이라서 도저히 이름을 정할 수가 없더군. 우리에게 그런 작명 실력을 기대하는 놈이 바보지. 그냥 하오문으로 하겠다. 그리고 벌써 법이 열 개나 늘었어. 우두머리 역할은 머리가 아프다고."

실로 간략한 보고였으나, 더할 것도 뺄 것도 없는 보고였다. 흑선보에서 왔다는 말에 그제야 차성태의 눈이 커졌다.

"..."

차성태가 급히 시선을 돌리더니 조용히 술을 한 잔 마셨다. 독고생이 망우초의 연기를 깊숙이 빨아들이더니 차성태의 얼굴을 향해 연기를 내뿜었다. 그러자 차성태가 짜증 난다는 표정으로 손을 내저었다. 독고생이 모여있는 자들을 둘러보다가 한 사내에게 시선을 고정했다.

"넌 누구냐."

백인이 침착한 어조로 대꾸했다.

"십이신장의 백인이다."

독고생이 입 모양을 동그랗게 말았다.

"오. 대나찰의 대제자. 용케 안 죽고 살아있네."

점잖은 백인 대신에 청진이 대꾸했다.

"넌 좀 씻고 다녀라."

나는 탁자를 손으로 몇 번 두드렸다.

"그만해라. 너희끼리 싸우라고 부른 거 아니다. 독고생, 몇 명이나 데리고 왔나."

독고생이 나를 바라봤다.

"백 명이나 데리고 오라며? 그래서 정예만 추려서 삼십 명을 데리고 왔지. 백 명 같은 삼십 명이니까 걱정하지 말고."

"잘했다. 이 새끼야."

독고생은 끝내 누구와 싸우는지 묻지 않았다. 그냥 불러서 왔다는 태도로 망우초를 태우고 술을 마셨다.

"술이 완전 물이네. 너희는 이런 거 마셔도 취하더냐? 웃긴 놈들이네."

그제야 십이신장은 물론이고 흑묘방의 간부들도 독고생의 성격과 말투에 적응한 눈치였다. 그냥 상대를 안 해야겠다는 태도로 다들 대꾸하지 않았다. 아무도 상대를 해주지 않자, 독고생이 내게 물었다.

"작전은?"

"없다."

"다 죽이나?"

나는 고개를 끄덕였다.

"다 죽여라."

독고생이 고개를 끄덕이더니 일어나면서 말했다.

"좋아. 적이 오면 깨워라. 자고 있을 테니."

독고생은 대청 구석에 가서 정자세로 눕더니 눈을 감았다. 떨떠름한 정적이 내려앉은 가운데 내가 소균평에게 물었다.

"오늘 달이 밝은가?"

소군평이 고개를 끄덕였다.

“밝습니다. 싸우기 딱 적당한 날입니다.”

“이룡노군 쪽에 독공의 고수가 있나?”

“알려진 바로는 없습니다.”

이번에는 백인에게 물었다.

“확실히 이룡노군하고 수선생이 가장 강한가?”

백인이 대꾸했다.

“그럴 거요.”

“대나찰과 비교하면 어때?”

“각자 장단이 있으나 대나찰 사부에 비해 뒤떨어지는 고수들은 아닐 거요.”

“그럼 두 사람은 내버려 둬. 내가 상대할 테니. 너희는 실력에 맞게 싸워라. 난전이 될 테니 실력 차이가 너무 큰 상대와 마주치면 후퇴하도록.”

* * *

나는 술을 한 잔 마신 다음에 문득 전방을 주시했다.

“문 열어라.”

좌중의 시선이 전방으로 향하자, 소군평이 내공을 주입한 목소리로 명령했다.

“문 열어라.”

대청, 내원, 외원, 정문이 차례대로 활짝 열렸다. 나는 진열대를 가리키면서 수하에게 말했다.

"가면 좀 가져와라."

백인, 청진, 백유 그리고 내가 십이신장의 가면을 썼다. 나쁜 일을 할 때는 가면을 써주는 게 좋다. 그리고 내 본래 얼굴로 운우회 부회주를 죽였기 때문에 얼굴을 본 놈들이 있을 터였다. 나는 일어나면서 말했다.

"나가자."

누워있던 독고생이 상체를 벌떡 일으켰다. 바깥으로 나가자, 독고생의 수하들은 대부분 담벼락 위에 널브러져 있었다. 나는 내원을 몇 걸음 걷다가 공중으로 뛰어올라서 내원 문 위에 올라섰다. 소군평의 말대로 달빛이 밝았다. 흑묘방 외곽에 달빛을 반사하는 사람들의 눈빛과 병장기가 점점 늘고 있었다.

좌측에 십이신장 사제들이 올라서고, 우측에 소군평이 뛰어올라서 자리를 잡았다. 어둠 속에서 무언가가 바람을 가르더니 곧장 나를 향해 날아왔다. 동시에 백유가 철선을 휘두르자, 날아오던 암기가 선풍扇風에 휘말려서 튕겨 나갔다. 어둠 속에서 가라앉은 목소리가 들렸다.

"부회주를 죽인 놈이 어디 있나."

"아직 안 보입니다."

수선생으로 추정되는 목소리가 이어졌다.

"이봐, 사신장 후배들. 거기서 부회주 죽인 놈을 너희가 처리하면 내가 관대하게 너희는 거둬주마. 대나찰이 있을 때도 나를 어찌하지 못했는데 무슨 생각으로 내게 대항하겠다는 건지 모르겠구나. 이룡노군 선배도 너희에겐 나쁜 감정이 없다. 선택을 잘해야 할 거야."

나는 작게 중얼거렸다.

"훌륭한 이간질이네."

옆에 있는 백인이 대표로 대꾸했다.

"수선생, 오랜만이오."

"그래. 백인이로구나."

백인이 점잖은 어조로 말했다.

"어쩌다 이룡노군 선배에게 고개를 숙이셨소. 저승에서 사부가 알면 부끄러워하실 거요. 그래도 사부께서 인정하시는 맞수였는데 말이지."

수선생은 코웃음으로 응수한 다음에 누군가를 찾았다.

"우리 귀염둥이 홍신은 어디 있느냐? 설마 죽었나?"

홍신이 담벼락 위에서 침을 한 번 뱉었다.

"카악… 퉤!"

수선생이 낮게 깔린 웃음을 흘리면서 홍신에게 말했다.

"너는 특별히 살려주마."

이때, 뒤늦게 담벼락에 올라온 독고생이 시커먼 칼 두 자루를 뽑으면서 말했다.

"이봐, 병신들. 부회주는 내가 죽였다."

독고생의 말은 아군도 무시하고, 적들도 어찌 된 노릇인지 일관되게 무시했다. 미친놈이라는 게 너무 빨리 들통이 나는 인간들이 있기 마련인데 독고생이 그런 유형이었다. 그 와중에 병력이 점점 늘었다. 수선생이 흥분해서 먼저 달려오고 뒤늦게 다른 병력이 합류하는 분위기였다.

이때, 인파가 좌우로 갈라지면서 잿빛 장삼에 흰머리를 길게 늘어뜨린 노인장이 걸어 나왔다. 누가 봐도, 이룡노군이라는 걸 알 수 있는 분위기였다. 달빛 아래 비친 백발 노인장의 낯빛도 창백했다. 이어서 신경을 긁는 불쾌한 목소리가 흘러나왔다.

"어정쩡하게 담벼락에 서있지 말고. 죽기 싫은 놈들은 이쪽으로 건너오너라. 어차피 흑도는 본래 이리 섞이고 저리 섞여서 근본이랄 것이 없다. 살아남는 게 유일한 미덕이 아니겠느냐? 내 오랜 친구를 죽인 놈만 내 분노를 감당하면 될 것이니, 어린 녀석들은 괜한 짓을 삼가도록. 대나찰이 왜 내게 정기적으로 재물을 바쳤는지를 생각해 보면 결정하는 게 그리 어렵진 않을 것이다."

나는 이야기를 듣는 와중에 양손을 슥슥 비비면서 중얼댔다.

"이야, 오늘 죽일 놈들이 많이 왔네."

나는 옆에 있는 사제들에게 속삭였다.

"이봐, 사제들."

"예."

"오늘은 배신하지 마. 내 상태가 안 좋다. 달이 예쁘게 뜬 날에 싸우면 광증이 깊어지더라고. 이성을 잃을 수도 있으니까 저런 늙은이 말에 현혹되면 안 돼. 오늘은 살려줄 수가 없다."

"아, 알겠습니다."

나는 적들에게 등을 내보인 채로 돌아서서 백인에게 말했다.

"호랑이 사제, 깍지 좀 껴봐."

백인은 어리둥절한 와중에 양손에 깍지를 꼈다. 나는 백인의 두 손 위에 오른발을 올려놓으면서 말했다.

"나를 있는 힘껏 던져버리라고. 보름달 좀 구경하게."

백인이 당황한 나머지 존댓말로 대꾸했다.

"예?"

"내공 주입해서 빨리 던져. 이따 보자고."

나는 백인과 진득하게 눈을 마주쳤다. 드디어 백인이 빠르게 마음을 굳힌 다음에 내게 말했다.

"대사형, 이따 만나시지요."

나는 가면 속에서 씨익 웃었다.

"좋았어. 그러자고."

이어서 백인이 전신의 힘을 끌어모은 양손으로 나를 공중으로 냅다 집어 던졌다. 나 역시 백인의 양손을 있는 힘껏 밟은 다음에 공중으로 쏜살같이 솟구쳤다. 대체 얼마나 높이 솟구친 것일까. 가슴이 시원해질 정도로 기분이 상쾌해졌다.

"하하하하하하…"

웃음이 절로 나왔다. 곡선으로 솟구쳤다가 정점에 다다랐을 무렵, 나는 예쁘게 빛이 나는 보름달을 잠시 감상했다가 흑도가 기다리는 지상으로 추락했다. 각종 암기, 장풍, 검기 등이 몰아칠 것이라 예상해서 오른손에 염화향을 휘감아서 염계대수인炎鷄大手印을 펼쳤다. 적과 아군은 물론이고 달빛을 내뿜고 있는 보름달도 눈을 번쩍 뜬 상황. 공중에서 붉게 빛나는 커다란 손바닥이 이룡노군의 병력 위에 도장圖章을 찍기 위해서 쇄도했다.

64.
개똥도
약에 쓴다더니

염계대수인에 정통으로 맞은 자들이 납작하게 짜그라졌다. 이런 와중에도 눈치가 있고 경공이 뛰어난 자들은 용케 피했으나, 상관없다. 기선제압에 성공했기 때문이다. 나는 손바닥 모양으로 내려앉은 땅에 내려서자마자, 다시 재차 염계대수인을 펼치려는 것처럼 오른손에 염계를 휘감았다. 달빛이 유일한 곳에서 내 손이 다시 붉게 물들자… 떨거지 연합이 일제히 뒤로 물러났다.

이는 정상적인 반응이다. 앞서 염계대수인을 정통으로 맞아서 시체가 된 자들이 주변에 널브러져 있었기 때문이다. 적진의 수장들은 떨거지들을 방패처럼 세운 다음에 뒤로 더 물러났다. 이렇게 나는, 한 번의 공격으로 이목을 집중시켰다. 떨거지들을 죽이기 위해서가 아니라 발언권을 얻기 위해 절기를 사용하는 남자, 그것이 나다.

"은귀자 유사청은 어디 있나? 숨어있군. 박쥐 새끼인지 쥐새끼인지 모를 무악문주는 어디 있어? 너도 숨었구나. 암기 던져대는 정신 나간 철섬부인도 합류했다며? 아, 거기 있군. 다들 잘 들어라. 운우회 부회주는 내가 죽였다.”

나는 손가락으로 수하들 너머에서 나를 노려보고 있는 이룡노군을 가리켰다.

“그리고 거기 저놈. 나이만 잔뜩 처먹고, 대나찰이 주는 먹이나 받아먹던 노망난 늙은이 새끼 때문에 너희가 오늘 죽게 되었다는 점을 명심하도록.”

휴, 짧고 굵게 끝냈다. 이로써 나는 적들의 수장을 모조리 도발한 상태. 난전이 벌어지면 먼저 이렇게 도발하는 것이 효과적이다. 죽어가는 자들이 늘어날수록 아군을 탓하는 경향이 있기 때문이다. 나는 허리춤에 있는 흑묘아를 뽑으면서 말했다.

“뭘 멀뚱히 쳐다보고 있어. 병신 새끼들아, 한꺼번에 덤벼라.”

순간, 뒤쪽에서 퍽 소리가 들리더니 쌍칼을 휘두르는 독고생이 걸리는 사람마다 마구잡이로 죽이면서 전진했다. 이어서 십이신장 사제들이 몰려들고, 소군평을 선두로 한 흑묘방도 밀려들어서 내 후방의 포위망을 뚫고 있었다. 나는 적진의 한가운데서 어깨를 들썩이면서 웃었다.

“달빛 좋고, 수하들 기세 좋고, 내 기분도 좋구나.”

흑묘아에 염계를 주입하자 칼날이 붉게 물들었다. 내가 갑자기 전진하자, 떨거지들이 뒤로 물러났다. 아직 떨거지들은 자신들의 수장을 보호하는 형태로 움직였다. 내가 항상 신경 쓰는 점은 적들의 심리 상태다. 그 때문에 나는 발걸음과 말의 어조에도 심리전을 담았다.

"떨거지는 비켜라. 나는 대장만 죽이는 놈이다."

내가 갑자기 낄낄대면서 칼을 쥔 채로 달려들자, 수장들의 칼받이 역할을 자처하던 떨거지들이 공포에 휩싸여서 마구잡이로 흩어졌다. 물론 내가 떨거지들을 봐주진 않는다. 도망가는 놈들의 등에 도풍을 쏟아내고, 악착같이 쫓아가서 붙잡은 다음에 장득수가 돼지를 손질할 때처럼 칼을 내려쳤다. 삽시간에 비명과 호통 소리가 뒤섞였다. 그 와중에 백인 사제의 침착한 목소리가 뒤쪽에서 들렸다.

"홍 사매는 대사형의 후방에서 방해하는 놈들 쳐내라. 사신장은 어떻게든 대사형이 날뛰는 것을 보조하는 형태로 합류하고."

백인이 큰 틀에서의 내 전략을 이해한 모양이다. 뒤에서 독고생이 이끄는 시커먼 하오문의 대화도 또렷하게 들렸다.

"대장, 우리는 어떻게?"

독고생은 칼질을 멈추지 않은 채로 대답했다.

"그냥 다 죽여라."

독고생의 말이 끝나자마자 누군가의 비명이 하늘로 솟구쳤다. 그 근처에서는 소군평이 수하들에게 욕지거리를 내뱉으면서 다그치고 있었다. 대부분 "정신 똑바로 안 차리냐!"는 말이 변형된 욕지거리였다. 나는 공력을 아끼기 위해 흑묘아를 단조롭게 휘두르면서 전진했다. 적들이 뒷걸음질을 칠 때는 그보다 약간 빠른 박자로 밀어붙이는 게 정답이다. 떨거지들을 죽일 때는 공력 소모가 크지 않기 때문에 내 주둥아리도 자유로웠다.

"오늘… 뭔가 재수가 없을 거 같았지?"

흑묘아로 한 놈의 어깨를 잘랐다.

푸악!

옆에서 달려드는 놈의 목을 벤 다음에 공중으로 솟구쳐서 누군가의 얼굴에 무릎을 박아 넣었다.

퍽!

"대나찰이 죽어서 이때다 싶었나?"

나는 무릎에 맞아서 쓰러진 놈의 목에 흑묘아를 박아 넣었다.

푹!

흑묘아를 뽑자 자꾸만 뒤로 물러나고 있는 놈들의 머리 위에 길쭉한 핏물이 쏟아졌다.

"왜 자꾸 도망만 치는 거냐. 어?"

나는 다시 속도를 높여서 칼을 휘두르고. 칼을 휘두르는 와중에 옆 차기, 앞 차기, 돌려 차기, 날아 차기, 장풍을 연달아 내보내는 와중에도 시종일관 헛소리를 씨불여 댔다. 가끔은 나도 무슨 의도인지 모를 말이 튀어나왔으나, 상관없다. 중요한 점은 적을 죽이면서 떠드는 것이라서 내뱉는 말마다 정확할 필요는 없다. 이것은 그저 싸움의 흐름을 내 쪽으로 가져오고 유지하는 언행일 뿐. 덕분에 우리 수하들은 내 위치를 파악하는 것이 어렵지 않았다. 자연스럽게 나를 선두로 한 돌격진이 펼쳐진 상황.

"대나찰이 갑자기 왜 죽었겠느냐. 이 미친놈들아. 왜 죽었겠어?"

나는 한 놈을 흡성대법으로 끌어당겨서 멱살을 붙잡은 다음에 침착한 어조로 물었다.

"왜 죽었겠어?"

어버버 하는 놈의 이마를 흑묘아의 손잡이로 찍었다.

빡!

이제 내 시선이 닿을 때마다 뒷걸음치는 놈들이 더 늘었다. 하지만 나는 일부러 눈에 띄게 뒷걸음질을 치고 있는 놈만 죽어라 쫓아다녔다.

"왜 죽었겠냐고. 대답을 해라 이 새끼들아."

누군가가 처음으로 "으악!" 소리를 내지르더니 등을 돌린 채로 도망을 쳤다. 나는 적의 비명을 흉내 내듯이 소리를 버럭 내질렀다.

"으악!"

"…"

시선이 집중됐을 때, 나는 칼날에 염계를 주입하면서 입김을 불어넣었다.

"하-아. 뜨끈뜨끈."

칼날에 염화향이 휘감겼다.

"염계대도행炎鷄大刀行."

싸울 때 초식명을 외치는 남자, 그것이 나다. 실은 염계대수인과 별반 다르지 않은 공격에 이름만 바꾼 것이다. 하지만 칼날에 휘감기는 붉은 실선을 보고 있는 적들에겐 다를 것이다.

"죽어라."

나는 전방으로 채찍 형태의 염화향을 찰싹찰싹 뿌려대면서 전진했다. 한 번 휘두를 때마다 네다섯 명의 신체가 찢어졌다. 낄낄대면서 전진하자, 체감상 적들의 삼분의 일은 도망치는 것처럼 느껴졌다. 실제로 아예 전열을 이탈해서 도망가는 놈들이 점차 늘었다. 일부는 몇 걸음을 도망가지 못한 상태에서 수선생과 이룡노군 등의 공격에 목이 날아갔다. 나는 도망가는 놈의 목을 벤 수선생을 바라보다가 소리를 버럭 내질렀다.

"수선생!"

수선생도 부릅뜬 눈으로 나를 노려봤다. 나는 수선생과 오래 알고 지냈었던 어조로 말했다.

"선생, 왜 내 말을 안 믿어? 너희 부회주는 내가 죽였다. 전부 도끼에 정수리가 쪼개지지 않았어? 내 말 틀렸어? 도끼였지?"

수선생의 얼굴이 빨개졌다.

"저 미친놈이…"

나는 피 묻은 흑묘아를 쥔 채로 수선생을 향해 뚜벅뚜벅 다가갔다.

"소각장에 있던 도끼에 죽은 거 맞잖아. 내가 범인이다."

운우회의 간부들이 수선생 앞을 막아서고, 나는 그대로 돌진했다. 이제 적들의 대화도 또렷하게 들렸다.

"수선생, 침착하게. 아직 우리가 수는 더 많아."

이것은 이룡노군의 목소리였다.

"다들 모이세요. 저놈이 대장입니다."

이 목소리는 철섬부인일 것이다. 하지만 끝내 유사청이라는 놈은 목소리를 내지 않았다. 나는 운우회의 간부들을 상대하면서 물었다.

"간부들, 유사청이라는 놈은 어디 있나. 그놈이 이번 판을 이렇게 키웠나?"

나는 흑묘아로 한 간부의 박도를 만두처럼 자르고, 이어서 놈의 얼굴에도 일직선의 붉은 선을 새겨 넣었다.

"끄악!"

나는 재빨리 놈의 목에 흑묘아를 박아 넣은 다음에 소리를 버럭 외쳤다.

"유사청. 너는 중원 전체에 수배령을 내려주마. 오늘 도망을 쳐도 소용없다. 앞으로 널 찾아내는 재미로 살아갈 생각이야. 특히 너는 도끼로 쪼개주마."

좌측에서 갑자기 해일이 일어나듯이 거대한 장력이 밀려들었다.

콰아아아아아앙!

나는 좌장으로 정확하게 응수했으나, 칼질을 하던 동작 때문에 옆으로 살짝 밀려났다. 하필이면 밀려나고 있는 방향에서 유성추가 매섭게 날아왔다. 어쩔 수 없이 흑묘아를 휘둘러서 유성추를 쳐내는 순간, 칼날에 유성추가 휘감겼다. 내가 깜박했다.

"유성낭인이구나. 좋아, 반갑다."

동시에 눈앞에서 무언가가 번쩍이더니 철섬으로 추정되는 암기가 날아왔다. 나는 유성추를 잡아당기는 와중에 거꾸로 공중제비를 돌아서 철섬을 피하고, 좌측에서 드디어 백발을 휘날리면서 나타난 이룡노군과 장력을 겨뤘다. 이룡노군은 신중한 성격인 모양인지, 장풍과 장력을 쏟아내면서도 끝내 가까이 접근하진 않았다. 웃음이 절로 나왔다.

"늙은이 새끼."

순간 흑묘아를 잡아당기던 유성추의 팽팽한 쇠줄이 끊어졌다. 홍신이 등장해서 비수로 끊어낸 상황. 나는 이룡노군과 한 차례 더 장력을 부딪친 다음에 낄낄대면서 웃었다. 이어서 떨거지들을 각자 수십 명이나 죽이고 도착한 백인, 청진, 백유, 홍신이 내 후방에 자리를 잡더니 주변을 노려봤다.

전쟁의 흐름은 일합一合에 모든 것이 결정될 때가 있고, 지금처럼 경합과 소강상태를 반복하는 싸움이 벌어질 때도 있다. 소강상태에서 나도 가면을 한 번 매만진 다음에 주변을 둘러봤다. 병력은 애초에 우리가 더 불리했으나, 바닥에 누워있는 놈들은 죄다 적들의 시체였다. 지금까지 한 명도 못 죽인 채로 졸졸 따라온 졸개 간부 차성태가 어떤 놈을 가리키면서 외쳤다.

"거기 너!"

좌중이 시선이 차성태에게 꽂혔다. 차성태가 확신에 찬 어조로 말했다.

"네가 은귀자 유사청이라는 놈이지?"

복장도 평범하고, 생김새도 특별할 것 없이 심심해 보이는 놈이 차성태를 물끄러미 바라봤다. 나는 흑묘아에 묻은 피를 털어내면서 차성태에게 물었다.

"왜 저놈이냐?"

차성태는 진실을 꿰뚫어 보고 있다는 어조로 대꾸했다.

"저처럼 아무것도 안 하고 있습니다. 이 난장판 속에서 말이죠."

"명탐정名探偵이로군."

나는 여러모로 차성태가 대단하다고 느끼는 와중에 고사성어가 생각나지 않아서 대충 말했다.

"개똥도 약에 쓴다더니 잘했다."

"예."

내가 노려보고 있는데도, 유사청으로 추정되는 사내는 표정 변화가 없었다. 놈이 떨거지라면, 두려워하는 것이 당연할 텐데 말이다. 문득 정체를 숨기는 것이 의미가 없다고 판단한 유사청이 미소를 지었다. 무표정일 때는 실로 평범한 사내처럼 보였는데, 미소를 짓자 사람이 확 달라진 것 같은 인상이었다. 유사청이 내게 말했다.

"너 흑묘방주가 아니구나. 네가 내 정체를 알아내는 게 빠를까. 아니면 내가 네 정체를 알아내는 게 빠를까. 유사청이라는 이름만 가지고 날 찾아낼 수는 없을 거다. 양측은 판을 깔아줬으면 계속 싸우도록 해라. 승부는 내야 할 것 아니냐."

유사청은 마치 자신의 본래 정체가 더 대단하다는 것처럼 말했다. 놀랍게도 유사청은 아군인 이룡노군과 수선생까지 협박했다.

"이룡노군, 수선생. 두 분은 내 돈을 받아먹고도 이런 식으로 싸울 거요? 남화를 장악해서 호기롭게 돈도 갚고 세력도 늘려보겠다는 호언장담을 들은 지가 얼마 되지 않은 것 같은데."

나는 순간, 가면을 벗으려다가 자제했다.

'이놈 봐라?'

나는 유사청의 분위기를 유심히 살폈다. 처음에는 젊어 보였는데, 자세히 보니 사십을 넘긴 것처럼 보이기도 했다. 자세와 눈빛에서도 나름 실력을 갖추고 있다는 징후가 엿보였다. 나는 이런 와중에도 뜬금없이 이런 생각이 들었다. 세상사를 가만히 잘 들여다보면, 돈 빌려준다는 놈이 가장 나쁜 새끼들이라고 말이다.

오랜만에 잡아서 당장 죽이는 것보다, 무조건 고문해서 알고 있는 것을 다 털어놓게 해야겠다는 마음이 드는 놈이었다. 특정한 근거는 없다. 나는 본래 근본도 없고, 근거도 없는 상태에서 일을 저지르는 놈이기 때문이다. 적진의 총대장이 이제야 밝혀진 것처럼 유사청이 명령을 내렸다.

"그럼 결판이 날 때까지 계속 힘내서 싸워봅시다. 흑도의 버러지 같은 여러분들."

65.
달빛 아래
망나니

유사청의 말을 듣자마자 기분이 불쾌해졌다. 그럴 수밖에 없다. 방금까지는 병력을 이끄는 장수가 된 기분이었는데, 유사청 때문에 장기판의 말로 신분이 격하된 상황. 싸우지 말라고 하면 싸우고, 싸우라고 하면 싸우지 않는 것. 그것이 내 일관된 마음가짐이다. 나는 유사청의 말을 그대로 따라 했다.

"결판이 날 때까지 힘내서 싸우라니… 지금 나한테 명령을 내렸어?"

나는 한 손을 슬쩍 올린 다음에 말했다.

"휴전하자."

"…!"

"대사형?"

"방주님?"

적과 아군이 동시에 나를 바라봤다. 나는 어조를 점점 낮췄다.

"좋아. 이번 일의 배후에 유사청이 있다는 것을 공식적으로 확인했군. 다들 유사청에게 놀아났다는 말인가. 도박사까지는 봐준다. 그러나 나는 도박장의 주인은 봐주지 않아. 결국에 도박장 주인이 돈을 가장 많이 벌기 때문이야. 심지어 저놈이 얼마를 버는지도 몰라. 내 제안은 간단하다. 임시 휴전."

유사청이 웃으면서 대꾸했다.

"미친 개소리를 하는구나."

"옳은 지적이군. 그러나 이대로 계속 싸우면 가장 큰 손해를 보는 사람은 이룡노군과 수선생이다."

이룡노군이 창백한 표정으로 물었다.

"어째서."

수선생도 한마디를 내뱉었다.

"나는 평생 손해를 보고 산 적이 없다."

나는 두 사람을 보면서 고개를 끄덕였다.

"남화를 나눠 먹으면 손해를 보지 않을 테지. 다들 자신의 처지에서 셈을 했겠지만 나는 다르다. 가장 중요한 것은 유사청 저놈이 병력을 끌고 오지 않았다는 점이다. 이게 핵심이지. 장담하는데, 계속 싸우면 너희 절반 이상은 내 손에 죽는다. 물론 내 수하도 죽겠지. 하지만 손해가 없는 사람은 처음부터 끝까지 한 사람이다. 이 판을 벌인 유사청이다."

유사청이 끼어들었다.

"하고 싶은 말이 뭐냐?"

"유사청은 대나찰이 없는 남화를 장악하면 이득이라고 너희 둘을 회유했겠지만. 그 과정에서 수하들 대부분은 내 손에 죽는다. 그리고 나는 죽지 않아. 결국에 죽어나가는 사람은 이 싸움에 참여한 수하들이다."

유사청이 끼어들었다.

"무슨 말을 하고 싶은 거냐. 결론부터 이야기해라."

"가장 중요한 것은 휴전 상황에서 손해 보는 사람이 없어야 한다는 점이겠지. 어차피 너희가 유사청에게 받았다는 돈도 그대로 있을 것이고. 맞지?"

홍신이 손을 들었다.

"대사형, 죄송한데 유사청에게 받았다는 돈이 그대로 있다는 것은 무슨 뜻인지요?"

"이것은 줬다 뺏는 심리를 이용한 착각 거래다. 이룡노군과 수선생은 유사청에게 받은 목돈이 각자의 세력에 그대로 있다. 대신 돈을 갚으려면 남화를 쳐서 얻은 재물로 갈음하겠다는 계획이겠지. 받았던 돈을 고스란히 돌려주는 것은 아깝지만, 남의 것을 빼앗아서 빚을 갚는 것은 아깝지 않다는 뜻이야. 이해했어?"

"이해했습니다."

"유사청이 이것을 이용했을 것이다. 목돈을 주고, 남화를 쳐서 갚으라 했겠지. 꿩 먹고 알 먹고… 그런데 핵심은, 반복해서 말하지만 유사청은 손해를 보지 않는 일이다. 저놈은 오늘 병력도 데려오지 않았고, 직접 싸우지도 않았고, 동료 고수들과 함께 오지도 않았다. 수하들의 목숨 값은 돈으로 대체 얼마냐. 이룡노군과 수선생이 잘못 생각하는 것은 수하들의 목숨 값이 얼마인지 아예 셈을 하지 않았다는 거다. 좋아, 여기까지는 현황 분석."

나는 주변을 노려보면서 말했다.

"내가 지금 원하는 놈은 이룡노군도 아니고 수선생도 아니다. 적과 아군, 너희들이 이대로 가만히 있어준다면."

나는 가면 속에서 웃었다.

"일단 유사청부터 잡겠다. 나는 언행이 확실한 사람이야. 제안을 받아준다면 내가 이 자리에서 가면을 벗으마. 내가 좀 손해를 보는 일이지만, 유사청을 잡으려면 그 정도 손해는 감수해야겠지. 참고로, 유사청은 계속 너희를 설득해서 싸우라고 할 것이다. 이제 유사청의 말을 들어보자."

"…"

유사청은 이룡노군과 수선생을 자극하고 협박해서 계속 싸우라는 말을 하려는 찰나에 다시 입을 다물었다. 결국 이룡노군과 수선생도 떨떠름한 표정으로 유사청을 바라봤다. 그러자 유사청이 미간을 찌푸리면서 입을 열었다.

"저놈 말에 놀아날 거요?"

나는 즉각 웃음을 터트렸다.

"하하하하하하하…"

나는 한참을 낄낄대다가 손가락으로 유사청을 가리켰다.

"내 말 맞지?"

나는 순식간에 웃음기를 지운 다음에 사람들에게 부탁했다.

"양측은 내가 유사청을 잡게 내버려 둬. 그 뒤에 싸워도 늦지 않아."

나는 말을 마치자마자 흑묘의 가면을 벗은 다음에 홍신에게 건넸다. 홍신이 흑묘의 가면을 쓰면서 대꾸했다.

"감사합니다, 대사형."

나는 얼굴을 드러낸 채로 말했다.

"나 아는 놈 있어?"

여기에 일양현의 점소이를 알아볼 놈이 있을까? 없다.

"내가 먼저 손해를 감수했다. 이대로 얼굴을 감춘 채로 돌아다녔다면, 너희 세력 절반은 암살로 처리할 자신감이 내게 있었다는 점을 말해두고 싶군. 이룡노군, 수선생. 결정은 너희가 해라."

유사청이 이룡노군을 바라봤다.

"노군 선배, 감당할 수 있겠소?"

이룡노군이 대꾸했다.

"유사청, 나를 정말 장기판의 졸卒로 생각했나?"

"그럴 리가 있겠소."

이룡노군이 주변을 둘러보다가 말했다.

"내가 역제안을 하마. 당장, 휴전은 받아들이지 않겠다. 그러나 남화흑도, 이화흑도, 그리고 내 병력 전체가 이곳을 포위한 다음에 저 말 많은 놈과 유사청이 생사결을 벌여라."

이룡노군이 나를 바라봤다.

"두 사람이 생사결을 벌여서 어느 쪽이 죽든 간에 나는 병력을 물리겠다. 그래야 유사청을 죽인 죄를 네가 뒤집어쓰고, 진정한 임시 휴전이 성립되겠지. 수선생은 어떻게 생각하나?"

수선생이 애써 웃음을 참은 채로 대꾸했다.

"선배 말씀이 옳습니다."

유사청이 이기면 병력을 몰아붙여서 남화를 정리하고. 내가 유사청을 이기면 병력을 물리겠다는 속셈일 것이다. 역시 노강호는 손해 볼 생각을 하지 않는다. 그러나 이놈들이 착각하는 게 있다. 나는 항상 장기판의 말馬이었던 적이 없다. 이룡노군이 이렇게 나와도 나는 계획이 다 있다.

"그렇게 하자고. 일대일 대결은 언제나 환영이니까."

백인이 다가와서 나를 뜯어말렸다.

"대사형, 일단 생사결을 지켜보면서 대사형의 실력을 확인하겠다는 뜻입니다."

나는 백인과 눈을 마주쳤다.

"그래? 똑똑한 놈들이네."

내가 옅은 미소를 짓고 있자, 표정을 확인한 백인이 도로 물러섰다. 이룡노군이 전 병력을 향해 명령을 내렸다.

"방진을 넓게. 아무도 도망가지 못하도록 포위망을 구축하고. 상대와 맞물리는 곳에서는 너희끼리 함부로 싸우지 말도록. 생사결을 시작해라."

수선생도 거들었다.

"더 넓게 펴져라. 도망가는 놈은 무조건 죽이겠다."

유사청이 잠시 돌아서더니 자신을 막아서고 있는 운우회의 간부들과 철섬부인을 바라봤다. 이룡노군도 다가와서 도주로를 틀어막겠다는 것처럼 서있었다. 유사청이 씨익 웃었다.

"다들 미쳤나?"

이룡노군이 대꾸했다.

“왜? 자네가 이기면 되지 않나. 달라진 것은 없네. 직접 나설 것이냐, 숨어있을 것이냐. 그 차이가 생겼을 뿐이지. 자네 세력이 그렇게 대단하다면 말이 아닌 실력으로 증명해야지 않겠나.”

나는 이놈들이 말다툼을 하든 말든 간에 대놓고 고양이처럼 움직여서 유사청의 뒤로 접근했다. 유사청이 턱을 한 번 긁더니, 허리춤에 있는 검을 뽑으면서 돌아섰다. 내가 자세를 낮추자, 휘날리는 머리카락 끝이 검에 잘려서 휘날렸다. 나는 흑묘아를 정직하게 일직선으로 내질렀다.

카앙!

그러자 흑묘아를 튕겨낸 유사청이 쾌검快劍을 구사하면서 내게 달려들었다. 입을 굳게 다문 유사청이 검에 비친 달빛을 튕겨내면서 빠른 속도로 찌르기를 펼치다가 검을 세 개로 나누는 환영검幻影劍을 펼쳤다. 검기劍氣의 잔상殘像을 활용하는 수법이었다. 보법도 안정적이고, 검은 빨랐으며, 부드럽게 움직이는 와중에도 허리는 굳건하게 버티는 자세를 취했다. 나는 흑묘아로 검을 튕겨내면서 생각했다.

‘백도白道 출신이네.’

절대 저잣거리에서 배운 검법이 아니었다. 적어도 십 년 이상을 특정 검법만 지독하게 수련한 흔적이 곳곳에 남아있었다. 돈만 밝히는 방관자처럼 굴더니만, 감춰둔 실력은 나쁘지 않았다. 심지어 나조차도 놈이 익힌 검법을 처음부터 끝까지 확인할 때까지 섣부르게 반격을 할 수 없었다. 이럴 때마다 이런 무공 체계를 만들어 놓은 백도의 대종사들에게 감탄하게 된다.

하지만 내가 놈의 무공을 보고 감탄을 할 수는 있으나. 놈이 내 무공을 알아볼 가능성은 전혀 없다. 내 무공은 근본이 없기 때문이다. 삼류 도법, 삼류 검법, 무뎜지기 낫질, 실전, 비무도박, 어깨너머로 훔쳐 배운 무공, 삼류 비급서, 이류 비급서, 금구소요공과 광승의 무학이 뒤섞이고 싸우면서 내가 만든 무공도 적지 않다. 도망가면서 체득한 무공, 신체 이곳저곳이 베이면서 깨달은 칼질, 주화입마에서 벗어나기 위해 고민했던 과정들도 모두 내 것이다.

근본이 없었기 때문에 내가 버티면서 살아왔던 과정 전체가 내 근본이 되었다. 나는 유사청의 공격을 모조리 튕겨내면서 검법이 첫 초식부터 마지막 초식까지 물 흐르듯이 이어지는 과정을 지켜봤다. 이후부터는 앞의 초식과 뒤의 초식이 섞이고, 변형되고, 재조합되면서 나를 공격했다.

나는 일부러 뒷걸음을 치면서 중앙을 기준으로 아군 측의 방진까지 밀렸다가 제자리에서 우뚝 서서 유사청의 검을 모조리 막아냈다. 백도 출신 검객의 꽤 강력한 공세를 철벽 방어로 버티는 사나이, 그것이 나다. 멍청한 놈이 아니라면 무언가를 깨달아야 할 터… 나는 시종일관 방어만 펼치다가 히죽 웃으면서 말했다.

"더 빨리, 더 빨리, 더 빨리 휘둘러. 느려, 더 빨리, 더 빨리. 그 수법, 세 번째다."

무언가에 홀린 것처럼 신나게 공격을 퍼붓다가 차마 도망가지 못하는 경우가 있는데, 지금 유사청이 그렇다. 순간, 내가 좌장으로 염계대수인의 장력을 만들어 내자. 엄청난 속도로 검을 휘두르던 유사청이 손바닥 모양의 장력을 찰나에 삼등분으로 잘라냈다. 장력을 쏟아낼 때. 실제 공력을 압축하듯이 넣어서 공격용으로 펼칠 때가 있고. 구름처럼 속이 비어있는 허상만 만들어서 상대를 속일 때가 있다. 당연히 실제의 기氣로 허상을 만드는 것도 쉬운 일은 아니다.

그러나 유사청이 환영검을 만들어 냈듯이, 나 또한 장력으로 허상을 만들어 낼 수 있다. 유사청이 커다란 허상을 세 차례나 베어냈을 때… 나는 짧은 거리를 질풍처럼 뻗어 나갔다가 흑묘아를 던지고, 놈이 검을 휘두르는 순간에 맞춰서 비스듬하게 솟구쳤다.

챙!

좌수左手로 흡성대법, 우수右手로 목계지법. 균형이 흐트러진 유사청의 몸을 흡성대법으로 끌어당겨서, 불균형을 강제한 다음에 목계지법을 어깨에 적중시켰다. 검을 들고 있는 팔이 뻣뻣하게 굳어있을 때쯤, 내려선 나는 엄지와 검지로 유사청의 상체 혈도를 연달아서 두드렸다. 어깨가 굳고, 목이 뻣뻣해지고, 입이 열리지 않고, 허리 아래가 꽉 막힌 것처럼 굳어가는 혈도에 목계의 기를 차례대로 주입했다.

탁, 탁, 탁, 탁!

나는 얼어붙은 사람처럼 굳어있는 유사청을 바라본 다음에 이룡노군 측을 향해 말했다.

"이놈은 이제 내 죄수다. 내 하수인이고, 내 노예이면서 동시에 내 수하들의 포로다. 고문을 하든, 죽이든 말든 내 마음이니까 앞으로 내게 이래라저래라 하지 말도록."

나는 바닥에 떨어진 흑묘아를 흡성대법으로 붙잡은 다음에 말을 덧붙였다.

"시건방지게, 개새끼들아."

말을 하다 보니 더 놀리고 싶어져서 주둥아리를 개방했다.

"꼴에 또 자존심은 있어서 총대장을 이런 식으로 홀라당 넘겨버리네. 이것은 이룡노군의 실책, 늙은이의 주책, 늙은이의 아집, 노강호라는 자존심을 세우려다가 일을 그르치게 된 판단, 늙은이의 노망난 선택이라고 해야겠지."

나는 흑묘아의 칼날에 망나니처럼 물을 뿜어대는 시늉을 한 다음에 뻣뻣하게 굳어있는 유사청의 주변에서 칼춤을 췄다. 내가 칼을 휘두르면서 춤을 추자, 홍신이 물었다.

"대사형, 죽이실 거예요?"

"나도 몰라. 망나니짓을 한번 해보고 싶었다. 달밤에 칼춤, 달빛 아래 망나니, 일양현의 점소이, 흑선보의 해방자, 흑묘방의 방주… 그것이 나다."

나는 눈만 뜨고 있는 유사청의 앞에서 시종일관 진지한 태도로 망나니 칼춤을 췄다. 구름을 흘려보낸 달빛도 이제 나를 비추고 있었다.

66. 그것이 문제로다

내가 뻿뻿하게 굳어있는 유사청의 주변을 맴돌면서 망나니 춤을 추는 동안에 홍신이 말했다.

"대사형, 저것들 슬금슬금 퇴각하는데요."

"뭐야?"

나는 깜박한 사람처럼 춤을 멈춘 다음에 뒤를 홱 돌아봤다. 그러자 뒤로 물러나던 떨거지 몇 명이 엉덩방아를 찧었다가 벌떡 일어나더니 패퇴하는 병사들처럼 뿔뿔이 흩어졌다. 그 와중에도 이룡노군은 무뚝뚝한 표정으로 날 노려보고 있었다. 제법 침착한 척을 하는 이룡노군에게 말했다.

"늙은이, 할 말 있나?"

이룡노군이 대꾸했다.

"약속대로 임시 휴전일 뿐이다."

백인이 앞으로 나서면서 말했다.

"대사형, 더 죽이시죠."

"됐다. 휴전은 휴전이야. 수성은 수성이고. 물러나는 놈들의 표정과 분위기, 저 수장 놈들의 애써 침착하게 보이려는 표정까지. 지금은 즐겨라."

이룡노군이 먼저 물러나자, 수선생도 어쩔 수가 없었다. 끝에 수장이라고 나를 향해 한마디를 내뱉었다.

"너, 곧 다시 보게 될 거다."

나는 씨익 웃으면서 대꾸했다.

"이놈들아 먼저 와서 항복하는 놈들만 항장降將 대우를 해주겠다. 돌아가서 천천히 고민해 보라고. 살아남을 기회가 과연 또 있을까, 없을까. 진지하게 고민을 해라."

적군이 물러난 후, 나는 수하들을 돌아봤다.

"다친 사람부터 살피고. 밤이 깊었으니 들어가자. 수성은 종료하고, 소군평이 먼저 경계 태세를 지시한 다음에 다른 간부와 교대해라."

"알겠습니다."

나는 뻣뻣하게 서있는 유사청의 뺨을 후려친 다음에 말했다.

"포로도 고생이 많다. 밤공기가 차가우니까 같이 들어가자고."

흑묘방의 수하 한 명이 다가와서 유사청을 둘러업었다. 나는 차성태를 불렀다.

"성태야."

"예."

딱히 할 말은 없었다. 그냥 차성태와 어깨동무를 한 다음에 흑묘방으로 향했다.

"가자."

* * *

나는 상석에 앉아서 술을 한 잔 마셨다. 그 와중에 간부들은 자유롭게 돌아다녔다. 다친 놈은 치료하고, 졸린 놈은 자고, 배고픈 놈들은 밥을 먹게 내버려 뒀다. 분주하게 돌아다니는 간부들을 말없이 구경하는 유사청이 내 옆에 포박당한 채로 앉아있었다. 잠시 후에 사제들과 간부들이 돌아와서 빈자리를 채웠다. 다들 유사청의 정체가 궁금해서 모인 상태. 얼굴과 몸에 묻은 피를 씻고 오느라 가장 늦게 등장한 독고생이 지나가다가 유사청의 머리통을 후려친 다음에 옆자리에 앉았다.

"다 모였나?"

내 물음에 소군평이 대꾸했다.

"오 대주가 상처를 좀 입었는데 먼저 잠 좀 자겠답니다."

술잔을 내려놓은 독고생은 문득 성질이 뻗쳤는지 유사청의 뺨을 또 후려쳤다. 퍽- 소리와 함께 유사청의 얼굴이 돌아갔다. 나는 십이신장 사제들을 둘러봤다.

"사제들은 다친 곳 없고?"

"없습니다."

"괜찮습니다."

차성태도 자신의 상태를 보고했다.

"저도 괜찮습니다."

나는 고개를 끄덕였다.

"너는 괜찮아야지."

소군평이 큰 틀에서의 작전을 물었다.

"앞으로 이룡노군과 수선생은 어떻게 할까요."

"기다려. 그쪽 피해가 훨씬 크다. 이틀은 잠을 설치고, 밥 먹는 게 불편하고, 화장실을 갈 때도 불안할 거다. 도발, 혼란, 패배 다음에 오는 것은 공포와 불안함밖에 없지. 본인들이야 심지가 굳은 놈들이니 버티겠지만, 수하들은 동요하게 될 거야. 아까보다 더 약해지는 거지."

백유가 뜻밖에 이런 말을 내뱉었다.

"대사형, 춤이 좋던데요? 저도 옆에서 부채춤을 출 걸 그랬습니다."

나는 씨익 웃었다.

"다음에는 같이 추자고."

"그러시지요."

백인은 유사청을 노려보다가 내게 물었다.

"대사형, 이놈을 어떻게 생각하십니까?"

"사제는 어떻게 생각하는데."

백인은 가장 먼저 유사청의 검법을 언급했다.

"흑도에서 배울 수 있는 검법이 아닙니다."

"왜 그런지 다른 사람에게 설명해 주도록. 성태 같은 놈은 모를 수도 있으니까."

백인이 간략하게 대답했다.

"자세를 먼저 혹독하게 수련하고 검법을 수련한 느낌을 받았습니다. 초반까지 대사형을 몰아붙였을 때를 생각해 보면 검법의 흐름도 일관적입니다. 허접한 검법을 익힌 놈이 아닙니다."

"내 생각도 같다."

독고생이 유사청을 노려봤다.

"이 새끼, 백도였어?"

독고생의 매서운 손바닥이 유사청의 빰을 또다시 후려쳤다. 유사청이 입을 열지 않자, 궁금하게 여긴 홍신이 물었다.

"대사형, 이놈 아혈啞穴도 짚었어요?"

"아마도."

"제가 풀까요?"

"네가 못 푼다. 나도 못 풀고. 짚는 것은 많이 해봤는데 푸는 것은 귀찮아서 많이 연습하지 않았다. 공력을 많이 주입한 것은 아니니까 곧 풀릴 거야."

나는 사실 혈도 이름도 제대로 외우지 않았다. 그냥 어느 지점을 두드리면 어떤 효과가 있는지만 대충 알 뿐이다. 공격용으로 배운 것이라서 해제하는 방법도 애써 익히지 않았다. 홍신이 별생각 없이 말했다.

"아혈도 꽤 위험해서 빨리 풀지 않으면 계속 말을 못 하게 될 위험이 있어요."

홍신의 말에 짤막하게 대꾸했다.

"내 알 바 아니다."

"예."

난 아무런 생각이 없는 사람처럼 수하들과 잡담을 나눴다. 주방에서 남은 음식을 가져와서 나눠 먹고, 술을 마시고, 시종일관 낄낄대면서 시간을 축냈다. 그렇게 반 시진 정도가 흘렀을 무렵… 대청 바깥에서 수하가 보고했다.

"방주님, 무악문주가 병장기를 내려놓은 채로 정문에 왔습니다. 어떻게 할까요."

"뭘 어떻게 해. 왔으면 들어와야지."

간부들과 사제들이 어리둥절한 표정으로 서로를 바라보는 동안에 대청에서 무악문주가 제자 두 명과 함께 들어왔다. 무악문주가 먼저 포권을 취하면서 말했다.

"방주님, 무악문주 양재경입니다."

나는 고개를 살짝 끄덕인 다음에 대꾸했다.

"양 문주, 어서 오시오."

무악문주가 실로 어색하게 웃으면서 말했다.

"어찌 말씀드려야 할지…"

"편히 말씀하시오."

"무악문은 앞으로 방주님의 적으로 등장하지 않겠습니다. 정보가 부족해서 저희가 실수를 했습니다. 모쪼록…"

무악문주가 너무 어버버 하는 터라 나는 대충 고개를 끄덕였다.

"그럽시다."

"넓은 아량으로 대해주시니 감사할 따름입니다."

무악문주가 제자들에게 손짓하자, 제자 두 명은 들고 있던 상자를 내 발치에 내려놓은 다음에 덮개를 열었다. 커다란 상자 안에 통용 금자 절반, 통용 은자 절반이 빛을 내뿜고 있었다. 나는 혀를 차면서 말했다.

"뭘 또 이런 걸 다 가지고 오셨소. 우리 사이에 쯧. 아니, 이게 다 얼마야? 엄청나네. 흑선보에도 좀 챙겨줘야겠네. 문주, 너무 무리한 거 아니오?"

나는 발로 상자를 때려서 덮개를 닫은 다음에 일어섰다.

"첫 만남이 과히 좋지는 않았으나 앞으로 적으로 만나지 않으면 될 일이지. 사람 사는 게 다 그런 거요. 문주, 안 그렇소?"

내가 무악문주의 어깨를 툭 치자, 짧은 경련을 하듯이 놀란 무악문주가 고개를 끄덕였다.

"그렇습니다. 맞습니다."

"강호에서는 때때로 적이 아군이 되고, 아군이 적이 되고 그런 거지. 그러다 재수 없으면 맞아 죽고 그런 것이니 너무 마음에 담아두지 마시고."

"아, 예. 명심하겠습니다. 앞으로 이룡노군이나 수선생의 부름에 저희가 합류하는 일은 다시 없을 겁니다."

"그것참 반가운 소식이군."

"약소하지만 이것을 준비해서 오느라 좀 늦었습니다. 그럼 저는 밤이 늦었으니 이만."

"살펴 가시오. 한밤중에 이런 걸 또 다 가지고 오고. 수고하셨소."

무악문주는 포권을 급히 취하더니 수하들과 함께 급히 돌아섰다. 나는 무악문주가 대청을 빠져나가려는 순간, 그를 불러 세웠다.

"야 문주."

"아, 예."

"다음에 밥 한번 먹자고."

"아하하, 그러시지요. 방주님, 그때 뵙겠습니다."

무악문주가 사라지고, 다시 대청의 문이 닫히자 잠시 정적이 내려앉았다.

"…"

지금까지 벌어진 일을 눈만 껌벅이면서 지켜보던 독고생이 나를 바라봤다. 독고생이 무슨 말을 하려는 눈치여서 내가 물었다.

"왜."

독고생이 실로 무뚝뚝한 표정으로 대꾸했다.

"존나 웃기네."

독고생의 정신세계로는 도저히 이해할 수 없어서 웃긴다는 말이기도 했고, 전체적으로 무악문주의 행동이 그냥 웃긴다는 말이기도 했다. 그러나 독고생이 전혀 웃기지 않은 얼굴로 웃긴다고 하자, 사제들과 간부들이 일제히 웃음을 터트렸다.

"하하하하하…"

나도 결국에는 낄낄대면서 웃었다.

"웃기긴 하네."

다들 웃느라 바쁜 와중에 유사청 홀로 딱딱한 표정으로 있었다. 자연스럽게 모두의 시선이 유사청에게 향할 수밖에 없었다. 독고생이 유사청을 바라봤다.

"너는 왜 안 웃어. 얼굴에도 혈도 찍혔어?"

독고생이 다시 따귀를 후려치겠다는 것처럼 손을 들자, 굳어있는 유사청의 얼굴이 바르르 떨렸다. 독고생은 손을 내리는 척하다가, 가차 없이 따귀를 후려쳤다.

퍽!

나는 독고생이 포로를 어떻게 대우하든 간에 신경 쓰지 않았다. 독고생은 수하들을 이끌고 와서 목숨을 걸고 싸웠으니 저렇게 할 자격이 있었다. 나는 턱을 괸 채로 이런 생각을 했다.

'무악문주가 가장 먼저 들어와서 분위기를 살핀 것인가.'

바깥에서 무악문주가 누군가와 교대를 하자마자, 수하의 보고가 이어졌다.

"방주님, 철섬부인이 찾아왔습니다."

나는 언성을 살짝 높인 채로 수하를 꾸짖었다.

"밤공기가 쌀쌀한데 당장 모시지 않고 뭘 물어보는 거냐. 어여, 들어오라고 해라."

대청으로 굳은 표정의 철섬부인이 들어왔다. 철섬부인은 무악문주보다 더 난처한 표정이었는데 말이 목구멍이 걸린 모양이었다. 내가 먼저 말했다.

"철섬부인, 하마터면 그대가 던진 매서운 암기에 맞아서 대사를 그르칠 뻔했소. 암기 던지는 실력이 보통이 아니야."

철섬부인이 그제야 입을 열었다.

"예, 방주님. 사과를 드립니다. 그러니까…"

"편히 말씀하시오."

"저와 제자들은 이룡노군 측에서 빠져나와 이제 유화곡榴花谷으로 되돌아갈까 합니다. 앞으로 흑묘방의 앞길을 방해하지 않게끔, 제가 친우들에게도 널리 알리고 주의시키겠습니다. 오늘의 실수는 부디 관대하게 봐주십시오."

나는 고개를 끄덕였다.

"뭐 싸우다 보면 그럴 수도 있지. 그럽시다. 유화곡주께서도 평안하신가?"

"그렇습니다. 여전히 무공 수련에 여념이 없으십니다."

"부인께서 대신 돈을 벌기 위해 돌아다니느라 고생이 많소. 그래도 이제 서로를 알게 되었으니 유화곡 전체는 앞으로 내 적이 되지 말았으면 좋겠군."

철섬부인이 고개를 끄덕였다.

"알겠습니다."

"밤이 늦었는데 살펴 가시오."

머뭇거리던 철섬부인이 품에서 무언가를 꺼내더니 탁자에 내려놓았다.

"방주님, 제가 젊었을 때부터 애지중지하게 여기던 섬광비수蟾光匕首를 제가 내뱉은 말의 증표로 내놓겠습니다."

"에헤, 뭘 또 이런 걸… 쯧. 잘 쓰겠소. 안 그래도 비수 하나쯤은 품에 넣고 다니고 싶었는데 호신용으로 이게 딱 적당하네. 아주 날카로워 보이는군."

"길이는 짧으나 웬만한 장검은 만두처럼 자를 수 있는 명품입니다. 암살에도 제격이지요."

"우리 같은 강호인들은 또 명품을 좋아하지. 잘 쓰겠소. 곡주에게도 안부 전해주고."

"예, 저는 그럼."

철섬부인이 돌아가자, 홍신이 궁금하다는 것처럼 물었다.

"더 올 사람이 있을까요?"

나는 소군평을 바라봤다.

"바깥에 나가서 떨거지들 있으면 얼굴 확인하고, 네가 알아서 좀 협박하고 그냥 돌려보내. 상대하기도 귀찮다. 아, 뭐 뇌물 같은 것은 다 받아도 좋다."

소군평이 일어섰다.

"알겠습니다."

나는 소군평이 나가자마자, 술을 한 잔 마신 다음에 옆에 앉아있는 유사청의 뺨을 후려쳤다. 퍽- 소리와 함께 의자에 묶여있는 유사청이 뒤로 넘어갔다.

쿵-!

말석에 있는 간부 한 명이 후다닥 달려와서 의자를 일으켜 세웠다. 수하들에게 말했다.

"밤이 깊었으니 다들 빈방 찾아가서 쉬어. 시비들 떠나서 비는 곳이 많을 거야. 나는 이놈을 그냥 죽일지 고문해서 죽일지 조금 더 생각을 해봐야겠다."

"알겠습니다."

수하들이 일어났다. 잠시 후 넓은 대청에 유사청과 나, 그리고 섬광비수만 남았다. 나는 손가락 끝으로 섬광비수를 툭툭 치면서 혼잣말을 내뱉었다.

"우리 선생이 가끔 봐주라고 했는데 내가 해보니까 이게 쉽지가 않네. 어색해. 사과하러 온 놈들도 어색했는데 실은 나도 어색했어."

나는 아까부터 술을 마시면서 모용백의 당부를 떠올리고 있었다. 개과천선해서 전생과는 좀 다르게 살아보겠다는 것이 쉬운 일은 아니었다.

"그래도 우리 선생이 다 나 잘되라고 해준 말인데, 내가 노력은 해봐야지. 안 그러냐?"

"…"

"이야, 나도 참 많이 변했다. 적이면 그냥 무조건 때려죽이고, 박살을 내서 죽이고, 도끼로 죽이고 그랬는데. 이게 무슨 일이야? 나한테 무슨 일이 일어난 거야. 이런 걸 격세지감隔世之感이라 그러는 건가. 아니면 상전벽해桑田碧海라고 하는 건가. 둘 다 틀렸나?"

"…"

나는 유사청의 눈을 들여다보다가 싸늘한 표정으로 물었다.

"너 눈빛이 왜 그래? 내가 무식해 보이냐? 못 배운 놈 같아?"

"…"

유사청이 입을 오물거렸다. 혈도가 풀리기 직전인 것일까. 유사청의 입이 연신 오물대는 와중에 땀이 콧잔등에 송골송골 맺혀있었다. 나는 술을 한 잔 마신 다음에 심각한 표정으로 탄식을 토해냈다.

"죽이느냐 살리느냐 그것이 문제로다."

나는 섬광비수를 뽑아서 일단 탁자 위에 꽂았다.

67. 밥이나 처먹어

나는 탁자에 꽂힌 섬광비수를 물끄러미 바라봤다.

"어렸을 때 동네에 재미있는 형이 한 명 있었는데. 왜 그런 사람 있잖아. 동네마다 한 명씩 있는 유쾌하고 재미있고 나한테도 잘해주던 그런 형. 성격도 사내다웠지."

"…"

"우리 동네 생사결은 이런 식이었다. 각자 비수를 탁자에 꽂아둔 다음에 일단 대화로 풀고, 안 풀리면 각자 비수를 잡고 상대를 찌르는 거지. 생사결이긴 했으나 매번 사람이 죽진 않았다. 그래도 손가락 한두 개는 반드시 잘렸지. 어린 내 눈에는 꽤 살벌한 싸움이었다. 내 고향 사람들은 쉽게 물러나는 법이 없었거든."

나는 유사청을 바라봤다.

"어느 날 탁자에 그 형이 죽어있더라고. 뭐 크게 놀랍지도 않았어. 내 조부님이 시체를 치우고, 나는 걸레를 들고 와서 탁자를 닦았다.

그런데 걸레가 자꾸 탁자에 걸리더라고. 들여다보니까 탁자에 비수 자국이 수십 개나 되는 거야. 이런 생각이 들었다. 그래도 내가 아는 형이 형편없이 싸우다가 죽진 않았구나. 하루에 한 번 이상은 그 탁자를 닦았는데 그때마다 내 감정을 어떻게 받아들여야 하는지 고민했다."

"..."

"매번 칼자국 때문에 탁자가 잘 닦이지 않았거든."

"..."

"이름이 갑자기 기억나지 않는군. 그 형도 고아라서 알아낼 방법도 없고. 어쨌든 시간이 좀 흐르긴 했지만, 동네 형을 죽인 놈은 같은 방식으로 내 손에 죽었다."

나는 섬광비수를 뽑았다.

"결국에는 돌고 돌아서 나한테 죽더라고."

포박당한 유사청은 전신을 들썩였다. 다 큰 사내가 눈물까지 흘리면서 말이다. 유사청이 드디어 입을 열었다.

"살, 살려주십시오!"

"아혈이 풀렸네?"

"살려주십시오. 아는 거 다 말하겠습니다. 무조건 협조하겠습니다."

"뭘 말하겠다는 건지 모르겠다만 관심 없다."

나는 섬광비수를 내밀어서 유사청의 포박을 끊었다. 정말 만두에 칼을 댄 것처럼 굵은 밧줄이 손쉽게 잘렸다. 나는 유사청의 팔을 붙잡아서 탁자에 올렸다.

"아직 아혈만 풀렸구나. 이제부터 정신 못 차리면 주화입마다. 호흡을 가다듬도록."

나는 놈의 손을 꼭 붙잡으면서 말했다.

"그리고, 내가 널 왜 죽이니?"

흡성대법을 펼쳤다.

"끄… 흑…"

유사청의 정순한 내공이 내 장심을 거쳐서 체내로 들어왔다. 나는 잠시 흡성대법을 멈춘 다음에 한 줄기 진기를 파견해서 유사청의 체내에 정찰병을 투입했다. 그다음에 다시 흡성대법을 이어나갔다. 잠시 후에 정찰을 나갔던 진기까지 도로 내 몸에 들어왔다.

어느새 유사청의 얼굴에 눈물, 콧물, 침이 뒤섞였다. 나는 유사청의 상태를 살피다가 흡성대법을 멈춘 다음에 호흡을 가다듬었다. 나도 당장 운기조식이 필요한 상태. 단전에서 부글대는 극양의 진기가 정수리까지 올라와서 얼굴이 화끈거리고, 시야에도 불그스름한 빛이 섞이는 기분이 들었다.

나는 유사청의 손바닥을 돌린 다음에 손등에 섬광비수를 박아 넣었다. 푹- 소리와 함께 손등을 뚫고 들어간 섬광비수가 탁자에 꽂혔다. 유사청의 비명이 길쭉하게 뽑히는 와중에 말했다.

"시끄럽다. 아까 그 독고생이 잠을 깨면 이곳에 와서 네 목을 여러 차례 돌려놓을 거야. 죽는 것보다 고통을 참는 게 낫지 않겠어?"

"끄흡…"

나는 유사청을 곁눈질로 노려보다가 의자 위에서 가부좌를 틀고 운기조식을 시작했다.

"자신 있으면 뽑아서 공격해라. 그게 우리 동네 생사결 방식이야."

나는 유사청을 옆에 둔 채로 천옥의 힘을 끌어다가 운기조식을 시작했다. 그간 비록 짧은 시기이긴 했으나 꽤 많은 양의 진기를 태워서 내공에 차곡차곡 쌓았다. 그런데도 아직 금구소요공의 경지가 염계에 머무르고 있다는 사실에는 묘한 기분이 들었다. 확실히 중반부 단계부터는 각 경지를 정복하는 게 정말 어려워지는 무공이었다.

지금도 무리하면 염계를 돌파할 수 있긴 하다. 그러나 금구소요공에 담겨있는 총체적인 무학의 원리가 그것을 원하지 않았기에 나는 서두르지 않았다. 침착하게 일주천을 마친 다음에 눈을 뜨자, 유사청은 피를 멈추게 하려고 팔의 순환을 자신만의 방법으로 막아둔 상태였다. 유사청이 창백한 표정으로 말했다.

"…피를 잠시 멈추게 했습니다."

이제 유사청이 정신을 좀 차린 모양이다. 살려달라느니, 아는 것을 다 불겠다느니 그런 말은 내게 통하지 않는다. 나는 유사청을 바라보다가 짤막하게 대꾸했다.

"잘했다."

"예."

내가 섬광비수를 뽑아내자, 유사청은 한 손과 입으로 옷깃을 재빨리 뜯어내더니 손등을 빠르게 휘감았다. 빈 잔에 술을 따라서 유사청에 내밀었다. 유사청이 그제야 멀쩡한 손으로 술을 한잔 마셨다. 사막에서 오랜만에 물을 마시는 것처럼 인상 깊게 들이켰다. 술을 한잔 마신 유사청이 핏발이 선 눈빛으로 입을 열었다.

"감사합니다."

나도 술을 마시면서 말했다.

"무악문주와 철섬부인이 내게 와서 고개를 숙인 이유는 그들의 거처가 일정하기 때문이야. 내가 무악문을 몰살할 수도 있고, 유화곡에 찾아가서 불을 지를 수도 있다는 것을 알기 때문에 자존심을 내려놓고 사과하러 왔겠지. 그 둘이 너보다 자존심이 없어서 내게 사과한 게 아니다. 보호해 줘야 할 제자가 있고 먹여 살려야 할 식구가 있어서 책임감을 느낀 것이지."

나는 유사청을 손가락질하면서 말을 이어나갔다.

"하지만 나는 네 사정에는 크게 관심 없다. 넌 도박장 주인이잖아."

"예."

"네가 살길."

"말씀하십시오."

"이룡노군과 수선생을 죽이는 데 네가 앞으로 도움이 안 되면 널 살려둘 이유가 없어. 두 사람이 내게 먼저 덤비긴 했지만, 어차피 내 행보를 방해할 놈들이었다. 대나찰이 그래서 죽었고, 흑선보주도 그래서 죽었다. 나는 칼에 맞아 죽은 동네 형처럼 고아라서 유화곡이나 무악문처럼 지켜야 할 것도 없다. 여기 모여있는 수하들? 대나찰의 제자, 흑선보의 떨거지, 내가 죽인 놈들의 부하가 뒤섞였다. 너는 지금 내 부하가 될 자격도 없고, 내 손에 살아남을 확률도 낮아. 오로지 이룡노군과 수선생을 어떻게 처리하느냐에 네 목숨이 달렸는데 너는 나를 어떻게 설득할래."

유사청은 금세 혼절할 것 같은 표정으로 열심히 대답할 말을 고르다가 일순간 정신이 끊어졌는지 탁자 위에 머리를 박았다.

쿵!

나는 한숨을 내쉬었다.

"쯧."

왜 자꾸 나랑 이야기하다가 혼절하는 놈이 늘어나는 것일까.

'모용 선생에게 상담을 받아봐야 하나…'

이때, 안쪽에서 독고생이 걸어 나오면서 내게 물었다.

"대화 좀 했나?"

"하다가 기절했다."

독고생이 유사청의 목덜미에 손을 댔다.

"숨은 쉬는군."

독고생이 나를 노려보면서 말했다.

"좀 자라. 눈이 벌겋다. 특이하게 자줏빛이네."

나는 그제야 자리에서 일어났다.

"잔다."

* * *

밥 먹으라는 수하들의 말에 얼굴만 대충 씻고 다시 대청으로 나갔다. 시비들이 없는데도 수하들이 대충 차린 음식이 탁자에 가득했다. 나는 머리를 긁다가 자리에 앉아서 밥을 먹었다. 하나둘씩 어제 앉아있던 자리에 복귀해서 밥을 먹기 시작했다. 소군평이 밥을 먹으면서 물었다.

"이룡노군부터 칠까요. 수선생부터 쳐야 할까요."

나는 나물을 씹으면서 대꾸했다.

"몰라."

백인이 물었다.

"유사청은 어디 갔습니까?"

"몰라. 일단 밥부터 먹어."

나는 모르는 게 많은 남자다. 밥 먹는 도중에 대청 문이 열리더니 독고생과 유사청이 함께 들어왔다. 간부들과 사제들의 시선이 두 사람에게 꽂혔다. 독고생이 먼저 오더니 의자를 빼내서 비틀거리는 유사청에게 말했다.

"앉아."

유사청이 인사를 하면서 자리에 앉았다.

"감사합니다."

다들 고개를 절레절레 저으면서 밥을 먹었다. 유사청의 얼굴은 피투성이가 되었다가 씻고 온 상태. 그런 유사청의 등을 독고생이 쓰다듬으면서 말했다.

"밥 먹자. 너도 많이 먹어라."

"예."

대체 얼마나 사람을 팼으면 저렇게 기를 죽여놓은 것일까. 유사청이 안 죽은 게 다행이라는 생각이 들었다. 나는 밥을 먹으면서 독고생을 갈궜다.

"사람이 그렇게 잔인하면 되겠냐."

독고생이 대꾸했다.

"뭐 그런 재미없는 농담은 나한테 하지 마. 하나도 안 웃기니까."

독고생이 유사청의 상태를 다른 사람들에게 설명했다.

"이놈 손등은 우리 방주가 칼로 찔렀다. 들어보니까 내공도 빼앗겼더군. 그리고 우리 방주한테 겁을 너무 먹어서 나도 대화하는 게 무척 힘들었다. 나는 얼굴 몇 대 때린 거밖에 없어. 유사청, 내 말이 틀렸나?"

유사청이 밥을 먹으면서 대꾸했다.

"맞습니다."

독고생이 좌중을 향해 묘한 말을 내뱉었다.

"방주는 신경 쓸 일이 많으니까. 이놈은 이제 내가 맡겠다. 참고들 해라."

독고생이 정말 성격이 더럽기는 한 모양인지 아무도 대꾸하지 않았다. 문득 독고생이 유사청의 등을 한 번 쓰다듬었다.

"많이 먹어."

"예."

나도 순간, 등줄기에 소름이 돋았다. 독고생이 자꾸 내게 반말을 하자, 차성태가 끼어들었다.

"독고생, 네가 고생이 많다."

"…!"

순간, 좌중의 시선이 차성태와 독고생을 번갈아 이동했다. 독고생이 무심한 표정으로 대꾸했다.

"차 총관, 너도 밥만 축내느라 고생이 많다."

독고생의 말에 다들 낄낄대자, 차성태의 얼굴이 다시 빨갛게 익었다. 다들 별말 없이 밥을 먹는데 유사청이 입을 열었다.

"방주님."

"왜."

"허락해 주시면 병력을 끌고 와서 제가 선봉에… 독고생과 함께 다녀오겠습니다."

나는 유사청을 노려보다가 대꾸했다.

"밥이나 처먹어."

"예."

밥을 다 먹어갈 때쯤, 소군평에게 말했다.

"배를 채웠으니 낮술이나 마시자."

소군평이 씨익 웃으면서 대꾸했다.

"그럴까요?"

나는 지금 세상에서 가장 한심한 놈들의 대장이다. 계획도 없고, 방향도 없다. 오직 내 머리에는 큰 틀의 전략과 죽어야 할 놈은 내 손에 죽을 것이라는 믿음밖에 없었다. 술을 마시는 와중에 백유가 내게 말했다.

"대사형, 부채춤을 한번 춰보겠습니다."

"그래라."

술을 마신 백유가 부채춤을 추고, 독고생은 유사청을 다시 갈구기 시작하고, 차성태는 술을 마시면서 종종 게슴츠레한 눈빛으로 독고생을 노려봤다. 이 와중에 홍신은 백유가 춤을 추자, 노래를 불렀다.

백인은 여전히 점잖은 모습으로 술을 마시고. 청진은 이 병신들을 바라보면서 못마땅해 하고 있었다. 실로 개판이었다. 나도 술기운이 점점 올라와서 수하들을 바라보다가 혀를 찼다.

"아유, 한심한 새끼들."

독고생은 대체 무슨 말로 유사청을 갈구고 있는 것일까. 묵묵히 이야기를 듣고 있었던 유사청이 결국 눈물을 주룩주룩 뽑아내고 있었다. 나는 지금 적들의 전력이 스스로 약해지는 것을 기다리는 중이었기 때문에 딱히 무언가를 할 필요가 없었다. 결국, 이 난장판 속에서 나는 다시 의자 위에 가부좌를 틀고 명상에 잠겼다. 홍신의 노래 부르는 소리가 잦아들고. 독고생의 말과 유사청의 흐느낌도 사라졌다.

"..."

비몽사몽, 술기운과 명상의 효과가 뒤섞여서… 나는 어느새 옛 자하객잔에 앉아있었다.

* * *

"자하야, 국수 한 그릇 줘라."

위아래로 깨끗한 백의를 입은 동네 형이 객잔에 들어와서 자리에 앉았다. 나는 깨끗한 천을 들고 가서 형이 앉은 탁자부터 깨끗하게 닦았다. 탁자가 깨끗해서 그런지 잘 닦였다.

"형 어디 가? 깨끗하게 차려입었네."

오랜만에 보는 동네 형이 아무런 말 없이 국수를 먹는 동안에 나는 맞은편에 앉아있었다. 국물까지 깨끗하게 마신 형이 그릇을 내려놓으면서 내게 물었다.

"내 이름이 생각 안 나더냐? 섭섭하네."

"형 이름이 뭐였지?"

형이 자신의 이름을 밝혔는데, 나는 기억하지도 못한 상태에서 대충 대답했다.

"아, 맞다. 이제 생각나네."

"잘 먹었다."

형이 계산하고 일어나는 와중에 내가 물었다.

"잘 차려입고 어디 가는 건데? 여자 만나러 가?"

형이 고개를 젓더니 환한 표정으로 웃었다.

"여자는 무슨, 이제 새 출발 해야지."

"이제 칼싸움 안 하는 건가? 조이결한테 복수해야지."

"이미 죽었는데 무슨 복수냐. 어쨌든 고맙다. 나 간다."

나는 형과 눈을 진득하게 마주쳤다가 씨익 웃었다.

"새 출발, 잘하라고."

자하객잔 앞에서 형이 씨익 웃었다.

"그래."

* * *

나는 다시 눈을 뜨자마자, 떨리면서 나오는 숨을 길게 토해냈다. 이상한 꿈이었지만 굳이 이상하게 생각하진 않았다. 그냥 동네 형이 새 출발을 하게 된 모양이라고, 생각했다. 수하들을 바라보는 와중에 한쪽 입꼬리가 위로 올라갔다.

68.
나 지금
누구랑 얘기하냐

"이제 작전 설명할 테니 정리하고 앉아라."

난장판이었던 대청이 삽시간에 고요해졌다. 식탁을 치우고, 주변을 정리한 다음에 한 간부가 벽 총관이 사용하던 상황판을 가져왔다. 나는 간부들이 들을 준비가 될 때까지 차분하게 기다렸다. 정리가 끝나자, 소군평이 말했다.

"방주님, 말씀하시지요."

벽 총관이 사용하던 큼지막한 종이를 가리켰다.

"저것 좀 탁자 위에 깔아라."

백지가 탁자 위에 깔리고, 말석에 있는 간부가 먹을 적신 붓을 내밀었다. 나는 붓을 쥔 다음에 일어나서 백지를 바라보다가 점을 하나 찍었다.

"흑묘방."

한 뼘 정도 높은 곳에 수水를 적었다.

"수선생."

흑묘방과 수선생 사이에 산山 모양의 삼각뿔을 간략하게 그렸다. 뾰족한 곳이 정확하게 수선생이라는 글자를 가리키고, 밑변에 흑묘방이 위치했다.

"무자비한 돌격 진형."

홍신이 물었다.

"기습인가요?"

나는 고개를 끄덕였다.

"기습이다. 인원은 여기서 출발해서 수선생에게 도착할 때까지 한 번도 안 쉬고 경공을 펼칠 수 있는 사람으로 제한하겠다. 소군평."

"예."

"무슨 작전인지 이해했겠지?"

소군평이 확인하듯이 물었다.

"단숨에 경공으로 운우회까지. 뒤처지는 자들은 아예 기습에 나설 필요도 없다는 말씀이시죠?"

"정확하다. 하지만 그게 전부는 아니고. 세부적인 것도 너희가 따라줘야 해. 이것은 단순하게 나를 따라오는 경공 대결이다. 나는 간부들과 함께 출발할 거야. 나는 앞장서서 달리겠지만 굳이 너희가 잘 따라오고 있는지는 확인하지 않을 거야. 당연히 각자 경공 실력에 따라 격차가 벌어지겠지. 상관없다. 도착하는 순서대로 운우회의 담벼락을 넘어서 계속 이동한다. 수선생의 거처까지 무조건 직진."

소군평의 눈이 커졌다.

"운우회에 도착해서도 계속 달립니까?"
나는 고개를 끄덕였다.
"너희도 수선생을 발견할 때까지 계속 달려라. 나는 직진이자, 꼭짓점이고, 송곳이야. 너희도 내 뒤에서 막아서는 놈들을 베거나 암기를 던져서 처리한 다음에 계속 이동해라. 도망가는 놈은 버려. 정면으로 막아서는 놈만 죽이면서 돌진, 돌진, 돌진… 내가 수선생을 만날 때까지 나만 따라다니면서 무조건 돌격해."
수하들의 표정을 확인했다.
"무슨 작전인지 이제 다 이해했겠지?"
"예."
"느린 놈만 제외하고 전원 출발이다."
"출발은 언제 합니까?"
차성태의 물음에 대꾸했다.
"지금."
지금이라는 말에 전원이 벌떡 일어났다. 심지어 함께 이야기를 듣고 있었던 유사청도 눈치를 보면서 일어났다. 나는 유사청에게 말했다.
"포로는 제외."
"예."
"포로 감시는 성태가 해라."
"예?"
독고생이 차성태의 어깨를 두드리면서 지나갔다.
"총관, 수고해라."

사신장들도 이제 차성태를 편하게 대했다.

"차 총관, 수고해."

"수고하라고."

"감시 잘해라."

"이야, 이제 밥값 하네."

소군평이 다급한 어조로 말했다.

"방주님, 수하들에게 설명할 시간이…"

"그럴 시간 없다. 그냥 쫓아오라고만 해. 늦는 놈들은 경공 수련이라 생각하면 되고, 수선생은 나랑 너희들만 있으면 충분하다."

간밤에 무악문주와 철섬부인이 이탈했고, 그전에 사기가 한풀 꺾인 세력이 운우회다. 물론 그전에는 내가 휘두르는 도끼에 부회주까지 죽은 상태. 당연히 이룡노군이 아니라, 약해진 운우회부터 짓밟을 필요가 있었다. 나는 정문에 잠시 멈춰서 간부들을 돌아봤다.

"어느 순서로 도착할지 나도 궁금하네. 서열전이라 생각하고 달려라. 가자."

가자는 말에 독고생이 대문을 발로 찬 다음에 질풍처럼 뻗어나갔다. 소군평이 독고생을 노려봤다.

"저 미친 새끼가…"

나는 간부들과 사제들에게 말했다.

"왜 여유를 부려? 출발해라. 어차피 내가 너희보다 빠르다."

"예?"

"아…"

눈치 빠른 홍신은 경공 서열이 마음에 걸렸는지, 독고생을 따라서 뻗어나가고 백인, 청진, 백유는 동시에 출발했다. 그제야 소군평을 비롯한 다른 간부들도 화들짝 놀라서 경공을 펼치기 시작했다. 나는 서너 걸음을 걷다가 뒤늦게 경공을 펼쳤다. 속도를 더 높여서 달리자, 이내 소군평을 비롯한 흑묘방의 간부들을 따라잡았다. 나는 소군평을 지나치면서 말했다.

"군평아, 더 빨리."

소군평은 대답하지 않은 채로 경공에 집중했다. 전방에 청진과 백유가 나란히 달리고 있었다. 이놈들을 앞지르자 백인이 보였다. 다시 백인을 뒤로 보낸 다음에 전방을 바라보니 홍신과 독고생이 선두를 다투고 있었다. 나는 두 사람의 뒤에 가서 속삭이듯이 말했다.

"벌써 따라잡았네."

홍신이 갑자기 비명을 지르더니 속도가 더욱 빨라지면서 선두로 치고 나갔다. 나는 독고생과 나란히 달리다가 피식 웃었다.

"독고생, 제법이네?"

독고생이 의미를 알 수 없는 괴성을 내질렀다. 나는 돼지 멱따는 소리를 내는 독고생을 뒤로 보낸 다음에 홍신을 추적했다. 나는 홍신을 따라잡으면서 말했다.

"홍 사매, 화장실 급한 거냐? 꽤 빠르네."

홍신은 대꾸할 여력이 없는 모양이다. 그러나 정말 타고난 재주가 있는 모양인지 꽤 빠른 속도를 유지했다. 내공이 깊다고 무조건 빠르진 않지만. 홍신은 내공도 깊고, 달리는 것에도 소질이 있어 보였다. 그러나 홍신보다 내공이 더 깊고, 달리는 것이 체질적으로 맞는 사람이 나다. 나는 오랜만에 쾌당의 고수들을 떠올리면서 속도를 높였다가 홍신을 앞질렀다.

"홍 사매, 네가 가장 빠르다. 지금 속도 유지해. 그렇게 달리면 다른 놈들이 못 쫓아온다."

홍신이 짤막하게 대꾸했다.

"예."

나는 홍신을 뒤에 둔 채로 달리면서 이런 생각을 했다. 어쩌면 홍신은 쾌당에 가입할 수 있겠다고 말이다. 지금 수준으로는 힘들겠으나 앞으로 계속 내공을 쌓고, 더 지독하게 수련하면 쾌당 고수들의 눈길을 사로잡을 수 있는 자질이 충분해 보였다.

나는 수하들과 간격이 벌어지고 있었으나, 굳이 속도를 늦추지 않았다. 그냥 혼자 쳐들어간다는 심정으로 달렸다. 혹시 수선생이 흑묘방 근처에 정찰을 보냈었다 하더라도, 내가 그 정찰보다 빠르게 가는 중이니 이런 기습은 제대로 막을 수가 없을 것이다. 나는 달리면서, 수선생이 무엇을 하고 있을지 상상했다.

할 일은 많을 것이다. 일단 불안할 테니, 재산을 빼돌리기 시작했을 것이고. 알고 지내던 고수들에게 급히 도움을 요청했을 것이다. 혹시 수선생이 이룡노군에게 가 있다면, 이참에 아예 운우회를 불태울 생각이었다. 나는 수선생이 운우회에 있든 없든 간에 오늘 운우회를 궤멸시킨다는 생각으로 달렸다.

잠시 후 나는 운우회의 담벼락을 보자마자, 공중으로 높이 솟구쳤다. 이제 내 수하들의 모습은 보이지 않고, 수선생의 수하들이 보였다. 너무 높이 솟구쳐서 그런 것일까. 내가 담벼락을 넘어서 내려서는 동안에 나를 발견한 일부가 그저 "어?" 정도의 소리만 내뱉은 채로 멀뚱하게 서있었다.

땅을 박차고 다시 달리자, 그제야 "적이다!"라는 외침을 들을 수 있었다. 하지만 그 적이 달밤에 망나니 춤을 추던 사내인지는 모르는 모양이었다. 뒤편이 소란스러워지면서 경계하던 자들이 나를 따라오기 시작했다. 나는 연못 근처를 지나 소각장 옆을 달리다가, 본관의 정문을 날아 차기로 박살을 내면서 진입했다. 본관은 주로 공연을 하는 공간이어서 그런지 아무도 없었다. 단박에 관객석을 훌쩍 뛰어넘어서 무대를 한 번 밟고, 뒤쪽 통로에 진입했다.

통로에서 그제야 떨거지들의 공격이 종종 이어졌다. 하지만 나는 계속 달리는 중이었기 때문에 위협적이지 않은 공격은 흘려보내고, 정면으로 막아서는 놈만 발로 차거나 점혈 수법을 펼치면서 이동했다. 통로를 지나고, 계단을 오르고, 불쑥 튀어나오는 놈들의 뺨을 후려치면서 진격하다가 호위들이 막아서고 있는 방 앞에서 흑묘아를 뽑았다. 호위들의 흔한 호통에는 이렇게 대꾸했다.

"나다. 달밤의 망나니…"

화들짝 놀란 호위들이 허겁지겁 허리에 찬 칼로 손을 뻗었을 때. 나는 수평으로 도기刀氣를 쏟아낸 다음에 커다란 문을 발로 찼다. 쾅- 소리에 이어서 도기에 잘린 호위들의 목이 신체에서 굴러떨어졌다. 나는 방 안으로 진격하면서 다짜고짜 인사말을 건넸다.

"수선생, 나다. 간밤에 잠은 잘 잤고?"

실로 넓은 방이었는데, 그 끝에 커다란 침상이 놓여있었다. 이제 막 바지를 입은 수선생이 허둥대면서 탁자에 있는 검으로 달려가고 있었다. 사람이 더 있었는데, 내 눈에는 오로지 수선생만 보였다. 빠른 속도로 순식간에 거리를 좁힌 내가 흑묘아를 휘두르자, 가까스로 검을 붙잡은 수선생이 칼을 막으면서 그제야 내 얼굴을 바라봤다.

"…!"

순간, 우리 둘은 아무 말 없이 맹렬하게 칼을 부딪쳤다. 나는 입을 다문 채로 흑묘아를 휘둘렀다. 수선생은 옷도 제대로 입지 못한 상태에서 맹렬하게 검을 휘두르면서 저항했다. 나는 수선생의 눈을 들여다보면서 칼을 휘두르다가 좌장으로 장력을 쏟아내고, 흑묘아를 휘둘러서 도기를 연달아 쏟아내고, 다시 지풍과 염계대수인을 펼쳤다가 수선생의 검을 쳐내고 흡성대법을 펼쳐서 수선생의 목을 순식간에 틀어쥐었다.

"끅."

나는 수선생과 눈을 마주쳤다.

"수선생?"

동시에 수선생의 복부에 흑묘아를 박아 넣은 채로 벽까지 밀어붙였다. 다시 푹 소리와 함께 수선생의 복부를 뚫은 흑묘아가 벽에 박혔다. 나는 수선생의 턱을 붙잡아서 얼굴을 이리저리 살폈다.

"네가 이렇게 생겼구나?"

나는 그제야 흑묘아를 뽑았다.

푸악!

수선생이 벽에 기댄 채로 털썩 주저앉았다. 나는 수선생의 피를 털어낸 다음에 흑묘아를 칼집에 넣었다. 헝클어진 머리를 한 번 정리한 다음에 주변을 둘러봤다. 그제야 커다란 침상 위에 이불로 나신을 가리고 있는 젊은 여인들이 보였다. 둘 다 넋이 나간 표정이었다. 나는 쪼그리고 앉아서 수선생을 다시 바라봤다. 수선생이 무어라 말을 하려는 거 같아서 물었다.

"뭐라고? 잘 안 들린다."

"개…"

"개? 삶의 마지막 말을 그런 욕으로 끝내야겠어? 한심한 새끼. 너는 왜 항복하러 안 왔어? 살 기회가 다시 없을 거라고 내가 말을 했냐, 안 했냐. 남의 말도 좀 믿고 살아라. 매번 네 말만 옳다고 하지 말고. 대낮부터 이게 뭐 하는 짓이야. 수선생?"

"…"

숨이 끊어진 모양이다. 아직 나를 빤히 쳐다보고 있는 여인들에게 말했다.

"나 지금 누구랑 얘기하냐. 시체랑 얘기했네."

여인들이 대꾸했다.

"살려…"

나는 여인들의 말이 끝나기도 전에 대꾸했다.

"어, 그래. 살려줘야지."

그제야 방문 앞에 수하들이 나타났다. 전부 들고 있는 병장기에서 피가 뚝뚝 떨어지고 있었다. 사제들은 놀란 표정으로 이미 숨이 끊어진 수선생을 바라봤다. 사부의 오랜 적수가 저렇게 허망하게 죽어 있는 것이 황당한 모양이었다. 뒤늦게 나타난 독고생이 안쪽을 바라보면서 물었다.

"끝났나?"

나는 수하들에게 말했다.

"내려가서 정리해라. 수선생 죽었다고 전하고. 무릎 꿇는 놈들은 죽이지 말고, 계속 덤비는 놈들은 죄다 죽여라."

"예."

몰려왔던 간부들이 한데 뭉쳐서 도로 내려갔다. 나도 마무리를 하기 위해서 다시 계단을 내려갔다. 천천히 내려가는 동안에 호통과 병장기 부딪치는 소리, 비명이 점차 줄어들고 있었다. 본관 앞을 나서자, 꽤 많은 인원이 무릎을 꿇고 있었다. 상황이 이렇게 정리되었는데, 아직 도착하지 않은 흑묘방의 수하들도 많았다. 일부가 헉헉대면서 운우회의 정문에서 하나둘씩 등장하고 있었다. 나는 헉헉대면서 들어오는 수하들을 바라보다가 소군평에게 말했다.

"훈련을 더 혹독하게 해야겠는데? 이래서 강한 세력이랑 싸울 수나 있겠어?"

소군평이 고개를 끄덕이면서 대꾸했다.

"더 혹독하게 시키겠습니다."

나는 무릎 꿇은 놈들과 아군을 천천히 둘러봤다. 전부 나를 바라보고 있었다.

"…간밤에 잠도 자고, 아침밥도 든든하게 먹고, 낮술도 마시면서 기다렸는데 수선생이 항복하지 않아서 직접 죽이러 왔다. 정신 못 차리고 덤비는 놈들은 너희 선생 곁으로 보내줄 테니까. 최대한 내 수하들의 지시에 협조해라. 이제 운우회는 망했다."

나는 수하들이 무언가 다른 말을 기대하는 것 같아서 어쩔 수 없이 한마디를 덧붙였다.

"하지만 나는 망할 리가 없지. 내가 망할 것 같아?"

"…"

반응이 썩 좋진 않았다.

69.
오늘의 실패

나는 무릎 꿇은 놈들을 바라보다가 수하들에게 말했다.

"우리도 이제부터 운우회다."

"예?"

"복장부터 갈아입자. 죽은 놈들 옷 벗겨서 입고, 부족하면 부상이 심한 놈들 옷도 벗기고. 안에 가서 꺼내 와서 입든가, 전부 환복해라."

나는 특별히 독고생은 제외했다.

"너는 입지 마."

"왜?"

"넌 너무 눈에 띈다. 옷도 소용없어. 너는 그냥 직속 수하들하고 여기 정리하고 있어라."

내가 독고생에게 이렇게 말하자, 그제야 다른 수하들도 내 뜻을 이해했다. 나는 이대로 운우회의 패잔병으로 변신한 다음에 곧장 이룡노군을 칠 생각이었다. 물론 선봉 역할은 무릎을 꿇고 있는 놈들이 대신할 터였다. 나는 소군평에게 간략하게 설명했다.

"군평아, 이독제독以毒制毒이다."

"알겠습니다."

잠시 사내들이 분주하게 옷을 갈아입는 동안에 나는 홍신을 불렀다.

"홍 사매."

"예, 대사형."

"여자 마음은 여자가 알지?"

"그렇죠?"

"저 미친 독고생이 아무나 다 죽일 수 있으니까. 너도 남아서 이곳에 잡혀 온 사람들을 보살펴라. 수상한 놈은 죽여도 좋지만, 약자들까지 굳이 그럴 필요는 없다."

"알겠습니다."

"여기서 고생하던 여인들은 일양현으로 보내거나, 풀어줄 생각이니 네가 잘 살펴봐."

홍신이 고개를 끄덕였다.

"예."

그제야 나는 다시 포로들에게 다가가서 정신교육을 시작했다.

"이 밥만 축내던 성태 같은 놈들…"

"…"

"운우회에 몸담았다는 이유만으로 다 죽여야 하는데, 내가 또 오락가락하는 놈이라서 너희에게 한 줄기 빛이 되어주마. 싫은 놈은 손을 들든가, 여기서 혀 깨물고 죽어. 안 말린다."

"…"

"없어? 지금부터 대답을 제대로 안 하는 놈은 본보기로 수선생에게."

포로들이 이구동성으로 대답했다.

"없습니다."

나는 포로들을 손가락으로 가리키면서 말했다.

"이제 너희와 내가 힘을 합쳐서 이룡노군을 죽일 거야. 이제껏 불쌍한 여인네들 이곳에 잡아 와서, 옷 벗기고, 공연 구경하다가 다른 데 팔아넘기던 병신들이 너희다. 맞아, 아니야?"

"맞습니다."

나는 갑자기 성질이 뻗쳐서 흑묘아를 뽑았다.

"그냥. 이 개새끼들 다 죽이고 내가 지옥에…"

어느새 다가온 백인이 나를 뜯어말렸다.

"대사형, 참으세요."

"놔라. 내가 초열지옥에 가련다."

"칼받이 역할을 맡긴 다음에 처리하셔도 됩니다. 이런 놈들이 너무 많습니다. 그래도 수선생이 죽었으니 다르게 살아갈 길을 열어주시지요. 저희처럼."

나는 오랜만에 말을 길게 하는 백인을 바라봤다. 백인도 대나찰의 밑에서 이런저런 고생을 해봤기 때문에 그나마 포로들의 심정을 알고 있는 모양이라 생각했다. 나는 한숨을 내쉬었다가 억지로 칼을 집어넣었다.

"초열지옥이 좋은 곳은 아니지."

백인이 침착한 표정으로 말했다.

"그렇습니다. 대사형, 이놈들은 앞으로 제가 잘 감독하겠습니다."

어쨌든 백인이 이들을 책임지겠다고 하니, 모용백의 말이 떠올랐다. 혼자 죽이지 말고, 수하들하고 함께 죽이라는 말로 기억나긴 하는데 사실 구체적으로 생각나진 않았다.

"네가 잘 책임져."

"감사합니다. 대사형, 계속 말씀하시지요."

"내가 어디까지 했지?"

"이놈들 병신이라 하셨습니다. 그전에는 성태 같은 놈들이라고 하셨고요."

"아, 그랬지. 하여간 이 병신들…"

백인이 포로들에게 싸늘한 어조로 말했다.

"대답해라."

"예!"

나는 손가락으로 콧잔등을 긁으면서 포로들에게 할 일을 알려줬다.

"너희가 할 일은 연기다. 내 수하들과 힘을 합쳐서 정직하게 쳐들어가자는 뜻이 아니다. 우리는 잠시 운우회가 될 거다. 너희가 수선생이 죽었다는 것을 알리고 이룡노군이 변태처럼 꾸며놓은 산장에 무혈입성하는 것이 목표다. 내 말 알아들었나? 우리는 지금부터 패잔병이다."

백인이 끼어들었다.

"대사형, 제가 작전을 이해했습니다. 구체적인 것은 제가 지시하겠습니다."

"좋았어."

총대장은 이게 편하다. 나는 뒷짐을 진 채로 할 일 없이 두리번거리다가 소군평을 불렀다.

"군평아."

"예, 방주님."

"여기까지 뛰어오느라 고생이 많으셨던 우리 훌륭한 흑묘방의 수하분들에게는 휴식을 권해라. 뛰어오시느라 고생 많으셨으니까. 쉬어야지."

"예."

"그놈들까지 따라오면 싸울 때 우리가 더 약해진다. 병력이 늘어날수록 우리가 약해진다니 이게 무슨 개 같은 경우야?"

"알겠습니다."

이제 간부들은 이 와중에 뭐가 웃긴지 종종 히죽대면서 돌아다녔다. 수선생을 최단 속도로 잡아내면서 전반적으로 나에 대한 이해도가 다들 높아진 모양이었다. 나는 수하들이 오늘의 이차전을 준비하는 동안에 휘파람을 불면서 돌아다녔다. 딱히 참견할 게 없어서 약간 심심했다. 잠시 후에 슬슬 눈에 익고 있는 흑선보의 조장 놈이 내게 다가와서 운우회의 복장을 내밀었다.

"방주님, 갈아입으세요."

살펴보니 가슴 부위가 찢어지고, 피가 잔뜩 묻어있는 옷이었다.

"좀 깨끗한 거로 가져와라. 내가 어딜 봐서 가슴에 부상이 있냐. 멀쩡한데."

"알았어요."

"씹쌔끼야."

"왜 욕을 하고 그러세요. 챙겨주러 온 건데."

조장 놈이 툴툴대면서 다른 옷을 찾으러 갔다. 생각해 보니, 저놈은 흑선보에서도 눈치가 더럽게 없었던 그놈이었다. 나는 혀를 차면서 중얼거렸다.

"용케 살아남는다. 용케 살아남아…"

잠시 후에 멀쩡한 옷으로 갈아입고 나서 물고기를 구경하고 있는데, 수하들의 보고가 이어졌다.

"대사형, 준비됐습니다."

"방주님, 가시죠."

나는 짤막하게 재회했던 물고기들에게 작별을 고한 다음에 돌아섰다.

"가자."

나는 운우회의 정문으로 향하면서 말했다.

"나중에 저기 물고기 밥 좀 줘라. 저놈들 굶어 죽겠다. 먹고살자고 이 지랄 중인데. 굶어 죽으면 안 되겠지."

소군평이 덤덤한 어조로 대꾸했다.

"알겠습니다."

* * *

백인이 연기자를 제대로 고른 것일까. 자신해서 중요한 역할을 맡겠다고 나선 포로 놈이 홀로 비틀거리는 걸음으로 이룡노군의 산장 정문을 향해서 천천히 이동했다. 나는 다른 수하들과 함께 제법 떨어진 곳에서 연극演劇을 구경했다. 포로는 몸에 칼 맞은 연기를 그야말로 실감 나게 하는 중이었다. 복장, 자세, 동작까지 완벽했다. 그런데 이룡노군의 대문 앞에서 놈이 갑자기 쓰러졌다.

"…"

나는 백인을 물끄러미 바라보다가 물었다.

"너무 나간 거 아니냐?"

백인이 진중한 표정으로 고개를 저었다.

"약속된 행동입니다. 그리고 실제로 칼에 맞은 놈입니다."

나는 백인의 표정이 너무 진지한 터라, 아무 말도 하지 못했다. 다시 고개를 돌리자 쓰러졌던 놈이 다시 힘겹게 일어나고 있었다.

'대단한 열연이네.'

인간의 살아남고자 하는 의지란 이렇게 대단한 면이 있다. 누구 한 명 봐주는 사람이 없는데도 혼신의 연기를 펼치는 포로 배우께서 힘겨운 걸음을 옮기더니 산장의 문을 두드렸다.

탕… 탕… 탕

잠시 후에 늙은 사내가 나와서 다 죽어가는 운우회의 사내를 부축했다. 무슨 말을 하는지는 들리지 않았다. 잠시 후에 약속이 되었던 다른 배우들이 온몸에 피 칠갑을 한 채로 헉헉대면서 투입됐다. 이 놈들은 그래도 목소리에 힘이 있었다.

"흑묘방과 전면전이 벌어지고 있습니다. 노군 선배님에게 원군을 요청하기 위해 왔습니다."

"들어오시게."

다른 포로 놈은 앞의 말을 싹 무시하고 이룡노군의 수하에게 부탁했다.

"물 좀 주십시오."

* * *

지켜보던 나는 입을 동그랗게 말았다가 작게 속삭였다.

"대사 좋고."

옆에 있는 백인의 입매가 위로 살짝 올라갔다.

"대사형, 슬슬 저희도 가시지요."

나는 진짜 운우회에 속한 놈들에게 마지막으로 경고했다.

"죽고 싶은 놈들은 들어가서 이룡노군 측에 붙어도 좋다. 이참에 깡그리 죽여주마. 가자."

나는 가장 먼저 일어났다가 한 손을 들었다.

"잠시 대기."

나는 미간을 좁힌 채로 귀를 기울였다. 운우회가 당하고 있다는 소식이 들어갔으면 응당 산장이 시끄러워야 할 터였다. 그런데 부상자들이 세 명이나 들어갔는데도 산장은 실로 고요했다. 나는 귀는 여전히 산장을 향해 열어둔 채로 있다가 사신장들의 표정을 살폈다. 이들은 당연히 지금은 가면을 쓰지 않고 있었다. 소군평과 흑묘방의 간부도 차례대로 살폈다.

"…"

마지막으로 운우회에 속한 포로들을 둘러봤다. 기습을 밀고했거나 배신한 놈은 없는 것 같은데 어쩐지 기습은 이미 실패한 것 같다는 기분이 들었다. 강호에서 벌어지는 일이 늘 순조로울 수는 없는 법. 실패에는 익숙하다. 그리고, 딱히 이상한 일은 아니었다. 운우회에서 내보낸 정찰병이 변고를 알아차리고 따라오다가 바깥에서 방향을 선회해서 먼저 이룡노군에게 보고했을 가능성이 첫 번째.

아니면 먼저 이룡노군 정찰병이 미리 변고를 알아차렸을 가능성이 두 번째. 어쨌든 지금까지도 이룡노군의 산장은 고요했는데, 심지어 포로들이 들어간 정문은 여전히 활짝 열려있었다. 마치 제갈량이 문을 활짝 열어둔 채로 사마의를 기다리고 있는 분위기랄까. 나는 혀를 찼다.

"걸린 모양이네."

백인이 의견을 제시했다.

"이대로 들어가서 승부를 마무리하시지요."

"아니다. 내가 노강호를 너무 얕본 것 같다."

나는 갑자기 이룡노군이 궁금해져서 홀로 산장으로 향했다.

"방주님?"

"대사형."

나는 손을 내저었다.

"너희는 대기해라."

"대기라니요."

"대기해."

나는 정문 앞에서 문득 운우회의 복장이 부끄럽다는 생각이 들었다. 왜 부끄럽다는 생각이 들었는지는 정확하게 모를 일이다. 상의를 벗어서 대충 집어던진 다음에 장삼만 걸쳤다. 안으로 들어가자, 산장 내부는 예상대로 고요했다. 꽤 넓은 산장이었기 때문에 나는 잠시 오솔길을 따라 걸었다. 넓은 정원에 덩그러니 놓인 탁자가 있고, 그곳에 이룡노군이 홀로 앉아있었다. 내가 다가가자, 이룡노군이 말했다.

"어서 오게. 우리 휴전은 벌써 끝이 났나?"

나는 주변을 둘러보면서 다가갔다.

"다 정리하셨고?"

이룡노군이 차를 한 모금 마신 다음에 고개를 끄덕였다.

"보다시피 다 정리했지. 아까 문을 열어준 노복 한 명만 남겼었는데 방금 뒷문으로 내보냈네. 무공을 모르는 노복이니 굳이 따라가서 죽일 필요는 없을 거야."

"수하들은."

"갈 곳이 있는 놈들은 보내고. 갈 곳이 없는 놈들은 돈을 좀 쥐여주고. 어제와 오늘 다 작별했지."

나는 탁자 근처에는 다가가지 않은 채로 대꾸했다.

"눈치가 빠르네?"

이룡노군이 나를 바라보더니 피식 웃었다.

"자네 몇 살인가?"

"알 거 없다."

"이봐, 자네랑 나랑 사십 년은 차이가 나겠군. 나도 자네 나이쯤에 강호에 발을 내디뎠으니 강호 경험도 사십 년은 내가 많겠지."

"경험은 내공처럼 차곡차곡 쌓이는 게 아니다."

"그렇긴 하지. 앉게나."

앉으라고 하면 앉지 않는 게 나다. 내가 가만히 서있자, 이룡노군이 물었다.

"이리 와서 차 한잔 마실 여유도 없나?"

"나는 본래 여유가 없는 사람이다."

물론 이런 놈과 차를 마실 사람도 아니다. 그저 가소롭다는 생각이 들어서 미소만 짓고 있었다. 이룡노군이 말했다.

"의심이 대단히 많군."

"늙은이, 뭘 준비했나? 심심한데, 들어나 보자."

이룡노군이 덤덤한 어조로 말했다.

"강호에 사는 자가 무공 외에 준비할 것이 있나. 무공은 평생 익히는 것이니 새삼스럽게 준비한 것은 없다."

"내가 어찌 나올지 알고."

이룡노군이 나를 바라봤다.

"너? 대나찰을 일대일로 죽였더구나. 나는 너 같은 놈을 강호에서 많이 봤다. 네 행동, 네 말투. 보자마자 네 깊이를 알아차리고 네 성격도 파악했다. 어차피 너와 나의 싸움 아니더냐. 굳이 수하들의 피를 볼 필요는 없는 일이지. 그래서 홀로 기다리고 있었다."

"네가 대나찰과 친하게 지낸…"

이룡노군이 내 이야기를 들으면서 찻잔으로 손을 뻗었다. 무언가 손짓과 의도가 어색하다고 느끼자마자, 나는 왼발로 땅을 밀어냈다. 이룡노군이 거의 동시에 찻잔을 지그시 눌렀다. 딸깍- 하는 기관장치 소리와 함께 내가 서있던 장소가 감쪽같이 사라졌다. 내가 있던 곳만이 아니라, 원형 탁자 주변이 모두 둥그렇게 파여있었다. 심지어 간격만 예닐곱 장丈이 넘어 보였다.

나도 경험이 많은 편이지만, 이런 식으로 정원이 쑥 꺼지는 함정은 처음이었다. 일보도약一步跳躍 수법으로 지상 위를 미끄러지듯이 이동해서 빠져나온 나는 구덩이를 바라봤다. 깊고 어두워서 잘 보이지 않았다. 마치 이룡노군의 시커먼 마음처럼 말이다. 나는 원형의 기둥 위에 앉아있는 것처럼 보이는 이룡노군에게 말했다.

"늙은이, 이게 끝은 아니지? 의자와 탁자도 기관장치고, 찻물은 독이었을 테고, 주변은 도산검림을 바닥에 깔아놓은 불구덩이 함정이었네. 내가 경험이 좀 부족하니까 미리미리 말 좀 해줘라."

이룡노군이 입을 굳게 다문 채로 일어나서 나를 노려봤다.

"…"

나는 덤덤한 어조로 말했다.

"깜짝 놀랐잖아. 개새끼야."

70.
불타오르네

저 구덩이에 얼마나 많은 시체가 들어가 있을까. 이런 함정이 있었기 때문에 이룡노군은 운우회와 병력을 합치지 않았고, 자신의 수하들처럼 어디론가 내빼지도 않았다. 이룡노군이 찻잔을 다시 누른 다음에 손목을 돌리자, 딸그락 소리를 내면서 찻잔이 돌아갔다.

그러자 귀를 긁는 마찰음과 함께 정원 곳곳이 내려앉고, 일부 구덩이에서는 다시 바닥이 솟구쳤다. 마치 정원 바닥 전체가 흑과 백의 바둑돌이 놓인 바둑판이 된 상황. 백은 밟을 수 있는 곳이고, 흑은 추락하는 구덩이다. 밟을 수 있는 곳과 없는 곳이 난잡하게 섞여 있었다. 어쩌면 '흰 돌'처럼 보이는 곳도 함정이 섞여있으리라 추측했다. 이룡노군이 말했다.

"이게 딱 적당하군. 이제 겨뤄보세."

나는 뒤로 다시 물러나면서 슬쩍 웃었다.

"미친 새끼, 네가 왜 대나찰보다 명성이 없었는지 이제 알았다."

이룡노군이 나를 바라봤다.

"명성이 무슨 소용이더냐."

"사십 년 동안 여기서 사람들을 구덩이에 빠뜨렸으니 너에 대해 아는 사람이 없었던 것이겠지. 네가 죽인 시체들 위에서 밥을 먹고, 차를 마시고, 잠을 잤나 보군. 이제야 네 얼굴이 왜 그렇게 창백한 것인지 이해했다. 강호가 그렇게 무섭더냐?"

이룡노군이 미소를 지었다.

"쓸데없는 말을 하는군."

"나는 너 같은 놈들을 많이 봤다. 함정을 파놓고, 그 함정 근처에서 벗어나지 못하는 소인배들. 맹수처럼 직접 사냥에 나서는 것도 아니고, 천하를 돌아다니면서 강자들과 겨루는 것도 아니고. 평생을 이렇게 썩어가면서 수하들을 파묻고, 친구도 파묻고, 심기를 거스르게 하던 놈들도 파묻었겠지. 구덩이가 열리고 닫힐 때마다 시체 썩은 내가 진동하는구나. 대나찰이 좀 안타깝군."

"죽은 놈이 뭐가?"

나는 산장을 둘러보면서 말했다.

"그놈은 아마 널 죽이기 위해서 이 산장을 계속 연구했을 것이다. 네가 빈틈을 안 보였나 보군."

내 말에 이룡노군이 기괴한 표정으로 웃었다. 본래 안색이 창백한 놈이라서 귀신이 웃는 것처럼 보였다. 이룡노군이 말했다.

"맞다. 대나찰도 내게 빈틈을 안 보였지."

"유유상종이었군그래."

내가 자꾸만 뒤로 물러나자, 이룡노군이 듬성듬성 빠진 이빨을 내

보였다.

“어디로 도망가느냐?”

“여기가 불리하니까 도망가지. 병신 같은 놈. 쓸데없는 거를 물어보는군.”

이룡노군이 흐뭇한 표정으로 손을 내밀었다.

“출구는 그쪽이 아니다.”

내가 뒤를 돌아보자, 오솔길이 있어야 할 장소에 넝쿨만 보였다. 간단한 눈속임 진법인 것 같았는데 어쨌든 이룡노군의 말대로 출구는 보이지 않았다. 병력을 전부 데리고 입성했으면 절반 이상이 이곳에서 죽었을 터였다.

“흥미로운 늙은이군. 진법도 배웠나? 너 설마 옛 귀곡자鬼谷子를 따라 하는 것이냐?”

“젊은 놈이 귀곡 선생을 어찌 아느냐?”

내가 외모가 젊긴 한데, 외모보단 나이가 많아. 나는 한마디로, 하늘이 내린 동안童顔이다. 너무 개소리 같아서 입 밖으로 내뱉진 않았다. 귀곡자는 전국시대 인물인데 강호로 따지면 은둔한 기인이사다. 그리고 일부 강호인에겐 기관진식과 진법의 시조다. 실제 그의 별호도 자신이 은거한 귀곡산장鬼谷山莊에서 따온 말이다.

귀곡자에 대해 나만 알고 있는 사실이 있다. 금구소요공을 창시한 기성자記性子가 가장 싫어하는 부류가 바로 귀곡자다. 귀곡자는 동명의 책 제목인 《귀곡자》를 서술했는데. 그 책에 이런 말이 있다.

‘상대에게 신임을 얻고, 친밀한 관계를 유지하라. 친밀해진 상대의 약점을 장악하고, 그가 빠져나가지 못하도록 붙잡아라.’

얼핏 보면 처세술 같겠지만 강호인들의 이상한 정신세계로 보면 이것은 처세술이 아니라 지금 이룡노군이 하는 짓과 일맥상통한다. 물론 이 늙은이가 귀곡자의 직계는 아닐 것이다. 본래 강호에는 옛 사람의 행동과 말, 책과 사상에 영향을 받은 자들이 많기 때문이다. 나는 이룡노군에게 내 비밀을 하나 밝혔다.

"이봐, 귀곡자의 아주 먼 후인쯤 되는 쓰레기 같은 늙은이. 안타깝게도 내 정신적인 스승 중에는 너희처럼 음흉한 마음으로 은거하는 자들을 가장 싫어하는 분이 계시다."

이룡노군이 대꾸했다.

"그런 자가 있나?"

"기성자라는 분이신데 들어봤는지 모르겠군. 무식한 늙은이 새끼."

"금시초문이로군."

"그분이 너희 같은 놈들을 만나면 사용하라고 만드신 무공을 내가 익혔다는 말씀이다. 교토삼굴狡兔三窟은 가차 없이 삼매진화三昧眞火로 대처하라. 하필 걸려도 나 같은 놈에게 걸렸을까. 신기하네."

영리한 토끼는 세 개의 굴을 파놓는다. 기성자께서는 이 세 개의 굴을 모조리 불태우라고 하셨다. 그래서 만들어 놓은 무공이 염계炎鷄다. 나는 히죽 웃으면서 좌장에 염화향을 준비했다. 이룡노군은 무언가 불길함을 느꼈는지 흰 돌을 이리저리 밟으면서 토끼처럼 껑충껑충 뛰어왔다. 이룡노군을 탁자에서 끌어낸 나는 염화향을 거둬들인 다음에 정원 이곳저곳을 살피면서 움직였다.

"필살기 준비하는 동안에는 기다려 주는 게…"

'…강호의 도리 아니냐?'는 말은 바빠서 하지 못했다. 이룡노군은 뱀 머리가 달린 지팡이를 휘두르면서 나를 쫓아왔다. 도대체 저 병장기는 어디서 나온 것일까. 그리고 하필이면 뱀 머리였다. 그냥 뱀은 무섭지 않다. 그러나 강호인이 굳이 지팡이 끝에 뱀 머리를 붙였다는 것은 나를 가볍게 보지 말라는 뜻이다.

한마디로 지팡이에 달린 뱀 머리에 독이 있으니 까불지 말라는 뜻이랄까. 그러니 이럴 때는 조심하는 것이 도리다. 나는 징검다리 같은 곳을 밟으면서 이동하다가 결국에 흑묘아를 뽑아서 이룡노군의 지팡이를 후려쳤다.

캉!

그러나 지팡이와 칼이 평소처럼 바쁘게 부딪치진 않았다. 중간중간에 구덩이가 있었기 때문이다. 나는 흰 돌을 밟으면서도 마음의 준비를 단단히 했다. 아니나 다를까 멀쩡해 보이는 흰 돌 하나를 밟았을 때, 정확하게 나를 노리는 암기가 어디선가 튀어나왔다.

쐐앵!

흑묘아로 암기를 쳐냈을 때, 뒤통수에 지팡이가 날아왔다. 결국, 서너 개의 흰 돌을 훌쩍 뛰어넘어서 평평한 땅을 밟으려는데, 이번에는 오른발이 아래로 쑥 내려갔다. 흰 돌 행세를 하는 함정인 모양이다. 나는 좌장으로 바닥에 장풍을 쏟아내면서 솟구쳤다. 이룡노군이 펄럭이는 장삼을 휘두르자, 강침 수십 개가 발밑에서 쇄도했다. 늙은 생강이 맵다더니…

나도 왼손으로 장삼을 잡아 뜯는 것처럼 뽑아내서 휘둘렀다. 대량으로 밀려오던 암기와 죄 없는 장삼이 동귀어진을 한 다음에 구덩이로 장렬하게 추락했다. 다음 생애에는 좋은 주인 만나서 여자 만나러 갈 때 입는 옷으로 태어나라. 갑자기 분노로 들끓는 불길이 가슴에 휘몰아치면서 내 안에 흑염계黑炎鷄가 꿈틀거렸다.

'넌 뒤졌다.'

딱히 뾰족한 수가 떠오르진 않았다.

'넌 좀 이따가 뒤졌다.'

나는 밟아도 이상이 없었던 흰 돌의 위치를 기억해 둔 상태. 평소에 내가 기억력이 굉장히 뛰어난 편은 아니지만, 목숨이 이렇게 위협받는 상황에서는 기가 막히게 잘 외워두는 성격이기도 하다. 인간의 정신세계는 신비한 면이 있어서 좀 처맞으면 기억 능력이 향상된다. 왜 그런지는 나도 자세히 모르겠다. 늙은이를 상대로 일단 도망을 치는 내 모습이 추하기는 했으나 미리 변수를 없애기 위해 나는 냉정한 마음으로 싸움에 임했다.

벌써 세 차례나 기둥이 아래로 꺼지고, 두 차례나 암기가 날아왔다. 어느 것이 함정인지 파악하고 있을 이룡노군이 싸우는 도중에 강제로 내 위치를 지정하게 되면 곤란해지기 때문에 나는 매를 먼저 맞자는 심정으로 미리 싸돌아다녔다. 잠시 후 나는 은근슬쩍 추적을 허용한 다음에 돌아서서 이룡노군과 다시 맞붙었다. 이미 주변의 함정은 얼추 파악해 둔 상태. 이제 함정 다음으로 조심해야 할 것은 독毒이다.

새삼 노강호라는 생각이 들었다. 병장기 수련도 꾸준히 한 모양인지 제법 무거워 보이는 강철 지팡이를 잘도 휘둘러 댔다. 솔직히 말하자면, 이런 산장에서 싸우지 않더라도 내 수하 중에는 이룡노군을 꺾을 수 있는 놈이 없어 보였다. 나는 일부러 흑묘아에 염계를 휘감아서 이룡노군이 피할 때마다 산장 이곳저곳에 화마火魔를 파견했다. 사람이 별다른 작전이 떠오르지 않을 때 하게 되는 생각.

'뭐 어떻게든 되겠지.'

이룡노군은 내가 산장의 외곽을 삼매진화 수법으로 태우기 시작하자, 초조한 기색을 감추지 못했다.

"함께 죽자는 거냐?"

나는 이룡노군이 입을 연 틈을 타서 흑묘아를 거세게 휘둘렀다. 이전까지 흑묘아에 주입했던 내공의 양이 오 할이라면, 이룡노군이 주둥아리를 열었던 시점부터는 칠 할로 끌어올렸다. 여전히 삼 할은 예비 전력으로 남겼다. 그런데도 이룡노군의 지팡이가 점점 느려졌다. 내가 하나의 흰 돌 위에서 굳건하게 버틴 채로 싸우면, 이룡노군은 어쩔 수 없이 다음 수법을 끌어당겨서 사용할 것이다.

그것은 아마도 독이겠지. 상대에게 독을 사용하도록 강제하고, 받아칠 준비를 끝마친 상태. 이룡노군은 흑묘아를 쳐내는 것이 힘겹다고 판단한 순간, 지팡이의 어딘가를 눌러서 전방으로 크게 휘둘렀다. 녹색의 독무毒霧가 눈앞에 펼쳐졌다. 동시에 이룡노군은 탁자가 있는 곳으로 후퇴하고… 나는 전방에 좌장을 뻗어서 흡성대법을 펼친 다음에 안개 형태로 흩어진 독을 소용돌이 모양으로 끌어당겼다.

쑤웅-!

동시에 흑묘아에 도풍을 휘감아서 둥그런 형태로 압축된 독을 양파 껍질을 쳐내듯이 구덩이 쪽으로 날려 보냈다. 동시에 이룡노군이 탁자를 치자… 놀랍게도 모든 구덩이에서 작살 모양의 커다란 송곳이 일제히 튀어나와서 공중으로 솟구쳤다.

부앙!

독무를 피하려고 움직이면 기관장치로 마무리를 하는 연계 방식의 수법이었다. 나는 놀란 표정으로 주변에서 일제히 튀어 오른 작살을 바라보다가 중얼거렸다.

"대단히 악랄하군. 내가 너를 칭찬하마."

이룡노군은 회심의 한 수라고 생각했던 연계 방식이 모조리 실패하자, 처음으로 넋이 나간 표정을 하고 있었다.

"..."

나는 싸움이 끝난 사람처럼 평범한 동작으로 흑묘아를 칼집에 넣었다가, 벼락이 터지는 것처럼 다시 뽑아서 도기를 분출했다.

쐐애애애애액!

화들짝 놀란 이룡노군이 양손으로 지팡이를 붙잡아서 도기를 쳐냈다.

콰아아아아앙!

나는 제자리에서 다시 흑묘아를 치켜들었다가 수직으로 도기를 쏟아냈다. 이룡노군은 내 도기를 쳐낼 때마다 늙고 창백한 얼굴이 세차게 떨렸다. 나는 다시 흑묘아를 치켜든 채로 말했다.

"끝이냐? 더 없어? 빨리 생각해라. 너, 곧 죽는다."

"오냐. 이리 넘어와라."

"그건 아니지. 내가 파악한 바로는 여기가 가장 안전한 생문이다."

나는 다시 도기를 쏟아냈다. 제자리에서 도기를 연속으로 열세 번이나 연달아 쏟아냈고, 등을 돌릴 여유도 없었던 이룡노군은 모조리 막아냈다. 간간이 이룡노군은 이쪽으로 넘어오라느니, 마주 보고 싸우자느니, 욕지거리와 도발이 담긴 악다구니를 쏟아냈으나 나는 아무런 말도 귀에 들어오지 않아서 계속 칼을 휘둘렀다. 열일곱 번째 도기를 연달아 막아내던 이룡노군은 그제야 지팡이를 붙잡은 채로 균형을 잃었다. 나는 허겁지겁 다시 일어나는 이룡노군을 향해 단조롭게 도기를 쏟아냈다.

푸악!

이제야 솟구치는 핏물이 보였다.

푸악!

이번에는 지팡이를 붙잡고 있는 한쪽 손이 바닥에 떨어졌다. 이어서 놈의 팔이 날아가고, 반대편 팔도 도기에 날아갔다. 양팔을 잃은 이룡노군이 무릎을 꿇었을 때, 그 무릎에도 도기를 내보냈다.

푸악!

나는 이룡노군의 표정을 구경하다가 흑묘아를 넣은 다음에 검지에 염화향을 휘감았다. 나는 집중해서 이 삼매진화가 실제 불꽃의 모양으로 될 수 있도록 세심하게 공을 들였다. 또한, 염계의 기를 최대한 압축했다. 이룡노군이 절망이 담긴 표정으로 내게 무슨 말을 하고 있었는데, 나는 진지하게 집중하는 중이어서 잘 들리지 않았다.

손가락 끝에 완성한 불꽃을 최대한 가벼운 동작으로 이룡노군을 향해 내보냈다. 그러고 나서, 시시각각 흥미롭게 변하는 이룡노군의 표정을 확인했다. 죽음을 맞이하는 표정이 바로 저런 것이겠지. 불꽃은 춤을 추는 것처럼 넘실넘실 날아가서 도망가려던 이룡노군을 삼킨 다음에 화룡火龍이 승천하는 것처럼 불기둥으로 솟았다.

화르르르륵!

나는 팔짱을 낀 채로 불꽃에 휩싸인 이룡노군을 바라보다가 나지막이 중얼거렸다.

"…불타오르네."

불꽃이 실로 아름다웠다.

71.
부러지는
신념

나는 불길에 휩싸인 이룡노군을 보면서 웃었다. 이제 이곳에 아무도 없었기 때문에 마음 놓고 웃었다. 이룡노군의 죽음을 비웃으면서 웃고, 그의 생애를 모욕하는 심정으로도 웃었다. 흥에 겨워서 흑묘아를 다시 뽑은 다음에 사방팔방에 염화향을 흩날리면서 웃었다.

"타올라라…"

이 불꽃은 강호인들에게 보내는 점소이의 선물이다. 그 옛날, 자하객잔이 불에 탄 이후로 나도 모르게 강호에 뒤섞이게 되었다. 평범한 점소이를 강호로 끌어들인 벌을 공평하게 이룡노군에게도 내렸을 뿐이다. 이제는 희미해지고 있는 평범한 일상의 추억까지 산장에서 모조리 불태웠다. 내가 내키는 대로 칼질을 하고, 불을 지르고, 웃음을 터트리는 사이에 바깥에서 수하들의 목소리가 들렸다.

"대사형!"

내게 사제가 있었던가?

"방주님!"

내가 방주였었나? 문득 타오르는 불길 속에서 대사형이라는 말과 방주님이라는 말을 곱씹었다. 너무 흥에 겨웠던 것일까. 나는 천천히 내가 걸어왔던 길을 읊조렸다.

"일양현의 점소이, 무덤지기, 낫질의 달인, 비무도박의 패배자, 삼류 강호인, 주화입마, 절강의 물고기…"

어디선가 기관장치가 녹아내리기도 한 것일까. 우지끈- 하는 요란한 소리와 함께 건물도 구덩이에 파묻히고 있었다. 익숙한 목소리가 이번에는 더 가까운 곳에서 들렸다.

"방주님! 군평입니다!"

"삼백갑자 소군평?"

이어서 요란한 굉음과 함께 불길에 휩싸였던 넝쿨이 산산조각 나더니 소군평을 비롯한 사제들이 불에 잔뜩 그을린 모습으로 나타났다. 나는 그제야 소군평에게 말했다.

"대기하라니까 왜 들어왔어?"

소군평이 소리를 버럭 내질렀다.

"불이 났으니 들어왔지요! 뭐 하세요! 건너오세요!"

그제야 아래를 내려보니, 수하들과 나 사이에 시커먼 구덩이가 하나 놓여있었다. 별거 아닌 작은 구덩이였는데 어쩐지 내 눈에는 이것이 이승과 저승의 경계에 있다는 삼도천三途川처럼 보였다. 소군평도 함께 구덩이를 바라보다가 내게 말했다.

"방주님, 구덩이에 아무것도 없어요. 건너오세요."

"아, 알았다."

나는 가볍게 구덩이를 뛰어넘어서 수하들이 있는 곳에 내려섰다. 수하들은 전부 숯검정을 묻힌 것처럼 지저분한 얼굴을 하고 있었다. 백인이 내게 물었다.

"대사형이 불을 지르셨습니까?"

"응."

"나가시죠."

백인의 말에 내가 낄낄대면서 먼저 앞으로 뛰어갔다.

"가자."

소군평은 여전히 내게 화가 나있었다.

"왜 웃어요!"

내가 웃으면서 대꾸했다.

"남의 집에 불을 질렀는데 그럼 울겠냐."

소군평이 "으허허허허" 하는 괴상한 억지웃음을 터트리더니 이런 말을 덧붙였다.

"이러다가 주화입마가 오는 거구나. 내가 이 느낌이 뭔지 알았다."

"조심해라, 군평아. 주화입마만큼 무서운 게 없다."

우리는 한데 뭉쳐서 가끔씩 칼을 휘두르면서 불길을 돌파했다. 가끔 사제들의 장풍이 길을 시원하게 열어서 우리는 무사히 이룡노군의 거처를 탈출했다. 바깥으로 나오자마자, 산장을 바라봤다. 굉음과 함께 무언가가 터지더니 불길이 더욱 높게 치솟았다. 소군평이 넋이 나간 표정으로 말했다.

"어딘가에 화약이 있었나 본데요. 그냥 불에 타는 소리가 아니네."

나도 맹렬하게 타들어 가는 산장을 보면서 동의했다.

"그러게 말이다."

백인이 그래도 꼼꼼하게 확인하겠다는 것처럼 내게 물었다.

"대사형, 이룡노군은요?"

"산장보다 먼저 불에 타 죽었다."

백인이 보기 드물게 안도의 한숨을 크게 내쉬었다.

"좋습니다. 좋아요."

"좋구나."

나는 수하들의 시커먼 얼굴을 구경하고, 수하들은 내 얼굴을 바라보다가 함께 웃음을 터트렸다. 나는 모여있는 운우회 병력을 바라보다가 물었다.

"먼저 들어갔던 연기자들은?"

뒤편에서 놈들이 손을 들었다.

"여기 있습니다."

소군평이 설명했다.

"뒷문으로 산장의 노복과 먼저 빠져나왔습니다. 노복이 안에서 이제 큰 싸움이 벌어질 테니 나가 있자고 했다네요."

"다행이군. 훌륭한 연기자들이 죽을 뻔했어."

"예."

굳이 노복의 행방은 묻지 않았다. 무공을 익혔다면 이미 수하들의 손에 죽었을 테니까. 문득 고개를 돌려보니 산장 전체가 구덩이에 빠진 것처럼 푹 가라앉고 있었다. 애초에 구멍을 여기저기에 너무 많이 파놓았던 모양이다. 주변으로 크게 번질 것 같지는 않았다. 이곳은 산맥이 이어지는 장소가 아닌 독립적인 산이어서 그렇다. 차라리 한 번 화마에 휩싸여서 모조리 불태웠다가 다시 천천히 시작하는 것도 나쁘지 않아 보였다.

"가자."

수하들과 걸어서 복귀하는 도중에 사제들과 간부들이 안에서 벌어진 싸움을 무척 궁금해해서 대충 설명해 줬다.

"안에 기관장치가 잔뜩 있었다."

"…"

소군평이 황당하다는 어조로 대꾸했다.

"방주님, 그게 끝이에요?"

"응."

나는 백인을 바라보면서 한마디를 덧붙였다.

"대나찰보다 특별히 뛰어나진 않았다."

백인이 나를 바라보더니 덤덤한 표정으로 고개를 끄덕였다.

"예."

나는 잠시 멈춰서 사제들을 바라봤다.

"대나찰, 수선생, 이룡노군 다 죽었군. 그중에서 대나찰이 가장 사내다웠다."

백인이 대꾸했다.

"그렇군요. 그럼 됐습니다."

청진과 백유도 뭔가 좀 후련해졌다는 표정으로 고개를 끄덕였다. 나는 수하들에게 말했다.

"운우회는 이제 없어졌다. 떠날 놈들은 떠나라. 막지 않아. 남아있을 놈들은 이제 하오문에 속한다. 흑묘방, 흑선보, 운우회도 죄다 하오문이다."

운우회에 속해있던 놈이 내게 물었다.

"하오문이 대체 뭡니까?"

나는 고개를 끄덕이면서 대꾸했다.

"너 같은 병신 떨거지들 가득한 곳. 수선생 같은 놈들 죽이면서 강호 전체로 퍼져나갈 허접한 문파다."

아직도 내 정체를 모르는 놈이 이렇게 물었다.

"문주님이 누구신가요?"

"나다."

"흑묘방주님 아니셨어요?"

"그것도 나다."

나는 다시 운우회로 향하면서 소군평에게 말했다.

"독고생 이놈이 사고를 치진 않았겠지?"

소군평이 고개를 저었다.

"홍신 신장이 있으니 별일 없을 겁니다."

나는 간부들에게 당부했다.

"세력이 갑자기 헛바람 들어간 것처럼 커졌는데 별 의미는 없어. 세부적인 정리는 간부들과 사제들이 상의해서 정리해. 세밀하게 조직을 운영하는 재주는 내게 없으니까."

"예."

"각자 자신이 가장 잘하는 일을 해라. 나는 계속 강해질 생각이야. 결국에는 강해지는 것이 문주의 가장 큰 역할일 테니까."

솔직하게 말하면 내정의 천재 같은 사내가 나타나도 이 엉망진창의 조직을 완벽하게 통제하진 못할 터였다. 나는 갈림길에서 소군평과 사제들을 운우회로 보냈다.

"나는 흑묘방으로 가서 포로를 봐야겠으니 너희가 정리하고 돌아와라."

소군평이 물었다.

"운우회의 임시 관리자는 누구로 할까요? 어쨌든 흑도 세력이고 손님을 받았던 곳이라 크고 작은 분쟁이 연이어서 발생할 가능성이 있습니다."

"독고생이 있으면 오는 자들마다 칼부림을 할 테니…"

백인이 대꾸했다.

"거긴 임시로 저와 사제들이 남겠습니다. 어떤 놈들이 손님으로 오는지도 대충 알고 있습니다. 죽일 놈은 죽이고, 살릴 놈은 돌려보내겠습니다."

"좋아. 수고들 해라. 먼저 복귀한다."

"예."

* * *

나는 유사청을 노려보면서 상석으로 향했다.

"잘 있었나?"

"예."

"차성태가 괴롭히진 않았고?"

"예."

나는 상석에 앉아서 왼쪽에 있는 유사청을 보고, 오른쪽에 있는 차성태를 봤다. 차성태가 물었다.

"다녀오신 일은 어떻게 되셨습니까?"

"무슨 일?"

"수선생을 치러 가셨잖아요."

"아, 수선생은 칼에 맞아 죽었고, 이룡노군은 불에 타서 죽었다. 대나찰에게 적수도 보내주고 친구도 보내줬으니 저승에서 심심하진 않을 거야. 그러고 보니 유사청 때문에 죽었네."

나는 유사청을 바라봤다.

"네가 공이 크다."

"예."

차성태가 뭐 좀 알아냈을 것이라 생각하고 물었다.

"이놈 출신이 어디래?"

"호연검가呼延劍家라고 합니다."

나는 유사청에게 물었다.

"너도 호연呼延 씨냐?"

호연은 그리 많지 않은 복성이었다. 유사청이 자신의 본명을 밝혔다.

"제 본명은 호연청이라 합니다."

"기반 지역이 어디냐."

"본래는 동보석에 있었는데 지금은 홍천향에 자리 잡았습니다."

"동보석 지역이면 백도가 즐비한 곳인데 밀렸나 보지?"

"예."

협탁에 있는 용모파기를 가리키면서 차성태에게 말했다.

"가져와라."

차성태가 광명좌사의 용모파기를 가져와서 내 앞에 내려놓았다. 나는 그것을 호연청에게 밀었다.

"내가 수배 중인 놈이다. 찾을 수 있겠어?"

호연청이 대꾸했다.

"어떻게든 찾아내겠습니다."

"모르는구나."

호연청이 착잡한 표정으로 대꾸했다.

"방주님, 살려주십시오. 어떻게든 찾아보겠습니다. 독이라도 있으면 하나 주십시오. 해독제를 받으러 오겠습니다."

나는 고개를 끄덕였다.

"오늘은 이미 사람을 많이 죽였다. 내 평범한 하루가 사람 죽이는 거로 시작해서 사람 죽이는 걸로 끝이 나면 안 되겠지."

호연청이 안도의 숨을 내쉬면서 대답했다.

"감사합니다."

"좋아. 이런 관계도 있어야지. 사람 일이라는 게 억지로 한다고 전부 해결되는 것도 아니고."

이때, 대청 문이 열리더니 수하의 보고가 이어졌다.

"방주님, 손님 오셨습니다."

"누구."

"철용문주 금철용이라는 분이 오셨습니다."

"모셔라."

금철용과 곽용개가 대청에 등장했다. 금철용이 웃으면서 말했다.

"문주, 얼굴 보기 힘들군."

나는 일어나면서 대꾸했다.

"어찌 이렇게 갑자기 오셨습니까."

"사람들이 자꾸만 밀려오는데 문주는 보이지 않아서 겸사겸사 보러 왔네."

"드디어 도착했습니까?"

곽용개는 끈이 달린 시커먼 상자를 탁자에 내려놓은 다음에 덮개를 열었다. 상자 안에 금철용이 만든 광인狂刃이 놓여있었다. 손잡이와 칼집이 모두 잿빛이었다. 손잡이 끝에는 금철용이 만들었다는 증표처럼 용이 각인되어 있었다. 하지만 예상하던 것보다 길이가 짧은 직도였다. 이런 생각이 들었다. 원하는 철을 모두 구하진 못했구나 하는 생각. 하지만 정말 오랜만에 받는 선물이었다. 나는 칼의 완성도가 아니라 금철용의 마음을 선물로 받아들였다.

"감사합니다."

금철용이 손을 내밀었다.

"뽑아보게."

나는 내 예측보다 무거운 광인을 들고 칼집을 분리했다. 은색의 칼날이 모습을 천천히 드러냈다. 나는 칼날을 구경하면서 말했다.

"잘 쓰겠습니다."

"마음에 드는가?"

내 덤덤한 태도가 못내 불안한 모양이었다.

"마음에 쏙 듭니다."

칼을 만드는 사람이나 강호인이나 새로운 병기를 얻게 되면 무언가를 자르고 싶어 하기 마련이다. 금철용이 물었다.

“벨 거 없나?”

나는 무심코 호연청을 바라봤다. 그러자 소스라치게 놀란 호연청이 갑자기 바닥에 무릎을 꿇었다.

“살려주십시오.”

이 뜻밖의 광경에 금철용과 곽용개가 놀라서 호연청을 바라봤다. 나도 광인을 붙잡은 채로 호연청을 바라봤다.

“내가 널 왜 죽여.”

히죽 웃은 다음에 왼손으로 허리춤에 있는 흑묘아를 뽑았다. 왼손에 흑묘아, 오른손에 광인을 쥔 다음에 금철용에게 물었다.

“금 아저씨, 후회 없으시겠지요?”

내가 곧 두 자루의 칼을 부딪칠 것임을 알게 된 금철용이 고개를 끄덕였다.

“후회 없네.”

나는 철을 구하고, 전반적인 제작 과정에 가장 많이 참여했을 곽용개에게도 확인했다.

“부방주께서는?”

곽용개가 고개를 끄덕였다.

“나도 자신 있네.”

나는 양손에 목계의 기를 균등하게 주입한 다음에 허공에서 광인과 흑묘아의 칼날을 부딪쳤다. 내공이 섞인 터라 떠엉- 하는 둔탁한 소리와 금속음이 뒤섞이면서 칼날이 날아갔다. 금철용, 곽용개, 차성태의 표정에 당황함이 깃들었다. 무릎을 꿇은 채로 구경하고 있었던 호연청도 당황한 표정으로 눈을 껌벅였다. 나는 광인의 반쪽 칼날을 바라봤다.

"부러진 신념이로군요. 흑묘아가 이겼습니다."

금철용이 멋쩍은 표정으로 머리를 긁었다.

"하, 이것 참…그건 어디서 얻은 보도寶刀인가?"

"흑묘방주가 사용하던 칼입니다."

곽용개는 창백한 표정으로 한숨을 내쉬었다.

"큰형님, 저희가 부족했습니다."

금철용도 고개를 끄덕였다.

"그렇군."

곽용개가 서둘러서 부러진 칼날을 줍고, 내게서 광인을 빼앗듯이 수거하더니 도로 상자에 담았다. 곽용개가 어깨에 상자를 둘러멘 다음에 금철용에게 말했다.

"큰형님, 가시지요."

어쩐지 여기서 빨리 도망치자는 말처럼 들렸다. 금철용이 나를 바라봤다.

"문주, 다시 찾아오겠네."

나는 진중한 표정으로 고개를 끄덕였다.

"금 아저씨, 서두르지 마십시오. 그동안에 흑묘아를 사용하고 있겠습니다."

금철용이 침통한 표정으로 돌아섰다.

"가자."

갑자기 금철용이 휘청거리자, 옆에 있는 곽용개가 급히 부축했다.

두 사람이 서로를 의지한 채로 대청을 빠져나갔다.

"..."

나는 몇 번 헛기침을 한 다음에 자리에 다시 앉았다. 여태 함께 구경했던 차성태가 웃음을 참고 있었다. 나는 그 모습을 바라보다가 말했다.

"웃지 마. 이 새끼야."

"예."

"사람은 누구나 실패할 수 있다. 내가 그랬던 것처럼. 성태, 너는 딱히 실패해 본 일도 없잖아. 뭘 해봤어야 실패하지."

내가 알기로 강호 전체를 통틀어서 부러지지 않는 병장기는 정말 극소수다. 그중에서 내가 사용하던 것은 아직 중원에 도착하지도 않은 상태였다. 그때까지는 흑묘아로 잘 버티는 수밖에 없었다.

72.
하늘이 너무
어두워지기 전에

나는 씻고 옷을 갈아입은 다음에 대청 탁자에 앉아서 다시 차성태와 호연청을 바라봤다.

"성태야, 뒤에 가서 술 좀 가져와라. 잔은 세 개."

"예."

차성태가 술을 내려놓고, 잔을 각각의 앞에 놓았을 때. 나는 호연청을 바라봤다.

"호연청, 잘 들어."

"예."

"나는 네가 유사청인지 호연청인지 아직 관심 없다. 네가 정말 호연검가의 무인인지 아니면 강호에서 음모를 꾀하는 다른 세력의 무인인지 그것도 관심 없다. 너는 그냥 재수 없게 내게 걸린 포로야. 너는 앞으로 내가 시키면 시키는 대로 해. 알았어?"

호연청이 짤막하게 대꾸했다.

"알겠습니다."

나는 챙겨 온 섬광비수를 꺼내서 세 사람의 중앙 자리에 꽂았다.

푹!

차성태와 호연청이 이게 무슨 의도인지 생각하면서 나를 바라봤다. 나는 섬광비수를 가리켰다.

"우리 동네 생사결 방식이다. 이제부터 대화가 안 통하면 저것으로 서로 찔러 죽이는 거로 하자."

차성태가 웃으면서 무슨 말을 꺼내려다가 내 표정을 확인하곤 바로 입을 다물었다. 나는 원하는 바를 밝혔다.

"지금부터 백팔 일의 시간을 줄게. 호연청은 네가 알고 있는 검법, 보법, 내공 심법 이외 모든 무공을 차성태에게 전수하도록."

호연청의 눈이 커지고, 차성태는 급히 나를 바라봤다.

"…"

물론 호연청은 할 말이 많을 것이다. 가문 이외의 사람에겐 전수가 금지되어 있다느니 그런 개소리겠지. 그러나 탁자에 꽂힌 섬광비수를 보고 나서는 쉽사리 입을 떼지 못하고 있었다. 오히려 차성태가 어리둥절한 표정으로 대꾸했다.

"문주님, 백팔 일 동안에 저놈의 무공을 어떻게 전부 배웁니까."

"성태야."

"예."

나는 차성태를 지그시 바라봤다.

"죽고 싶으냐? 생사결이라고 했을 텐데."

"아…"

"아?"

"아닙니다."

나는 아무 말이 없는 호연청에게 하루 일과를 설명했다.

"이곳은 흑묘방이니까 두 사람은 묘시卯時(오전 5시)가 시작될 때 기상한다. 아침을 먹고 수련, 점심을 먹고 수련, 저녁을 먹고 휴식. 휴식에는 자유 시간이 주어지나 외출, 탈출, 도주 시에는 생사결을 적용해서 내가 직접 죽여주마. 마음에 안 들면 지금 섬광비수를 뽑아서 나를 찔러라."

"…"

"호연청은 내게 내공을 빼앗겼으니 휴식 시간에는 내공을 회복하는 시간을 가지거나 그대로 휴식하거나 네 마음이다. 다시 말하지만 백팔 일이다. 길다면 길고, 짧다면 짧지. 모든 것을 터득하라는 얘기는 아니다. 다만, 지금보다 백팔 일 이후에는 백팔 일만큼 차성태가 강해져야 하겠지."

"백팔 일만큼 강해진 것을 어떻게 가늠하죠?"

차성태의 물음에 내가 대꾸했다.

"마음에 들지 않으면 비수를 뽑아서 나를 찔러라."

"그냥 질문이었습니다."

호연청이 겨우 이런 질문을 내게 했다.

"백팔 일이면 검법 하나 전수하는 데도 벅찹니다."

"내 알 바 아니다. 차성태가 밥만 축내는 놈이긴 하나, 바보는 아니야. 개괄적으로 가르치든, 검법이 익숙해져서 다른 것을 가르치든 전적으로 네게 달렸다. 네가 알아서 해."

호연청이 저도 모르게 대꾸했다.

"저희 호연검가는…"

"너희 가문이 어떤지 관심 없다. 싫으면 비수를 뽑아서 자살해라."

그제야 호연청은 입을 다물고 잠시 눈도 감았다. 나는 두 사람에게 말했다.

"삶에는 죽는 것보다 나은 게 꽤 많지. 가르치기 싫으면 이 자리에서 죽어라. 성태, 너도 배우기 싫으면 이 자리에서 그냥 죽어. 밥 축내지 말고. 이것도 싫고 저것도 싫으면 저거 뽑아서 나한테 덤벼라. 내가 죽여주마."

이번에는 차성태도 고개를 젖힌 다음에 눈을 감았다. 나는 개 같은 분위기를 잡는 두 사람에게 말했다.

"싫습니다, 한마디만 해봐. 내가 먼저 비수를 뽑으마."

차성태가 손을 들었다.

"저는 좋습니다."

나는 호연청을 바라봤다. 호연청은 입술을 달싹이다가 겨우 대답했다.

"전부 가르치겠습니다."

나는 두 사람을 노려보다가 고개를 끄덕였다.

"이제야 말이 좀 통하는군."

나는 섬광비수를 뽑아서 내 손가락에 피를 낸 다음에 술병에 떨어뜨렸다. 그다음에 섬광비수를 차성태에게 내밀었다. 차성태도 술병에 피를 떨구고. 이어서 호연청도 같은 방식으로 피를 떨궜다. 나는 세 사람의 피가 섞인 술병을 들고 세 개의 잔을 채웠다.

"이 술에 목숨을 걸고 생사결을 치른 사내 셋의 피가 담겼다. 맹약에 따라 백팔 일 동안, 사부 호연청은 제자 차성태에게 성심, 성의, 혼과 노력을 다해 무공을 가르칠 것이며 제자 차성태는 백팔 일 동안, 사부 호연청의 가르침을 열과 성의를 다해 배울 것이다. 나, 이자하는 맹약의 주체자로서 두 사람이 생사결로 약조한 사내의 의무를 가볍게 여기거나 불성실한 태도를 보일 경우, 섬광비수로 두 사람의 남은 삶을 끝장내겠다고 천지신명께 맹세한다."

차성태는 내 맹세를 듣는 동안에 얼굴이 창백해졌다. 호연청은 연신 침만 꼴딱꼴딱 삼키고 있었다. 나는 두 사람을 바라보다가 술잔을 들었다.

"두 사람은 맹약을 지킬 것을 맹세하는가?"

"맹세합니다."

"저도 맹세합니다."

나는 고개를 크게 끄덕였다.

"마시자."

우리 셋은 피가 섞인 술을 들이켰다. 나는 술잔을 내려놓은 다음에 기분 좋은 얼굴로 말했다.

"좋았어. 내일부터 혹독한 수련이 시작될 테니 오늘은 최후의 만찬을 함께 해보자고."

차성태가 대꾸했다.

"지금 밥할 사람이 없습니다."

"그렇군."

시비들도 일양현으로 떠났고, 대부분의 수하는 아직 운우회에 있었다. 나는 잠시 턱을 괸 채로 고민했다. 수선생도 죽이고, 이룡노군도 죽였으나 당장 저녁을 어떻게 해결해야 할지가 난제였다.

'못난 놈…'

차성태가 말했다.

"제가 나가서 사 올까요?"

"왜? 도망가게?"

이때, 대청의 문이 벌컥 열리더니 홍신이 모습을 드러냈다. 그러나 나는 홍신의 얼굴을 쳐다보지 않고, 사매의 손에 들린 것을 주시했다. 홍신이 덤덤한 표정으로 손에 든 것을 슬쩍 올리면서 말했다.

"대사형, 만두 좀 드세요. 오다가 사 왔어요."

나는 "쓰읍…!" 소리를 냈다가 홍신에게 박수를 보냈다. 내가 심각한 표정으로 박수를 보내자, 차성태도 고개를 끄덕이면서 손뼉을 부딪쳤다. 홍신이 좌우를 둘러보면서 대꾸했다.

"왜들 이래요?"

나는 홍신에게 손을 내밀었다.

"훌륭하다. 어서 와서 앉아라."

"예."

홍신이 탁자에 보자기를 풀자, 그곳에서 뽀얀 자태를 뽐내는 만두가 등장했다. 홍신이 나불댔다.

"뭘 좋아하시는지 몰라서 고기만두, 야채만두 반반 섞었고요. 옆에 탕초리척도 팔고 있어서 술안주로 사 왔습니다."

나는 잠시 한 손으로 눈물을 훔치면서 대꾸했다.

"훌륭하다. 앞으로 사신장은 백인, 청진, 백유, 홍신으로 확정하겠다."

"갑자기요?"

"먹자."

나는 만두를 하나 씹으면서 가만히 있는 호연청에게 말했다.

"너도 먹어라."

"예."

호연청이 조심스럽게 대답한 다음에 만두로 손을 뻗었다. 나는 만두를 먹으면서 자연스럽게 말했다.

"백팔 일 후에 성과가 미흡하면 두 사람은 내 손에 죽을 줄 알아."

차성태가 만두를 먹으면서 대꾸했다.

"예, 알았어요."

호연청도 대꾸했다.

"알겠습니다."

나는 굴다리에 사는 거지새끼처럼 만두를 먹다가 홍신에게 말했다.

"너 국수는 못 하냐? 재료는 주방에 있을 건데."

홍신은 술이 식기 전에 적장의 목을 베고 돌아오겠다는 관우처럼 여유로운 태도로 대꾸했다.

"해드려요? 이거 먹고 만들어 올게요."

나는 홍신의 마음이 바뀔까 두려워서 고개를 여러 번 끄덕였다.

"그래주면 고맙지."

"알겠어요."

차성태가 홍신을 향해 고개를 살짝 숙이면서 말했다.

"내 것도 부탁을 좀…"

"뭐 이왕 하는 김에 많이 해야지. 총관 것까지."

문득 홍신, 차성태 그리고 내가 호연청을 바라봤다. 호연청은 포로라서 홍신에게 부탁할 수가 없는 처지였다. 그것을 알면서도 우리 셋은 호연청의 말을 기다렸다. 마치 말을 하지 않으면 네 것은 없다는 무언의 압박이랄까. 호연청이 결국 덤덤한 어조로 대꾸했다.

"저는 괜찮습니다."

나는 혀를 찼다.

"지랄하고 있네. 홍 사매, 다 같이 먹을 수 있게 만들어 줘."

만두를 손에 든 홍신이 웃으면서 일어났다.

"알겠어요."

나는 주방으로 가는 홍신을 보면서 엄지를 치켜들었다. 역시 사내들만 득실득실한 강호는 지옥이나 다를 바가 없다는 것을 새삼 느낀다. 문득 호연청을 바라보니 만두가 목에 막혔는지 급하게 술을 들이켜다가 미친놈처럼 갑자기 눈물을 질질 짜냈다. 나는 고개를 절레절레 저으면서 차성태를 바라봤다.

"지랄을 한다. 어이구. 만두가 너무 맛있어서 처우는 건가?"

"음."

차성태는 나랑 같이 호연청을 놀리려다가 씁쓸한 표정으로 입을 다물었다. 이제부터 사부라 불러야 할 사람을 놀리는 것이 좀 이상한 모양이었다. 호연청이 말했다.

"그것은 아닙니다. 어쨌든 잘 가르쳐 보겠습니다."

나는 어쨌든 국수를 기다리는 동안에 실컷 차성태도 갈구고, 호연청도 계속 갈궜다. 내 안에 악마가 있는 것이 아닐까 하는 의구심이 나도 들었다. 뭐 내가 전생부터 그렇게 좋은 놈이었다면 검선劍仙 같은 별호로 불렸겠지. 하지만 내 별호는 광마였다는 말씀.

"성태야."

"예."

"너 좋은 시절 다 갔네? 어떡하냐. 파하하하하하."

잠시 후에 우리 넷은 국수를 먹었다. 만두로 배를 채우고 국수까지 먹자 졸음이 솔솔 밀려들었다. 나는 국물까지 깔끔하게 전부 마신 다음에 일어났다.

"나는 좀 잔다."

"예."

내가 대청 바깥으로 향하자, 차성태가 물었다.

"어디 가십니까?"

"자려고."

"바깥에서요? 왜요?"

"내 마음이야."

나는 내원으로 나가서 꽃잎이 떨어져 있는 매화나무 아래에서 팔베개를 하고 누웠다. 하늘에는 해가 떨어지고 있고, 밤은 아직 찾아오지 않은 상태. 자하紫霞가 하늘을 잠시 가득 채웠다. 밝지도 않고 어둡지도 않은 하늘. 내 이름과 뜻이 같은 하늘빛을 볼 수 있는 시간이 고요하게 흘러갔다. 나는 하늘이 너무 어두워지기 전에 먼저 눈을 감았다.

보고 싶은 사람들에겐 미리미리 안부 인사를 전했다. 괜히 꿈에서 만나면 가슴이 아프기 때문이다. 이외의 사람들은 다 괜찮다. 때려죽이고 싶은 놈, 괴롭히고 싶은 놈, 광승, 광명좌사, 맹주, 삼재에 속한 고수들, 비무도박에서 나를 이겼던 허접한 놈들까지. 이깟 놈들은 얼마든지 내 꿈속에 등장해도 좋다는 생각을 하면서 잠을 청했다. 정말 보고 싶은 사람들은 꿈에 등장하지 말라는 생각을 하다가 나는 잠이 들었다. 꿈인지 기억인지 모를 잡념이 노을처럼 짧게 스쳐 지나갔다.

* * *

"이것을 네게 넘기마."

"왜요."

"이제 내게 필요 없는 물건이다."

나는 광승이 내미는 선장禪杖을 바라봤다.

"제가 스님도 아니고 이걸 어떻게 씁니까?"

광승이 사용하는 선장의 머리에는 초승달 모양의 칼날이 붙어있었는데, 광승은 그 칼날을 손으로 돌리더니 쇳덩이를 몸통에서 떼어냈다.

"주려면 다 주시지 그건 왜 떼십니까."

"너는 살기가 너무 짙은 놈이라서 날붙이는 압수다. 이것은 몸통 자체도 훌륭한 병장기야. 부러지지 않은 신념과도 같은 무기라고 해야겠지."

"정말 안 부러집니까?"

"신념이 부러지면 너도 죽은 목숨이니 걱정할 필요 없다."

"뭔 말이에요?"

"말 그대로다."

나는 어리둥절한 심정으로 광승이 내미는 금속 봉棒을 붙잡았다. 봉의 무게만 육십 근이 넘는 병장기여서 강호인이 아니면 애초에 자유롭게 다룰 수도 없는 물건이었다. 나는 광승의 표정을 바라보다가 물었다.

"어디 가십니까?"

"돌아가야지."

"갑자기 가신다고요?"

"돌아갈 곳이 있기에 여행인 것이다. 많이 채워 넣었으니 이제 다시 비워내러 갈 시간이야."

"돌아갈 곳이 없으면 뭡니까? 저처럼."

"네가 왜 돌아갈 곳이 없어? 언제든지 찾아오면 그 보기 싫은 머리부터 빡빡 밀어주마. 그건 또 싫지? 주둥아리 나불대다가 어디서 객사하지 말고 가슴이 답답하면 언제든 찾아오너라. 못난 놈아, 간다."

광승이 먼지바람을 일으키면서 사라졌다. 종잡을 수 없는 인간이라서 갑작스러운 헤어짐이 놀랍지도 않았다. 강제로 끌고 다니던 인간이 갑자기 사라지자, 그 자유가 주는 공허함도 대단히 컸다. 문득 주변을 둘러보니 내 곁에 남아있는 것은 부러지지 않는 신념이라는 별칭이 붙은 쇳덩이밖에 없었다.

나는 무거운 쇳덩이를 어깨에 걸친 채로 황야에 홀로 서서 한참을 두리번거렸으나 딱히 돌아가야 할 곳이 없었다. 내 마음도 황야와 다를 바가 없어서 다시 강호로 향했다. 돌아가야 할 곳은 없으나, 때려죽일 놈들은 강호에 아직 남아있기 때문이다. 하늘이 점점 어두워지고 있었다.

73.
도박묵시록
이자하

나는 백팔 일 동안에 흑묘방 이곳저곳에서 가부좌를 튼 채로 시간을 보냈다. 허리가 뻣뻣해지고, 무릎이 자주 굳었으며, 자주 씻지 않아 몸에서도 슬슬 걸인의 냄새를 풍겼다. 그러나 필요한 일이다. 내원에서는 호연청이 차성태를 가르치고, 외원에서는 흑묘방의 수하들이 수련을 거듭했다.

나는 흑묘방의 지붕 위에서도 운기조식을 하고. 욕탕, 담벼락, 매화나무 아래, 내원, 외원, 침실 등 장소를 가리지 않고 운기조식을 했다. 가끔 독고생과 사신장, 벽 총관, 금해, 홍신 등이 찾아오긴 했으나 나는 폐관수련에 돌입한 사람처럼 별다른 응대를 하지 않았다. 내 대답은 일관적이었다.

"알아서 해."

수하들이 스스로 결정하고 판단할 수 있는 일에 굳이 끼어들지 않았다. 내가 굳이 백팔 일을 설정해서 운기조식에 돌입한 이유는 금구소요공 염계의 경지가 애매했기 때문이다. 조금만 집중하면 투계로 넘어갈 수 있다는 느낌이 들어서 집중할 수밖에 없는 시기였다. 수하들도 내가 무공 수련의 어떤 고비를 마주하고 있음을 깨닫고, 최대한 저희끼리 상의하면서 일을 처리했다.

백팔 일은 짧으면서도 길기도 한 묘한 시간이다. 어느 날은 매화나무 아래에서 종일 떨어지는 꽃잎을 바라보다가 운기조식을 하고, 가끔 도저히 버티지 못할 때만 일어나서 물을 마시고 음식을 입에 집어넣었다. 덕분에 살은 점점 더 빠졌다. 나도 휴식이 필요할 때마다 내원으로 나가서 차성태가 수련하는 모습을 물끄러미 바라봤다. 엄살 부리는 모습이 역시 차성태다웠으나 굳이 참견하진 않았다.

삼사십 일이 흘렀을 때. 대나찰, 수선생, 이룡노군의 죽음은 인근 흑도 세력에게 모두 알려진 상태. 남화와 이화 지역의 모든 흑도는 흑묘방주가 지배하고 있다는 소식이 퍼졌다는 말을 벽 총관이 전달했다. 벽 총관이 내게 이런 것을 물었다.

"퍼진 소문에서 흑묘방주가 아니라 하오문주로 정정해야 옳지 않을까요?"

나는 오랜만에 벽 총관의 말에 대꾸했다.

"굳이 그럴 필요 없다."

"예."

나는 당분간 흑도의 가면을 쓰고 있을 생각이다. 아직 일양현에서 만들어지고 있는 하오문의 본진도 완성되지 않았기 때문이다. 그리고, 겨우 작은 지역 두 곳의 흑도를 장악했다고 해서 중원의 판도는 물론이고 흑도의 세력 지도에도 전혀 지장이 없다. 아직 이곳은 변방이다. 전생에 겨뤘던 내 적수들은 아직 한 명도 등장하지 않았고, 회귀한 이후에 나를 곤란하게 만든 고수도 없었다.

큰 틀에서의 내 행보는 대나찰과 수선생을 처리해서 수련할 시간을 제법 많이 벌어둔 상태. 소군평을 비롯한 흑묘방의 수하들도 맹렬하게 수련하고, 차성태도 하루하루 미칠 것처럼 힘겹게 수련하고 있었으나. 단언컨대, 내가 가장 고되게 수련하고 있었다. 이것이 총대장이 할 일이라고 생각하면서 나는 운기조식에 나를 갈아 넣었다.

일상의 자잘한 것들을 모두 집중으로 불태워 버리자… 눈을 감았다가 뜨면 어떤 때는 새벽이었고, 어떤 때는 밤이었다. 달님과 해님, 바람과 비, 수하들의 보고와 때때로 밀려드는 배고픔도 내 수련을 방해하지 못했다. 수련에 집중하면 모든 것을 잊는 남자, 그것이 나다.

며칠이 흘렀는지 까먹었을 무렵, 천옥에서 끌어다가 전환한 내공은 염계의 경지를 완벽하게 정복했다. 나는 이제 투계鬪鷄의 경지에서 일주천을 반복하게 되었다. 이때부터 다시 수하들의 말을 조금씩 들었다. 이틀에 한 번 정도 먹었던 식사는 하루에 세 번으로 늘렸다. 일주천의 횟수를 더욱 줄이면서 흑묘방의 수하들과 똑같이 외공 수련에 돌입했다.

나는 수하들의 틈바구니에 섞여서 소군평이 외치는 말에 따라서 정확하게 자세를 잡고 불평불만 없이 떨거지 놈들과 함께 체력을 키웠다. 처음에는 내가 미친놈처럼 수하들과 섞여서 외공 수련을 하자, 분위기가 실로 심각했으나 나중에는 다들 익숙해져서 내가 본래 흑묘방주인지 아니면 원래 흑묘방의 떨거지였는지도 모를 정도로 수하들과 친해졌다.

백팔 일의 수련 기간 전반기에는 몸이 홀쭉했고. 투계의 경지에 진입한 후반기부터는 팔다리에 근육이 달라붙어서 이전의 몸 상태를 완벽하게 회복하고 있었다. 어느 날, 매화나무 아래에서 평온한 마음으로 호흡만 유지하고 있을 때. 차성태의 목소리가 들렸다.

"문주님, 오늘로 백팔 일이 되었습니다."

나는 눈을 뜨면서 대꾸했다.

"벌써?"

"예."

차성태는 그사이에 검을 쥐고 있는 털북숭이가 되어있었다. 사실 차성태는 이미 눈빛과 자세가 달라져 있어서 확인할 필요도 없었다. 그래도 칭찬 한마디는 해주는 것이 인지상정이다.

"강해진 것 같아?"

차성태가 씨익 웃었다.

"백팔 일 전과는 비교할 수 없을 정도로 강해졌습니다."

순간, 나는 백팔 일 더 수련하라고 하려다가 가까스로 참았다. 내가 채찍을 잘 다루긴 하지만, 너무 채찍질만 하는 것도 옳은 일은 아닐 테니까 말이다. 이번에는 호연청을 바라봤다.

"성태, 강해진 거 맞아?"

호연청이 대꾸했다.

"문주님, 어쨌든 검객이 되었습니다. 짧은 시간이긴 했으나 분광쾌검分光快劍의 기본, 묘리, 형을 모조리 익혔고. 심법도 전달하여 저녁 이후에는 주로 저와 함께 내공을 쌓았습니다. 비록 내공을 쌓을 수 있는 기간이 충분하진 않았지만 단전이 형성되었고, 그곳에서 내공을 끌어다 쓰는 법도 익히게 되었습니다."

나는 턱을 쓰다듬었다.

"열심히 했네. 가르쳐 보니 어때?"

잠시 머뭇거리던 호연청이 다소 놀랄만한 대답을 내놓았다.

"문주님이 허락해 주시면 계속 가르치고 싶습니다."

나는 어리둥절한 표정으로 호연청을 바라봤다.

"정말이야?"

"예."

그러고 보니, 호연청도 포로로 잡혀 왔었던 때의 모습은 온데간데 없이 사라진 상태였다. 차성태를 가르치면서 본인도 어떤 깨달음을 얻었던 것일까? 내가 기억하던 첫인상과는 꽤 달라진 상태였다.

"성태, 너는?"

차성태가 대꾸했다.

"저도 계속 배우고 싶습니다."

나는 두 사람에게 말했다.

"나란히 서봐."

나는 팔짱을 낀 채로 호연청과 차성태를 바라봤다. 나이는 본래 호연청이 열 살 이상 많다. 일반적인 스승과 제자의 관계라고 봐도 무방했다. 나는 두 사람을 바라보다가 고개를 끄덕였다.

"우리 셋이 함께 맹약을 지켰으니 앞으로 일은 너희 좋을 대로 해."

호연청과 차성태가 덤덤한 표정으로 대꾸했다.

"감사합니다."

"예."

나는 차성태에게 물었다.

"성태야, 강호에 들어온 기분이 어때?"

차성태가 간략하게 대꾸했다.

"나쁘지 않네요."

"기루에서 그냥 술과 밥이나 축내고 살았으면 무공이 약해서 죽을 일은 없었을 거다. 그런데 지금은 네가 익힌 무공 때문에 살아남는 게 더 어려워졌다."

그것이 내가 생각하는 강호다. 차성태가 나를 바라보면서 대꾸했다.

"저는 이제 시작입니다. 후회하지 않습니다. 그냥 하루하루 더 강해진다는 사실이 이런 것인지는 몰랐습니다. 그냥 좋습니다."

나는 차성태가 이런 대답을 할 것이라고 예상했다. 강호인들이 대부분 그렇다. 심장에 검이 박히는 순간이 아니라면 대부분 자신의 삶을 후회하지 않는다. 강해진다는 것의 미치도록 강력한 매력을 알게 되었기 때문이다.

"호연청, 너도 수고했다."

"예."

호연청에 대해서는 이제 별생각이 없다. 호연청이 언젠가 안 보이면, 살길 찾아 떠난 것이다. 그러다 사신장이나 독고생처럼 가끔 흑묘방에 찾아오면 인연이 남아있는 것이고. 그냥 흘러가는 대로 둘 생각이다.

* * *

바람이 선선하고, 햇빛도 좋은 날. 나는 오랜만에 몸을 씻고, 옷을 갈아입은 다음에 일전에 무악문주가 줬었던 금자와 은자를 전낭에 챙겼다. 내원을 지나는데 차성태가 물었다.

"어디 가십니까?"

"나, 비무도박 좀 하고 올게. 가다가 이화 지역도 좀 살펴보고."

뒤에서 차성태와 호연청의 대화가 들렸다.

"비무도박이 뭡니까."

"돈 걸고 싸우는 거지. 뭐겠어."

"그걸 문주님이 갑자기 왜…"

"나도 모르겠다."

비무도박장, 한 번은 찾아갈 생각이었다. 전생의 내 얼굴이 험상궂게 변한 이유가 비무도박장 때문이다. 많이 맞아서 그렇다. 사람은 많이 맞다 보면 얼굴이 변한다. 비무도박은 두 가지로 나뉜다. 무기를 소지하는 싸움과 맨손 싸움. 나는 이곳에서 많은 것을 배웠다. 가장 먼저 패배에서도 배울 게 많다는 것을 깨달았다. 맞다가 반격하는 법도 알게 되었고, 상대의 강함을 외모나 분위기, 눈빛으로 파악하는 것도 저절로 알게 되었다.

인생의 막장에 다다른 인간이 비무도박을 자주 찾았던 이유는. 패배해도 돈이 어느 정도 벌리기 때문이었다. 실제 비무도박장에 찾아갔던 시기보다는 지금 내 나이가 더 젊다. 그러나 거기서 오래 머물러 있는 놈들은 그대로 있을 터였다. 비무도박장의 수준은 한마디로 개판이다. 정체를 숨긴 흑도 고수들이 와서 용돈을 벌고 갈 때도 있고. 정체를 숨긴 흑도 고수들끼리 맞붙어서 어처구니없을 정도로 큰 싸움이 되는 경우도 종종 있다.

시륜현이라는 지역에 있는 비무도박장이 인근에서는 가장 유명하다. 특이한 것은 비무도박장 주변의 상권이 전부 비무도박에 맞춰져 있다는 점이다. 구경꾼이나 참가자들에게 술이나 밥을 팔고, 기루가 성행했으며, 비무도박이 아닌 다른 도박장도 줄지어 있었다. 오랜만에 찾아가긴 했으나 주변을 구경하면서 완벽하게 기억이 복원되었다. 나는 여기에 모여있는 자들을 죄다 알고, 이들은 나를 아예 모르는 상황. 어처구니가 없을 정도로 웃음이 나왔다.

'개 같은 곳, 여전하구만.'

나는 자주 가던 객잔에 들어가서 술부터 한잔 마셨다. 가슴에 쌓였던 묵은 때를 이곳에서 좀 벗겨볼 생각을 하면서 마시자 술이 쭉쭉 들어갔다. 객잔에 있는 놈들도 전부 비무도박에 참여하는 싸움꾼이라서 분위기가 실로 흉흉했다. 오히려 전생과 달리 인상이 부드러워진 내가 이곳에서는 샌님처럼 보일 터였다. 마른안주를 씹어대면서 주변을 둘러보는데, 웬 덩치 큰 놈이 다가와서 허락도 없이 내 술을 한잔 마셨다. 내가 낄낄대면서 웃자, 덩치 큰 놈도 함께 웃었다. 놈이 내 맞은편에 앉으면서 말했다.

"처음 보는 놈인데 이 형님에게 술 한잔 사봐. 내가 잘 설명해 줄 테니."

나는 남아있는 술을 탈탈 털어서 마신 다음에 술병을 붙잡자마자 놈의 머리통을 후려갈겼다. 퍽- 소리와 함께 놈이 고개를 숙였을 때. 놈의 머리통을 붙잡고 탁자에 계속 내려쳤다.

쾅! 쾅! 쾅! 쾅! 쾅!

머리채를 잡아 올려서 얼굴을 확인했다. 코뼈가 부러지고, 앞니 서너 개가 부러진 상황. 나는 놈의 머리를 밀어낸 다음에 점소이를 찾았다. 굉음이 터졌던 터라, 점소이와 눈을 마주치는 것은 어렵지 않았다.

"여기 두강주 좀 더 줘라."

점소이가 간단하게 대꾸했다.

"예."

피투성이가 된 채로 나를 바라보고 있는 놈에게 말했다.

"꺼져."

놈이 벌떡 일어나더니 사람들을 밀치면서 어디론가 이동했다. 저런 놈은 꺼지라고 하면 꼭 다시 돌아오는 습성이 있었다. 주변에서 웃음이 터졌다. 후다닥- 소리를 내면서 달려온 점소이가 재빠르게 탁자를 닦고, 새로 가져온 마른안주와 두강주를 올려놓으면서 말했다.

"저놈 유곽의 창관주娼館主(창기를 두고 영업하는 집의 주인)입니다. 동료들 데리고 올 수도 있는데 괜찮으시겠어요?"

"쟤가 보통 몇 명 끌고 오냐."

"십여 명은 끌고 옵니다."

"그래?"

"예."

나는 점소이에게 손가락을 튕기면서 말했다.

"돈 좀 될까?"

점소이가 나를 바라보더니 “어?” 하는 말을 내뱉으면서 살폈다.

“여기 와보셨어요? 저는 처음 보는데.”

“예전에 와봤다.”

“알겠습니다.”

점소이가 분주하게 뛰어다니더니 큰 바구니를 들고 와서 천장에 달린 종을 흔들었다.

땡땡땡!

객잔에 있는 자들이 일제히 점소이를 바라봤다. 점소이가 말했다.

“객잔비무 참여하실 분 계십니까? 여기 계시는 낯선 손님과 방금 처맞고 돌아간 흑경 창관주가 맞붙습니다. 흑경 창관주 수하가 그래도 열 명은 되겠죠? 참가비 없는 승패 맞히기로만 가겠습니다. 왼쪽이 젊은 손님, 오른쪽이 흑경. 저희 가게에서 특별히 승자 편에 오백 냥을 추가해서 돌려드리겠습니다. 자, 갑니다!”

점소이가 바구니를 들고 객잔 내부를 돌아다니자, 중간에 가림막이 세워진 바구니 안에 돈이 담기기 시작했다. 돈은 좌측에도 담겼고, 우측에도 담겼다. 그 와중에 객잔에 있는 모든 비무도박사들이 나를 일제히 바라보고 있었다. 누군가가 내게 출신이 어디냐는 질문을 뻔뻔하게 해대서 간략하게 대꾸했다.

“돈 내고 질문해라.”

옛 생각이 나서 굳이 욕을 덧붙였다.

“…개새끼들아.”

74.
비무도박의
왕 1

나는 두강주를 마시면서 비무도박사들을 바라봤다.

'이 양심 없는 새끼들.'

아직 승패를 점치지 않은 놈이 내 출신을 물어봤을 것이다. 출신, 문파, 병장기 같은 것도 전부 승패를 점칠 수 있는 요소라서 돈을 내고 물어보는 것이 정상이다. 새로 들어온 손님이 점소이에게 무언가를 묻더니 곧장 나한테 다가왔다.

"바깥으로 나오셔야겠는데."

"이거 좀 마시고 나가마."

"마시고 빨리 일어나."

나는 두강주를 들어 올려서 나머지 술을 목구멍에 쏟아냈다. 두강주가 콸콸 쏟아지면서 술이 이리저리로 튀었다. 오랜만에 비무도박장을 찾아와서 술을 퍼마시자, 가슴이 시원하게 뚫리는 기분이었다. 나는 손등으로 입에 묻은 술을 닦았다.

"가자."

나는 나오라고 재촉했던 놈의 뒤를 따라가서 술병으로 뒤통수를 후려갈겼다. 퍽- 소리와 함께 놈이 기절했다. 나한테 돈을 걸었던 놈들이 일제히 소리를 지르고 박수를 보내면서 환호했다. 간단하게 한 놈을 처리한 나는 객잔 바깥으로 나갔다. 이미 흑경 창관주가 떨거지들을 끌고 온 터라 구경꾼이 제법 많이 모인 상태. 나는 얼굴이 엉망진창이 된 흑경에게 물었다.

"맨손이야?"

흑경이 좌우를 돌아보자, 십여 명이 병장기를 바닥에 내려놓았다. 흑경이 고개를 끄덕이면서 말했다.

"응, 맨손이야."

흑경이 어깨를 크게 돌리면서 동료들에게 말했다.

"반쯤 죽여놓자고."

* * *

내가 히죽대면서 중앙으로 걸어가자, 개전 선언도 없이 십여 명이 득달같이 달려들었다. 나는 전방으로 달려가서 가장 먼저 다가오는 놈의 가슴에 발차기를 넣었다. 퍽- 소리와 함께 한 놈이 직선으로 뻗어나가더니 구경꾼들에게 부딪쳐서 일어나지 못했다. 나는 내공을 쓰지 않은 채로 응대했다.

손날로 누군가의 정수리를 내려치고, 눈앞에 등장한 팔을 붙잡아서 꺾고, 검지와 중지로 오른쪽에 있는 상대의 눈알을 찔렀다. 누가 누군지 파악할 사이도 없이 그저 보이는 대로 공격을 퍼부었다. 주먹으로 한 놈의 코를 부러뜨리고, 돌아서면서 공중 돌려차기로 다가오는 놈의 얼굴을 가격했다. 발차기를 맞았던 놈이 땅에 놓인 칼을 붙잡은 채로 달려들었다.

"흐흐흐."

맨손으로 싸우자고 해놓고 이런 식이다. 나는 놈이 내미는 칼을 슬쩍 피한 다음에 팔을 역방향으로 꺾었다.

"끄아아악!"

놈이 덜렁거리는 팔을 부여잡은 채로 물러나자, 둥그렇게 퍼져있었던 놈들이 방진을 좁히면서 일제히 달려들었다. 허접한 놈들이 머리를 굴린다고 이길 수 있는 싸움이 아니다. 예전의 내가 아니기 때문이다. 흑묘방의 수하들만도 못한 놈들이 내지르는 주먹과 발차기를 가볍게 피한 다음에 정확하게 팔 하나씩 더 부러뜨려서 싸움을 끝냈다. 먼지는 묻지 않았으나, 손을 한 번 털어줬다.

"끝이냐?"

점소이가 흑경 일행을 바라보더니 고개를 끄덕였다.

"예, 끝입니다."

"일보야, 돈 나눠줘라."

도박사들의 말에 나도 그제야 점소이의 이름이 생각났다. 점소이 일보가 탁자와 바구니를 들고 오더니 배당금 지급을 시작했다. 배당을 가지고 장난을 치면 객잔이 망하기 때문에 일보는 목숨을 걸고 돈을 나눠줬다.

도박사들도 아주 질서정연하게 줄을 선 다음에 배당금을 받아갔다. 대부분 객잔에서 투자한 오백 냥과 패배한 자들의 자금을 적당히 분배받았으나, 이 정도만 벌어도 오늘 하루 술값은 충분했기 때문에 다들 즐거워하고 있었다.

“용돈 벌었네.”

“술이나 한잔 더 하자고.”

도박사들의 말을 들으면서 나는 바구니에 남아있는 내 몫을 바라봤다. 손날로 한 귀퉁이를 떼면서 말했다.

“흑경에게 줘라.”

“예.”

남은 것 중에서 통용 은자 두 개를 빼내어서 점소이 일보에게 건넸다.

“너도 수고했다.”

일보의 얼굴이 환해졌다.

“감사합니다.”

“나머지는 담아줘라.”

일보가 허리춤에서 보자기를 꺼내더니 승리 배당금을 쓸어 넣었다. 삽시간에 보자기가 묵직해졌다. 이곳의 도박은 승리자가 대부분을 챙기는 구조다. 대부분 통용 은자를 하나씩 걸었기 때문에 제법 쏠쏠한 자금이었다. 일보가 웃으면서 내게 물었다.

“용돈 벌러 오셨나 봐요. 가끔 그런 고수들이 계시죠. 어디서 오셨어요?”

“돈 내고 물어봐. 은자 하나.”

일보가 멋쩍게 웃으면서 말했다.

"그냥 여쭤봤어요. 감사합니다."

일보가 계속 참견했다.

"그 정도 실력이시면 투전鬪戰을 하셔도 되겠는데요."

"지금 투전 현상금이 가장 큰 놈이 누구냐."

"무패 동방연東方燃입니다. 근데 덤비려면 최소 일만 냥은 들고 가야 상대를 해줍니다."

나는 히죽 웃었다.

"그렇구만."

과거에는 꿈도 꾸지 못했던 상대가 동방연인데, 비무도박의 왕이라 불리는 사내이기도 하다. 무악문주가 줬던 자금 일부와 방금 객잔 비무에서 벌어들인 돈을 합쳐도 일만 냥은 되지 않았다.

내가 과거를 청산하러 온 것은 맞으나, 다른 도박사들처럼 이곳에서 세월을 허비하러 온 것은 아니다. 일만 냥을 채워서 비무도박의 왕을 만나면 내 일정은 깔끔하게 끝이 난다. 나는 돈이 든 보자기를 어깨에 메고 다음 도박장을 찾아갔다.

* * *

담벼락 앞에 병기도박兵器賭博을 하는 자들이 줄지어 앉아있었는데 다들 정신 나간 놈들처럼 숫돌에 자신의 병장기를 갈고 있었다. 세상에는 이렇게 미친놈들이 가득하다. 이곳은 간단하게, 병장기를 부딪쳐서 부러뜨리면 승리하는 도박을 하는 자들이 대기하는 곳이다. 입구에는 허접한 놈들이 있고, 곡선형으로 된 담벼락의 중앙에 가장 날카로운 병장기를 보유한 놈이 있다.

나는 돈이 가득 들어있는 보따리를 든 채로 중앙을 가로질러서 흰 머리를 가진 도박사를 바라봤다. 전생에 봤을 때는 눈썹까지 하얀색이었는데, 지금은 눈썹이 온전하게 하얗진 않았다. 예전처럼 가슴에는 구하기 힘들다는 상아象牙 목걸이를 하나 차고 있었다. 병기도박사들의 대장인 구종악丘宗岳이 나를 바라보면서 말했다.

"도전하려고?"

나는 오랜만에 보는 구종악에게 간단하게 대꾸했다.

"예."

"나는 대전료가 좀 비싸. 얼마를 가지고 왔어? 내려놔 봐."

나는 판자에 보자기를 올려놓았다. 구종악이 보자기 안을 살피더니 손으로 슬쩍 들었다. 여전히 구종악은 예나 지금이나 표정이 없었다.

"정확하게 일대일 거래를 하면 되겠나?"

"그러시죠."

나는 전낭을 꺼낸 다음에 금자와 은자도 추가로 보자기에 넣었다. 그러자 구종악의 눈빛이 살짝 흔들렸다.

"너무 무리하는 거 아니야?"

내가 근래 보기 드문 거금을 들고 오자, 다른 병기도박사들도 일제히 우리 쪽을 바라봤다. 나는 간단하게 대꾸했다.

"쫄리면 물러나시고. 나도 명당에 좀 앉아봅시다. 병기도박의 왕이 이 정도에 겁을 먹을 줄이야."

구종악이 고개를 들더니 나를 노려봤다.

"어디서 온 놈인지 도통 모르겠네. 백도나 세가는 아닌 것 같은데."

구종악이 주변을 둘러보면서 말했다.

"이놈 아는 녀석 있으면 금자 하나 주마."

다들 이구동성으로 대답했다.

"모릅니다."

나는 구종악에게 말했다.

"여기에 나 아는 사람 없소."

"어째서?"

"처음 왔거든."

구종악이 팔짱을 끼더니 나를 물끄러미 바라봤다.

"방법은 알고 있어?"

"설명해 주쇼."

"공격 한 번, 수비 한 번. 그 전에 부러지면 승패가 결정 나고. 무승부면 재차 진행. 중간에 돈을 더 올릴 수도 있다. 상대를 다치게 하면 이 자리에 있는 도박사들이 모여서 칼침을 한 방씩 놓을 거야. 동의하지?"

"동의합니다."

구종악이 병장기를 내려놓는 곳을 가리켰다.

"자네 병장기부터 내려놓아."

"그럴 수는 없지. 붙잡은 채로 겨룹시다. 내가 처음 온 건 맞지만, 정보 조사도 안 했을까. 어디서 되지도 않는 사기를 치려고 그래. 늙은이, 말을 곱게 해주니까 내가 병신처럼 보여?"

구종악이 미소를 지었다. 도박사가 웃으면, 평정심이 무너진 경우가 많다. 구종악이 말했다.

"젊은이, 병장기를 붙잡고 겨루면 내상을 입기 마련이네. 자네를 보호해 주려고 한 것이지. 병장기나 돈보다는 자네 목숨이 더 중요하지 않겠나?"

나는 흑묘아를 뽑아서 중단으로 내밀었다.

"늙은이, 잡설 집어치우고 승부를 내자고. 선공은 양보하마."

수비는 병장기를 내민 채로 멈춰있고, 공격이 병장기를 휘두른다. 승부가 나지 않으면 반대로 진행되는 식이다. 병장기의 싸움인 것 같지만 실은 내공 싸움도 섞였다.

구종악이 병기도박의 왕으로 계속 머물러 있었던 것은 그가 지닌 검이 단단하고 예리한 것도 있으나 실은 내공이 탄탄했기 때문에 장기집권을 하고 있었던 셈이다. 내가 이 비무도박장을 떠날 때까지도 병기도박에서는 패배하지 않았던 늙은이다.

구종악이 짧게 한숨을 내쉬더니 벽으로 걸어가서 자신이 모아둔 병장기를 바라봤다. 놈은 당연히 날을 보호하느라 상대를 봐가면서 병장기를 뽑곤 했는데, 이번에는 가장 우측에 있는 검을 주저하지 않고 뽑았다. 구종악이 말했다.

"현천검玄天劍으로 상대해 주겠네. 검이 날아가면 무고한 자들이 다칠 수도 있으니 꽉 붙잡게나. 준비됐나?"

나는 한 손으로 흑묘아를 붙잡은 채로 구종악을 노려봤다.

"준비됐다."

구종악이 혀를 찼다.

"반말은… 썩을 놈이."

나는 히죽 웃었다. 병기도박도 순간이 중요하다. 서로 대화를 하다가 호흡이 흐트러졌을 때 병장기를 부딪치는 경우가 허다했기 때문. 하지만 나는 이곳의 법칙을 모조리 알고 있었기 때문에 속을 일이 없다. 구종악은 현천검을 쥔 채로 흑묘아를 바라봤다.

나는 흑묘아에 목계의 기를 주입한 상태. 당연히 칼날에 기가 맺히거나 하는 현상도 보이지 않았다. 구종악이 나를 한번 슬쩍 보더니 현천검을 휘둘러서 흑묘아의 중앙 부분을 후려쳤다. 나는 구종악이 교묘하게 칼등을 치려는 것을 확인하고 손목을 비틀었다. 떵- 소리와 함께 구종악의 현천검이 튕겼다. 구종악이 착잡한 표정으로 말했다.

"음, 이제 자네 공격이군."

이번에는 구종악이 현천검을 중단으로 내밀더니, 오랜 습관처럼 목걸이에 달린 상아를 만지작거렸다. 나는 노파심에 구종악에게 다시 한번 도박의 규칙을 주지시켰다.

"노인장, 상대를 다치게 하면 여기 있는 자들에게 칼침을 맞는다고."

"알고 있다."

"조심하란 말이야."

"무슨…"

나는 구종악이 당황한 어조로 대답했을 때, 흑묘아를 휘둘렀다. 주입하는 공력은 목계에서 염계로 전환된 상황. 구종악이 손목을 꺾었을 때, 나도 손목을 꺾었다.

채캉!

현천검의 칼날이 부러지는 순간…! 구종악이 왼손으로 만지작거리던 상아를 탄지수법으로 튕겼다. 목걸이를 끊은 상아가 내 목을 향해 빠르게 쇄도했다. 나는 비슷한 수법인 목계탄지공으로 상아를 날려 보낸 다음에 그대로 흑묘아를 직선으로 내질러서 구종악의 가슴에 박아 넣었다.

"끄윽!"

푹- 소리와 함께 피를 머금은 흑묘아가 빠져나왔다. 일부러 흑묘아를 깊게 찔러 넣진 않았다. 나는 핼쑥한 표정으로 가슴을 부여잡고 있는 구종악을 바라봤다.

"감히 내게 기습을 해? 빌어먹을 늙은이 새끼."

구종악이 입을 열었다.

"살…"

나는 손으로 구종악의 얼굴을 붙잡은 다음에 중앙 바닥으로 집어던졌다. 퍽 소리와 함께 구종악이 바닥을 굴렀다. 나는 구종악이 보관하고 있는 도박 자금 상자에서 금자를 빼내면서 말했다.

"뭣들 하냐. 개새끼들아, 상대를 다치게 하면 칼침 한 방 놓는 것이 이곳의 규칙이다. 누가 먼저 기습했어? 눈이 있으면 다들 봤을 텐데."

나는 금자를 보자기에 하나씩 던져 넣으면서 관전하고 있었던 병기도박사들을 바라봤다. 다들 그동안 구종악을 두려워했는지 가만히 상황을 지켜보고 있었다. 나는 실실 웃으면서 계속 금자를 골라냈다.

"하여간 병신 새끼들…"

아직 숨이 붙어있는 구종악이 주변에 도움을 요청했다. 누군가의 이름을 부르고, 흥정을 시도하고, 재산을 나눠주겠다는 말을 연신 내뱉었다. 나는 콧노래를 부르면서 금자를 보자기에 담았다.

"그냥 정정당당하게 승부를 냈으면 얼마나 좋아?"

이때, 말석에 있는 병기도박사가 자신의 칼을 쥐고 일어나더니 꿈틀대는 구종악의 다리에 칼을 박아 넣었다. 비명과 욕지거리가 동시에 터졌다. 나는 돈을 옮기면서 병기도박사들의 규칙을 구경했다.

"규칙은 지키라고 만든 거 아니냐."

병기도박사들이 각자의 무기를 들고 일어나더니 오랫동안 병기도박의 왕으로 군림했던 사내의 몸에 각종 병장기를 한 번씩 찔러 넣었다.

푹, 푹, 푹, 푹, 푹, 푹, 푹…

이제 구종악의 비명이 들리지 않았다. 나는 구종악의 금자를 모조리 보자기에 쓸어 넣은 다음에 일어났다. 손뼉을 몇 번 부딪친 다음에 떨거지들에게 작별을 고했다.

"잘 놀다 간다. 이 중독자 새끼들아."

내가 구종악의 시체를 넘어서 이동하자, 몇 명이 살기에 휩싸인 채로 나를 노려봤다. 살기에 바로 반응한 나는 돌아서서 주둥아리를 열었다.

"죽고 싶으냐?"

순식간에 살기가 사라지더니 다들 제자리로 돌아갔다. 나도 다시 발걸음을 옮겼다.

"옳지. 이래야, 착한 도박꾼 놈들이지. 병신 새끼들…"

나는 비무도박의 왕에게 도전할 수 있는 도박 자금을 순식간에 마련한 다음에 이동했다.

75.
비무도박의
왕 2

투전이 벌어지는 경기장은 무대가 아래로 움푹 파여있다. 싸우는 놈들은 아래에서. 돈을 걸고 구경하는 놈들은 위에서. 즉 비무도박을 벌이는 당사자들은 움푹 파인 곳에서 싸우게 된다. 언제부터 경기장이 이렇게 되었는지는 나도 모르겠다. 그러나 이렇게 위아래를 나눈 것은 명확한 의미가 있다.

첫째, 싸우던 놈들이 도망을 치면 도박사들에게 공격을 당하기 쉬운 위치. 즉 불리한 위치에서 싸우라고 만든 차이다. 심지어 무공을 모르는 도박사들마저 돌을 던지거나 비수를 날린다. 내가 너한테 돈을 걸었는데 감히 왜 도망치느냐는 뜻이다. 이는 어쨌든 닭싸움이든 개싸움이든 마찬가지다. 돈이 크게 걸린 싸움일수록 관전하는 자들이 싸우는 당사자들보다 위에 있다.

둘째, 부정한 방법을 적발하기 쉽게 관전자들이 더 높은 곳에 자리를 잡는다. 투전은 말 그대로 원초적인 무력을 다투는 곳이라서 독毒은 금지다. 인간이 강해서 이기는 게 투전이지, 독이 강해서 이기는 것은 반칙으로 여겼다.

셋째, 어쨌든 싸우는 놈들보다 돈을 거는 도박사들이 더 위에 있다는 것을 보여주는 건축 구조다. 실제로는 그렇지 않더라도 말이다.

넷째, 위에 있는 놈들은 어떻게든 권력을 유지하여 원하는 대로 승부를 이끌어 나갈 수 있는 여러 가지 꼼수가 있다. 비무도박은 원초적인 싸움을 겨루기도 하지만 큰 틀에서 보면 권력을 가진 도박사들의 정치 싸움도 섞여있었다.

내가 아는 바는 이 정도. 그러니까 무패 동방연은 본인의 무력으로 비무도박의 왕이 된 것도 있으나 금력을 가진 도박사들의 비밀조직을 아군으로 가지고 있기에 비무도박의 왕 자리를 유지하고 있는 셈이다. 말로 설명하면 어렵지만… 어쨌든 싸워보면 이런 비리를 점차 깨닫게 된다. 그리고 그 비리를 깨달은 자가 기득권에 속해있지 않으면 어떻게든 죽음을 맞이하기 마련이다. 그래서 이곳이 또다시 투전이다. 어쨌든 인간과 인간이 싸우는 곳이기 때문이다.

나는 일단 도박사의 자리를 찾아가서 일만 냥이 넘는 거금이 담긴 보자기를 내려놓았다. 이미 저 아래에서는 투전이 진행 중이었다. 내가 당장 일만 냥을 저곳에 던져놓는다고 해도 동방연이 바로 나오진 않는다. 나도 이곳의 도박사들을 대면해야 하고, 이들의 허락을 받아서 흥행 작업이 이뤄지는 시간이 필요하기 때문이다.

즉 전초전을 한 번이라도 치러야 내 흥행 여부를 도박사들이 가늠할 수 있다. 일만 냥을 걸고 동방연과 겨루는 것은 내 몫이지만. 이 승패를 두고 또 다른 돈이 오고 가는 것은 도박사들의 몫이기 때문이다. 내가 도착하고 나서, 객잔에서부터 나를 지켜봤던 손님들도 속속 투전 경기장에 모여서 객석을 채웠다. 그중에는 점소이 일보도 끼어있었다.

일보는 여기서 오래 버텼던 점소이답게 투전을 진행하는 관리인에게 내가 벌인 객잔비무를 보고했다. 잠시 후에 병신들의 투전 한 판이 끝나자, 누군가가 내공 섞인 음성으로 사람들에게 고했다.

"놀라운 소식이 들리는군. 동방연에게 도전하겠다는 사람이 나타났다는데?"

마치 친구하게 말하는 것처럼 들리는 일상적인 어조였다. 이 목소리의 주인공은 투전의 진행자인 평군사平軍師라는 놈이다. 평군사란 말 그대로 평범한 군사라는 뜻인데, 스스로 평범하다고 칭하는 것은 오히려 과도한 오만에 가깝다. 실제로도 오만방자한 놈이다. 점소이 일보에게 설명을 들은 평군사가 나를 정확하게 가리켰다.

"도전자가 자네라는데 맞나?"

관객석에 앉아있는 구경꾼과 도박사들이 일제히 나를 주시했다. 동방연이 포함된 경기는 당연히 큰돈을 벌 기회라서 다들 눈이 반짝거리고 있는 상황. 나는 평군사의 질문에 간략하게 대꾸했다.

"내가 도전자다."

평군사가 내게 손가락질을 하면서 말했다.

"또 세상 물정 모르는 뜨내기가 돈 날리겠다고 찾아왔군. 저 어리석음에 박수나 보내주자고."

박수가 전혀 나오지 않자, 평군사가 말을 이어나갔다.

"혹시 모르지. 저 친구가 엄청난 고수라서 오늘 동방연의 무패 신화가 깨질 수도 있어."

관객석에서 야유가 흘러나왔다.

"평군사, 재미없는 말 그만 떠들고 어서 진행이나 해."

당연히 도박사들은 직접 실력을 보고 판단한다. 평군사가 내게 설명하듯이 말을 이어나갔다.

"동방연을 불러내려면 자네도 뭔가를 보여줘야지. 실력을 확인하는데 투전만 한 것이 없지. 너무 세게 부르면 자네에게 도전할 놈도 없을 테니, 가볍게 몸을 푼다고 생각하고 일천 냥 비무 어떤가? 승패에 따라 일대일 교환 비무다."

이기면 일천 냥 따고, 지면 일천 냥 잃고. 간단한 방식의 비무도박이다. 나는 고개를 끄덕였다.

"주선해."

평군사가 뒤통수를 긁으면서 한숨을 내쉬었다.

"요새 젊은이 새끼들은 왜 이렇게 말이 짧은지 몰라. 세상 참… 자, 다들 들었지? 동방연에게 도전하겠다는 사내에게 도전할 사람? 돈은 일천 냥이다. 맨손이든 병장기든 상관하지 않는다. 없어? 어, 그래. 없을 리가 없지."

관객석에서 세 사람의 신형이 동시에 움직이더니 경기장 바닥에 내려섰다. 평군사가 세 사람에게 말했다.

"누가 삼 대 일을 하겠다고 했어? 너희끼리 눈싸움한 다음에 두 놈은 꺼져."

세 사람이 서로를 확인하더니, 가장 강한 놈이 남고 두 놈은 입맛을 다시면서 도로 관객석으로 향했다. 평군사가 홀로 남은 사내를 소개했다.

"다들 알겠지만, 저 뜨내기가 모를 수 있으니 소개한다. 일천 냥 비무에 자주 나서는 방객防客이다. 방객 모르는 사람? 저 뜨내기만 모르나 보군."

물론 저 뜨내기는 나다. 나는 당연히 방객을 알고 있다. 심지어 저 방객에게 처맞아서 돈도 뺏겨봤으니 모를 수가 없다. 평군사가 방객을 굳이 다시 소개하는 이유는 이런 언행이 도박을 부추기기 때문이다. 이곳의 모든 말과 행동은 돈과 연관되어 있다.

"강호에 방패가 웬 말이냐? 그러나 방객이 싸우는 모습을 보면 그 말이 쏙 들어가지. 다들 알겠지만, 방객은 예전에 동방연에게 패했다. 즉, 복수를 위해서 묵묵하게 수련 중인 사내란 말씀이야. 자, 여기서 승패 맞히기 간단하게 들어가 보자고. 방객이 백白, 저 뜨내기 도전자가 흑黑이다."

시종들이 돌아다니기 시작하면서 도박이 벌어졌다. 평군사는 내 정보를 감추기 위해서 나를 불러내지도 않은 상황. 그런데도 관객석에서 무수히 많은 돈이 쏟아졌다. 이번에는 시종들이 장부를 적어가면서 돈을 동시에 수거했다. 그제야 평군사가 나를 불렀다.

"촌뜨기, 내려와라. 돈은 거기 두고 내려와. 우리가 알아서 자금은 잘 보호해 주니까 걱정하지 말고."

저 말은 맞다. 나는 다가온 시종에게 보자기를 내밀었다. 시종은 돈을 수거해 가는 무공을 익힌 사람처럼 통용 은자를 빼내어서 일천 냥을 맞췄다. 나는 보자기를 내려놓고 경기장으로 천천히 내려갔다. 평군사가 주둥아리를 놀렸다.

"여유가 아주 대단하시네. 자, 곧 마감할 테니 저 여유로운 사내에게 걸 사람들은 돈을 더 내라고. 호주머니 털란 말이야."

이렇게 노골적으로 이야기를 해도, 이 도박 중독자 새끼들은 스스로 호주머니를 잘 연다. 나는 중앙으로 걸어가면서 오랜만에 방객을 바라봤다. 나이는 서른 중반. 등에 커다란 철제 방패 하나를 거북이 등껍질처럼 달고 있고 허리에는 박도가 붙어있었다. 나는 방객을 바라보면서 이게 꿈인지 생시인지 잠시 헷갈렸다. 그저 웃음밖에 안 나왔다. 방객은 침착한 사내라서 입을 열지 않은 채로 웃고 있는 나를 살폈다. 나도 전생에는 방객에게 패배하긴 했으나, 별다른 감정은 없는 사내여서 평소처럼 입을 놀리진 않았다. 평군사는 관객석의 상황을 살핀 다음에 말했다.

"두 사람, 준비하시고. 객석도 마무리해라. 열을 세겠다."

마감을 친 다음에 객석 전체가 고요해졌다. 평군사가 방객과 나 사이에 서서 개전을 선언했다.

"일천 냥 비무, 시작하자고. 싸우다 죽는 놈은 재수 없는 놈이고. 이기는 놈은 일천 냥으로 오늘 술 한잔 사라고. 부디, 둘 다 죽지 말고 여기서 늙어 죽을 때까지 싸우길 바란다. 비무도박…"

평군사가 쥘부채를 꺼내더니 허공을 수직으로 그으면서 말했다.

"시작."

방객이 방패를 꺼내고, 박도를 쥐었다. 강호에서야 방패가 사마외도 취급을 받을 때가 있으나, 투전에서는 그렇지 않다. 방패는 효율적인 싸움 도구다. 그리고 이 사내는 방패 사용하는 법을 전쟁터에서 익힌 사내다. 어설픈 삼류 강호인들은 손쉽게 농락하는 실력자라고 할 수 있겠다. 하지만 이놈은 예전이나 지금이나 동방연에겐 도전하지 않고 일천 냥이나 가끔 벌어가는 위치에 있는 사내였다. 그리고 지금의 나와는 까마득하게 격차가 벌어진 사내이기도 하다. 나는 흑묘아를 뽑으면서 말했다.

"살살 하자고. 거북이 사내."

방객이 미간을 좁히더니 박도를 휘두르면서 전진했다. 나는 흑묘아로 박도를 쳐내고, 곧장 앞발 차기를 내질러서 방패를 때렸다. 퍽- 소리와 함께 방객이 뒤로 밀려났다. 외공만으로 밀어낸 상태였는데, 내 발차기가 약하다고 생각했는지 방객이 씨익 웃었다. 나도 방객과 함께 웃었다.

"처웃기는."

"흐흐."

방객이 낮은 웃음소리를 내면서 다시 달려들었다. 나는 목계의 기를 주입한 흑묘아를 휘두른 다음에 똑같은 발차기를 펼치면서 이번에는 내공을 담았다.

꽈앙!

방패를 세워서 막다가 화들짝 놀란 방객이 지상 위 일직선으로 뻗어나가더니 균형을 잃고 바닥을 여러 차례 굴렀다. 방객이 벌떡 일어났을 때, 나는 다시 공중에 뜬 상태. 못난 사내들의 대표 절기인 날아 차기로 다시 한번 방패를 시원하게 가격했다.

콰아아아아앙!

방객이 이번에는 철제 방패의 안쪽에 이마를 부딪친 채로 땅바닥을 연신 굴러다녔다. 벌떡 일어난 방객은 이마가 찢어져서 피가 철철 흐르는 상태. 다시 거리를 좁힌 나는 흑묘아로 박도를 멀리 쳐낸 다음에 길거리 싸움을 하는 못난 취객처럼 발을 들어서 방패를 계속 짓밟았다.

퍽! 퍽! 퍽! 파앙! 퍽!

외공으로 밟았다가, 내공을 주입해서 밟았다가, 이랬다가 저랬다가 내키는 대로 발길질을 했다. 도저히 강호의 숨은 고수로 볼 수 없을 정도로 격이 떨어지는 발길질을 보여주는 것이 이번 대전의 핵심이었다. 방객은 아예 양손으로 방패를 붙잡고 거북이처럼 숨어서 발길질을 막고 있었다. 나는 발로 방패를 밟다가 중얼거렸다.

"이 새끼, 진짜 거북이가 됐네."

콰앙!

내공을 주입해서 한 차례 다시 찍자, 그제야 방객의 다급한 목소리가 흘러나왔다.

"졌소!"

나는 흑묘아를 도로 칼집에 넣은 다음에 평군사를 바라봤다.

"돈 내놔."

평군사가 나를 물끄러미 바라봤다.

"..."

"일천 냥."

평군사가 내게 다가오더니 손가락질을 하면서 훈계조로 말했다.

"이게 뭐 하는 짓이지? 실력을 제대로 보여줘야 흥행이 될 거 아니야?"

나도 평군사를 노려보면서 속삭였다.

"평군사, 이 개새끼야 병신 같은 소리 하지 말고 빰따귀 양쪽으로 처맞기 싫으면 결과나 발표해."

평군사가 인상을 쓰면서 나를 노려봤다.

"..."

내가 오른손을 치켜들자, 평군사가 쥘부채로 방어 자세를 취하면서 외쳤다.

"뜨내기 승리! 방객 패배!"

승리 선언 후에 나는 평군사와 잠시 눈싸움을 하다가 입을 열었다.

"뭐? 왜?"

평군사가 코웃음을 치더니 시선을 돌렸다. 과감하게 나한테 투자했던 소수의 도박사들이 일제히 소리를 내질렀다. 그중에는 점소이 일보도 포함되어 있었는데, 일보는 양손을 불끈 쥔 채로 괴성을 내질렀다. 젊은 도박사의 미래가 내 눈에 훤히 보였다.

'점소이가 유망 직종인데 저 병신 놈, 어이구.'

한편으로는 유망 직종이라는 게 나한테만 해당하는 거라서 약간 씁쓸하긴 했다. 평군사는 부채를 살랑대다가 나를 주시했다.

"이봐, 당장 동방연과 붙고 싶어서 안달이 나겠지만, 오늘은 도박사들 더 불러서 흥행에 불을 지펴야 한다. 오늘은 거하게 접대를 해줄 테니 편히 쉬라고. 오늘 정리해서 내일 싸움 붙여줄 테니까. 알았어?"

나는 평군사를 향해 고개를 끄덕인 다음에 대꾸했다.

"그러자고."

"그리고 거 새파랗게 젊은 놈이, 그 말투 좀 어떻게 고치면 안 될까?”

나는 손가락으로 평군사를 가리켰다.

“너 내 말투 고치고 싶으면 이천 냥. 특별히 네가 나보다 나이가 많은 거 같아서 좀 깎아줬다.”

평군사가 고개를 홱 돌리더니 바닥에 침을 한 번 뱉은 다음에 시종에게 명령했다.

“도전자를 봉황 귀빈실로 안내해라.”

“예.”

평군사가 부채를 펄럭이면서 사라지자, 뒤에서 먼지를 털고 있었던 방객이 나를 불렀다.

“이봐, 젊은이.”

나는 방객을 돌아봤다.

“왜?”

방객이 덤덤한 표정으로 말했다.

“평군사, 조심하라고. 왜 그렇게 까칠해?”

나는 주변을 둘러본 다음에 방객의 말에 대꾸했다.

“왜? 평군사가 미인계나 아니면 간계라도 쓰나?”

방객이 놀란 표정으로 나를 바라봤다.

“너… 여기 와봤나?”

“여기서 나 본 적 있어?”

“없다만.”

방객이 고개를 갸웃했다. 나는 시종이 가져온 보자기에서 개평으로 은자 하나를 꺼낸 다음에 방객에게 던졌다. 방객은 투전에서 패배한 다음에 개평을 받아본 적이 없었는지 어리둥절한 표정으로 나를 바라봤다. 나는 손가락으로 방객을 가리킨 다음에 씨익 웃었다.

"속 쓰릴 텐데, 국밥이나 처먹어. 실력도 없는데 방패 들고 지랄하지 말고."

방객이 예전에 나한테 한 말이다. 그때는 아마 "실력도 없는데 낫 들고 지랄하지 말고"였을 것이다. 나는 낄낄대다가 방객의 일천 냥을 회수해서 보자기에 담은 다음에 봉황 귀빈실로 향했다. 말로만 들었던 미인계가 오늘도 있을 것인지 나도 궁금했다.

76.
비무도박의
왕 3

뒷짐을 진 채로 봉황 귀빈실을 둘러보고 있을 때, 뒤에서 백의여인이 다가왔다.

"공자님, 제가 시중을 들겠습니다. 백소아白昭峨라고 합니다."

돌아보니 도저히 시비로 볼 수 없는 여인이 서있었다. 전신을 백의로 감싸고 있고, 머리 장식과 패물도 전부 흰빛인 데다가 얼굴도 제법 아름다운 여인이었다. 이곳의 숙소는 전부 막사 형태로 되어있는데 봉황 귀빈실은 가장 큰 막사 중의 하나였다. 넓은 막사 안에는 침구, 식탁, 욕조 등이 가림막 같은 것으로 구획이 나뉘어 있었다. 나도 작은 막사에는 자주 드나들었기 때문에 생소한 장소는 아니었다. 백소아가 말했다.

"필요하신 게 있으면 말씀하세요. 옷, 원하시는 병장기, 음식, 술까지 웬만하면 공자님의 취향대로 다 맞춰드릴 수 있어요. 너무 어려운 것만 아니라면요."

나는 덤덤한 표정으로 물었다.

“음식에 독은 없냐.”

“예, 없습니다.”

나는 백소아의 표정을 구경하면서 물었다.

“왜 없어. 동방연이 계속 이겨야 너희가 돈을 더 벌 텐데.”

“무패의 무인이 계속 이기는 것이 흥행에 무슨 도움이 되겠습니까.”

“아니야. 무패의 무인이 있기에 도박사들이 더 많이 모여드는 거다. 도박사가 키운 무인도 데려오고, 외부의 고수를 초청해서 오기도 하고, 지인에게 부탁해서 동방연에게 도전도 하고. 이런저런 어중이떠중이들이 모여서 돈을 갖다 바치는 거지.”

백소아가 미소를 지으면서 대꾸했다.

“그렇군요. 식사가 불편하시면 술이라도 가져올까요?”

“나는 두강주만 마시는데.”

“당연히 있죠.”

“공짜야?”

“물론입니다.”

“독은 없고?”

“예.”

“가져와라.”

“금방 다녀오겠습니다.”

백소아는 나가다가 막사의 입구에서 돌아섰다.

“아, 공자님? 여인은 어떻게.”

"무슨 여인."

"술 시중을 들어드립니다. 하지만 무조건 공자님과 자는 아이들은 아니에요. 대부분 술 시중만 들고 싶어 하는데 혹시 모르죠. 공자님을 마음에 들어 하는 여인이 있을 수도. 제가 봐서 그냥 예쁜 아이로 데려올까요?"

나는 잠깐 고민하다가 대꾸했다.

"기왕이면."

"예."

"술 잘 마시는 사람으로 데려와."

백소아가 고개를 갸웃한 상태에서 대꾸했다.

"알겠습니다."

* * *

술상 앞에 앉아서 백소아가 데리고 온 여인을 쳐다봤다.

"술 잘 마시냐?"

"예. 아, 공자님 저는 흑소령黑笑玲이라고 해요."

이 여인은 전신을 흑의로 감싸고 있고 머리 장식까지 검은색이었다. 나도 두 여인을 자세히 본 것은 이번이 처음이었다.

"그런데 흑 씨도 있었나?"

"아명이에요."

흑소령이 두강주를 따라서 내게 잔을 내밀었다. 나는 술잔을 붙잡지 않은 채로 고개를 숙여서 냄새를 맡았다. 나는 잠시 술상 앞에서 가부좌를 틀고 눈을 감은 다음에 내가 내뿜는 기를 기준점으로 삼고, 이어서 흑소령을 심안心眼으로 인지했다. 흑소령을 타인의 기로 인식한 상태에서 인지 범위를 넓히자, 바깥 근처에 백소아로 추정되는 기가 느껴졌다. 이는 금구소요공에 속하는 소요안逍遙安이라는 심법이다. 나는 눈을 뜨고 흑소령을 바라봤다. 흑소령이 내게 물었다.

"뭐 하신 거예요?"

나는 정황상 미인계로 나선 여인들이 백소아와 흑소령밖에 없음을 알게 되었다. 전생에도 이곳에서 가장 아름다운 여인들이라고 소문이 났었던 두 사람이다. 솔직히 뭔가 좀 대단한 미인계가 있나 싶어서 기대했는데 무척 실망스러운 결과였다. 백소아와 흑소령은 둘 다 보기 드문 미인이긴 했으나, 나는 애초에 전생에도 이들에게 전혀 관심이 없었기 때문이다.

도전자들을 어떻게든 몰락시켰던 여인들이라서 외모는 아름다우나 속에는 뱀을 감춰놓았다는 것을 이미 알고 있었다. 소요안으로 봤을 때는 두 사람이 같은 무공을 익힌 상태. 무공 실력도 제법 뛰어나고, 표정을 침착하게 유지할 정도로 훈련도 받았으며, 음주가무까지 훈련한 인재들이 백소아와 흑소령이다.

나는 흑소령의 술을 직접 따라준 다음에 술잔을 건넸다. 흑소령이 손을 내밀어서 받으려고 할 때, 나는 일부러 술잔을 떨어뜨렸다. 흑소령은 떨어지는 술잔을 붙잡자마자 낭패한 표정을 지었다. 동시에 나는 목계지법으로 흑소령의 견정혈과 아혈을 짚었다.

타닥!

흑소령은 술잔을 든 상태에서 몸이 굳었다. 나는 흑소령의 반응 속도를 칭찬했다.

"실력이 뛰어나네."

흑소령은 혈도에 적중당했음에도 불구하고 침착한 눈빛으로 나를 바라봤다.

"…"

나는 굳어있는 흑소령을 살피다가 머리 장식을 떼어내서 이리저리 살폈다. 둥그런 흑진주를 살피다가 중앙 부분에 손톱을 넣고 튕기자, 흑진주가 반으로 갈라졌다. 그 안에 정체 모를 가루가 담겨있었다.

"이게 뭐냐? 가루약이네. 뭐 하는 가루일까. 먹으면 죽으려나. 안 죽으려나. 어쩌려나. 궁금하네. 궁금해서 환장하겠네. 에라, 모르겠다."

나는 흑진주 안에 담겨있는 가루를 흑소령의 술잔에 탈탈 털어 넣은 다음에 흑소령을 바라봤다.

"흑 소저, 한잔할까?"

"…"

나는 흑소령의 턱을 툭 쳐서 고개를 올린 다음에 턱을 붙잡았다. 흑소령의 주둥아리를 연 다음에 가루약을 탄 술을 천천히 부었다. 술이 또로록 소리를 내면서 떨어졌다. 흑소령의 목울대가 꿀렁거렸다. 나는 흑소령의 고개를 다시 내린 다음에 팔짱을 낀 채로 흑소령을 관찰했다.

"죽는 독이면 네가 죽고, 죽는 독이 아니면 다행이고. 보자."

그토록 평온했던 흑소령의 눈빛이 요동을 치고 있었다. 나는 흑소령의 귀에 속삭였다.

"이야, 죽을 독은 아닌가 보네. 착한 아이였네. 그래도 중요한 가루니까 진주 안에 담았겠지?"

새삼스럽게 흑소령을 바라보니 눈물이 줄줄 흐르고 있었다. 나는 그 눈물을 보면서 아혈을 짚은 것이 다행이라는 생각이 들었다. 울면 시끄럽기 때문이다. 나는 일어나서 발소리를 내지 않은 다음에 막사 입구로 가서 적절한 위치에 가만히 서있었다. 잠시 정적이 흘렀다. '잠시'라고 부를만한 시간이 한창 지날 때까지도 정적이 이어졌다. 갑자기 막사의 입구가 좌우로 젖혀지면서 백소아가 등장했다.

"공자님?"

나는 백소아의 견정혈과 아혈을 연달아 짚은 다음에 목덜미를 붙잡은 채로 끌고 가서 흑소령 옆에 앉혔다. 백소아의 머리 장식인 백진주를 떼어내서 열어보자, 그곳에도 가루가 담겨있었다. 나는 내 술잔에 가루를 푼 다음에 백소아에게 똑같이 먹였다. 몸을 좀 풀다가 두 사람의 상태를 확인해 보니, 둘 다 눈물을 줄줄 흘리고 있었다.

"대체 뭔 약이야? 왜 울어? 아, 이것 참 내가 또 궁금한 건 못 참는 성격인데. 큰일이네."

진짜 큰일이었다. 백소아와 흑소령의 눈이 점점 까뒤집히고 있었다.

"어어?"

얼굴에는 홍조가 깃들었는데 희한하게도 무언가 애절한 표정을 짓고 있었다. 그제야 가루의 정체를 알았다.

"아, 춘약春藥이구나. 난 또 뭐라고."

성욕을 불러일으키는 가루약을 술과 함께 들이켠 상태에서 몸이 묶여있으니 눈물을 줄줄 흘릴 수밖에.

"춘약을 먹는다고 죽진 않는다. 죽어도 내 알 바 아니니까, 나는 술 한잔하고 오마. 두 사람은 정신을 바짝 차리도록."

주최 측이 제공하는 밥, 물, 술, 안주에는 손댈 생각이 없다. 그리고 애초에 이들이 미인계를 사용한다는 것을 알고 있어서 백소아와 흑소령도 건드릴 생각이 없었다. 나는 막사를 나가서 점소이 일보가 있는 객잔으로 놀러 갔다.

* * *

역시 술은 병신 같은 손님들도 구경하고, 싸움 구경도 하고, 온갖 군상들이 모여있는 객잔에서 마시는 것이 가장 좋다. 내가 들어가자 일보가 특별히 내게 공짜로 술을 내줬다. 나는 일보에게 물었다.

"독 없냐?"

일보가 말했다.

"제가 거기에 독을 타면 저도 도박사들에게 맞아 죽겠지요."

"뭔 개소리야? 독은 아무나 탈 수 있기에 확인하는 거지."

"그런가요?"

주변 상황을 살피던 일보가 심각한 표정으로 내 맞은편에 앉더니 진중한 목소리로 말했다.

"공자님, 그런데 말입니다."

"뭐."

"저 내일 전 재산을 한번 걸어볼까요?"

"누가 이길 거 같은데."

일보가 턱을 쓰다듬더니 신중한 표정으로 대꾸했다.

"공자님이요."

"왜?"

"그러니까요. 그게 문제예요. 공자님이 이길 거 같은데 이유를 모르겠어요. 그냥 점소이의 느낌? 아, 이런 느낌 가지고 전 재산을 걸면 안 되는데. 너무 위험하잖아요."

"일보야."

"예."

"내가 하란 대로 할 거야?"

일보가 듣던 중 반가운 소식이라는 것처럼 밝은 표정으로 대꾸했다.

"예."

"정말이야?"

"그럼요."

나는 진지한 표정으로 일보에게 말했다.

"도박 끊어."

"이번에 이기면 인생이 달라지는데요?"

"그런 돈으로 인생이 달라지겠냐."

"저더러 평생 점소이나 하란 말씀이시죠?"

나는 일보의 말에 씨익 웃었다.

"네가 다른 일을 할 용기가 없는 거 아니야? 말은 바로 해야지."

"다른 일을 하려면 돈이 필요해요."

나는 두강주를 일보에게 따라주면서 말했다.

"그렇지 않다. 네가 뭘 좋아하는지, 뭘 원하는지, 뭘 하고 싶은지 찾지 않아서 그래. 네가 진짜로 원하는 게 뭐야. 모르잖아."

"공자님은 아세요?"

"남의 사연 묻지 말고. 너한테 물어봐."

나는 일보와 서로를 세상 진지한 표정으로 노려보다가 함께 술을 마셨다. 하지만 일보는 이내 다른 손님이 들어와서 착잡한 표정으로 일어났다.

"어서 오십시오."

객잔에 성큼성큼 들어온 손님 일행이 일보가 술을 마신 것을 알고 대뜸 손을 휘둘러서 일보의 머리통을 후려갈겼다. 퍽- 소리와 함께 일보의 고개가 홱 돌아갔다. 매번 때리는 놈과 매번 맞는 놈의 조합인 것일까. 때린 놈의 행동이 무척 자연스러워 보였다. 손님들이 웃으면서 말했다.

"미친 점소이 새끼, 또 술 처먹고 있네."

일보가 씁쓸하게 웃으면서 안쪽을 가리켰다.

"편한 곳에 앉으세요."

"술 마셨지?"

"오늘 좋은 일이 있어서 한잔 마셨습니다. 죄송해요. 들어가세요."

손님을 능숙하게 안으로 들여보낸 일보가 문득 나를 물끄러미 바라봤다.

"..."

나는 일보의 표정을 구경하다가 소리 내어 웃었다. 그러자 주문을 받으러 가야 할 일보도 나를 보면서 웃으면서 욕을 내뱉었다.

"이 씨벌, 엿 같네."

일보는 치밀어 오르는 분노를 참아야 하는지, 폭발해야 하는지 세상 진지하게 갈등하고 있었다. 일보의 욕을 들은 손님 한 명이 걸음을 멈추더니 뒤를 돌아봤다.

"네가 욕했냐?"

일보가 가만히 있자, 손님이 이번에는 나를 바라봤다.

"너야?"

나는 고개를 살짝 끄덕였다. 자리에 앉으려던 세 명이 돌아오더니 내 앞을 막아서듯이 가까이 다가왔다. 한 놈이 내게 말했다.

"왜 욕을 하고 그러세요. 개새끼야. 응?"

나는 자리에서 일어나서 세 사람을 바라보다가 양손을 뻗어서 두 사람의 견정혈을 찍은 다음에 중앙에 있는 놈의 목을 왼손으로 붙잡았다.

"켁!"

나는 놈의 목을 꽉 붙잡은 채로 노려봤다.

"왜 점소이를 함부로 때리고 그러세요. 개새끼야. 응?"

나는 오른손에 딱밤을 준비한 다음에 뜨거운 숨을 불어넣어서 사내의 이마를 때렸다. 빠악- 소리와 함께 사내가 뒤편으로 나뒹굴었다. 양손으로 이마를 붙잡은 채로 바닥을 굴러다니면서 비명을 내질렀다. 나는 혈도에 찍힌 놈들도 이마에 딱밤을 한 대씩 먹였다.

빠악!

한 놈은 계속 비명을 지르고, 두 놈은 딱밤을 맞고 기절했다. 구경하던 일보가 내게 물었다.

"공자님, 딱밤 배우려면 힘들죠?"

"많이 힘들지."

"세상에 쉬운 일이 없네요. 딱밤도 못 배우고."

일보가 어느 정도 포기했다는 태도로 다가오더니 다시 맞은편에 앉아서 술을 한잔 따라 마셨다. 일보가 내게 말했다.

"근데 공자님 우리 전에 만난 적이 있어요?"

"없지."

"그렇죠? 이상하게 친근하네. 저 여기 그만두면 어디로 가야 공자님 찾을 수 있나요? 어쩐지 내일 이기셔도 이곳에 안 계실 거 같은데."

"알려줄 수 없다."

"왜요."

"네가 너무 약해서."

"제가 무공을 배우지 않아서 그래요."

나는 두강주를 한 모금 마신 다음에 덤덤한 어조로 말했다.

"나는 무공을 익히지 않은 시절에도 단 한 번도 내가 약한 사내라고 생각해 본 적이 없다."

"그래요? 어떻게 그렇게 생각하셨지."

나는 남은 술을 일보에게 따라줬다.

"잘 마셨다."

"벌써 가세요?"

"슬슬 혈도 풀릴 시간이라 가봐야 해."

내가 일어나자, 일보가 바짓가랑이를 붙잡듯이 애원했다.

"공자님, 저 좀 살려주세요. 제가 뭐 강호인이 되겠다는 게 아니라 공자님 시종이라도 하는 인생이 더 나을 것 같아서 솔직히 말씀드립니다."

"그럼 임무 하나만 줘볼까?"

"예."

"흑묘방에 찾아가서 내일 신시申時까지 정예 고수들 이곳으로 모이라고 전해. 특히 돈을 쓸어 담을 보자기, 상자, 마차, 수레는 있는 대로 전부 끌고 오라고 해라. 할 수 있겠어?"

일보가 고개를 끄덕였다.

"알겠습니다."

나는 객잔을 나와서 봉황 귀빈실로 다시 돌아온 다음에 뒷짐을 진 채로 백소아와 흑소령의 상태를 확인했다. 땀을 어찌나 많이 흘렸는지 긴 머리카락들이 제멋대로 얼굴 이곳저곳에 붙어있고 땀에 뒤섞인 여인의 분내와 체취가 코를 찔렀다. 나는 탁자에 섬광비수를 찔러 넣은 다음에 두 사람을 노려봤다.

77.
서로에게
사기도박

애초에 공력을 깊이 때려 박은 게 아니라서 곧 혈도가 풀릴 터였다.

"고함을 지른다거나 묻는 말 이외에 말을 하면 내가 이 비수를 뽑을 거야. 혈도가 풀리고 나서 너희가 나보다 손이 빠르면 너희도 뽑도록 해. 생사결로 받아들이고 죽여주마. 아직 말이 안 나오면 눈을 깜박여라."

먼저 점혈을 당했던 흑소령이 입을 열고, 백소아는 눈을 껌벅였다.

"아혈만 풀렸어요."

흑소령은 술에 취한 사람처럼 호흡이 거칠었다. 나는 흑소령에게 물었다.

"평군사가 시켰어?"

흑소령은 아혈이 풀린 것을 후회하는 사람처럼 나를 바라봤다.

"..."

나는 고개를 갸웃하면서 말했다.

"정신 못 차렸어? 알았어. 그럴 수도 있지. 아직 누굴 더 두려워해야 하는지 판단이 안 설 테니까. 충분히 그럴 수 있다."

나는 섬광비수의 손잡이에 검지를 가볍게 올려놓은 다음에 마지막 질문인 것처럼 물었다.

"평군사가 시켰어?"

대답이 없으면, 내가 줄 선물은 비수뿐이다. 흑소령이 급히 대답했다.

"예."

나는 비수에서 손가락을 떼면서 말했다.

"너 좀 아슬아슬했다. 흑소령이라고 했지? 네가 착각하면 안 돼. 널 죽여도 아직 백소아가 살아있다. 네가 죽으면 백소아는 겁을 집어먹어서 너보다 많은 것을 내게 알려줄 수밖에 없지 않겠어? 정신을 좀 차리자."

흑소령이 바로 대답했다.

"알겠습니다."

나는 문득 백소아를 바라봤다. 그러자 백소아도 급히 입을 열었다.

"저도 아혈이 풀렸습니다."

나는 손가락을 튕기면서 말했다.

"좋았어. 이제부터 묻는 말에 박자를 맞춰서 대답해 보자. 내 질문에 동시에 대답하는 거야. 대답을 머뭇거리는 사람부터 비수에 찔려 승천하는 것으로 하자고. 누가 먼저 죽을지 나도 궁금하군. 첫 번째 질문, 평군사의 윗사람은 누구냐. 하나, 둘, 셋."

두 사람이 동시에 대꾸했다.

"도박왕賭博王."

나는 두 사람에게 성의 없는 박수를 보내면서 칭찬했다.

"정답입니다. 목숨이 연장되셨군요. 두 번째 질문, 도박왕이 동방연보다 높으면 위, 낮으면 아래. 무슨 말인지 알겠지?"

나는 손가락을 이리저리 움직이면서 부연설명을 했다.

"위아래, 위위아래, 자꾸 목숨이 간당간당한 나. 하나, 둘, 셋."

두 사람이 입을 맞췄다.

"위!"

"오…"

나는 턱을 쓰다듬었다. 사실 여기까진 그냥 알고 있는 것인데 문제는 세 번째 질문이었다. 나도 모르는 것이기 때문이다. 어쩐지 흑소령과 백소아는 알고 있을 거라는 생각이 들었다. 그러나 이들이 제대로 된 답을 내놓을까 하는 의구심이 드는 상황.

"세 번째 질문은 셋을 천천히 세겠다. 잘 대답해. 도박왕이 누구냐. 하나, 둘, 셋."

"구양복 아저씨."

나는 내심 당황했으나, 덤덤한 표정으로 대꾸했다.

"구양 아저씨? 나락객잔 주인장?"

흑소령과 백소아가 동시에 대답했다.

"예."

나는 잠시 내 머리카락을 만졌다. 전생의 구양복을 떠올리면 가장 먼저 생각나는 것이 있었다.

'적을 만들지 않는 사내.'

또한, 인심이 좋아서 공짜 술도 많이 풀고, 외상도 독촉하지 않는 사내이기도 하고 본인도 도박을 좋아해서 여기저기 돌아다니면서 돈을 잃었던 사내였다. 그래도 항상 얼굴을 찡그리지 않고 살았던 호인이 구양복이었다. 그러고 보면 나이도 제법 많아서 다들 구양 아저씨에겐 존댓말을 썼다.

'이거 놀랍네.'

자하객잔과 나락객잔의 대결이었나. 문득 동방연이 구양복의 제자일 수도 있겠다는 생각이 들었다. 나는 흑소령과 백소아에게 말했다.

"수고했다."

두 사람의 아혈을 다시 짚은 다음에 한 명씩 들어서 침구에 내려놓았다. 중앙에 내가 누워있는 것처럼 비워두고, 양쪽에 누운 흑소령과 백소아의 견정혈에 이번에는 제법 많은 공력을 주입했다. 나는 흑소령의 뺨을 꼬집은 다음에 말했다.

"춘약 먹었으니까 야한 꿈 꾸겠네."

침상 윗부분에 달린 발을 내려서 두 사람을 가리고, 섬광비수를 챙긴 다음에 나락객잔으로 향했다.

* * *

내가 불쑥 나락객잔에 등장하자, 손님들이 일제히 나를 바라봤다. 매우 짧은 정적이 흘렀다가 대화가 다시 이어졌다.

'그것참 의미 있는 찰나의 정적이네.'

내가 자리에 앉자, 점소이 조팔이 다가왔다.

"뭘 드릴까요?"

조팔 역시 아는 놈이었으나, 아는 척을 할 수가 없었다. 오랜만에 보는 조팔에게 말했다.

"백주白酒 아무거나."

"아무거나는 없어요."

"재미없으니까 아무거나 가져와."

"예."

잠시 후에 백주와 함께 마른안주로 나온 태어駄魚를 바라봤다. 그러고 보니 객잔의 기본 안주치고는 제법 비싼 물고기여서 묘한 기분이 들었다. 백주 한 잔을 따라놓고 멍하게 있으니, 나락객잔 주인장인 구양복이 게슴츠레한 눈빛으로 걸어 나와서 나를 바라봤다.

"그 술 내가 살 테니 한 잔 줘보게. 처음 보는 도박사로군."

나는 맞은편에 앉은 구양복에게 바로 술을 따라줬다. 구양복은 손가락 모양으로 조각된 특이한 망우초를 꺼내서 불을 붙였다. 나도 처음 보는 망우초였는데 심지어 옥玉으로 만들어진 것이었다. 망우초의 연기도 깊숙하게 빨고, 백주도 한 모금 마신 구양복이 내 술잔을 바라봤다. 안 마시고 있으니 눈길이 갈 수밖에. 구양복이 내게 말했다.

"한잔 더 주게."

문득 귀찮다는 생각이 들어서 턱짓으로 백주를 가리켰다.

"따라 마셔."

나는 일부러 반말로 대꾸한 다음에 손님들을 구경했다. 내 쪽으로 고개를 돌리지 않고 있었는데, 몇 놈의 표정이 딱딱하게 굳어있는 것을 보고 웃음이 났다. 참, 양파 같은 세상. 전생에는 정말 아무것도 모른 채로 용케 살아남았다는 생각이 들었다. 구양복이 술을 마시면서 말했다.

"술을 안 마시는군."

내가 대답을 하지 않자, 구양복이 어쩔 수 없다는 것처럼 말했다.

"소령이와 소아는 내가 사과하겠네. 평군사가 장난을 치다가 들켰나 보군."

내가 다 알고 왔다는 것을 이미 눈치챘기에 구양복도 어쩔 수 없다고 생각한 모양이다. 그래도 이렇게 빨리 정체를 밝힌다는 것이 놀랍긴 했다. 구양복이 손님들을 문득 바라보더니 손을 내저었다. 그러자 객잔에 있던 모든 손님이 동시에 일어나서 바깥으로 나갔다. 손님이 전부 빠져나가자, 구양복이 자글자글한 주름을 뽐내면서 웃었다.

"젊은이, 설마 내 사업을 전부 망치겠다고 온 것은 아닐 테고. 도전 비용 일만 냥에 도박사들의 배당금까지 쳐서 총 오만 냥. 내 성의니까 이것만 받고 그냥 돌아가 주게나. 비무를 하지도 않고 돈만 받아가는 흑도의 고수가 종종 있긴 했으나 오만 냥이나 줘서 돌려보낸 적은 없네."

"오만 냥?"

구양복이 미소를 지으면서 고개를 끄덕였다.

"오만 냥."

나는 구양복의 말에 이렇게 대꾸했다.

"동방연과 겨룬 사람, 대부분 죽지 않았나? 가끔 이긴 놈들도 며칠 이내로 죽든가 실종된 것으로 아는데.”

게슴츠레했던 구양복의 눈빛이 점점 살아나고 있었다.

“자네… 혼자 와서 왜 이러는지 모르겠군. 내가 자네 지인을 죽였나? 동방연이 자네 형제라든지 혹은 사부를 죽였나? 자네는 나이가 젊어서 도박으로 돈을 많이 잃었을 것 같지도 않은데. 왜 이런 말을 하나? 더군다나 내가 호의로 대하고 있는데도 말이야.”

바깥에서 누군가가 객잔 안으로 불쑥 들어오자, 구양복이 손을 내밀었다.

“가만히 있어라.”

곁눈질로 바라보자, 전쟁터의 맹장猛將 같은 놈이 도끼눈을 부릅뜬 채로 나를 노려보고 있었다. 장신長身에 내공과 외공을 두루두루 익힌 비무도박의 왕, 동방연이었다. 동방연은 의자를 하나 들고 와서 내 옆에 바짝 앉더니 감시하겠다는 것처럼 팔짱을 꼈다. 구양복이 내게 손을 내밀면서 말했다.

“아직 내 생각엔 변함이 없네. 오만 냥. 자네 생각을 들어보고 싶군.”

동방연이 입을 열었다.

“이놈에게 왜 오만 냥을.”

구양복이 동방연의 말을 끊었다.

“조용히 해라. 아직 내 손님이야.”

나는 구양복과 동방연을 바라보다가 말했다.

“너희가 하는 것은 비무도박이 아니라 사기도박이지.”

구양복이 대답했다.

"사업이 다 그렇지 않나. 작은 사업과 큰 사업의 차이지. 이문을 많이 남기는 것은 대부분 사기도박이네."

"너희 수법에 비하면 산채나 수로채 놈들은 오히려 순수한 놈들이군."

구양복이 내게 질문했다.

"내 사업이 네게 피해를 주진 않았을 텐데. 만약 그랬다면 협상금을 올려주겠네."

나는 손가락으로 탁자를 두드리다가 말했다.

"도박의 가장 큰 문제점은 재미있다는 점이야. 끊는 게 어렵지. 도박보다 재미있는 거를 찾은 사람은 끊게 되지만, 세상에 도박만큼 재미있는 게 또 많지는 않아. 전 재산을 갖다 바치고, 손과 발이라도 잘라야 멈추게 될까."

내가 갑자기 도박 이야기를 꺼내자, 구양복이 옅은 미소를 지었다.

"잘 알고 있군."

"비무도박까지는 정당한 면이 있는데 사기도박은 다르지. 너희는 인근 흑도의 고수나 세력에게 찾아오지 말라고 정기적으로 돈을 주고 있잖아. 돈이 많으니까 뿌리는 돈도 많겠지. 어느 날 남의 집 가장이 이곳에 와서 가산을 탕진했다가 죽어도 여기는 그런 일이 너무 당연해. 주변 흑도는 너희에게 돈을 받아서 세력을 확장하고. 대놓고 산적질을 하는 것은 또 아니라서, 백도가 너희를 부수기도 어렵고. 여러모로 대단한 놈들이야."

구양복이 내게 물었다.

"협상할 마음이 없나?"

"있지."

"편하게 말해보게."

"도박으로 시작한 일 도박으로 끝내야지. 사기도박 한판 하자."

"어떤 사기도박인가?"

나는 도박왕과 동방연에게 제안했다.

"경기장에서 너희 전부."

"…"

"나랑 붙자. 너희가 이기면 내가 죽고, 내가 이기면 내가 이곳의 모든 것을 갖겠다."

나는 구양복의 표정을 살폈다.

"어때? 나락객잔 주인장, 도박왕 구양복. 너한테 너무 유리한 조건이라서 어리둥절해? 아니면 한 방에 모든 것을 잃을까 봐 좀 두려운가. 고민이 되지? 뭐가 됐든 이 말도 안 되는 제안은 도박이다."

구양복은 이런 와중에도 도박왕답게 조건을 살폈다.

"거절하면 어떻게 되나?"

"거절하면 네게 더 불리한 패가 뜨겠지."

"어째서."

나는 내 뺨을 살짝 긁으면서 대꾸했다.

"내일 내 수하들이 단체로 도착한다. 오늘 밤이 너희에게 가장 유리한 패다."

동방연이 구양복에게 말했다.

"미친놈 같은데 그렇게 하시죠."

구양복은 도박왕답게 신중한 모양인지 바로 대답하지 않았다. 어찌 보면 이런 신중함은 당연하다. 구양복은 늘 지는 싸움을 하지 않았기 때문이다. 하지만 나는 그 점이 가장 마음에 안 들었다.

"도박왕이라… 정체도 숨기고, 도전자들에게 술도 먹이고, 미인계도 쓰고, 춘약도 쓰고, 어떻게든 약해지게 만들어서 동방연과 붙이고, 지면 습격하고, 죽인 놈 파묻고, 번 돈으로 도박사들 술 사주고, 좋은 사람 행세하고, 강력한 흑도 세력에겐 정기적으로 뇌물도 바치고. 이렇게 추잡하게 살아서 얻은 별호가 도박왕이야?"

나는 예전처럼 구양복을 불러봤다.

"구양 아저씨, 아주 대단하신 도박사네."

"이해 안 가는 부분이 있는데 말이야. 자네가 그렇게 자신이 있다면 왜 이 자리에서 우리 둘을 당장 죽이지 않나? 그게 더 유리한 일인데."

"그게 더 유리한 일이다?"

나는 정색하는 표정으로 두 사람을 갈궜다.

"정신을 못 차리는군. 같은 객잔 출신이라고 수준이 같아 보여? 나는 강호에서 사는 놈이고, 너희는 도박장에서 사는 놈들이다. 격이 다르고, 결이 달라. 남의 인생 평생 등쳐먹고 살았으면 한 번 정도는 제대로 된 도박을 해보는 게 어때. 도박왕 나으리. 병신 같은 잔머리 좀 그만 굴리고."

순간, 동방연이 살기를 일으켜서 나는 동방연을 물끄러미 바라봤다. 구양복이 동방연을 향해 손을 내밀어서 자제시킨 다음에 내게 물었다.

"객잔 출신이라고? 정체가 뭐냐."

나는 말이 헛나왔다고 생각했지만 있는 그대로 밝혔다.

"나는 자하객잔 주인장이다."

속으로 이런 말을 삼켰다. 미친놈은 맞지만, 아직 광마는 아니라고. 구양복이 대답했다.

"그렇게 하지. 수하들 모아서 경기장으로 가세. 아무리 생각해도 그것이 가장 내게 유리하군. 자네만 후회하지 않는다면 말이야."

나는 고개를 끄덕였다.

"후회 없이 사는 게 또 강호인의 미덕이지. 가자고. 벌레 새끼들."

내가 일어나자, 동방연도 함께 일어섰다. 동방연은 나보다 머리 하나가 더 컸다. 동방연이 나를 내려보면서 말했다.

"별 희한하게 죽으려는 놈이 다 있구나."

"이야, 말투에 좀 위엄이 있다? 비무도박의 왕이라 그런가. 엄격, 근엄, 진지 뭐 이런 건가. 멋지다. 야."

화를 억누른 동방연이 숨을 크게 들이마시자, 뒤에 있는 구양복이 가라앉은 어조로 말렸다.

"경기장 가서 풀어라."

나는 두 사람의 표정을 구경하다가 돌아섰다.

78.
미친 자들만 내 적수다

나락객잔 바깥에 손님으로 있었던 떨거지들이 포위망을 쳐놓고 있었다. 심지어 떨거지 중에는 아는 얼굴도 섞여있었다. 뒤에서는 동방연이 내 뒤통수를 노려보고 있는 상황. 나는 기습을 해보라는 것처럼 가만히 서서 오랜만에 보는 얼굴들을 구경했다. 저놈도 도박왕 수하였고, 이놈도 도박왕 수하였구나 하는 부질없는 확인 작업이 이어졌다. 그 떨거지들 틈에서 누군가가 동방연에게 물었다.

"죽입니까?"

동방연이 나를 지나치면서 대꾸했다.

"경기장에서. 전부 모이라고 해라."

"전부요?"

동방연이 호통을 내질렀다.

"빠짐없이 모조리!"

동방연이 나를 돌아보면서 말했다.

"뭐 해? 가자."

나는 동방연과 나란히 서서 경기장으로 향했다. 사람을 더 부르러 가는 자들도 있었으나, 꽤 많은 인원이 나를 포위한 채로 경기장으로 향했다. 그 와중에 골목길에서 한 뭉텅이, 객잔 바깥에서 술을 마시던 자들이 일어나고, 여기저기서 일반 손님들과 뒤섞여 있던 잔당들까지 가세해서 삽시간에 거리를 가득 채웠다. 수가 점점 불어나자, 동방연이 웃었다.

"후회해도 늦었다."

나는 동방연과 나란히 걸어가다가 눈에 익은 노점 상인을 발견하고 몇 명의 머리통을 후려갈기면서 길을 연 다음에 전낭에서 통용은자 하나를 꺼냈다.

"아저씨, 빙당氷糖 하나만."

노점 상인이 놀란 표정으로 막대기 빙당을 내게 건넸다. 내가 은자 하나를 건네자, 노점 상인은 서둘러서 잔돈 주머니를 열었다. 나는 빙당을 입에 문 채로 말했다.

"잔돈 됐어."

"아, 예."

나는 빙당을 빨면서 동방연을 따라갔다.

"이야, 이게 얼마 만에 빙당이냐."

내 입에서 쭙, 쩝, 쪽, 뽁 소리가 이어지자, 동방연이 한숨을 내쉬면서 욕을 해댔다.

"병신 새끼."

나는 곧 죽을 놈이 떠드는 말이 귀에 잘 들어오지 않았다. 경기장에 도착할 무렵에는 평범한 구경꾼들과 도박왕과 관련이 없는 도박사들까지 모인 상태. 어디선가 나타난 평군사가 따라붙으면서 동방연에게 말했다.

"이게 무슨 일이야? 내일 붙기로 했잖아."

동방연이 대꾸했다.

"닥쳐라."

나도 빙당을 빼낸 다음에 평군사에게 한마디를 보탰다.

"닥쳐라. 평범한 군사 놈."

동방연이 따라오는 자들에게 고했다.

"나락회奈落會는 경기장에서 이자를 죽여라."

내가 홀로 동방연의 말에 대꾸했다.

"왜? 너는 마지막에 등장하게? 병신 머저리 새끼. 개나 소나 별호에 왕을 갖다 붙이니까 이 모양이지. 요샌 이런 게 유행인가."

나는 앞에서 인상을 쓰면서 돌아보는 놈의 뺨따귀를 후려치면서 지나갔다.

"비켜. 이 새끼야."

뺨을 맞은 사내가 공중제비를 돌더니 땅에 떨어지자마자 기절했다. 은근슬쩍 한 놈 처리하기 성공. 경기장 입구에 들어서자마자 떨거지들이 좌우로 퍼지고, 나는 그대로 중앙으로 향하면서 몸을 풀었다. 강호체조江湖體操라는 이름을 붙인 몸풀기 운동을 하면서 입구를 바라보자, 사람의 모습으로 위장한 불나방들이 몰려들었다.

경기장뿐만이 아니라 객석에도 도박에 환장한 귀신들이 모였다. 이어서 경기장에 봉화烽火가 연결되듯이 불이 밝혀지더니 무대가 점점 환해졌다. 나는 혼자 싸우기 때문에 어두운 것이 유리하다. 그러나 봉화가 경기장을 한 바퀴 돌자, 어느새 대낮처럼 밝아진 상태. 이러면 잘 보이기 때문에 더 잘 싸울 수 있다. 어떤 상황에서든 긍정적인 사내, 그것이 나다. 객석에 있는 도박사가 평군사에게 물었다.

"평군사, 이게 대체 무슨 일이야? 설명을 해줘야지."

수하들에게 벌어진 일을 대충 전해 들은 평군사가 도박사에게 대꾸했다.

"오늘은 그냥 구경이나 해라. 이번 싸움은 돈이 문제가 아니다."

"무슨 싸움인데 구경만 하라는 거야?"

이번에는 내가 손뼉을 부딪치면서 이목을 집중시켰다.

"다들 잘 들어라. 아는 놈은 알고 모르는 놈은 모를 테지만 이곳의 최고 권력자는 도박왕이다."

동방연이 호통을 내질렀다.

"닥쳐라!"

닥치라고 하면 더 떠드는 사람이 나다.

"도박왕은 나락객잔 주인장이다. 내가 도박왕을 포함한 나락회 전체와 싸운다. 내가 죽으면 너희는 계속 도박왕에게 놀아나면 될 것이고. 내가 이기면 도박왕의 모든 것이 내 것이다."

동방연은 내가 이곳에서 도박왕의 정체를 밝히자, 얼굴이 새빨갛게 돌변해 있었다. 나는 동방연을 가리켰다.

"저 새끼도 도박왕의 수하다. 왕이 어떻게 남의 수하가 될 수 있지? 실력으로만 싸웠으면 예전에 뒤졌어야 할 놈인데… 명줄이 길구나."

나는 백여 명이 훌쩍 넘은 도박왕의 수하들을 손가락으로 가리키면서 말했다.

"너희에겐 한 번만 살 기회를 주마. 무서운 놈들은 객석으로 올라가. 없어?"

나는 손가락을 거둬서 콧잔등을 긁었다.

"없으면 말고."

사실 다 죽이게 되진 않을 것이다. 이들이 교教나 맹盟, 혹은 흑도의 상위 단체라면 정말 전부 죽을 때까지 싸울 것이다. 그러나 도박을 구심점으로 모인 단체가 그렇게 지독할 가능성은 없다. 나보다 약한 놈들이 끝까지 죽음을 각오한 채로 싸우려면 종교에 미쳐있거나, 자부심에 미쳐있거나, 흑도에 미쳐있어야 한다. 고로, 미친 자들만 내 적수다.

나는 불나방들이 흩날리는 매화 꽃잎처럼 많았기 때문에 문득 흑묘아를 뽑아서 매화나무 아래에서 얻었던 매화검법을 천천히 펼쳤다. 아직 명확하게 세밀한 초식으로 완성한 검법이 아니었기 때문에 뜻을 품은 대로 움직였다. 문득 매화검법을 생각했던 날의 마음가짐이 가볍고 유쾌했기 때문에 이런 자리에서는 어울리지 않는다는 것을 깨달았다. 또 깨달음을 얻은 나. 도박꾼들을 죽이는 데 고상한 매화검법을 사용해서는 안 된다는 결론을 내렸다. 딱히 근거는 없다.
동방연의 목소리가 들렸다.

"죽여라."

문득 고개를 돌려보니 불나방들이 개미 떼처럼 모여들고 있었다. 나는 다가오는 놈들을 바라보다가 흑묘아를 도로 넣은 다음에 적수공권赤手空拳으로 맞이했다. 적수공권은 본래 맨손과 맨주먹이라는 뜻으로 가진 게 없다는 것을 비유하는 말이지만 내 경우에는 다르다. 왼손에는 염계를 휘감아서 적수赤手로 만들고, 오른손은 주먹을 가볍게 쥐어서 공권空拳을 만들었다.

어렸을 때부터 우리 집은 가난했지만. 적수공권으로 성공하는 사나이, 그것이 나다. 나는 마음을 평온하게 가라앉히고 투계의 심득으로 적을 때리기 시작했다. 투계의 심득은 간단하면서도 오묘하다. 굳이 설명하자면, 수준 높게 마구잡이로 패는 것이랄까. 칼과 검을 피하고, 채찍과 창도 피했다. 적의 어깨가 보이면 혈도를 찍고, 적의 눈이 보이면 손가락으로 찔렀다. 고개를 숙였다가 누군가의 발이 보이면, 그 발등을 찍고.

콱!

"끄악!"

도저히 반격하기 어려울 것 같은 공격은 우격다짐하듯이 장풍으로 밀어냈다. 훌쩍 뛰어올라서 남의 어깨를 밟고, 남의 머리도 밟았다가 놀란 표정을 짓는 놈의 얼굴을 발차기로 날려버린 다음에 내려섰다. 그래도 바빴다. 자주 고개를 숙여야 했고, 양쪽 어깨를 뒤로 빼면서 검을 피하다가 쌍장으로 전방에 장풍을 쏟아내고 뒤에서 다가오는 놈은 돌려 차기로 날렸다. 단체로 싸워본 경험이 부족한 놈들이었다.

'한심한 놈들.'

더군다나 고수들이 나서지 않고 있어서 먼저 덤볐던 놈들은 겨우 발차기나 주먹 한 대를 맞았을 뿐인데, 너무 티가 나게 바닥을 굴러다녔다. 하지만 내지르는 비명은 실감 나게 처절했다.

"끄헉…"

"커헉!"

어떤 놈이 복부를 맞은 다음에 배를 움켜쥐더니 무릎을 꿇은 채로 기절할 것 같은 표정을 지었다. 당장 기절은 하지 않았지만, 곧 기절하겠다는 의지가 엿보였다. 내가 놈의 머리를 슬쩍 밀어주자, 눈을 위로 까뒤집더니 곧장 옆으로 쓰러지는 기절 연기를 선보였다. 한숨이 절로 나왔다. 이 분위기를 뭐라고 해야 할까.

떨거지 놈들은 자신의 목숨이 소중하기 때문에 대충 싸우고 있었다. 내가 칼을 휘두르지 않고 대충 한 대씩만 때리면서 움직였기 때문이기도 하다. 매화나무 아래서의 깨달음이 묘한 상황으로 이심전심이 된 형국. 떨거지들도 내가 잔인하게 죽여대지 않자, 슬슬 분위기를 깨닫고 엉망진창으로 싸우다가 바닥에 널브러졌다. 새삼스럽게 대단한 놈들이었다. 마침 돌아가는 꼴이 동방연도 우습다고 느꼈는지 호통을 버럭 내질렀다.

"전부 꺼져라."

동방연이 서있는 곳에 그간 비무도박에서 활약하던 상위권 고수들이 줄지어 있었다. 겨우 삼사십 명이 바닥을 나뒹굴었을 뿐인데 벌써 자신의 차례가 와서 당황스럽다는 표정이 곳곳에 보였다. 심지어 나는 저놈들을 대부분 안다. 어떻게 싸우는지도 알고, 어떤 성격을 가졌는지도 안다. 중요한 것은 때려죽여야 할 놈도 섞여있다는 점이다.

내가 갑자기 흑묘아를 뽑으면서 돌진하자, 어처구니없게도 몇 명이 도망을 치기 시작했다. 나는 도망치는 놈들을 바라보다가 전생에 폭행과 강간을 일삼던 악면귀惡面鬼를 쫓아갔다. 나는 한 놈만 패겠다는 의지를 확실하게 드러냈다. 겁을 집어먹은 놈들이 삽시간에 길을 터줘서 도주하는 악면귀와 나의 추격전이 펼쳐졌다. 악면귀가 사람들을 밀치면서 고래고래 소리를 질렀다. 왜 가만히 있느냐는 외침이었는데 이놈의 악행은 동료들도 눈살을 찌푸릴 정도여서 아무도 호응해 주는 이가 없었다.

나는 공중으로 솟구쳐서 누군가의 어깨를 밟고 이동하다가 입구 근처까지 도망간 악면귀의 등에 흑묘아를 휘둘렀다. 뒤돌아선 악면귀의 거치도鋸齒刀를 흑묘아로 쳐내고, 왼손으로 악면귀의 견정혈을 순식간에 찍었다. 이어서 악면귀의 목을 흑묘아로 단칼에 날린 다음에 돌아섰다. 등 뒤에서 목을 잃은 악면귀가 바닥에 부딪히는 소리를 들으면서 경기장을 이리저리 둘러봤다.

"…죽일 놈이 더 있었는데. 야, 거기 비켜봐라. 너, 비키라고 이 새끼야."

내가 피 묻은 흑묘아를 쥔 채로 두리번거리자, 아까와 달리 떨거지들이 포식자를 피하는 물고기 떼처럼 뭉쳐서 이리저리 움직였다. 내가 갑자기 다시 미친놈처럼 돌진하자, 단체로 비명이 터졌다. 이 놈들은 내가 사람을 골라 죽이는 이유를 몰랐기에 더 두려워하고 있었다. 그렇다고 골라서 죽이는 이유를 굳이 말해줄 수는 없는 상황. 나는 별거 아닌 이유로 동료 도박사들을 종종 살해했던 일소자一笑子를 발견했다. 이번에는 나도 모르게 손가락으로 일소자를 가리켰다.

"야, 거기 눈 작은 놈. 이리 와."

일소자는 작은 눈을 최대로 키우더니 가까운 관객석을 향해 경공을 펼치기 시작했다. 나는 달려가다가 땅에 떨어져 있는 유엽비도를 주워서 공중에 비스듬하게 솟구쳤다가 손도끼를 날리듯이 유엽비도를 맹렬한 기세로 집어던졌다. 순간, 염계 때문에 붉게 빛나던 유엽비도가 뻗어나가서 일소자의 등을 관통하고 벽에 꽂혔다.

콰직- 하는 소리가 터지고 나서야 뒤늦게 일소자가 바닥에 허물어졌다. 그제야 수하들이 죄다 형편없는 오합지졸임을 깨달은 동방연이 공중에서 쌍검을 뽑은 채로 날아왔다. 그제야 나는 흑묘아를 쉬지 않고 십여 차례나 휘둘렀다. 드디어 병장기가 부딪칠 때마다 불꽃이 허공에서 춤을 췄다. 이어서 내 허리 쪽에 평군사의 철부채가 밀려들었다.

동방연의 쌍검을 쳐내다가 뒷걸음질로 물러나자, 이번에는 후방에서 장력이 밀려들었다. 나는 땅이 원수인 것처럼 발을 세차게 구른 다음에 공중으로 높이 솟구쳤다. 악면귀와 일소자의 동료들이 합류한 상태. 내가 수직으로 솟구쳤더니 동방연, 평군사, 기습한 두 놈이 병장기를 쥔 채로 내 낙하지점 근처에 슬그머니 모여서 대기했다. 나는 그 꼬락서니를 보면서 혀를 찼다. 내가 우습게 보였나?

나는 공중에서 흑묘아를 양손으로 잡은 다음에 몸을 웅크린 채로 돌풍에 휩싸인 팽이처럼 미친 듯이 회전했다. 양손에는 염화향을 일으켜서 흑묘아에 불어넣은 상태. 사방팔방으로 튀어나가는 불꽃 형태의 칼날이 만천화우滿天花雨처럼 쏟아졌다. 뒤늦게 기습했던 놈들은 이미 전신 곳곳에 붉은 구멍이 난 채로 절명하고. 동방연과 평군사는 발악을 하면서 암기처럼 쏟아지는 칼날 형태의 도기를 쳐냈다.

이것은 광기에 미쳐 날뛰던 때에 즉흥적으로 만들었던 공격 기술이지만, 실제로는 그냥 지랄 발광하는 거라서 특별한 이름을 붙이지 않았다. 염병을 떤 다음에는 정적을 유지해 주는 게 분위기를 잡을 때 좋다. 나는 왼쪽 무릎과 왼손으로 땅을 짚고, 오른손에 쥔 흑묘아는 수평으로 뻗은 자세로 떨어져서 고개를 천천히 들었다. 나는 일어나서 무슨 말을 꺼낼 것처럼 흑묘아를 천천히 칼집에 넣었다가, 아무 말도 하지 않은 채로 발도를 펼쳐서 온몸에 피를 흘리고 있는 평군사의 목을 도기로 날려버렸다.

푸악!

평군사의 목이 공중으로 높이 솟구쳤다.

79.
도박꾼의
노래

강자가 침묵하면 약자도 침묵에 동참하기 마련이다. 나는 아직 살아 있는 동방연과 구경하는 자들의 입을 모조리 닥치게 만든 다음에 땅에 떨어진 평군사의 쥘부채를 주웠다. 펼쳐 보니 하얀 부채에 핏물이 군데군데 묻어있었다. 나는 부채를 느릿느릿하게 펄럭대면서 주변을 한 차례 둘러봤다. 나는 이곳에 있는 모든 이들에게 말했다.

"이 한심한 새끼들."

어쩐지 내가 내뱉은 말은 경기장을 맴돌았다가 내 가슴에도 꽂혔다.

"나도 한심했지."

문득 동방연을 바라보니, 놈은 조금 전에 펼친 내 공격에 당해서 왼팔을 지혈하고 있었다. 나는 목청을 가다듬은 다음에 이곳의 도박꾼들이 다 알고 있는 노래의 첫마디를 단조롭게 읊었다.

"도박장에서 삼십 년을 보냈다."

“...”

평군사도 종종 불렀고, 도박사들과 돈이 떨어진 놈들, 빚쟁이들, 구경꾼들, 근처에서 일하는 모든 이가 종종 부르던 노래가 내 입에서 흘러나왔다.

“검은 머리로 패를 붙잡아 흰머리로 패를 내려놓았네.”

관객석에 있는 도박꾼들이 다음 소절을 부르면서 대꾸했다.

“힘들게 번 돈 많이도 갖다 바쳤다.”

나도 고개를 끄덕이면서 읊조렸다.

“힘들게 번 돈 많이도 갖다 바쳤다.”

부채로 이놈 저놈 가리키면서 노래를 이어갔다.

“내 돈뿐이랴?”

도박꾼들이 추임새를 넣었다.

“그럴 리가 없지.”

“친구 돈, 친척 돈까지 어찌 그렇게 망설이지 않고 뿌렸더냐? 오랜만에 집에 오니 반겨주는 사람 하나 없고. 벽장에 감춰놓았던 돈 꺼내 도박장으로 향하는데. 동네 사람마다 멸시의 눈초리로 바라보는구나.”

도박꾼들이 끝 소절을 따라 불렀다.

“만나는 사람마다 멸시의 눈초리로 바라보는구나.”

나는 쥘부채를 쥔 채로 가만히 서서 노래를 이어나갔다.

“내가 다시 나타나지 않으면 도박하다 죽었다고 전해다오. 도착하기도 전에 오늘따라 유난히 패가 눈앞에 아른거리니.”

아직 살아있는 나락회의 떨거지와 눈을 마주치면서 후렴구를 반복했다.

“오늘은 운이 좋겠지. 오늘은 운이 좋을 거야.”

도박꾼들이 내 선창을 따라 불렀다.

“오늘은 운이 좋겠지. 오늘은 운이 좋을 거야.”

노래가 끝나고 나서 나는 본래의 목소리로 도박꾼들에게 말했다.

“하지만 오늘은 운이 좋지 않을 거다.”

“…”

“여기는 오늘부로 문을 닫을 거니까 병신 같은 놈들은 그만 이제 돌아가라. 장사 끝났다.”

나는 아무 말을 않고 나를 지켜보고 있는 관객석과 나락회의 떨거지들에게 소리를 버럭 질렀다.

“꺼지라고. 개새끼들아!”

순간 나는 나락회의 무인 한 명에게 달려가서 머리통을 후려갈기고 엉덩이를 발로 차면서 말했다.

“꺼지라고 이 새끼야. 문 닫았다는 소리 못 들었어? 한심한 새끼들.”

내가 두세 명을 마구잡이로 패면서 욕을 하자, 그제야 중독자들이 이리저리 흩어졌다.

“이 쓰레기 새끼들, 집이 있으면 집에 가고 집이 없으면 동냥이라도 하면서 밥 벌어먹어라. 가장 늦게 가는 놈부터 손모가지를 끊어 주마.”

나는 뭉그적거리는 놈들에게 달려가서 다시 한번 엉덩이를 걷어 찼다.

퍽!

땅바닥을 구른 놈이 벌떡 일어나서 도망을 치자, 살아남은 나락회도 해체됐다. 쥘부채를 흔들면서 주변을 구경하자, 남아있는 놈들이 거의 없었다. 이곳에 쌓아둔 재물이 많아서 도저히 떠날 수 없는 도박장 관계자들일 것이다. 나는 객석에 홀로 앉아있는 도박왕 구양복을 바라봤다.

"너 이제 망한 것 같은데?"

구양복이 아무 말 없이 나를 노려봤다.

"수하들이 전부 덤비면 나한테 이길 줄 알았나? 내가 사기도박이라고 했냐, 안 했냐. 동방연, 어떻게 생각해. 춘약 먹고 비실대던 놈들 때려잡다가 나 같은 놈 만나니까 느낌이 새롭지 않아?"

객석에 있는 구양복이 입을 열었다.

"이봐, 젊은이. 여기로 오기 전에 곧장 남명회南明會로 서찰을 보냈다."

"아, 남명회."

"방해하는 놈이 있어서 앞으로 상납이 어렵겠다고 말이야. 간단한 서찰이지만 남명회는 무슨 일이 벌어졌는지 알아볼 거다. 내가 그간 줬던 돈이 대단히 많았기 때문이지."

나는 고개를 끄덕였다.

"그랬겠지."

"네가 여기를 엉망진창으로 만들면 이곳의 돈이 전부 네게 흘러갈 것이라 예상했나? 세상일은 그렇게 간단하지가 않다. 천방지축으로 날뛰어도 결국엔 흑도黑道에게 가로막히게 되어있어. 그것이 내가 겨우 이 도박장으로 만족하면서 살았던 이유다."

구양복이 객석에서 망우초를 입에 물더니 허연 연기를 내뿜었다.

"세상 물정 모르는 놈."

나는 부채를 손바닥에 내려쳐서 접은 다음에 동방연에게 집어던졌다.

쐐애애애액!

막 지혈을 끝낸 동방연이 쌍검을 교차해서 부채를 막아냈을 때, 나는 흑묘아에서 칼과 불꽃을 동시에 뽑아내면서 전방으로 그었다. 염화향을 머금은 도기가 동방연의 상체를 비스듬하게 잘라낸 다음에 뻗어나갔다.

푸악!

화들짝 놀란 나락회의 간부 세 명이 북, 동, 남쪽으로 흩어져서 도주했다. 저놈들은 여태 무슨 자신감으로 남아있었을까? 아마 객석에서 움직이지 않고 있는 구양복을 믿었던 모양이다. 나는 흑묘아를 집어넣고, 동방연의 쌍검을 주워서 동쪽으로 던지고, 이어서 남쪽으로 던졌다. 두 자루의 검이 도망자의 몸을 관통한 다음에 벽에 꽂혔다. 북쪽으로 도망간 놈이 객석으로 솟구치더니 구양복에게 말했다.

"회주님, 피하시죠!"

갑자기 일어난 구양복이 피하라고 권한 간부를 붙잡아서 당기더니 다짜고짜 머리를 붙잡아서 의자 위에 내려쳤다. 퍽! 퍽! 퍽! 하고 세 번을 부딪치자, 간부의 몸이 의자 아래로 허물어졌다. 구양복은 이미 시체가 된 수하를 발로 차면서 언성을 높였다.

"누가 도망치라더냐!"

나는 공중으로 가볍게 뛰어올랐다가 구양복이 소리를 버럭 내지를 때쯤에는 그의 뒤에 서있었다. 시체를 폭행하던 구양복은 내가 뒤에 있다는 것을 알아채자마자, 동작이 현저하게 느려졌다. 구양복이 말을 하면서 돌아섰다.

"자하객잔이라 그랬던가…"

내게 건네는 질문과 동시에 구양복의 쌍장이 쏟아졌다. 나는 구양복의 장력을 튕겨내지 않고 양손을 뻗어서 장력을 겨뤘다. 제법 오랫동안 익힌 구양복의 장력이 내 장심으로 밀려들었다. 나는 장력을 겨루면서 예전처럼 그를 불러보았다.

"구양 아저씨, 나는 당신이 인심이 좋은 사람인지 알았어. 원래 도박장이 잘되려면 주인장 인심이 좋아야 한다는 것도 모르고 말이야."

구양복은 장력을 쏟아내는 중에도 눈이 커지더니 어리둥절한 표정으로 나를 바라봤다. 당연히 처음 보는 놈이 예전부터 알고 있었던 것처럼 말하고 있으니 이해가 안 될 수밖에.

"너 누구야?"

하지만 곧 죽을 놈의 의혹을 해소해 줄 마음은 없었다.

"객잔 점소이."

구양복은 나를 이곳에 있었던 점소이로 이해할 것이다. 나는 염계의 기로 구양복의 장력을 모조리 불태우듯이 밀어낸 다음에 흡성대법으로 전환해서 구양복의 내공을 단전에서부터 뽑아냈다. 구양복이 처절하게 쏟아내는 비명이 경기장을 가득 채웠다. 나는 구양복의 얼굴이 생기를 빨린 사람처럼 변한 것을 확인하자마자 급히 손을 거뒀다. 바닥으로 허물어지듯이 주저앉은 구양복은 곧 숨이 끊어질 것 같은 지친 표정으로 나를 올려다봤다.

"남명회가…"

"남명회고 나발이고 내가 알아서 할 테니까. 우리 인심 좋은 구양 아저씨는 유언 없어?"

죽음을 직면한 구양복은 갑자기 미친놈이 된 것처럼 내게 물었다.

"개평은 없느냐?"

"없어. 이 새끼야."

그대로 오른발을 들어 올렸다가 찍어서 구양복의 숨통을 끊었다.

퍽!

"개평은 지랄."

나는 텅 빈 관객석을 바라보면서 오늘의 비무 결과를 직접 발표했다.

"다들 잘 들어라. 자하객잔 주인장의 승리다."

나는 객석의 난간에서 혼자 박수를 보내면서 걷다가, 횃불을 뽑아서 놈들이 버리고 간 종이 뭉치에 불을 붙였다. 도박사들의 이름과 금액 같은 것이 적힌 종이 뭉치였다.

화르륵!

둘러보다가 불이 잘 붙는 곳에 횃불을 던지고, 다른 횃불을 뽑아서 구양복의 시체에도 불꽃을 선물했다. 불이 붙은 의복이 구양복의 시체를 휘감았다. 가는 곳마다 불을 지르는 사내, 그것이 나다. 횃불을 집어 던지면서 돌아다니자 삽시간에 경기장 이곳저곳에 불길이 번졌다. 어차피 관객석에는 목재가 많아서 이내 거대한 화로처럼 들끓었다. 활활 타오르는 불길 속을 거닐면서 도박꾼의 노래를 혼자 불렀다.

도박장에서 삼십 년을 보냈다.

검은 머리로 패를 붙잡아 흰머리로 패를 내려놓았네.

힘들게 번 돈 많이도 갖다 바쳤다.

내 돈뿐이랴?

친구 돈, 친척 돈까지 어찌 그렇게 망설이지 않고 뿌렸더냐?

오랜만에 집에 오니 반겨주는 사람 하나 없고.

벽장에 감춰놓았던 돈 꺼내 도박장으로 다시 향하는데.

만나는 사람마다 멸시의 눈초리로 바라보는구나.

내가 다시 나타나지 않으면 도박하다 죽었다고 전해다오.

도착하기도 전에 오늘따라 유난히 패가 눈앞에 아른거리니.

오늘은 운이 좋겠지.

오늘은 운이 좋을 거야.

도박장을 불태우고, 노래를 부르고 이 모든 것이 흡족하여 나는 웃음을 길게 뽑아냈다. 흥에 겨워서 경기장으로 훌쩍 몸을 날린 다음에 시체도 불태우고 꿈에서 오줌이라도 쌀 것처럼 불길을 퍼뜨렸다. 흑묘아를 뽑은 다음에 이글이글 타오르는 불꽃과 함께 칼춤을 췄다.

흑묘아에 삼매진화를 휘감아서 뿌려대자, 불길이 더욱 거세졌다. 불길이 불꽃을 집어삼키자 부동명왕이 강림한 것처럼 일대가 뜨겁게 타올랐다. 나는 불꽃을 바라보면서 잠시 넋을 놓았다. 이렇게 강력하고, 아름답고, 무자비한 불꽃의 힘이 내 것이라면 얼마나 좋겠는가. 나는 불길이 아직 미치지 않은 따끈따끈한 땅바닥에 드러누워서 밤하늘을 올려다봤다.

"밤하늘의 별을 한 손에 쓸어 담아 나를 추격하던 교도들의 머리에 불비를 내리고 싶구나. 가는 곳마다 말소리가 멈추고, 검으로 산을 가르는 자들을 발아래 두고, 삼재라 불리는 고수들의 뺨따귀를 후려치는 사내, 그것이 나다. 아직은 아니지만. 아, 뜨거워라."

벌떡 일어나 보니 주변이 온통 불바다였다.

"…"

회귀했다가 불에 타죽는 사내, 그것은 내가 아니다. 나는 흑묘아를 수직으로 그어서 전방에 도풍을 쏟아냈다.

쐐애애애앵!

불길이 좌우로 갈라졌다가 다시 스멀스멀 기어 나왔다. 나는 제자리에서 칼을 이리저리 휘두르다가 투계의 공력을 주입해서 문파마다 하나씩 있을법한 일도양단一刀兩斷을 오랜만에 전방으로 쏟아냈다. 불길이 양 갈래로 찢어지면서 흩어지고, 그 너머에 있는 관객석까지 통째로 갈라지더니 칼자국으로 만든 길이 활짝 열렸다. 나는 도박꾼들이 자신의 몸을 불태워서 만들어 낸 불지옥을 칼로 양단을 낸 다음에 빠져나왔다. 나는 불에 탄 경기장을 뒤로한 채 난장판이 된 도박꾼들의 마을을 바라봤다.

"아름다운 밤이다."

여기저기서 야단법석을 떨고 누군가가 큰소리로 외쳐댔다.

"불이야!"

그 말에 내가 단조로운 어조로 대꾸했다.

"불놀이야."

"불이야!"

"불놀이야. 어?"

나는 문득 뭔가를 깜박한 사람처럼 경공을 펼치면서 달려 나가서 봉황 귀빈실 근처에 도착한 다음에 소리를 버럭 질렀다.

"백 소저! 흑 소저! 거기 있소?"

나는 낄낄대다가 주변을 둘러봤다. 여기저기서 "불이야"를 외치고 있어서 혈도에 찍힌 여인들은 지옥에 누워있는 마음일 것이다. 봉황 귀빈실 안에서 무어라 웅얼대는 소리가 들렸다. 나는 막사의 휘장을 젖히고 들어가서 침구를 향해 물었다.

"거기 있소? 없나? 없나 보군."

"여… 여… 여… 기…."

침대에서 아혈이 덜 풀린 채로 내지르는 비명이 처절하게 흘러나왔다. 나는 춤을 추면서 침구로 다가갔다.

"저녁노을 지고 달빛 흐를 때… 여기 있나?"

나는 침상의 발을 홱 젖힌 다음에 백소아와 흑소령을 내려다봤다. 두 사람은 한참이나 처울어서 핏발이 잔뜩 선 눈으로 나를 바라봤다.

"…!"

막사 바깥에서 누군가가 소리를 내지르면서 이동했다.

"불이야!"

나는 딱딱한 표정으로 백소아와 흑소령을 노려보다가 낮게 깔린 목소리로 말했다.

"…불놀이야."

이내 백소아와 흑소령이 눈을 까뒤집더니 동시에 기절했다.

80. 오로지 내 것이다

"이제 놀랍지도 않다."

나는 내 허락도 없이 기절한 백소아와 흑소령을 덤덤하게 바라봤다. 광마 시절에 악행으로 유명한 여마두女魔頭들을 때려잡은 적은 있으나 나보다 훨씬 약한 여인을 마구잡이로 때려죽인 적은 없다. 더군다나 기절까지 해서 가장 약한 상태로 내 양심을 시험하다니. 문득 나는 여마두 몇 명의 표정이 떠올라서 기절한 두 여인의 관상과 비교해 봤다.

악인은 남녀를 구분하지 않는다. 하지만 여마두들의 특징은 얼굴에 복이 없다는 공통점이 있다. 대부분 복이 있을 자리에 색기가 엿보인다. 남자를 밝히기 때문에 생긴 색기라기보다는 이들이 익히는 무공 때문에 그렇다. 양성교접술과 같은 채양보음을 익힌 여마두들은 종종 소년이나 청년들의 정기를 강제로 빼앗아서 젊음을 유지하기 때문이다.

문제는 광마 시절에 맞붙었을 때도 제법 오래 싸웠던 고수들이었기 때문에 지금 맞붙어도 방심해서는 안 되는 상대들이라는 것이다. 나는 혼절한 백소아와 흑소령이 전생에 알고 있었던 여마두들의 젊은 시절은 아닌가 해서 유심히 살폈다. 혹시 그녀들이라면 이 자리에서 미리미리 때려죽일 생각이었다.

"너희는 아니고."

나는 백소아와 흑소령의 멱살을 붙잡아서 앉힌 다음에 뺨을 한 대씩 때렸다.

철썩! 찰싹!

"운 좋은 줄 알아라."

혼절한 두 사람이 조금씩 정신을 차렸다. 바깥에서 사람들이 여전히 "불이야"를 외치면서 경기장 쪽으로 가고 있었으나, 큰불로 번질 위험은 없다. 애초에 경기장이 독립적인 건축물이고 중앙 아래가 움푹 파인 구조물이기 때문이다. 두 사람은 눈을 뜨자마자 또다시 눈물을 질질 흘렸다.

"그만 처울어라."

나는 구석으로 가서 얼굴을 가볍게 씻으면서 말했다.

"불구덩이에 던지기 전에 주둥아리 닫는 게 좋을 거다."

얼굴을 씻은 다음에 의자를 침상 앞에 내려놓고 앉아서 두 사람을 노려봤다. 나는 본래 친절한 사내이기 때문에 불놀이의 배경을 설명해 줬다.

"나락회는 사라졌다. 동방연도 죽고, 평군사도 죽고, 구양복도 죽었어. 그 밖에도 많이 죽었지. 너희도 승천해서 먼저 뒤진 놈들하고 뭉

게구름 무지개 도박장 차리기 싫으면 묻는 말에 잘 대답해. 알았어?"

두 사람은 아혈이 풀렸는지 짤막하게 대꾸했다.

"예."

"구양복과 사내답게 약속했다. 내가 나락회 전체를 이기면 내가 나락회의 모든 것을 갖기로. 보다시피 내가 이겼고, 구양복은 개평을 부르짖다가 승천했다. 하늘나라에서는 도박 좀 끊어야 할 텐데 걱정이로군. 너희가 잠시 구양복의 명복을 빌면서 묵념해라."

"…"

나는 섬광비수를 넣어둔 품을 이리저리 더듬으면서 말했다.

"칼을 뽑아야 묵념할래?"

"하겠습니다."

두 사람이 눈을 감은 채로 묵념하는 것을 지켜봤다. 흑소령은 눈 밑이 파르르 떨리고, 백소아는 눈을 감은 채로 허연 콧물을 흘리고 있었다.

"이제 눈 떠라."

나는 눈을 뜬 두 사람에게 긍정적인 어조로 물었다.

"좋은 곳에 갔겠지?"

흑소령과 백소아가 동시에 대답했다.

"예."

나는 정색하면서 대꾸했다.

"아니야. 그럴 리가 없다."

"…"

"등쳐먹은 사람이 한두 명이어야 좋은 곳에 가지. 좋은 곳에 가선 안 돼. 내 말이 맞아, 아니야?"

"맞습니다."

"불에 타서 죽었으니 불지옥의 입구로 직행했을 거다. 내일 내 수하들이 수레랑 마차 같은 것을 몰고 올 거야. 너희는 구양복이 재산을 어디에 감췄는지 아는 대로 불어서 내 수하들이 나락회의 자금을 깔끔하게 회수할 수 있도록 협조해라. 할 수 있겠어?"

"예, 할 수 있습니다."

"좋았어. 휴식을 취하도록. 혈도가 풀렸다고 기회를 틈타 도망가면… 알지? 무지개 도박장."

백소아가 말했다.

"바깥에 불길이 번지고 있지 않나요?"

"불길? 그렇군. 내가 불길을 막아주겠다."

"그냥 저희를 풀어주시면 되지 않나요?"

"닥쳐라. 불길을 잡는 게 우선이다."

나는 일어나서 봉황 귀빈실의 휘장을 젖히고 바깥으로 나왔다. 당연히 불길은 경기장에만 치솟고 있는 상태. 혼란스러운 거리를 구경하면서 걷다가 텅 비어있는 나락객잔으로 들어갔다.

* * *

점소이 조팔도 보이지 않고, 내가 손을 대지 않은 백주도 그대로 놓여있었다. 물론 나락회의 무인들도 전부 사라진 상태. 내가 점소이 일보를 흑묘방으로 보낸 것처럼, 점소이 조팔은 구양복의 서찰을 들고 남명회로 간 모양이다. 나는 소매를 걷은 다음에 중얼거렸다.

"어디 한번 도박왕의 거처를 살펴볼까나."

나는 안쪽으로 들어가서 좁은 복도를 지나다가 주방, 점소이의 방, 창고 같은 곳을 차례대로 둘러본 다음에 복도 끝에 도착했다. 객잔과 어울리지 않는 두꺼운 철문이 노골적으로 버티고 있었다. 시체에서 열쇠를 챙기지 않았기 때문에 섬광비수를 꺼내서 염계로 달궜다. 붉게 빛나는 섬광비수를 열쇠 구멍에 천천히 밀어 넣다가 물러나서, 발차기로 철문을 날렸다.

콰앙!

객잔 전체와 규모가 비슷한 큰 방이 나왔다. 둘러보니 도박왕이라는 놈의 거처는 그저 커다란 감옥에 지나지 않았다. 아득바득 모은 돈을 지키느라 집주인도 집을 벗어나지 않았기 때문이다.

"도박왕이라는 놈이 부질없이 살았구나."

내부에 온갖 비싸 보이는 집기와 수집품이 가득했다. 이것이 어찌 객잔 주인장이 모을 수 있는 사치품이겠는가. 나는 골동품이나 미적인 가치가 담겨있는 물건에는 관심이 없어서 구경하는 것에 그쳤다. 구양복이 사용하던 책상에 가보니 쓰다가 끊긴 서찰 하나가 놓여있었다.

'나락회는 웬 미친놈의 공격을 받았습니다. 무공 수준을 가늠할 수 없고 여러 가지 수법이 통하지 않았으며 나락회에 대해서도 자세히 알고 있습니다. 그간 남명회의 명을 받아 물심양면으로 후원하면서 도움을 요청한 적이 없었으나…'

서찰은 여기까지 쓰여있었고 중앙에 먹선이 그어져 있었다. 문득 책상의 우측 벽을 바라보니 누군가의 초상화가 여섯 개나 걸려있었다. 첫 번째부터 다섯 번째까지는 모르는 인물이었으나, 마지막 초상화는 쉽게 알아봤다. 남명회주 남가락南佳峪. 나락회가 역대 남명회주를 여섯 명이나 후원한 모양이다. 나는 잠시 남가락의 초상화를 노려봤다. 당연히 이름도 알고 얼굴도 아는 놈이지만 직접 겨뤄본 적이 없는 놈이라서 정보와 기억에 의존해야만 했다.

"한창 잘나가다가 뜬금없이 고수에게 죽은 놈인데 고수가 누구였더라. 광승은 아니었고 아, 무명無名 자객."

남가락을 죽인 놈이 으스대지 않아서 한참을 미궁에 빠진 사건처럼 묻혀있었는데, 회주를 잃은 남명회는 흉수를 자객 단체인 일위도강一葦渡江이라 밝히고 전면전을 선포했었다. 그러고 나서 남명회는 망했다. 하지만 강호에서는 패배한 남명회에 대한 말이 더 많았다. 승리한 일위도강이 타격을 크게 입었기 때문이기도 하고, 남명회가 꽤 강력한 일위도강을 상대로 살벌하기 짝이 없는 전쟁을 벌였기 때문이다.

단체가 망할 때까지 싸우는 미친놈들이기 때문에 남명회에 대한 대처는 고민해 볼 필요가 있었다. 일위도강이 남명회주를 죽이는 사건도 몇 년을 기다려야 해서 당장은 소용없는 일이었다. 나는 문득 남가락의 초상화를 벽에서 떼어냈다. 나머지 초상화도 전부 떼어내서 바닥에 던진 다음에 벽을 바라봤다. 여섯 개의 초상화가 가리고 있는 중앙 부근에 비밀 금고처럼 보이는 철문이 있었다.

열쇠 구멍이라든가 잠금장치가 보이지 않는 특이한 철문이었다. 나는 벽과 천장을 바라보다가 가상의 선을 따라서 다시 책상을 바라봤다. 아무리 봐도 책상과 연결된 기관장치로 열 수밖에 없는 구조였다. 책상 서랍을 하나씩 열다가 도로 닫은 다음에 책상에 있는 벼루를 붙잡고 들어 올리려는데 꼼짝도 하지 않았다.

그대로 벼루를 지그시 눌러보자 꽤 강력한 반발력이 느껴졌다. 나는 적당한 외공과 장력을 조합해서 벼루를 눌렀다. 그러자 어디선가 덜컹-하는 쇳소리가 울렸다. 벽으로 가서 철문을 밀자, 딸깍하는 소리와 함께 오히려 철문이 바깥으로 열리면서 또 다른 기관장치 소리가 이어졌다.

"…!"

쑹- 하는 바람 소리가 들리자마자, 나는 옆으로 비켜섰다. 철문 안쪽에서 발사된 강침이 날아가더니 반대편 벽에 꽂혔다.

푹!

대체 뭘 숨겨놨길래 이런 지랄을 준비했을까. 조금 떨어져서 안을 바라보니 어처구니없게도 반듯하게 잘라놓은 얇은 쇳덩어리가 보였다. 무턱대고 손을 댈 수는 없었기 때문에 책상에 있는 등불을 가져와서 안을 비췄다.

"음…"

황금색인 줄 알았더니 흑색이다. 표면이 거칠고 단단해 보였다. 나는 섬광비수를 꺼내서 밀어 넣은 다음에 정체불명의 쇳덩이를 하나 빼내서 책상으로 가져왔다. 표면에 독이 발라져 있지 않은지 확인한 다음에 섬광비수의 끝으로 금속의 표면을 그었다. 글씨를 새기듯이 미세하게 그어지긴 했으나, 섬광비수의 칼끝이 전혀 박히지 않았다.

"현철玄鐵이네."

이미 상납금을 많이 바치고 있던 구양복은 남명회에 현철까지 바칠 마음은 없었을 것이다. 이건 또 어디서 얻었을까 하는 궁금증이 생겼으나 물어볼 놈은 이미 죽은 상태. 나는 철문 안에 있는 납작한 현철을 책상 위로 옮겼다. 그 너머에 자그마한 책자와 시커먼 반지가 보였으나 나는 현철부터 살폈다.

떠오르는 바가 있어서 섬광비수로 이리저리 모양을 맞춰보자 한 자루의 시커먼 장검長劍이 되었다. 실로 기가 막히는 일이다. 나는 이것이 현철로 된 장검이라서 놀란 게 아니라, 이게 어떤 방식으로 쪼개져 있는 것인지가 더 궁금했다. 세상의 어떤 고수가 현철로 된 검을 이렇게 동강 낼 수 있단 말인가?

내 광마 시절은 물론이고 나보다 더 강했던 최상위권 고수들도 현철을 이 지경으로 토막 내진 못할 터였다. 아마 구양복은 이걸 다 녹여서 새로운 병장기를 만들려고 했을 것이다. 하지만 왜 이곳에 보관만 하고 있었는지는 이제 이유를 알 수 없게 되었다. 내가 철의 장인은 아니지만, 이것은 적어도 수백 년 전의 물건처럼 보였다.

보통 현철로 만들어진 무기는 절대 잘리지 않는다는 인식이 있는데, 나는 이 결과물을 보고 나서 새삼스럽게 고정관념을 고쳤다. 세상에 있는 물건이 절대 잘리지 않는 예는 없다고 말이다. 아마 장검의 주인은 엄청난 고수였을 것이다. 하지만 저 단단한 장검이 부러졌을 때, 주인도 함께 죽었을 것이다. 마음에 지니고 있었던 신념도 부러졌을 테니 말이다. 그제야 나는 광승이 내게 했던 말을 어느 정도 이해하게 되었다.

"신념이 부러지면 너도 죽은 목숨이니 걱정할 필요 없다."

"뭔 말이에요?"

"말 그대로다."

오히려 병장기에 크게 구애받으면 무학을 더 위로 끌어올리는 것이 어렵다는 말처럼 들리기도 했다. 그제야 나는 광승의 말은 내 경험과 실력에 따라서 점차 다르게 해석해야 한다는 점을 깨달았다. 아마 전생의 나는 광승의 말을 절반도 이해하지 못했을 것이다. 다시 철문 안에 있는 책자와 반지를 꺼내서 책상에 올려놓고 얇은 책자부터 읽어봤다.

일대검호一代劍豪 구양무극歐陽武極.

무극중검武極重劍.

나는 다음 글귀를 보자마자 미소를 지었다.

구양무극은 아무런 위명도 없던 나와 일곱 차례를 겨뤄 모두 패배했다. 자부심이 실로 대단한 사내였으나 어차피 강호의 승부는 강자가 이기기 마련이다. 나는 맞붙기 전에 이미 내가 이긴다는 것을 알고 있어서 결과에 덤덤했다. 그러나 구양무극은 이를 받아들이지 못했다. 심지어 내게 패배의 원인도 묻지 않았다. 강호인들의 마음은 이해하는 편이나, 그 마음 때문에 구양무극이 다음 단계로 나아가지 못하고 있다는 것을 어찌 설명해야 할까? 결국 내가 그의 단점을 지적하자, 다시 익히는 것은 너무 늦었다는 답변이 나왔다. 내 생각은

다르다. 배움에 어찌 늦고 빠름이 있으랴? 하지만 또한 사람의 일이 뜻대로 되지 않음을 나는 알고 있다. 구양무극의 질문에 내가 강호에 나와 몇 차례밖에 겨뤄보지 못했다는 말을 솔직하게 전하자, 그는 더 큰 충격을 받았다. 내가 그를 주화입마에 빠뜨리려고 한 말은 아니었으나, 구양무극은 자신의 검만 오래 수련했을 뿐이지 마음의 수련은 검법의 수준에 전혀 미치지 못했다. 강호인들은 이런 경우가 허다하다. 어쩔 수 없이 마음의 상처를 극복하지 못하고 죽어가는 구양무극의 부탁으로 내가 상대한 무극검법을 간략하게 정리하여 남겨놓는다. 검법을 얻은 후인은 올바른 일에 사용해야 할 것이다. 올바르지 못한 일에 사용하면 그 말로가 비참해질 것이라 예언한다. 기성자記性子.

금구소요공의 비급에 적힌 것과 똑같은 말투였기 때문에 나는 이미 읽는 도중에 기성자가 쓴 책자라는 것을 눈치챘다. 구양복이 이것을 감춰둔 이유는 간단하다. 기성자의 무학은 수준이 너무 높다. 구양복이 감히 넘볼 수 있는 무학이 아니기에 읽어봐도 무슨 뜻인지 몰랐을 것이다. 더군다나 올바르지 못한 일에 사용하면 그 말로가 비참해질 것이라는 예언도 마음에 걸렸을 게 분명하다.

그러나 당대의 강호에서 나보다 기성자를 더 많이 이해하고 있는 사람은 존재하지 않는다. 고로, 구양무극의 검법은 천하에서 오로지 나만이 확실하게 이해할 수 있는 검법이 될 터였다. 문득 이런 생각이 들었다. 금구소요공을 창안한 기성자를 상대로 일곱 차례나 도전하다니… 구양무극, 당신은 대체 얼마나 강했던 겁니까?

81. 빈틈이 안 보이십니다

기성자가 정리한 구양무극의 검법은 총 여덟 가지의 초식이다. 전반 사초식은 나도 얼추 흉내 낼 수 있었기에 이미 배운 것으로 셈했다.

一. 장검식長劍式은 기를 내보내는 것.
二. 단검식短劍式은 기를 압축하는 것.
三. 만검식萬劍式은 검기를 만천화우처럼 뿌리는 것.
四. 발검식拔劍式은 앞선 세 개의 초식을 검을 뽑으면서 펼치는 묘리.

그런데 무극검법의 후반 사초식은 나도 어려웠다.

五. 뇌검식雷劍式. 검기가 뇌우로 변한다는데 내가 이걸 어떻게 하나?
六. 목검식木劍式. 목검으로 다섯 개의 절기를 펼친다는데 목검이 부러져야 정상 아니냐?

七. 기검식氣劍式. 목검 없이 모든 절기를 펼친다는데 이러면 검법을 왜 배우는지 모를 일이다.

八. 무극식武極式. 검, 정신, 내공을 일순간에 폭발한다고 적혀있는데 너무 황당한 초식이라 이건 나도 할 말이 없다.

나는 세 번을 반복해서 읽다가 후반 사초식은 깔끔하게, 미련 없이, 빠르게 포기했다. 안 되면 바로 포기해 버리는 남자, 그것이 나다. 기성자의 설명이 너무 간략해서 억지로 배우려고 해봤자, 주화입마만 네 차례가 올 것이다. 이 선배는 항상 설명이 간략하다. 본인의 수준이 높아서 그럴 수도 있고, 자세히 설명하는 것이 의미 없다고 여겨서 그럴 수도 있다. 전생에도 무공을 익히다가 깨달은 것이 있는데. 어떤 것은 보자마자 쉽게 익힐 수 있는 반면에 어떤 무공이나 특정 초식은 내 사고방식이나 성격, 이해도와 맞지 않아 익힐 수 없는 것들이 있다.

중요한 점은 내가 본래 완벽한 인간이 아니라는 점이다. 금구소요공에 적힌 대로 하루하루 조금씩 강해지면 될 일이지, 안 되는 것을 억지로 붙잡고 파고들어 봤자 좋은 결과로 이어지지 않는다. 강해지는 방법은 여러 가지이므로 내가 굳이 후반 사초식에 매달릴 필요는 없었다. 나는 무공을 대하는 사고방식을 광마 시절보다 조금 더 유연하고 느슨하게 가져갈 생각이었다.

'안 되는 것은 억지로 하지 말자.'

꽤 비싸 보이는 상자에 현철을 담고, 정체불명의 반지는 중지에 낀 다음에 바깥으로 나왔다. 서책을 반복해서 읽어서 그런 것일까. 어느새 동이 트고 있었다. 주방에서 덮개를 열지 않은 두강주를 챙긴 다음에 바깥 탁자에 앉아서 해 뜨는 것을 잠시 멀뚱히 구경했다.

해가 지는 무렵의 자하도 그렇지만, 해가 뜰 때도 하늘의 색이 묘하다는 생각이 들었다. 마치 음陰과 양陽이 근무교대를 할 때, 서로 굳게 맞잡은 손에서 빛이 나는 느낌이랄까. 어쨌든 해가 질 무렵이든 새벽이든 간에 저 오묘한 빛무리는 항상 내 이름인 자하紫霞와 비슷했다. 나는 상념과 감상을 멈춘 다음에 비급서 끝에 적힌 기성자의 후기를 읽었다.

'구양무극의 검법이 대단해 보였는가? 이런 사내도 내게 일곱 번을 완패했다.'

나는 두강주를 한 잔 마신 다음에 기성자와 대화를 나누듯이 읽었다.

"멋지십니다."

'그렇다면 나는 천하제일인天下第一人인가? 아니다. 내가 알기로 나와 비슷한 수준의 고수들이 더 있다. 사람은 누구나 늙어 죽기 마련인데 어찌 한때의 천하제일을 자랑하겠는가. 내가 그 고수들과 겨루지 않고 평생을 건강 관리만 하면서 그들보다 오래 살아남으면 내가 천하제일에 등극하는 것인가. 그때는 나도 곧 늙어 죽을 것이다. 요약하면, 천하제일이라는 말 따위는 부질없다는 뜻이다. 그저 천하를

주유하다가, 나보다 강한 고수를 만나 무학을 논한다면 이 또한 내 복이고 기쁨일 것이다. 어찌 승리와 패배가 무학의 수준을 위로 올리는 것보다 기쁜 일이겠는가? 무공은 본래 천천히 오래 익히는 것이다. 서두르는 자는 구양무극처럼 스스로 자신을 해치는 운명을 맞이한다. 후인은 짧은 시간에 힘을 얻는 마도의 길을 걸을 것이냐, 아니면 하루하루 강해져서 완성되는 한 명의 협객이 될 것이냐. 고민해 보아라. 강호인이 아무리 강해져도 마음이 굳센 협객을 이길 수는 없다. 많은 이들이 내 생각에 동의하지 않는다는 것을 알고 있으나 내 생각은 그렇다.'

"음, 고작 협객이?"

이 무슨 뜬금없는 협객론俠客論이란 말인가. 요새는 협객이라는 말 자체가 실종되다시피 사라진 세상인데, 옛사람인 기성자 사부는 협객을 들먹이고 있었다. 다른 사람의 말이라면 한쪽 귀로 흘렸을 테지만, 나는 그럴 수가 없다. 다름 아닌 기성자의 말이라서 그렇다. 나는 홀로 술을 마시면서 기성자의 협객론을 곰곰이 되새겼다.

도대체 왜? 협객이 더 강하다는 말인가. 서책의 내용이 너무 짧아서 내가 원하는 궁금증을 바로 풀 수는 없었다. 문득 봉황 귀빈실 쪽을 바라보니, 혈도가 풀린 백소아와 흑소령이 고개를 빼꼼히 내밀고 있다가 눈을 딱 마주쳤다. 내가 물었다.

"도망가게?"

두 사람이 내 쪽으로 달려오더니 업무를 보고하는 어조로 대꾸했다.

"불이 꺼졌나 해서 나와봤습니다."

"공자님이 어디 계신가 해서 나와봤습니다."

나는 탁자 맞은편을 가리켰다.

"앉아라."

"예."

나는 두 사람이 앉자마자 다짜고짜 물었다.

"너희는 협객에 대해서 어떻게 생각해."

흑소령이 대꾸했다.

"아무 생각이 없습니다. 요새는 없지 않나요?"

백소아도 대답했다.

"협객은 멋진 사람이라고 어렸을 때 배웠습니다."

나는 뒤통수를 긁적이다가 두강주를 턱으로 가리켰다.

"술이나 마셔라."

"예."

"술은 아침 해를 보면서 마시는 게 또 제맛이지. 세상 한심한 처지에서 마셔야 술맛이 제대로 느껴진다, 이 말이야."

나는 이름에 밝을 소, 웃을 소가 들어간 두 사람과 함께 술을 몇 잔 마시다가 즉석에서 지은 별호를 알려줬다.

"너희는 앞으로 흑백소소黑白昭笑라고 싸잡아서 부르마. 이름의 뜻도 마침 밝게 웃는다는 뜻이니 항상 밝게 웃는 것이 너희 둘의 임무다."

흑소령과 백소아가 서로를 바라봤다가 동시에 대답했다.

"알겠습니다."

"나는 수하들이 올 때까지 잠시 명상에 잠길 터이니…"

나는 품에서 섬광비수를 꺼내서 탁자에 꽂은 다음에 진지한 어조로 말했다.

"빈틈이 보이면 나를 찔러라."

"…"

나는 흑백소소를 보초로 임명한 다음에 명상에 잠겼다. 춘약을 먹었으면 야한 꿈을 꿀 텐데, 꿈에서 나는 광승에게 또 처맞고 있었다. 가끔 그럴 때가 있다. 자는 와중에 내 코 고는 소리가 들리는 경우 말이다. 꿈을 꾸는 와중에도 코 고는 소리를 듣는 사내, 그것이 나다. 문득 자세가 불편해서 눈을 뜬 나는 빈 의자를 앞에 놓은 다음에 다리를 올려놓았다. 문득 두 사람을 게슴츠레한 눈빛으로 바라보자, 흑백소소가 입을 열었다.

"편히 주무십시오."

"빈틈이 안 보이십니다."

나는 눈을 감으면서 대꾸했다.

"…그것이 나다."

나는 다시 코를 골았다. 이번에는 광승을 쥐어 패겠다는 마음가짐으로 잠을 청했다.

* * *

"공자님, 일어나셔야 할 것 같아요."

흑소령의 목소리를 듣자마자 나는 눈을 감은 채로 고개를 끄덕였다.

"명상이 길었나?"

"예."

"예?"

"적절하셨습니다."

나는 입가에 묻은 침을 닦으면서 주변을 둘러봤다. 분위기가 대낮부터 아주 살벌했다. 조금 떨어진 좌측에 사신장을 비롯한 흑묘방의 수하들이 줄지어 서있고, 우측에는 복장을 통일한 강호인 무리가 흑묘방을 노려보고 있었다. 분위기와 복장을 보아하니 남명회였다. 그 무리에 껴있는 점소이 조팔이 나를 가리켰다.

"저쪽이 대장이 아니고, 저 사람이 대장입니다."

"저놈이라고?"

남명회의 무인들을 이끌고 온 사내가 나를 노려봤다. 나는 하품을 한 다음에 흑백소소에게 말했다.

"너희 둘은 좌측으로 가 있어라. 내 수하들이다."

흑백소소가 서둘러서 일어난 다음에 사신장 쪽으로 이동했다. 나는 잠이 덜 깬 상태에서 빈속에 두강주를 벌컥벌컥 들이켰다. 침도 흘리고, 머리는 떡이 되어있고, 눈뜨자마자 술을 한잔 마시니 세상에 겨룰 상대가 없는 한심함을 갖추게 되었다. 나락회를 살피러 온 남명회의 간부가 내게 물었다.

"네가 수장인가?"

나는 맞은편을 가리키면서 대꾸했다.

"보다시피. 앉아라."

양측이 대치하고 있는 가운데 남명회의 간부가 홀로 걸어와서 맞은편에 앉았다. 자연스럽게 눈싸움이 벌어졌다. 나는 못난 사내들이 철이 들기도 전에 익히는 눈싸움을 점소이 시절부터 단련했기 때문에 웬만해선 지지 않는다. 먼저 눈을 깜박인 놈이 말했다.

"남명회의 남연풍南延風이다."

이놈은 회주의 일가친척인 모양인지 성이 같았다. 나는 수하들을 바라보다가 적절해 보이는 정체를 밝혔다.

"내가 흑묘방주다."

남연풍이 미간을 좁히면서 대꾸했다.

"대나찰의 제자냐?"

"대나찰을 죽인 사람이지."

"그렇군. 구양복은?"

"죽었다."

"구양복이 우리 남명회에 상납을 하고 있던 사람이라는 것은 알고 있었나?"

"죽기 전에 밝히더군."

남연풍을 바라보다가 남명회의 병력을 살폈다. 병력의 수는 남명회가 훨씬 적었다. 조팔의 말을 듣고 급히 현황을 살피러 온 모양이다. 남연풍이 말했다.

"나이가 젊은데 우리 회주님의 성격은 알고 있나?"

"회주 성격이 어떻기에."

남연풍이 화를 억누르듯이 이마를 만지다가 대꾸했다.

"흑묘방주, 네가 직접 남명회로 들어와서 회주님에게 사과해라.

일이 커지지 않으려면 그 방법뿐이다. 방으로 돌아가서 우리 남명회가 어떤 단체인지, 회주님이 어떤 사람인지 수하들에게도 물어보고, 정보도 수집한 다음에 찾아오도록 해. 사과하러, 알겠어? 그게 싫으면 너희는 남명회와 전면전이다."

"사과하라고?"

남연풍이 동네를 손가락으로 가리키면서 말했다.

"회주님이 그깟 상납금이나 나락회 정도에 화를 내실 것 같으시냐. 돈은 중요하지 않다. 왜 특별한 이유도 없이 구양복을 죽였는지, 그걸 들어와서 설명하란 말이야. 남명회주의 칼은 대상을 가리지 않는다. 그것이 마도든, 백도든, 같은 흑도든 간에. 죽고 죽이는 일로 번지지 않게 하라고."

돈은 중요하지 않다는 말에서 나는 이미 남명회가 제법 강한 단체라고 느꼈다. 남연풍에게 말했다.

"회주에게 전해. 구양복은 사기도박을 해대서 내게 죽었다고. 너희에게 상납을 했든 말든 간에 사기도박은 다른 문제다. 사기를 쳐서 긁어모은 돈을 너희에게 일부 전달했을 뿐이야. 알고 받았으면 무림맹의 법에 따라 사기 방조죄에 해당하고, 남명회가 일을 도왔다면 너희도 사기도박 가담자다. 그러니 내게 사과하라는 말은 옳지 않다. 이 점을 전달한 다음에 내 말을 덧붙이도록."

"뭐냐?"

나는 남연풍을 손가락으로 가리켰다.

"흑묘방에 있을 테니 남명회주 이름으로 정중하게 초대해라. 그러면 내가 찾아가서 회주와 이번에 벌어진 일에 대해 논의해 보겠다.

사과하라는 그런 병신 같은 말은 네 머리에서 나왔나 본데…"

나는 탁자에 여전히 꽂혀있는 섬광비수를 가리키면서 남연풍에게 말했다.

"연풍아, 이 자리에서 뒤지고 싶으냐?"

"…"

나는 상체를 앞으로 내민 채로 남연풍에게 말했다.

"남명회가 제법 강해? 내 알 바 아니다. 참고로 대나찰은 죽기 전에 너보다 더 거만했다. 너는 돌아가서 회주에게 내 말이나 전해. 쓸데없는 개소리는 네 쫄따구들한테 하고. 알았어?"

남연풍은 나를 노려보다가 내 수하들을 훑었다. 고민이 되겠지만 여기서 무모하게 죽을 놈은 아니라는 생각이 들었다. 남연풍이 일어나더니 한숨을 한 번 내쉰 다음에 말했다.

"또 보자고."

나는 본래 뒤끝이 많은 사내여서 끝까지 강한 척을 하는 남연풍을 계속 놀려먹었다.

"연풍아."

남연풍이 돌아봤다.

"너 내가 한 번 살려줬다. 가라."

내가 씨익 웃자, 남연풍은 얼굴이 새빨갛게 익은 채로 홱 돌아섰다. 이어서 기세 좋게 몰려왔던 남명회가 무거운 침묵을 유지한 채로 사라졌다. 물론 내가 알고 있는 점소이 조팔이도 저놈들을 따라갔다. 그제야 나는 소군평을 불러서 말했다.

"저 여인들하고 도박왕의 자금만 전부 회수한 다음에 돌아가자."

소군평이 고개를 끄덕였다.
"알겠습니다."
나는 어정쩡한 모습으로 서있는 점소이 일보를 손짓으로 불렀다. 일보에게 빈 잔을 건넨 다음에 두강주를 따라줬다.
"수고했다."
일보가 씨익 웃으면서 대답했다.
"감사합니다."
사제들과 수하들이 전부 쳐다보고 있어서, 한마디를 보탰다.
"한 시진 내로 정리해서 떠나자. 술은 흑묘방에 도착해서 마실 테니까. 그리 알고. 오늘은 돈을 제법 많이 벌었으니 좀 거창하게 마셔보자고."
수하들 사기를 북돋겠다고 한 말이긴 한데. 생각해 보니 나는 오늘 일어나서 술을 마시고 남명회 사내를 갈군 것 이외에는 딱히 한 일이 없었다. 대장 역할이라는 게 이렇게 힘들면서도 한심하다. 생각해 보면, 내가 지금도 전생의 광마였다면 남연풍은 물론이고 그가 데리고 온 수하들과 조팔까지 다 죽였다. 내가 그러지 않았던 것은 수하들에 대한 책임감 때문일까. 아니면, 내가 조금씩 변하고 있는 것일까. 당장은 알 수가 없었다.

82.
협객이 강한 이유는

"아픈 곳도 없는데 자꾸 찾아와서 선생을 번거롭게 하는군."

나는 이상하게도 모용백을 볼 때마다 무척 오랜만에 보는 느낌이 들었다. 왜 그런지는 나도 알 수 없는 노릇이다. 모용백이 내 표정을 살피면서 말했다.

"언제든지 오셔도 좋습니다. 오래 기다리셨습니까?"

사실 반 시진을 기다렸으나 대충 대답했다.

"반 각 정도 기다렸소."

모용백은 정해진 수순처럼 내 맥을 짚으면서 말을 이어나갔다.

"…그나저나 문주님, 볼 때마다 더 강해지시는 것 같습니다."

쉽게 들을 수 없는 칭찬인지라 나는 미소를 지었다.

"그렇게 살려고 노력하고 있소."

모용백이 손을 떼면서 말했다.

"특별한 문제는 없습니다. 예전에도 그랬지만 신체보다는 문주님의 마음이 더 궁금하군요."

모용백은 내 표정과 눈빛을 물끄러미 바라봤다. 나는 근래 벌어졌던 일 중에서 불꽃에 관한 것을 두서없이 꺼냈다.

"싸우다가 나를 둘러싼 불꽃을 보고 있으면 잠시 넋이 나가는 거 같소. 자칫하면 불에 타 죽을 뻔했소."

모용백이 엷은 미소를 지으면서 대꾸했다.

"어째서 그럴까요. 저는 점쟁이가 아닙니다. 어느 정도 원인은 문주님도 알고 계시리라 봅니다만."

나는 원인을 찾다가 되는대로 나불댔다.

"내 이름으로 된 객잔을 가지고 있었는데 그게 불에 홀라당 탔었소. 막막한 기분? 당시에는 알지 못했는데 집이 사라지는 순간, 순탄한 삶은 기대하지 않았던 것 같군."

"어째서요?"

"불에 타기 전에도 내 성격을 알고 있었기 때문이지."

모용백이 침착한 표정으로 대꾸했다.

"그런 성격이 무공을 익히는 데 방해가 됩니까?"

"그렇진 않소."

고민하던 모용백이 내게 질문했다.

"혹시, 문주님보다 훨씬 강한 상대를 만나면 기분이 어떻습니까. 만나보셨는지 모르겠습니다만."

나는 모용백이 묻는 기분이 무엇인지 잘 알고 있다.

"강자를 만나면 미칠 것 같소."

"어째서요?"

나는 진지한 표정으로 모용백을 바라봤다.

"미쳐야 이길 수 있기 때문이지. 상대보다 실력이 부족하면 광기로 버텨야만 이길 수 있소."

"버틴다는 말씀을 하셨는데 그 부분을 더 설명해 보십시오."

"싸우다 보면 누구나 고통스럽기 마련이요. 이기려면 그 고통을 견뎌야 하고, 어느 순간 선을 넘었다는 느낌이 들 때가 있소. 기절해야 하는데 하지 않고, 쓰러져야 하는데 그러지 않고. 그 근처 어딘가에 광기狂氣라는 놈이 기다렸다가 튀어나오지."

"두렵진 않으십니까? 패배나 죽음이."

"패배는 두렵지 않소. 어렸을 때부터 많이 져봤기 때문에. 덕분에 계속 강해졌으니까."

"죽음은요?"

나는 천라지망에 갇혔을 때를 떠올렸다. 광승에게 무자비하게 맞았을 때도 떠올랐다. 수많은 패배나 실패 속에서도 죽음에 대한 공포는 없었다. 어쩌면 자하객잔이 첫 번째로 불에 탔을 때부터 이미 죽음을 각오하고 살았다.

"싸울 때는 생각하지 않소."

모용백이 난처한 표정으로 대꾸했다.

"그럼, 불길을 바라보다가 때때로 넋을 잃는 것은 두려움이 아니라 광기狂氣에 대한 인식이나 고민 같습니다."

"인식?"

"세상의 강자들을 이기려면 문주님의 사고방식으로는 미쳐야만 승산이 있다는 뜻이 아닙니까?"

"그렇소."

"객잔을 감싸고 있는 불꽃을 바라보고 계셨을 때 가졌던 마음가짐이 후회스럽다면 넋이 나갈 수도 있겠습니다. 이대로 죽음을 각오한 채로 미친 사람처럼 살아가는 게 옳은 선택일까. 아니면 다른 마음을 가져야 할까. 어찌 보면 문주님이 가진 인생의 화두가 불꽃을 바라볼 때마다 떠오르는 게 아닐까요?"

"그것을 결정하면?"

"결정이 쉽겠습니까? 문주님이 어디까지 강해지려고 하는지 모르기 때문에."

"나는 천하제일."

문득 모용백이 탁자를 두드렸다.

"그것은 대체 언제쯤 실현되는 꿈입니까?"

"모르겠소."

"그렇습니다. 잘 알고 계시는군요. 만약 그것이 십 년 후의 일이라면 사실 지금부터 아무것도 하지 않고 구 년은 내공을 쌓는 면벽수행만 하는 게 낫습니다. 그렇게 사실 겁니까?"

"그럴 생각은 없소."

"어째서요?"

"너무 허망하지 않겠소? 술도 마시고, 노래도 부르고, 춤도 추고 다른 놈들과 싸움도 해야 하고. 할 일이 많소."

"그렇다면 다시 하루하루를 충실하게 사는 수밖에 없습니다. 그렇게 살다가 누군가는 천하제일이 되겠지요. 그것도 살아남았을 때의 일입니다. 사람의 마음은 누구나 간사한 면이 있습니다. 정정하자면 문주님의 꿈은 천하제일이 되는 것이 아닐 겁니다."

"그러면?"

"술도 마시고, 노래도 부르고 춤도 추시다가 천하제일이 되는 것이 더 문주님의 마음에 맞는 꿈이겠지요."

나는 모용백의 말이 재미있어서 소리 내어 웃었다.

"아, 그렇게 되는가."

나는 내 마음을 잔잔하게 들여다보다가 대꾸했다.

"뭔가 반쯤 해소된 것 같기도 하고."

모용백이 말했다.

"개인적인 생각입니다. 그 광기가 강자를 만났을 때만 등장하는 것으로 유도해 보면 어떨까요. 평소에는 오히려 마음을 가라앉히는 수련을 해보는 것도 나쁘지 않습니다. 싸울 때와 마음가짐을 분리하는 겁니다."

모용백은 만난 지 얼마 되지도 않은 내 심리상태를 많이 알고 있었다. 어쩌면 모용백도 독마 시절에는 완벽히 미친 사람이었기 때문일까. 신이 있어, 모용백의 마음을 그림으로 그려본다면 구석 어딘가에 광狂이라는 글자가 웅크리고 있을 것이다. 모용백에게 물었다.

"선생도 미칠 것 같은 기분을 느껴본 적이 있소?"

"왜 없겠습니까."

모용백이 착잡한 표정으로 대꾸했다.

"어렵사리 구해줬던 사람이 병이 나았다고 태도가 달라지는 것을 보면 종종 속이 뒤집힙니다. 그럴 때마다 몸살 기운이 올라와서 며칠은 누워있어야 합니다."

나는 고개를 끄덕였다.

"이해하오."

모용백은 나를 이해하고, 나는 독마 모용백을 이해한다. 확실히 이 사내는 그것 때문에 미쳤었다. 우리는 서로의 마음에 있는 약점을 털어놓은 다음에 함께 웃었다.

"모용 선생, 물어볼 게 있소. 얼핏 들으면 가벼운 질문이라 생각할 수 있으나, 진지한 마음으로 물어보는 거요."

"예, 잘 생각해서 대답해 보겠습니다."

"협객에 대해서 어떻게 생각하시오."

우리는 광마와 독마 시절에도 협객에 관한 이야기를 나눠본 적이 없다. 따라서 이제부터 모용백이 하는 말은 나도 처음 듣는 의견이다. 모용백이 곰곰이 생각하다가 대꾸했다.

"협객은 바보가 아닙니까?"

"바보라고?"

"자신의 몫을 챙기지 못하는 자를 바보라 한다면 큰 범주에서 협객도 바보라 할 수 있죠."

"계속 들어보겠소."

"보통 자신의 목숨을 옳은 일에 거는 사람을 협객이라 하는데, 세상에는 자신의 목숨만큼 귀중한 것이 없습니다. 가장 귀한 것을 내던진 채로 뜻을 세우는 사람이니 바보 중의 가장 큰 바보라고 할 수 있지요."

"그럼 강한 거요?"

멍청한 질문이었으나 모용백은 똑똑하게 대답했다.

"무공이 아니라 인간 자체로 따지면 그보다 강한 사람이 있겠습니까? 협객은 예나 지금이나 드뭅니다. 범죄자 때려잡는 사람도 귀인이겠지만, 진짜 협객은 무공이 강한 것이 아니라 사람 자체가 강한 것이겠지요."

이것이 협객에 대한 전생 독마의 의견이라니, 인상적인 말이었다.

"내가 아는 선배는 그 어떤 고수보다 협객이 더 강하다고 했는데 나는 이것이 이해되지 않소."

"개인 간의 싸움 실력을 말한 게 아니고, 사람의 영향력을 말하는 것이라면 당연히 강호의 고수보다는 협객이 더 강한 것이겠지요. 문주님은 이것이 어떤 무공 수련의 방법론이 아닐까 하고 의심하는 겁니까?"

"내 머리에는 그런 것밖에 없어서."

모용백이 뜻밖의 말을 툭 던졌다.

"직접 해보시죠."

"뭐를?"

"협객 말입니다. 반드시 목숨 거는 일은 아니더라도, 협객이라 불릴 만한 일은 사실 힘 있는 사내라면 누구나 할 수 있습니다. 더군다나 문주님은 제가 알고 있는 사람 중에 가장 강하신데 못 할 이유가 있겠습니까."

나는 자조적으로 웃으면서 대꾸했다.

"나란 놈이 협객을?"

"과거의 협객들이 어찌 자신의 처지나 신분, 출신, 재산 같은 것을 따지고 나서 협객이 되었겠습니까. 아무것도 따지지 않은 사내였기에 협객이었을 겁니다."

"선생도 협객이 될 수 있겠소?"

"저는 이미 의원이라는 길을 정했습니다. 그러고 보면 강호에서 유명한 개파조사들은 젊은 시절에 협객으로 불린 적이 많더군요. 그렇지 않습니까? 전기나 일대기를 보면 젊은 시절 어디서 협객으로 불리다가 늙어서 산에 은거했고, 후인을 키워 훗날 개파조사가 되었다. 많이 들어본 이야기입니다. 이렇게 말을 하고 보니, 협객이 강하다는 말이 또 다르게 느껴지는군요."

나는 고개를 끄덕이다가 무언가 후련함을 느꼈다. 내 표정을 구경하던 모용백이 궁금하다는 것처럼 물었다.

"결정하셨습니까?"

"결정했소."

"궁금하니 말씀해 주시지요."

나는 팔짱을 끼면서 말했다.

"협객은 되지 않을 생각이오. 내 본성과 맞지 않는 일이니."

모용백은 예상하지 못한 대답이라는 것처럼 헛웃음을 지었다. 나는 모용백에게 내 뜻을 밝혔다.

"그러나 뜻이 바르고 마음이 올곧은 사람을 찾게 되면 내가 후원해 보겠소. 무공도 가르쳐 줄 수 있고, 물질적인 것도 전폭적으로 지원할 수 있소."

돈은 차곡차곡 흑도를 줘 패가면서 뺏는 중이기 때문에 얼마든지 가능하다.

"물심양면으로 지원해서 그 사람이 훌륭한 협객이 될 수 있다면 훗날 내 궁금증도 풀리겠지."

"직접 하지 않으시고요?"

나는 씨익 웃었다.

"나는 선생이 생각하는 것보다, 훨씬 못된 놈이라서 악역이 어울린단 말이지. 때려죽일 놈이 아직 너무 많소. 나중에 협객의 자질을 갖춘 제자가 누군가에게 맞아 죽지 않도록 괴물 같은 대마두大魔頭 놈들은 미리미리 죽여놔야겠소. 그러면 바보 같은 제자 놈이 협객 일을 하는 것이 조금 더 수월해지겠지."

모용백이 웃음을 터트렸다.

"하하하하…"

나도 모용백과 함께 웃었다. 모용백이 숨을 깊게 들이마시더니 고개를 끄덕이면서 말했다.

"무언가 저도 속이 좀 후련해집니다. 저도 그럼 문주님과 훗날의 제자분까지 제 방식대로 후원하겠습니다. 그리하면, 이 험한 세상에 바보 같은 협객 한 명을 등장시키는 것에 저도 작게나마 도움을 보태는 것이겠지요."

"그렇게 해주겠소?"

"기꺼이 하겠습니다."

나는 모용백의 눈을 바라보다가 고개를 끄덕였다.

"해봅시다. 올곧은 사람을 늘 찾아보겠소. 협객을 강하게 키우려면 나부터 강해져야 할 테니 나는 무공으로, 선생은 의술로 하루하루 준비해 봅시다. 세상에서 가장 강한 바보를 한 명 만들어 보는 거요."

모용백이 웃으면서 대꾸했다.

"문주님, 바보가 아니라 협객입니다."

"생각해 보니 이것저것 잘 따지는 똑똑한 놈이 협객이 되는 것은 어렵겠소."

"바보와 협객이 또 그렇게 이어지는군요."

모용백이 조심스럽게 물었다.

"이제 문주님이 말씀하신 불꽃은 어떻게 되었습니까? 아직도 마음에서 위태롭게 타오르고 있습니까?"

"타오르고 있으나 위태롭지는 않소. 그것이 내 적들을 미치게 할 테니까."

나는 흑묘방에 돌아가기 위해 일어섰다.

"선생, 혹시 의녀 일손이 부족하진 않소?"

"의녀들도 실력이 천차만별이라 다른 의미로 아쉬울 때가 있습니다."

"흑묘방에 흑백소소라 부르는 여인들이 머물고 있는데, 배운 게 남자 홀리는 일뿐이라서 특별한 행동을 하지 않아도 수하들이 홀리고 있소. 혹시 선생께서 의녀 일을 가르치겠다면 면접이라도 주선해 볼까 하는데. 무공도 제법 익힌 터라 호위 노릇도 할 수 있을 거요."

모용백이 솔직하게 대꾸했다.

"일을 잘하면 계속 있게 하고, 저도 감당이 안 되면 흑묘방으로 내쫓겠습니다. 그때 문주님이 다시 거둬주신다면 한번 만나보겠습니다."

"그렇게 합시다."

"살펴 가십시오. 문주님."

작별의 말을 나누다가, 모용의가를 나와서 흑묘방으로 향했다. 산책으로 복귀하는 와중에 전생의 독마 모용백과 나눴던 대화가 점점 흐릿해지더니, 신의 모용백과 나눈 대화로 기억이 대체되고 있었다. 이 기분은 무엇일까. 추억이 사라지면서, 다른 추억이 쌓이고 있었다.

기성자의 책자에 적힌 협객론에 대한 궁금증은 나만의 사고방식으로 해결했다. 내가 협객을 강해지게 만들면 된다. 제자를 강호에서 가장 강한 협객으로 만드는 사내, 그것이 하오문주 이자하다. 나다.

83.
남자기 때문에 1

"잠시만 기다리십시오."

나는 남명회의 초대를 받아서 혼자 왔다. 혼자 왔다는 것이 중요한 게 아니라 내가 직접 왔다는 게 중요하다. 같이 가자는 수하들이 많았지만, 남명회에 대해서는 내가 더 잘 알고 있다. 괜히 내 세력과 붙으면 남명회를 하나하나 다 죽여야지만 일이 마무리된다. 위아래로 똘똘 뭉쳐있는 세력이기 때문이다. 흑도 세력 하나 말살하는 것에는 별다른 감흥이 없으나, 내 수하들도 수십 명은 넘게 죽을 것이다.

그것을 원하지 않았기 때문에 내가 남명회주를 혼자서 만나러 온 상황. 대청 문이 열리더니, 남명회의 간부들이 하나둘씩 등장해서 내가 앉아있는 긴 탁자에 자리를 잡았다. 그중에는 남연풍도 끼어있었다. 규율이 제법 엄격한 조직이라 그런지 남연풍을 비롯한 간부들은 대청에서 입도 뻥긋하지 않았다. 나는 간부들의 얼굴을 구경하다가 앉은 자리에서 졸았다.

"…"

요새 들어 내가 자주 조는 이유는 밤새 운기조식을 할 때가 많기 때문이다. 천옥에 달라붙은 내공을 손으로 일일이 떼어내는 작업을 하는 기분이랄까. 투계의 경지에 너무 빠르게 도착했기에 오는 피로감도 있었다. 이런 식으로 졸아도 큰 걱정은 없다. 어차피 기습에 대해서는 몸의 반응이 내 인식보다 빠르기 때문이다.

정말 규율이 엄격한 조직이라 그런지 내가 졸아도 누구 한 명 소리를 버럭 내지르거나, 혀를 차는 놈들이 없었다. 그래서 짧게나마 꿀잠을 잤다. 입가에 침이 고인 것을 느꼈을 때쯤, 누군가의 목소리가 들렸다.

"다 모였나?"

"예."

나도 눈을 뜬 채로 걸어 나오는 남명회주 남가락을 바라봤다.

'아, 저놈이군.'

남가락이 상석에 앉으면서 수하들에게 물었다.

"흑묘방주를 데리고 와라."

남가락은 간부들 틈에 섞여있는 나를 발견하지 못한 채로 수하들에게 명령했다. 그러자 남가락의 좌측에 앉아있는 간부가 조용한 어조로 말했다.

"회주님, 여기 있습니다."

"뭐?"

나는 엄지손가락으로 침을 닦은 후에 남가락과 눈을 마주쳤다. 일부러 눈을 부릅뜨자, 쌍꺼풀이 생기는 느낌을 받았다. 남가락이 미간을 좁히면서 내게 물었다.

"흑묘방주?"

나는 하품을 한 다음에 대꾸했다.

"나다."

잠시 대청에 정적이 흘렀다. 남가락이 간부들의 표정을 바라보다가 내게 다시 물었다.

"혼자 왔어?"

"혼자 왔지."

나는 고개를 끄덕인 다음에 대기하는 시비에게 말했다.

"물이라도 좀 줘라. 손님 접대가 왜 이러냐."

시비가 고개를 숙이면서 대꾸했다.

"알겠습니다."

시비는 대답하자마자, 간부들의 표정을 보고 자신이 실수했다는 것을 깨달았다. 시비가 얼어붙은 사람처럼 굳어있자, 남연풍이 나섰다.

"괜찮으니 물 가져와라."

"예, 대주님."

그제야 황당한 마음을 좀 추스른 남가락이 간부들에게 말했다.

"너희는 서있어라."

간부들이 동시에 벌떡 일어나더니 탁자에서 멀어진 다음에 대청을 포위하듯이 자리를 잡았다. 남가락이 나를 보면서 자신을 소개했다.

"남명회의 남가락이다."

나도 적절하게 소개했다.

"흑묘방주 이자하다. 일양현의 점…"

잠이 덜 깬 모양이다. 시비가 물잔을 내려놓더니, 주전자를 직접 기울여서 물을 채웠다. 나는 시비를 한 번 바라본 다음에 말했다.

"독은 없지?"

시비가 고개를 숙이면서 물러났다.

"예, 없습니다."

나는 물을 한잔 시원하게 마신 다음에 숨을 크게 내쉬었다. 이제 좀 잠이 깨고 있었다.

"후우…"

내가 양손으로 내 뺨을 두드리는 동안에 남가락이 물었다.

"여기서 졸았나?"

나는 고개를 끄덕이면서 대꾸했다.

"그렇게 됐군."

"무슨 생각으로 혼자 왔나? 수하들이 꽤 많다고 들었는데."

"초대를 받았으면 오는 것이 인지상정. 수하들은 번거로워서 혼자 왔다."

남가락이 황당하다는 표정으로 웃었다.

"하."

나는 그제야 남가락을 자세히 들여다봤다. 나이는 꽤 젊어서 스물 후반이나 서른 초반으로 보였다. 얼굴은 잘생긴 편이었으나 눈매가 너무 날카롭고, 얼굴 전체적으로 무섭기 짝이 없는 기운이 감돌아서 여자들이 꽤 두려워할 것 같은 유형의 사내였다. 독고생이 대책 없이 막 나가서 무서운 유형이라면 이 사내는 책임감이 큰 사내라는 특징이 표정에서 엿보였다. 꽤 어렸을 때부터 대장의 위치에 있었던 사내들은 종종 이런 분위기를 가지고 있다. 남가락도 나를 계속 살피면서 말했다.

"구양복은 왜 죽였나?"

"비무도박을 하러 갔는데 사기도박이더군. 춘약을 머리 장식에 감춘 여인들도 보내고 그러다가 내게 걸렸다."

"방주라는 사내가 비무도박을 하러 갔다고?"

나는 고개를 끄덕였다.

"동방연인가 하는 자가 제법 잘 싸운다기에 갔었지. 별호가 비무도박의 왕이라던데 실제 실력은 별호에 미치지 못했다."

남가락이 말했다.

"구양복이 죽기 전에 남명회에 상납한다는 것을 밝혔다던데."

"그랬지."

"그런데도 죽였군."

나는 덤덤한 표정으로 남가락을 바라봤다.

"자네라면 살려줬을까?"

"…"

남가락은 대답하지 못했다. 나를 불러서 크게 꾸짖은 다음에 상납이라도 하라고 할 생각이었나 본데, 대화하는 도중에 표정이 시시각각 변했다. 어쨌든 남가락이 내게 죄를 지은 것은 하나도 없었기 때문에 나도 최대한 정중하게 반말만 하고 있었다. 욕을 하지 않은 것이 나도 신기할 지경이다. 남가락이 간부들에게 물었다.

"방주가 정말 혼자 온 게 맞아?"

이놈이 흑묘방주가 맞느냐는 물음처럼 들리기도 했다. 간부들이 대답했다.

"맞습니다."

간부들도 당황스럽고, 남가락도 당황스러운 모양이다. 분쟁이 발생한 세력의 수장이 이렇게 나온 적이 없기 때문일 것이다. 남가락은 결국 할 말이 없는 모양인지 돈 문제를 꺼냈다.

"구양복의 재산을 싹 쓸어갔다던데. 나락회가 상납하던 돈은 어찌할 셈인가."

돈 얘기를 듣자마자, 나는 기분이 확 상했다.

"거지냐? 어쩌라는 거냐. 나더러 상납하라고? 전쟁하자는 거야, 뭐야."

남가락의 얼굴이 새빨개졌다. 결국에 지켜보던 간부 한 명이 가장 먼저 폭발했는지 남가락을 향해 말했다.

"회주님…"

남가락이 손가락으로 지적하면서 말을 끊었다.

"닥쳐라."

나는 남가락에게 물었다.

"남 회주, 수하들이 보고를 제대로 안 했나?"

"무슨 보고."

"나는 나락회 전체를 경기장으로 불러서 혼자 상대했다. 구양복도 동의한 비무도박이었지. 이기는 사람이 모든 것을 갖기로. 승부는 승부고, 도박은 도박이다. 내가 이겼기 때문에 구양복의 재산을 가진 셈이지. 어차피 구양복도 그 많은 재산을 전부 도박으로 벌어들인 것이니. 구양복이 되살아나도 내게 돈 문제로 따질 수는 없을 거다."

대나찰을 죽였을 때의 상황도 넌지시 알려줬다.

"전임 흑묘방주와 그의 사부인 대나찰도 혼자 죽였다. 그래서 흑묘방주가 된 것이고. 내게 상납하던 돈을 어찌하겠냐고 묻다니. 질문이 많이 어긋나는군."

이 정도로 설명했는데도 못 알아들으면 나도 할 말이 없다. 섬광비수를 탁자에 꽂을 수밖에… 남가락이 간략하게 대꾸했다.

"옳은 말이군. 그렇다면 이곳에 온 이유는?"

"초대했으니 왔지."

여기저기서 간부들이 헛기침을 했다. 나는 간부들을 한 차례 둘러보다가 고개를 끄덕였다. 남가락이 일위도강에게 죽은 뒤 전부 목숨을 내던지고 싸웠던 자들인 만큼 전부 용맹해 보였다. 그래서 웬만큼 건방진 행동들은 어느 정도 봐줄 생각이다. 목숨을 걸 수 있는 자들은 존중해 줘야 하는 법이다. 남가락은 나를 죽이든지 수하로 만들든지 하려고 불렀겠지만. 나는 남가락을 비롯한 수하들을 직접 구경하고 싶어서 온 것이나 다름이 없다.

"수하들에게 들어보니 남명회가 거대 세력인 패검회霸劍會의 가입 요구도 거부하고, 남천련南天陽의 초대도 응하지 않고 독립적으로 세력을 잘 유지하고 있다는 말을 하더군. 어떤 자들인지 궁금해서 와봤다. 그나저나 패검회나 남천련의 요구를 계속 거부하면 어떻게 되든 피를 한번 보게 될 텐데 복안은 있나?"

사실 수하들의 말이 아니라, 내가 추측한 내용이다. 어찌 됐든 간에 일위도강은 살수 단체고, 누군가가 남명회주를 죽여달라고 의뢰

했을 것이다. 물론 그 의뢰 때문에 일위도강도 휘청거리고, 남명회는 전멸을 했으니 패검회나 남천련 정도는 되는 흑도의 강자들이 머리를 굴려서 둘 다 처리한 게 아닐까 하는 의심이 들었다. 특히 일위도강은 의뢰비가 매우 비싸서 웬만한 문파는 의뢰했다가 살림이 거덜 날 수도 있다. 남가락이 말했다.

"복안 같은 것은 없다. 패검회나 남천련에 고개를 숙일 마음도 없고. 피를 보게 되면, 보는 것이지."

나는 고개를 끄덕였다.

"직진이구만."

나만 즐겨 쓰는 표현이라서 영 반응이 없었다. 어쨌든 사내다운 사내는 그 자체로 마땅히 존중을 해줘야 하는 법. 나는 남가락에게 이런 제안을 했다.

"이봐 남 회주, 백도에 있는 놈들이 모두 공명정대한 것은 아니듯이 흑도에 있는 자들이 모두 구양복 같은 쓰레기들은 아니야. 나는 옥석을 가리면서 상대를 대한단 말이지. 패검회나 남천련이 괴롭히면 내가 도와줄 수 있다."

"..."

잠시 어리둥절한 표정을 지었던 남가락이 웃음을 터트리자, 대기하는 간부들도 피식피식 웃었다. 한참을 웃던 남가락이 말했다.

"그럼 나더러 상납하라는 건가?"

"그럴 필요 없다. 나는 흑묘방, 흑선보, 수선생, 사신장, 일양현의 수하들에게 상납을 받지 않아. 구양복의 자금도 이미 수하들에게 많이 나눠줬다. 농사를 짓고 싶은 사람들에겐 농사를 지으라고 자금을 대줬고, 장사하고 싶은 사람도 떠나라고 했다. 목공 일이나 철방 일을 배우고 싶은 사람들에게도 지원을 해줬지. 다만 무엇을 할지 모르는 자들만 아직 내게 달라붙어 있다. 사실 구양복의 수하들도 많이 죽이진 않았다. 고작 대여섯 명을 죽였던 것 같군. 나머지는 도박장이 사라졌으니 제 살길을 찾고 있겠지."

나는 네가 생각하는 흑도가 아니라는 말을 전달한 것인데, 남가락은 나 같은 사람을 보지 못한 모양인지 제대로 이해하는 눈치는 아니었다.

"남의 돈 가지고 그런 일을 하다니."

"어차피 구양복이 가지고 있어도 쓸모없는 돈이야. 한 사람이라도 자신이 하고 싶은 일을 찾는다면 그것이 더 나은 일이지. 나는 병신 같은 놈들의 사정을 봐주는 사람이 아니지만, 사내가 뜻을 세워서 무언가를 해보겠다고 하면 응원해 주는 사람이다. 이들에겐 딱 한 가지를 부탁했다. 언젠가 내가 도움을 요청했을 때, 하오문이라는 이름으로 다시 모이라고 말이다."

어쩌다 보니 하오문까지 설명했다. 남가락이 말했다.

"그럼 본래 정체가 하오문주였나?"

"그런 셈이지."

나는 자리에서 일어났다.

"나랑 전쟁을 벌이고 싶으면 그렇게 해라. 하오문에 들어오고 싶으면 그것도 좋아. 적이든 아군이든, 무엇을 선택하든 간에 존중해 주마. 하지만 내게 상납을 하라든가, 협박한다든가, 내 수하들을 괴롭힌다든가 이런 일은 하지 말도록. 그리고 내 귀에 남명회가 장사하는 사람들이나 무공을 익히지 않은 자들을 괴롭히고 있다는 소식도 들리지 않게 해라. 그때는 전쟁이야. 하오문은 그런 단체다. 여태 그런 단체가 없었기 때문에 내가 직접 설명해 주러 온 것이고."

나는 눈을 크게 뜬 채로 내 말을 듣고 있는 남가락에게 통보했다.

"고민해 보고 답을 줘라."

나는 간부들을 둘러보다가 대청 입구로 걸어갔다. 그러자 남가락이 나를 불러 세웠다.

"이봐, 하오문주."

"왜?"

"실력을 보여줘야 내가 결정하지 않겠나?"

나는 돌아서서 남가락을 바라보다가 미소를 지었다.

"남 회주, 수하들 좀 있다고 깝죽대지 마라. 너는 내 실력이 보이나?"

"..."

나는 간부들을 손가락으로 가리킨 다음에 남가락에게 말했다.

"나는 여기 대청에 있는 놈들을 실력 순서대로 줄을 세울 수 있다. 그냥 보기만 해도 알겠군."

투계의 경지에 오른 다음에 상대의 기도氣度를 느끼는 것이 더욱 민감해졌다. 기도는 몸에서 순환되는 전반적인 기운을 말하는데, 강호인이 기도를 언급할 때는 그 기운과 더불어서 분위기, 성향, 신체의 완성도까지 함께 살펴보는 경우가 많다. 즉 관상으로 대략적인 성격이나 운명을 때려 맞히듯이, 강호인은 상대의 기도를 살피면서 실력을 대략 유추할 수 있다. 남가락이 내게 물었다.

"여기서 자네를 제외하면 누가 가장 강해 보이나."

당연한 질문에 간단하게 대꾸했다.

"너."

남가락이 일어섰다.

"그렇다면 일단 붙어보고, 다음 이야기를 이어가자고. 일대일로."

음, 드디어 내가 좋아하는 일대일인가? 남가락이 잔잔한 어조로 말했다.

"네가 패배하면 하오문의 모든 세력은 남명회 밑으로. 졸고 있어서 미친놈인 줄 알았는데 대화를 하다가 생각이 바뀌었다. 너는 내뱉은 말은 지키는 놈이야. 조건을 걸고 비무를 받아들이겠나?"

"네가 패하면?"

남가락이 수하들을 둘러보면서 미간을 팔八자로 한 채로 대꾸했다.

"그럴 일이 있겠어? 어이가 없네."

"하하하하."

수하들이 그제야 소리를 내면서 웃었다. 나도 남명회 전체와 즐겁게 웃으면서 대꾸했다.

"어이가 없네. 말문이 막히네. 맷돌 손잡이가 없네. 어처구니가 없네. 얼토당토않네."

"…"

"황당무계하고 어리둥절한 와중에 소름이 돋네."

웃음기가 사라진 남가락이 딱딱한 표정으로 입을 열었다.

"적당히 해라."

나도 남가락의 표정을 흉내 내면서 미간을 팔八 자로 만들었다.

"…어이가 없네."

말싸움도 꼭 이겨야 하는 사내, 협객이 되는 것은 전생부터 현생까지 글러 먹은 사내, 일부러 졸아서 회담의 분위기를 묘하게 진행시킨 사내, 혼자 쳐들어와서 결국에는 일대일 대결을 끌어낸 사내, 어이가 없겠지만 그것이 나다.

84.
남자기 때문에 2

나는 점소이 시절에 강호인들이 일대일로만 정정당당하게 싸우는 줄 알았다. 우르르 몰려가서 난장판으로 싸우는 것은 무공을 제대로 익히지 않은 떨거지들이나 하는 행동이 아닐까 하고 혼자 생각했던 것. 그러나 막상 강호에 나서 보니 흑도는 물론이고 백도와 마도도 어떻게든 이기겠다고 온갖 계략과 책략, 음모와 잔머리를 뒤섞어서 단체전을 했다. 내가 상상했던 남자다운 강호인은 의외로 적었다.

그 와중에 홀로 고고한 척을 하면서 세력 없이 다니던 고수들은 수적으로 밀려서 종종 허망하게 죽곤 했다. 나는 그것이 항상 마음에 안 들었다. 싸움은 일대일이 가장 좋다. 그것이 가장 깔끔하고, 가장 확실하며, 원초적이고 근원적인 싸움이라서 그렇다. 단체로 대청을 빠져나와서 넓은 장소로 가는 동안에 남연풍이 관전자를 간부로 제한하자, 명령 한마디에 넓은 곳에 돌아다니는 사람이 싹 사라졌다. 넓은 곳에 자리 잡은 남가락이 팔짱을 낀 채로 내게 물었다.

"문주, 무엇으로 하겠나."

나는 객잔에서 술안주 주문하듯이 말했다.

"아무거나."

"골라라."

나도 남가락처럼 팔짱을 낀 다음에 대꾸했다.

"네가 골라라. 나는 본래 잡다하게 익혔다. 자신 있는 거로 하도록."

남가락이 고민에 빠진 것 같아서 그의 선택에 도움을 줬다.

"면상을 바라보고 있으니 좀 패고 싶단 생각이 드는군. 남명회의 수장으로 있으면서 안 맞아봤지? 병장기보다는 일단 맨손이 낫겠어. 그 재수 없는 얼굴을 좀 때려야 수하들도 즐거워할 것 같은데. 어때?"

남가락이 황당하다는 표정으로 헛웃음을 지었다.

"미친 새끼. 제정신이 아니군."

"무서우면 병장기를 쓰고, 자신 있으면 맨손으로 덤비도록."

나는 남가락이 고민하는 사이에 허리춤에 있는 흑묘아를 바닥에 던졌다. 남가락이 팔짱을 풀더니 말없이 내게 다가왔다. 우리는 신장이 비슷했다. 남가락이 거리를 좁히면서 물었다.

"처맞을 준비 됐나?"

내가 피식 웃자, 남가락이 주먹을 내질렀다.

훅!

내가 금나수법으로 팔목을 붙잡으려고 하자, 손을 거둔 남가락이 왼발로 바닥을 쓸 듯이 후려쳤다. 낮게 깔린 발차기를 뒤로 물러나는 일보一步로 피하자. 남가락이 내 얼굴을 향해 일장을 내질렀다. 나는 남가락의 장력을 가늠하기 위해 내공으로 두 다리를 지탱한 다음에 주먹으로 맞받아쳤다.

뻑- 소리가 나면서 남가락의 어깨가 뒤로 밀렸다가, 이번에는 쌍장이 밀려들었다. 나는 찰나에 쌍장이 허초임을 간파하고, 남가락의 수법을 확인하기 위해 선 자세로 바닥을 밀어내면서 삼 장三丈(약 9m) 정도의 거리를 순식간에 벌려서 노려봤다. 이제야 남가락의 표정이 진지해진 상태.

내가 힘을 앞세워서 쳐들어오자마자 남가락을 팼다면 다들 기분이 언짢았을 것이나, 지금은 다르다. 남가락을 인재로 등용하는 것이 아니라 남명회 전체를 얻어야 하는 상황이라서 제대로 싸울 작정이었다. 문득 이런 생각이 들었다. 내가 최선을 다하지 않으면, 나중에 남가락이 눈치를 채고 불쾌하게 여길 수 있겠다고.

적당히 상대하려던 마음을 바꿔서 남가락을 노려봤다. 순간, 전신에 투계의 공력을 끌어올려서 양손에 염계의 기운을 휘감았다. 지켜보던 간부들이 그제야 무언가 상황이 이상하다는 것을 깨닫고 한마디를 내뱉었다.

"어?"

"음."

나는 염계의 기운 때문에 전신이 화끈해지는 것을 느끼면서 남가락에게 경고했다.

"남 회주, 조심해라."

나는 발 구르기로 땅을 찍어낸 다음에 남가락을 향해 순식간에 거리를 좁혀서 쌍장을 내밀었다. 눈이 삽시간에 커진 남가락도 쌍장으로 대응했다. 나는 양손에 염계대수인을 휘감았다.

콰아아아아아앙!

남가락의 신형이 반듯하게 누운 시체처럼 튕겨 나갔다. 나는 동시에 공중으로 뛰어올라서 오른손을 치켜들었다가 염화향을 휘감아서 칼 없이 일도양단을 준비했다. 수도로 내려치는 동작을 펼치자, 벌떡 일어난 남가락의 머리에 붉은색의 칼날이 떨어졌다. 남가락의 얼굴이 잔뜩 일그러지더니 양손을 교차해서 방어용으로 사용하는 장력을 손에 휘감았다.

순간, 큰 북이 단박에 터지는 굉음과 함께 남가락의 몸이 삼 장이나 튕겼다. 온몸으로 땅바닥을 구르면서 밀려나던 남가락이 엉망진창으로 찢어진 장삼을 한 손으로 뜯어내면서 벌떡 일어났다. 이미 남가락의 표정은 야수로 돌변한 상태. 그러나 내 눈에는 성질 더러운 객잔 고양이로 보였다.

'표정 좋구나.'

일단 최선을 다해서 압도한 다음에 대처할 생각이었다. 쉴 틈을 주지 않은 채로 나는 거리를 좁힌 다음에 염화향을 휘감아서 수도로 내려치고, 목계의 정권을 내지르고, 발차기와 염계대수인, 지법과 장법을 뒤섞어서 남가락에게 공격을 일방적으로 퍼부었다.

남가락은 공격을 한 번씩 막아낼 때마다 뒤로 물러나고, 얼굴 전체가 파르르 떨리고, 깜짝 놀란 고양이처럼 이리 뛰고 저리 뛰면서도 용케 투지를 유지했다. 그사이에 나는 좌장으로 흡성대법을 펼치고, 끌려오는 남가락의 전신에 투계장鬪鷄掌을 쏟아냈다. 남가락은 턱을 치켜든 채로 끌려왔다가 쌍장을 내밀어서 투계장을 받아쳤다.

콰아아아아아아앙!

남가락은 투계장을 막자마자, 입에서 한 움큼의 피를 토해내더니 땅바닥에 몸을 부딪친 채로 서너 차례 굴러다녔다. 내가 염계의 공력만 유지하면 어느 정도 수하들의 눈에도 보기 좋을 만큼 두 사람이 어우러졌겠으나, 투계는 다르다. 내 공격을 받아칠 때마다 피를 토해내거나 바닥을 구르는 게 정상이다. 애초에 남가락의 실력보다 내 투계의 경지가 높기 때문이다. 정신을 차리라는 의미에서 공중으로 떠오른 나는 남가락의 얼굴에 발을 찍었다.

콱!

남가락이 겨우 땅바닥에 몸을 굴려서 피하더니 오른손으로 땅을 후려치는 반동으로 벌떡 일어났다. 그사이에 공중에 떴던 나는 남가락의 반응 속도를 고려해서 비스듬하게 떠오른 상태로 양발 모아 차기를 펼쳤다.

퍼억!

내가 이런 괴이한 동작으로 공격한 것은, 막을 시간을 주기 위함이다. 남가락은 팔을 교차해서 발차기를 막아내더니 인상을 찌푸리면서 뒷걸음질을 쳤다. 나는 신형을 감추듯이 빠르게 움직여서 오른팔을 채찍처럼 휘둘러서 수도로 남가락의 목을 그었다. 남가락은 기회라고 여겼는지, 왼손으로 내 팔을 막고 오른손으로 정권을 내질렀다. 나는 강제로 공력을 주입해서 궤적을 바꾼 다음에 남가락의 멱살을 움켜쥐고, 남가락이 내민 팔목은 왼손으로 잡아당긴 다음에 공중으로 집어 던졌다.

부아아아아아앙!

남가락이 허수아비처럼 공중으로 날아가면서 회전했다. 그사이에 나는 땅을 박차고 떨어지는 남가락의 지점까지 빠르게 이동했다. 남가락이 공중에서 소리를 버럭 내질렀다.

"칼을 뽑아라!"

남가락은 선전포고를 한 다음에 먼저 공중에서 칼을 뽑더니, 마구잡이로 휘두르면서 시간을 벌었다. 무사히 땅에 착지한 남가락은 전신이 파르르 떨리고 있었다. 남가락이 부들부들 떨리는 칼을 내 쪽으로 내밀면서 말했다.

"문주, 칼 가져와라."

남가락의 호흡이 심히 거칠었다. 눈빛에는 핏발이 서있고, 얼굴은 온통 새빨갛게 익은 상태. 그 어떤 감정보다 자존심이라는 것이 온통 남가락을 지배하고 있었다.

"칼 가져오라고!"

나는 남가락이 성내는 모습을 보면서 씨익 웃었다. 이놈에게 쉴 시간을 줄 생각으로 느긋하게 말했다.

"그러자고."

나는 왼손을 뻗어서 제법 멀리 있는 흑묘아를 흡성대법으로 당겼다. 흔들- 하면서 살짝 움직였던 흑묘아가 질풍에 휘감긴 것처럼 갑작스럽게 돌진하듯이 내 손에 도착했다.

탁!

나는 시작하자는 말도 없이 흑묘아를 뽑으면서 염계를 주입했다. 칼이 붉은빛을 휘감은 채로 모습을 드러냈다. 머리 근처에서 한 바퀴를 돌린 다음에 수직으로 세워서 이번에는 염화향을 휘감았다.

화르륵!

칼날에 붉은 아지랑이가 제멋대로 휘날리기 시작했다. 오른손에 외공과 공력을 쏟아부으면서 투계로 전환하자, 붉은 아지랑이들이 대열을 맞추듯이 정돈되더니 칼날이 얌전해졌다. 대신에 흑묘아의 칼날은 피를 잔뜩 머금은 것처럼 자줏빛이 된 상태. 수직으로 세워 둔 칼날을 오른쪽으로 조금 옮긴 다음에 남가락과 눈을 마주쳤다.

"회주, 죽을 준비됐나?"

"…"

함께 구경하고 있었던 간부들이 남가락에게 말했다.

"회주님?"

어쩐지 "그만하시죠"라는 어조가 담긴 말이었다. 남가락은 자줏빛으로 물든 내 칼을 뚫어지듯이 바라보는 상황. 여기서 더 싸우면 앞서 맨손으로 싸울 때보다 더 큰 낭패를 당한다는 것을 남가락도 알고 있었다. 남가락에게 자존심보다는 냉정함이 요구되는 상황. 남가락이 입술을 달싹이다가 침착한 어조로 내게 말했다.

"굳이 도법까진 확인할 필요가 없을 것 같군. 졌다."

순식간에 마음을 가라앉힌 남가락이 숨을 크게 내쉬더니 칼을 거뒀다. 나는 남가락을 노려보면서 흑묘아에 주입했던 공력을 서서히 줄여나갔다. 그러자 자줏빛으로 빛이 나던 칼날이 분노를 거두듯이 서서히 하얗게 변했다. 나는 흑묘아를 집어넣은 다음에 남가락에게 말했다.

"냉철한 마음가짐도 실력이지. 적절하게 끝냈군."

나는 자존심이 강한 사내들의 마음을 잘 안다. 남가락에겐 시간이 필요할 것이다. 이런 때는 수하들의 위로도 필요 없다. 그냥 혼자 내버려 두면 될 일이다. 자존심이 강한 사내이긴 하지만, 그만큼 책임감도 큰 사내라서 다시 본연의 남가락으로 되돌아올 터였다. 나는 별다른 미련이 없는 사람처럼 남명회의 전경을 둘러보다가 남가락과 그의 수하들에게 말했다.

"또 보자."

나는 아무것도 요구하지 않고, 남명회 전체를 조롱하지도 않고 그냥 돌아섰다. 내가 서너 걸음을 걷고 나서야, 남가락이 가라앉은 어조로 물었다.

"문주, 차라도 한잔하고 가게."

"다음에 하자고."

나는 문득 걸음을 멈춘 채로 하늘을 올려다봤다. 엊그제는 비가 오더니만 오늘은 또 날씨가 아주 화창했다.

"구름이…"

남가락은 은근 신경이 쓰이는지 뒤에서 내게 물었다.

"앞으로 어찌 되는 건가?"

나는 흘러가는 구름을 바라보면서 대꾸했다.

"어떻게든 되겠지. 하오문은 하오문이고, 남명회는 남명회다. 기회 되면 또 겨뤄보자고. 남명회의 간부들도 나랑 붙어보고 싶으면 나중에 말해라. 너희 회주처럼 당당하다면 언제든 환영이니."

나는 그제야 돌아서서 남명회를 바라봤다. 남명회 전체가 나를 바라보고 있었다. 할 말을 고르다가 이들에게 말했다.

"패검회나 남천련이 괴롭히면 하오문으로 연락해라."

남가락이 대꾸했다.

"연락하면?"

나는 왼손으로 흑묘아를 살짝 붙잡은 채로 대꾸했다.

"…전쟁이다."

다른 말을 덧붙일 수도 있었으나, 하지 않았다. 선택은 남가락의 몫이다. 남명회로 남아서 전생처럼 죽을 것이냐 아니면 하오문과 함께해서 운명을 바꿀 것이냐. 사람과 문파의 운명이 달린 일을 내가 억지로 바꾸기는 싫었다. 하지만 남가락의 마음이 바뀐다면 운명도 바뀌게 될 것이다.

'그 정도는 하늘에서도 바뀐 운명에 대해 용서를 해주겠지.'

남명회와 작별한 나는 흑묘방으로 복귀하는 와중에 여러 가지 생각이 들었다. 분명한 것은 이렇다. 운명을 바꾸려면 마음부터 고쳐먹는 수밖에 없다. 남가락뿐만이 아니라 나도 그렇다. 우리 둘 다 남자기 때문에 마음을 고쳐먹는 게 정말 쉽지 않다. 하지만 운명을 바꾸는 게 어찌 그렇게 쉬울 수 있겠는가?

애초에 어려운 일이다. 남가락은 지금쯤 자존심에 상처를 입은 채로 마음을 추스르고 있겠지만, 그것은 나도 마찬가지. 미친놈처럼 지랄하지 않고 시종일관 정상적인 강호인처럼 행동해 봤더니 머리가 다소 혼란스러웠다. 그래도 이 정도면 잘 대처한 게 아닐까? 싸우는 내내 모용백의 목소리가 귓가에 맴돌았다.

'그 광기가 강자를 만났을 때만 등장하는 것으로 유도해 보면 어떨까요.'

남가락의 멱살을 붙잡고 면상을 주먹으로 뭉개야겠다는 생각이 들 때마다 모용백의 말을 곱씹었다. 폭주하는 광기에서 냉철한 광기로, 내 마음을 단련하고 수련할 필요가 있었다. 강물 아래에서는 크고 작은 물고기들이 서로를 물어뜯어도, 수면은 잔잔하게 유지하는 것처럼. 내게 강 같은 평화, 그것이 필요한 시점이다. 길을 걸으면서 동네 점소이들이 빗자루질할 때처럼 흥얼거렸다.

"내게 강 같은 평화, 내게 강 같은 평화, 내게 바다 같은 광기, 내게 샘솟는 광기…"

넘치네.

85. 드디어 만났군

남명회에서 돌아오고 나서는 별다른 일이 없었기 때문에 나는 망한 인생들을 유심히 살폈다. 본래 나는 망한 인생 전문가다. 현철은 용두철방으로 전달한 상태. 나는 매화검법이 떠올라서 이번에는 현철로 검을 제작해 달라고 요청했다. 제대로 된 검으로 돌아올지, 아니면 현철마저도 망할 것인지는 금철용의 인생에 달렸다.

흑백소소는 모용의가로 유학을 보냈다. 그녀들이 한 사람의 어엿한 의녀로 성장한다면 모용의가에 계속 남을 것이고 이번에도 망하면 다시 흑묘방으로 돌아올 것이다. 망한 인생을 거둬들이고 있다는 점에서 또한 나는 망한 인생 전문가다.

할 일이 없어서 바깥을 둘러보니 약 이십 년이 넘게 망한 인생을 살고 있는 차성태가 열심히 검을 휘두르고 있었다. 그런 차성태의 사부는 호연청. 별 볼 일 없는 가문의 검객이었으나, 나 때문에 더 망해서 흑묘방에 머무르고 있는 식객이다. 망한 스승과 망한 제자가 서로를 보듬어 주고 있었다. 두 사람이 나를 바라보기에 고개를 한 번 끄덕여 줬다.

"수고가 많다. 계속해."

"예."

차성태와 호연청이 내게 고개를 살짝 숙였다가 수련을 이어나갔다. 솔직히 저런다고 차성태가 강호에서 유명한 검객으로 발돋움할 것 같진 않았다. 하지만 사람 일은 모르는 거니까 응원해 줄 생각이다.

소군평은 차성태보다 더 망한 수하들을 오늘도 혹독하게 단련시키고 있었다. 나는 팔짱을 낀 채로 소군평을 바라봤다. 그래도 우리 삼백갑자 소군평은 흑도에서 드물게 성실 그 자체인 사내다. 나중에 흑묘방을 물려줘야겠다는 생각이 들었다. 어차피 나는 하오문주라서 수하들에게 이런저런 책임을 전가하면 그만이다.

한바탕 망한 인생을 구경한 다음에 나도 수련 장소로 이동했다. 꽃이 피고 지느라 망할 리가 없는 매화나무 아래에서 가부좌를 틀었다. 수하들의 고통스러운 신음을 간간이 들으면서 눈을 감고 있으려니 내게 강 같은 평화가 찾아왔다. 마음에서 강 같은 평화와 바다 같은 광기가 뒤섞이면서 출렁였다. 오늘은 딱히 화가 나는 일도 없었지만 나는 불경을 외우듯이 참을 인忍을 새겼다.

'참아야 하느니라.'

"방주님, 벽 총관입니다. 급하게 보고드릴 일이 있어서."

나는 눈을 뜬 다음에 차분한 표정으로 근 오십 년은 망한 흑도로 살아왔던 벽 총관을 바라봤다.

"우리 대군사께서는 무슨 일이신가?"

망한 인생 벽 총관이라고 말하려다가 의식의 흐름대로 급하게 수정했더니 과한 말이 나왔다.

"대군사라니요. 과찬이십니다. 헤헤."

"음."

"방주님, 드디어 외모가 아주 비슷한 사내를 찾았다는 소식입니다."

나는 잠이 확 달아났다.

"어디서?"

"위치가 좀 위험합니다. 백도 무림세가의 공자들이 사교 목적으로 자주 모이는 백응지白鷹止를 아십니까?"

"알지."

"그곳의 중심인 가로수街路樹 번화가에서 목격됐습니다. 다만 조사하러 갔던 놈이 따라다니다가 걸려서 그 사내에게 좀 맞은 모양입니다. 인근 의원에서 치료를 받고 돌아오느라 보고가 늦었습니다. 얼굴이 터지고 오른팔이 부러졌다고 하더군요."

"대체 어떻게 찾았는지 신기하군."

"방주님의 말을 종합해서 제가 주로 재수 없게 잘생긴 놈들이 드나드는 백도 세력 내에 유명한 술집 위주로 수소문하라 일렀더니 성과가 있었습니다."

"과연 벽 총관의 지시가 아주 적절했군."

"그렇습니다. 다만, 그림과 흡사한 사내라서 실제로 맞는지는 확인이 필요합니다. 혹시 방주님이 번거로우시면 제가 다시 날랜 녀석을 보내겠습니다."

나는 고개를 저었다.

"그럴 필요 없다. 이번에도 놈에게 걸리면 팔 하나 부러지는 것으로 끝나지 않을 테니. 감히 내 수하를 때리다니 복수를 해야겠군. 팔 부러진 수하 이름이 뭐야?"

"다들 공철이라 부릅니다."

"공철이, 알았다."

광명좌사는 백도 세가 출신이라서 원래 실력이 뛰어난 놈이다. 걸음마를 할 때부터 무공을 수련한 놈이라서 웬만한 흑도 고수는 탈탈 털어먹을 수 있는 실력자다. 마교의 광명좌사는 아무나 오를 수 없는 자리다. 성격이 어떠하든 간에 무공에 관해서는 보기 드문 천재라고 봐도 무방하다. 벽 총관에게 명령했다.

"준비를 해보자고."

"말씀하십시오."

"공철이에게 물어봐서 백의장삼과 무복을 최대한 그곳의 유행과 맞춰서 준비하고."

"예."

"모용의가에 사람을 보내서 독과 해독제를 모용백 선생에게 요청해라."

벽 총관이 되물었다.

"독이요?"

"설사약 같은 독을 달라고 하면, 모용 선생이 무슨 말인지 알 거야. 혹시 모르니 단단히 준비해서 가야겠다."

"알겠습니다. 빠르게 준비하겠습니다."

나는 광명좌사와 결전이 임박한 터라, 다시 눈을 감은 채로 운기조식에 돌입했다. 맞닥뜨리기 전까지 최대한 내공을 쌓아둘 생각이었다. 이놈은 죽이거나, 수하로 만들거나 둘 중 하나다. 절대 마교로는 보내지 않을 생각이었다. 이것도 실패하고 저것도 실패하면 거시기라도 발로 짓밟아서 고자로 만들 생각이다. 그래야 적어도 백도의 처자들이 봉변을 당하지 않을 테니까. 백도 여인들은 내가 이렇게 인생을 바꿔주는 것도 모르겠지. 나는 일주천을 마친 다음에 일어났다가 무아지경에 빠져든 채로 중얼거렸다.

"널 고자로 만들어 주마."

수련하던 차성태가 눈을 크게 뜬 채로 대꾸했다.

"예?"

"닥쳐라."

"예."

낭심을 노리는 발차기 연습에 돌입했다. 정권 지르기도 하단으로 내밀었다. 매화나무를 빙빙 돌면서 하단 발차기와 하단 정권 지르기를 연습하자, 휴식을 취하던 차성태가 물었다.

"문주님, 뭐 하세요?"

"닥쳐라."

"예."

나는 경공을 펼치다가 공중으로 낮게 떠올라서 가상의 낭심을 연속으로 서너 차례나 후려치는 신기를 선보인 다음에 착지했다. 옆에서 차성태와 호연청이 내 고자신공鼓子神功에 박수를 보냈다.

"멋지십니다."

"좋았어."

멀쩡한 사내를 고자로 만들기 위해 단련하는 사내, 그것이 나다.

* * *

백응지는 하얀 매가 머물렀다고 해서 붙여진 이름인데 거기서 왜 술을 퍼마시는지는 모를 일이다. 사람의 일은 명확하게 이유를 알 수 없을 때가 많다. 어쨌든 백도의 젊은 후기지수들이 모여서 술도 마시고, 짝도 만나고, 싸움도 하고 그러다가 인생 종 치는 곳에 내가 찾아왔다. 흑도에는 한심한 놈들이 많지만, 백도라고 크게 다르진 않다. 야망이 큰 놈들은 책을 읽든가, 무공을 수련하고 있을 것이다. 간혹 잘 놀고, 술도 잘 마시고, 여인에게 인기가 많음에도 불구하고 무공까지 강한 놈들이 있는데 그런 놈들은 그냥 태생이 그렇다.

세상은 원래 불공평한 법. 이곳에는 객잔과 주루가 너무 많아서 나는 손님이 많은 곳을 돌아다녔다. 친구를 찾는 시늉을 하면서 둘러보기도 하고, 모임에 참석하는 것처럼 들어갔다가 잘못 찾아온 것처럼 빠져나왔다. 다소 궁상맞게 보여도 어쩔 수 없다. 몇 군데 객잔과 주루를 더 둘러보다가 배가 고파서 어쩔 수 없이 강호인들이 많이 드나드는 천풍객잔 이 층 창가에 자리를 잡았다.

단언컨대, 내가 이곳에 드나드는 부잣집 공자들보다 돈이 더 많을 것이다. 점소이를 불러서 객잔의 대표 육류와 해물 요리를 하나씩 주문하고 두강주, 빙당국수, 금해서金海鼠라 불리는 해삼, 고추를 넣은 두부와 만두까지 주문했다. 혼자 먹기에는 다소 많은 양이다. 그러나 촌뜨기가 백도의 번화가에 와서 기가 죽을 수는 없는 법.

음식이 나오는 대로 젓가락을 움직이면서 전쟁터의 병사처럼 먹었다. 날이 점점 어두워지자 가게마다 달린 등불이 거리를 환하게 밝혔다. 과연 여인네들의 마음을 싱숭생숭하게 만드는 불빛이고, 광명좌사 같은 놈들의 가슴을 벌렁벌렁 뛰게 만드는 요망한 불빛이기도 했다. 사람은 밝았을 때보다 더 많아진 상황. 삽시간에 천풍객잔도 가득 차더니 몇 명이 원형탁자에 홀로 앉은 나를 살피다가 돌아가기도 했다.

자리가 점점 부족해지는데 내가 혼자 차지하고 있으니 무슨 말이라도 하고 싶었던 모양이다. 그러나 이곳은 백도의 영역. 다들 어느 정도 선은 지키는 놈들만 모였기 때문에 행패를 부리거나, 합석을 요구하는 놈들은 없었다. 어쨌든 겉으로는 예의범절을 중요하게 여기는 놈들, 그것이 백도다. 덕분에 나는 객잔에 가득한 남녀를 바라보면서 촌뜨기, 외톨이, 센 척하는 검객처럼 밥을 먹었다. 다행히 점소이가 물도 자주 채워주고 종종 더 필요한 게 없냐고 물어보는 친절한 녀석이어서 손짓으로 불렀다. 점소이가 다가와서 말했다.

"예, 공자님."

나는 품에서 통용 은자를 하나 꺼내서 점소이에게 내밀었다. 점소이가 능숙하게 바지에 넣어둔 수건을 뽑아내더니 탁자로 가져가면서 은자를 순식간에 받아 챙겼다. 쾌검을 펼치는 것처럼 빠른 손놀림이었다. 점소이가 탁자 끝부분을 수건으로 닦으면서 중얼거렸다.

"말씀하세요."

나는 품에서 꺼낸 용모파기를 펴서 광명좌사의 얼굴을 보여줬다.

"누군지 알겠어?"

점소이가 용모파기를 보고 잠시 고민하더니 내게 물을 따라주면서 말했다.

"몽가蒙家의 망나니 얼굴입니다."

"풍운몽가風雲蒙家?"

"예."

"이름이 뭐야."

"정확하게는 모르고 다들 몽랑蒙狼이라 부릅니다."

별호가 아닌 아명兒名처럼 들렸다. 몽가의 이리 새끼라는 뜻이다. 나는 용모파기를 도로 집어넣으면서 점소이에게 마지막으로 물었다.

"못된 새끼냐?"

점소이가 나를 똑바로 바라보더니 아주 힘 있게 대답했다.

"예, 공자님도 조심하세요. 당할 자가 없습니다."

나는 식사를 마저 했다. 좌사가 풍운몽가 출신이라면 딱히 서두르지 않아도 된다. 풍운몽가는 한마디로 장군將軍을 배출했었던 집안이다. 지금은 아예 군에 발길을 끊은 채로 강호에서 자리 잡은 가문이기도 하다. 지금의 풍운몽가 전체가 아마 방계일 것이다. 본가는 오래전에 멸문당했던 것으로 안다. 이래저래 광명좌사의 가문일 가능성이 크다는 생각이 들었다.

나는 두강주를 마시면서 광명좌사의 한랭한 장력을 떠올렸다. 지금은 어느 정도 강한 것일까. 나는 천옥과 회귀 덕분에 엄청나게 빠른 속도로 강해졌으나, 백도세가의 공자들은 걸음마를 뗄 때부터 무공을 수련하기 때문에 벌써 십오 년 이상은 무공에 전념했을 것이다. 장군이나 고위 관료를 배출한 집안의 자제는 자부심이 대단하다. 그곳에서 서자 취급을 받았으면 분노가 남보다 더 컸을 것이다.

두강주를 싹 비워낸 다음에 일어나서 일 층으로 내려갔다. 취기가 살짝 오른 상태에서 백응지 번화가를 구경하다가 빙당을 사서 입에 물었다. 노점 상인에게 몽가가 어디에 있는지도 묻고, 길거리에 잠시 서서 공연을 하는 자들도 바라봤다. 아무 생각 없이 공연을 구경하다가 구경꾼들을 한 차례 훑는데 눈에 띄는 남녀가 있었다. 구경꾼들과 전혀 섞이지 않을 정도로 남녀의 외모가 뛰어났다. 공연을 구경하다가 저희끼리 몇 마디 대화를 나누면서 웃었다. 내가 잠시 쳐다봤을 뿐인데, 쥘부채를 쥐고 있는 남자 놈이 정확하게 내 눈을 바라봤다.

"…"

재수 없게 잘생긴 놈이 쥘부채를 접더니, 부채로 나를 정확하게 가리켰다. 그 모습이 마치 '너 계속 노려보면 혼난다' 정도의 눈빛과 손동작이었다. 나는 놈이 부채를 접고 나서야 얼굴을 확인할 수 있었다. 나는 알겠다는 것처럼 고개를 끄덕이면서 웃었다. 젊은 광명좌사가 아름다운 여인과 공연을 구경하고 계셨다. 나는 표정으로는 웃고 있었으나, 내 안에 바다 같은 광기가 샘솟았다.

한가롭게 여자를 만나고 있다니. 본래 여자를 많이 만나는 놈이라는 것을 알면서도 분노가 치밀었다. 여자를 등쳐먹는 놈이라서 열이 받고, 놈이 만난 여인들이 저렇게 멀쩡하게 아름답다는 사실에서 두 번 열이 받았다. 아직 색마라 불리지 않은 놈이라서 세 번 열이 받고, 거만한 손동작으로 나를 가리킨 것 때문에 네 번 열이 받았다.

술기운이 올라와서 다섯 번째로 열이 받았다. 나는 다시 광명좌사를 노려보면서 속으로 읊조렸다.

'백도를 위하여…'

오늘부터 나는 임시로 협객 이자하다. 무림맹주님을 위해, 무고한 맹원들을 위해, 순진한 처자들을 위해, 정의를 위해, 못난 남자들을 위해… 나는 손가락으로 아주 거만하게 반대편에 서있는 광명좌사를 말없이 가리켰다.

'네 거시기를 처단하겠다.'

광명좌사의 거시기를 처단하기 위해 과거로 돌아온 사내, 그것이 나다.

86.
처음으로 뒷걸음을 친 나

내 손가락질을 바라보던 광명좌사는 재수 없는 미소를 머금었다. 저 놈도 잔머리가 뛰어나다는 것을 잠시 깜박했다. 광명좌사가 옆에 있는 아름다운 여인에게 무어라 속삭이자, 두 사람이 함께 나를 바라보면서 웃었다. 여인과 함께 나를 비웃다니, 여섯 번째로 열이 받았다. 갑자기 광명좌사가 있는 곳에서 누군가가 뛰어오더니 내게 물었다.

"공자님."

웬 어린 시종이 나를 불렀다.

"왜."

시종이 내게 가까이 오더니 귓가에 속삭였다.

"저쪽에 있는 공자께서 술을 같이 하자고 권하십니다. 저희 공자님 일행에 여인이 한 분이 더 계십니다. 남녀 이 대 이 술자리입니다."

나는 시종을 노려보면서 대꾸했다.

"나를 왜?"

시종이 씨익 웃으면서 말했다.

"구경꾼 중에서 가장 잘생기셨다고."

"지랄."

내가 고개를 돌리자, 광명좌사와 함께 있던 여인이 보이지 않았다. 내가 구경꾼 무리에서 물러나서 촌뜨기처럼 주변을 살피자, 광명좌사가 양쪽에 여인을 거느린 채로 다가왔다. 실실대는 광명좌사가 내게 말했다.

"같이 한잔하겠소?"

여인도 다짜고짜 거들었다.

"같이 마셔요. 설아야, 너는 어때?"

새로 등장한 설아라는 여인이 나를 위아래로 살피면서 웃었다.

"저도 좋아요."

나는 세 사람을 바라보면서 생각했다.

'미친 연놈들.'

광명좌사가 눈을 가늘게 뜬 채로 말했다.

"겁먹을 거 없소. 착한 아이들이니까."

별말 아닌데, 범상치 않은 변태의 격이 느껴졌다. 나는 깊이 생각할 것도 없이 광명좌사가 자신의 실력, 언변, 똑똑한 머리를 믿고 나를 등쳐먹으려 한다는 것을 알아차렸다. 이 대 이 술자리는 개뿔이… 좌사가 어떻게 노는지 보기 위해 고개를 끄덕였다.

"갑시다."

통성명도 없이 색마 그리고 색마와 함께 굴러먹는 처자들과 합석이 이뤄졌다. 나도 예상하지 못한 일이다. 하지만 중요한 것은 술을 마시는 게 아니라, 좌사를 드디어 만났다는 점이다.

* * *

연병풍連屛風으로 둘레를 가린 독립된 공간에 술자리가 마련되었다. 좌사가 자주 오는 주루인지, 입장부터 착석까지 아주 자연스러웠다. 여인들이 술과 안주를 엄청나게 많이 주문했다. 삽시간에 빈 자리가 없을 정도로 술안주가 탁자에 들어섰다. 설아라는 여인이 내 옆에서 말했다.

"한 잔 받으세요."

좌사가 내게 물었다.

"이곳이 처음인가?"

"왜?"

"이곳에서 나를 그렇게 오래 쳐다보는 남자는 없거든. 여자면 모를까. 동년배 같은데 말 편히 하자고."

좌사의 옆에 있는 여인이 술자리 선수들을 소개했다.

"몽랑 오라버니, 저는 소월小月, 공자님 옆에는 설아雪兒라고 해요. 공자님은요?"

죄다 가명이었다.

"나는 광철이다. 공철이의 형이지."

설아가 어리둥절한 표정으로 물었다.

"공철이가 누구예요?"

좌사가 술잔을 들면서 말했다.

"자자, 마셔라. 쓸데없는 자기소개 길게도 했다. 이름이 무슨 소용이냐, 출신이 무슨 소용이냐? 마시고 취해야 사내와 여인의 참모습이 드러나는 법."

몽랑, 소월, 설아 그리고 광철이가 된 나도 술을 마셨다. 나는 최대한 늦게 술을 목으로 넘기고, 세 사람의 표정과 눈빛을 살폈다. 그런데 서로의 표정을 살피는 것은 나뿐만이 아니라 세 사람도 비슷했다. 술을 마시는 모습, 호흡과 분위기, 허리를 꼿꼿하게 세운 자세 등을 보아하니 네 사람 전부 무공을 익혔다는 것을 서로 알아차린 상태. 좌사가 설아에게 물었다.

"설아는 광철이가 마음에 들어?"

설아가 고개를 끄덕이더니 씨익 웃었다.

"예."

"그러면 오늘 어디까지 갈 수 있겠어?"

"오라버니, 왜 그렇게 급해요?"

"하하하."

나는 잠시 눈을 껌벅인 채로 대화를 들었다. 방금 암어暗語가 오간 것인가? 쓸데없는 개소리가 오고 가면서 술이 석 잔이나 쉬지 않고 돌았다. 연거푸 네 잔째를 마시려는데, 좌사가 일어나면서 말했다.

"난 잠시 물 좀 버리고 오마. 오늘 제대로 마셔야겠다."

"다녀오세요."

좌사가 바깥으로 나가자, 소월이도 설아에게 뻔뻔한 어조로 말했다.

"우리도 다녀오자."

"그래요."

나는 실실 웃으면서 일어나는 설아의 손목을 붙잡아서 앉힌 다음에 말했다.

"우리 설아는 한잔 더 마시고 가라."

설아가 당황스러운 표정으로 대꾸했다.

"예?"

나는 소월이에게 고갯짓하면서 말했다.

"먼저 다녀와."

소월이가 딱딱한 표정으로 대꾸했다.

"아, 예."

소월이가 사라지자마자, 나는 설아를 노려봤다. 설아가 황당한 표정으로 말했다.

"갑자기 왜 그렇게 무섭게 쳐다보세요?"

나는 술잔을 붙잡은 다음에 염계의 공력을 주입했다. 삽시간에 술이 내 마음처럼 부글부글 끓었다.

"이런 화주火酒는 처음이지? 한 잔, 야무지게 말아주마."

설아가 놀란 눈빛으로 대꾸했다.

"아, 싫어요."

설아가 자리에서 벌떡 일어나기 직전에 손을 뻗어서 혈도를 연달아 찍었다.

타닥!

나는 품에서 모용백이 전달한 자그마한 약통을 꺼내서 뚜껑을 돌린 다음에 화주에 가루약을 살짝 섞었다. 이것이 무엇이냐? 시간이

촉박해서 독을 만들긴 어렵다고 한 모용백이 자신의 실력을 발휘해서 무색무취無色無臭의 설사약을 전달했다. 나도 강호 경험이 많은 편이나, 무색무취가 적용된 설사약은 처음이다. 술에 섞어도 색이 변하거나 냄새가 달라지지 않았으니, 이것은 강호에서 가장 뛰어난 설사약이다. 모용백의 설사약이 섞인 화주를 설아의 입에 들이부었다.

"해독제 받기 싫으면 일러바쳐라. 그때, 넌 뒤지는 거야. 알았어?"

내 손을 바라보니 얼굴에 바른 분이 지저분하게 묻어있었다. 그것을 설아의 예쁘장한 옷에 닦은 다음에 좌사와 소월이의 술잔에도 무색무취의 설사약을 뿌렸다. 그제야 다소 굳은 표정의 좌사와 소월이가 급히 되돌아왔다. 좌사가 나를 바라보면서 앉았다.

"분위기 왜 이래?"

나는 좌사에게 싸늘한 어조로 말했다.

"야 이, 기생오라비 같은 개새끼야."

"뭐?"

"촌뜨기한테 술값 덤터기 씌우고 튀려고 했나? 애새끼냐? 술값 네가 계산해라."

좌사가 실실 웃으면서 대꾸했다.

"갑자기 뭔 개소리냐? 촌뜨기라 그런지 성격이 많이 꼬였구나. 내가 이런 막말을 들을 줄이야."

나는 불쾌한 표정으로 멀쩡한 술을 한잔 마신 다음에 당장 좌사와 맞붙을 것 같은 기도를 슬쩍 드러내 봤다. 내가 좌사와 소월이를 죽일 듯이 바라보자, 좌사와 소월이는 설사약을 탄 술잔을 들었다. 그 와중에도 좌사는 눈을 내리깔더니 술의 색과 향을 거듭 확인한 다음에 마셨다. 좌사는 술을 비우고 나서야 설아의 상태가 이상하다는 것을 확인했다.

"너 왜 그래?"

내가 설명했다.

"도망치는 것으로 오해해서 내가 혈도를 짚었다."

좌사도 슬슬 성격을 드러내면서 말했다.

"쓸데없는 짓을 했군. 풀어줘라."

나는 술을 한 모금 마시면서 대꾸했다.

"촌뜨기라서 푸는 법은 안 배웠다. 네가 풀어."

좌사가 벌떡 일어나더니 설아의 상체를 과도하게 더듬다가 손으로 두세 곳을 두드렸다. 순간, 설아의 입에서 "악!" 소리가 들리더니 그 자리에서 혼절했다. 좌사는 황당하다는 표정으로 나를 바라봤다.

"네가 정말 죽으려고 환장을 했구나. 소월아, 네가 설아 챙기고 계산해라. 이놈이 나를 우습게 보는구나."

"예, 오라버니."

좌사가 고갯짓을 하면서 내게 말했다.

"너는 따라 나와. 도망쳐도 소용없다."

나는 좌사와 오랜만에 나란히 서서 주루를 나섰다. 옆에서 좌사가 평온한 어조로 말했다.

"붙어보겠다고 찾아온 모양인데 너 같은 놈들도 슬슬 지겹구나. 누가 보냈느냐?"

좌사의 어조가 갑자기 확 거만해진 것을 느끼면서 대꾸했다.

"공철이가 보냈다."

"공철이가 누구냐?"
"팔 부러진 놈."
"아. 그 병신."
좌사가 피식 웃었다. 문득 사람이 없는 곳으로 나를 데려가던 좌사가 손으로 가슴을 두드렸다. 내가 슬쩍 바라보니 좌사의 안색이 점점 창백해지고 있었다. 좌사는 갑자기 앞으로 튀어나가면서 손가락으로 자신의 복부 이곳저곳을 찔렀다. 홱 돌아선 좌사가 살기 어린 눈빛으로 나를 노려봤다.
"독을 타?"
내가 무슨 대답을 하려는데 순식간에 거리를 좁힌 좌사가 다짜고짜 일장을 내질렀다.
퍽!
우리는 일장을 부딪친 다음에 서로를 바라봤다. 이미 좌사의 얼굴은 허옇게 질린 상태. 자신의 일장을 아무렇지도 않게 받아친 것도 놀라운 일인데, 점점 속이 거북해지는 모양이다. 나는 평온한 표정으로 좌사에게 말했다.
"뭐 병신아? 말을 해."
좌사는 내게 무슨 말을 하려다가, 급히 돌아서더니 어디론가 맹렬하게 달려갔다. 실로 엄청난 속도였다. 좌사의 입에서 묘한 소리가 나왔다.
"어…"
좌사를 놓칠 내가 아니다. 나는 한줄기 질풍이 된 채로 좌사를 따라갔다. 어느새 내가 뒤를 바짝 달라붙자, 공중에서 몸을 회전한 좌사가 쌍장을 내밀었다. 나는 좌사의 손바닥이 하얗게 물든 것을 보자마자, 염계대수인으로 받아쳤다.

콰아아아아아앙!

공중에서 염계대수인의 장력을 맞받아친 좌사는 장력이 충돌하는 반동을 이용해서 거리를 더 벌리더니, 땅에 내려서자마자 급히 골목으로 사라졌다. 나도 개미굴처럼 구불구불한 골목에 진입한 다음에 주변 소리를 들으면서 천천히 이동했다. 나는 골목길에서 함께 놀던 친구처럼 좌사를 불러보았다.

"몽랑아, 내가 똥 쌀 시간을 줄 거 같으냐? 어림없다."

이렇게 조용하다면 골목 어귀에서 좌사가 다시 기습할 것이다. 순간, 위치를 감추는 잔재주를 적용한 복화술이 들렸다.

"이거 무슨 독이냐?"

"모르겠네."

"해독제는."

"있다."

"원하는 게 뭐냐?"

달빛이 군데군데 비치고 있는 골목을 조심스럽게 살피면서 대꾸했다.

"그것은 알려줄 수가 없어."

골목 하나를 돌아서려는데 바람 소리가 들려서 고개를 숙였다. 좌사의 철부채가 벽을 박살 내면서 지나갔다.

퍼억!

좌사는 기습이 실패하자, 다시 맹렬하게 도주했다.

'모용백의 설사약을 삼켰는데 어찌 저렇게 잘 버티지?'

순간 달려가던 좌사가 다시 자신의 복부를 손가락으로 연달아 찍었다.

파바박!

그 모습이 무척 고통스럽게 보였다. 배를 붙잡은 채로 돌아선 좌사가 창백한 얼굴로 나를 노려봤다.

"해독제를 내놓으면 목숨은 살려주마."

"정신 나간 새끼, 부탁해도 안 줄 생각인데."

"다시 한번 말한다. 지금이라도 해독제를 내놓으면 살려주마."

나는 코웃음을 친 다음에 대꾸했다.

"똥을 싸라."

좌사가 혀를 입 안에서 이리저리 움직이더니 분노한 기색으로 위에 걸치고 있는 백의장삼을 거칠게 벗었다. 내가 물었다.

"뭐 하는 거냐?"

좌사가 분노한 표정으로 백의장삼을 허리에 휘감으면서 대꾸했다.

"오늘이 네 제삿날이다."

좌사는 백의장삼을 허리에 휘감아서 이리저리 매만지더니 여인의 치마처럼 바지 위에 둘렀다. 나는 좌사의 행동을 보다가 넋이 나간 표정으로 물었다.

"기저귀냐?"

좌사가 싸늘한 어조로 대꾸했다.

"나는 똥을 싸는 것에 그치겠지만, 너는 오늘 죽는다. 해독제? 필요 없어."

나는 좌사의 살벌한 패기에 지렸다. 마교에서 살아남으려면 저 정도는 되어야 하는 걸까? 저렇게 독한 놈이기 때문에 마교의 수많은 노마두들을 제치고 좌사 자리까지 차지한 것일 터. 좌사가 미친놈처럼 고개를 계속 끄덕이면서 다가왔다.

"촌뜨기, 죽을 준비 됐느냐? 이제 빌어도 소용없다."

절부채를 미련 없이 내던진 좌사가 몇 걸음을 걸어오는 와중에 아랫도리에서 푸드득- 하는 소리를 냈다. 좌사가 급히 인상을 찌푸렸다. 똥을 지리겠다고 선언한 좌사도 당황스러웠는지 한탄인지 체념인지 모를 한숨이 흘러나왔다.

"하-아."

나도 저절로 뒷걸음질을 쳤다.

"아니…"

내가 회귀하자마자 가장 먼저 떠올린 맞수다운 광기였다. 또다시 푸드득- 소리가 들려서, 나도 모르게 계속 뒷걸음질을 쳤다.

"오지 마라. 똥싸개야."

좌사는 인생을 포기한 것 같은 미소를 머금은 채로 대꾸했다.

"사내가 어찌 한때의 치욕을 무서워하랴. 이리 오너라. 내 똥인지, 네 똥인지 알 수 없을 정도로 뒹굴어 주마."

"이 씨벌 새끼."

이미 좌사의 아랫도리는 황갈색으로 물든 상태. 하필이면 위아래로 백의를 입어서 도저히 감출 수가 없는 빛깔이 번지고 있었다. 나도 모르게 호흡을 하는 사이에 똥 냄새가 밀려들었다. 좌사가 벼락치듯이 내게 달려들었다.

파바바바바바바박!

장력이 맹렬하게 부딪치는 소리가 터질 때마다, 푸드득- 소리가 뒤섞였다.

"…!"

"…!"

적어도 이 새끼는 백도에 있을 놈이 아니다. 백도의 무인이 싸우다가 바지에 지렸으면 그냥 강호 은퇴를 선언하고 강물에 몸을 던졌을 것인데, 좌사는 똥 냄새를 풍기면서도 침착하게 공격과 수비를 펼쳤다. 이 냉정함, 이 냉철함, 이 생존본능, 이 푸드득…

역시 내가 경계했던 맞수, 하오문 영입 일 순위, 무공 천재, 똥싸개, 좌사가 되기 전부터 별호에 공식적으로 마魔를 붙이고 다녔던 정상급 고수다웠다. 내가 아무리 경험이 많다지만. 실시간으로 똥을 지리고 있는 고수와 겨뤄본 적은 나도 없다. 순간 나는 맹렬하게 장법을 펼치는 도중에 고자신공마저 완벽하게 막혔다는 것을 깨달았다.

'황당하군.'

도저히 저 똥 묻은 아랫도리를 새로 신은 순백의 신발로 밟을 수가 없었다. 새 신발에 대한 예의가 아니다. 그 와중에 아찔한 냄새가 풍겨서 현기증이 밀려들었다. 나는 살면서 이렇게 강한 똥싸개를 본 적이 없었기 때문에 정신을 바짝 차렸다.

87.
내가
졌다 치자

좌사가 처음에는 평범한 장법을 펼치는가 싶더니 나도 깜짝 놀랄 상황에서 한랭한 빙공을 섞었다. 나는 놈의 표정을 바라보면서 침착하게 대처했다. 그러고 보니 좌사가 누구에게 패배했다는 이야기는 나도 듣지 못했다. 패배하기는커녕 무림맹에서 파견한 무인들을 농락했다가 분노한 맹주령이 떨어져서 천라지망까지 펼쳐졌었다.

새삼스럽게 무림맹의 천라지망을 탈출했던 사내 두 명이 자웅을 겨루는 중이다. 좌사는 장법만이 아니라 나처럼 다양하게 지법, 탄지공, 권법, 금나수법을 조합해서 공격과 수비를 펼쳤다. 모르는 무공이 있나 싶을 정도로 공방 전개가 참신했기 때문에 나는 똥싸개와 정신없이 삼십 합이나 겨뤘다. 그 와중에 나는 좌사를 계속 갈궜다.

"똥싸개치고는 제법이군."

"닥쳐라."

"빙공을 써라."

이놈은 스스로 빙공을 최대한 아끼고 있었다. 그럴 수밖에 없다. 효과가 무척 뛰어난 대신에 내공 소모가 엄청난 무공이기에 그렇다. 더군다나 내가 좌사에게 전혀 밀리지 않고 있었으니, 놈의 고민이 깊어질 수밖에 없는 상황. 확실히 내가 천옥의 절반에 해당하는 극음의 기운을 활용하려면 좌사의 빙공을 완벽하게 뺏을 필요가 있었다.

싸우는 도중에도 여러 가지가 궁금했다. 이놈은 젊은 나이에 왜 이렇게 강한가? 풍운몽가는 창과 검을 쓰는 무가武家로 유명한데 이 놈은 어째서 병장기를 쓰지 않는가. 아무리 봐도 장법, 지법, 탄지공 등의 무공은 풍운몽가에서 배운 것 같지가 않았다. 나는 장력을 교환하는 와중에 넌지시 물어봤다.

“사부가 누구냐.”

“그러는 네 사부는 누구냐.”

문득 나는 독한 냄새를 맡자마자, 화들짝 놀라서 단박에 삼 장三丈을 물러났다. 똥을 묻히려는 노골적인 공격에 봉변을 당할 뻔했던 것. 하필이면 나도 백의를 갖춰 입어서 더 소름이 끼쳤다. 극독이 발린 암기보다 좌사의 변이 더 무서운 상황. 내가 화들짝 놀라면서 물러나자, 좌사는 내 약점을 잡았다는 것처럼 의미심장하게 웃었다.

“두렵나? 두렵겠지.”

“무서워서 피한 게 아니다. 더러워서 피한 것이지. 멍청한 놈, 기생오라비 같은 놈, 똥싸개 놈.”

좌사가 자신의 축축해진 장삼을 내려다보다가 고개를 끄덕였다.

“나만 봉변을 당할 수는 없지. 도망가지 말아라. 그쪽은 번화가야.”

나는 번화가를 바라보다가 팔짱을 낀 다음에 진지한 어조로 말했다.

"실력이 내 예상보다 뛰어나군. 이렇게 잘 싸우는 사내는 나도 오랜만이다. 너는 그저 흔한 똥싸개에 그칠 녀석이 아니야. 해독약을 주마."

"이미 쌌으니 필요 없다."

"그래도 깨끗하게 씻은 다음에 다시 내게 도전하도록."

좌사가 싸늘한 표정으로 대꾸했다.

"네놈이 주는 걸 내가 어찌 먹겠느냐."

나는 잠시 손가락으로 코를 막은 다음에 코맹맹이 소리로 말했다.

"오지 마라. 현기증이 나는군."

좌사가 다시 미친놈처럼 달려들어서 나는 급히 몸을 돌린 다음에 번화가로 도주했다. 일부러 낄낄대면서 도망을 치자, 좌사가 점잖은 어조로 욕을 해댔다. 역시 장군집 공자라 그런지 예의범절이 몸에 배어있었다.

'하지만 네가 아무리 미친놈이라도 그 상태로 번화가에 들어올 수는 없을 거다.'

감히 나와 지략 대결을 벌여? 사내와 사내의 대결에는 주저할 게 없겠지만, 좌사는 여인에 미친 놈이다. 똥을 지린 채로 백응지를 활보할 수 있는 놈이 아니라는 뜻. 만약 여기까지 따라올 수 있는 놈이라면 내가 사람을 잘못 본 것이겠지. 내가 사람들이 많이 돌아다니는 번화가에 도착하자, 급하게 따라오던 좌사는 내 예상대로 경공을 멈췄다.

"…어이, 그만 도망가라."

나는 번화가를 등진 채로 돌아서서 손을 까딱였다.

"들어와."

"네가 와라."

"똥 싼 놈이 와라."

"사내끼리 승부를 내면 될 일이지. 남들에게 피해를 줘야겠느냐?"

"똥 싼 놈이 성을 낸다는 말이 있는데, 그게 너다. 사부가 누구인지 밝히면 내가 그쪽으로 가마."

"닥쳐라."

문득 나는 좌사가 두 번이나 사문을 밝히지 않았기에 이상한 생각이 들었다.

'외가에서 빙공을 배웠을 것인데, 무공 사부가 또 따로 있다는 뜻인가?'

아직 좌사는 무림공적으로 몰리지도 않은 상태. 변태 짓을 하지도 못한 시기라서 자신의 명예와 인기가 매우 중요할 터였다. 나는 사람들의 틈바구니에 뒤섞여서 좌사를 노려봤다. 솔직히 아까 싸울 때는 나도 실력 발휘를 제대로 하지 못했다. 똥이 이렇게 무서울 줄이야. 공방전을 벌이는 와중에 놈의 하반신은 말 그대로 무적이었다. 즉, 나는 몸의 절반이 무적 상태가 된 맞수와 장력 대결을 펼친 것이나 다름이 없다. 당연히 나도 제대로 된 실력을 발휘하지 못할 수밖에.

장력을 겨뤄보고 나서야 알게 된 것은 이미 놈의 무공이 꽤 완성된 상태라는 점이었다. 사실 크게 이상한 일은 아니다. 무림맹의 천라지망에서 탈출했던 고수는 매우 드물기 때문이다. 내가 알기로는 광마 시절의 나, 변태 시절의 똥싸개, 삼재의 일원들이 무림맹의 천라지망을 뿌리치고 탈출에 성공했었다. 즉, 회귀하고 나서 직접 대면했던 고수 중에서는 그야말로 압도적으로 강한 사내가 바로 저 똥싸개다.

그리고 저놈은 정말 위험한 때가 아니면 빙공을 애써 자제하고 있었다. 이래저래 제약이 많은 놈이었던 것. 좌사는 몇 번이나 번화가로 진입하려다가 다시 걸음을 되돌렸다. 저렇게 독한 놈도 차마 바지에 똥을 지린 채로 백응지에 들어올 수는 없다는 것이 무슨 뜻이겠는가? 이것이 바로 백도의 저력, 예의범절의 위력, 명예욕이다. 나는 팔짱을 낀 채로 좌사를 비웃었다.

"후후후."

이때, 가로수 쪽에서 웬 여인이 좌사를 불렀다.

"몽랑 오라버니? 거기서 뭐 하세요?"

내가 여인의 모습을 확인하고, 다시 좌사가 있는 곳을 바라보자 놈은 어느새 감쪽같이 사라진 상태. 나는 좌사를 알아본 여인과 문득 눈을 마주쳤다가 고개를 끄덕였다.

"몽랑 공자가 맞소."

"맞죠? 얼굴이 창백하시던데."

"못 보셨소?"

"뭐를요?"

나는 덤덤한 표정으로 말했다.

"바지에 똥을 쌌더군. 술을 너무 많이 마신 모양이야."

"에이, 설마요."

"바지에 두른 축축한 백의장삼을 못 봤나?"

그다지 예쁘지 않은 여인이 내게 갑자기 화를 버럭 냈다.

"그럴 리가 없어요! 왜 거짓말을 하세요!"

"왜 화를…"

좌사를 짝사랑하는 여인인가? 이 여인은 갑자기 나를 똥을 지린 놈처럼 바라보더니 홱 돌아섰다. 우리 오라버니는 똥을 쌀 리가 없다, 이 말인가.

"쯧쯧쯧."

내가 혀를 차는 동안에 어디선가 좌사의 복화술이 들렸다.

"좋은 말로 할 때 나와라."

"내가 평생 두려워하는 것이 하나 있는데 그것은 똥을 지린 채로 싸우는 놈이다."

"…"

나는 슬쩍 앞으로 가서 대꾸했다.

"멍청한 놈, 이것이 바로 인과응보다. 내 아우의 팔을 부러뜨린 것은 이 정도로 봐줄 테니 집에 가서 바지나 갈아입도록 해. 풍운몽가의 몽랑 공자, 몽가의 똥싸개, 몽가의 똥 기저귀, 몽가의 똥오줌도 못 가리는 공자 나으리."

"닥쳐라!"

나는 놈을 놀리기 위해 되는대로 합장을 했다.

"불쌍한 중생이로고. 나무아미-탄지공!"

어둠 속에서 갑자기 뿌직- 소리가 터졌기 때문에 나는 반사적으로 손가락을 튕겨 염계탄지공을 날렸다.

팍!

나는 일부러 소리를 버럭 내질렀다.

"몽랑아! 장군가의 이리 새끼야! 똥 싼 바지 갈아입고 와서 다시 덤벼라!"

욕지거리가 들리더니, 좌사가 경공을 펼치면서 멀어졌다. 나는 팔짱을 낀 채로 멀어지는 검은색의 인영人影을 주시했다.

"깨끗해져서 돌아와라. 더러운 놈. 너 같은 놈은 백도에 있을 자격이 없어."

내가 굳이 저놈을 아득바득 쫓아갈 이유가 없다. 수소문했을 때도 풍운몽가가 백응지 근처에 있었기 때문이다. 하반신에 생성된 무적의 영역이 해제되어야, 나도 고자신공을 펼칠 수 있기에 여유로운 마음으로 백응지의 번화가를 활보했다. 깨끗한 거리, 깨끗한 의복, 다른 곳보다 훨씬 하얀 피부색까지. 괜히 백도가 아닌 모양이다. 나는 백응지로 물러나고, 놈은 도망을 쳤기 때문에 일단은 무승부다.

문득 아까 갔었던 백향주루 앞에 사람들이 잔뜩 몰려있었다. 다들 불쾌한 표정으로 입구에서 무슨 얘기들을 나누고 있었는데, 지나치면서 들어보니 주루 안에 예쁘장한 여인네들이 똥을 지렸다는 소식이 들렸다. 좌사가 급하게 복부의 혈을 마구잡이로 찍은 것을 보면 모용백이 만든 설사약이 정말 지독했던 모양이다. 그러니 여인들은 화장실에 도착하기도 전에 지린 것이겠지.

새삼스럽게 나는 설사약과 독의 대가를 주치의로 두고 있다. 둘러보다가 정말 맛있어 보이는 국숫집이 있어서 바깥 자리에 앉아 주문했다. 국수를 먹으면서 길거리에 지나다니는 청춘들을 구경했다. 어쩌면 저렇게 옷을 예쁘게 입고, 얼굴도 예쁘장한 여인들이 많은 것일까.

나도 공철이의 조언을 받아서 옷을 갖춰 입긴 했는데 막상 와서 다른 사람들과 구경해 보니 이들에 비해서는 확실히 촌뜨기라는 생각이 들었다. 백도의 영역이라 그런지 시비를 거는 놈도 없고. 무공을 익히지 않은 자들도 즐겁게 돌아다니고 있어서 기분이 실로 묘했다. 그나저나 똥싸개와 겨뤘더니 국수 맛이 영 시원찮았다.

"입맛 버렸네."

나는 점소이에게 계산하고 나서, 근처에 개천이 있는지 물었다. 점소이가 대꾸했다.

"저쪽으로 쭉 올라가시면 용랑천이 나옵니다."

점소이가 가리키는 곳은 좌사가 사라진 북쪽이었다. 가문의 서자 놈이 바지에 지린 채로 집에 들어가긴 어려울 것 같고, 신중하게 개천가를 배회하다가 지금쯤 바지를 빨고 있을 거란 생각이 들었다. 이것은 내 본능적인 감각이다. 점소이가 내게 물었다.

"그런데 이 야밤에 개천은 왜 찾으세요?"

나는 점소이의 어깨를 두드린 다음에 대꾸했다.

"협객행俠客行이다. 흉살을 추격 중이야."

실은 똥싸개를 추격 중이다. 평소에 협객을 동경했다는 것처럼 점소이의 표정이 진지해지더니 내게 포권을 취했다.

"소협, 수고가 많으십니다."

백도 지역이라 그런가, 이곳은 점소이도 예의를 갖췄다. 나는 고개를 끄덕이면서 고독한 협객처럼 개천으로 향했다. 사실 회귀해서 내가 한 모든 행동이 강호의 평화, 처자들의 행복한 삶, 일하는 자들의 인권 보호, 악인 처단에 초점이 맞춰있다. 세상이 나를 몰라줄지언정, 내가 하는 일은 사실 협객행이나 다름이 없지 않을까. 아님 말고.

* * *

나는 달빛을 따라 용랑천을 이동하다가 낡은 다리 위에서 첨벙대는 물소리를 듣고 멈췄다. 한적한 용랑천에서 좌사가 홀딱 벗은 채로 몸을 씻고 있었다. 멀쩡한 개천을 똥물로 만드는 사내, 그것이 광명좌사다. 당장 내려가서 좌사를 고자로 만들어야겠다고 생각했으나 잠시 멈췄다. 좌사가 나를 발견했음에도 불구하고 별로 놀라는 기색도 없이 침착했기 때문이다.

'함정인가?'

문득 시커먼 구름이 어디론가 떠나면서 모습을 드러낸 달빛이 좌사의 상체를 비췄다. 채찍 자국인지 칼자국인지 모를 흔적이 상반신에 잔뜩 새겨져 있었는데 그 사이로 먹으로 새긴 문신이 가득했다. 고문을 당한 것인지, 마공을 익힌 것인지 당장은 알 수가 없었다. 나는 팔짱을 낀 채로 좌사를 바라봤다.

"깨끗하게 씻어라. 똥쟁이 새끼."

좌사가 해탈한 표정으로 개천에서 나오더니 상의에 묻은 물기를 탈탈 털어낸 다음에 하반신에 두르고, 상반신은 벗은 채로 나를 올려다봤다.

"내려와. 이 새끼야. 다 씻었다."

"후…"

나는 한숨이 절로 나왔다. 저놈이 발차기를 과도하게 펼치는 순간, 아까 먹은 국수가 반드시 위로 역류할 것 같다는 생각이 들었다.

'보통 변태가 아니야.'

상의로 어찌 하반신을 제대로 가린다는 말인가. 저놈은 여인의 심리도 잘 알고 있으나, 남자들의 심리도 완벽하게 이해하는 심리전의 대가였다. 심지어 상의의 목 부분이 가랑이 쪽에 있었다. 나는 가라앉은 어조로 좌사를 꾸짖었다.

"그냥 집에 가라. 이 새끼야. 내일 다시 붙자. 오늘은 내가 졌다 치자."

달빛 아래 변태가 스산한 표정으로 웃었다.

"흐흐흐."

나는 고아라서 삐뚤어진 서자의 정신세계를 모른다. 솔직히 관심도 없다. 그러나 전생에서부터 알고 있었던 사내였기 때문에 상반신에 새겨진 흔적에 대해서는 궁금했다. 큰 기대를 하지 않은 채로 물어봤다.

"그 문신은 뭐냐. 무공이냐?"

좌사가 대꾸했다.

"별걸 다 궁금해하는구나. 이제 네놈 얼굴은 잊어버리지 않겠다. 너는 이제 달아날 수 없다. 무림맹으로 도망가든, 마교로 도망가든 간에 너는 내게 잡히게 되어있어."

나는 아까 맞붙었던 공방전을 언급했다.

"네 똥 때문에 내가 제대로 안 싸웠다는 것을 알 텐데."

좌사가 나를 손가락으로 가리키더니 이상한 말을 해댔다.

"너는 내가 특별히 사부님에게 부탁해서 내 사제로 삼아주겠다. 아마 죽는 게 차라리 낫다는 생각이 들 거야."

"그러니까 네 사부가 누구냐고."

문득 나는 정신이 번쩍 들었다.

'어?'

나는 광명좌사에 대한 정보를 알고, 마교에 대해 알고 있으며, 문신과 관련된 무공에 대해서도 들은 것이 있다. 순간, 전생에 좌사가 마교에 투신한 것조차 계략이었나 하는 생각이 들었다. 왜냐하면, 내가 추측하는 좌사의 사부는 교주 자리를 놓고 다투다가 마교 전체를 적으로 돌린 사내였기 때문이다. 좌사가 용랑천의 위쪽으로 올라가면서 말했다.

"금방 다시 보게 될 거다."

나는 좌사의 사부를 밝히려다가 입을 다물었다.

88.
검마, 색마, 광마

전생 광명좌사, 몽랑은 한적한 곳에 있는 집에 들어서면서 말했다.

"사부님, 저 왔습니다."

사내 혼자 사는 집이라기엔 너무 넓었으나 마당, 평상, 자그마한 우물 주변이 모두 깔끔하게 정돈되어 있었다. 몽랑은 몰골이 말이 아니었으나 꾸중을 각오하고 온 상태. 잠시 후에 중년인이 등장하자, 몽랑이 무릎을 꿇었다. 중년인이 몽랑을 바라보면서 말했다.

"야밤에 그게 무슨 꼴이냐. 옷도 제대로 입지 않고."

"이대로 집에 가는 것이 어려워서 밤늦게 왔습니다. 옷 한 벌 내주십시오."

중년인이 마당으로 나오면서 말했다.

"갈아입고 나와라."

"예."

평상에 걸터앉은 중년인은 소일거리로 만지고 있는 목검木劍을 다

듣으면서 제자를 기다렸다. 잠시 후에 흑의무복으로 갈아입은 몽랑이 평상에 앉으면서 한숨을 내쉬었다. 중년인이 물었다.

"무슨 일이냐? 싸운 것 같긴 한데. 똥 냄새가 나는 것 같기도 하고."

몽랑이 착잡한 표정으로 연신 한숨을 내쉬다가 말했다.

"사부님, 제 또래에서는 적수가 없을 거라고 하셨지 않습니까."

중년인이 피식 웃으면서 대꾸했다.

"어찌 그것이 내 의견이냐. 네가 평소에 그렇게 생각했겠지."

"그렇긴 하죠."

"그런데 적수가 나타났군. 강호가 넓으니 놀랄 일은 아니다. 어느 세가냐?"

"그냥 촌뜨기 같습니다."

중년인이 목검을 내려놓으면서 대꾸했다.

"세가가 아니라고?"

"예."

"실력은?"

몽랑은 비무를 떠올리다가 대꾸했다.

"다 파악하지 못했습니다."

중년인이 목검의 날을 바라보면서 대꾸했다.

"네 정체를 아는 눈치냐?"

"그건 모르겠습니다. 한번 만나보시겠습니까? 조만간 다시 붙으면 저도 전력을 다해야 합니다."

"백응지에서 빙공을 사용하면 귀찮은 일이 벌어지니 아서라."

“그래서 말씀드리는 겁니다. 빙공을 쓰지 않고서는 상대할 수 없는 놈이에요.”

“삼재의 제자인가? 촌뜨기라면.”

“그럴 가능성도 있습니다.”

잠시 고민하던 중년인이 말했다.

“한적한 곳으로 유인해서 겨뤄라. 사람 많은 곳에서 빙공을 드러내지 말고. 정 안 되겠으면 이쪽으로 유인해라. 내가 살펴보마.”

“알겠습니다.”

“그리고.”

“예, 사부님.”

“적수 한 명 생긴 것이 그렇게 이상하더냐? 벌써 마음에 거만함이 가득하면 앞서 나간 고수들을 따라잡는 게 더 버거울 것이다. 항상 네 마음을 경계해라. 집으로 가서 쉬어라.”

“사부님, 슬슬 몽가에서 독립하면 안 되겠습니까?”

“마음의 수련이라고 생각하고 몽가의 사람들도 잘 살펴봐라. 다양한 군상들의 마음을 살피는 것도 무공만큼 중요한 일이야.”

“알겠습니다. 몸은 좀 어떠십니까?”

“차근차근 회복 중이니 걱정할 것 없다. 교주가 직접 등장하지 않는 이상, 교의 고수들이 나를 찾아도 어찌할 수 없을 것이니.”

몽랑은 평상에서 내려온 다음에 절을 올렸다.

“물러가겠습니다.”

중년인은 제자를 물끄러미 바라보다가 질문을 던졌다.

“아까 네가 말한 그놈, 죽일 놈이냐? 아니면 쓸만한 놈이냐.”

몽랑이 대답했다.

"모르겠습니다. 일단 다시 붙으면 제대로 기강을 잡아놓겠습니다."

"그리하고. 이 정체 모를 불쾌한 냄새는 무엇인고?"

"그놈의 설사약에 당했습니다."

몽랑은 문득 사부의 입가가 정말 오랜만에 씰룩이는 것을 확인하고 떨떠름한 표정을 지었다. 중년인이 웃음기를 싹 지운 다음에 몽랑에게 말했다.

"촌뜨기의 계략에 당하다니 네 상대는 마교뿐만이 아니라 천하의 고수들이다. 무공이 강한 자가 역으로 당한 사례들을 무수히 많이 얘기해 줬을 터. 방심하지 말아라."

"예."

사부란 자는 제자가 사라지고 나서야 혼자 어깨를 조금씩 움직이면서 웃었다.

"멍청한 놈. 설사약에 당하다니. 쯧쯧쯧."

중년인은 근엄한 표정으로 목검을 다시 다듬었다.

* * *

나는 백응지의 숙소에 틀어박혀서 비무를 복기했다. 좌사의 설사 때문에 비등비등하게 싸운 것이 못내 불쾌했다. 이렇듯 세상일은 예상하는 대로 돌아가는 법이 없다. 둘 다 힘을 어느 정도 숨긴 채로 겨루긴 했으나, 내가 알지 못하던 좌사의 사부가 존재한다면 이해

못 할 일은 아니다.

어쨌든 좌사의 사부로 추측되는 인물은 교주와 싸우고 마교에서 이탈했다는 독고검마獨孤劍魔다. 내가 독고검마의 이야기를 알고 있는 것은 그가 나보다 먼저 교주를 죽이려 했던 사내이기 때문이다. 이 사내가 어떤 인간이냐? 무려 무림맹주의 무림맹 가입 권유를 받은 마도魔道의 인물이다. 출신은 마도가 확실한데 딱히 살생을 저질렀다거나 악행을 쌓은 것도 없어서 맹주의 입맹 권유를 반대한 주변 사람도 없었다.

물론 제 고집대로 사는 사람이라 무림맹에 들어갈 가능성은 애초에 없었다. 맹주 덕분에 백도의 인사들과도 가끔 교류가 있었는데, 그때 독고검마가 남긴 말이 아주 유명하다. 교주와 왜 다퉜냐는 말에 독고검마가 이르기를. 그저 누가 더 진정한 마도인지 겨뤄봤을 뿐이라는 대답. 색마의 사부치고는 제법 점잖은 사내라서 이해되지 않는 이상한 조합이라는 생각이 들었다.

시간 순서로 따지면 독고검마에 대한 소식이 뜸해지고, 색마가 출현한 것이니 도중에 무슨 사건이 있었다고 봐야 할 터. 마도의 대종사라고 하기엔 세력이 없는 사내고. 세력이 없다고 무시하기엔 일신의 무력이 강력한 사내이며. 마도라고 싸잡아서 낮춰 보기엔 성격이 너무 점잖고. 착하고 순한 인물이라고 보기도 어려운 것이 마교를 탈출할 때 막아서는 교도들을 잔인하게 죽였다는 소문이 있었다. 애초에 마도에서 검마라는 별호는 쉽게 얻을 수 있는 게 아니다.

어쨌든 거물巨物이라는 뜻이다. 나는 여러 가지로 궁리했으나 뾰족한 수가 떠오르지 않아서 큰 방향만 결정해 둔 채로 잠을 청했다.

좌사든 검마든 간에… 하오문으로 거둘 수 없으면 죽일 생각이다. 고민 끝. 물론 그러다가 내가 검마에게 죽을 수도 있다. 하지만 죽음이 두렵다고 해서 품은 뜻을 포기하는 사내, 그것은 내가 아니다.

* * *

꿈에서 나는 무림맹으로 초청되었는데. 맹주와 무림맹의 고수들이 가득한 연회에서 설사약을 몰래 타는 꿈을 꿨다. 한창 신나게 웃으면서 뛰어다니다가 맹주에게 잡혀서 뇌옥에 갇히는 꿈이었다. 왜 내 꿈은 항상 불운한 결말인가? 뇌옥에 갇혀있는데 맹주 놈이 면회를 와서 내게 사식私食을 넣어줬다. 그것을 먹고 배탈이 나서 계속 설사하는 꿈을 꾸다가 눈을 떠보니 어느새 해가 뜬 상태였다.

"꿈의 주제가 인과응보였나?"

나는 얼굴만 대충 씻은 다음에 어제 실패했던 국숫집으로 다시 향했다. 국수를 한 그릇 더 주문하고 나서 기다리는 와중에 깨끗한 옷으로 갈아입은 좌사가 등장했다. 나는 자연스럽게 코를 붙잡았다.

"…밥맛 떨어지게. 똥쟁이 새끼."

좌사가 내 맞은편에 앉더니 팔짱을 끼면서 말했다.

"식사 중이구나. 마지막 식사가 될 수도 있으니 많이 먹어라."

점소이는 탁자에 국수를 내려놓자마자, 좌사에게 물었다.

"몽 공자님, 뭘 드릴까요?"

좌사가 대꾸했다.

"나는 됐다."

"예."

점소이는 우리 둘 사이에 흐르는 살기를 눈치채더니 눈을 크게 뜬 채로 물러났다. 나는 품에서 꺼낸 섬광비수를 탁자에 꽂은 다음에 국수를 먹었다. 좌사가 내게 물었다.

"이상한 게 있어서 하나만 묻자."

나는 후루룩- 소리를 내면서 면을 빨아들이다가 좌사를 노려봤다.

"그게 설사약이 아니고 독약이었으면 내가 죽었을 것 같은데. 도대체 목적이 뭐냐."

나는 어제처럼 대꾸했다.

"그건 알려줄 수가 없어."

좌사가 고민하던 것을 내게 물었다.

"혹시 내게 여자를 뺏겼느냐? 그런 것이면 네 행동을 이해할 수 있다만."

"지랄을 해라."

"맞나 보군. 그게 아니면 내게 원한을 품을 리가 없지. 그 팔 부러진 놈을 보내 내 행적도 살펴보고 말이야. 맞지?"

나는 귀찮아서 대충 대답했다.

"맞다 치자."

국수를 다 먹을 때까지도 좌사는 기습을 하지 않았다. 나는 좌사에게 물었다.

"빙공을 익혔던데 제대로 쓰지 않더군. 한적한 곳이 있으면 안내해라. 어제 보여주지 못한 실력 차이를 제대로 깨닫게 해줄 테니."

"가자."

우리 둘은 아무 말 없이 백응지를 벗어나서 한가하고 고즈넉한 작은 마을에 들어섰다. 담벼락이 높게 솟은 집 한 채를 좌사가 가리켰다.

"오해하지 말고 들어라. 사부님이 계신 집이다. 네가 이해할까 모르겠다만 어차피 후배들 싸움에 개입하실 분이 아니다. 겁이 나면 다른 곳으로 안내하마."

나는 좌사를 바라봤다. 하지만 이것이 계략이라도 나는 어쩔 수가 없다. 궁금한 것은 참기가 어렵기 때문이다.

"안내해라."

정말 검마가 있고, 그가 싸움에 개입한다면 일단 튀는 수밖에 없다. 하지만 정말 검마라면 좌사의 말대로 싸움에 개입하지 않을 것 같다는 생각이 들었다. 좌사와 집에 들어가 보니… 처음 보는 중년인이 평상에 앉아서 비수로 목검을 다듬고 있었다. 좌사가 말했다.

"사부님, 이곳에서 비무 좀 해도 되겠습니까?"

중년인이 나를 힐끔 쳐다보더니 좌사에게 말했다.

"편할 대로 해라."

나는 검마의 얼굴을 모른다. 평상에 앉아있는 중년인의 얼굴은 나이를 짐작하기 어려웠으나 흰머리가 약간 섞여있고, 매우 영민해 보이는 인상을 가지고 있었다. 소탈해 보이면서도 깐깐한 면이 있을 것 같은 복잡한 인상의 사내였다. 목검을 만드는 게 중요한 일인 것처럼 내게도 별다른 신경을 쓰지 않고 있었다. 어찌 보면 방약무인傍若無人 그 자체의 인간이었다. 내가 인사도 없이 짧막하게 한숨을 내쉬자, 중년인이 내게 말했다.

"죽여도 탓하지 않을 터이니 마음껏 싸워라."

나는 이 말을 듣자마자, 좌사의 사부가 독고검마임을 확신했다. 독고검마가 나를 너무 낮춰 보는 것 같아서 분위기를 살살 달궈보았다.

"이 햇병아리는 내 상대가 될 수 없으니 선배랑 한번 붙어보겠소."

검마가 어리둥절한 표정으로 목검을 내려놓았다.

"나랑?"

좌사가 싸늘한 어조로 말했다.

"미쳤느냐?"

나는 뒷짐을 진 채로 좌사의 말에 대꾸했다.

"똥싸개는 닥쳐라."

검마는 그제야 나를 뚫어지라 쳐다봤다. 기도를 살피는 것 같아서 나는 최대한 기도를 숨겼다. 검마가 미간을 좁히면서 말했다.

"대체 사문이 어디인가? 내가 모르는 문파는 천하에 몇 없을 것인데."

"알려줄 수 없소."

검마는 침착한 어조로 무섭게 느껴지리만큼 솔직한 말을 내게 전했다.

"힘써 정진하면 나와 자웅을 겨룰 수 있을 것이나 지금은 무리다. 나 또한 부상에서 회복하는 중이라 함부로 겨루는 것은 옳지 않다. 몽랑과 당장 겨룰 마음이 없으면 이리 와서 앉아라."

좌사가 당황한 어조로 말했다.

"사부님?"

검마가 좌사에게 말했다.

"이놈은 겁이 없는 관상이다. 앞으로 자주 겨루게 될 터이니 성급할 필요 없다. 가서 차나 좀 내오너라. 그동안에 젊은 불청객의 사문을 한번 맞혀봐야겠다."

좌사는 무어라 대꾸하려다가, 사부의 말을 들었다.

"알겠습니다."

내가 평상에 앉자, 검마는 자신의 까칠한 수염을 쓰다듬으면서 미소를 지었다.

"당황스럽군."

당황스럽겠지. 대체 세상의 어떤 고수가 내 사문을 맞힐 수 있겠는가? 하지만 나도 검마의 분위기, 눈빛, 사고방식, 어조를 종합해서 실로 보기 드문 광인이라는 것을 깨달았다. 심지어 그 광인의 분위기에 도가道家적인 색채가 담겨있어 더욱 놀라웠다. 검마는 나를 앞에 두고 자신의 이마를 긁으면서 말했다.

"사문을 밝히지 않을 생각이지?"

"그렇소."

"그렇겠지."

대체 이 사내는 내게서 무엇을 보고 있을까. 내 기분도 묘하긴 마찬가지였다. 교주와 싸워서 살아남은 사내를 만난 것이기 때문. 정작 나도 사람을 출신으로 대하지 않고, 전반적인 완성도로 가늠하기 때문에 검마는 인상적인 사내였다. 검마가 내 의표를 찌르듯이 점잖은 어조로 말했다.

"저놈이 자네의 찻잔에 설사약이나 아니면 그와 비슷한 독약을 발랐을 것이다."

"어째서 그렇게 생각하시오?"

검마가 손가락으로 안쪽을 가리키면서 말했다.

"차를 내올 시간이 지났다."

"일리 있소. 하지만 정작 차가 나왔을 때는 찻잔이 깨끗할 거요."

검마는 알고 있으면서도 굳이 내게 물었다.

"어째서."

"우리 말을 엿듣고 지금 찻잔을 바꿨을 테니까."

검마가 고개를 끄덕였다.

"옳다."

잠시 후 졸지에 차 심부름을 하게 된 좌사가 평상에 다구를 내려놓으면서 말했다.

"설사약 없으니 편히 드십시오. 사부님."

좌사가 나를 손가락으로 가리켰다.

"너도 편히 마셔라."

나는 고개를 끄덕이면서 대꾸했다.

"오냐. 네가 어제오늘 고생이 많다."

우리 셋은 일단 차를 한 잔씩 마셨다. 별일 없는 날에 마시는 평범한 차였다. 나는 두 사람을 보다가 평온해 보이는 집도 훑어봤다. 그러다가 새삼스럽게 평상에 앉은 자들의 면모를 살펴보니… 우리는 검마劍魔, 색마色魔 그리고 광마狂魔였다.

89.
고요하고
살벌한 문답

찻잔을 내려놓은 검마가 말했다.

"밝히기 싫어하는 사문을 억지로 말할 필요는 없지. 하지만 서로 궁금한 점을 물어보고 대답을 하다가 정말 알고 싶은 것이 생기면 정보를 교환하는 것이 어떤가. 점진적으로 말일세. 일단은 서로에 대해 알아야 할 테니까."

"순차적인 문답을 하자는 거요?"

"그러하네."

"그럽시다."

"궁금한 게 있으면 물어보게."

막상 물어보려고 하니, 물어볼 게 너무 많았다. 잠시 질문의 우선순위를 정리해야만 했다. 내가 고민을 거듭하자, 좌사가 끼어들었다.

"사부님, 저도 적절하게 끼어도 되겠습니까."

"그리해라."

"감사합니다."

우리 셋은 위, 촉, 오의 장수들이 회담하는 것처럼 할 말을 골랐다. 나는 첫 번째 질문을 검마에게 했다.

"왜 이런 똥싸개를 가르치고 계시오."

검마가 차분하게 대꾸했다.

"다음 시대 천마天魔로 만들어 볼 생각이네. 대답이 되었나?"

순간 나는 검마에게 일장을 한 대 얻어맞은 느낌을 받았다. 예상했던 답변이 아니었기 때문이다. 검마와 내가 좌사를 바라보자, 좌사는 고개를 저었다.

"저는 넘어가겠습니다."

나중에 광명좌사가 되는 놈도 사부 앞에서는 순한 양이었다. 검마가 고개를 끄덕였다가 내게 질문을 던졌다.

"자네는 백도도 아니고, 흑도도 아닌 것 같군. 마도라면 더더욱 내가 모를 수가 없지. 따라서 자네 사문은 서장이나 삼재라 불리는 세 명의 고수. 혹은 나도 믿기 어렵지만, 독학을 한 것 같구나."

나는 속으로 욕을 삼켰다. 이미 팔뚝에 닭살이 올라온 상태. 어찌 내 무공을 보지도 않고 범위를 좁힐 수 있는 것인지가 신기했다. 검마가 대답을 요구했다.

"내 예상이 맞느냐?"

"맞소."

나는 최대한 간략하게 대꾸했다. 그래야 문답이 길어지고, 내가 알아낼 게 많아지기 때문이다. 나는 검마의 목검과 좌사를 바라보다가 질문했다.

"대체 뭘 가르치고 계시오. 똥싸개는 빙공을 익혔고, 선배는 검을 익힌 것 같은데."

검마가 좌사를 가리켰다.

"빙공은 나를 만나기 전에 익힌 것이다. 이놈을 봐라. 가르칠 게 많은 미숙한 놈이다. 내가 검을 잘 다룬다고 해서 이놈도 검을 잘 다루리라는 보장은 없겠지. 싸우기도 전에 설사약을 먹는 놈이니 내가 가르칠 게 얼마나 많이 있겠느냐? 각자 잘할 수 있는 것을 더 깊게 수련하는 것이 낫겠지."

검마의 말은 딱히 반박할 구석이 없었다.

'얄미운 새끼네. 이거.'

나는 어쩔 수 없이 고개를 끄덕였다. 이번에는 검마가 질문을 던졌다.

"가장 자신 있는 무공이 무엇이냐. 손에 굳은살이 적구나."

내가 허리에 흑묘아를 차고 있는데도, 검마는 나를 도객刀客으로 보지 않았다. 문득 나는 이 자리에서 거짓말이 소용없다는 것을 알았다. 대체로 검마가 거짓과 진실을 순식간에 판별할 수 있기 때문이다. 나는 내 식대로 대답했다.

"여러 가지 무공을 익혔기에 한 가지만 고집해서 싸우지 않소. 이것저것 다 자신이 있으니 상황에 맞게."

검마가 덤덤한 표정으로 고개를 끄덕였다.

"특출난 게 없다는 뜻이군."

나는 짤막하게 한숨을 내쉬었다. 검마가 방금 검을 한 번 휘둘러서 내 팔을 벤 느낌이었기 때문이다. 검마가 내게 손을 내밀었다.

"질문하게."

나는 백도 지역에서 머무르고 있는 검마의 목적을 알아내기 위해 포괄적인 질문을 던졌다.

"마도의 인물이 여기서 뭐 하시는 거요?"

검마는 질문의 의도를 헤아리다가 대꾸했다.

"맹주와 겨뤄보려고 대기하는 중이다. 아무 때나 겨룰 수 있는 사내가 아닐 테니 내가 더 기다려야겠지. 부상도 회복할 겸."

이제 딱히 놀랍지도 않았다. 나는 머리를 긁다가 고개를 끄덕였다. 깔끔하게 반격을 펼친 검마가 재차 공격을 감행했다.

"자네는 나를 처음 봤고. 내 제자는 그전부터 알고 있는 것 같은데 제자에게 원하는 게 무엇인가. 독약을 먹이지 않았다면 원하는 게 있다는 말인데."

나는 잠시 검마를 노려봤다. 이놈이 갑자기 환영검이라도 쓰는 것일까? 나는 갑자기 검마가 내보낸 무형의 검들이 내 주위를 완벽하게 포위하고 있다는 느낌을 받았다. 거짓을 말하면 무형의 검이 내 몸에 꽂힐 것 같은 형국. 문답인지 알았더니 거의 목숨을 내놓고 겨루는 양상으로 흘러갔다. 심지어 좌사도 평범한 문답이 아님을 깨달은 눈치였다. 나는 고민이 길지 않은 사내라서 정확하게 진실만 말했다. 아귀가 맞지 않는 이야기는 나중에 고민할 생각이었다.

"원하는 것은 빙공."

검마의 표정이 순식간에 변하면서 나를 감싸고 있는 무형의 검들이 일제히 사라졌다. 검마와 좌사는 의혹에 찬 표정으로 나를 물끄러미 바라봤다. 나는 될 대로 되라는 심정으로 검마에게 물었다.

"왜 이놈을 제자로 받았소? 여자를 무척 밝히던데."

"여자를 밝히는 것은 본성이고, 본성은 부모로부터 물려받는 부분이 있다. 아마 제 아비를 닮았겠지. 부모의 본성을 경계하면서 살아가는 자식이 있는 반면에 이놈처럼 그렇지 않은 놈도 있기 마련이야. 무공을 익히는 자질은 보기 드물게 뛰어나다."

좌사가 놀라운 점은 반전이 없는 놈이라는 점이다. 이놈은 검마도 인정하는 태생부터 색마인 똥싸개였다. 좌사가 별다른 부정을 하지 않자, 검마가 멋쩍은 표정으로 말했다.

"여자를 밝히는 것은 막지 않았다. 다만 여자를 다치게 하지 말고, 모욕적인 언행을 삼가라는 말은 해두었지. 그래도 여러 여자를 갈아치우다가 결국 문제가 생기긴 할 것이다. 반반한 얼굴만 보고 따르는 순진한 처자들이 늘어나면 그제야 이놈도 자신의 운명을 깨닫겠지."

검마는 미래까지 예언하는 수준으로 내 질문에 답했다. 가만히 듣고 있었던 좌사가 검마에게 조심스럽게 물었다.

"사부님, 그 운명이라는 것이 뭔가요?"

"그 운명이라는 것은."

"예."

"나도 알 수가 없다. 다만 네가 정말 좋아하는 여인이 생겼을 때, 그 여인은 네 평판 때문에 너를 벌레처럼 쳐다볼 확률이 크다는 점이겠지. 당장은 네가 여러 여인과 잠자리를 갖는 것에 기쁨을 느끼겠으나 정이라는 것은 그렇게 단순하고 쉬운 문제가 아니다. 하지만 내가 이렇게 말하는 것도 소귀에 경을 읽는 것이니 너는 너 하고 싶은 대로 살아갈 것이다. 그것이 운명이고."

검마의 공격에 좌사가 구석으로 찌그러졌다. 나는 좌사가 중상을 입은 것처럼 보여서 일부러 코웃음을 쳐서 비웃었다.

'똥쟁이 새끼는 짜져있어.'

다시 검마와 내가 자웅을 겨룰 시간이다. 검마가 내게 물었다.

"내가 질문할 차례로군. 빙공을 얻으려는 이유는?"

나는 잠시 이마를 긁었다. 이제 검마가 공격할 때마다 초식이 눈에 보였다. 이것은 정권 지르기 같은 질문이었다. 딱히 피할 방도가 없어서 정직하게 막았다.

"교주를 죽이려고."

방어에 성공했는데도 궁지에 몰린 느낌이 살짝 더러웠다. 고민하다가 칼부림을 하는 심정으로 질문했다.

"맹주와 자웅을 겨루려는 의도가 무엇이오."

이번에는 검마가 팔짱을 꼈다.

"너무 당연한 질문을 하는군. 그러나 자네가 나를 모른다면 충분히 궁금하게 여길 만한 질문이네."

"그렇소."

"강호에 발을 디뎌 큰 싸움을 열 번 이상 하는 사내는 그리 대단한 실력자가 아니네."

나는 규칙을 무시하듯이 추임새를 넣었다.

"어째서 그렇소."

"꺾어야 할 사내가 열 명이나 있다는 뜻이 아닌가. 수련하다가 천하의 강자를 만나면 자웅을 겨루고. 운이 좋아 살아남으면 다시 오래 수련하고. 다음 강자를 찾다 보면 사실 열 명과 차례대로 겨루는 것도 시간이 부족한 편이지. 그 강자 중에 교주가 있었고, 다음에는 맹주가 내 관심을 끌었을 뿐이다."

나는 잠시 검마의 광오狂傲한 대답에 놀라서 입을 다물었다. 검마가 말을 덧붙였다.

"그것이 내가 생각하는 마魔다."

이 사내는 검劍으로 구도자의 길을 걷고 있는 마귀였다. 이번에는 검마의 질문 차례.

"단순히 빙공을 얻는다고 교주를 죽일 수 있을 것 같지는 않은데 복안이 있나?"

이 질문에 대한 대답은 간단해서 생각대로 말했다.

"중요한 것은 죽일 놈에 대한 살의殺意를 품는 것이라서 결과는 상관없소."

검마가 미간을 좁힌 채로 나를 노려봤다. 마치 내 말을 곱씹는 표정이었다.

"질문하게."

나는 뜬금없이 구양무극의 여덟 가지 초식 중에서 여섯 번째 단계였던 목검식木劍式이 떠올랐다. 검마가 목검을 지니고 있었기 때문이다. 나는 다섯 번째 단계인 뇌검식雷劍式부터 포기했는데, 검마가 목검을 쥐고 있으니 자연스럽게 궁금해질 수밖에. 구양무극과 독고검마가 같은 사문은 아니겠지만 검객끼리 통하는 게 있으리라 생각해서 이런 질문을 던졌다.

"그 목검은 선배의 경지를 나타내고 있소?"

"묘한 질문이군. 목검은 근래 내 화두일세. 경지라… 그것도 어쩌면 맞는 말이겠군. 아직 목검을 정복하지 못했으니 말이야. 대답이 되었나?"

기성자의 설명을 읽지 못했더라면 이해하지 못했을 답변이었다. 그러나 무극검법에 대한 짤막한 해설을 봤기에 검마의 경지를 대략이나마 추측할 수 있었다. 검마가 실로 현실적인 질문을 던졌다.

"내 제자가 빙공을 가르쳐 줄 이유가 없는데 자네는 어떻게 얻을 셈인가?"

나는 별생각 없이 대꾸했다.

"얻지 못하면 스스로 깨우칠 수밖에."

검마가 코웃음을 치더니 고개를 끄덕이면서 말했다.

"문답은 끝났네. 자네 사문을 내가 먼저 알아냈으니."

나는 그저 '아, 이런 식인가?' 하는 생각이 들었다. 너무 해괴한 문답비무라서 그렇다.

"내 사문이 어디인 것 같소?"

검마가 대꾸했다.

"몇 명에게 영향은 받았을 것이나 자네는 확실한 스승이 없는 사람이야. 기본적으로 홀로 일어서는 개파조사나 대종사들이 그런 편이지. 성향, 성격, 사고방식 모두 홀로 독립하는 사내라고 할 수 있네. 빙공을 얻으려는 것도 빙공 자체가 필요한 것이 아니라, 다음 단계를 탐색하기 위한 무학의 정보라서 필요한 것이겠지. 어쨌든 극음의 무공도 무학의 큰 줄기일 테니까. 무공을 창안하는 사람의 특징이 보통 그러하네. 사문은 없고, 독학이라 보는 것이 타당하네. 나이가 젊어서 이것저것 배운 것을 써먹고 있겠지만 정진하다 보면 자네

만의 무공을 사용할 날이 올 것이네."

나는 회귀하고 나서 처음으로 말문이 막혔다. 나처럼 수다스러운 놈이 말문이 막힌 거면 이는 심각한 상황이다. 검마가 확인하듯이 물었다.

"내 예상이 틀렸나?"

"맞소."

"보기 드문 성향은 그 자체로 귀한 것이지."

검마는 별로 기뻐하는 내색도 없이 고개를 끄덕이다가 좌사를 바라봤다.

"내 제자가 자네에게 죄를 지은 것이 있으면 용서해 주게. 살려놓았으니 죽일 죄는 아니었을 테지. 가르치는 사람이 부족한 탓이네. 만약 용서를 해주겠다면 자네도 종종 무공을 익히다가 막히거나 물어보고 싶은 게 있으면 날 찾아오게."

"…"

검마의 말이 이어졌다.

"더군다나 내 제자에게 빙공은 가문의 혼과 같은 것. 제자가 마음이 바뀌어서 빙공을 전할 수는 있어도, 그의 목숨을 뺏는다고 빙공을 얻지는 못할 것이네. 다만, 우연인지 천운인지는 몰라도 두 사람 모두 교주를 죽이고 싶어 하는군. 오늘은 그것을 확인한 것으로 넘어가는 게 어떻겠나."

나는 실로 놀란 마음으로 좌사를 주시했다. 똥싸개 놈은 별다른 표정 변화가 없었다. 검마의 말이 놀랍지 않다는 반응이었다.

'네가 교주를?'

나는 좌사를 바라보다가 만장애에서 내보인 놈의 행동과 말투, 표정을 떠올렸다. 그리고 이런 결론을 내렸다.

'이 새끼, 천옥을 처먹으려고 그렇게 똥줄 타게 쫓아왔었구나.'

색마는 색마다, 라는 것에는 반전이 없었으나. 이놈은 애초에 천옥을 회수해서 교주에게 바칠 놈이 아니었다는 것이 반전이었다. 애초에 천옥 같은 희귀한 영약을 남에게 줄 위인이 아니었던 셈이다. 내가 천마신교의 정예 백 명을 때려죽인 것도… 좌사가 뒤늦게 따라오면서 방관했다는 뜻이 된다. 끝까지 내 목숨에는 관심이 없고, 천옥만 회수하면 된다는 말은 오롯하게 좌사의 생각이었던 셈이다. 더군다나 옥화궁이라는 세력이 천마신교에게 박살이 났다면 그 후예가 복수를 꿈꾸는 것은 오히려 더 자연스러운 일이다. 좌사가 떨떠름한 표정으로 말했다.

"사부님."

검마가 바로 대꾸했다.

"너는."

"예."

"설사약에 당한 것은 마음에 담아두지 말고, 독약을 먹지 않은 것을 그저 운이 좋았다고 생각해라. 승부의 전개가 훨씬 비정하게 흘러갔다면 너는 어제 죽었어. 못난 놈, 그토록 조심하라 일렀거늘."

좌사가 당황한 표정으로 대꾸했다.

"그것은 제자가 깊이 생각하겠습니다."

검마가 손가락질을 하면서 마무리 공격을 펼쳤다.

"네가 그저 운만 좋아서 살았던 게 아니다. 이자가 네게 얻을 것이 있어서 네가 살아있는 것이다. 가문의 빙공이 너를 살린 셈이지. 언제까지 네가 술이나 퍼마시고 처자들을 희롱할 것인지 나도 궁금하구나."

좌사가 고개를 푹 숙인 채로 머리를 쥐어뜯더니 놀랍게도 이렇게 대꾸했다.

"수련을 더욱 열심히 하겠습니다."

"여자는."

"여자도 열심히…"

검마가 목검을 움직이자, 빡- 소리가 들리더니 평상에서 떨어진 좌사가 바닥을 떼굴떼굴 굴렀다. 나는 팔짱을 낀 채로 좌사를 바라봤다. 솔직히 내심 감탄하고 있었다.

'거, 똥쟁이 새끼. 진짜 대단하네.'

나는 검마를 물끄러미 바라보다가, 순수한 마음으로 위로했다.

"고생이 많습니다."

검마가 어쩌면 전생에 화병으로 죽은 것이 아닐까 의심했다. 새삼스럽게 마당의 풍광을 둘러보니 우리는.

검으로 구도자의 길을 걷는 검마.

색마는 색마.

그리고 나는 광마다.

셋 다 본질에 충실한 별호를 가지고 있었다.

90.
사내의 결심이 오성이다

정리하면 이렇다. 검마는 아직 맹주와 겨루지 않은 상태. 맹주와 겨루고 나서 그 이후에 맹주의 입맹 권유를 받는 모양이다. 그것이 언제인지는 나도 알 수가 없다. 검마가 맹주와 겨루고 나서 수련을 한 다음에 또 다른 강자를 찾아갔다고 가정하면, 그때부터 검마의 소식이 끊어진 것이라 봐도 무방할 터.

목검으로 후려 패는 검마가 사라지고 나서 제자인 좌사 놈이 폭주했다가 색마로 몰리고, 교주를 죽이기 위해 입교를 했던 것이라면 얼추 상황이 정리된다. 사실 문답비무는 끝이 났다. 그러나 나는 궁금한 것이 있으면 물어보라는 검마의 말에 바로 질문을 던졌다.

"후배가 얻은 특이한 무공 책자에 뇌검식이라는 경지가 적혀있는데 선배께선 어떻게 생각하시오."

검마가 슬쩍 웃었다. 내가 겸양 떠는 것도 없이 바로 무공에 대한 것을 묻자, 웃기기도 하고 신기한 모양이었다. 검마가 대꾸했다.

"뇌검식에 뭐라고 적혀있던가? 설명이 있을 터인데."

"검기가 뇌우로 변한다."

"…끝인가?"

나는 고개를 끄덕였다.

'역시 나만 이상하게 생각하는 건 아니었군.'

검마도 살짝 당황할 정도로 간략한 내용이었으니, 대체 누가 무극검법을 배울 수 있겠는가. 하지만 검마는 내게 전후 과정을 더 물었다.

"뇌검식이 경지의 이름이라면 그 전이나 후는 무엇이지?"

나는 잠시 호흡을 가다듬었다. 말을 해줘야 하는지 잠시 고민했으나 어차피 내가 가르침을 청하는 순간이다. 당연히 말을 하는 것이 옳다.

"단계가 나뉘어 있는데 순서대로 언급하면 장검식, 단검식, 만검식, 발검식 다음이 뇌검식이라 했소."

"다음은?"

"목검식, 기검식, 무극식."

잠시 고민하던 검마가 고개를 끄덕였다.

"체계적이군. 검을 익히다가 도달할 수 있는 경지에 이름을 붙인 것이고 동시에 검법을 복잡한 초식으로 생각하지 않은 것도 특이하군. 무극식은 아무래도 그 검법을 창안한 사람의 가장 강력한 절기라고 봐야겠지. 하지만 이렇게 핵심만 간단하게 구분하는 문파는 들어본 적이 없네. 최소한 일백 년은 거슬러 올라가는 시대의 고수 같군."

"그럴 거요."

목검에 맞아서 이마가 부어오른 좌사도 다시 평상에 얌전히 앉았다. 검마가 생각에 잠겨있었기에, 나도 팔짱을 낀 채로 잠시 눈을 감았다. 우리 셋은 기성자가 던진 물음에 대해 각자 생각했다. 검마가 말했다.

"내 의견을 말해주겠네."

나는 눈을 떴다. 검마의 말이 이어졌다.

"어디까지나 내 추측이니 참고만 하게. 뇌검식이라는 말에 구애될 필요 없네. 이 선배는 아마 극양의 내공을 쌓았을 것이다. 당연히 검기가 극성으로 치달아서 폭발하는 형태로 적을 공격했다면 그에 적합한 이름을 붙였을 테지. 기氣는 보통 자연의 모습과 흡사할 때가 많으니 형상에 따라 뇌검雷劍이라 부른 것이고. 하지만 반드시 뇌우처럼 보이는 검기를 사용할 필요는 없다는 뜻이네. 이해했나?"

"이해했소."

"목검식도 설명해 주게."

나는 바로 대답했다.

"장검식부터 뇌검식까지, 목검으로 펼칠 수 있는 경지."

검마가 감탄하는 표정을 지었다.

"아… 마치 내 상태를 말하는 것 같군. 기검식은 그렇다면 목검 없이 기의 형태로 다루는 것인가?"

나는 영민한 사내를 향해 고개를 끄덕였다. 검마가 미간을 찌푸리면서 중얼거렸다.

"목검이 끝이 아니로구나. 이 검법은 옛 천하제일인의 무공이라도 되는가?"

"그건 모르겠소. 구양무극의 검법이라 하던데 처음 듣는 이름이라서."

검마가 고개를 끄덕였다.

"아무래도 백도의 고수 같군. 내가 나중에 맹주에게 물어본 다음에 적절한 정보를 얻어내면 자네에게도 알려주겠네."

검마의 말을 듣고 보니 나도 고개가 끄덕여졌다. 맹주는 아마 알 것이다. 맹이라는 단체의 기록이 워낙 철저하기 때문이다. 나는 내 경지가 뇌검식에 가로막혀 있지 않다는 것을 알았다. 이것은 그저 내공의 문제다. 현재 천옥의 힘을 끌어다가 내공을 쌓고 있었기 때문에 시간이 흐르면 자연스레 뇌검식은 사용할 수 있다는 뜻이다. 물론 나는 검을 깊이 익힌 적이 없고, 검으로 기를 다룬 적도 많지 않았기 때문에 그 검기의 외형이 뇌우와 흡사하진 않을 것이다. 검마는 그것이 상관없다는 점을 내게 설명해 줬다. 그러다 문득 나는 매화나무를 떠올렸다.

'검기가 매화처럼 흩날리면 모를까…'

매화와 뇌우는 우열을 가리는 비교 대상이 될 수 없다. 그저 사람의 성향에 따른 특징이 될 터였다. 결국에 무극검법의 뇌검식을 내 식대로 해석하면 매화검식梅花劍式 정도가 될 것이고, 이것을 다시 금구소요공의 염계와 조합하면 매화향梅花香이 될 터였다. 다만 그 검식의 위력이 벼락이 꽂히는 것만큼 강렬해야 의미 있는 초식이 될 터였다.

대화는 주로 검마와 내가 나눴으나 옆에 있는 좌사도 상념에 빠져

있었다. 그는 검을 사용하지 않으니 빙공을 토대로 사부와 내 말을 재해석하고 있을 터였다. 검마가 실로 오묘한 시점에서 이런 말을 꺼냈다.

"후배, 내 본명은 의미가 사라진 지 오래되어 사용하지 않네."

무슨 말인가 했더니 내 정체를 밝히라는 말이다. 나는 검마에게 가장 중요한 정체를 밝혔다.

"하오문주 이자하요."

"하오문은 자네가 만들었나?"

내가 고개를 끄덕이자, 검마가 제자에게 말했다.

"너는 앞으로 하오문에 속한 자들을 건드리거나 네 가벼운 언행으로 모욕을 주지 말도록. 문주와 분쟁이 벌어질 거다. 특히 여인은 더더욱 조심하고."

좌사가 눈치를 보다가 대꾸했다.

"알겠습니다."

검마가 턱을 괴더니 솔직한 표현으로 축객령을 내렸다.

"오늘 문주가 건넨 말 때문에 밤새 잠을 이루지 못하겠군. 즐겁게 고민을 해볼 터이니 제자와 하오문주는 내가 혼자 있을 시간을 주게나."

검마가 나를 바라봤다.

"문주, 우리는 또 볼 수 있겠나?"

나는 고개를 끄덕이다가 대꾸했다.

"선배와 나는 앞으로 할 이야기가 많을 것 같소."

시종일관 침착한 표정을 유지하던 검마가 입매를 살짝 올렸다.

"또 보세."

말투는 점잖았으나, 격식을 따지는 유형은 아니었다. 검마가 일어나서 뒷짐을 진 채로 좌사에게도 작별을 고했다.

"너도 얻은 게 있을 테니 오늘은 얌전히 집에 틀어박혀 있어라. 네가 풍기는 술 냄새에 깨달음이라는 놈이 문 앞까지 찾아왔다가 도망을 칠 것이다."

보아하니, 큰 틀에서 가르침을 주고 좌사가 홀로 깨닫는 방식의 스승과 제자처럼 보였다. 이런 방식의 교육이 가능한 것은 좌사가 이미 고수이기 때문이다. 셋 다 무뚝뚝한 사내들이라서 우리는 살가운 말도 없이 대충 헤어졌다. 하지만 나는 좌사와 바깥으로 나오자마자, 당연하다는 것처럼 서로를 노려봤다. 좌사가 내게 가라앉은 어조로 말했다.

"촌뜨기, 운 좋은 줄 알아라. 사부님의 가르침까지 받다니."

나는 좌사에게 대꾸했다.

"똥싸개, 누가 운이 좋았는지 확인해 볼 테냐."

이때, 집 안에서 검마의 묵직한 목소리가 들렸다.

"할 말이 있으니 똥싸개는 다시 들어오너라."

좌사는 분위기를 달구다 말고, 급히 집으로 들어갔다.

"부르셨습니까, 사부님."

싸울 상대를 잃은 나는 몇 번 입맛을 다시다가 어쩔 수 없이 돌아섰다. 숙소로 돌아가면서 나는 이내 똥싸개를 머리에서 지운 다음에 검마와 나눴던 대화를 복기했다. 당장 빙공을 얻진 못했으나, 대신에 검을 얻은 느낌이다. 나는 전생에 검을 자주 다루지 않았다.

검마의 기준에 따르면 특출난 무공이 없다는 게 아마 맞을 것이다. 남의 지적이 속이 쓰리다면 받아들이는 것이 맞다. 사실 가장 자신 있는 무공을 꼽으라면 광승이 내게 건넸던 정체불명의 봉, 부러지지 않는 신념을 지닌 채로 펼친 무공들이다. 하지만 그것은 봉이 미치도록 단단했기에 얻었던 이점일 것이다.

검마의 경지가 나보다 슬쩍 높아 보이는 것도 못내 불쾌한 상황. 하지만 회귀한 이후의 시간이 극히 짧았으므로 전체적인 무공 발전 속도로 보면 내가 비정상적으로 빠르게 강해진 게 맞다. 고로, 서두르거나 남과 비교할 필요는 없다. 기성자의 의견 중에서 협객에 대한 것은 일부러 묻지 않았다.

검마는 걷고 있는 길이 다르다. 어쩌면 협객과 전혀 어울리지 않는 길을 걷는 사내이기에 그가 마도의 한 축이라는 생각이 들었다. 협俠에는 관심이 적고, 오로지 무武만 추구하는 사내. 이것이 어쩌면 굉장히 오래된 마도가 아닐까 하는 생각이 들었다. 도道라는 것도 본래 어디서 어디까지가 범위라고 단정할 수 없는 법. 검마 정도 되는 사내가 자신을 마도라 칭했으면 그가 마도인 것이다.

다만 나는… 누가 진정한 마도인지 가리기 위해 교주와 겨뤄봤다는 말이 마음에 쏙 들었다. 검마를 직접 만나고서야 그 말에 대한 의미를 이해할 수 있게 되었다. 사내라면, 저 정도는 되어야지… 이런 생각이 가슴에서 내내 휘몰아쳤다.

* * *

검마가 평상에서 한숨을 내쉬었다.

"제자야."

"예."

"둘을 동시에 내보낸 것은 내 실수다. 괜히 또 한바탕할 것 같아서 다시 불렀다."

좌사가 착잡한 표정으로 고개를 끄덕였다.

"사실 한바탕했을 것 같습니다."

"몽랑아."

"말씀하십시오, 사부님."

"나는 개인적이고 이기적인 사람이다. 네게 시간을 할애하는 것이 내겐 쉬운 일이 아니다. 본성이 사교적인 너는 이해하기 어려울 것이다."

"아닙니다. 이해하고 있습니다."

"근래 수련하는 것에 흥미를 잃었느냐?"

"벽을 마주하는 느낌이라 사실 그렇습니다."

"수련하다가 벽에 막히는 것은 무공을 익히는 자라면 누구나 경험하는 현상이다."

"그렇겠지요."

"그것을 어떻게 극복할 것이냐, 문제를 어떻게 바라보고 해결할 것이냐, 실은 그것이 강호인들이 말하는 오성悟性이다. 오성이 뛰어나다는 말을 그저 무공 습득이 빠른 것으로 착각하는 자들이 많은데 그렇지 않아. 천재적인 암기력, 분석력, 습득력, 이해력 같은 것은 오성이 아니라 그냥 똑똑한 것이다. 부모로부터 주어지는 선물과도 같은 것이지. 너처럼…"

"…"

"술 마시지 마라, 여인을 멀리해라, 이것은 이렇고 저것은 저렇다. 내가 너를 가르치는데도 스승 없이 강해지고 있는 네 또래의 하오문주를 보면 무슨 생각이 드느냐? 너는 어렸을 때부터 천재라는 소리를 들었는데 과연 네가 이자하라는 녀석보다 오성이 뛰어난 것이냐?"

"오성까진 모르겠습니다."

"아까 하는 말을 들었겠지. 저 녀석은 지금 무공을 새롭게 창안하겠다고 돌아다니고 있다. 하오문이 뭐 하는 문파인지는 모르겠으나 저놈의 목적은 일단 무공이다. 철저하게 준비되었을 때 교주를 죽이러 가겠지. 하지만 본인도 쉽지 않다는 것을 알고 있더구나. 그때 저 녀석이 한 말을 기억하느냐?"

"예."

"뭐였느냐."

"중요한 것은 죽일 놈에 대한 살의를 품는 것이라 했습니다."

"너는 여자를 품으면서 수련하고, 저 녀석은 살의를 품은 채로 수련을 하는구나. 일 년이 흐르고, 이 년이 흘러서 다시 저놈과 대문 앞에서 말다툼하고 신경전을 벌일 때. 네가 지금처럼 당당하게 하오문주를 대할 수 있을까?"

좌사는 시무룩한 표정으로 듣기만 했다.

"…"

"제자야, 길게 보아라. 말장난이 아니라 네게 닥칠 미래를 생각하란 말이다. 네게 설사약을 먹인 놈이 너보다 훨씬 강해진다면 너는 그 부끄러움을 안고 어찌 살아가려고. 천재라 불리던 네가 그 치욕을 감당하겠느냐? 저놈이 갑자기 네 앞에 나타난 것은 복이다. 강호는 늘 그랬다. 맞수가 있어야 더 강해지는 법."

"예."

"오성이 뛰어나서 쉽게 강해지는 사람. 그게 너다."

"예."

"하지만 이자하가 너를 꺾는다면 그 오성이 무슨 소용이냐? 젊은 놈이 내게 기도를 감추겠다고 대화하는 내내 조심스러워하는 모습을 보고 몇 차례나 한숨을 내쉴 뻔했다. 이런 조심성은 대체 누가 알려줬을까. 돌아가서 너도 고민해 보아라. 일 년 후 이자하를 꺾을 방법은 무엇인지. 이삼 년 후 이자하는 어떻게 꺾을 것인지. 저 대책 없는 살의를 넘어서는 방법론은 무엇인지. 결국에는 그 마음가짐과 사내의 결심 자체가 오성이다."

좌사는 평상에서 내려와서 검마에게 절을 올렸다.

"깊이 생각해 보겠습니다. 사부님."

"나도 깨달음의 단서를 붙잡기 위해 며칠 명상을 할 터이니 그리 알고."

"예."

"자세히 살펴보니 광기를 억누르고 있는 놈이니까 섣불리 싸우지 말도록. 촌뜨기라 부르면 똥싸개라는 말을 듣고. 문주라 불러줘야 선배라는 말이 나올까 말까 하는 성질 더러운 놈이다. 미친개는 건드리는 것이 아니다. 교주를 죽이고자 하는 놈이니 넓은 의미에서 아군이자 경쟁자로 여겨라. 그리고 너와 내가 깊은 대화를 나눌 수 있는 상대가 세상에 몇이나 있겠느냐? 함부로 대하지 말아라."

"예. 역시 미친개는 건드리지 않는 게 답이죠."

"옳다. 우리 제자께서 또 이자하에게 미친개라고 하면 그쪽에서는 너를 발정 난 개라고 하겠지. 물러가라."

끝까지 사부에게 두들겨 맞은 제자가 울상이 된 채로 사부에게 고개를 깊이 숙였다.

"사부님, 못난 제자 물러가겠습니다."

검마가 진중한 표정으로 고개를 끄덕였다.

"알면 됐다."

제자는 일어서자마자 한 차례 휘청거렸다가, 패잔병이 걷는 것처럼 다시 대문으로 향했다. 뒤에서 들려오는 사부의 한숨이 검 한 자루가 되어 제자의 마음을 재차 찌르고 있었다.

91.
일승일패인가?

나는 길거리를 구경할 수 있는 자리에 앉아 두강주를 주문해 놓고 잠시 상념에 잠겼다. 뇌검식, 매화검식, 매화향에 대한 생각을 정리하면서 좌사를 기다렸다. 검마가 굳이 똥싸개를 언급하면서 불렀다는 것은 나와 싸우지 말라는 뜻이다. 하지만 나는 싸우지 않더라도 백응지를 방문한 목적을 확실하게 마무리해야 할 필요가 있다. 좌사도 내게 궁금한 게 있을 것이다.

왜냐하면, 검마와 문답비무를 할 때 내 말에는 허점이 있었기 때문이다. 검마는 물론 알 수가 없다. 하지만 좌사는 궁금해할 것이다. 두강주를 홀로 다섯 잔째 비웠을 때. 몽가로 향하던 좌사가 다가왔다. 좌사는 나를 바라보다가 내뱉으려던 말을 참아서 흘려보내더니 아무 말 없이 맞은편에 앉아서 술을 한잔 따라 마셨다. 나는 덤덤한 어조로 말했다.

"그 술잔에도 설사약이 있으면 어쩌려고 그렇게 겁도 없이 마시나? 정신 나갔어?"

사레가 들린 좌사가 기침을 하면서 술잔을 내려놓았다.

'하긴, 아직은 애송이일 때지.'

좌사는 내가 겁만 줬다는 것을 깨닫고 나를 물끄러미 노려봤다. 나는 두강주를 마시면서 좌사의 말을 기다렸다. 좌사는 당연히 물어봤어야 할 질문을 던졌다.

"너 내가 빙공을 쓴다는 것은 어찌 알았지? 도저히 이해가 안 되는군. 사부님이야 싸웠다는 것부터 들어서 이상하게 여기지 않으셨겠지만, 네 행동을 보면 애초에 내가 빙공을 사용한다는 것을 이미 알고 있었다는 태도였다."

나는 고개를 끄덕였다.

"나는 빙공을 찾고 있다."

"끝이냐?"

"나는 수하가 많아. 상단의 후계자쯤 되는 수하가 옥화궁의 일화를 자세히 들려주더군. 백도가 응집한 지역 중에서 특히 세가 쪽. 옥화궁의 진전을 이어받은 놈이 있을 것이라 예상해서 찾는 중이었지."

"아, 그래서 그 팔 부러진 놈이 날 따라다녔군. 하지만 그때도 빙공을 쓴 적은 없었다. 그럴 상대도 아니었고."

이 시점에서 나는 씨익 웃었다.

"웃긴 놈이네."

"뭐가."

"너는 내 수하 팔을 부러뜨렸어. 하필이면 백응지에서. 알아보니 무공 실력이 뛰어난 바람둥이 놈이라더군. 수하가 당했으면 내가 나서야지. 빙공은 싸우다가 얻어걸려서 확인한 것이고."

좌사는 내 말에 허점이 있는지를 곰곰이 생각했다.

"그 수하 놈은 어찌 나를 따라다녔지?"

"빙공은 아마도 세가의 서자가 익혔을 것이라는 게 내 수하들의 의견이었지."

서자라는 말을 하자마자, 좌사의 얼굴이 새빨개졌다. 나는 감정이 격해지는 좌사의 얼굴을 구경했다. 좌사가 억지로 웃으면서 말했다.

"그놈의 서자 이야기. 백응지에서 서자 어쩌구 한 놈들이 죄다 나한테 맞은 것은 알고 있나."

"내 알 바 아니다. 서자면 서자인 거지. 왜 남들에게 화를 냈는지 모를 일이군."

좌사는 금세 탁자를 뒤집어엎을 것 같은 표정으로 대꾸했다.

"모욕적인…"

"그게 왜 모욕적인 말이냐. 네가 선택할 수 있는 일이 아니었는데. 병신 같은 새끼야."

"말이 안 통하는 놈이군."

좌사가 두강주를 마시려다가, 비어있는 것을 보고 점소이에게 술을 더 주문했다. 어쨌든 빙공에 대한 것은 이렇게 넘어갔다. 그다음에 내가 확인해야 할 것은 이놈이 마교로 넘어갈 확률. 교주를 죽이겠다고 들어간 것은 알겠는데, 지금은 전생과 상황이 다르다. 내가 교주를 죽이기 위한 준비를 차근차근 하고 있기 때문이다. 검마의 가르침 때문이겠지만 어쨌든 이놈은 마교에서도 손꼽히는 강자가 되었던 놈. 내 쪽으로 넣어야 흑도를 상대할 때 더 편할 터였다. 좌사가 말했다.

“이봐, 촌…”

“촌 뭐.”

“촌뜨기 새끼야, 교주가 왜 네 적이냐? 햇병아리가 교주에게 무슨 일을 당했을 거 같지는 않은데. 설마 네 외가가 옥화궁인가?”

“그랬다면 나도 빙공을 사용했겠지.”

“그러니까 교주가 왜 네 적이냐고.”

회귀한 사람이 곤란한 것은 이런 점이다. 때때로 이유를 만들어서 이야기해야 한다. 하지만 나는 나다.

“그것은 알려줄 수가 없어.”

문답비무의 방어 초식을 펼치자, 좌사도 입을 다물었다. 이쯤 해서 나도 좌사에게 궁금한 것을 물어봐야 했다. 이놈은 대체 왜 색마가 된 것일까. 그것을 알아내면, 모용백이 독마가 될 가능성을 내가 미리 없앤 것처럼 색마가 탄생하는 미래도 바꿔놓을 수 있지 않을까 싶다. 문득 길거리에서 몸매가 날씬하고 머릿결이 부드러운 미인이 지나가자, 좌사는 술잔에 입을 붙인 채로 고개를 돌렸다. 운명을 바꾸는 것이 이렇게 힘들다. 나는 별 기대 없이 정권 지르기로 질문했다.

“너는 왜 그렇게 발정 난 개가 되었어? 사연이 있나.”

좌사가 나를 바라봤다.

“아, 사연이 있지.”

“뭐냐.”

“그것은 알려줄 수가 없어. 촌뜨기 새끼야.”

나는 낄낄대면서 웃었다. 내가 생각하기에 좌사는 내 수하들처럼 망한 인생을 살고 있다. 좋은 가문에서 태어났으나 서자라는 생각에 사로잡혀 있다면 망한 인생인 것이다. 내가 웃다가 그리 빠르지 않은 속도로 일장을 내밀자, 술을 마시려다가 깜짝 놀란 좌사가 왼손으로 맞받아쳤다.

퍼억!

나는 즉시 목계의 공력을 쏟아내다가 염계로 전환했다. 좌사의 표정이 삽시간에 돌변하더니 염계의 공력을 막아내기 위해 왼손을 하얗게 물들였다. 옥화빙공이 제대로 펼쳐지는 순간이었다. 나는 염계의 장력을 쏟아내면서 좌사의 표정을 구경했다. 좌사의 표정이 시시각각 심각해지고 있었다. 그간 백도의 후기지수를 상대하면서 옥화빙공을 제대로 사용하지 않아도 대부분 이겼을 것이다.

그러나 애초에 금구소요공의 염계는 빙공과 상성이다. 더불어서 천옥에서 끌어당겨서 쌓은 내 공력이 좌사보다 얕지 않았다. 내가 공력을 조금 더 끌어올리자, 좌사가 급히 오른손으로 탁자를 붙잡았다. 탁자가 순식간에 얼어붙었기에 나도 왼손으로 탁자를 붙잡았다. 허옇게 차오르던 냉기가 다시 흩어졌다. 나는 좌사의 여력을 확인하기 위해 입을 열었다.

"검마 선배가 싸우지 말기를 원했나 본데, 그래도 우열은 가리고 떠나야지. 안 그러냐? 똥싸개."

이놈의 자존심을 한 번 뭉개놓아야 여자 만날 시간도 없이 수련에 집중할 것 같다는 생각이 들었다. 나 때문에 자극을 받은 좌사가 전생보다 더 강해지면, 나는 거기서 자극을 받아서 더 강해지면 된다. 자존심이 나만큼이나 강한 좌사도 입을 열었다.

"암, 우열은 가려야지. 촌뜨기."

뜬금없이 사람들이 많이 오고 가는 길거리의 탁자에서 장력 대결을 벌이자, 구경꾼들이 모였다. 더군다나 한쪽이 백응지에서 유명한 몽랑이었기 때문에 삽시간에 사람이 늘고 있는 상황. 내가 염계만 유지한 채로 시간을 끌자, 구경꾼이 점점 늘더니 황당하게도 몽랑을 응원하는 여인들의 목소리까지 들렸다. 나는 장력을 쏟아내는 와중에도 황당한 마음에 웃음소리를 냈다.

"똥쟁이, 아주 유명인사로구나."

"너도 곧 망신살로 유명해질 거다."

좌사가 끝까지 여유를 부리는 것을 확인하자마자, 나는 공력을 투계로 전환했다. 우리 둘 다 암묵적인 규칙을 만들어 놓은 것처럼 빈 손은 탁자를 붙잡았다. 투계로 전환해서 밀어붙이자, 좌사의 표정이 금세 창백해졌다. 본래도 하얀 얼굴인데 핏기가 사라지자 백지장을 보는 것 같았다. 좌사는 그 와중에 내게 이런 말을 건넸다.

"비긴 거로 할까."

나는 순간 웃음이 터져서 공력이 흩어질 뻔했으나, 침착하게 마음을 가라앉혔다. 그러자 좌사가 재차 요구했다.

"비긴 것으로 하자고."

나는 덤덤한 어조로 대꾸했다.

"그런 요구는 들어줄 수가 없어."

색마를 죽일 수는 있어도 아직 색마가 되지 않은 검마의 제자를 죽이는 것은 무리라고 생각해서 나는 투계의 공력을 장심에서 폭발하는 형태로 쏟아냈다. 뻥- 하는 요란한 소리가 손바닥에서 터진 다음에 좌사의 몸이 의자에서 떨어지자마자 바닥을 굴러다녔다.

구경하던 자들은 일제히 숨을 멈춘 것처럼 조용해졌다. 몽가의 몽랑이 패배하는 것을 처음 봤기 때문이다. 흉측한 자세로 뒹굴던 좌사는 고개를 들자마자, 나를 보는 것이 아니라 구경꾼들을 쳐다봤다. 구경꾼들 사이에 좌사가 앞으로 공략해야 할 여인들이 섞여있었기 때문이다. 나는 좌사의 낭패를 구경하면서 술을 마셨다.

'꼴좋다.'

문득 좌사가 옷에 묻은 먼지를 털면서 일어나더니 웃음을 터트렸다.

"와하하하하하하…"

좌사가 뒷짐을 진 채로 내 쪽으로 다가오더니 경극하는 사람처럼 어색하게 말했다.

"오늘은 내가 졌군. 일승일패인가?"

좌사가 웃는 얼굴로 다시 의자에 앉아서 무슨 일이 있었냐는 것처럼 침착하게 술을 마셨다.

"…"

좌사가 구경꾼들에게 손을 내저었다.

"구경 끝났으니 돌아들 가시오."

"일승일패? 이 똥쟁이 새끼가."

좌사가 중요한 말을 하는 것처럼 낮은 어조로 속삭였다.

"일무일패인가 하여간… 앞으로 계속 자웅을 겨룰 사이끼리 너무 타박하지 마라. 촌뜨기라 모르나 본데 내공 싸움이 전부가 아니다. 내공은 내가 졌다 치자. 적당히 해라."

좌사가 주변을 살피더니 술을 한 잔 마셨다. 끝까지 주변의 시선을 의식하는 좌사의 모습이 무언가 애처로워 보였다. 남에게 인정을 받고 싶어 하는 무의식이 몸에 배어있는 놈처럼 보였기 때문이다. 내가 가만히 있자, 좌사가 말을 꺼냈다.

"예전에 병구라는 남자 시종이 있었다. 내 시종이었지."

"…"

"나이는 나보다 다섯 살이 많았는데 어렸을 때 몽가에서 거둬들인 하인이었다고 하더군. 집도 없고 식구도 없고. 날 공자님이라 부르면서 밥을 챙겨주고, 신발도 갈아주고, 목욕을 하면 수건과 옷을 가져다주는 그런 충직한 시종이었지. 사실은 나도 어렸을 때 함께 놀 사람이 병구밖에 없었다. 그렇게 충직했던 병구가 어느 날 내 허락도 없이 작은 방 안에 목을 맨 채로 죽어있더군. 자살이야. 한 명밖에 없었던 내 시종이 왜 죽었을까 알아봤더니 이 멍청한 놈이 단영이라는 여인을 사모했다더군."

좌사가 술을 한잔 더 마셨다. 약간 정신이 반쯤 나간 놈처럼 보였다.

"단영이라는 여인을 찾아서 다그쳤더니, 이것이 내게 한 말이 뭐였는 줄 아느냐. 병구의 구애를 거절했을 때 네가 몽랑도 아닌데 왜 내게 고백을 하느냐는 말로 거절했었다는 거야. 세상에 이런 병신이 내 시종이었다니. 그 말을 듣고 자살을 해? 어쨌든 나는 병구를 잃었다."

"그래서."

"그래서? 여인이 궁금해졌지. 어떤 생각을 하는 것들이기에 병구가 스스로 죽어야 했을까 생각하면서."

"그랬더니."

"그랬더니 놀랍게도 대부분 단영이라는 여인과 생각이 비슷하더군. 조금 더 잘생긴 남자, 조금 더 부자. 조금 더 잘나가는 집안… 이것들은 애초에 병구를 사람으로 보지 않았다. 아니, 남자로 보지 않은 것이 더 옳은 말이겠지."

나는 어렸을 때부터 괴상하게 삐뚤어진 좌사를 물끄러미 바라봤다. 좌사의 말이 이어졌다.

"만나면 만날수록 소름이 끼치게 똑같더군. 눈이 더 높은 여인들은 내가 서자라서 싫어할 때도 있었다. 나도 어떤 여인들에겐 병구나 다름이 없는 셈이지."

"그래서 계속 갈아 치우면서 만나는 중이냐?"

"아니지."

전생 색마가 나를 쳐다보면서 황당한 말을 내뱉었다.

"그냥 병구에 대한 복수야."

나는 고개를 끄덕였다.

"병신 같은 똥쟁이 새끼였네."

나는 이놈이 가장 화를 낼만한 말을 알고 있었다. 별 고민도 없이 정권 지르기를 내질렀다.

"너도 네 아비와 전혀 다를 게 없는 놈이야."

좌사의 얼굴이 순식간에 구겨졌다.

"뭐?"

"네 아비가 빙공을 얻으려고 네 어머니를 만났나 보군. 사랑하지도 않는데 말이야. 빙공이 가문의 혼이고 철저하게 지켜진 터라, 네

어머니는 네게만 전수했을 것이고. 너는 확실하게 몽가에서 서자 취급을 받았겠지. 그런데 불쌍한 시종 때문에 이런 짓을 하고 있다니… 네가 네 아비와 다를 게 있어? 이 병신 같은 놈."

좌사가 주먹을 날리는 것을 확인하자마자, 내 손이 먼저 움직여서 좌사의 뺨을 후려쳤다. 퍽 소리와 함께 좌사의 얼굴이 돌아갔을 때, 나는 왼손으로 좌사의 머리카락을 붙잡아서 끌어당겼다.

"아이고, 이런 철없는 새끼. 검마 선배가 불쌍해서 거둬줬나 보네. 또 덤비면 고자로 만들어 주마."

좌사는 술에 취한 김에 나랑 한바탕 더 할 것인지 말 것인지를 잠시 고민했다. 나는 좌사의 머리를 밀어낸 다음에 술을 한잔 마셨다. 깊은 한숨이 내면에서부터 흘러나왔다. 나는 진중한 목소리로 좌사에게 말했다.

"나는 아직 한 명도 못 만나봤는데 그런 병신 같은 소리는 나한테 하지 말도록."

좌사가 인상을 쓰면서 내게 질문했다.

"진짜냐?"

나는 머리를 한번 쓸어 넘긴 다음에 전생 색마에게 대꾸했다.

"삶을 대하는 자세 자체가 다르다 이 말이야. 이 새끼야."

술에 취한 색마가 고개를 젖히면서 웃음을 터트렸다.

"아하하하하."

나는 술을 마시면서 중얼거렸다.

"진정한 사랑은 어디에 있는 것인가."

색마가 다시 배를 붙잡은 채로 웃었다.

"하하하하하."

내도 내가 병신 같아서 좌사와 함께 조금 웃다가 속으로 다짐했다. 이번 생애는 다를 것이라고. 진짜로.

92. 나 오늘부터 기분 안 좋다

내공 대결에서도 패배하고, 나한테 따귀도 처맞고, 설사약을 먹고 바지에 지렸던 놈이 기분 좋게 웃는 모습을 보고 있는데 기분이 왜 이렇게 불쾌하지?

"적당히 처웃어라."

좌사가 웃으면서 대꾸했다.

"사부님이 높게 평가해서 뭐 좀 대단한 녀석인 줄 알았더니 그냥 촌뜨기 숙맥이었네. 알았다. 그만 웃어야지."

"똥싸개야, 몇 마디 말로 구슬려서 속이는 것은 누구나 할 수 있는 일이다. 네가 이 여자 저 여자 만난 것을 자랑스럽게 생각할 필요 없다는 말이야."

좌사가 정색하는 어조로 대꾸했다.

"누구나 할 수 있지만 너는 못 할 거 같다. 이야기하다 여자 따귀부터 때리지 않을까. 몇 마디 하다가 불호령을 내린 다음에 머리채를 잡아끌고 집어 던져서 꺼지라고 하지 않을까 싶은데. 내 말이 틀렸나?"

"…"

"맞지? 하하하하하."

이 미친놈이 탁자까지 두들겨 가면서 웃었다. 나도 살짝 웃었다. 돌이켜 보면 전생에 그랬던 것 같다. 아니다. 사실 잘 기억이 나지 않는 사내, 그것이 나다. 내가 점소이를 불러서 술값을 계산하고 일어나자, 좌사가 물었다.

"벌써 가냐? 어디로 가냐? 진정한 사랑 찾아 떠나냐? 어디로 가야 찾을 수 있는 거냐. 야, 그러지 말고 그냥 백응지에 눌러앉아. 여기가 다른 곳보다 미인들이 가득하다. 저 유명한 남궁 놈들 노는 곳과 여기가 그래도 미인이 많지."

계산하면서 듣고 있었던 점소이가 끼어들었다.

"진정한 사랑, 꼭 찾으시길 바랍니다."

좌사가 또 웃음을 터트렸다.

"파하하하하…"

나는 덤덤한 표정으로 좌사에게 말했다.

"수련하다가 선배에게 물어볼 것이 생기면 찾아오마."

좌사가 고개를 끄덕였다.

"내공 싸움 한 번 이겼다고 깝죽대지 말고 수련 열심히 해라. 아, 만약 사부님이 너를 찾으면 어디로 가야 하지?"

"흑묘방에 있으니까 그곳으로 찾아와."

"잠시만, 하오문주라며."

"내 주변에 걸리적거리는 흑도들 죄다 줘패고, 죽이고, 거둬서 흡수 중이다. 내가 흑묘방주다."

"아, 그래?"

뭔가 할 말이 있는 것 같았으나 나는 더 볼일이 없어서 복귀하는 걸음을 옮겼다. 뒤에서 좌사가 작별 인사를 건넸다.

"촌뜨기 가라. 가서 진정한 사랑을 찾은 다음에 돌아오너라."

나는 고개를 끄덕였다. 외롭고 고독한 남자의 길. 색마 따위는 이해할 수가 없는 내 인생. 갑자기 전생에 만났던 중원제일미, 백도제일미, 온갖 지역명이 앞에 붙은 제일미까지 떠오르고 실력보다는 미모로 더 유명했던 여고수들도 떠올랐다. 별 의미는 없다. 그냥 떠올랐을 뿐이다. 생각해 보니 저 중에서 절반은 내게 갈굼을 당하거나 욕을 처먹었던 것 같다.

하지만 괜찮다. 이번에는 갈구지 않았다는 말씀. 아직은 말이다. 발걸음이 조금 가벼워졌다. 복귀하는 와중에 나는 일부러 산적 놈들이 자주 출몰하는 산길, 언덕길, 으슥한 길, 매복 당하기 좋은 길을 골라서 무방비 상태로 걸었으나 산적 놈들은 보이지 않았다.

'운이 좋지 않군.'

심지어 내가 백응지에서 돌아오는 길이고, 나이도 젊고, 복장도 위아래로 백의를 갖춰 입은 학사처럼 보이는데도 그랬다. 그냥 별일 없이 흑묘방에 도착했다.

* * *

흑묘방에서도 별일은 없었다. 가까운 지역의 흑도를 싹 다 정리했더니 평화로운 나날이 이어지고 있는 상황. 다행히 흑묘방 내부 분위기는 소군평이 휘어잡고 있는 데다가 차성태도 미친놈처럼 수련하고 있어서 분위기는 나쁘지 않았다.

나는 주로 매화나무 아래에서 운기조식을 했다. 투계의 공력을 더 쌓아야 뇌검식을 펼쳐보든, 매화검식을 펼쳐보든 할 테니까. 물론 지금도 무리하게 펼치면 가능할 것이다. 그러나 실전에서는 여력을 남긴 채로 펼쳐야만 의미가 있다. 더군다나 용두철방으로 보냈던 현철은 아직 완성된 상태로 돌아오지 않은 상태.

검을 기다리면서 내공을 쌓고. 내공을 쌓다가 흩날리는 매화를 구경했다. 이런 단조로운 일상에 변화를 준 것은 조만간 올 것이라 예상했던 방문자였다. 벽 총관이 보고했다.

"방주님, 자신을 남명회의 회주라고 밝히는 사내가 왔습니다. 일단 외원에 모셨습니다. 바깥에 수하들이 제법 많은데 홀로 들어왔습니다."

나는 눈을 뜨면서 대꾸했다.

"대청으로 안내해."

내 예상보단 일찍 왔다. 당장 살수단체인 일위도강과 문제가 발생해서 온 것은 아닐 테고, 아마도 누군가가 살수를 쓰기 전에 협박해서 이를 상의하러 온 게 아닐까 싶다. 물론 남명회주 남가락은 나중에도 누가 일위도강을 고용했는지는 모를 것이다. 죽는 순간에 알아차렸을 테니까.

그렇다면 남가락이 지금 나를 찾아와서 논의하는 문제가 일위도강의 고용주일 가능성이 클 것이다. 패검회일까? 아니면 남천련일까. 내가 먼저 대청에 자리 잡자, 벽 총관의 안내를 받은 남가락이 홀로 들어왔다. 내가 저놈하고 말을 어떻게 했더라? 기억이 나지 않는 와중에 남가락이 먼저 입을 열었다.

"문주, 나 왔네."

"왔나?"

검마 정도 되는 사내 아니면 말을 높이는 것도 귀찮았다. 남가락이 외원과 내원을 지나면서 봤던 감상을 내뱉었다.

"수하들이 열심히 수련하더군."

"허접한 놈들이라서 살아남으려면 그렇게 해야지."

나는 남가락의 표정이 침착한 것을 보고 질문했다.

"주변에 무슨 일 있나?"

"뒤늦게 연락을 받았는데 얼마 전에 남천련과 패검회가 크게 붙은 모양이야. 본래도 세력권이 겹치는 곳이 있어서 자주 싸웠으니 놀랄 일은 아니지."

"그런데?"

"이번에는 사상자가 꽤 많아. 옥양에서 처음에는 삼사십 명이 붙었는데 싸움이 길어지면서 서로 지원군을 보낸 게 어쩌다가 일이 커져서 남천련주도 등장하고, 패검회주도 등장해서 대판 붙었더라고."

"누가 이겼어?"

"양측 모두 피해가 막심한 소모전이었지. 한쪽 수장이라도 죽었으면 누가 이겼다는 말이 나왔을 텐데 그렇지도 않고. 맞붙은 지역도

중립 지역이라서 서로 돌아갔거든."

그다음에 무슨 일이 벌어진 것인지는 다소 뻔했다.

"남천련주가 거의 미쳐서 날뛰었다더군. 자신의 세력권에 있지 않은 인근 흑도에게도 전부 연락을 취해서 갑자기 남천련으로 들어오라고 통보했다. 거절하면 패검회와 싸움이 끝났을 때 무조건 멸문시키겠다는 협박과 함께."

남가락이 손가락으로 자신을 가리켰다.

"나한테도 연락이 왔지."

나는 고개를 한 번 끄덕였다.

"그랬군."

남가락의 말이 이어졌다.

"그런데 하루 차이로 패검회에서도 연락이 왔어. 내용도 비슷해. 즉 인근 흑도는 전부 나처럼 양자택일하라는 강요를 받고 있는 셈이지."

"남 회주 생각은 어떤데."

"나는 당연히 둘 다 거절할 생각이야."

나는 턱을 괸 채로 남가락에게 물었다.

"나는 남천련과 패검회의 자세한 속사정은 몰라. 어차피 내가 하오문을 만든 것은 일하는 자들 목숨이나 최대한 보호해 주고자 만든 거야. 둘 다 흑도인 것은 알겠다. 그래도 어느 쪽이 더 나쁜 놈들인지는 남 회주가 더 잘 알지 않나?"

남가락이 설명해 줬다.

"패검회는 강제적으로 상단을 합병해서 커진 조직이야. 돈이 많지. 상단은 횡포가 심하니까 어쩔 수 없이 가입했을 거고."

"패검회가 어떻게 횡포를 부렸는데."

"예를 들면 어느 지역에 특정 물품 가격이 통용 은자 두 개라면 이 놈들은 상단을 보내서 통용 은자 한 개로 공급의 균형을 무너뜨린 다음에 그쪽 상단과 협상하는 식이지. 돈을 굉장히 많이 벌기 때문에 돈으로 압박하고, 안 되면 패검회의 무인도 보내고, 안 되면 살수도 고용하고 그런 식이지."

나는 남가락의 말에 일위도강의 배후는 패검회가 될 가능성이 크다고 생각했다.

"남천련은?"

"남천련은 말 그대로 흑도야. 남천 지역에 있는 모든 흑도를 남천련주 사도행司徒行이 무력으로 병합한 세력이지. 십 대 후반에 혼자 뛰어들어서 남천련을 만들었으니 남천에서는 가장 유명한 사내이고 동시에 패검회의 막대한 돈이 전혀 안 통하는 사내지."

"성향만 보면 남천련이 더 나은 거 같은데."

남가락이 곤란하다는 것처럼 대꾸했다.

"그렇긴 한데 이 사도행은 남천의 왕이야. 자네가 하오문주라고 소개하면 무릎부터 꿇으라고 할 사내지. 그러니 내가 두 곳 모두 밑으로 들어갈 생각이 없었던 것이고."

나는 팔짱을 끼면서 대꾸했다.

"내가 있는 곳에서는 내가 왕이다. 왕이 둘일 수는 없지."

"하하, 사도행과 다를 게 없는 사내로군."

뭔가를 결정하지 않았을 시점에 대청 문이 열리더니 소군평이 보고했다.

“방주님, 바깥에 패검회가 찾아왔습니다.”

“패검회?”

생각해 보니 지금은 나도 흑묘방주다. 하지만 패검회가 이곳까지 손을 뻗은 것은 나도 신기했다. 서로를 끝장내기 위해 발악을 하는 모양이었다. 패검회는 돈이 넘칠 정도로 많아서 살수를 고용하듯이 병력을 모으는 모양이라 생각했다. 나는 남가락의 표정을 구경했다가 소군평에게 대꾸했다.

“들어오라고 해.”

남가락이 코웃음을 쳤다.

“여기까지 오다니 어처구니가 없군.”

나는 갑자기 좌사가 떠올라서 중얼거렸다.

“내가 요새 기분이 안 좋은데 영 안 좋은 시기에 날 찾아왔네.”

대청 문이 벌컥 열리더니 패검회에서 나온 전령 같은 놈이 나와 남가락을 쳐다봤다.

“흑묘방주가 누구요.”

스물 중반의 사내가 말을 하면서 걸어오더니 남가락의 맞은편에 털썩 앉았다. 나는 사내를 보면서 대꾸했다.

“나다.”

젊은 사내가 고개를 끄덕이더니 남가락을 턱짓으로 가리켰다.

“수하는 나가라고 하시오.”

나는 남가락을 바라봤다가 패검회의 무인에게 대꾸했다.

“수하가 아니다. 용건부터 말해.”

"그런가? 내 소개부터 하겠소. 패검회의…"

"야."

"…"

나는 패검회의 무인을 부른 다음에 말을 이어나갔다.

"네가 누군지 궁금하지 않으니까 용건을 말해."

패검회의 무인이 손가락으로 자신의 머리카락을 배배 꼬면서 나를 노려봤다.

"흑묘방주, 안하무인이로군. 나 패검회에서 왔소."

"그래? 깜박했군."

내가 웃으면서 남가락을 바라보자, 남가락도 웃음소리를 냈다. 패검회의 무인이 딱딱한 표정으로 용건을 밝혔다.

"흑묘방의 무인 인당 통용 은자 세 개. 하루 일당이요. 방주가 직접 오면 통용 금자 열 개. 아무것도 하지 않아도 참전한 날부터 계산해서 깔끔하게 정산해 주겠소. 특히 대나찰이 직접 오면 매일 금자 오십 개를 내어드리겠소. 인원이 전부 모이면 남천련을 한 번에 궤멸시킬 계획이오. 거절하면 돈을 얻는 대신에 패검회주님의 진노를 감당해야 할 거요. 방주는 어떻게 하시겠소?"

남가락이 웃음을 터트리더니 내게 말했다.

"나한테는 수하들 일당이 통용 은자 다섯 개라고 했는데. 역시 흑묘방보다는 아직 내 수하들 몸값이 더 높은 모양인데?"

남가락의 말에 나도 웃었다.

"아, 이런 개무시를 당할 줄이야. 부끄럽군. 대나찰이 죽은 것도 모르니 그럴 수 있지."

패검회의 무인이 기분 나쁜 표정으로 말했다.

"아, 이쪽도 흑도방파의 수장이신가 보군. 이것은 내 의견이 아니외다. 지침에 따라 여러 흑도 세력에게 말을 전달하고 있는 것이라서. 그리고 대나찰이 죽었소?"

남가락이 전령의 말을 무시한 다음에 내 의견을 물었다.

"어찌하겠나?"

"남 회주는 어떻게 생각해."

남가락이 자신의 의견을 밝혔다.

"나는 솔직히 말하자면 그냥 패검회주와 남천련주가 만나 일대일로 자웅을 겨뤄서 일을 해결했으면 좋겠군. 왜 이렇게 수하들 못 죽여서 안달인지도 모르겠고. 주변 세력까지 겁박해서 싸우는 것도 이해되지 않고. 솔직히 말해서 둘 다 병신 같아서 밑으로 들어갈 생각이 없네."

나는 고개를 끄덕였다.

"그렇군. 남 회주의 말이 일리 있어. 남자라면 그래야지."

패검회의 무인이 자리에서 일어섰다.

"그게 답이요? 잘 들었소. 일이 마무리된 다음에 다시 봅시다."

나는 소리를 버럭 내질렀다.

"소 각주!"

대청 문이 벌컥 열리더니 소군평이 대꾸했다.

"예, 부르셨습니까."

소군평이 대답을 하면서 대청을 막아서고 있자, 패검회의 무인은 걸음을 멈췄다. 나는 턱짓으로 패검회의 무인을 가리켰다.

"곧 우리와 싸우게 될 패검회의 전령이다. 내원에서 한번 겨뤄보도록. 수하들 모아서 구경하라 이르고. 패검회 말단의 실력을 한번 확인해야겠다."

패검회의 무인이 나를 노려봤다.

"정신 나갔소?"

나는 말을 무시한 채로 남가락에게 말했다.

"남 회주도 수하들 다 들어오라고 해. 남명회도 확인해야지. 일단 나도 남천련도 마음에 안 들고 패검회도 기분 나쁘니까. 상대 실력은 대충 파악하고 싸우자고."

남가락이 씨익 웃으면서 대꾸했다.

"좋아. 그러자고."

나는 자리에서 일어나면서 말했다.

"시건방진 전령 놈도 어서 비무 준비해라."

나는 대청으로 나가 가만히 서서 무슨 말을 할 것 같은 전령 놈의 따귀를 후려쳤다. 퍽- 소리와 함께 전령이 바닥에 나뒹굴었다. 뺨을 붙잡은 채로 나를 바라보는 전령에게 말했다.

"귀가 먹었나. 안 일어나? 가뜩이나 요새 기분이 안 좋았는데 들어보지도 못한 변방 흑도가 성질을 건드리네."

열 받은 표정으로 일어난 전령 놈이 기어코 자존심을 또 부렸다.

"감당할 수 있겠소?"

나는 전령으로 온 사람을 함부로 죽이는 사내가 아니라서 화를 억눌렀다. 하지만 때릴 수는 있다. 뺨을 다시 한 대 후려치니, 전령이 바닥에서 서너 차례 굴렀다.

"전령께선 비무 준비나 하시오. 따귀 맞다가 죽기 싫으면."

나는 남가락과 함께 대청으로 먼저 나갔다.

93.
오락가락하는 나

소군평이 패검회의 전령을 물끄러미 바라보다가 허락을 구하듯이 말했다.

"방주님?"

"왜."

"제 상대는 아닙니다."

"너무 허접해?"

"그렇습니다."

"좋아. 들어가."

나는 단상에서 남명회와 흑묘방의 수하들을 한 번 둘러보다가 차성태와 눈을 마주쳤다.

"차성태, 네가 싸워라. 상대는 패검회의 병신 같은 전령이다."

차성태가 대꾸했다.

"알겠습니다."

차성태가 목에서 우드득 소리를 내면서 중앙으로 걸어 나왔다. 패검회의 전령이 나를 노려봤다.

"전령을 이런 식으로 대우해도 되는 거요?"

"내가 좀 예의가 없었나?"

"말을 전하러 왔을 뿐이니 좀 헤아려 주시오."

나는 전령을 노려보다가 덤덤한 어조로 말했다.

"그럼 패검회에 대한 예의를 갖춰서 내가 겨루겠다."

전령이 돌아서더니 차성태를 향해 검을 뽑았다.

"붙어봅시다."

차성태도 검을 뽑자, 전령이 주의를 환기하듯이 말했다.

"다치는 일 없게 겨룹시다."

차성태가 대꾸했다.

"닥쳐라! 병신 새끼야. 싸움에 그런 게 어디 있어."

나는 고개를 끄덕였다.

"옳다."

기세 좋은 호통을 내지른 것과는 달리 차성태는 긴장하고 있었다. 다른 단체의 무인과는 첫 대결인 데다가 지켜보는 사람이 많으니 긴장할 수밖에. 옆에 있는 남가락이 물었다.

"저 수하는 서열이 어느 정도인가."

"밑바닥."

"아, 그래?"

내 말을 들은 차성태의 이마에 힘줄이 불끈 솟으면서 이내 두 사람이 맞붙었다. 남가락은 싸우는 모습을 잠시 지켜보다가 고개를 갸웃했다.

"잘 싸우는데?"

내가 보기에도 차성태는 많이 발전했다. 이유는 별것 없다. 일양현에서 마구잡이 싸움으로 조씨 삼 형제 다음으로 잘 싸웠던 놈이 차성태다. 지금은 실전 경험과 백도의 안정적인 검법이 어우러진 상태. 더군다나 차근차근 내공도 쌓고 있었다. 무엇보다 호연청이 잘 가르친 모양이라 생각했다.

이십여 합을 제법 거칠게 맞붙던 두 사람은 맹렬하게 검을 휘두르다가 약속을 한 것처럼 서로의 빈틈을 향해 좌장을 내질렀다. 퍽-소리와 함께 처음으로 내공이 섞인 장력을 교환한 차성태가 비틀거리면서 물러나고, 패검회의 전령은 어찌 된 노릇인지 휘청거리다가 엉덩방아를 찧었다. 그 틈에 빠르게 전진한 차성태가 전령의 목에 검을 가져다 댔다. 전령이 긴장한 표정으로 목 끝에 붙은 검을 바라봤다. 차성태가 내게 물었다.

"죽일까요?"

"됐다."

차성태는 득의양양한 표정으로 검을 거두더니 씨익 웃었다.

"패검회도 별거 아니로군요."

나는 차성태의 말을 정정했다.

"아니다. 저놈이 별거 아닌 거다. 착각하지 말도록. 착각하라고 주선한 비무가 아니다. 다들 봤겠지? 전령으로 오는 사내의 실력이 이렇다. 패검회가 흑묘방을 유성낭인 정도로 취급하려나 본데, 보다시피 거절했다. 패검회 전령은 일단 꺼지도록. 다음에 그딴 식으로 건방지게 나오면 따귀 두 대로 끝나지 않을 거다."
전령이 내게 말했다.
"살려주셔서 감사하오. 또 뵙겠소이다."
전령은 말을 마치자마자 자신의 귀를 급히 만졌다. 귀에서 피가 줄줄 흐르고 있었다. 전령은 왼쪽 귀가 잘 들리지 않는다는 것처럼 손으로 몇 번 때리면서 급히 내원을 빠져나갔다. 차성태가 고개를 갸웃하면서 말했다.
"귀에서 피가… 내 장력이 그렇게 강했나?"
나는 차성태의 헛소리를 무시한 다음에 말했다.
"간부들은 나랑 이야기 좀 하자."

* * *

남명회와 흑묘방의 간부들이 대충 뒤섞여서 자리를 잡고 내가 상석에 앉았다. 총관 자격으로 앉아있는 차성태가 말석에서 다시 물었다.
"귀에서 피가 나던데요? 제 장력 때문에 그런가."
보다 못한 남가락이 설명해 줬다.
"싸우기 전에 문주에게 따귀를 맞았다. 고막이 터졌었나 보지."
차성태가 실망한 것처럼 중얼거렸다.
"아, 그래요."
분위기가 살짝 가라앉았다. 나는 간부들에게 전령의 말을 간략하게 설명했다.

"패검회가 남천련과 싸우려는데 우리가 참전하면 인당 은자 세 개씩 하루 일당으로 주겠다더군. 패검회가 책정한 너희 목숨 값이 은자 세 개다."

흑묘방 간부들의 표정이 갑자기 살벌해졌다.

"이 병신들이 어처구니가 없군요."

점잖은 소군평도 욕지거리를 해댔다.

"상단 겁박해서 돈 좀 벌었다더니 일 처리가 이딴 식이군요. 쓰레기 같은 놈들."

이번에는 소군평의 말을 정정했다.

"우리도 쓰레기 같은 놈들이니 마지막 말은 취소해라."

"알겠습니다."

나는 간부들을 둘러봤다.

"그래도 같은 쓰레기는 아니다. 우리는 매화나무에서 떨어진 낙엽 정도의 쓰레기고 저쪽은 설사약 먹고 갑자기 지린 똥 냄새와 같은 쓰레기들이지."

"..."

내 얼토당토않은 비유에 분위기가 싸해졌다.

"비유가 좀 과했나?"

차성태가 아첨했다.

"딱 적당한 비유였습니다."

"닥쳐라. 과했다."

"예."

나는 간부들에게 남가락을 소개했다.

"남명회의 남가락 회주다. 패검회와 남천련에게 같은 제의를 받았으나 거절했지. 실력과 상관없이 나는 사내다운 사내를 인정하는 사람인데 남 회주가 그렇다. 이번에 패검회와 싸우든 남천회와 맞붙든 간에 남명회와 흑묘방은 협력할 것이니 그리 알도록."

흑묘방의 간부들이 일제히 대답했다.

"알겠습니다."

이번에는 남가락이 흑묘방의 간부들에게 말했다.

"실은 문주에게 일전에 패배했네. 그러고 나서 내게 굴욕을 강요했다면 여기에 찾아오지도 않았겠지. 우리가 세력을 합쳐도 남천련이나 패검회에 미치진 못하지만 나를 비롯한 남명회가 부끄럽게 싸울 일은 없을 것이라고 약조하네."

흑묘방의 간부들이 남가락에게 고개를 살짝 숙였다.

"잘 부탁드립니다."

나는 이번에는 남가락의 말을 정정했다.

"나는 수하가 더 많아. 우리가 다 합치고 내가 선봉에 서면 남천련이든 패검회든 한쪽은 순식간에 잿더미로 만들 수 있다. 다만 이렇게 무식한 싸움은 수하들의 희생이 커지기 때문에 참을 뿐이야. 일단 방법을 논의하자. 최소의 희생으로 가장 큰 승리를 얻기 위해."

가만히 있었던 호연청이 입을 열었다.

"방주님, 저도 병력을 좀 동원할 수 있습니다."

나는 오랜만에 호연청과 눈을 마주쳤다가 처음으로 그에게 다른 호칭을 붙여줬다.

"호연 사부는 차 총관 가르치느라 수고가 많았다."

호연청의 눈이 조금 커졌다.

"예."

"덕분에 다행히 내가 망신을 당하지 않게 되었군. 그러나 그쪽 병력까지 동원할 필요는 없어. 호연 사부는 제자를 가르치는 재주가 남다르니 앞으로 편하게 흑묘방에 드나들면서 내 수하들을 지도하도록."

호연청에게 자유가 주어진 것이나 다름이 없는 말이다. 호연청도 내 말뜻을 알아듣고 상기된 표정으로 대꾸했다.

"감사합니다, 문주님."

나는 간부들을 둘러봤다.

"좋은 의견 있으면 들어보자. 먼저 우리 흑묘방의 지낭, 흑묘방의 대군사, 벽 총관부터 의견을 말하도록."

벽 총관이 바로 입을 열었다.

"종합해 보면 지금 양측은 병력을 모으는 시기입니다. 하지만 양쪽은 저희 전력을 정확하게 모를 겁니다. 사실 저희가 한쪽에 참전한다면 그쪽의 승리가 확실할 정도로 저희도 세력이 큽니다."

"옳다."

"그러니 일단 양측에 이 점을 알리는 것이 좋지 않겠습니까."

"구체적으로 어떻게."

"하오문이라는 이름으로 그 연합에 속한 흑선보, 흑묘방, 십이신장, 금해 신장의 상단, 그리고 남 회주가 원하시면 남명회까지. 저희가 모두 참전하면 무조건 한쪽이 필승입니다. 오늘처럼 건방진 행동은 못 하겠지요."

전략에 밝은 소군평도 의견을 냈다.

"벽 총관의 말도 일리가 있으나 저희는 아예 전력을 숨기고 있다가 어부지리를 노리는 건 어떻겠습니까? 양측이 맞붙는 것을 계속 살펴보다가 소모전이 끝났을 때 저희가 들이닥쳐서 싹 정리하는 겁니다. 어차피 도발은 그쪽이 먼저 했으니까요."

소군평의 계책이 조금 더 현실적이고 무자비했다. 역시 붓으로 그림을 그리는 취미를 가진 벽 총관의 계책은 다소 평화적이고, 칼을 휘두르면서 살아온 소군평의 계책에서는 전쟁터의 비정한 냄새가 났다. 나는 남가락에게 물었다.

"남 회주는?"

소군평의 얼굴과 이름을 기억해 두고 있던 남가락이 대꾸했다.

"나는 소 각주의 의견이 마음에 드는군. 특별한 의견 없으면 문주가 결정해 주게."

나는 고개를 끄덕이고 대의부터 밝혔다.

"주적은 패검회다. 일단 남천련은 신경 쓰지 말도록."

소군평이 물었다.

"이유가 있습니까?"

"남천련은 듣자 하니 칼 한 자루로 일어선 본연의 흑도 같더군. 수장끼리 결정을 짓자고 제의하면 받아들일 가능성이 크다. 반면에 돈 많은 패검회 놈들은 살수를 고용해서 암살하는 짓도 서슴지 않고 할 거다. 조금 더 비겁한 부류랄까."

내가 문득 남가락을 바라보자, 남가락도 동의한다는 것처럼 고개를 끄덕였다. 나는 남가락의 반응에 속으로 대꾸했다.

'네 얘기야. 이 새끼야.'

전령이 하는 말을 들으니, 전생에 살수를 고용했던 놈들은 패검회라는 확신이 들었다.

"하여간."

"예."

"일단 남천련은 무시하고 패검회에 서찰을 정리해서 보내."

벽 총관이 대꾸했다.

"알겠습니다. 중요한 내용을 말씀해 주시면 제가 정리하겠습니다."

"흑묘방, 수선생 잔당, 십이신장, 금산상단, 일양현, 흑선보 등은 전부 하오문에 속한다. 그리고 보호받지 못하는 상인, 장사하는 사람, 음식 파는 사람, 농민들도 모두 하오문에 속한다. 패검회가 이들을 겁박, 납치, 협박, 살인, 폭행하는 것이 적발되어 내게 알려질 경우는 하오문과 전쟁이다. 이것을 정리해서 보내도록."

남가락이 끼어들었다.

"문주, 남명회가 빠졌는데."

나는 남가락과 눈을 마주치면서 고개를 끄덕였다.

"남명회 추가."

벽 총관이 대꾸했다.

"알겠습니다. 제가 정리해서 서찰을 보내도록 하겠습니다."

"서찰은 패검회뿐만이 아니라 인근 흑도, 백도, 무관, 산채, 수로채, 상단, 전장, 살수 집단, 기루, 객잔, 다루, 굴다리 밑에도 보내고 절에도 보내. 하여간 수백 장을 동시에 만들어서 방을 붙이고, 문파에 보내고, 가정집과 과부댁, 길거리에도 뿌려라. 이제 일하는 사람들을 건드리면 내가 직접 나서서 따귀를 치든지 엉덩이를 차든지 죽이든지 하겠다. 다들 알았어?"

"예, 방주님."

"예, 문주님."

나는 며칠 기분이 안 좋아서 일대에 하오문의 이름으로 전쟁을 선포했다.

"불만 있는 놈들, 나랑 붙어보고 싶은 놈들, 내가 우스워 보이는 놈들 전부 하오문의 이자하를 찾으라고 해라."

너무 엇나간다고 생각했는지 벽 총관이 웃으면서 대꾸했다.

"방주님, 그건 좀 너무 바쁘시지 않겠습니까? 일단 제가 추려보겠습니다."

나는 벽 총관을 바라보면서 대꾸했다.

"그럼, 아직 주변 놈들이 대나찰이 죽은 소식을 모르는 모양인데, 대나찰은 내가 죽였다고 추가해. 널리 알려야지."

"굳이 그걸… 넣을까요?"

"그럼, 내가 수선생도 죽이고, 이룡노군도 죽이고, 흑선보주도 마음에 안 들어서 머리통을 박살 내서 죽이고, 사기도박을 자행하던 동방연이라는 놈은 특히 불태워서 죽였다는 점을 명확하게 추가하도록."

일이 점점 커지자, 벽 총관은 그제야 입을 다물었다.

"벽 총관, 다 적어 넣으라고. 알았어?"

"알겠습니다."

"그리고 성태야."

"예, 문주님."

"너는 지금 일양현으로 가서 득수 형을 마차로 데리고 와라. 오는 길에 득수 형과 시장에 들러서 돼지통뼈 재료, 각종 고기, 음식 재료, 술을 제값 주고 넉넉하게 사 와라. 네가 흑묘방 형제들 열 명 정도 추려서 가라. 우리 하오문의 숙수에게 부탁해서 남명회의 형제들에게 제대로 된 맛있는 음식을 대접해야겠다. 벽 총관은 차성태에게 돈을 넉넉하게 지급하도록."

"알겠습니다."

나는 남가락을 바라봤다.

"번거롭게 방문했는데 그래도 밥은 같이 먹어야지."

남가락이 씨익 웃었다.

"그러자고."

나는 득수 형을 불러서 남명회에게 맛있는 음식을 대접해야겠다는 생각을 하자, 그제야 화가 좀 가라앉았다.

"자, 내가 또 빼먹은 게 있나? 더 논의할 사항? 내 손에 죽었는데 빠트린 명단 있나? 없지?"

이때, 대청 바깥이 잠시 소란스러워지더니 누군가가 대청 문을 벌컥 열면서 등장했다. 처음 보는 세 명의 사내가 흑묘방의 수하들을 뿌리치고 들어오더니 상석에 앉은 나를 바라보면서 말했다.

"남천련에서 나왔다. 흑묘방주가 누구인가?"

대청에 있는 자들이 일제히 고개를 홱 돌리더니 잔뜩 긴장한 표정으로 나를 주시했다.

“…”

나는 황당한 마음으로 남천련에서 온 떨거지들을 바라봤다. 잠시 싸늘한 정적이 흘렀다. 뭔가 이상하다고 느낀 전령들은 그제야 눈동자를 이리저리 움직이면서 심상치 않은 분위기를 감지했다. 소군평이 벌떡 일어나더니 갑자기 욕지거리를 내뱉으면서 남천련의 전령을 다짜고짜 패기 시작했다.

“꿇어. 이 새끼들아. 여기가 어디라고 건방지게!”

동시에 일어난 흑묘방의 간부들도 남천련의 전령을 붙잡고, 쓰러트리고, 주먹과 발을 날리면서 마구잡이로 폭행했다. 내가 끼어들 틈이 없었다.

“음.”

삽시간에 바닥에 허물어진 세 전령이 간부들의 발에 밟히는 와중에 늙은 벽 총관까지 일어나서 호통을 내지르더니 관절이 좋지 않은 발을 들어서 전령들을 밟았다.

“이런 싸가지 없는 놈들, 이런 싸가지, 이런 싸가지, 싸가지…”

전령들이 피투성이가 된 채로 무릎을 꿇었다. 벽 총관이 나를 바라봤다.

“방주님, 역시 서찰은 방주님이 말씀하신 대로 널리 알리는 것이 좋겠습니다. 그래야 상대도 예의를 갖추겠지요.”

나는 고개를 끄덕였다.

“음, 좋아. 그렇게 하자고.”

간만에 돼지통뼈도 못 먹고, 당장 남천련으로 쳐들어갈 뻔했는데 수하들의 적절한 대처에 화가 금세 가라앉았다. 문득 나는 억울하고 열이 받는다는 전령들의 표정을 보자마자 명령을 내렸다.

"더 밟아라."

"예!"

수하들이 우렁차게 대답했다.

94.
내 마음
어딘가에서
불꽃으로

하오문의 숙수인 득수 형의 총지휘 아래 흑묘방에서 돼지통뼈 잔치가 열렸다. 나는 흑묘방의 모든 문을 활짝 열어놓으라고 지시한 다음에 대청, 내원, 외원에 탁자와 돗자리를 대충 펴서 곳곳에 술상을 차리게 했다. 득수 형의 지시를 받은 손 부인과 시비들이 분주하게 음식을 날랐다.

남천련이 쳐들어오든, 패검회가 쳐들어오든 간에 내 알 바 아니다. 일단 먹고, 마셨다. 남가락과 한 잔, 차성태와 한 잔, 벽 총관과 한 잔, 바쁘게 돌아다니는 손 부인에게도 술을 한 잔 먹이고, 못난 제자를 가르치느라 고생이 많았던 호연청과도 마셨다. 부엌으로 쳐들어가서 돼지통뼈를 조리하고 있는 득수 형에게도 술을 한 잔 먹이고, 깜짝 놀라서 도망가는 시비들도 붙잡아서 술을 한 모금씩 먹였다.

잠시 후에 사람을 보내서 부른 십이신장들이 도착해서 사제들과도 오랜만에 술을 나눠 마셨다. 나는 삽시간에 내 주량을 넘어선 상

…

태. 붉게 물든 얼굴로 돌아다니다가 대청 구석에 무릎을 꿇고 있는 낯선 놈들과 눈을 마주쳤다.

"어?"

피투성이가 된 사내 셋이 놀란 표정으로 나를 바라봤다.

"…!"

나는 세 사람에게 잔잔한 어조로 물었다.

"너희는 누구냐. 누구한테 맞았어?"

대청이 잠시 조용해졌다.

"…"

얼굴이 피투성이가 된 놈들이 내게 대꾸했다.

"방주님, 저희는 남천련에서 왔습니다."

"어, 그래?"

술기운에 내가 잠시 깜박했었던 모양이다. 그러다가 지나가는 소군평을 따라갔다.

"군평아, 한 잔 받아라!"

"아유!"

소군평이 급히 도망을 쳤으나 굳이 쫓아가진 않았다. 내원으로 나와보니 이곳도 술판이었다. 벽 총관은 십이신장 사제들에게 아까 있었던 일을 설명하는 중이었다. 나도 옆에 슬쩍 가서 들어보니 서찰이 어쩌고, 남천련이 열 받게 저쩌고, 패검회는 가만두지 말자는 얘기들이 오고 갔다. 나도 벽 총관의 말에 고개를 끄덕였다.

"옳다. 우리 대군사 말이 맞지."

백인이 웃으면서 나를 바라봤다.

"대사형, 오늘 좀 많이 드시는군요."

"너도 좀 마셔라."

"예."

나는 손에 들고 있던 술을 백인에게 넘긴 다음에 그의 허리에 있는 검을 뽑았다.

"사제, 검 좀 빌린다."

"예."

나는 검을 쥔 채로 매화나무로 걸어가서 나무 주변을 빙글빙글 돌다가 멈춰서 수하들에게 대충 즉석에서 만든 검례劍禮를 취했다.

"우리 문도 여러분, 잘 부탁드리겠소. 내가 하오문주요."

내가 예의를 갖추자, 수하들이 술을 마시다가 여기저기서 포권을 취했다.

"문주님을 뵙습니다."

술에 취한 수하들이라 그런지 이런저런 대답이 흘러나왔다.

"방주님, 저희도 잘 부탁드립니다."

내가 공간을 확보하라는 것처럼 손을 내밀자, 술상이 수하들의 손에 이끌려서 멀찍이 물러나더니 장소가 공연장처럼 넓어졌다. 나는 술에 취한 채로 이리저리 둘러보면서 말했다.

"우리 하오문의 형제들, 나는 이자하요."

"..."

나는 검을 쥔 채로 나를 소개했다.

"일양현에서 태어나 걸음마를 했을 때부터 객잔의 탁자를 닦았지. 하지만 그 객잔은 불에 타서 사라졌소. 우리 하오문은 객잔이 불에 타면서 시작된 셈이지. 그 불이 내 마음으로 옮겨왔는지. 지금도 내 마음 어딘가에서 불꽃으로 머물고 있소. 나는 본래 보잘것없는 사내, 성질이 고약한 사내, 못된 사내, 이랬다가 저랬다가 하는 못난 놈이지만 내가 약자였기에 하오문은 앞으로 약자의 편에 설 것이오."

나는 검을 수직으로 세운 채로 말을 이어나갔다.

"이유 없이 약자를 건드리지 않는 자라면 모두 나의 형제들. 그대의 출신이 백도, 세가, 흑도, 마도, 절간, 과부, 도사, 거지, 상인, 나무꾼이나 어부여도 상관없겠소. 내 형제들이지. 하지만 무공도 익히지 않은 평범한 사람, 약자, 연약한 여인, 얼굴이 예쁜 여인, 마음이 예쁜 여인, 어린아이들, 스님, 도사, 취객, 점소이, 기녀, 무녀, 비구니. 그 밖에도 다양한 일을 하면서 오늘 하루 먹고사는 것을 걱정하는 아버지들, 어머니들, 삼촌, 누나, 형과 아우들을 괴롭히는 자가 있다면 그놈의 출신이 마도, 흑도, 백도, 돈이 많은 놈이든 돈이 없는 거지든 간에 상관하지 않고 내가 상대해 주리다."

나는 술에 취한 채로 하오문도들을 바라보면서 웃었다. 술기운이 내 마음을 흠뻑 지배하고 있었다.

"아직 내 실력이 천하의 강자들과 견주어서 부족하겠지만 어제는 운기조식을 했고, 그저께도 운기조식을 했소. 지난날에는 흑묘방의 형제들과 체력을 단련했고 얼마 전에는 우연히 만난 강호의 선배에게 검에 대해 조언을 들었지. 나는 하루하루 조금씩 강해지는 사내, 하오문주 이자하. 형제들에게 근래 내가 수련하고 있는 검법을 한번 보여주겠소."

나는 좌장으로 매화나무를 툭 친 다음에 흩날리는 매화 속으로 들어갔다. 그곳에서 나는 술에 취한 동작으로 매화와 어우러지면서 검을 휘둘렀다. 엉망진창의 춤사위였지만 상관없다. 술기운에 검을 휘둘렀다. 일검一劍에 매화 뭉텅이가 양단되고, 그것을 다시 베어서 네 조각으로 만들었다. 검풍을 섞어서 중앙 부분을 찌르자, 조각난 매화가 삽시간에 사방으로 흩어졌다. 별 의미가 없는 춤사위였다. 그러나 나는 잠시 흩날리는 꽃잎을 넋 놓고 바라보다가, 검에 염화향을 주입했다.

화르륵!

불그스름한 극양의 기운이 검에 맺히는 것을 보다가, 검기를 바깥으로 내보내고 순간 흡성대법으로 거둬들이는 묘리를 살짝 더하자 염화향의 검기가 매화처럼 잘게잘게 쪼개져서 허공에 흩날렸다. 내 식대로 해석한 뇌검식, 매화향梅花香이었다. 나는 매화향을 바라보면서 웃었다. 흩날리던 매화향은 검풍에 의해서 허공에 둥둥 떠다니던 매화를 모조리 불태운 다음에 먼지가 되어서 삽시간에 사라졌다.

공력을 적게 주입한 것이 다행이라는 생각이 들었다. 내 신기한 잔재주를 확인한 수하들이 일제히 박수를 보냈다. 나는 짤막한 내 소개와 검무 공연을 마친 다음에 다시 모인 자들에게 검례를 취했다. 그러자 술자리에서 다들 벌떡 일어난 수하들, 사제들, 형제들이 내게 포권을 취했다. 나는 지켜보고 있는 백인에게 검을 던졌다. 차성태의 자리로 가서 빈 잔을 내밀자, 차성태가 술을 따라줬다.

"잘 봤습니다. 문주님."

나는 술을 받으면서 차성태의 어깨를 붙잡았다.

"우리 하오문의 차 총관."

"예."

"죽으면 안 돼. 살아남으려면 열심히 수련해라."

차성태가 진지한 표정으로 고개를 끄덕였다. 나는 차성태와 눈싸움을 벌이다가 함께 술을 마셨다. 이번에는 나도 술기운이 확 올라왔다. 벽 총관이 내게 다가오면서 말했다.

"방주님, 괜찮으십니까? 너무 많이 드셨어요."

나는 손을 내저어서 벽 총관을 물러가게 만든 다음에 매화나무 아래에 털썩 주저앉았다. 잠시 눈을 감은 다음에… 체내에 있는 술기운을 한 줄기 진기에 들러붙게 만들어서 목계탄지공을 펼칠 때처럼 손가락 끝에 진기를 모았다. 이는 독을 해소하는 수법의 원리를 적용한 꼼수다.

잠시 후 손가락 끝에서 술기운이 응축된 주독酒毒이 물방울이 되어 뚝뚝 떨어졌다. 해독할 때 사용했던 수법이었지만 술에도 적용이 됐다. 나는 순식간에 술기운을 해소한 다음에 멀쩡해진 얼굴로 수하들을 바라봤다. 새삼스럽게 술기운을 몰아내고 있는 나를 멀뚱히 쳐다보고 있었다. 수하들에게 덤덤한 어조로 말했다.

"나는 술이 깼으니 너희는 편히 마셔라. 오늘 밤은 내가 보초를 설 테니."

수하들이 가만히 있는 와중에 홍 사매가 홀로 대답했다.

"알겠습니다. 대사형."

나는 뒷짐을 진 채로 대청으로 가서 아직도 무릎을 꿇고 있는 남천련의 전령을 바라봤다.

"너희가 왜 왔더라? 나한테 용건을 밝혔었나?"

한 놈이 대꾸했다.

"저희는 남천련주의 명령을 받아 흑묘방에 참전을 요구하러 왔습니다."

"내가 참전해야 하는 이유, 명분, 대의가 있어? 없어?"

세 사람은 말문이 막혔는지 대답이 없었다. 한 놈이 내게 대꾸했다.

"그것은 차마 련주님께 여쭤보지 못했습니다."

나는 세 사람을 노려보다가 말했다.

"그렇군. 그런데 너희는 내가 남천련주 사도행보다 약한 사내처럼 보이냐?"

"저희가 실력이 부족해서 그것까진 모르겠습니다."

"남천련주가 흑도 십대고수라도 돼?"

"그건 아닙니다."

"세 사람은 시건방진 사도행에게 내 말을 전해라."

"예."

"한 번만 더 예의 없게 행동하면 내가 찾아간다고. 그때 너희는 련주를 다시 뽑아야 할 거야. 일어나."

세 사람이 자리에서 일어나다가 서로를 부축했다. 간부들에게 온몸을 밟혀서 몸이 성한 곳이 없었다. 나는 세 사람의 중앙에 밀고 들어가서 양쪽으로 어깨동무를 했다.

"자, 흑묘방을 탈출하자. 내가 안내하마. 수하들은 오늘 술 마시느라 바쁘다."

"괜찮습니다."

"닥쳐라."

나는 세 사람과 함께 술에 취한 형제들처럼 어깨동무를 한 채로 정문까지 안내했다. 잔뜩 겁을 집어먹은 세 사람이 정문에서 급히 내게 예의를 갖췄다.

"방주님, 그럼 저희는 물러가겠습니다."

"살려주셔서 감사합니다."

"련주님께 그대로 전달하겠습니다."

술자리에서 오가는 이야기를 내내 엿들었던 전령 한 명이 내게 물었다.

"아, 방주님. 죄송하지만 흑묘방주님이라 전달을 할까요. 아니면 하오문주라고 전달할까요."

"나는 하오문주야."

"알겠습니다."

나는 세 사람의 관상을 바라보다가 손짓을 해서 가까이 불렀다.

"이리 와봐라. 너희에게 살길을 열어주마. 이대로 가서 있었던 일을 보고하면 칼에 맞을 가능성이 매우 크다."

전령들이 잔뜩 긴장한 어조로 대꾸했다.

"경청하겠습니다."

"흑묘방에 가보니 이미 흑묘방주가 죽었다는군. 사실이다. 내가 죽였거든. 정체불명의 고수가 나타나서 흑묘방주, 그의 사부인 대나찰, 이룡노군, 수선생, 흑선보주, 동방연 등 이곳에서 제법 이름이 알려진 고수들을 전부 압도적으로 패서 죽였다. 몽둥이로 때려죽이고, 도끼로 죽이고, 장력 대결로 죽이고, 찢어 죽이고, 불태워 죽였지."

"…"

"그것이 나다. 하오문주 이자하. 몰랐지?"

"예."

"특히 이 하오문주는 주로 우두머리만 처죽인 다음에 수하들은 밑으로 거둬서 병력 수가 엄청나다는 소문이야. 너희도 들어봤겠지?"

"예, 들어봤습니다."

"귀가 따갑게 들었습니다."

"그랬겠지. 생각이 있는 놈이라면 이 말을 듣고 나를 어떻게 대해야 할까."

전령 한 놈이 올바르게 대꾸했다.

"예의를 갖춰서 방문하는 것이 참으로 마땅한 일입니다."

나는 고개를 끄덕였다.

"옳다. 하지만 너희는 등장할 때부터 예의가 없었어. 그래서 내 수하들에게 밟힌 것이다."

"죄송합니다."

"살고 싶으면 내가 방금 했던 얘기를 잘 버무려서 상관에게 보고하도록. 돼지통뼈도 못 먹고 내 수하들에게 밟히느라 고생 많았다."

"예, 그럼 저희는 이만 물러가겠습니다. 문주님."

전령 셋이 몇 걸음을 걷다가 돌아서더니 한 놈이 나를 향해 포권을 취했다.

"바깥에서 하신 말씀, 저도 귀가 있어 들었습니다. 잘 전달하겠습니다."

나는 손을 내저었다.

"술에 취해 한 말이니 너희까지 진지하게 생각할 필요는 없다."

"예."

"하지만 나는 진지해. 무슨 말인지 알겠어?"

전령 둘은 넋이 나간 표정으로 나를 바라봤지만, 한 놈은 피투성이가 된 얼굴로 미소를 지었다.

"알겠습니다. 그럼 문주님, 저희는 복귀하겠습니다."

"잘 가라."

나는 손수 전령을 배웅하고, 직접 대문을 닫은 다음에 돌아섰다. 인원이 제법 많아서 이제야 돼지통뼈 맛을 보는 수하들도 있었다. 나는 돼지통뼈를 뜯는 수하를 바라보면서 걷다가 물었다.

"맛이 어떠냐."

수하에게서 당연한 대답이 흘러나왔다.

"방주님, 이거 너무 맛있는데요?"

나는 손가락으로 수하를 가리켰다.

"쉽게 먹을 수 있는 게 아니다. 뼈에 붙은 살점까지 쪽쪽 빨아먹도록."

"하하하. 그러고 있습니다."

나는 주변을 둘러보다가 말했다.

"아직 돼지통뼈 못 먹은 사람, 손?"

여기저기서 손이 번쩍 올라왔다. 나는 손을 든 놈들을 바라보다가 말했다.

"어, 나도 아직 못 먹었어. 손 내려."

수하들이 손을 내리면서 웃었다. 술기운이 싹 사라졌더니 갑자기

배가 고파져서 나도 급히 공중으로 솟구쳐서 내원을 단박에 뛰어넘은 다음에 대청 문을 벌컥 열어젖히면서 들어갔다.

"내 돼지통뼈 어디 있어?"

간부들이 잔뜩 기름이 묻은 주둥아리로 여기저기서 대꾸했다.

"자리에 있는데요?"

뒷짐을 진 채로 상석으로 가보니 자그마한 그릇에 내 돼지통뼈가 한 개 놓여있었다. 나는 손바닥을 연신 비비다가 자리에 앉아서 돼지통뼈를 붙잡았다. 수하들이 문득 나를 쳐다보기에 짤막하게 한마디를 해줬다.

"맛있게 먹자고."

수하들과 형제들이 여기저기서 웃는 표정으로 대꾸했다.

"맛있게 드십시오."

나는 돼지통뼈의 두툼한 고깃살을 크게 베어 물었다. 간략하게 정리하면 이렇다. 오늘, 나, 돼지통뼈, 성공적.

95.
내가 만두를 얕잡아 봤다

인적이 드문 장소에 덩그러니 놓여있는 정자에 두 사람이 대면하고 있었다. 우측에 앉아있는 흑의인이 탁자에 금자를 하나 올려놓더니, 그 위에 정확하게 금자를 하나씩 더해서 탑을 쌓았다. 열 개의 금자로 탑을 쌓은 흑의인이 말했다.

"이번에 패검회주께서 많이 노하셨소."

대면하고 있는 평범한 인상의 사내가 대꾸했다.

"일단 들어보겠습니다."

"이름은 이자하. 하오문이라는 곳의 문주라던데. 들어보셨소?"

"금시초문입니다."

"거처는 일정하다는군. 흑묘방을 차지해서 눌러앉은 모양이오. 수하가 많다고 들었소. 대나찰 아시오?"

"압니다."

"이자하에게 죽었다는군. 그쪽 흑도, 수선생 이런 자들도 죽었고.

어쨌든 젊은 놈의 실력이 대나찰을 죽일 정도이니 참고하시고."

"죽이고 나서 뭘 가져다 드려야 할까요."

"목을 가져오시면 좋겠소. 아니, 뭐 그냥 죽였다는 것만 확인해도 좋겠고."

흑의인이 맞은편에 있는 사내를 바라봤다.

"이자하라는 놈이 그쪽 명단에 있소?"

"없습니다."

"그렇다면 사람을 보내서 실력을 알아보고 그런 사전 작업까지 우리가 비용을 줘야 하나?"

"비용은 전부 포함입니다."

흑의인이 고개를 끄덕였다가 탁자 위에 올려놓은 금자 열 개를 가리켰다.

"…얼마나 더 드려야겠소?"

"통용 금자 백 개로 하겠습니다."

"너무 비싼 거 아니오? 강호에 알려진 놈도 아닌데."

"비싸지 않습니다. 저희가 실패하면 금자 백 개는 고스란히 패검회로 돌아갈 겁니다."

흑의인이 놀란 눈빛으로 대꾸했다.

"고스란히?"

"어쨌든 저희가 실패한 것이니까요. 대신에 저희에게 다시 의뢰하셔도 좋습니다. 죽은 동료의 실력을 고려해서 더 실력 있는 살수가 파견될 겁니다. 뭐 저희에게 계속 맡길지 다른 곳에 맡길지는 자유입니다."

"재청부 때 의뢰 비용은?"

"두 배가 되겠습니다."

흑의인이 입을 벌렸다.

"와, 너무 비싸군. 금자 이백 개?"

"비싸지 않습니다. 재청부까지 실패하면 금자 이백 개도 고스란히 패검회에 돌려드릴 테니까요."

"아, 그런 식이군. 하지만 금자 이백 개라면 사도행도 죽일 수 있지 않겠소?"

"그렇지 않습니다. 사도행은 밤낮으로 경계를 서는 수하들이 많고, 평소에도 살수를 경계하는 사내라서 비용이 훨씬 커집니다. 당연히 지금은 패검회의 살수를 밤낮으로 조심하고 있겠지요."

흑의인이 고개를 끄덕였다.

"좋소. 그렇게 합시다. 금자 백 개, 이자하."

"선불입니다."

흑의인이 손가락을 튕기자, 정자 바깥에서 대기하고 있는 수하가 상자를 들고 와서 탁자에 올려놓았다. 살수 조직의 협상가로 나온 사내가 상자에 든 금자를 확인하는 동안에 흑의인이 수하에게 말했다.

"그 용모파기 좀 줘봐라. 기왕 준비한 거 전달하게."

"예."

용모파기를 넘겨받은 흑의인이 탁자에 올려놓았다. 이자하의 용모와 복장, 분위기가 대충 표현되어 있는 그림이었다. 흑의인이 손가락으로 가리켰다.

"이놈이요. 우리 바쁘신 회주님을 매우 열 받게 한 놈. 딱 봐도 싸가지 없게 생기지 않았소?"

"참고할 테니, 용모파기는 가져가십시오."

"이놈 분위기가 어떤 것 같소."

"실제로 봐야 알겠지요."

흑의인이 용모파기를 붙잡고 노려보다가 자신의 관자놀이 부근을 손가락으로 빙글빙글 돌렸다.

"내가 관상을 좀 보는데 이놈 제정신이 아니오. 용모파기를 그리는 놈이 눈빛을 너무 강조했잖아. 이거 미친놈 눈빛 아니야?"

"…그럼, 저희가 착수해서 결과를 알려드리겠습니다."

흑의인이 고개를 끄덕였다.

"수고하시오. 아, 그런데 나도 이거 우리 쪽 상단주에게 소개받아서 연락을 드린 터라 아는 게 없네. 살수 단체 이름이라든지 뭐… 돈을 이렇게 주는데 내가 아는 게 있어야지. 회주님에게 보고도 드려야 하고. 설마 그것도 비밀인가?"

"저희는 일위도강一葦渡江이라고 합니다."

"일위도강, 살수 단체치고는 멋이 있는 이름이군. 잘 부탁드리겠소. 우리도 남천련하고 아주 요새 분위기가 살벌해. 이럴 때는 돈이 많은 게 정말…"

흑의인이 말을 하는 사이에 일위도강에서 나온 사내가 일어섰다.

"그럼 연락드리겠습니다."

사내가 가볍게 목례를 하더니 통용 금자가 든 상자를 들고 정자에서 나왔다. 흑의인이 중얼거렸다.

"살펴 가시오."

살수가 멀어지자, 흑의인이 수하들을 돌아보면서 말했다.

"어때? 잘하는 놈들 같아?"

"예."

"왜?"

"돈을 돌려주기 싫을 테니 잘하지 않을까요?"

"아, 그렇겠구나."

흑의인이 미소를 지으면서 고개를 끄덕였다.

"잘하겠네. 아니지. 일부러 실패해서 돈을 두 배로 받으려고 할 수도 있잖아."

"살수 한 명 키우는 데 그보다 더 많은 돈이 들어갈 겁니다."

흑의인이 수하들에게 합류하면서 말했다.

"그건 그렇지. 가자. 일단 이자하는 죽은 목숨이니 그쪽은 신경 쓰지 말고."

"예."

* * *

이틀 뒤 수레를 끌고 가는 사내가 흑묘방 앞을 지나갔다. 그다음 날 아침, 떡을 파는 어린 청년이 흑묘방 앞을 지나갔다. 오후에는 봇짐장수가 길을 찾는 것처럼 두리번거리다가 사라졌다.

밤에는 비가 내렸다. 맑게 갠 다음 날, 평범한 옷을 입은 사내가 활짝 열려있는 흑묘방의 정문을 바라본 다음에 그대로 지나쳤다. 사내들이 훈련하다가 내뱉는 곡소리와 호통이 뒤섞인 채로 크게 들려서 행인들이 종종 흑묘방을 쳐다보면서 지나갔다. 저녁에는 흑묘방의 정문이 닫혔다.

사흘째 되던 날 오후. 이 모든 광경을 제법 떨어진 건물의 방에서 지켜보고 있었던 일위도강의 살수는 먹고 있었던 육포를 내려놓은 다음에 정문을 주시했다.

"…"

하오문주 이자하로 추정되는 사내가 정문 앞에서 기지개를 켜고 있었다. 누군가가 정문에서 고개를 내밀면서 말했다.

"어디 가십니까?"

"산책."

"같이 갈까요?"

"싫은데?"

살수는 대화를 들으면서 이자하에 대한 특징을 자그마한 책자에 적으면서 살폈다.

-거절을 잘함.

-허리에 칼.

-젊음.

-잠이 부족해 보이는 얼굴.

-눈이 충혈되어 있음.

-잘생김.

-성격이 나쁠 것으로 예상.

이자하가 사라지는 방향을 확인한 살수는 책자를 탁자에 올려놓은 다음에 방을 빠져나와서 계단을 내려갔다. 잠시 후 이자하가 갔던 방향으로 천천히 걸어가던 살수는 시장길을 지나다가 만두 파는 가게에서 흘러나오는 희뿌연 연기를 손으로 내저었다. 이때…

느닷없이 큼지막한 만두를 입에 물고 있는 이자하가 눈앞에서 갑작스럽게 등장했지만, 살수는 침착하게 가던 길을 걸었다. 뒤에서 이자하의 목소리가 들렸다.

"어우, 어우, 너무 맛있어."

뒤따라 나온 만둣집의 젊은 주인장이 물었다.

"방주님, 더 포장해 드릴까요?"

이자하는 만두를 삼키면서 반말로 대꾸했다.

"왜? 나 혼자 먹을 거야."

"아, 예."

살수가 전방을 주시하면서 길을 걷는 와중에 뒤쪽에서 이자하의 어이없는 흥얼거림이 들렸다.

"나 혼자 밥을 먹고, 나 혼자 만두를 먹고, 나 혼자 노래하고."

"살펴 가십시오."

"응."

살수는 거리에 있는 주루와 다루, 반점 등을 네다섯 개쯤 지나쳤다가 제법 한적한 객잔으로 들어가서 바깥 자리에 앉았다. 문득 이런 생각이 스쳤다.

'…미친놈인가.'

점소이가 다가와서 물었다.

"뭐 드릴까요?"

살수가 바로 대답했다.

"육포 있나?"

"예."

"백주는?"

"두강주하고 무릉주가 있습니다."

"무릉주로 주게."

"잠시만 기다리세요."

옛날 살수들은 똥간에서 기다리고 땅을 파고 들어가서 숨고 그랬다지만 일위도강의 살수는 그런 자들이 아니다. 가장 중요하게 여기는 것은 일상에 섞이는 자연스러움. 때 되면 밥 먹고, 술도 마시고, 기루도 가고, 암살 대상을 느슨하게 감시하다가 가장 적절한 순간에 암살을 시도한다. 육포와 무릉주를 가져온 점소이가 지나가는 사내에게 말했다.

"방주님, 어디 가세요?"

"산책."

"산책이요?"

"시찰, 염탐, 방황, 배회, 정찰, 방랑, 구경, 탐색."

"와, 한 번에 여러 가지 하십니다. 역시 방주님이세요."

"그것이 나다."

살수는 대답하는 자의 목소리가 이자하라는 것을 알았지만 쳐다보지 않았다.

"…"

점소이가 이자하를 귀찮게 했다.

"방주님, 술은 요새 안 드세요? 두강주 한잔 드시고 가세요."

"술 끊었어."

"거짓말하지 마시고요."

살수는 점소이의 말투에 놀라서 그를 잠시 쳐다봤다.

'돌았나?'

살수가 침착한 표정으로 무릉주를 한 잔 따르는 와중에 이자하와 점소이의 대화가 들렸다.

"야, 저번에 며칠 전인가. 수하들하고 술판 크게 벌였다가, 완전 죽을 뻔했다."

"왜요?"

"다들 술에 취해서 나가떨어지고, 기절하고 토하고 난리가 났었지."

"방주님도요?"

"나는 빼고. 나는 밤새 보초 섰어."

"와, 강호의 도리가 이렇게 떨어져도 되는 겁니까? 방주가 직접 보초를 서다니 이게 말이 돼요?"

"내 말이."

"그나저나 완전 전쟁 선포하셨던데요? 저도 방문 읽었습니다. 이런 엄중한 시국에 술이 웬 말입니까."

"그래서 안 먹잖아."

"아… 산책 잘 다녀오십시오. 방주님."

"수고해."

"예."
"이상한 놈 보이면 보고하고."
"제가 한 건 하면 저도 흑묘방으로 들어갈 수 있나요?"
"지랄을 해라."
"예."
잠시 대화 소리가 들리지 않아서 무릉주를 한 잔 마신 살수는 그제야 고개를 돌려서 이자하의 등을 바라봤다. 그러자 점소이가 이상한 눈빛으로 다가오더니 살수에게 물었다.
"방주님, 처음 보세요?"
"아, 저 사람이 흑묘방주인가? 가면을 쓰고 다닌다는 말을 들었는데."
"그건 예전 방주죠. 죽었어요."
"그렇군."
살수가 점소이에게 말했다.
"그렇게 쳐다보지 말고 가서 일 보게."
"예. 아, 손님. 제가 궁금한 게 하나 있는데."
"뭔가?"
"패검회랑 남천련이랑 붙으면 어디가 이길 거 같아요? 요새 하도 들은 말이 많아서. 너무 궁금하네."
"사람들이 뭐라는데?"
"뭐 세력은 비슷비슷한데 그래도 돈이 많은 패검회가 장기전에는 유리하지 않느냐 이런 의견도 있고. 무력은 그래도 남천련주 사도행이 가장 강하지 않느냐? 남천련이 이길 거다. 이런 의견도 있고요."

점소이가 자연스럽게 의자를 빼내더니 살수의 맞은편에 앉았다. 살수가 헛웃음을 지었다.

"남들 싸움에 다들 관심이 많군."

"술 마시면서 하는 이야기가 뻔하지 않겠습니까. 저도 한 잔만 주세요."

"음."

너무 적절하게 치고 들어오는 점소이의 요구를 차마 뿌리칠 수 없었던 살수는 무릉주를 한 잔 따라줬다. 양손으로 술잔을 붙잡은 점소이가 고개를 살짝 숙였다.

"감사합니다."

"자네는 어떻게 생각해? 누가 이길 거 같아."

"잠시만요. 이것 좀 마시고 말씀드릴게요."

점소이가 무릉주를 시원하게 들이켜더니 소매로 입을 닦은 후에 말했다.

"일단… 패검회는 이기든 지든 간에 끝장나게 생겼어요."

"왜?"

"아까 지나가신 방주님이 패검회는 가만두지 않을 거라는 소문이 쫙 퍼졌잖아요."

"그러니까 왜?"

"패검회가 질이 더 나쁘다네요. 돈 많아서 살수도 막 고용하고. 쓰레기 새끼들."

"…"

"여기저기 암살도 자행하고. 반면에 그래도 남천련주 사도행은 옛

날 강호인처럼 막 분위기 잡고 일대일 대결도 하고 그런가 봐요. 그래서 일단은 우리 방주님이 패검회부터 아주 작살을 내시겠다고. 그거 아세요? 여기서 한 자리 차지하던 흑도들이 전부 방주님에게 죽었거든요. 들어보셨죠?"

"나는 잘 모르지."

"이야, 또 이걸 이야기해 드려야 하나? 이야기가 한 보따린데."

"그래도 흑묘방은 자그마한 방파고. 패검회는 여러 흑도 세력이 연합한 곳인데 상대가 될까 싶군."

"아, 패검회가 그렇게 커요? 저야 모르죠."

무어라 대꾸하려던 살수는 문득 입을 다문 채로 전방을 주시했다. 산책을 가겠다던 이자하가 뒷짐을 진 채로 돌아오고 있었다. 점소이가 살수의 시선을 따라 고개를 돌리더니 입을 열었다.

"방주님, 산책이 벌써 끝났습니까?"

"야."

"예."

"두강주 좀 줘라. 만두가 목구멍에 걸렸다. 내가 만두를 얕잡아 봤다. 만두를 얕잡아 보면 안 되는데."

"알겠습니다."

점소이가 안으로 들어가는 사이에 살수는 어쩔 수 없이 멀뚱히 서 있는 이자하를 바라볼 수밖에 없었다. 대체 이럴 때는 어떻게 대처할 것인지 고민하는 사이에 점소이가 엄청 빠른 속도로 두강주를 들고 나왔다.

"방주님, 여기서 드세요? 아, 여기 계신 분이랑 패검회하고 남천련에 대한 얘기를 하고 있었는데 합석할까요?"

"그래?"

"아이, 그러세요. 뭐 다들 알고 지내면 좋죠."

점소이가 허락도 없이 살수의 탁자에 두강주를 내려놓으면서 말했다.

"자자, 앉으세요. 손님도 괜찮으시죠?"

살수는 아무 말 없이 한숨을 살짝 내쉬었다. 이어서 이자하의 목소리가 들렸다.

"장삼아."

점소이의 이름인 모양이다.

"예."

"너는 들어가."

"예? 아, 알겠습니다."

이자하의 표정을 확인한 점소이가 쭈뼛대다가 객잔 안으로 들어갔다. 살수가 탁자를 바라보고 있었던 시선을 살짝 올리자, 이자하가 맞은편에 앉았다.

"…"

고민하던 살수가 적절한 말을 내뱉었다.

"합석합시다. 흑묘방주님이라고 점소이에게 들었소."

살수는 이자하가 슬며시 웃는 것을 보다가 말했다.

"왜… 그렇게 웃으시오?"

"어디서 왔어?"

"아, 나는 석평 출신인데 아는 사람 좀 만나러…"

"아니, 아니, 아니."

"…"

"누가 보내서 왔냐고. 말귀를 못 알아듣네."

살수는 입을 다문 채로 이자하를 바라봤다. 두강주를 혼자 따라 마신 암살 대상이 품에서 꺼낸 비수를 탁자에 꽂았다.

96. 눈앞이 강호였다

살수는 탁자에 꽂힌 비수를 바라봤다.

'대체 어떻게…'

할 말을 떠올리기도 전에 암살 대상이 입을 열었다.

"패검회냐, 일위도강이냐. 둘 다 아니라고는 하지 마. 개소리도 늘어놓지 말고. 건물에서 쳐다볼 때부터 알고 있었다."

"…"

살수는 문득 이자하의 여러 가지 모습이 스쳤다. 늘어지게 기지개를 켜던 모습, 만두를 입에 문 채로 쳐다보던 모습, 점소이와 이야기를 나누다가 이쪽을 보던 눈빛, 그리고 먼저 점소이를 들여보내고 자신을 살피던 표정까지… 전부 이자하의 일상적인 모습이라고 생각했다.

그게 아니었다. 공교롭게도 일위도강이 가장 중요하게 생각하는 살수의 자세가 일상에 섞이는 자연스러움이다. 살수라는 자가 탁자에 꽂히는 비수를 보고 나서야 이자하의 계산된 행동을 알아차리다니? 즉 일위도강에서 배운 기준으로 봐도 자신보다 훨씬 경지가 높은 상대가 눈앞에 있었다. 살수는 저도 모르게 궁금한 것을 물었다.

"하오문이 살수 단체였나?"

새파랗게 어린놈의 입에서 이런 말이 흘러나왔다.

"그렇게 좁은 시야로 세상을 바라보면 안 돼."

* * *

나는 곧 죽일 살수 놈을 바라보다가 귀찮다는 생각이 들었다. 이놈을 죽이는 건 귀찮지 않다. 하지만 이게 끝이 아님을 알기에 다소 귀찮았다. 패검회를 없애든가 일위도강을 뿌리 뽑아야 이런 놈이 다시 내게 오지 않을 것이다. 살수가 반문했다.

"좁은 시야?"

"젊은 사내가 만둣집 주인장에게 시건방지게 반말하면 돌아보는 게 정상이야. 다 큰 놈이 만두를 입에 물고 나타나면 한심하게 보는 것이 정상이고. 누군가가 이상한 노래를 부르면 한 번쯤 뒤를 돌아보는 게 보통 사람의 심리지. 이 세 가지에 일절 반응이 없는 놈은 평범한 사내가 아니라는 결론에 도달한다. 훈련했다는 증거지. 나는 훈련한 놈들이 더 잘 보여."

그제야 살수의 얼굴빛이 바뀌었다.

"내가 살수라서 너를 알아본 게 아니다. 애초에 생각하고, 보는 게 너희와 달라. 무슨 말인지 알겠어?"

나는 살수의 표정을 확인하면서 웃었다.

"널 죽이는 건 귀찮지 않으나 그다음이 귀찮다. 죽이고, 또 죽이고, 또 죽여도 우두머리는 잘 등장하지 않기 때문이지. 하지만 견뎌주마. 살수를 감내하는 것도 우두머리가 감당해야 할 몫이지."

나는 두강주를 마시면서 일위도강의 살수를 바라봤다. 대화가 조금 통하면 대화가 끝난 다음에 죽일 생각이고. 대화가 통하지 않으면 바로 죽일 생각이다. 하지만 오랜만에 나를 죽이겠다고 찾아온 살수를 보니 이런저런 말들이 두서없이 떠올랐다.

"옛날에는 살수나 자객이란 말이 협객과 크게 다르지 않았는데 말이야. 시황제 죽이려던 형가荊軻처럼. 인정을 받았지."

"그랬나?"

"하지만 너희는 돈 받고 아무 사람이나 죽여대고 있으니 세상이 많이 변했다. 협객과 살수는 세상의 반대편에 서있는 것처럼 멀어졌어. 한때는 살수가 곧 협객이었는데. 지금은 살수가 협객을 죽이고, 협객이 살수를 죽이는 세상이야. 어떻게 생각해?"

"…"

"생각이 없나? 하오문은 살수 단체가 아니다. 그러나 그곳의 문주인 나는 협객과 살수가 동의어처럼 불리던 때의 일을 할 거야. 고로, 나도 어느 정도는 너 같은 살수인 셈이지."

나는 손날로 목을 치는 시늉을 했다.

"나도 잘 죽이거든. 동종 업계였군. 우리는… 그래서 하는 말인데 일위도강의 우두머리는 내가 죽이는 게 어떨까? 너처럼 불쌍한 놈이 등장하지 않으려면 그게 딱 좋은데. 생각 없어?"

나는 두강주를 한 모금 마셨다. 살수는 긴장했는지 술을 마시지 못하고 있었다. 내 귀한 말씀이 귓구멍에 안 들어가는 모양이다. 끊임없이 제 놈이 빠른지, 내 손이 빠른지를 가늠하는 눈치여서 한숨이 나왔다. 당연히 내가 더 빠르기 때문이다.

"이봐, 보통 살수들은 너처럼 고아다. 혹시 고아가 아니라면 주변 사람을 미리 다 죽여서 고아로 만들어 놓는다. 가족이 있으면 감정이 다양해지기 때문이지. 훈련에 방해가 돼. 살수 단체가 보통 그렇다. 그래서 너 같은 놈들은 내 말을 이해할 수 있는 감정이 부족해. 그게 좀 미안하구나."

나는 손가락을 살수를 가리켰다.

"네 육신은 내가 끝장내는 게 맞다. 하지만 너는 나 때문에 죽는 게 아니라 일위도강을 만든 놈 때문에 죽는 거야. 그 점을 이해하고 죽어라."

"그것이 살수의 삶이다."

"명령을 따르다가 죽는 게 살수의 인생이라고?"

"그렇지."

"그 누구도 그렇게 살 필요는 없어."

"이미 피를 많이 묻혔는데 누굴 원망하겠나."

"허접한 인생이로군. 내가 알고 싶은 것은 일위도강의 본진이다. 말할 수 없으면 검을 뽑아라. 너 때문에 산책이 길어지는군."

살수의 눈동자가 내려오더니, 탁자의 꽂힌 섬광비수를 확인했다.

"…."

그 눈동자가 다시 내게로 옮겨오는 찰나에 나는 탁자 아래에서 훅묘아를 뽑았다. 내 식대로 해석한 발검식拔劍式.

서걱-!

칼이 탁자를 벨 때 목계를 주입하고, 탁자를 가른 흑묘아가 이빨을 드러냈을 때 염계를 휘감았다. 무언가를 꺼내지도 못한 살수의 몸뚱어리에 붉은 실선이 새겨지면서 핏물이 불길에 휩싸여 치지직- 소리와 함께 타올랐다. 뒤늦게 핏물이 치솟았다.

푸악!

다리에 힘을 준 채로 어정쩡하게 일어나던 살수는 상반신이 비스듬하게 잘린 채로 뒤로 넘어갔다. 텅- 소리에 이어서 상체가 두 조각으로 나뉘었다. 나는 칼날 끝에 묻은 피를 털어낸 다음에 흑묘아를 집어넣었다.

살수의 표정에는 고통보다는 의혹이 감돌고 있었다. 이런 때는 고통 없이 죽여주는 것이 자비다. 죽은 놈에게 화가 난다기보다는, 일위도강과 패검회에 대한 나쁜 감정이 순식간에 탑처럼 쌓였다. 내게 강 같은 분노가 출렁일 때, 점소이 장삼이 달려 나와서 놀란 표정으로 내게 물었다.

"방주님?"

"응."

"살수였어요?"

"그래."

나는 장삼이가 시체로 다가가는 것을 보고 말했다.

"만지지 마라. 의복이나 입 안에 독이 있을 수 있다. 이런 놈은 시체도 손대면 안 돼."

"예."

"수하들 보내서 당장 치우라고 할 테니, 잠시 이대로 놔둬. 이거 받아라."

나는 장삼이에게 은자를 건넸다.

"술값, 탁자 값."

"왜 이렇게 많이 주세요?"

"미리 준 거다. 비슷한 일이 자주 벌어질 거야. 당분간은 내가 일부러 산책을 자주 나오마."

자다가 살수의 기습을 받느니, 차라리 무방비로 대낮에 돌아다니는 것이 더 편할 터였다.

"아, 예. 감사합니다. 그런데 어떻게 아셨어요? 저는 그냥 낯선 사내라서 좀 이상하다고 생각하긴 했는데요."

나는 어리둥절한 표정을 짓고 있는 장삼에게 말했다.

"장삼아, 딱 보면 모르겠냐?"

"모르겠는데요."

나는 턱짓으로 살수의 얼굴을 가리켰다.

"딱 보면 얼굴에 살수라고 쓰여있잖아."

"어디요? 안 쓰여있는데요? 이마도 좁은 놈인데요."

"그걸 알아봐야 흑묘방에 들어올 수 있다. 못난 놈, 허접한 놈, 쓸모없는 놈, 점소이의 기본도 모르는 놈."

"갑자기 이렇게 비난을 하신다고요?"

"그것이 나다."

장삼이 쓰러진 탁자에 꽂혀있는 비수를 뽑더니 내게 내밀었다.

"방주님, 비수 챙기세요. 보아하니, 탁자에 비수를 딱 꽂은 다음에 마무리는 엉뚱하게 칼로 팍! 탁자에 비수를 꽂으신 거부터, 이거 아주 고급진 심리전이죠?"

"그냥 버릇인데?"

"예."

내가 흑묘방으로 향하자, 장삼이가 내게 물었다.

"방주님, 수하들 오면 제가 물어봅니다? 딱 보면 알아볼 수 있겠냐고."

"혹시 모르겠다고 하는 놈 있으면 내게 일러바쳐라. 수련을 게을리하는 못난 놈이다. 혼나야지."

"알겠습니다."

* * *

점소이 장삼은 예리한 눈빛으로 흑묘방에서 나온 무인들을 둘러보다가 책임자로 보이는 사내에게 말했다.

"저기요."

"왜?"

"이 사람 딱 봐도 살수처럼 보여요? 평범하게 생겼는데."

점소이의 질문을 받은 책임자가 한심하다는 표정으로 대꾸했다.

"딱 보면 모르겠냐? 모르겠어?"

"…예?"

"딱 보면 모르겠어? 어이구, 한심한 새끼."

"아니, 저를 언제 보셨다고. 제가 한심하긴 한데…"

사내가 갑자기 정색하는 표정으로 말했다.

"너 하오문 아니야?"

"제가요?"

"너 예전처럼 상납 안 바치지?"

"예."

"그럼 하오문이다."

"아, 알겠습니다."

사내가 다짜고짜 엄지로 자신을 가리켰다.

"나다."

"뭐가요?"

"내가 하오문의 총관, 하오문의 이인자, 우리 문주님과 초창기부터 하오문의 초석을 다진 사내, 일양제일검 차성태다."

장삼이는 별로 놀란 기색도 없이 고개를 꾸벅 숙였다.

"아이고, 처음 뵙겠습니다. 총관님은 그러니까 살수의 얼굴만 봐도 살수인지 아닌지 아신다는 거죠."

차성태가 고개를 끄덕이면서 대꾸했다.

"그것이 나다."

장삼은 차성태를 바라보면서 속으로 생각했다.

'이 사기꾼 새끼가 방주님 흉내를… 그냥 동네에서 뺀질거리게 생겼는데 어떻게 이인자가 됐지?'

차성태가 말했다.

"너 왜 그렇게 쳐다봐? 맹랑한 점소이네."

"아, 아닙니다. 그것이 나다. 그것은 방주님 고유의 말투니까 자제 좀 부탁드립니다. 듣기 거북하네요."

"이 새끼가…"

차성태는 무어라 대꾸하려다가 흑묘방의 형제들이 웃음을 터트려서 입을 다물었다. 뜨끔했던 차성태는 들것에 실리는 시체를 바라보다가 흑묘방의 무인들에게 말했다.

"형제들, 시체에 독이 있을 수 있으니 한적한 곳에 가서 불태웁시다."

"예, 총관님."

차성태는 그제야 장삼이를 다시 바라보면서 말했다.

"너 이름이 뭐야?"

"장삼이요."

"동료 살수들이 이곳에 와서 어떻게 죽었는지 살펴볼 가능성이 크다. 그때 한번 알아보도록 해."

"알아보면요? 제보할까요?"

"아니, 그냥 알아보라고. 위험한 짓 하지 말고. 죽은 놈과 분위기가 비슷해서 알아볼 수 있을 거야."

"어떻게 알아봐요."

"죽은 놈 눈빛 봤어?"

"예."

"살수들은 감정이 부족해서 눈빛이 착 가라앉은 느낌이 난다."

"오… 그랬던 것 같습니다."

"그놈이 살수다."

장삼이 고개를 끄덕이면서 차성태를 존경의 눈빛으로 바라봤다.
"역시 총관님이세요. 언제 한번 술 드시러 오세요."
차성태가 흑묘방의 무인들과 어디론가 향하면서 대꾸했다.
"안 통하지. 어디서 영업질이야."
장삼은 팔짱을 낀 채로 차성태의 등을 바라봤다.
'저 새끼는 똑똑한 거 같기도 하고 멍청한 거 같기도 하고 신기하네. 흉내쟁이 새끼, 뺀질거리는 새끼, 점소이 무시하는 새끼, 씹새끼…'

* * *

장삼이는 이틀째 종일 바깥 자리에 앉아서 팔짱을 낀 채로 행인들을 노려봤다.
'너 살수지? 너는 아니고. 너 살수지? 너는 눈깔이 동태고. 너는 딱 봐도 아니고. 너는 살…'
장삼이는 한 사내와 무심코 눈을 마주쳤다가 속이 철렁했다. 잡다한 상념이 살기에 찢어져서 갑자기 아무런 생각이 나지 않았다.
'…'
더 쳐다봤다간 죽을 것 같은 느낌이랄까.
'진짜 살수네.'
장삼이가 고개를 급히 숙인 채로 탁자를 닦는 동안에 눈을 마주친 사내가 곧장 다가왔다.
"뭐 좀 물어보자."

"아, 예. 말씀하십시오."

장삼은 두 손을 공손히 모은 채로 사내를 바라봤다. 허리에 얇은 장검을 찬 사내가 탁자와 땅바닥을 살피다가 물었다.

"어제 여기서 죽은 사람 말이야."

"예."

"단칼에 죽었나?"

"그렇습니다."

장삼은 사내와 눈을 마주치자마자, 다시 고개를 숙였다. '평범하게 생겼는데 무섭다'는 느낌이 무엇인지 알게 되었다. 딱 봐서 알아보긴 했는데 장삼은 자신이 여기서 죽을 수도 있겠다는 생각이 들었다.

"어디 앉았었지?"

장삼이 손을 내밀었다.

"거기, 아니요. 예, 거기 앉아 계셨습니다."

이마에 살수라고 적혀있는 놈이 새로 배치한 탁자에 앉더니 화를 억누른 어조로 장삼에게 말했다.

"어제 죽은 놈이 먹은 술 좀 가져와."

"예."

이때, 누군가가 다가오더니 술을 주문한 사내에게 속삭였다.

"조장님, 이러시면 안 됩니다."

"물러가라."

장삼이 탁자 위에 무릉주와 마른안주를 내려놓자, 살수가 전방을 주시하면서 말했다.

"점소이."

"예."

"도망가지 말고 얌전히 있어라. 죽기 싫으면. 저 자리에 앉아라."

장삼은 살수가 가리키는 자리에 조용히 앉고, 살수는 이자하가 늘 걸어오는 산책길을 노려보고 있었다. 문득 장삼은 길거리를 바라보다가 평소에 이 동네에서 보지 못했던 자들이 유독 많다는 것을 느꼈다. 수레를 끌고 가는 사내. 떡을 파는 청년. 봇짐장수.

전부 낯선 얼굴들이었는데 공통점이 있었다. 눈빛이 달랐다. 이 밖에도 긴가민가한 낯선 사내들이 길거리를 오가고 있었다. 의심과 확신이 뒤섞여서 이제 누가 살수인지도 모를 지경. 장삼이 길거리를 유심히 살피자, 탁자에 앉아있는 살수가 고개를 돌리더니 섬뜩하게 웃었다.

"이봐, 점소이."

"예."

"당장 죽고 싶으냐?"

"죄송합니다."

"점소이면 점소이답게 행동해. 눈치 빠른 티 내다가 휘말려 죽지 말고."

"알겠습니다."

장삼은 어제 있었던 일이 그저 전초전에 지나지 않음을 알게 되었다. 심지어 죽은 놈은 자신이 희생양이라는 것도 몰랐을 터였다. 무섭기고 하도, 궁금하기도 했다. 고개만 들면, 눈앞이 강호였다.

'미치겠네.'

그 와중에 대놓고 찾아온 살수가 전방을 향해 말했다.

"문주, 어서 오시오."

"오, 많이 기다렸나?"

"방금 왔소."

장삼은 어쩔 수 없이 고개를 들 수밖에 없었다. 혼자 산책을 자주 하고, 만두도 종종 사 먹는 흑묘방주님이 겁도 없이 탁자의 맞은편에 앉았다.

"장삼아, 나는 두강주로."

"알겠습니다."

장삼은 잠시 후에 두강주를 내려놓으면서 방주님의 말을 들었다.

"오늘은 떨거지들 좀 데려왔나 보네."

"결례가 많았네. 자네에 대한 정보가 아예 없어서 말이야. 처음부터 이랬어야 했는데."

"수하는 내가 더 많아."

"암살을 어찌 머릿수로 막겠나. 내가 죽어도 당분간 좀 귀찮을 거야."

"장삼아, 너는 들어가 있어라."

장삼은 방주님의 말에 정신을 퍼뜩 차렸다.

"아, 예."

장삼은 안으로 들어가다 문득 불길함을 느끼고 뒤를 돌아보니 살수 놈이 젓가락을 붙잡자마자 자신을 향해 던졌다. 그런데 쌩- 하는 소리와 함께 날아오던 젓가락이 공중에서 방향을 스스로 급격하게 바꾸더니 땅에 박혔다.

푹!

장삼은 넋이 나간 채로 바라보다가 저도 모르게 엉덩방아를 찧었다. 살수가 자신을 젓가락으로 죽이려 했고, 방주님은 손을 뻗어서 젓가락의 방향을 비틀었다. 이게 대체 어떻게 된 것일까? 순간, 방주님과 살수 놈이 장력을 교환했다.

콰아아아아앙!

장삼은 가슴을 크게 들썩이면서 방주님과 살수를 바라봤다. 살수는 탁자 서너 개를 박살 낸 채로 밀려나다가 검을 뽑았는데… 방주님은 여유롭게 두강주를 마시고 있었다. 장삼의 눈에는 그 모습이 실로 인상적이었다.

'이것이 강호로구나.'

97.
내 마음은 온통 이간질

나는 잠시 두강주를 마시면서 일위도강을 집요하게 추적해 끝장낼 것인지, 아니면 패검회를 먼저 쳐야 하는지를 고민했다. 눈앞에서 검을 뽑은 살수는 그제야 입에서 핏물을 흘리고 있었다. 장력을 쏟아낼 때 목계에 이어서 투계의 공력을 주입해 봤다. 내밀고 있는 검 끝이 제법 떨리고 있었다.

이놈이 전생의 남가락을 죽인 놈은 아닐 것이다. 아마 내 현재의 명성이 남명회주 남가락보다 알려지지 않았기 때문에 그에 맞는 살수가 파견된 느낌이랄까. 남가락에 비해서는 공력이 다소 부족했다. 그러다 눈앞에 검이 보여서 왼손으로 붙잡았다.

'쾌검인가?'

그제야 장력을 겨뤘던 살수의 표정이 시야에 들어왔다.

"…!"

얼굴에 땀을 삐질삐질 흘리고 있기에 붙잡은 검에 염계를 주입해

줬다. 이러면 이열치열以熱治熱이 되겠지. 살수의 얼굴이 일그러지는 것을 보다가 나는 구경꾼들을 주시했다.

"다들 움직이지 마라."

나는 다른 살수들을 기다리면서 눈앞에 있는 놈을 내공으로 고문했다. 서로의 공력이 비슷하면 언제든지 내공을 겨루다가 퇴각할 수 있으나, 지금처럼 공력의 차이가 심하면 선불리 퇴각할 수 없다. 놈이 스스로 팔을 잘라내기 전에 협박의 말을 보탰다.

"너, 멋대로 움직이면 잿더미야."

이미 놈의 검은 새빨갛게 변한 상태. 검을 붙잡고 있는 살수의 손이 열기에 타들어 가고 있었다. 나는 염계를 주입해서 고문하다가 고개를 좌측으로 돌렸다. 봇짐장수와 눈을 마주쳤다.

"..."

봇짐장수로 변장한 살수는 대체 어떤 무기를 가지고 있을까? 황당하게도 이놈은 어깨에 지고 있는 봇짐을 그대로 내게 집어 던졌다. 이어서 봇짐이 장력에 터지더니, 봇짐 안에 있던 쇠붙이들이 내 쪽으로 쇄도했다. 장력 대결이 호각이라고 착각한 것일까? 나는 발검식에 목계와 염계를 조합했던 것처럼, 쇄도하는 암기를 밀어내는 장력으로 멈췄다가 곧장 흡성대법으로 끌어당겨서 방향을 비틀었다.

쐐애애액!

화들짝 놀란 봇짐장수가 내 눈앞에 있는 사내를 향해 손을 내밀었다.

"안 돼!"

파바바바바박!

그러나 이미 내 앞에 붙들려 있는 놈에게 봇짐장수의 암기가 다발로 박힌 상황. 얼굴, 목, 어깨, 배… 왼쪽 전신에 다량의 강침이 많이도 꽂혀있었다. 검을 쓰던 살수의 공력이 삽시간에 흩어지더니, 곧장 염계의 기운에 휩싸였다. 암기에 죽은 것인지 염계에 죽은 것인지 불분명한 시체가 옆으로 쓰러졌다.

쿵…

나는 공황 상태에 빠진 봇짐장수를 바라봤다.

"왜 동료를 살해하고 그래?"

나는 두강주를 마시면서 봇짐장수 너머를 주시하다가 다짜고짜 물었다.

"소군평, 어디까지 막았나?"

행인들 사이에서 소군평이 대답했다.

"약 삼십 장 반경으로 포위했습니다. 되도록 넓게 배치해서 도망가는 놈들만 죽일 겁니다."

"골라낼 수 있겠어?"

"일단 찾아보겠습니다."

"잠시만…"

"예."

"아, 봇짐장수부터 죽여라."

행인들 틈에 섞여있었던 홍신이 암기를 날렸다.

쐐앵!

봇짐장수가 화들짝 놀라면서 홍신의 암기를 가까스로 피했을 때, 백인 사제가 던진 금전표金錢鏢가 봇짐장수의 등에 꽂혔다.

파악!

"끅!"

이어서 청진과 백유가 던진 유엽비도와 강침이 어깨와 머리에 한 번씩 더 꽂혔다. 나는 봇짐장수가 쓰러진 것을 보고 나서, 객잔 안으로 대피한 장삼을 불렀다.

"장삼아."

"예, 방주님."

장삼이는 바깥으로 나오자마자, 내 옆에 바짝 붙었다. 나는 구경꾼들을 바라보면서 장삼에게 물었다.

"찾아낼 수 있겠어? 딱 봐도 이상한 놈, 연습 좀 했지?"

"예."

"좋아. 의심 가는 놈부터 찍어봐라."

장삼이 손으로 한 사내를 가리켰다.

"저기 떡 장수요."

"떡 장수가 어색했군."

점소이의 지목을 받은 떡 장수가 행인을 앞쪽으로 밀어낸 다음에 맹렬한 기세로 도주했다. 나는 고개를 살짝 들어서 도망치는 떡 장수를 주시했다.

"빨리, 더 빨리 도망쳐라."

운 좋게 빠져나가는가 싶더니, 갑자기 튀어나온 칼에 목을 뚫려서 즉사했다.

푹!

나는 혀를 찼다.

"아이고, 얼마 못 갔네."

떡 장수를 단칼에 죽인 남가락이 시체를 발로 차서 객잔 앞으로 날렸다.

퍽!

이렇게 시체가 또 늘었다. 나는 구경꾼들을 향해 손을 흔들었다.

"살수들이 나를 아주 우습게 본 모양이야. 분명히 내가 더 수하가 많다고 했건만. 장삼아, 또 찍어보자."

장삼은 손가락으로 또 누군가를 가리키려다가, 손을 거뒀다. 살수들의 반응이 빨랐기 때문이다. 장삼이 말했다.

"수레 옆에 있는 남자요."

사실 수레 옆에 있었던 놈은 진작 걸렸던 모양이다. 주변에 이미 남연풍을 비롯한 남명회의 형제들이 일부러 도망치지 못하게 노골적으로 포위하고 있다가 장삼의 말을 듣자마자 칼을 뽑아서 아무 말 없이 마구잡이로 찌르고 벴다.

푹! 푹! 푹! 푹!

이번에는 남연풍이 아직 쓰러지지도 못한 시체를 발로 차서 객잔 앞으로 날려 보냈다.

퍽!

시체가 떼굴떼굴 굴러오다가 멈췄다. 나는 오랜만에 남연풍과 눈을 마주쳤다가 씨익 웃었다. 남연풍은 괜히 멋쩍었는지 손가락으로 뺨을 긁었다.

"장삼아, 잘했다. 더 있나?"

이제 장삼이 구경꾼을 훑어볼 때마다 사람들이 괜히 겁을 집어먹었다. 장삼이 솔직하게 말했다.

"그 밖에는 도무지 모르겠습니다."

나는 아직 행인들 사이에 섞여있는 남가락에게 물었다.

"남 회주, 어떻게 생각해?"

"더 있지 않을까?"

"그러면 더 솎아내 보자고."

"그러자고. 살수를 잡으려면 우리도 인내하는 법을 익혀둬야지."

"옳은 말이야. 여기서 장삼이랑 안면이 있는 사람들은 이쪽으로 왔다가 각자 일 보러 가시오. 한 사람씩 천천히. 우리 장삼이가 모르는 동네 사람은 없겠지? 아마도."

신기하게도 구경꾼들이 내 말을 잘 들었다. 한 사람씩 다가와서 장삼이와 몇 마디 나눈 다음에 안도의 한숨을 내쉬거나, 급히 장소를 벗어났다. 무고한 구경꾼들이 점점 줄어들었다. 장삼이는 그제야 여유가 생겼는지 신분을 확인하러 온 사람들에게 손을 흔들었다.

"빨리 들어가세요. 예. 술 한잔하러 오시고요. 고 아저씨, 어서 들어가세요. 예예, 들어가십시오. 다음, 다음, 다음, 예. 들어가세요."

이 엄청난 질서와 통제된 분위기는 대체 무엇일까. 나는 장삼이의 열정, 장삼이의 헌신, 장삼이의 오지랖을 보다가 혼자 웃었다. 점소이의 장점은 누구보다 내가 더 잘 안다. 손님이 없으면 종일 길거리를 구경하면서 이런저런 일에 참견할 수밖에 없다는 것을 알기 때문이다.

점소이 장삼이 신원을 보장한 자들이 썰물처럼 빠져나가자, 갯벌에 드러난 농게들이 눈을 깜박였다. 나만 살수를 찾고 있는 게 아니다. 수하들도 한결 나아진 환경에서 살수를 솎아내느라 눈을 부라리고 있었다. 겨우 다섯 명이 남았을 때, 겁을 집어먹은 한 사내가 바닥에 무릎을 꿇으면서 말했다.

"저는 아닙니다! 무공도 모릅니다!"

나는 다섯 명에게 말했다.

"너희는 전부 내 쪽으로 와라. 함부로 안 죽일 테니 걱정하지 말고."

놀랍게도 무릎을 꿇은 놈을 제외한 네 명이 순차적으로 경공을 펼치더니 동서남북으로 빠르게 흩어졌다. 나는 젓가락을 하나 뽑은 다음에 가장 먼저 도망친 놈의 뒤통수를 노리고 집어던졌다.

쐐앵! 푹!

자리에서 일어나서 좌우를 훑었다. 딱히 명령을 추가로 내릴 필요는 없었다. 한 놈은 건물 이 층으로 뛰어오르고 있었는데 그 뒤를 남연풍이 따라붙고 있었다. 추격에 나선 수하들이 재빠르게 흩어지고, 남가락은 무릎을 꿇은 사내에게 다가갔다. 남가락이 무릎 꿇은 사내에게 손을 내밀면서 말했다.

"손 줘봐라."

내공의 유무를 확인한 남가락이 내게 말했다.

"문주, 이놈은 정말 내공이 없는데?"

나는 무릎 꿇은 놈의 얼굴을 바라보다가 남가락에게 말했다.

"이쪽으로 보내."

남가락이 사내의 엉덩이를 발로 툭 찼다.

"가라."

장삼이가 의자를 가져와서 내 맞은편에 내려놓더니, 다가오는 사내에게 말했다.

"여기 앉으세요."

사내가 잔뜩 겁을 집어먹은 표정으로 앉았다. 나는 사내의 얼굴을 보다가 말했다.

"가진 거 탁자에 다 올려놔."

"예?"

이때 백인 사제가 도망간 놈을 죽여서 객잔 앞으로 끌고 오다가 발로 차서 중앙에 배치했다. 나는 백인이 걱정되어서 물었다.

"사제, 시체 만졌나?"

백인이 손을 들면서 대꾸했다.

"대사형, 저는 장갑을 끼고 있습니다."

"잘했다."

이어서 남연풍이 옥상에서 시체 한 구를 발로 차서 떨어뜨리고. 소군평이 허리띠로 목을 휘감은 시체 한 구를 끌고 와서 추격전을 마무리했다. 남은 것은 내 눈앞에 있는 사내 한 명.

"…다 죽고. 너만 남았네."

"…"

"할 말 없으면 죽어."

"저는 무공도 안 익혔는데 사람을 이렇게 함부로 죽여도 되는 겁니까?"

"일위도강에 들러붙어서 뭐라도 했으면 죽는 게 당연하지. 왜 그렇게 화가 나있어? 살려줄 줄 알았어?"

잠시 후에 간부들이 모여서 객잔에 자리를 잡고, 뒤늦게 나타난 차성태는 장갑부터 나눠주더니 다른 수하들과 조용히 시체를 옮기기 시작했다. 소군평이 자리에 앉으면서 내게 물었다.

"죽일까요?"

나는 고개를 끄덕이면서 대꾸했다.

"이놈은 일위도강이 아닌 거 같다."

"그럼요?"

"하청의 하청이랄까? 어차피 본진은 모를 거야."

백인이 팔짱을 낀 채로 노려보다가 내게 물었다.

"패검회일까요?"

"그건 모르지."

나는 지켜보는 장삼을 쳐다보면서 말했다.

"장삼아."

"예."

"잠시만 고개 저쪽으로."

장삼이 고개를 돌렸을 때, 나는 눈앞에 있는 놈을 일장으로 단박에 때려죽였다. 퍽- 하는 소리와 목뼈 부러지는 소리가 뒤섞이자, 옆에 있는 장삼이 움찔했다. 장삼이 숨을 길게 내뱉으면서 고개를 돌렸다.

"후우…"

나는 둘러앉은 간부들에게 말했다.

"여기서 회의 잠깐 하게, 목 좀 축이자."

"알겠습니다."

"장삼아, 적당히 술 좀 나눠줘라. 고생 많았다."

"예, 방주님."

간부들이 내 말을 기다리고 있어서 생각을 잠시 정리한 다음에 계획을 밝혔다.

"내가 여기에 계속 있으면 일하는 사람들도 피곤해질 거 같군. 어제오늘 보니 목표는 나 한 명인 거 같아."

목표가 나라는 점은 나쁘지 않은 일이다.

"일위도강 본진은 쉽게 알아내기 힘들 거야. 그 정도는 되는 조직이겠지. 백인 사제."

"예, 대사형."

"패검회가 상단과 연결되어 있지?"

"여러 상단과 연계되어 있을 겁니다."

"그럼 금해 사제를 불러내서 패검회와 관련된 상단을 샅샅이 조사해라. 그쪽을 털어야 일위도강 본진을 더 알아내기 쉬울 것 같다."

"상인들이 알까요?"

"아니? 하지만 접선 방식을 알 수도 있겠지. 상인들이라 살수보다 죽음을 두려워할 테고. 그게 아니더라도 패검회를 해체하면 이놈들에게 달라붙어 있었던 상단도 어떻게든 정리를 해야 해. 다 죽일 수는 없으니 금산상단이 개입해서 이권을 챙기라고 금해에게 전해. 거기는 백인 사제가 적절하게 머리 굴려서 대처해. 아마, 금전적인 이득은 금해 사제가 가장 많이 취하게 될 테니까. 상인들끼리 전쟁은 우리보다 금해 사제가 더 잘 알겠지. 거기서 취한 이득으로 이번에 피해 입은 자들에게 돈을 적절하게 나눌 테니, 금해도 계산 잘하라고 전해. 어차피 이번 일이 끝나면 최대 수혜자는 금산상단이다."
백인이 고개를 끄덕였다.
"이해했습니다."
"내 방법이 틀렸을 수도 있어. 그러나 일위도강을 찾아내는 것은 전적으로 사제들에게 맡기겠다."
"예."
나는 남가락을 바라봤다.
"남 회주, 우리는 패검회를 치자."
"방법은?"
남천련도 있기에 어떤 전략으로 싸울 것이냐는 질문이었다. 나는 내 생각대로 싸우기 때문에 남천련의 참전 여부는 전혀 상관이 없었다.
"소수 정예로 급습해서 사람은 죽이지 말고 패검회 주요 거점만 불태운 다음에 퇴각하자고."
어리둥절한 남가락이 대꾸했다.
"왜?"
"왜라니? 집을 불태우는데 무슨 의미가 있겠어. 잠잘 때 좀 불편해지겠지. 재산 피해도 입히고."
"그게 끝이야?"
"아니지. 남천련도 자극해야지. 이건 가면서 생각하자고. 둘이 치고받고 뒤질 때까지 싸우게 만들어야지."
나는 패검회 대 남천련의 싸움을 부추기는 방법으로 큰 틀의 전략을 정했다.

"소수 정예로 움직여야 해. 불태우고 도망가고, 몇 놈 죽이고 도망가고. 패검회는 남천련의 짓인 줄 알게 하고. 남천련에겐 패검회가 벌인 짓으로 알게 하고. 그러니까 움직이면서 양쪽의 의복도 훔치고, 오랜만에 복면도 쓰고. 무슨 말인지 알겠지? 양측이 전부 미칠 때까지 이간질할 거야."

수하들이 안 죽어도 되는 일이어서 그런지 남가락의 표정이 보기 드물게 밝아졌다.

"아… 마음에 드는군."

나는 남가락을 보면서 웃었다.

"남 회주."

"응."

"앞으로 재미있게 지내보자고. 병신들 상대로 심각할 필요 없다."

남가락은 무어라 당장 대답을 못 하고, 고개를 젖히더니 한참을 웃었다.

"하하하하하하…"

내가 생각하는 강호는 심각할 때도 있으나, 그렇지 않을 때도 있다. 요점은… 어떻게든 적을 괴롭히면 되는 것이다. 괴로워서 혼절할 때까지. 미쳐서 기절할 때까지. 이미 나쁜 사이를 더 이간질하는 재미는 누구보다 더 내가 잘 안다. 어쨌든 내 마음 깊은 곳에서는 이미 패검회라는 단체가 강호에서 사라진 상태. 더불어서 내 마음은 온통 이간질할 생각으로 가득 찬 상태였다.

"누가 더 나쁜 새끼인지는 이번 일이 끝나면 알게 되겠지."

98.
오늘은
흑의인 그 자체

흑의인黑衣人. 검은 옷을 입은 사람. 뜻은 간단하고 명확하다. 하지만 강호에서 언급되는 흑의인은 약간 오묘하다. 마냥 병신은 아닌 것 같고. 무공도 좀 강할 것 같은 그런 느낌? 하지만 누군가에게 복면이 벗겨지면 급격하게 격이 떨어진다. 요점은 신비함을 유지하는 것이다. 아마, 나처럼 흑의인의 본질에 관해서 연구한 사람은 강호에 아무도 없을 것이다. 흑의인 전문가, 그것이 나다.

먼저 흑의인의 기본적인 자세는 팔짱 끼기. 흑의인이 즐겨 이동하는 장소로는 담벼락, 지붕, 정문 위, 골목길 등이 있으며 등장할 때가 가장 중요하다. 보통은 어둠 속에 파묻혀 있다가 걸어 나와서 팔짱을 끼는 것이 정석인데 반드시 낮게 깔린 웃음소리를 내는 것이 좋다.

"후후후…"

이런 웃음은 여유롭게 세 번 정도. 중요한 것은 너무 잔망스럽지 않아야 한다는 것. 다소 저음으로 "후후"와 "흐흐"의 중간쯤이랄까. 여기서 "흐흐흐흐"나 "히히히히"는 좌사나 정신 나간 놈들이 쓰는 변태 웃음이라서 추천하지 않는다. 내가 생각하는 흑의인은 어둠처럼 묵직하게, 달빛처럼 신비롭게 이 두 가지가 핵심이다. 하지만 조금 더 깊숙하게 살펴보면 흑의인도 한계가 명확하다.

사실 강호의 최정상의 위치한 고수들과 자주 다퉜던 내 경험에 비춰보면 흑의인들은 대부분 병신이었다. 진짜 강한 고수는 자신을 있는 그대로 드러내기 때문이다. 즉 따지기 좋아하고, 분류하기 좋아하는 자들의 입을 빌려서 강호의 경지를 대충 나눠보면 흑의인은 높게 쳐줘봤자 일류 고수 언저리나 그 위아래에 속한다. 하지만 그런 놈들보다 실력이 뛰어났던 내가 흑의인 행세를 할 때는 다음과 같은 이유가 있다. 관심받고 싶어서…

없을 것 같겠지만, 강호에는 정확하게 이런 자들을 지칭하는 용어가 존재한다. 관심종자關心種子. 실제로 있는 말이다. 풀이하면 일부러 특이한 행동을 해서 다른 사람의 관심을 받는 것을 즐기는 부류. 이를 강호식 별호로 축약하면… 관종關種 이자하. 그것이 나다.

나는 오랜만에 패검회와 그리 멀지 않은 곳에 숙소를 잡은 다음에 달이 뜨기를 기다리면서 관심종자 흑의인으로 변신했다. 흑묘방의 수하들이 정성스럽게 준비해 준 검은색의 의복을 꺼내자, 가슴에 품은 호연지기浩然之氣마저 웅장해졌다. 대체 강호에서는 언제부터 흑의인이 등장한 것일까? 흑의를 바라보고 있으니 평소에 하던 나쁜 짓도 왠지 더 나쁘게 할 수 있을 것 같은 자신감이 충만해졌다.

여기에 내리쬐는 달빛 아래에 팔짱을 끼고 서있으면 내가 병신 같은 흑의인인지, 흑막의 주인인지, 갑자기 등장해서 강호를 뒤흔드는 신비세력神祕勢力의 수장인지 헷갈리기 마련이다. 나는 평범한 의복을 전부 벗은 다음에 새카만 신발, 시커먼 바지와 상의를 입고, 어두컴컴한 허리끈을 조였다. 마지막으로 내가 만만한 병신이 아니라는 것을 강조하는 길쭉한 흑의장삼까지 걸친 다음에 목 근처의 깃을 위로 살짝 세웠다.

강호 역사를 통틀어서 이렇게 완벽한 흑의인이 있었을까 싶다. 정말 조금이라도 밝은 곳만 가면 오히려 남들 눈에 훨씬 더 잘 보인다는 점에서 흑의인들은 십중팔구 관심종자關心種子가 맞다. 없는 살림살이에 기름을 아끼느라 불을 다 꺼놓은 시골 동네를 기습한다면 어두침침해서 이런 흑의가 효과적일 것이나, 웬만한 흑도 방파는 밤새 불을 환하게 밝혀놓는다.

그곳을 흑의를 입은 채로 방문하겠다? 말을 말자… 귀중한 섬광비수와 화섭자火攝子를 장삼 안쪽에 챙겨 넣고, 흑의인과 찰떡궁합을 자랑하는 흑묘아는 허리에 찼다. 목표는 패검회 본진. 이제부터 입은 무겁게, 발걸음은 가볍게. 눈빛은 차갑게, 가슴은 웅장하게.

나는 잠시 옆방에서 흑의인으로 변신하고 있을 남가락을 기다리면서 가부좌를 튼 채로 명상에 잠겼다. 명상에 잠긴다는 것은 보통 잡념을 지우고, 마음을 차분하게 가라앉히고, 잡힐 듯 잡히지 않는 도道를 탐구하고, 인생이란 무엇인가, 미인들은 왜 나를 싫어했을까 등을 생각해야 하는데. 내 머릿속은 온통. 돼지통뼈, 두강주, 캬아…, 개새끼들, 괘씸한 놈들, 일위도강 등이 혼잡하게 엮였다.

'혼란하다. 혼란해.'

명상에 빠질수록 더 혼란해지는 남자가 있다? 나다. 나는 잠시 정신을 집중한 다음에 마음을 차분하게 가라앉히고, 잡념을 떨치고, 평정심을 유지하면서 내면의 깊숙한 곳을 관조하다가 잠시 졸았다. 꿀잠.

* * *

똑똑.

"들어와."

나는 쌍꺼풀이 생긴 눈으로 문을 열고 들어오는 흑의인을 바라보다가 살짝 놀랐다.

'아, 남가락이구나.'

남가락이 내 얼굴을 보면서 말했다.

"문주, 피곤했나 보군."

"그럴 리가."

나는 하품을 참느라 콧구멍이 커진 채로 남가락의 복장을 점검했다.

"완벽하군. 남명회의 준비성도 만만치 않아."

남가락은 내 칭찬에 기분이 좋았는지 팔짱을 낀 채로 웃었다.

"후후후, 흑묘방도 제법이로군."

"우리는 흑묘방이라서 이름부터 준비가 되었지. 얼굴 가리고 나가자고."

나는 남가락과 각자 준비한 것을 꺼냈다. 남가락은 완전하게 머리에 뒤집어쓰는 고전적인 흑의두건을 준비했으나. 나는 턱 쪽에서 삼각형으로 선이 떨어지는 시커먼 복면을 눈 아래에 대고 뒤통수에서 매듭을 지었다. 이러면 머리의 모양을 해치지 않는 데다가 외관상 훨씬 멋있어지는 효과가 있다.

반면에 남가락의 볼품없는 흑의두건은… 말을 말자. 남가락은 살수 나부랭이 중에서도 떨거지들이나 뒤집어쓰는 밀폐형 두건을 쓰고 있어서 시커먼 달걀을 보는 것 같았다. 나는 냉소를 머금은 채로 남가락을 바라봤다.

"촌스럽게…"

"…!"

남가락이 내게 물었다.

"하나 더 없나? 있으면 빌려줘."

나는 잠시 고민하다가 봇짐에서 복면을 꺼냈다.

'꼼꼼한 벽 총관.'

남가락이 두건을 벗어서 집어 던지더니, 내가 건넨 복면을 두르면서 말했다.

"운이 좋군."

"가자고."

"어떻게? 창문으로 나가서 지붕 타고 갈 생각인가?"

나는 고개를 저었다.

"계단으로 가야지."

"사람들이 너무 쳐다보지 않겠어?"

나는 콧바람을 살짝 내보낸 다음에 대꾸했다.

"즐겨, 견뎌, 버텨."

그것이 관종의 삶이다.

"음."

"어차피 패검회 영역에서 눈에 힘주고 돌아다니면 다들 패검회에서 나온 흑의인인 줄 알겠지. 걔네라고 흑의인이 없을까?"

"그건 그렇지."

우리는 계단으로 뚜벅뚜벅 내려가서 방 값을 계산한 다음에 방에 있는 의복은 버려달라고 주인에게 부탁했다. 잔뜩 겁을 집어먹은 주인장이 연신 알겠다고 하는 것을 보니 방 안에는 우리 둘의 흔적이 남아있지 않을 터였다. 나는 바깥으로 나가면서 남가락에게 말했다.

"봤나? 이것이 바로 흑의인의 매력, 흑의인의 위력, 흑의인의 장점이지. 웬만한 놈들은 흑의인을 보자마자 전부 덜덜 떠는 것이 강호의 도리."

"농담 좀 진지한 어조로 하지 마라. 헷갈린다."

나는 바깥으로 나오자마자 밤하늘에 걸려있는 달을 구경했다.

"이야, 달빛이…"

남가락도 달님을 구경하면서 감탄을 내뱉었다.

"이야, 밝다."

"좋네."

"그러게."

"아주 완벽한 날이야. 공기도 건조하고. 비가 왔으면 작전이 다 실패할 뻔했는데 밤하늘도 우리를 돕는군."

"운이 좋군."

나는 남가락과 함께 일부러 사람들이 득실득실한 번화가에 진입해서 천천히 걸어 다녔다. 사람들은 우리를 보자마자, 길을 활짝 열었다. 위풍당당 그 자체. 나는 일부러 주먹 관절에서 우드득 소리를 내면서 걸었다.

"어차피 방비가 삼엄할 거야."

"그렇겠지."

"이봐, 흑남黑南. 불을 지르면 좋겠지만 굳이 불을 지르지 않아도 좋아."

"뭔 개소리야?"

"어떻게든 열 받게 하면 된다는 뜻이지. 번화가 잘 봐둬. 골목도 잘 살피고."

패검회의 병력을 끌어내서 도망칠 때 번화가의 혼잡함을 이용하는 게 좋다. 어차피 남가락도 남명회의 최고수여서, 경공만 따지고 봐도 나 다음이다. 아마 경공에 특화된 홍신 사매 정도는 되어야 남가락과 속도를 겨룰 수 있을 터였다. 나는 잠시 후 패검회의 본단이 보이는 어둠 속에 파묻힌 채로 남가락과 전의를 불태웠다.

"감히 내게 살수를 보냈다 이거지. 저기 가장 높은 곳에 패검회주가 있으려나?"

"그렇겠지."

"박살을 내주마."

큰 상단을 이끄는 대상大商처럼 호화스러운 대저택이었다. 본채는 삼 층으로 올려져 있고, 당장 눈에 얼핏 보이는 시커먼 지붕만 해도 서른 개가 훌쩍 넘어 보였다. 커다란 대문 위에는 강씨장원이라는 판액이 걸려있었다.

"회주가 강 씨였나?"

"응."

강씨장원이라는 판액이 오래된 것을 보니 패검회는 특이한 흑도였다. 원래 돈이 많았던 놈이 흑도에 투신하여 더 큰돈을 벌어들이고 있는 분위기랄까. 나는 집의 구조를 살피다가 남가락에게 말했다.

"자유롭게 움직이자고. 대신에 나는 저 본채는 반드시 박살 낼 생각이야."

"간만에 피가 뜨거워지는군."

애초에 수하들을 많이 데려오지 못한 이유는 이곳을 박살 내고 유유히 빠져나갈 수 있는 고수가 많지 않기 때문이다. 흑의인의 미덕은 남을 열 받게 하는 것이지 잡혀서 복면을 빼앗기는 게 아니다.

"먼저 간다."

나는 팔짱을 낀 채로 정문으로 이동하다가 팔이 저려서 팔짱을 풀었다. 순간 성질이 뻗치는 느낌을 받자마자 달려가서 공중으로 솟구친 다음에 날아 차기로 강씨장원이라 적힌 판액을 일격에 박살 냈다.

콰아아아앙!

뒤에서 당황스러워하는 남가락의 목소리가 들렸다.

"아니…"

나는 양손에 목계를 주입한 다음에 정권 지르기로 대문을 부쉈다.

쾅! 쾅! 쾅! 쾅!

허겁지겁 달려온 남가락이 언성을 높였다.

"이럴 거면 흑의는 왜 입은 거야."

"의복은 광기를 거들 뿐. 나는 나다."

"하…"

나는 박살이 난 정문 안쪽을 바라보면서 생각했다. 흑의인 전문가이긴 하지만 행동은 그렇지 않은 사내, 그것이 나다.

"사나이라면 정문으로 들어가야지."

삽시간에 패검회 내부가 소란스러워지더니 고함치는 소리와 문 열리는 소리가 섞이고, 키우고 있는 개까지 짖었다. 나는 순간 개소리에 성질이 뻗쳐서 호통을 내질렀다.

"한밤중에 개 짖는 소리 좀 안 나게 해라! 개새끼들아!"

남가락이 희한한 소리와 함께 웃더니 어디론가 도망을 쳤다. 나는 지붕으로 솟구쳐서 경공을 펼치기 시작했다. 안쪽에서 새카맣게 보이는 병력이 쏟아지고 있었다. 나는 그 와중에 잠시 달빛을 다시 구경했다.

"와… 달빛이."

이러다가 달빛에 넋이 나갈 것 같아서 다시 공중으로 솟구치자마자 흑묘아를 뽑았다. 나는 흑묘아의 칼날로 달빛을 튕겨내다가 딱히 벨 게 없어서 도로 집어넣은 채로 직진했다. 곳곳에 있는 지붕이 점점 높아졌다. 밟고 솟구치기를 반복하다가 나는 순식간에 강씨장원에서 가장 높은 건물의 지붕에 도착했다. 그곳에서 팔짱을 낀 채로 패검회의 전경을 내려다봤다. 농담이 아니라 정말로 가슴이 웅장해지고 있었다.

"후후후, 후후, 후하하하하하하!"

나는 양손을 벌린 채로 패검회에 선전포고를 했다.

"덤벼라!"

내 예상대로 어디 기습이라도 가려고 했는지 흑의를 갖춰 입은 패검회의 무인들이 담벼락을 밟고, 지붕을 밟으면서 내 쪽으로 몰려들었다. 멍청한 놈들. 저렇게 입으면 대체 아군과 적을 어떻게 구분할 수 있단 말인가? 어쨌든 관심은 오롯하게 내가 받고, 남가락이 불을 지르면 되는 상황.

문득 나는 며칠 잠을 설쳤던 게 분해서 지붕을 내려다봤다. 이 밑에서 패검회주 새끼가 잘 먹고, 잘 자고, 잘 싸고 하여간 다 했을 거란 생각을 하자 분노가 치밀었다. 나는 동료 흑의인들이 내 쪽으로 서서히 밀려드는 와중에 양손에 염화향을 휘감았다.

화르르르륵!

투계의 공력을 쌓고 있었기 때문에 양손에 휘감긴 불꽃이 그 어느 때보다 살벌하게 타올랐다. 본래는 양손으로 펼치는 염계대수인이라는 말이 옳겠으나. 지금 나는 흑의인으로 변한 상태. 나는 양손에 휘감은 염화향을 머리 위에서 합친 다음에 흑염룡黑炎龍이 거대한 불줄기로 강림하는 것처럼 지붕에 다짜고짜 꽂았다.

콰아아아아아아아아아아앙!

99.
제법
강해 보이는

나는 가장자리에 서서 박살이 난 지붕의 안을 들여다봤다. 돈이 많은 놈이라 그런지 그야말로 널찍한 공간이 눈에 들어왔다.

'집이 아니고 대궐이네.'

돈이 많아서 나한테 살수도 보내고, 남천련과 싸우기 위해 돈을 이곳저곳에 뿌려서 칼받이도 모집하고, 거처도 이렇게 훌륭했다. 나는 정당한 사업으로 돈을 번 상인에겐 강호 고수가 아니더라도 존중과 경의를 보낸다.

그러나 패검회 같은 흑도 세력은 다르다. 이들은 무수히 많은 사람의 인생, 돈, 생명을 갈아 넣어서 쥐어짠 것으로 이런 부를 얻었을 것이다. 집이 넓어서 그런지, 아무것도 보이지 않는다고 생각했을 때. 발밑에서 검기가 갑자기 밀려들었다.

콰직!

내가 솟구치는 검기를 피하면서 지붕의 가장자리로 이동하자, 누군가가 검기로 지붕을 완전하게 박살 냈다. 삽시간에 박살 난 잔해들이 공중으로 튀어 오르자, 패검회의 수하들도 내게 접근하지 못했다. 나는 끄트머리에 위태롭게 서서 아랫놈의 실력을 가늠했다. 그 사이에 공중으로 불쑥 솟구친 붉은 의복의 검객이 지붕의 가장자리에 올라서서 나를 바라봤다.

'호위 우두머리쯤 되는 놈인가.'

나이는 서른 초반으로 보이고 가만히 있어도 눈썹 끝이 위로 올라가 있어서 패도霸道에 어울리는 인상을 지닌 사내였다. 하지만 어딘지 모르게 패검회를 이끄는 사내치고는 너무 젊어 보였다. 적의인赤衣人이 내게 물었다.

"누가 보내서 왔느냐?"

우습게도 내가 처음 일위도강의 살수에게 던진 질문과 같다. 하지만 흑의인은 이런 말에 대꾸할 가치를 못 느끼는 법이다.

"…"

때마침, 강씨장원의 중앙 부근에서 불길이 높게 치솟았다. 남가락이 불을 지르면서 날뛰고 있었다. 화약이 들어있는 화섭자를 준비했었던 모양인지 연이은 굉음과 함께 불길이 군데군데 치솟으면서 고함이 뒤섞였다. 나는 냉소를 머금은 채로 적의인을 주시했다.

"…"

보통 집이 불길에 휩싸이면 당황하기 마련인데 적의인의 표정에는 변화가 없었다. 저 여유로움은 마치 돈이 많아서 이따위 집은 불에 타도 큰 상관이 없는 것처럼 보였다. 지붕 아래에서 패검회 무인들이 적의인의 정체를 알려줬다.

"당주님, 괜찮으십니까?"

놀랍게도 당주라는 직위를 가진 적의인이 수하들의 말에 이렇게 대꾸했다.

"이놈은 생포해라. 고문해서 누가 보냈는지 알아낼 것이다."

"예."

군데군데 부서진 지붕 아래에서 검객들이 솟구쳤다. 나는 목소리를 살짝 변조한 채로 중얼거렸다.

"생포라니? 그 실력으로?"

나는 대여섯 명의 검객들을 바라보다가 부서진 지붕 아래로 몸을 날렸다. 검객들과 적의인이 나를 따라서 떨어지는 것을 확인한 다음에 다시 위로 솟구쳤다. 이랬다가 저랬다가, 어차피 나는 경공이 뛰어나다. 이 멍청한 놈들은 내가 뛰어내리면 전부 같이 뛰어내리고, 다시 솟구치자 또다시 동시에 솟구쳤다. 나는 가장 먼저 솟구친 놈을 향해서 발검식으로 흑묘아를 휘둘렀다.

푸악- 소리와 함께 검객 한 명의 몸을 공중에서 찢은 다음에 곧장 다시 넓은 거처로 뛰어내렸다. 지붕을 바라보자… 이번에는 잠시 정적이 감돌았다. 방금 실로 어처구니없을 정도로 간단한 심리전에 한 명이 죽었기 때문일 터. 사실 이들을 남천련과 이간질을 하려면 적당히 불을 지르고 집을 부수다가 도망가는 것이 좋다.

하지만 패검회주가 등장하지 않았기 때문에 무언가 조금 아쉬웠다. 건물 구조를 보아하니 일 층 가장 깊숙한 곳에 회주가 있는 모양이었다. 어떻게 생긴 놈인지 보고 떠나자는 생각이 들어서 흑묘아로 바닥을 그은 다음에 진각震脚을 펼쳐서 바닥을 무너뜨렸다.

쾅!

층 전체가 들썩이면서 아래로 직행할 수 있는 입구가 생겼다. 위에서 검을 내민 채로 떨어지는 검객들을 피해서 몸을 날렸다가 쏟아지는 암기를 쳐냈다.

따당!

아랫놈들까지 돈으로 사들인 영약을 대량으로 섭취했는지 암기에 실린 공력이 제법 묵직했다. 나는 시선을 천장에 고정한 채로 물러나다가 방문을 뒷발로 찬 다음에 빠져나가서, 벽에 흑묘아를 박아 넣은 채로 움직였다. 칼날이 손상될 수 있었기 때문에 염계의 기를 주입한 채로 패검회의 거처를 엉망으로 만들었다. 애초에 흑묘아의 칼날이 단단한 데다가 염계의 기를 갈무리하듯이 주입한 터라 종이로 만든 집을 칼로 베는 것처럼 손쉽게 망가뜨릴 수 있었다.

적진에서 망설일 이유가 없다. 나는 내키는 대로 벽을 부수고 들어가서 닥치는 대로 베고, 찌르면서 이동했다. 다시 복도로 나왔을 때 갑작스럽게 튀어나온 검을 흑묘아로 튕겨낸 다음에 흡성대법으로 끌어당겨서 붙잡자마자 복부에 칼을 찔러 넣었다.

푸욱!

나는 죽은 놈의 머리채를 휘어잡은 채로 이동하다가 계단에 집어 던졌다. 우르르 소리를 내면서 올라오던 놈들이 시체와 부딪쳤을 때…

퍽!

나는 계단 아래를 향해 도기를 마구잡이로 쏟아냈다. 시체가 다시 도기에 찢어지고, 시체를 받아내던 검객들도 도기에 찢어지고, 도망가려던 놈들도 팔다리가 찢어졌다. 삽시간에 계단 양쪽과 아래까지 핏물과 살점 조각이 뒤섞여서 흉건해진 상황… 나는 핏물을 흘려대고 있는 계단을 내려가다가 조심스럽게 따라오고 있었던 적의인과 잠시 눈을 마주쳤다. 이놈은 그 와중에도 수하를 앞에 배치하고 뒤에 서있었다.

"…"

제법 침착하고 신중한 적의인이 내공을 담은 잔잔한 어조로 명령했다.

"아래부터 틀어막아라."

계단 밟는 소리가 들리면서 병력이 계속 아래에서 밀려오는 와중에 적의인이 내게 물었다.

"사도행이 보냈느냐?"

솔직히 사도행이 보냈다고 하면 안 믿을 거 같아서 그냥 입을 다물었다. 이때, 아래에서 묵직한 저음이 들렸다.

"비켜라."

몰려온 수하들이 길을 연 곳에서 등장한 한 간부가 적의인에게 물었다.

"천 당주님, 죽입니까?"

나를 포위하는 구도로 막아서고 있는 적의인이 대꾸했다.

"생포해. 팔다리는 잘라도 좋다."

"예."

아래에 도착한 패검회의 간부는 천장에 닿을 것 같은 신장에 창을 어깨 위로 치켜들었다. 그것을 보자마자, 나는 양손을 올리면서 말했다.

“항복하겠다. 창은 못 이기지.”

항복 선언과 동시에 오른손에 있는 흑묘아를 떨어뜨린 다음, 바닥에 닿기 전에 칼 손잡이를 정확하게 차서 간부에게 날렸다.

푸욱!

마침 창을 집어 던지려던 놈의 가슴에 맹렬한 기세로 날아간 흑묘아가 깊숙하게 박혔다. 동시에 나는 계단 양쪽의 벽을 양손으로 밀어내는 반동으로 뛰어내려서 쓰러지고 있는 간부의 몸에 달라붙자마자 흑묘아를 뽑아내고, 왼손으로 창을 붙잡았다. 이어서 창과 흑묘아를 동시에 휘두르면서 적을 물러서게 만들었다.

흑묘아에서는 도풍을 쏟아내고, 다가오는 놈들을 몸을 회전해서 휘두른 창으로 잘라냈다. 일 층에 도착하자마자 흑묘아를 집어넣고, 창을 오른손에 쥔 채로 주변을 둘러봤다. 바깥에서는 불길이 번지고 있다는 외침과 함께 다시 폭발음이 연달았다.

‘대단하네. 남가락…’

원래 나처럼 못된 놈일수록 불놀이를 잘하기 마련이다. 남가락은 도망가다가 불을 지르고, 싸우고, 죽이는 것을 반복하고 있을 터였다. 남명회를 이끄는 우두머리라면 저 정도는 해줘야 하는 법. 나는 오랜만에 묵직한 장창을 손에 쥐자 옛 생각이 났다. 부러지지 않는 신념을 쥔 채로 참 많이도 때려죽였었기 때문이다.

나는 밀려드는 패검회의 무인들을 창으로 베면서 이간질과 퇴각을 고민하다가 건물 바깥으로 빠져나가서 중앙에 멈춰 섰다. 수하들이 좌우로 갈라진 곳에서 적의인이 여전히 침착한 분위기로 등장했다.

"살수가 아닌 것 같은데 대체 누구냐?"

나는 옛 추억에 취한 채로 일 층 안쪽을 주시했다. 누군가의 그림자가 걸어 나오는 게 보이고, 이내 낮게 깔린 목소리가 들렸다.

"천 당주, 사도행이 온 것이냐?"

적의인이 대꾸했다.

"아닙니다. 쥐새끼 몇 마리가 들어왔습니다."

"허어…"

나는 목소리가 들리는 곳을 향해 장창을 냅다 집어 던졌다.

쐐애애애액!

적의인이 반사적으로 급히 몸을 돌려서 피하자, 장창은 일직선으로 쇄도했다. 이때 반투명한 발을 뚫고 날아간 장창이 탁 소리와 함께 허공에서 멈췄다. 잘 보이진 않았으나, 갑작스러운 정적이 상황을 설명해 주고 있었다. 패검회주가 맨손으로 장창을 붙잡은 모양이다. 나는 속으로 감탄했다.

'제법이네.'

목계의 공력이 담긴 장창을 저렇게 간단하게 잡아내다니… 사실 패검회의 수장이라면 저 정도는 잡아줘야 한다. 하지만 나는 일부러 잔뜩 놀란 눈빛으로 전방을 주시하다가, 미련 없이 돌아서서 공중으로 솟구쳤다. 마치 내 예상이 완벽하게 틀렸다는 것을 온몸으로 표현하는 행위 예술을 펼치듯이 말이다. 동시에 나를 추격하는 자들이 맹렬하게 따라오다가 단체로 공중에 솟구쳤다. 나는 공중에서 몸을 한 바퀴 돌린 다음에 발검식으로 뽑은 흑묘아를 허공에 그었다.

쐐애애애액!

서너 명의 하반신이 도기에 맞아서 잘리더니 끔찍한 비명들이 뒤따랐다. 나는 별다른 어려움 없이 담벼락에 올라선 다음에 날아오는 암기를 피하면서 미련 없이 물러났다. 투계의 공력 때문에 바람 소리를 구분하면서 보지도 않고 피하는 게 수월해진 상태. 어차피 패검회주가 직접 전력으로 경공을 펼쳐야 나를 쫓아올 수 있을 터였다. 하지만 이 돈 많은 사내는 장기판의 왕처럼 꿈쩍도 하지 않았다.

점점 경공 속도를 높여서 달리자, 잠시 후에 남가락이 어둠 속에서 튀어나오더니 옆으로 따라붙었다. 우리 둘은 서로의 눈빛만 확인한 다음에 경공을 펼쳐서 어둠 속을 질주했다. 뒤따라오는 자들과의 간격이 점점 멀어지더니 어느새 패검회의 무인들이 보이지 않는 상황. 놈들이 너무 일찌감치 포기하는 거 같아서 기분이 약간 가라앉은 상태로 어둠 속을 이동했다.

* * *

"저쪽에 있는 고수가 전부는 아닐 테지?"

내 물음에 잘린 나무의 밑동에 앉아있는 남가락이 복면을 벗으면서 대꾸했다.

"의혈방, 흑사단, 철장방, 상단, 표국, 전장까지 거느리고 있으니까 이게 전부는 아니지. 저 인원이 전부 모여서 남천련을 치면 양쪽의 희생자가 엄청날 거야. 거기에 칼받이도 구했으니 병력은 더 늘어났겠지."

"많이 태웠나?"

"한 스무 채 이상은 불태웠다. 밤새 고생 좀 할 거야. 바로 남천련 쪽으로 합류할까? 아니면 여기서 패검회를 계속 주시할까."

나는 이곳에 오기 전에 병력을 쪼개서 남천련 측에는 임시로 남연풍을 배치했었다. 나는 잠시 주변에 귀를 기울이다가 남가락에게 속삭였다.

"흑남, 복면 써라."

"…"

남가락은 영문도 모른 채로 급히 복면으로 얼굴을 가렸다. 우리는 낮은 산속으로 도주하다가 휑한 공터를 차지한 채로 쉬고 있었는데, 잠시 후에 꽤 먼 곳에서 인위적인 소리가 미세하게 들렸다. 나는 남가락에게 물었다.

"이상하군. 패검회주가 자네보다 훨씬 강한가?"

남가락이 고개를 끄덕이더니 씁쓸한 어조로 대꾸했다.

"아무래도… 그렇겠지."

"함께 기다리면 이상하니까 먼저 빠져있어. 내가 늦으면 아까 그 숙소로."

나는 대꾸하지 말라는 것처럼 손가락을 입에 댄 다음에 고갯짓했다. 그러자 남가락은 아무 말 없이 다시 어둠 속으로 사라졌다. 나는 의아한 표정으로 왔던 곳을 주시했다. 주변에 있는 나뭇가지가 흔들거리더니 공중에서 처음 보는 중년인이 가볍게 내려섰다. 턱수염만 제법 길게 기른 사내였다. 놈이 뒷짐을 진 채로 다가오면서 이렇게 말했다.

"도망칠 수 있을 줄 알았더냐."

저 여유는 대체 무엇일까. 내 혼신의 연기가 통했기 때문일까. 아니면 강호가 알고 있는 것보다 패검회주의 실력이 더 뛰어나서일까. 그것도 아니면 내가 병신 같은 흑의인처럼 보여서 그런 것일까. 귀를 기울여 보니 오직 패검회주만 빠른 경공을 펼쳐서 나를 따라잡은 모양인지 주변이 아주 고요했다. 달빛이 내리쬐는 휑한 공터에서 내가 좋아하는 일대일 상황이 벌어지자 기분이 묘했다.

'이게 웬 떡이야?'

바라지도 않았던 대어大漁가 눈앞에서 퍼덕거리고 있었다. 심지어 쉽게 죽을 놈처럼 보이지도 않아서 기분이 점점 흡족해지고 있었다. 나는 팔짱을 낀 채로 일어나서 패검회주로 추정되는 사내에게 진중한 어조로 말했다.

"어서 와라. 제법 강해 보이는 대머리."

"..."

100.
신비롭지 않은 세력의 대장

나는 겁도 없이 홀로 찾아온 패검회주의 머릿속이 실로 궁금했다.

"왜 혼자 왔어? 배신이라도 당했어? 아니면 갑자기 절벽 기연이라도 얻었나."

"그럴 리가 있겠느냐?"

"대머리, 흑도에서는 항상 이인자를 조심하라고."

패검회주가 고개를 갸웃했다. 행색은 흑의인인데, 말투가 흑의인답지 않아서 그런 것일까. 떨떠름한 표정으로 패검회주가 말을 이어나갔다.

"강호에서는 배신이 의미가 없다. 어차피 강자가 모든 것을 차지하는 법이니."

나는 팔짱을 풀고 흑묘아를 뽑았다.

"그렇군. 귀한 말씀 잘 들었다."

패검회주도 검을 천천히 뽑으면서 말했다.

"의뢰인에게 얼마를 받았느냐?"

"왜?"

패검회주는 완전히 나를 아래로 보는 것처럼 말을 이어나갔다.

"말해보아라."

"삼만 구천팔백 냥, 이 새끼야."

"…"

"왜?"

"너희는 어차피 돈 때문에 움직이는 놈들. 나는 사업에 감정을 담지 않는다. 너희를 고용한 놈보다 내가 더 돈이 많다. 의뢰 비용의 두 배를 맞춰주마. 날 죽이라고 사주한 놈을 너희가 죽이면 돼. 나는 너희 같은 살수들에겐 아무런 감정이 없다."

"…"

나는 문득 이놈이 말을 길게 하는 이유가 수하들을 기다리기 때문이라 생각했다. 할 말이 많았지만, 나는 입이 무거운 흑의인답게 그냥 칼부터 휘둘렀다. 그냥 말다툼하는 것보다, 싸우면서 입을 놀리는 게 낫다. 패검회주는 발검으로 흑묘아를 튕겨내자마자 좌장을 내지르고, 나는 곧장 염계대수인으로 맞받아쳤다. 갑자기 큰 북이 터지는 소리와 함께 패검회주가 예닐곱 걸음을 빠르게 물러났다. 장력을 교환한 패검회주 얼굴에 놀랐다는 감정이 가득해서 나는 저절로 입이 열렸다.

"대머리, 놀랐나?"

염계의 장력에 적중당해서 그런지 패검회주는 얼굴부터 정수리까지 새빨개진 상황. 시커먼 밤중에 두 발로 서있는 붉은 오징어를 보는 것 같아서 사실은 나도 조금 놀랐다.

'씨벌, 깜짝이야.'

패검회주는 악한 짓으로 관상이 서서히 변한 인상을 주고 있어서 쳐다보는 것이 더욱 불편했다. 얼굴을 움직일 때마다 달빛에 비친 얼굴 기름 때문에 인상이 시시각각 달라지는 사내이기도 했다.

'악인은 악인이네. 얼굴이 매번 달라.'

사람은 평소에 가진 생각에 따라서 얼굴 분위기가 점점 변하는데. 이놈은 사람으로 태어나 성질 더러운 붉은 오징어로 퇴화하고 있는 망종亡種의 관상이었다. 오징어를 썰어놓으면 맛이라도 있지, 이놈은 죽여도 기분이 불쾌할 것 같다는 느낌을 받았다. 나는 패검회주가 도망가지 못하도록 따라붙어서 목계를 주입한 흑묘아를 휘둘렀다.

"도망갈 생각 하지 마라. 붉은 오징어, 붉은 낙지, 문어 대가리, 붉은 달걀, 새빨간 사춘기. 볼 빨간 대머리."

어쩐지 오늘은 내 헛소리에 나도 손발이 어지러웠다. 평소에 도刀 쓰다가 근래 검법을 고민했기 때문일 터. 내 생각만큼 칼의 흐름이 매끄럽지 않았다. 반면에 패검회주는 장력을 교환하자마자 도망칠 궁리를 하고 있다는 것이 동작에서 드러났다. 삽시간에 긴장한 낯빛이 된 패검회주가 맹렬하게 검을 휘두르면서 저항했다.

그러나 염계대수인을 받아칠 정도의 내공이 있음에도, 그 깊이에 비해 검법의 수준은 높지 않았다. 패검회주에게 실전 경험이 많았다면 지금보다 훨씬 잘 싸웠을 것이다. 하지만 젊은 시절부터 우두머리로 지내면서 수하들을 턱짓으로 부린 흔적이 몸과 검에 배어있었다. 직접 나서서 해결한 일이 그리 많지 않다는 뜻이다.

나는 이런 우두머리들을 종종 봤다. 이러다가 내공이 더 깊은 고수를 만나면 낭패를 당하기 마련인데, 나를 그저 치고 빠지려는 살수로 판단한 것이 패검회주의 실책이었다. 패검회주의 수하들이 몰려올 가능성이 있었기에 나는 계속 빠르게 공격을 퍼부으면서 패검회주를 몰아붙였다.

지법으로 때리고, 장력을 쏟아내고, 종종 흡성대법을 섞어서 패검회주의 손목, 팔, 검을 일부러 잡아당겼다. 신체의 균형을 무너뜨리는 것에도 효과적이고, 수비를 강제적으로 강요하는 효과도 있었다. 오늘 내가 펼치는 도법이 마음에 들지 않았으나, 좌장으로 공격 수법을 다양하게 조합하자 오히려 위력은 더 뛰어났다.

* * *

패검회주의 표정이 시시각각으로 변할 때마다, 나는 낮게 깔린 목소리로 읊조리면서 정신적인 공격도 병행했다.

"늦었다. 빌어도 소용없고. 네 시체를 보고 놀란 패검회가 남천련과 맞붙길 기대하마. 패검회의 재산은 뿔뿔이 흩어지고, 수하들은 시체가 되고, 남천련도 너희를 상대하느라 너덜너덜해지겠지. 너희는 해산물이고, 나는 어부다."

어부지리漁夫之利. 바닷가에서 둘이 다투는 것을 어부가 잡았다는 것까진 생각이 났는데, 어떤 둘이 다퉜는지는 기억이 나지 않아서 그냥 해산물로 싸잡아서 표현했다. 사실 개구리와 거북이가 다툰 것인지, 오징어와 뱀장어가 자웅을 겨룬 것인지 내 알 바 아니다. 어쨌든 내가 항상 흑어黑漁를 낚는 어부라는 점이 중요한 것이다.

패검회주의 손발이 점점 어지럽게 꼬이는 것을 보자마자, 그의 팔뚝을 흑묘아로 그리 깊지 않게 벴다. 핏물이 살짝 솟구치는 것을 보자마자, 나는 눈이 홱 돌아가는 것을 느끼면서 상처 부위에 흡성대법을 펼쳤다. 손가락 크기의 상처 부위가 벌어지더니 핏물이 길쭉하게 뿜어져 나왔다. 공방 도중에 변칙적으로 발견한 수법이지만, 기억해 두기 위해서 이 연계 수법의 이름을 붙여줬다.

과다 출혈過多 出血. 과다 출혈로 뽑아낸 핏물을 다시 흑묘아로 가르자, 염계의 기운 때문에 치지직- 하는 소리가 터졌다. 핏방울이 공중에서 연기로 비산飛散하는 것을 보고 장력으로 밀어냈다. 파바바박… 소리와 함께 뜨거운 핏물에 적중당한 패검회주가 화들짝 놀라면서 뒤로 물러났다.

의복 곳곳이 핏방울에 뚫려서 구멍이 나있었다. 완전하게 기선을 제압한 상태. 내가 지금 비록 찌르기에 부적합한 칼을 쥐고 있었으나… 큰 상관은 없었기 때문에 찌르기 위주의 쾌검을 펼치는 것처럼 패검회주의 급소를 연달아 노리면서 전진했다.

채-채-챙!

그 와중에도 패검회주는 무려 일곱 번의 찌르기를 정확하게 튕겨냈다. 실력으로 패검회의 정상에 위치할 정도는 되는 놈이었다. 하지만 나는 쾌검으로 수비를 펼치는 패검회주의 동작이 붉은 오징어의 흐느적거림으로 보여서 속이 뜨끔했다.

"오징어가 잘 막네."

문득 이런 생각이 들었다. 이놈을 여기서 죽이지 않으면 나중에 굉장히 강호에 큰 영향을 끼칠 거대 오징어라고 말이다. 검은색의 먹물을 주변에 뿌려대면서 꽤 강력한 흑도로 성장할 것 같은 예감이 들었다. 물론 전생의 광마 시절에는 명성이 없었던 놈이다. 남천련주에게 죽었거나, 다른 흑도에게 죽었거나 혹은 천 당주라 불리던 적의인에게 당했을 것이란 생각이 들었다.

나는 근접한 거리에서 흑묘아에 염화향을 휘감았다가 도풍으로 날리고, 패검회주의 시야를 흩날리는 염화향으로 가린 상태에서 좌장을 하단으로 뻗어서 패검회주의 다리를 잡아당겼다. 뒷걸음을 치려던 패검회주의 몸이 균형을 잃은 채로 휘청이다가 딛고 있는 발로 땅을 박차더니 공중으로 솟구쳤다. 동시에 움직인 나는 패검회주의 오른쪽 발목을 붙잡아서 그대로 땅에 처박았다.

콰아아아앙!

이어서 발목을 비틀어서 으스러뜨린 다음에 비명을 내지르는 패검회주의 발악을 차근차근 제압했다. 검을 쳐내서 날리고. 바닥에 서너 차례 다시 패대기를 친 다음에 끌어당겨서 회주의 머리카락을 붙잡으려다가 실수했다는 것을 깨닫고 목을 움켜쥐었다.

"켁…"

문득 나는 잠이 부족하다는 것을 느끼자마자, 악력으로 패검회주의 목을 잔뜩 졸랐다. 성질이 뻗쳤기 때문에 이간질과 전략 같은 것을 무시한 본심이 입 밖으로 흘러나왔다.

"왜 살수를 보내고 지랄이야. 이 새끼야. 피곤해서 죽을 뻔했잖아."

"…!"

"잠 좀 편하게 자자."

악력을 살짝 풀어주자, 회주의 쥐어짜는 목소리가 흘러나왔다.

"누구냐."

나는 패검회주의 혈도를 짚은 다음에 귀에 속삭였다.

"하오문주가 나다."

굳어있는 패검회주의 손을 붙잡았다. 검객이라는 놈의 손에 굳은살이 별로 없었다. 나는 그대로 패검회주의 손을 으스러뜨리면서 단전에서 내공을 뽑아냈다. 흑묘아를 떨군 다음에 비명을 내지르는 회주의 입을 틀어막았다. 문득 패검회주의 내공이 더럽다는 생각이 들자마자 흡성대법을 멈춘 다음에 그대로 울대를 쳐서 붉은 오징어의 숨통을 끊어냈다. 전생에 때려죽이던 놈들과 크게 다를 바 없는 놈이어서 별 감흥도 없었다. 그제야 패검회주의 몸이 차가운 땅에 축 늘어졌다. 나는 잠시 주변의 어둠을 응시했다.

"…"

꽤 떨어진 곳에서 아까부터 대기하던 병력이 이제야 움직이는 것 같았다.

"와, 이것들이…"

오늘은 미친놈처럼 싸우러 온 게 아니라서 가까스로 성질을 억눌렀다. 나는 패검회주의 검을 챙기면서 시체와 대화를 시도했다.

"이인자한테 당한 거는 알고 죽었나?"

"…"

"몰랐어?"

패검회주를 죽이고 나서야, 천 당주의 침착한 모습이 떠올랐다.

내가 창을 던졌을 때, 천 당주는 급히 피했고. 패검회주는 내 실력을 몰랐기 때문에 창을 붙잡은 다음에 목계의 공력을 내 전력으로 착각했다. 보통 살수가 그런 순간에 전력을 다하는 것이 정상이기 때문이다. 저희끼리 암투를 벌이고, 권력을 붙잡기 위해 잔머리를 굴리는 것은 너무 흔한 일이어서 딱히 놀랍지도 않았다.

아무리 회주가 경공이 빠르다지만, 수하들이 여태 오지 않는 것이 패검회 내부 상황을 말해주고 있었다. 이인자처럼 보였던 천 당주가 상황을 통제하고 있을 터. 천 당주가 나처럼 어부 행세를 하는 것일 수도 있었다. 그러나 눈앞에 보이는 권력을 붙잡는 게 무슨 의미가 있겠는가. 패검회는 남천련과 싸우다가 공멸하든지 아니면 내 손에 전부 불에 타서 없어질 텐데 말이다.

배신과 음모로 쟁취한 권력만큼 허망한 게 없다. 나는 패검회주의 허리에서 검집까지 풀어낸 다음에 경공을 펼쳐서 장소를 벗어났다. 이간질이 잘 진행되고 있는 것인지 아닌지 사실 잘 모르겠다. 중요한 것은 패검회주를 죽인 것이어서 큰 의미를 두진 않았다. 강호에서 벌어지는 분쟁은 어쨌든 죽이면 끝이다.

* * *

"표물을 맡기러 왔소."

나는 패검회주의 장검을 탁자에 올려놓았다. 벽안표국의 총표두인 공두찬이 장검을 유심히 바라보다가 내게 물었다.

"이것을… 어디로 전달하면 될까요?"

"남천련주에게 급하게 전달할 선물이오. 최대한 빠르게. 비용을 책정해 주시오."

공두찬이 당황스러운 표정으로 대꾸했다.

"아, 실례지만 누구의 검인지 알 수 있을까요."

나는 머리를 매만지다가 덤덤한 표정으로 대꾸했다.

"이것은 대머리의 검이오."

"그러니까 그 대머리가 누군지 알려주시면 좋겠습니다."

나는 주변을 둘러보다가 하품을 했다. 여전히 잠이 부족한 상태. 표물 하나 맡기려고 왔는데, 수시로 대청 문이 열리면서 표사와 표두들이 대청에 점점 늘어났다. 나는 졸음을 애써 참으면서 총표두에게 말을 놨다.

"말했잖아. 대머리가 사용하던 검이라고."

"장물인지 아닌지만 확인할 테니 알려주시지요. 흔한 장검이 아니라서 그렇습니다."

"장물은 아니고 패검회주의 검이다."

"…"

나는 벽안표국에 싸늘한 정적이 감도는 것을 눈으로 확인하고, 남가락이 예상하던 표국이 맞다는 것을 알았다. 이놈들은 패검회에 들러붙어 있는 표국이다. 흑도와 노골적으로 들러붙어 있다는 게 알려지면 표물이 줄어들기 때문에 겉으로는 관계가 없는 행세를 하고 있을 뿐이다. 나는 주변을 둘러보다가 공두찬에게 물었다.

"표정이 다들 썩었네. 표물이 그렇게 이상한가?"

공두찬이 덤덤한 표정으로 대꾸했다.

"패검회주가 죽었습니까?"

"죽었다."

공두찬이 말했다.

"저희가 패검회와 붙어먹은 표국이라는 것을 아시는 모양인데 뭘 원하십니까."

"총표두, 일단 이것은 정상적인 표행 의뢰다. 패검회주의 검을 남천련주에게 전해. 사도행이 병신이 아닌 이상 바로 병력을 모아서 패검회를 치겠지. 내가 전달하는 것은 귀찮아서 가장 가까운 표국으로 왔다. 내가 잘못 왔나?"

나는 손으로 탁자를 두드렸다.

"표국이면 표국답게 일해. 그리고 나한테 객방 하나 내줘. 잠 좀 자야겠다. 패검회주가 보낸 살수 때문에 잠을 얼마나 설쳤는지 몰라. 혹시 패검회의 천 당주가 나를 찾아오면 그런 사람 못 봤다고 좀 해주고. 이놈이 회주를 배신한 것 같은데 그래도 죄를 나한테 온전하게 덮어씌우려면 나를 추적하고 있겠지."

나는 졸린 와중에 말을 대충 씨불여 댔다.

"…"

공두찬은 꿀 먹은 벙어리가 된 상태. 나는 쌍꺼풀이 두툼해진 눈으로 공두찬을 바라봤다.

"그 뭐냐. 나 처자고 있을 때 기습하지 마라. 내가 잠자다가 깨어난 거 때문에 패검회주를 죽인 사람이야. 총표두, 알았어?"

총표두는 대답을 못 한 채로 대청에 모여있는 표두들의 표정을 살피다가 대꾸했다.

"손님을 일단 객방으로 안내해 드려라. 일단 일어나시지요."

나는 눈을 깜박이면서 일어났다.

"표물은?"

"사람만 임명한 다음에 바로 표행을 시작하겠습니다."

나는 객방을 안내해 주는 사람을 따라가면서 고개를 끄덕였다.

"벽안표국의 운명이 이번 표행에 달렸으니 어떻게 되는지 보자고."

나는 제법 넓은 객방의 침상에 드러누워서 방을 안내한 젊은 표사에게 말했다.

"이봐."

"예."

"혹시라도 내 잠을 깨우면, 너희는 몰살이다. 너만 알고 있어."

"예, 알겠습니다."

표사가 방을 나가다가 조심스럽게 물었다.

"그런데 패검회주가 정말 죽었습니까?"

"응."

"직접 죽이셨어요?"

"당연하지."

"정체나 소속을 여쭤도 될까요."

나는 눈을 감은 채로 대꾸했다.

"나는 매번 쫓기던 남자, 절벽에 떨어졌던 사내, 그곳에서 기연을 얻은 사내, 흑막의 주인, 신비롭지 않은 세력의 대장, 정체가 확실한 흑의인, 대머리는 아니지만 강한 사내…"

점점 눈꺼풀이 무거워졌다.

"…그것이 나다."

101.
칼을 들이댔으면 죽어야지

나는 밥 냄새를 맡고 눈을 떴다. 독 냄새를 맡지 않은 것이 표국 놈들에게 다행이라는 생각을 하면서 눈곱을 제거했다. 창가에 스며드는 햇살을 잠시 바라보다가 일어나서 밥 냄새가 풍기는 곳으로 향했다. 대청에 도착해 보니 어제 봤던 총표두를 비롯한 표두들만 둘러앉아서 밥을 먹다가 일제히 젓가락질을 멈춘 채로 나를 바라봤다. 나는 빈자리에 털썩 앉은 다음에 가라앉은 어조로 말했다.

"밥 줘."

"..."

옆에 있는 표두에게 젓가락을 건네받아서 반찬을 먹기 시작하자, 식사가 다시 조용히 이어졌다. 밥을 먹는 와중에 총표두가 내게 말했다.

"표물은 어젯밤에 바로 출발했습니다."

나는 고개를 끄덕이면서 맛없는 나물을 뒤적거리다가 이름 모를 튀김 요리를 먹기 시작했다. 내가 말없이 밥만 먹자, 총표두가 물었다.

"곧 패검회와 남천련이 붙겠지요?"

"그렇겠지."

"저희는 남천련이 이겨도 걱정입니다."

"왜?"

"사도행에 대한 소문을 많이 들었습니다. 그가 상납금을 올리라고 하면 저희가 무슨 힘이 있어서 그 말을 어기겠습니까. 마음에 안 드는 자는 무조건 죽인다는 소문이 자자합니다."

나는 코웃음을 쳤다.

"이봐, 총표두."

"예."

"패검회주는 달랐나? 똑같은 놈이었지. 그리고 밥 처먹는데 아침부터 돈 이야기를 그렇게 해야겠어? 밥도 맛있고 반찬도 좋은 게 뻔히 보이는데, 여기저기서 상납금 처받아서 세력이 커진 패검회랑 벽안표국이 그렇게 가난하게 지냈나? 어디서 엄살이야."

표두들이 눈치를 보고, 총표두 공두찬도 입을 다물었다. 나는 물을 마시면서 말했다.

"흑도에 달라붙어서 그동안에 잘 먹고 잘 지냈으면 입 닥쳐라. 손해 볼 생각은 눈곱만큼도 안 하는군. 내 수하들이 앞으로 패검회에 달라붙어 있었던 곳을 찾아낼 거다. 사업한답시고 횡포를 부렸거나 사람들을 노예처럼 부린 정황이 내게 보고되면 오늘처럼 얼굴 맞대고 밥 먹는 거로 끝나진 않을 거야. 너희는 사도행을 걱정할 때가 아니다. 내가 다시 찾아올 것을 걱정해야지."

"…"

"패검회가 이기면 내가 잔당을 처리할 거고. 남천련이 이기면 내가 사도행을 죽이든지 패든지 할 테니까. 상납할 일은 이제 없다. 하지만 나는 사도행이나 패검회주와는 달라. 돈은 필요 없어. 하지만 선을 넘으면 너희도 저세상에 가서 패검회주에게 다시 상납을 바쳐야 할 거야."

나는 잠이 확 달아난 표정으로 뒤바뀐 표국 사람들을 노려봤다.

"너희는 표국 일이나 똑바로 해. 내 수하들한테 이상한 거 걸리지 말고."

나는 아침부터 벽안표국 사람들을 갈구다가 의식의 흐름대로 말을 이어나갔다.

"근데 숙수가 누구야? 음식 솜씨가 아주 훌륭하네."

"…"

대화의 흐름이 이상해지자, 분위기가 더 싸늘해졌다. 이름 모를 삼십 대의 표두가 내게 물었다.

"그런데 어디서 나오셨습니까? 무림맹은 아니신 거 같은데."

"왜 무림맹은 아니야? 내가 격이 떨어져 보여?"

"아, 무림맹에서 나오셨습니까."

"아니. 그런 재수 없는 곳에서 나오진 않았다."

"…"

"나는 저기 남화 근처에서 왔다."

"아, 그러시군요. 남화라면 대나찰이라는 고수가 유명하죠."

나는 국물을 떠먹으면서 고개를 끄덕였다.

"유명하지. 제자들인 십이신장도 유명하고."

한 표두가 제멋대로 생각하는 말을 내뱉었다.

"그쪽이시구나."

"그쪽이시구나…가 아니라 대나찰은 나한테 죽었다. 십이신장도 절반은 죽였고. 밥 먹는데 이야기 주제가 아주 맛깔나군. 어떻게 죽였는지도 궁금하지?"

"안 궁금합니다."

"아쉽군."

나는 밥그릇을 깨끗하게 비운 다음에 젓가락을 내려놓았다.

"잘 먹었다. 표행 비용은 얼마야?"

내가 품에서 전낭을 꺼내자, 총표두가 말했다.

"비용을 어찌 받겠습니까. 먼저 오셔서 사정을 설명해 주셨기 때문에 저희가 목숨을 건졌습니다."

"목숨은 목숨이고. 표행을 맡겼으면 돈을 내야지. 얼마야."

총표두가 말했다.

"그럼 통용 은자 두 개만 받겠습니다."

나는 총표두를 노려보면서 정색했다.

"왜 그렇게 비싸. 내가 촌놈으로 보여?"

"그럼 한 개만 받겠습니다."

나는 전낭에서 통용 은자 두 개를 꺼내서 밥그릇 옆에 내려놓았다.

"객방 사용한 것과 독이 없는 밥값까지. 넉넉하게 넣었다."

"감사합니다."

나는 식탁에서 일어난 다음에 총표두를 바라봤다.

"총표두."
"예."
"패검회에 달라붙어 있는 상인들에게 전부 전해. 패검회는 곧 없어질 테니 예전으로 돌아가라고. 상납금도 없어질 테니까 상인답게 일하라고 전해줘."
"알겠습니다."
"물건 가지고 매점매석買占賣惜 같은 방식으로 장난치면 내가 죽이러 간다고 좀 전해주고."
"예."
"남의 밥줄 끊으면서까지 이상하게 장사하면 수하들 보내서 암살할 거라고 전해."
"예, 전하겠습니다. 그런데 누구의 말이라고 전해야 할까요."
"패검회주 죽인 사람, 하룻밤 머물고 아침 먹고 떠난 고수. 흑의인."
"알겠습니다."
"그리고 총표두, 잘 들어."
"예."
"일위도강이랑 연락하던 놈들은 색출해서 전부 잡아 죽일 것이라고 전해. 그전에 내 수하들에게 순순히 일위도강에 대한 정보를 불면 용서해 주겠다. 다른 선택지는 없어."
"그 말씀도 명확하게 전달하겠습니다."
"그 전에 너희가 한 곳만 선택해라. 일위도강이랑 연락하는 놈들…"

"실은 저희가 그것까진…"

"아니, 그냥 감으로 찍으라고. 어디야. 말 안 하면, 할 때까지 여기에 눌러앉으마. 나도 이참에 표사 일이나 배워둬야지."

"…"

나는 대청 입구에서 맑은 하늘을 올려다봤다. 맑고 화창한 날이어서 내가 입고 있는 시커먼 옷이 영 어울리지 않았다. 나는 맑은 하늘을 바라보면서 총표두에게 말했다.

"일단 표사들이 입는 옷 좀 하나 내줘. 옷이 너무 새카맣다."

"예."

"내 체형에 딱 들어맞는 옷으로 준비하도록."

나는 잠시 통용 은자 두 개와 밥값, 방 값, 의복 값을 대충 비교해봤다. 그래도 은자의 가치가 높은 거 같아서 흑묘아를 귀중한 표물처럼 감쌀 수 있는 가죽 띠를 빼앗은 다음에 다시 물었다.

"생각나는 게 없나 보지?"

총표두가 고민 끝에 이런 대답을 내놓았다.

"상인은 아니고. 제가 들은 소문에 운월형제라는 흑도가 살수를 고용해서 경쟁하던 일파를 전부 죽였다는 소식이 있었습니다. 표사들이 자주 드나드는 곳이어서…"

"어디 있어."

"정평호수의 상권을 모두 장악한 자들입니다."

"알았다."

나는 표사 옷으로 갈아입은 다음에 벽안표국에서 빠져나왔다.

* * *

남가락은 수하들과 함께 남천련의 이동이나 패검회의 움직임을 살펴보기로 했다. 판을 깔아줬으니 일단 패검회와 남천련의 싸움을 지켜봐야 하는 상황. 나는 패검회로 쳐들어가는 남천력의 병력을 발견하면 슬쩍 합류할 생각이었기 때문에 복귀하는 발걸음을 서두르지 않았다. 나는 흑의인에서 젊은 표사로 갑작스럽게 전직했다. 어깨에는 가죽 띠로 감싸고 있는 흑묘아를 둘러멘 데다가 복장까지 완벽했으니 누가 봐도 잘생긴 표사일 것이다.

아님 말고. 어쨌든 간에 어제는 흑의인, 오늘은 젊은 표사. 전생에는 도객刀客, 현생에는 검객劍客 지망생이 된 나는 날씨가 좋아서 굳이 경공을 펼치지 않았다. 농땡이를 치는 젊은 표사처럼 느릿한 걸음으로 나만 알고 있는 단독 표행을 떠났다. 의뢰인은 하오문주, 수행인은 이자하 표사. 표물은 어깨에 메고 있는 흑묘아, 목적지는 운월형제들이 있는 정평호수다.

나는 복귀하기 싫은 표사처럼 남하하다가 정평호숫가에서 낮잠도 자고, 호수의 수면에 납작한 돌을 튕기면서 잠시 놀았다. 정평호수를 따라서 남동쪽으로 내려가자, 노점상과 가게가 점점 늘어났다. 처음 보는 이름의 가게가 많았다. 그중에는 표사 식당이라는 특이한 가게도 있었다. 동료 표사들이 밥을 먹고 있을 것만 같아서 궁금했으나 굳이 들어가진 않았다. 되도록 사람이 없는 조용한 식당을 찾는 와중에 누군가가 갑자기 뒤에서 어깨에 걸친 흑묘아의 가죽 띠에 손을 댔다.

"…"

나는 가죽 띠를 붙잡고 있는 놈을 거칠게 당겨서 다짜고짜 뺨을 후려쳤다. 퍽- 소리와 함께 번화가에서 흔히 볼 수 있는 좀도둑이 나를 노려봤다. 노려보는 눈빛이 마음에 들지 않아서 뺨을 한 대 더 후려쳤다. 이놈이 벽안표국의 표사를 우습게 본 모양이다.

뺨을 세 대, 네 대, 다섯 대를 연속으로 후려치자, 그제야 시선을 피했다. 죄송하다거나 봐달라는 말이 없었기 때문에 여섯 번째 따귀를 후려치자 이빨 서너 개가 튀어나왔다. 이러다가 내 손에 죽을 수도 있다는 것을 모르는지 눈매가 여전히 사나웠다. 나는 놈과 말없이 눈싸움을 벌이다가 씨익 웃으면서 고개를 끄덕였다.

'좋아. 이따 또 보자고.'

나는 잠시 신경을 끊은 채로 반점으로 들어가서 입구를 바라보는 자리에 앉은 다음에 음식을 주문했다. 처맞은 놈의 눈빛이 사나웠으니 동료를 줄줄 달고 나타날 것이다. 평범하고 맛없는 국수로 배를 채운 다음에 떫은맛이 나는 차를 마시면서 입구를 바라보다가 점소이에게 물었다.

"여기 흑도가 있다며?"

"예."

"뭐 하는 놈들인데."

"정평호수 근처에 있는 모든 가게로부터 상납을 받는 운월형제회雲月兄弟會라는 방회가 있습니다."

"방회 이름이 운월형제회였어?"

"예."

"과일가게 이름 같군."

문득 대화를 나누던 점소이가 입을 다물더니 급히 주방으로 사라졌다. 따귀 맞은 놈의 동료들이 입구 앞에 모여들고 있었다. 이내 한 놈이 대표로 들어오더니 내게 말했다.

"소형제, 다 먹었으면 바깥으로 나와라."

나는 놈을 할 말이 있는 것처럼 손짓으로 가까이 부른 다음에 따귀를 후려쳤다. 퍽- 소리와 함께 자신의 뺨을 붙잡은 놈이 바닥에 엉덩방아를 찧었다.

"반말하지 마라."

이곳의 위치가 패검회와 남명회의 중간쯤인 데다가 호수의 상권은 대부분 지역 흑도가 차지하고 있어서 바깥 상황을 모르는 모양이었다. 어쩌면 패검회의 제안을 받아서 이들도 이번 흑도 싸움에 칼받이로 참전했을 가능성도 있었다.

복귀하는 여정이긴 했으나 나도 어차피 남천련의 진격을 기다리는 입장이었기 때문에 시간을 할애했다. 더군다나 살수를 고용하고 상납금을 받는 흑도라면 일단 만나보는 것이 협객의 도리이자 강호의 도리다. 점소이에게 밥값을 건네자, 점소이가 침을 한 번 삼킨 다음에 나를 걱정했다.

"표사님, 조심하세요."

"조심해야지."

바깥으로 나가자 뺨을 맞은 두 놈이 보이고, 복장을 갖춰 입은 놈들이 대기하고 있었다. 좀도둑 일당치고는 너무 많았다. 흑도에도 좀도둑이 있냐고 누군가 묻는다면 나도 잘 모른다. 나쁜 짓은 골고루 하는 놈들이니 좀도둑이 있을 수도 있고 무덤 도둑이 있을 수도 있다. 자연스럽게 나를 둘러싼 놈들이 친절한 어조로 말했다.

"소형제, 번거롭게 여기서 이러지 말고 이동하자."

나는 고개를 끄덕였다.

"그러자고, 소형제."

이곳은 형제라는 말이 유행인 모양이다. 나는 놈들과 뒤섞여서 길거리를 걷다가 말했다.

"너희 혹시 운월형제회에서 나온 거면 회주에게 바로 안내해라."

"지랄하고 있네."

옆에 있는 놈이 인상을 찌푸리면서 쳐다보기에 바로 따귀를 후려쳤다.

"안내하라고 개새끼들아. 그만 좀 노려보고."

순간 왼쪽 옆구리로 칼이 불쑥 들어와서 맨손으로 붙잡은 다음에 목계지법으로 칼날을 부러뜨렸다. 뚝- 소리와 함께 칼이 두 동강이 나자, 잠시 정적이 흘렀다. 한 놈이 손을 뻗으면서 외쳤다.

"안 돼!"

나는 부러진 칼날을 목계탄지공으로 튕겨서 다짜고짜 기습한 놈의 목젖에 박아 넣었다.

푹!

비명도 못 지른 채로 목을 뚫린 놈이 앞으로 고꾸라지자, 나는 옆으로 슬쩍 피했다.

쿵…!

한 놈이 급히 내게 말했다.

"저희는 운월형제회가 아닙니다."

"그럼?"

"저희도 상납을 바치는 하부 조직입니다."

"아, 그래? 그게 뭐가 달라. 안내해."

굳이 따지자면 이놈들은 운월형제회에 들어가고 싶은 지망생들이었다. 상납을 대체 얼마나 바쳐야 하기에 대낮 길거리에서 날치기를 하고, 따귀 몇 대 맞았다고 동료들이 전부 칼을 들고 등장한 것일까. 두세 명이 넋이 나간 채로 시체를 바라봤다.

"소형제들, 표사에게 칼을 들이댔으면 죽어야지. 살려줄 줄 알았나?"

나를 둘러싼 놈들을 한 차례 확인한 다음에 말을 이어나갔다.

"도망치는 놈부터 죽여주마. 전부 이대로 나를 운월형제회로 안내해라. 가자."

나는 가죽 띠에서 흑묘아를 꺼낸 다음에 허리에 찼다.

102.
그것은 전생에
확인해 봤다

나는 싫은 게 많은 사람이다. 그중에서 가장 싫어하는 것에는 흑도에 속한 놈들이 받아 처먹고 있는 상납금이 있다. 아마도 내가 점소이 일을 해봤기 때문일 것이다. 탁자를 치우고, 떨어진 반찬을 줍고, 걸레질하고, 그릇을 닦고, 음식 재료를 준비하고, 요리를 만들고 이것을 팔아서 얻은 돈을 차곡차곡 모은다. 이 짓을 열흘 내내 반복하면 상납금을 준비할 수 있다.

일은 내가 하고, 돈은 남들이 버는 구조. 익숙해지면 그럭저럭 적응할 수 있다. 하지만 사람이 열 받는 것은 이런 상납금이 갑자기 오를 때다. 그러면 약 십오 일을 반복해야 상납금을 준비할 수 있다. 그러다가 인생이 허망하게 흘러간다고 느껴지면 분노라는 감정을 알게 된다.

내 분노의 근원지는 상납금인 셈이다. 사실 이것을 해결하는 방법은 무공밖에 없다. 결국에 상납금을 받아 처먹던 놈들은 전생에도 내 손에 많이 죽었고, 이번에도 마찬가지. 다른 방법으로 해결하고 싶어도 뾰족한 수가 없다. 죽이고 죽여서 악명을 얻을 수밖에…

잠시 후 떨거지들과 함께 운월형제회가 머무르고 있는 거처를 바라봤다. 크고 작은 집이 호숫가를 따라서 길게 연결되어 있었다. 안내한 놈이 중앙을 가리켰다.

"가운데에 홍등 다섯 개를 달아놓은 곳이 회주의 거처입니다."

"알았다."

바깥에 나와 있는 사람들이 많아서 놈들도 나를 바라보고 있었다. 운월형제회 측에서 누군가가 말했다.

"표사는 왜 데려온 거냐?"

나는 떨거지들부터 돌려보냈다.

"너희는 가서 시체나 치워라. 죽고 싶으면 남아있고."

떨거지들은 잠시 고민을 하다가 아무 말도 못 하고 돌아섰다. 나는 돌길을 걸으면서 바깥에 나와 있는 놈들에게 전했다.

"너희 회주 좀 만나자. 안내해."

여기저기서 웃음이 이어지더니 간단한 대꾸가 흘러나왔다.

"꺼져라."

"누구야? 꺼지라고 한 놈."

의자에 앉아서 뭔가를 꼬챙이에 끼워서 먹고 있었던 놈이 침을 뱉었다.

"표사 놈이 정신이 나갔군."

침을 뱉은 놈에게 다가가자, 여기저기서 칼 뽑히는 소리가 들렸다. 나는 놈의 입 주변에 묻은 기름을 보다가 물었다.

"맛있어?"

"벽안표국 같은데 정신이 나갔나? 미친놈이야?"

놈의 멱살을 움켜쥔 다음에 한 손으로 들어 올렸다.

"켁."

이때, 안쪽에서 문이 벌컥 열리더니 깡마른 사내가 주변을 둘러봤다.

"무슨 일이야?"

"벽안표국 표사 같은데 회주님을 만나겠답니다."

"표사? 표국주도 아니고 총표두도 아니고 표사?"

나는 멱살을 풀어준 다음에 손등으로 후려쳐서 닭꼬치 먹던 놈을 기절시켰다. 깡마른 놈에게 말했다.

"일위도강에서 나왔으니 안내해라."

일위도강이라는 말을 하자마자, 깡마른 사내의 표정이 돌변했다.

"셈이 끝났는데 무슨 일로 오셨소?"

"용무가 있으니 안내해."

"기다리시오. 전달할 테니."

좌우를 둘러보자 그제야 떨거지들의 표정이 다소 얌전해졌다. 잠시 후 문이 열리더니 깡마른 사내가 말했다.

"들어오시오."

* * *

나는 객당과 뒷문을 통과해서 호수가 보이는 곳으로 안내됐다. 교량 끝에 선착장 같은 곳이 있었는데, 군데군데에서 낚시하는 간부들이 보이고 가장 넓은 선착장은 한 사내가 차지하고 있었다. 나는 교량을 걸으면서 낚시하는 간부들을 지나쳤다. 내가 선착장에 들어서자, 회주로 추정되는 놈이 고개를 슬쩍 돌렸다.

"내가 벽사운이다. 여기 앉아라."

벽사운 옆에 작은 의자가 있었다. 놈이 앉으라고 권했기 때문에 나는 앉지 않았다. 그나저나 웬 메기처럼 생긴 놈이 나를 위아래로 훑고 있었다. 입술이 보기 드물게 두툼한 데다가 얇은 콧수염까지 기르고 있어서 호수에서 오래 묵은 메기 요괴를 보는 것 같았다.

"네가 회주야? 메기를 닮았네."

"…"

놈이 어리둥절한 표정으로 짤막한 한숨을 내쉬더니 나를 물끄러미 바라봤다.

"죽으러 온 거야, 뭐야. 너, 일위도강이 아니구나. 허리에 찬 칼이 살수와도 어울리지 않고 벽안표국과도 어울리지 않는다. 어디서 왔나?"

생김새와 달리 관찰력이 좋아 보여서 속이 조금 편해졌다.

"하오문을 이끄는 사람인데 들어봤나."

"하오문? 처음 듣는군."

"나는 일위도강을 찾고 있다."

"찾는다고 찾아지면 그들이 살수 조직이겠나."

"접선 방식은?"

"접선 방식이야 간단하지만, 어차피 밑에 놈들이라 본진은 알 수 없을 것이다. 고문을 해도 알아내기 힘든 이유는 어차피 아랫놈들도 모르기 때문이야. 사람과 사람으로만 연결된 조직이지. 자신의 상급자하고만 이야기를 나눌 수 있는 구조라서 말이야. 결국에 조직의 맨 위를 알아내려면 하나하나 불러내고 죽이는 것을 반복해야 할 터인데 할 수 있겠나? 바빠 보이는군. 심지어 그렇게 찾으려고 해도 위로 좀 올라가다가 끊길 것이라 장담하네. 의뢰도 비싸고 상대하는 것도 힘들지."

설명이 왜 이렇게 친절한 것일까. 하오문을 같은 흑도로 보는 모양이었다. 어느새 교량 위에 있는 간부들에게서 살기가 느껴졌다. 벽사운이 가만히 있는 내게 물었다.

"그럼 용무는 끝났나?"

나는 고개를 저었다.

"아직."

"말해."

"여기 상권이 제법 좋더군."

"좋은 편이지."

"상납을 받고 있나?"

"보호비라 해야겠지."

"누구로부터 보호하는데."

"누군가로부터 보호하는 것이지. 내가 아니더라도 흑도는 생기기 마련이야. 나는 여기서 태어나서 자랐다. 차라리 내가 맡는 게 낫지. 평범한 일을 하면서 살 수 있는 사람이 있는 반면에 그렇지 않은 자들도 많아. 내가 거둬서 상권을 지키는 데 인원을 투입하다 보면 나도 돈이 들어간단 말이지. 상납을 받는 게 그리 이상한 일은 아닌 것 같은데. 젊은 형제는 어찌 생각하나?"

"이야…"

오랜만에 일장 연설을 들었다. 무공으로 상대하면 간단했으나, 이런 말에 밀릴 내가 아니다.

"훌륭한 일을 하고 계셨군. 뭐 나한테 죽은 놈들도 비슷한 생각을 했을 거야. 방법이 조금 달랐을 뿐이지. 오자마자 소매치기를 당할 뻔했는데 잡아 보니 너희에게 상납을 바쳐야 하는 놈들이더군."

"아, 그랬나."

"표사도 털고, 외지인도 털고, 여행하는 사람도 탈탈 털어서 상납금을 마련했겠지. 그 상납금 맞추느라 음식 맛은 쓰레기를 씹는 것 같고 차는 구정물을 퍼다가 담은 것 같더군. 마치 모든 것이 당연하다는 것처럼 말을 하는데 전혀 그렇지가 않다. 여기서 낚시나 해대면서 현자처럼 굴다니…"

벽사운 회주가 실실 웃으면서 대답했다.

"그동안 얼마나 대단한 자들을 죽였기에 이렇게 당당하게 나오는지 모르겠군."

내가 뒤를 돌아보자, 낚시하던 간부들이 전부 일어나서 교량의 입구를 틀어막은 채로 나를 주시하고 있었다. 패검회주를 죽였다고 하면 겁을 집어먹겠으나 굳이 밝히진 않았다. 대신에 살 기회를 한 번 더 줬다.

"내가 부탁하러 온 게 아니다. 메기 놈은 정신을 좀 차리도록. 형제회는 해체해."

벽사운이 의자에서 일어나더니 갑자기 호수를 향해 소리를 버럭 내질렀다.

"야 이, 개새끼야!"

갑자기 광증이 도진 모양이다. 나도 이런저런 광증을 겪어봤기에 그다지 놀라운 광경은 아니었다. 벽사운이 제 딴에 무서운 표정을 지으면서 나를 노려봤다.

"뭐야, 이 새끼는. 너 왜 그래?"

벽사운이 소매 안쪽에서 떨어진 비수를 붙잡자마자 내 목을 향해 그었다. 나는 벽사운의 손목을 붙잡자마자 어안이 벙벙했다.

'뭐야, 이 허접한 놈은.'

그대로 내공과 악력을 조합해서 손목을 으스러뜨렸다. 뼈가 잘게 부러지는 소리가 울렸다. 비명이 터지는 순간에 발로 차서 호수의 상공으로 날려서 흑묘아를 뽑았다. 공중에 뜬 벽사운을 도기로 가른 다음에 흑묘아를 집어넣었다. 두 조각으로 나뉜 벽사운이 호수에 빠지면서 물줄기가 쌍룡雙龍처럼 솟구쳤다. 발소리가 들려서 돌아보니 칼을 뽑은 벽사운의 수하들이 일제히 다가오다가 멈췄다.

"…"

떨거지들에게 말했다.

"미친놈들인가… 덤비려고? 덤벼라."

내가 가만히 서있자, 잠시 고요한 대치가 이어졌다. 지역마다 흑도의 실력이 천차만별인 것은 이미 알고 있었던 사실이나 벽사운의 실력은 차성태만도 못했다. 어쨌든 내가 강한 것이지, 차성태가 마냥 약한 것도 아니다. 떨거지 수하들이 머뭇거리는 사이에 나는 벽사운이 앉았던 의자에 궁둥이를 붙인 다음에 낚싯대를 붙잡았다. 칼 든 자들이 등 뒤에서 나를 노려보고 있는 상황. 나는 낚싯대를 바라보면서 말했다.

"애들아… 살려줄 때 살길 찾아라."

등 뒤에서 메기의 수하들이 고민에 빠졌다. 그러나 병신들이 아닌 이상 벽사운과 나의 실력 차이를 두 눈으로 목격했으니 섣부른 행동은 할 수 없을 것이다. 이놈들이 무슨 생각을 하든 간에 나는 하던 이야기를 이어나갔다.

"벽사운은 물고기 밥이 됐을 테지만 아직 살아있는 거로 하고. 청부 맡길 일이 있으니까 일위도강에게 접선해서 이리로 데려와."

대답이 없었다.

"나 지금 누구랑 얘기하냐."

나는 다시 일어나서 운월형제회의 형제들을 바라봤다.

"애들아…"

사실 내가 이놈들에게 "애들아"라고 말할 수 있는 나이는 아니다. 하지만 광마가 됐었던 시점부터 나는 누군가에게 존댓말을 써본 적이 거의 없다. 검마 정도 되는 사내를 만나야 존댓말이 나올까 말까 고민하는 정도다.

"벽사운의 죽음이 안타까우면 언제든지 복수해라. 복수할 마음이 없는 놈들에겐 두 가지 일을 시키마. 첫 번째, 일위도강을 접선해서 내게 데리고 오도록. 두 번째, 북상하는 남천련의 병력을 발견하면 내게 알려라."

한 놈이 내게 물었다.

"그런데 누구십니까?"

"너희 회주 죽인 놈."

수하들에겐 조금 더 관대해져야 하는 법. 이들이 정신을 차릴 수 있도록 정보를 하나 더 넘겼다.

"참고로 패검회주도 내게 죽었다. 그러니 사실은 너희가 복수에 나서는 것은 정신 나간 행동이지."

나는 그제야 떨거지들의 얼굴과 분위기가 눈에 들어왔다. 메기 친구, 망둑어, 눈이 작은 두꺼비, 소금쟁이처럼 팔다리가 길쭉한 놈. 이놈들이 그나마 가장 강해 보였다. 한참을 나와 눈싸움을 벌이던 호숫가의 형제들 사이에서 소금쟁이가 대답했다.

"알아보고 알려드리겠습니다."

"소금쟁이 닮은 놈은 이름이 뭐냐."

"우철진이라 합니다."

"네가 이인자냐."

"예."

"나 떠나면 네가 일인자니까 뒤지기 싫으면 협조해라."

우철진이 고개를 살짝 끄덕였다.

"예."

나는 세세한 것을 지시하지 않은 채로 다시 돌아서서 낚싯대를 붙잡았다. 예상치 않게 정평호수로 와서 아랫놈 한 명, 윗놈 한 명을 죽였으나 후회는 없다. 예전 광마 시절 같았으면 이삼십 명은 때려죽인 다음에 정리했을 일을 겨우 두 명만 죽이는 것으로 그쳤으니 나도 참 많이 성장했다는 생각이 든다. 사람은 누구나 변하는 법이다.

문득 호수의 수면을 따라서 시선을 올리다 보니 어느새 어둑해진 하늘에 달이 희미하게 떠있었다. 해가 조기 퇴근을 하고, 달이 조기 출근을 한 모양이다. 호수, 달, 스며드는 노을을 보면서 뜬금없이 오랜만에 외롭다는 생각을 잠시 했다. 본래 나는 외로움에 무덤덤해진 사내다. 가족이 내 곁을 일찍 떠나면 그럴 수밖에 없다.

그렇다고 내가 전혀 외롭지 않다는 뜻은 아니다. 본래 나는 이랬다가 저랬다가 하는 놈이기 때문이다. 사실은 여인을 만나는 것도 내겐 무척 어려운 일이다. 정상적인 미인을 만나고 싶다는 생각은 전생에도 했으나… 가족을 만드는 것이 두렵다는 생각은 전생이나 지금이나 내 마음 깊숙한 곳에 깔려있기 때문이다.

전생에 몇 없었던 친구들의 말을 빌리자면, 나는 눈도 높다. 일단 내 눈에 예뻐야 한다는 점에서 눈이 높고. 무공도 강해야 하므로 거의 불가능한 조건에 가깝다. 강호에 아름다우면서도 무공이 강한 여고수들이 있긴 하나… 얘네들이 날 좋아할 이유는 없다. 그것은 전생에 확인해 봤다.

문득 낚싯대가 꿈틀거리는 것 같아서 당겨보니… 내가 과도하게 힘을 준 모양인지 시커먼 메기가 입을 뻐끔대면서 내 얼굴을 향해 날아왔다. 나는 그대로 메기의 뺨따귀를 후려쳐서 다시 호수로 날려 보냈다.

"씨벌, 깜짝이야."

하루에 메기를 두 번 죽일 수는 없는 법. 점점 인자해지고 있는 사내, 그것이 나다. 문득 나는 광승이 무자비하게 강호인들을 죽여대던 시기에 자주 읊조리던 말을 오랜만에 따라 해봤다.

'나무아미타불. 아수라발발타.'

'나는 대일여래大日如來의 사자. 부동명왕의 후인後人. 죽어라.'

나는 호숫물을 바라보다가 피식 웃었다.

"죽어라."

103.
내 계획은
이렇다

낚싯대를 붙잡긴 했으나 물고기를 낚진 않았다. 나는 가끔 옛 고사에서 강태공과 같은 사내들이 왜 낚싯대를 던져놓고 물고기를 건지지 않았는지를 고민했었다. 아마 나처럼 물고기 요리를 싫어했을 것이다. 비늘 모양이 입맛을 버렸다거나. 메기 같은 놈들이 싫었거나.

하여간 나는 강태공처럼 낚싯대를 던진 채로 하염없이 정평호수를 구경했다. 내가 강태공이라는 사내에게 관심을 가졌던 것은 그가 내뱉었던 말 때문이다. 복수불반분覆水不返盆. 엎지른 물은 그릇에 다시 주워 담을 수 없다는 뜻이다. 이 말을 언제 했냐면. 가난했을 때 떠난 부인이 강태공이 제후가 되었다는 소식을 듣고 찾아왔을 때, 강태공이 내뱉은 말이다.

저 성질머리를 보라. 나는 강태공이 나 같은 사내였을 것이라고 홀로 생각했다. 사실 그 어떤 서책에도 강태공이 무공을 익혔다는 언급은 없다. 그러나 나는 강태공이 무공을 익힌 사내라고 확신한

다. 그는 염제炎帝라 불리던 신농神農의 후손이다. 염제 신농. 이건 황제의 이름이 아니라 강호인의 별호라고 해도 이상하지 않다. 특히 나처럼 금구소요공에 포함된 염계를 익힌 사람에겐 더더욱 그렇다.

강태공은 특히 목야전쟁이라 불리는 싸움처럼 적은 수의 병력으로 많은 적을 대파하곤 했는데 전략이고 나발이고 그냥 강태공이 강해서 이겼을 것이라는 게 내 결론이다. 아님 말고. 나는 모처럼 잔잔한 호수를 바라보면서 이런 잡생각으로 마음을 가라앉히고, 출렁이는 분노의 마음가짐을 스스로 치료하면서 떨거지들의 소식을 기다렸다.

* * *

호수낚시 사흘째. 소금쟁이 우철진이 복양이라는 곳에 남천련의 병력이 대기 중이라는 소식을 전달했다. 복양은 정평호수에서 약 반 시진 정도 떨어진 교통 요지인데 내가 경공을 펼치면 금세 갈 수 있는 곳이다. 보고를 들어보니 남천련의 참전 요구를 받은 다른 흑도를 복양에서 기다렸다가 함께 이동하는 모양이었다. 이렇게 되면 나도 남천련에 합류하는 것이 편하다. 운월형제회에 속한 흑도 행세를 하면 될 테니까.

사흘간 나는 운월형제회를 딱히 괴롭히지 않았다. 살펴보니 의외로 생업과 연계된 놈들이 많았기 때문에 그대로 뒀다. 대신에 일부러 호수 근처의 가게를 돌아다니면서 벽사운 회주가 죽었다는 이야기를 조용히 엿듣기도 했고, 앞으로 상납이 없어질 것이라는 소문을 일하는 자들의 입에서 들었다. 물론 내가 시킨 일이다. 어쨌든 사흘간의 낚시꾼 생활은 이렇게 마무리됐다. 나는 우철진이 가져온 형제회의 옷으로 갈아입은 다음에 표사 생활도 마무리했다.

흑의인에서 표사로. 표사에서 다시 호숫가의 삼류 흑도로 변했다. 남천련의 전령 세 명이 내 얼굴을 알고 있겠지만, 어차피 정체가 들통나도 딱히 상관은 없다. 하오문주로 참전해서 패검회를 쳐도 되기 때문이다. 나는 정평호수를 떠나기 직전에 우철진을 잠시 낚시하던 곳의 옆자리에 앉혔다.

"우철진 회주."

소금쟁이의 작은 눈이 커졌다.

"예?"

"이제 나 떠나면 네가 회주 해야지. 언제까지 소금쟁이로 살래."

"아, 예."

"몇 가지 당부하고 떠나마."

"예."

"앞으로 계속 상납받지 마라. 형제회의 수하들도 직접 일해서 먹고 살 길 찾으라고 해. 상납을 받으니까 온갖 식당의 밥도 맛이 없고, 소매치기 같은 거나 하다가 나한테 걸려서 따귀나 처맞는 거 아니냐."

우철진이 자신 없는 목소리로 대꾸했다.

"알겠습니다."

"정말 할 일이 없거나 당장 먹는 것이 걱정인 수하들이 있으면 흑묘방이라는 방파로 보내라. 내가 거둬주마. 거기서는 먹고살 걱정은 하지 않아도 된다. 다만 강호인들과 싸우다가 죽거나 혹독하게 수련을 시키는 내 수하 때문에 훈련하다가 죽을 위험은 있다. 유념하고 보내도록 해."

우철진이 나를 물끄러미 바라봤다.

"흑도 세력의 수장이셨습니까? 아닌 줄 알았습니다."

"우 회주, 전임 흑묘방주도 내 손에 죽었어. 수하들은 대부분 살려 놓았고. 내 밑에는 이런 놈들이 많아. 너희도 엊그제 나한테 덤볐으면 전부 물고기 밥이 됐을 거야."

"아…"

"이제 좀 이해했나?"

"예, 확실히 이해했습니다."

우철진이 궁금하다는 것처럼 물었다.

"그런데 어째서 홀로 남천련에 합류하시는 겁니까?"

나는 아주 단순한 이유를 진지한 어조로 말했다.

"불구경보다 더 재미있는 게 싸움 구경이잖아. 패검회랑 남천련이 제법 못된 놈들이니 살벌하게 싸우겠지. 어느 쪽이 이길 거 같아?"

"모르겠습니다."

"패검회주가 내 손에 죽었는데도 모를 거 같아?"

"예."

"당연히 남천련이 이길 테니 그렇게 알고 있어."

나는 우철진이라는 사내를 잠시 물끄러미 바라봤다. 앞으로 다시 만날 일이 있을까 싶었다.

'아마 이게 마지막이 아닐까?'

잠시 고민하다가 말했다.

"나중에 사람을 보내서 정평호수에 있는 사람들이 어떻게 살고 있는지 살펴볼 거다."

"예."

"그때 이곳 음식과 차 맛이 좀 나아지고, 가게에 있었던 주인장들과 사람들 얼굴도 좀 펴졌으면 너희도 내가 하오문으로 거둬주마. 하지만 달라진 게 없으면 하오문에 속한 수하들이 여기서 칼부림을 할 거다. 몇 놈은 물고기 밥으로 만들겠지. 물고기들도 가끔 사람 고기 먹고 살아야지. 맨날 먹히고 있는데 얼마나 억울하겠냐. 나무아미타불, 아수라 발발타다."

"예."

그리 똑똑해 보이지 않는 우철진은 내 말을 천천히 곱씹는 것처럼 고개를 끄덕이다가 대꾸했다.

"하오문이라는 이름을 기억하고 있겠습니다. 그러니까 정체가 그곳의 문주이신 거죠?"

"그래. 일위도강과도 싸우는 중이고. 내 적이 강호 곳곳에 있다. 없는 적도 만들어 내서 계속 싸우는 사내, 그것이 하오문주다."

"제가 계속 찾아보겠습니다."

나는 사흘 동안 내 마음을 차분하게 가라앉혀 준 정평호수에게도 작별을 고했다.

"여기 정평호수 말이야."

"예."

"뭐 하나 사람의 손길이 닿은 것도 없는데, 참 아름다운 호수야. 바라보는 내내 내 광증이 자취를 감출 정도로 좋았다. 호수 덕분에 나도 며칠 잘 쉬었다.”

우철진이 호수를 바라보면서 고개를 끄덕였다.

“아름다운 호수죠.”

나는 우철진의 말에 씨익 웃었다. 호수의 아름다움을 볼 수 있는 사내라면 회주로 맡겨도 되겠다는 생각이 들었다. 나는 호수를 가리켰다.

“저 봐라. 이야, 봐도 봐도 신기할 정도로 풍경이 매번 달라지네. 낮에는 햇살을 튕겨내고 밤에는 달빛이 떨어지고. 훌륭한 곳이야.”

나는 애늙은이처럼 중얼대다가 우철진에게 말했다.

“여기 호수 근처에 사는 사람들도 마찬가지겠지. 흑도 같은 놈들 없어도 잘 먹고 잘 살 테니. 일하는 사람들을 좀 그냥 내버려 둬. 먹고사느라 바쁘다.”

우철진은 처음으로 제 생각을 밝혔다.

“살려주셨으니, 최대한 그렇게 해서 저도 형제회도 이곳에서 사라져 보겠습니다.”

나는 그제야 우철진을 소금쟁이가 아닌 사람으로 바라봤다.

“내가 회주를 잘 뽑았군. 살아있으면 또 보자고. 간다.”

“살펴 가십시오.”

강호에서 벌어지는 일이란 대체로 죽이는 것과 싸우는 일의 반복이다. 혹은 오늘처럼 만나고 헤어지는 일의 반복이거나… 나는 정평호수를 떠났다.

* * *

우철진과 작별한 나는 복양으로 찾아가서 자원입대하는 촌동네 청년처럼 줄을 섰다. 간단하게 인적사항을 기재해야 하는 모양이다. 나보다 먼저 온 놈들이 막사로 들어갔다가 인적사항을 적은 다음에 수당을 챙겨서 나왔다. 지나치면서 떠드는 놈들의 말을 들어보니 많은 수당은 아니었다. 그러나 남천련주가 패검회를 흡수하면 큰 보상이 주어질 것이라는 소문이 입에서 입으로 퍼지고 있었다.

무언가 가소롭다는 느낌이 드는 것은 왜일까? 다른 지역 흑도에서 온 놈들도 있었고, 이런 싸움에는 빠지지 않는 낭인들도 제법 많이 보였다. 나도 운월형제회의 복장을 하고 있었기 때문에 떨거지들에 비해 촌스러움이 전혀 뒤처지지 않았다. 내 차례가 되어서 막사에 들어가니, 자그마한 탁자에서 장부를 적는 심사관이 물었다.

"소형제, 어디서 온 누구인가? 일단은 도객이고."

나는 소금쟁이의 말투를 흉내 내면서 대꾸했다.

"정평호수의 운월형제회에서 온 우철진이라 하오."

"운월형제회, 몇 번 들어본 거 같은데… 혼자 왔나?"

"그렇소."

"돈 벌러?"

"패검회에 개인적인 원한이 있소."

"역시 패검회가 적이 많다니까. 실력은?"

"호숫가에서는 이때까지 패한 적이 없소. 정평제일도, 운월제일도, 호수제일도, 우리 동네에서는 무패의 도객, 그것이 나요."

심사관이 한숨을 내쉬었다.

"정평호수 사람들이 수다스러운가 보군. 기대하네. 소형제에겐 통용 은자 세 개를 내어드려라."

수당을 지급하는 사내가 놀란 눈빛으로 대꾸했다.

"세 개요?"

심사관이 혀를 차면서 말했다.

"무패라고 하지 않느냐? 세 개 지급해."

"예."

나보다 어린놈에게 은자를 받으면서 물었다.

"보통 몇 개를 받나?"

어린놈이 시큰둥한 어조로 말했다.

"한 개도 많이 주는 거요."

나는 고개를 끄덕였다.

"역시 심사관의 눈썰미가 보통이 아니군."

"바쁘니까 좀 나가주시고. 다음."

"..."

여기까지 와서 어린놈을 쥐팼다가는 나 혼자 남천련과 전쟁을 벌여도 이상하지 않은 상황이라서 흘려 넘겼다.

"이런 싸가지 없는 새끼."

흘려 넘기는 것과 반사적으로 말이 튀어나오는 것은 다른 문제다.

"예? 지금 뭐라고 했습니까."

심사관이 끼어들었다.

"너 좀 닥쳐라. 지원 온 사람에게 무슨 말버릇이야."

정평호수에서 면수수행面水修行을 하고 왔더니 내가 이렇게 참을성이 많아졌다. 나는 막사에서 쫓겨난 다음에 줄을 서고 있는 떨거지들을 바라봤다. 내가 안에서 은자를 세 개나 받았다는 이야기를 엿들었는지 뜬금없이 여기저기서 나를 위아래로 살폈다. 내가 몇 명의 병신들과 눈싸움을 하고 있을 때, 남천련의 무인이 다가와서 말했다.

"련주님의 말씀을 전달하겠소. 출발은 반 각 후. 아직 그때까지 수당 받지 못한 사람은 나중에 정산받으시고. 목표는 패검회 본진. 련주께서 직접 싸우실 테니, 이상한 행동은 하지 마시오. 탈주, 배신, 아군끼리 다툼. 여러분들이 남천련을 돕는 것은 고마운 일이나 우리도 련주님이 화를 내시면 어찌할 방도가 없소. 괜히 특출난 행동을 했다가 련주님에게 목이 달아나진 않길 바라겠소."

나는 한 귀로 흘려듣다가 뒷짐을 진 채로 돌아다니면서 남천련의 병력을 구경했다.

'사도행이 어디 있으려나.'

남천제일인이라 불리는 사도행. 그래봤자 남천은 약간 큰 현縣에 지나지 않는다. 물론 일양현과 같은 촌동네보다는 훨씬 크다. 나는 이리저리 돌아다니다가 가장 큰 막사에서 들리는 목소리를 듣고 멈춰 섰다.

"슬슬 가자."

"예."

막사 안에서 장한이 걸어 나왔다. 머리털이 매우 뻣뻣해 보이고 희한할 정도로 큰 입이 양쪽으로 올라가 있어서 항상 웃는 인상의 사내였다. 하지만 즐거워서 웃는다기보다는 일종의 자신감이 몸에 배어있는 유형이었다. 이리 보고 저리 보고, 아무리 봐도 저놈이 사도행이었다.

낭중지추囊中之錐라서 그런 것일까. 나는 사람들 틈에서 팔짱을 끼고 있었는데, 길을 건던 사도행이 걸음을 멈추더니 나를 물끄러미 바라봤다. 기도를 감추고 있는데 왜 노려보는 것일까. 사도행이 보기 드물게 큼지막한 이빨을 드러내면서 내게 말했다.

"소형제, 면상이 좋군."

나는 고개를 끄덕였다.

"댁도 면상이 좋소."

정작 사도행은 가만히 있는데 옆에 있는 수하들의 눈이 전부 커졌다.

"…!"

사도행이 갑자기 웃음을 터트리더니 수하들과 함께 이동했다.

"됐다. 됐어. 아군이다. 내가 누군지 어찌 알겠느냐?"

"련주님, 그래도…"

"가자."

사도행을 따르는 무리의 끝에서 지난번에 전령으로 왔었던 놈이 눈이 잔뜩 커진 채로 나를 바라봤다. 나는 놈을 손가락으로 가리킨 다음에 입으로 가져다 댔다.

'쉿.'

사도행이 사람들이 모여있는 중앙 자리로 걸어가더니 남천련에 모여든 강호인들을 둘러보다가 장검 한 자루를 치켜들었다.

"형제들, 이것은 패검회주의 검이다. 이것이 속임수인지 아닌지 당장은 알 수가 없다. 그러나 자신의 병기를 내어주면서까지 속임수를 쓰는 사내라면 도저히 참을 수가 없군. 이런 덜떨어진 놈과 싸웠던 시간이 아까울 정도야. 속임수든 아니든 간에 오늘 밤 이내로 패검회는 해체될 것이다. 돈을 바라고 이곳에 왔나? 좋다. 패검회에 원한이 있어서 왔다면 더욱 좋다. 싸움이 끝나고 남천련이 패검회를 복속시켰을 때 바깥에서 참전한 사람들도 내 형제가 될 것이다. 가자."

나는 사도행의 말을 듣다가 씨익 웃었다.

'형제는 개뿔이.'

지금까지 남자다움에 목숨을 건 채로 살아왔던 티가 역력한 놈이었다. 어느 정도 내 예상대로다. 호수낚시를 하다가 강태공에게 영감을 받은 내 계획은 이렇다. 일단 사도행과 함께 패검회를 줘팬다. 패검회를 줘팬 다음에는 사도행을 줘팬다.

'완벽하다. 완벽해…'

사도행이 남자답게 승복하면 남천련을 하오문으로 넣고, 사도행이 지랄 염병을 떨면 남천련도 해체할 생각이었다. 사도행도 면상이 좋은 사내라서 어떻게 될지는 나도 모를 일이다.

104.
어떤 고통을
선사해 줄까

나는 남천련의 병력을 따라가면서 진격 속도가 느리다고 생각했다. 기동력도 살리지 못하고, 딱히 전략이 있는 것도 아니었다. 그저 남천련에서 패검회로 이동하는 느낌이랄까. 더군다나 복양에서 한 번 멈춰서 전열을 정비했으니 패검회가 충분히 알아차릴 수 있는 상황. 물론 내가 총대장이 아니었으니 일일이 간섭할 수는 없다. 가끔 진격의 선두에 있는 사도행의 웃음소리를 들을 때마다 기분이 묘해졌다.

'이놈이 벌써 이겼다고 착각하는 건가.'

내가 상관할 바는 아니지만, 그렇다면 병신이다. 남천의 병력은 패검회의 본진으로 갈 수 있는 가장 빠른 길을 선택한 상태. 서서히 속력을 높이더니 내가 전생에 종종 놀러 왔었던 무산霧山의 언덕길에 진입했다. 나는 어리둥절한 표정으로 언덕길을 바라봤다. 이곳을 내려가면 무산협곡霧山峽谷이라는 장소가 나온다.

'미친놈인가.'

...

무산협곡은 새벽과 밤에 안개가 짙은 곳이다. 지금은 다행히 안개가 없는 날이었으나, 지형 자체가 길 양쪽의 돌산이 높게 솟은 곳이라서 기습당하기 딱 알맞은 장소다. 내가 무산협곡을 잘 아는 이유는 여기서 경공에 미친 쾌당의 고수들이 종종 놀았기 때문이다. 쾌당의 고수들이 모여서 방문하는 장소는 정해져 있다. 그중에 절벽을 탈 때 방문하는 곳이 무산협곡이다. 나는 지원 병력을 인솔하는 사내에게 말했다.

"이봐, 이 길로 계속 가면 무산협곡이 나온다. 기습당하면 절반은 죽어. 허접한 놈들은 반드시 죽고."

인솔자가 인상을 찌푸리더니 바로 대꾸했다.

"그런가? 보고하고 오겠다."

사내가 경공을 펼치면서 앞으로 튀어나갔다. 나도 속도를 높여서 지원자들의 행렬에서 잠시 벗어나 선두가 있는 곳으로 향했다. 잠시 후에 보고를 갔던 인솔자가 당황한 표정으로 되돌아왔다.

"뭐라던가?"

"빨리 돌파한다고 닥치라고 하신다."

"척후도 안 보냈나?"

"아, 척후…"

인솔자가 입맛을 다시더니 다시 전방으로 맹렬하게 달려갔다. 나는 다시 행렬에서 좌측으로 좀 떨어져서 인솔자처럼 이리저리 둘러봤다.

'적당히 멍청해야지. 이게 뭐 하는 짓이야.'

내가 전방에 협곡이 나온다고 할 때부터 이동하는 놈들의 얼굴에도 긴장의 빛이 서렸다. 이놈들은 애초에 무공에 엄청나게 자신이 있어서 이런 싸움에 끼어든 것이 아니라 패검회라는 큰 단체가 박살이 났을 때 얻게 될 전리품에만 신경을 쓰는 놈들이었다. 출발할 때는 다들 입을 닥치고 있었으나 무산협곡이라는 말을 들은 다음부터는 저희끼리 웅성대면서 동요하고 있었다.

나는 경공을 펼쳐서 앞으로 뻗어나갔다. 남천련의 병력을 앞질러서, 간부와 뒤섞여서 나아가고 있는 사도행 일행을 바라봤다. 척후를 물어보러 갔던 인솔자는 한 간부에게 갈굼을 당하고 있었다.

"척후를 네가 왜 물어보는 거야. 정신 나갔어? 이미 별 이상이 없다는 보고가 들어왔다. 적당히 나대라."

"아, 죄송합니다."

사실 이들이 훈련을 받은 군대도 아니고 그냥 무공을 익힌 강호인들이 모여있는 집단이다. 그래도 지형에 이렇게 무감각한 반응을 내보이는 것은 나도 황당했다. 일단 척후가 벌써 돌아왔다는 것부터 황당하다. 경공에 뛰어난 놈을 보냈어야 평탄한 도로를 살피지 않고 돌산 쪽을 살펴봤을 게 아닌가.

내 오지랖이 슬슬 성질을 건드리고 있었다. 당장 사도행이나 나 같은 고수들은 죽을 가능성이 없으나 지원을 하겠다고 온 허접한 떨거지와 말단 수하들은 상황이 다르다. 나는 하고 싶은 말은 하는 사람이기 때문에 사도행을 향해 말했다.

"련주, 협곡 대비했소?"

사도행이 나를 보더니 불쾌한 어조로 대꾸했다.

"기습 말이냐? 패검회주가 죽었는데 무슨 기습이 있겠냐. 저희끼리 다음 회주를 정하느라 바쁠 것인데. 거긴 이인자를 자처하는 놈들이 너무 많아."

사도행은 그래도 약간 불길함을 감지했는지 한 간부에게 말했다.

"뒤쪽에 가서 속도 더 높인다고 전해라. 지쳐도 어쩔 수 없다. 전력으로 돌파한 다음 쉴 시간을 준다고 해."

"예, 련주님."

나는 마지막이라고 생각하고 끝까지 사도행을 뜯어말렸다.

"지금이라도 돌아…"

사도행은 인내심의 한계에 다다른 것처럼 내 말을 끊었다.

"닥쳐라! 어린놈이 뭘 안다고."

나는 사도행의 반응에 어처구니가 없어서 씨익 웃었다.

'이거 황당한 새끼네.'

이래서 옛 고전을 보면 지략이 딸리는 장수들이 제갈량이나 장자방 같은 사내에게 처참하게 무너지는 것이다. 사실 내 입장에서는 패검회나 남천련이 크게 다를 바 없어서 양패구상으로 싹 다 죽어도 별 감흥은 없을 것이다. 그러나 나는 이놈들이 무력으로 당당하게 겨뤄서 싸우는 것을 구경하고 싶지, 매복이나 계략에 당해서 몰살당하는 것을 구경하고 싶은 마음은 적었다. 이것도 내 오지랖일까? 오지랖이든 뭐든 간에 나는 할 말은 하는 사내다. 행렬의 선두에 있는 사도행에게 말을 던졌다.

"기습이 있어서 일백 정도 죽어나가면 련주 네 책임이다."

"허…"

"이런 미친 새끼가…"

간부들의 표정이 창백해지는 순간, 사도행도 멈춰 섰다.

"어린놈이 선을 넘는구나."

사도행이 무뚝뚝한 얼굴로 나를 바라보자, 그제야 진격하던 남천련의 병력도 모두 멈췄다. 사도행이 마지막으로 인내심을 발휘하는 것처럼 나를 턱짓으로 가리켰다.

"이 애송이는 대체 누구냐?"

심사관으로 있었던 사내가 대꾸했다.

"정평호수의 흑도인 운월형제회의 지원자입니다."

"들어본 적이 없다. 이봐, 소형제… 도와주러 온 것은 기특하나 내 손에 먼저 죽을 수도 있겠구나. 반말을 지껄여?"

나는 협곡에 들어서기 전에 멈춰선 남천련의 병력을 바라봤다가 다시 사도행을 주시했다.

"말을 내뱉는 것도 병력을 진격하는 것도 모두 복수불반분覆水不返盆. 돌이킬 수 없다. 이 지형을 봐라. 돌산에 매복이 있고 앞뒤에서 들이닥치면 지는 싸움이야. 선택해. 돌파할 것인지 우회할 것인지. 너는 내 말투에 신경 쓸 때가 아니다. 우두머리라는 놈이 상황을 살펴야지. 망조가 들었나."

내가 너무 당당하게 말해서 그런 것일까. 사도행은 내 말에 대답하지 않고 고개를 돌리더니 그제야 좀 진지한 표정으로 협곡을 주시했다. 이어서 사도행의 시선이 돌산으로 향했다. 때마침 작은 돌멩이 하나가 돌산 위에서 구르기 시작하더니 평평한 땅에 떨어져서 여러 차례 튕기다가 멈춰 섰다.

"…"

이때 무산협곡의 반대편에서 누군가가 홀로 걸어 나왔다.

"남천의 사생아 놈아, 여기까지 무슨 일로 왔느냐?"

기분 나쁜 목소리에 사도행이 눈을 부릅떴다. 나도 협곡을 주시해 보니 평평한 곳에 홀로 서있는 적의인이 보였다. 패검회의 천 당주였다. 나는 놈이 당당하게 홀로 서있는 것을 보자마자 웃음이 나왔다.

'와… 재미있는 놈이네.'

천 당주는 남천련의 병력으로 다가오면서 도발을 이어나갔다.

"이봐, 애비도 모르는 사생아 놈. 회주님이 그렇게 무섭더냐? 살수를 보내고 나서야 이렇게 병력을 끌고 오다니… 수법이 너무 치졸하지 않느냐 말이다. 회주님 살아 계실 때는 그렇게 몸을 사리더니 어디서 남자다운 척을 하고 있어? 살수나 보내는 쥐새끼 같은 놈. 사도행이 이런 놈이었을 줄이야."

천 당주는 내가 한 짓을 사도행에게 덮어씌우는 것도 모자라서 조롱의 말로 자극했다. 천 당주의 말에 나 혼자 웃었다.

'미친 새끼, 부모 욕을 하다니… 넌 일단 뒤졌다.'

나는 병신 같은 사도행을 구경했다.

'설마, 그래도 참겠지?'

참아야 하는 순간이다. 그러나 설마가 사람을 잡는다고 사도행이 등 뒤에서 휘어진 칼을 뽑아내더니 홀로 적의인을 향해 돌진했다. 먼지바람을 일으키면서 달려 나가는 사도행이 외쳤다.

"천세령, 이 쥐새끼 같은 놈. 오늘도 도망치면 너는 사내가 아니다."

사도행은 이미 천 당주를 알고 있는 모양이다. 나는 궁금한 것을 간부들에게 물었다.

"련주와 천 당주가 예전에 맞붙었었나?"

간부 한 명이 대꾸했다.

"일전에 중립지역에서 시비가 붙었을 때 겨뤘었소."

"아, 그래?"

우발적인 다툼이 아니고 천 당주의 큰 그림이었나 하는 생각이 들 정도. 강호에는 모략질 좋아하는 놈이 있기 마련이다. 이어서 교활한 천 당주와 성질 더러운 사도행이 협곡의 정중앙에서 일대일로 맞붙었다. 병장기 부딪치는 소리가 절벽을 때리고, 사도행의 기합이 쩌렁쩌렁 울렸다. 하지만 천 당주도 나름 잘 버텼다. 나는 병신들이 싸우는 꼬락서니를 구경하다가 남천련의 간부들에게 말했다.

"곧 천 당주가 퇴각하면 암기가 쏟아지고, 화살이 쏟아지고, 돌멩이가 날아올 것인데 너희는 어찌할래. 련주 구하러 갈래, 아니면 저 병신 같은 놈 혼자 지랄 발광하는 거 구경할래."

한 간부가 싸움을 지켜보다가 시큰둥한 어조로 말했다.

"천 당주에게 련주님이 어찌 밀리겠나? 싸움을 봐라."

나는 간부들을 싸잡아서 욕했다.

"이 병신 같은 새끼들, 너희가 사도행보다 고수야? 눈깔이 달렸다고 다 볼 수 있는 게 아니다. 천 당주 실력이 사도행에 비해서 부족하지 않아. 부족한 척을 하고 있는 것이지."

이쯤 되면 내가 오지랖을 부리는 것인지, 방관자인지, 시어머니가 된 것인지 알 수가 없었다. 사도행이 도기를 뿌려대고 있어서 사방팔방에서 돌무더기가 튀고, 돌산에서 굴러 내려오는 돌멩이의 크기도 점점 커졌다. 누가 봐도 위태로워 보이는 상황. 간부들이 초조한 마음으로 싸움을 지켜보고 있을 때…

쩡- 하는 소리가 들리더니 천 당주가 일직선으로 밀려났다. 공중에 떠있던 천 당주가 전방에 불그스름한 가루를 뿌리더니 경공을 펼쳐서 달아나기 시작했다. 사도행은 갑작스레 허공에 퍼지는 붉은 가루를 경계하느라 도풍을 날리면서 뒤로 물러섰다. 사도행이 소리를 버럭 내질렀다.

"천세령!"

천세령의 웃음소리가 협곡에 울리더니, 내 예상대로 협곡의 양쪽 돌산에서 패검회의 병력이 모습을 드러냈다. 동시에 홀로 서있는 사도행을 향해 온갖 암기와 화살을 쏴대기 시작했다. 나는 그 광경을 보자마자 천 당주에게 감탄했다. 본래는 저 기습으로 남천련의 병력을 공격하려 했을 것이다. 그런데 협곡의 입구에서 멈춰 선 채로 들어오지 않자, 변수에 대응하듯이 천 당주가 직접 나서서 사도행을 불러들인 형국이었다.

적의 수장이라도 죽인 다음에 전면전을 벌이자는 생각일 터. 자꾸 적의 계략질에 감탄하면 안 된다는 것을 알면서도 제갈량을 상대하는 사마의처럼 기분이 묘했다. 괘씸하긴 했으나 칭찬도 해주고 싶은 그런 느낌? 물론 그렇다고 천 당주가 제갈량처럼 뛰어나다는 말은 아니다. 사도행 정도는 농락할 수 있는 지략은 갖췄다는 뜻이다. 사도행이 사방팔방에서 날아오는 암기를 쳐내면서 지랄 발광을 하고 있을 때, 나는 간부들을 구경했다.

"눈으로 봐야 믿는 새끼들… 한심하기 짝이 없다."

사도행의 운명은 이제 간부들에게 달렸다. 과연 수장을 구하러 출동할 것이냐. 아니면 여기에도 천 당주 같은 배신자가 있어서 지켜볼 것이냐. 간부들이 뛰쳐나가면 사도행이 살 가능성이 커지고, 간부들이 자리를 지키면 병력은 유지하되 사도행을 잃게 될 것이다. 사도행이 경공을 펼쳐서 달아날 수도 없을 정도로 많은 암기가 퍼붓는 빗줄기처럼 쏟아지고 있었다. 본래 남천련의 병력을 공격하려던 암기와 화살이었으니 오죽 많겠는가.

사도행은 홀로 새카맣게 쏟아지는 화살비, 암기, 돌멩이를 다급하게 막아내고 있었다. 옷이 찢어지기 시작하더니 상체 곳곳에서 피를 흘리는데도 여전히 맹수처럼 길길이 날뛰고 있었다. 나는 사도행과 남천련의 간부를 지켜보다가 나도 모르게 한마디를 입 밖으로 내뱉었다.

"너희가 흑도냐?"

내 말이 끝나자마자 한 간부가 칼을 뽑더니 별다른 말도 없이 앞으로 튀어나갔다. 련주님을 구하자거나, 진격하자거나 그런 말도 없었다. 이어서 대기하고 있었던 간부 전원이 화살비가 쏟아지는 협곡 안으로 돌진하기 시작했다. 그냥 한 놈이 튀어나가자, 나머지도 뒤따라가는 느낌이었다. 남천련의 간부들이 일제히 협곡 안으로 뛰어들어가자, 남천련의 병력 또한 별다른 불평불만 없이 암기가 쏟아지고 있는 협곡 안으로 진격했다.

사도행이 그래도 수하들의 신임은 받았던 모양이다. 삽시간에 우르르 소리가 들리면서 내가 서있는 좌우로 남천련의 병력이 돌진했다. 나는 팔짱을 낀 채로 뒤를 돌아봤다. 돈을 받겠다고 온 지원 병력들은 대부분 눈치를 보다가 이때다 싶었는지 등을 돌려서 도주하기 시작했다. 나는 황당해서 웃음을 터트렸다.

“가지가지 한다.”

결국 남천련은 멍청하고 무식한 사도행 덕분에 지원 병력의 도움도 받지 못하고 오로지 남천련의 병력만 불리한 지형인 협곡으로 들어갔다. 그나마 다행인 것은 간부와 병력 일부가 양쪽으로 빠지는 험로를 택해서 돌산 위로 진격하고 있었다. 일부 간부들이 사도행을 구하기 위해 뛰어들고, 병력을 이끄는 간부들은 돌산 위에 있는 패검회를 치러 간 형국. 나는 잠시 팔짱을 낀 채로 양측의 싸움을 구경했다.

이것은 내가 깔아준 판이다. 말 그대로 아수라장阿修羅場. 그러나 패검회는 수장이 홀로 사지에 들어가는 것을 방치했었고, 남천련은 수장을 구하겠다고 전부 사지로 들어갔다. 두 세력의 차이점을 눈으로 확인하자마자, 나는 심해에 머물고 있는 놈들이 병신처럼 다투고 있는 협곡에 입장했다. 뒷짐을 진 채로 천 당주를 향해 걸어갔다. 화살비가 쏟아지는 곳을 산책하듯이 걸으면서 적들에게 어떤 고통을 선사해 줄까 고민하는 사내, 그것이 나다. 나는 절벽에서 떨어지기 시작하는 놈들의 비명을 들으면서 중얼거렸다.

“쾌당의 협곡에 온 것을 환영한다.”

105.
나한테 애송이라고 했던 거 같은데

전쟁터의 심리는 항상 오르락내리락한다. 사도행에게 암기를 퍼부었을 때는 신이 났을 것이나, 험로를 뚫고 들어간 남천련이 맹공을 퍼붓자 전장의 심리가 금세 뒤바뀌었다. 남천련은 애초에 죽음을 각오한 채로 협곡에 진입했기 때문에 무척 살벌하게 싸웠다. 하지만 애초에 남천련이 불리하게 시작한 싸움이다. 절벽에서 떨어지는 남천련의 무인이 비명을 길게 내지르다가 퍽 소리와 함께 비명도 끝이 났다.

나는 무산협곡의 돌산을 둘러보다가 유난히 남천련의 병력이 절벽 아래로 많이 떨어지고 있는 지점을 기억해 뒀다. 사도행의 상태도 살폈다. 반대편 협곡의 입구에서도 등장한 패검회의 무인들이 화살과 암기를 쏴대서 아주 바쁘게 움직이고 있었다. 공격 순서를 정한 다음, 유난히 사람들이 많이 떨어지고 있는 우측 돌산으로 향했다. 패검회의 거한이 묵직한 낭아봉을 휘두르면서 진격하는 남천련의 병력을 절벽으로 떨어뜨리고 있었다.

나는 곧장 경공을 펼쳐서 곧게 솟아있는 우측 절벽으로 솟구쳤다. 오랜만에 절벽을 올라가는 것인지라 실수를 방지하기 위해 발끝으로 딛는 곳을 부수고, 내공으로 다시 내 몸을 밀어내는 방식으로 솟구쳤다. 나는 이 짓을 세 번 반복해서 순식간에 돌산 위에 올라섰다. 남천련 병력을 마구잡이로 도륙하고 있는 낭아봉 사내에게 돌격하면서 흑묘아를 뽑았다.

"비켜라."

눈앞에서 걸리적거리던 남천의 무인들이 좌우로 급히 이동해서 길을 터줬다. 낭아봉 사내는 외공과 육중한 병장기를 조합해서 웬만한 무인들은 한 번의 타격으로 멀찍이 날려 보냈다. 퍼억- 소리가 터지면 어김없이 절벽 아래로 떨어지는 자의 비명이 길게 이어졌다. 아마도 천 당주는 이런 인력 배치까지 세세하게 개입했을 것이다.

나를 발견한 낭아봉 사내가 몸을 회전하더니 내 옆구리를 타격하는 지점으로 낭아봉을 휘둘렀다. 나는 달려 나가던 속도 그대로 공중에 비스듬히 떠서 낭아봉을 아슬아슬하게 피한 다음, 낭아봉 사내의 목에 흑묘아를 박아 넣었다.

푸욱!

단순한 일격이지만 당연히 내 공격은 남천련의 떨거지들과 다르다. 흑묘아를 뽑아내고 앞으로 이동하자, 뒤편에서 몰려든 남천련이 낭아봉 사내의 몸에 십여 개의 칼을 동시에 박아 넣었다.

푹푹푹푹푹!

나는 패검회 무인을 서너 명 정도 베다가, 다시 절벽을 아슬아슬하게 스치는 뻣뻣한 자세로 내려갔다. 중간 지점에서 뒷발로 절벽을 밀어내고 곡선으로 튕겨 나가서 지상에 내려선 다음에 반대편을 주시했다. 남천련의 간부와 패검회의 간부가 절벽에서 맹렬하게 병장기를 부딪치고 있었다. 저곳을 제압하면 이제 절벽 아래로 쏟아지는 암기가 대부분 멈출 터였다.

나는 경공을 펼쳐서 솟구쳤다가 절벽 중앙을 밟은 다음에 대각선으로 달리면서 상승했다. 여전히 사도행을 노리고 각종 암기를 던지고 있는 병력의 한가운데에 불쑥 내려섰다. 이십여 명이 약속이나 한 것처럼 갑자기 등장한 나를 보고 표정이 바뀌었다.

나는 그곳에서 마구잡이로 흑묘아를 휘두르면서 목계의 공력을 주입한 도기를 쏟아냈다. 어차피 도기를 제대로 막아낼 놈도 없었기 때문에 채찍을 사방팔방으로 휘두르듯이 도륙했다. 핏물이 여기저기서 제멋대로 솟구쳤다. 남천련의 간부는 내가 만들어 낸 뜻밖의 변수를 발견하자마자, 수하들을 다독였다.

"밀어붙여라…"

나는 나머지 상황을 간부에게 맡긴 다음에 절벽에 서서 사도행을 주시했다. 저 무식한 놈은 그사이에 겨우 오십 보 정도를 전진한 상태. 반대편 입구에서는 천 당주와 하위 세력의 수장들이 병력을 계속 사도행에게 보내고 있었다. 나는 절벽의 가장자리를 산책하듯이 걸으면서 천 당주가 있는 곳으로 다가갔다. 옆에서는 남천련과 패검회가 맞붙고 있었으나, 아무도 절벽의 가장자리를 위태롭게 걷고 있는 내게 다가오지 못했다.

사도행이 싸우고 있는 근처의 절벽에서 몸을 날렸다. 공중에서 좌장의 장력으로 몸의 움직임을 순간적으로 반대 방향으로 조절한 다음에 지상에 가볍게 내려섰다. 나는 사도행에게 다가가면서 말했다.

"이 사도행 개새끼야…"

"…"

"이 허망한 죽음을 어찌할 거냐. 판을 깔아줬는데도 이런 피해를 보다니. 내가 돌아가자고 했어, 안 했어."

거칠게 숨을 몰아쉬던 사도행이 주변을 둘러봤다. 분전하고 있었으나 애초에 패검회의 병력도 많았던 데다가 지형도 불리하다. 나는 사도행의 넋이 나간 얼굴을 바라보다가 진심을 담아 말했다.

"무식하고 멍청하면 우두머리를 하지 마. 병신 같은 놈."

사도행이 일그러진 표정으로 대답했다.

"그래. 내 탓이다. 이 무식한 사도행 탓이다."

"련주님!"

사도행이 이를 가는 듯한 어조로 간부들에게 말했다.

"형제들, 모두 내 탓이다. 하지만 오늘 너희들과 함께 죽어도 후회하지 않을 테니 패검회를 찢어 죽여라!"

사도행이 핏발이 잔뜩 선 눈으로 나를 바라보더니, 다시 전방의 패검회 병력을 향해 돌진했다. 이어서 간부들도 사도행을 뒤따랐다. 이놈은 끝까지 무력으로 돌파할 생각이었다. 사실 이런 상황에서는 돌파하는 것밖에 답이 없다. 다만 사도행이 평소보다 격이 약간 오른 맹장처럼 돌변했다는 것은 인상적이었다.

내 생각은 이렇다. 맹장들은 대부분 저 사도행처럼 무식하다. 아마 저놈은 타고난 완력과 무식이 더해져서 맹장이 됐을 것이다. 그

맹장이라는 면모에 지모가 더해지면 명장名將이다. 그러니 명장이 드문 것이겠지.

"못난 놈."

기어코 무식한 맹장 놈이 반대쪽 입구까지 돌진하더니 천 당주를 보호하고 있는 주력 병력과 부딪쳤다. 이들은 붉은 의복을 입고 있는 검객들과 하위 세력의 수장들이 뒤섞여 있었는데 사도행과 간부들이 맹렬하게 덤벼도 전혀 밀리지 않았다. 사도행은 내게 도와달라는 말도 하지 않고 병력의 많고 적음도 따지지 않은 채로 무식하게 직접 칼을 휘두르면서 패검회에 맞서 싸웠다. 수하들의 죽음이 사도행을 각성시키기라도 한 것일까. 가장 용감하게 싸우다가 죽겠다는 마음을 먹었는지 무아지경에 빠진 사람처럼 칼을 휘둘렀다.

"좋다. 멍청하면 싸움이라도 잘해야지."

애초에 내가 바란 것도 이런 싸움이다. 나는 성의 없는 박수를 보내면서 양측을 죽어라 응원했다. 말 그대로 싸우다가 나가 뒈지라는 응원이었다.

"죽여라."

나는 사도행이 뚫어낸 길을 편하게 걷다가, 가끔 덤비는 놈들을 발로 차거나 따귀를 후려쳤다. 나는 눈앞에서 싸우고 있는 두 명의 가운데로 향하다가 남천련 간부의 머리를 손으로 밀어내고, 동시에 붉은 옷을 입고 있는 검객의 가랑이를 발로 찼다.

"비켜. 이 새끼들아."

"꺽!"

패검회 검객이 가랑이를 붙잡은 채로 휘청일 때, 남천련의 간부가 칼을 휘둘러서 상대하던 놈을 베어냈다.

푸악!

나는 항상 편파적인 사내다. 사도행이 그야말로 미친놈처럼 칼을 휘두르고 있었다. 남천련의 간부들도 평소에 무식한 사도행 때문에 고생이 많았는지 제법 살벌하게 잘 싸웠다. 나는 그 모습을 바라보면서 응원의 말을 보탰다.

"다들 고생이 많다. 무식하면 몸이 고생해야지. 힘내라, 힘."

사도행이 칼을 휘두르다가 소리를 버럭 내질렀다.

"너는 제발… 그 입 좀… 닥쳐어엇!"

푸악!

사도행은 말과 함께 적의검객의 신체를 갈라내면서 시뻘건 피를 온몸에 뒤집어썼다. 나는 사도행을 지나치면서 웃었다.

"성질머리하곤, 너는 아가리 다물고 싸워. 허접한 놈."

여태 참고 있었던 남천련의 간부 한 명이 내게 소리를 버럭 내질렀다.

"당신 아군이야 적이야!"

"내가 적이면 너희가 지금 이렇게 살아있겠냐? 정신을 차려라."

나는 대답을 한 다음에 바로 공중으로 솟구쳐서 남천련과 패검회의 병력 위를 순식간에 이동했다. 땅에 내려선 나는 두꺼비처럼 웅크렸다가 성질머리를 폭발하듯이 공중으로 높이 솟구쳤다. 패검회의 총대장처럼 서있는 천 당주와 친위대처럼 보이는 검객들이 고개를 들어 동시에 나를 주시했다. 나는 공중에서 우장에 염계를 휘감아서 염계대수인을 펼쳤다.

'염병할 새끼들.'

거대한 손바닥 모양의 붉은 장력이 천 당주를 비롯한 간부들에게 내리꽂혔다.

콰아아아아아아아앙!

십여 명이 동시에 검을 뽑아서 염계대수인을 막아내다가 뒤로 물러났다. 하지만 모습은 제각각 달랐다. 두 발을 땅에 지탱한 채로 밀려나는 놈, 나뒹구는 놈, 아예 날아가면서 피를 토해내는 놈도 있었다. 나는 착지하자마자, 다시 흑묘아를 뽑았다.

"천 당주, 나다."

천세령이 미간을 좁히면서 대꾸했다.

"누구냐."

"부모 욕을 하는 놈들을 가차 없이 때려죽이는 사내, 그것이 나다."

"뭔 미친…"

나는 웃는 표정으로 천세령에게 다가갔다.

"작전도 좋고, 도발도 좋았다. 순식간에 패검회를 장악한 재주와 정보 수집을 게을리하지 않은 것도 좋았다. 하지만 주둥아리가 선을 넘으면 안 되지. 어떤 고통을 선사해 줄까."

천세령의 시선이 흑묘아에 잠시 멈췄다.

"너…?"

천세령을 포함한 십여 명의 적의검객이 일제히 내게 달려들었다. 나는 흑묘아를 수직으로 세웠다가 염화항을 휘감았다. 손잡이에서 시작된 불꽃이 내 눈높이에 있는 칼끝까지 타올랐을 때… 흩날리는 매화를 떠올렸다가 전방으로 쏟아냈다. 넘실거리는 작은 불꽃으로 쪼개진 매화식이 적의검객의 눈앞에 펼쳐졌을 때… 나는 좌장으로 염계대수인의 장력을 분출했다. 천세령과 적의검객들도 일제히 검을 휘둘렀다.

콰아아아아아아앙!

적의검객들이 반월 모양으로 골고루 튕겨 나가더니, 일부는 벽에 부딪혀서 즉사하고 일부는 바닥에 엎어진 채로 일어나지 않았다. 홀로 매화식의 일부를 막아낸 천세령이 놀란 표정으로 나를 주시했다.

"…"

나는 천세령의 표정을 구경하다가 입을 열었다.

"뭐 병신아. 말을 해."

말을 하랬더니, 천세령이 몸을 돌려서 도망치기 시작했다. 나는 곧장 경공을 펼치면서 천세령을 추격했다.

"천 당주… 도망가는 거 아니야. 이리 와."

천세령의 경공 실력이 제법 뛰어났다. 죽음이 뒤따라오는 것을 느끼면 누구나 빨라지기 마련이다. 천세령은 신기록을 경신하듯이 죽어라 달렸다. 나는 천세령을 바짝 뒤쫓으면서 말했다.

"천 당주, 더 빨리… 더 빨리… 더 빨리! 네 계획에 내가 없었나 보네. 빨리 뛰어라. 멈추지 마라. 하하하하하…"

곧 장검이 닿을 정도까지 바짝 따라붙자, 지상에서 살짝 뜬 천세령이 몸을 회전하더니 회전력을 더한 검을 휘둘렀다.

카앙!

나는 흑묘아로 목 근처에 도착한 검을 쳐낸 다음에 천세령과 쾌검으로 맞붙었다. 칼날이 부딪혀서 만들어 낸 불꽃을 구경하는 도중에 뜬금없이 딸깍- 하는 소리가 울리더니 천세령이 입에서 녹색의 분말이 갑자기 튀어나왔다. 나는 호흡을 멈추고 왼발로 땅을 밀어내면서 뒤로 물러났다가 도풍으로 독무를 흩날렸다. 천세령이 등을 돌렸을 때… 나는 바닥에 있는 돌멩이를 주워서 왼손으로 던졌다.

천세령의 고개가 좌측으로 꺾이더니 돌멩이가 전방으로 뻗어나갔다. 정말 미련 없이 도망치는 놈이었다. 이런다고 놓칠 내가 아니다. 나는 달려 나가면서 흑묘아를 집어넣었다. 저런 놈을 놓치면 쾌당의 이름에 먹칠을 하는 것이다. 긴 호흡을 다섯 번 정도 이어나갔을 때 다시 천세령을 바짝 따라잡았다. 천세령의 욕지거리가 터지더니 똑같은 수법으로 공중에 떠올라서 이번에는 검기를 쏟아냈다.

쐐애애애애앵!

나는 천세령의 표정을 구경하다가 검기 위로 솟구쳐서 목계를 주입한 좌장을 내밀었다. 천세령도 급히 좌장으로 받아쳤다. 나는 천세령의 손을 붙잡은 다음에 검을 휘두르는 천세령의 오른팔 안쪽을 품에서 바로 뽑은 섬광비수로 찔렀다.

푹!

공중에서 섬광비수를 살짝 띄웠다가, 역방향으로 다시 붙잡자마자 천세령의 몸에 비수를 연달아 박아 넣었다.

푹! 푹! 푹! 푹! 푹! 푹! 푹! 푹!

"끄아아아아악!"

나는 천세령의 피를 얼굴에 뒤집어쓴 채로 일어나서 주변에 내가 예상하지 못한 함정이 없는지 한 차례 둘러봤다.

"…"

문득 피 한 방울이 눈으로 들어갈 것 같아서 손등으로 눈 주변을 닦은 다음에 천세령의 장검과 검집을 주웠다. 다시 무산협곡의 입구로 돌아가면서 장검의 날을 살폈다. 흑묘아와 충돌해서 이빨이 몇 군데 나가 있었다. 협곡의 입구에 도착해서 전장을 주시해 보니. 죽은 놈들이 차가운 바닥에 누워있고, 살아있는 놈들도 지쳐서 바닥에 앉아있었다. 나는 온몸에 피를 뒤집어쓰고 있는 사도행을 노려봤다. 이런 와중에도 사도행이 했던 말이 문득 떠올랐다.

'이 새끼가 뭐랬더라… 나한테 애송이라고 했던 거 같은데.'

사실 뭐라고 했는지는 잘 기억나지 않고, 불쾌했었던 감정만 떠올랐다. 나는 멀뚱히 쳐다보는 사도행에게 말했다.

"뭐 병신아, 말을 해."

수하들의 죽음에 풀이 죽은 사도행은 여전히 말이 없었다.

"…"

이미 무산협곡의 싸움은 마무리가 된 상황. 남천련의 생존자들은 전부 나를 바라보고 있었다. 나는 숨이 붙어있는 놈들에게 선언했다.

"패검회는 패배했고, 남천련도 패배나 다름이 없는 멍청한 싸움을 했다."

나는 코웃음을 친 다음에 말을 이어나갔다.

"하지만 나는 패배할 리 없지. 나의 승리다."

분위기가 그렇게 좋지는 않았다.

106.
막말도
전략적인 사내

나는 널브러진 채로 있는 패검회 간부들을 바라봤다.

"일어나서 아직 숨이 붙어있는 자들 살펴라. 산 사람은 살아야지. 엄살떨지 말고."

사실은 사도행이 내렸어야 하는 명령이다. 간부들은 그제야 깜짝 놀라서 일어났다. 나는 사도행의 맞은편에 엉덩이를 대고 앉았다. 사도행이 복잡한 표정으로 나를 바라봤다. 이해 못 할 일은 아니다. 싸우려고 해도 내가 더 강하고, 사과하자니 자존심이 용납을 못 하겠고, 말다툼하는 것도 나한테 도움을 받은 게 있어서 어려울 테니까. 오늘 내가 도와주지 않았다면 남천련은 더욱 비참하게 당했을 것이다.

내 결론은 이렇다. 남천련은 사도행이 수습하겠지만 패검회의 재산, 잔당 등을 수습해서 흡수하는 것은 내 몫이다. 이 멍청한 놈은 세력이 커질 자격이 없다. 그러니 사도행과 나는 확실하게 위아래를 정할 필요가 있었다. 위아래를 정하는 방법은 간단하다. 갈구거나, 죽이거나, 줘패는 수밖에… 나는 지쳐서 기절할 것 같은 사도행에게 말했다.

"사도행, 죽이진 않으마. 그러나 위아래는 확실하게 정하고 헤어지자고."

사도행이 당황스러워했으나 내 알 바 아니다. 사도행이 말했다.

"내 실력이 부족한데 덤벼서 뭘 하겠나."

"네 실력이 부족하면 끝이냐? 네가 그동안에 약자들에게 어떻게 했지? 내가 듣기론 허접한 방파 놈들은 네 앞에서 무조건 무릎을 꿇었다던데 사실이냐?"

"그런 적은 없다. 와전된 이야기야. 하지만 확실히 내가 나보다 약한 흑도에게 예의를 갖춘 적은 없다. 그럴 필요도 느끼지 못했었고."

"련주, 내가 누굴까."

"모르겠다."

"너의 수하들이 돌아다니면서 여러 세력에게 참전 요구를 했을 때 나한테도 찾아왔었다. 아주 시건방지게 찾아왔더군. 그리고 오늘 결과를 봐라. 아까 네가 돌진할 때 협곡으로 들어온 세력이 아예 없다. 전부 줄행랑을 쳤지. 뭐 나는 이해해. 어떤 병신이 이런 협곡에 들어와서 죽고 싶을까."

"…"

"심지어 돌아가자는 내 말도 무시하고 말이야. 너 때문에 죽은 수하들의 시체가 협곡에 널렸어."

사도행이 고개를 움직이지 않아서, 나는 반사적으로 손이 나갔다.

사도행의 머리를 후려치면서 소리를 내질렀다.

"주변을 살피라고 병신 놈아. 너 때문에 죽은 수하들… 쳐다보고 명복을 빌어 이 새끼야. 미안하다고 해."

내가 사도행의 머리를 연신 후려치자, 간부들이 일제히 멈춰 서서 나를 바라봤다. 사도행은 연신 내게 머리를 처맞으면서도 가만히 있었다.

"내 탓이다. 못 보겠으니 나를 내버려 둬."

순간, 나도 화를 눌렀다. 사도행을 죽이는 게 낫다는 생각이 들었기 때문이다. 이때, 간부들이 달려와서 나를 포위했다. 내가 슬쩍 쳐다보자, 간부 한 명이 내 예상과는 다른 말을 꺼냈다.

"문주님, 저희가 련주님을 뜯어말렸어야 했습니다. 저희부터 사과를 드리겠습니다. 용서해 주십시오."

사도행이 어리둥절한 표정으로 간부에게 물었다.

"장 조장, 문주라니?"

장 조장이라 불린 사내가 설명했다.

"제 밑에 있는 전령이 여기 계신 하오문주를 알아보고 제게 보고했었습니다. 아군으로 참전하신 거고, 성격이 과격한 분이시니 함부로 대하면 안 된다는 보고를 받았는데 이것을 차마 련주님에겐 전달하지 못했습니다."

이것도 사도행의 실책이다. 수하들이 평소에도 사도행에게 직언하지 못하는 분위기여서, 마땅히 보고해야 할 일도 이렇게 지나가는 경우가 종종 있었던 모양이다. 사도행이 한숨과 함께 일어나더니 나를 향해 포권을 취했다.

"하오문주, 이 사도행이 사과드리겠소. 오늘 문주가 도와준 덕분에 내 목숨을 구하고 수하들도 전멸을 당하지 않은 것임을 잘 알고 있소. 오늘 이후로 사도행과 남천련은 하오문주가 부르면 언제든지 달려가 오늘의 은혜를 갚아나가리다. 나는 못난 놈이지만 내뱉은 말을 지키고 살았소."

머리를 처맞은 사도행이 놀랍게도 정중하게 사과하자, 간부들도 내게 일제히 포권을 취했다.

"감사합니다, 문주님. 부르시면 언제든지 가겠습니다."

나는 닭살이 돋아서 팔뚝을 비볐다.

'아, 염병할 새끼들 이 분위기 어쩔 거야.'

정중하게 사과하는 놈의 머리통을 또다시 후려칠 수는 없는 노릇이라서 나는 한숨이 나왔다.

"…"

나는 이 병신들과 오글거리는 백도식白道式 포권 놀이가 하기 싫어서 장 조장에게 말했다.

"전령은 살아있나?"

조금 떨어진 곳에서 허벅지를 지혈하고 있었던 전령이 손을 번쩍 들었다.

"문주님, 저 살아있습니다."

나는 전령의 얼굴이 기억났다.

"아, 너구나."

흑묘방에서 헤어질 때 내 말을 잘 들었다면서 포권을 취하던 놈이었다. 나는 전령을 바라보다가 고개를 끄덕였다.

"살아있으면 됐다."

"예."

문득 살아있으면 됐다는 말에 남천련의 분위기가 급격하게 가라앉았다. 사도행이 내게 말했다.

"문주, 정리하고 나서 내가 하오문으로 방문해도 되겠소?"

나는 사도행과 눈을 마주쳤다가 대꾸했다.

"오지 마. 재수 없으니까. 너는 남천련이나 잘 수습해. 나는 내 수하들 시켜서 패검회를 수습할 테니까."

나는 남천련 전체에 고했다.

"본래 내 성질대로라면 사도행도… 말을 말자. 내가 참는 이유는 그래도 남천의 무인들이 한결같이 용맹했기 때문임을 알아라. 다른 이유는 없다."

나는 사도행을 끝까지 갈궜다.

"너는 가장 먼저 협곡으로 돌진한 간부, 그리고 한 명도 빠짐없이 사지에 뛰어든 네 수하들 때문에 그 병신 같은 목숨이 붙어있다는 것을 알아야 해. 사도행, 알았어?"

사도행이 고개를 끄덕였다.

"명심…"

문득 나는 천 당주가 등장했었던 협곡의 입구를 향해 고개를 홱 돌렸다.

"…"

남천련의 시선도 나를 따라서 일제히 움직였다. 갑자기 주변이 고요해졌다. 협곡 입구에 두 사람이 서있었는데, 완전 어처구니없는 조합이었다. 좌측의 사내는 학사 차림을 하고 손에는 쥘부채를 쥐고 있었고. 우측의 사내는 누더기를 걸치고 있었는데 누가 봐도, 멀리서 봐도, 거듭 봐도 거지였다.

속으로 놀라는 와중에도 반갑긴 했다. 협곡에 놀러 온 쾌당의 고수들이었다. 문제는 쾌당의 고수들이 좋아하는 장소에 시체가 널려 있어서 불쾌해할 가능성이 있다는 점이었다. 나는 사도행에게 가라앉은 어조로 말했다.

"너희는 최대한 빨리 수습해서 사라져라. 조용히, 신속하게, 질서 있게. 저 사람들 쳐다보지 말고."

유념하라는 눈빛을 사도행에게 보냈다. 사도행이 고개를 끄덕이더니 간부들과 대화를 나누면서 현장을 수습했다. 사도행도 고수를 알아보는 눈치는 있어서 내 말뜻을 이해한 표정이었다. 하지만 내가 다시 입구를 바라보자 쾌당의 고수들은 이미 사라진 상태였다. 제멋대로 사는 인간들이어서 이들의 행동은 나도 예상하기 힘들다. 일단 시체가 너무 많아서 다른 곳으로 놀러 갔을 가능성이 가장 크다. 아니면 그냥 숨어있는 것이거나…

* * *

남천련이 수습하는 동안 나는 팔짱을 낀 채로 상념에 잠겼다. 내가 생각하는 광기는 다양하다. 그중에서 쾌당의 고수들이 가진 광기는 순수한 면이 있다. 쾌快라는 영역에 집중하고 더 빨라지는 것을 추구하기 때문이다. 그렇다고 이들이 달리기만 잘하는 병신들이라는 소리는 아니다. 빠르다는 것은 어떤 의미이든 간에 강하다는 뜻. 다만 학사와 거지 조합은 나도 처음 보는 것이라서 당황스러웠다.

'저 둘이 친했나?'

거지는 노신駑身이라 불리는 개방의 고수다. 노신은 '둔한 몸'이라는 뜻인데 이를 별호로 삼은 이유는 자신보다 빠른 자들이 있어서다. 실제로는 쾌당에 속한 고수인 데다가 개방에서도 가장 빠르다. 개방에서 가장 빠르다는 것은 당연하게도 천하에서 가장 빠른 거지라는 뜻이다.

그리고 저 학사 놈은 문제의 인물이다. 마도魔道 세력의 사서관司書官이기 때문이다. 사서관은 많은 사람을 부릴 수 있는 권력자의 자리는 아니지만, 어쩌면 웬만한 권력자보다 더 중요한 업무를 맡는 직책이다. 무공 서적을 관리하기 때문이다. 누구에게 미움을 받은 것인지는 나도 잘 모르겠으나… 몸담고 있었던 세력을 탈주해서 무림맹에 투신하는 사내다. 그러니까 딱 광명좌사와 반대되는 인물인 셈이랄까. 백응지의 좌사가 마교에 투신하고, 마도의 사서관은 무림맹으로 적을 옮긴다.

강호의 인물이 반대 진영으로 이동한 것을 이야기할 때 거론되는 사내다. 나는 저 사내를 쾌당에서 알게 되었다. 놀라운 점은 마도일 때나 무림맹일 때도 계속 쾌당에 속해있었다는 점이다. 지금의 별호는 알 수 없으나 내가 쾌당에 가입했을 때는, 내부에서 마군자魔君子라 불렸다. 그 마군자와 노신이 경공을 겨루기 위해 이곳을 찾았으니 내가 놀랄 수밖에. 너무 인상적이고 굵직한 사건의 중심에 있었던 사내라서 상념이 깊어질 수밖에 없었다.

'저놈들은 대체 어떻게 상대하지?'

만약 내가 쾌당의 고수들을 전부 하오문으로 포섭한다면 나는 단박에 강호의 정상권에 있는 문파의 수장이 될 것이다. 하지만 그럴 가능성은 희박하다. 이들도 전부 나처럼 괴팍하고 제멋대로여서 그렇다. 심지어 쾌당에서는 마도에서 무림맹으로 적을 옮긴 것에 대해 별 반응도 없었다. 그냥 경공을 겨루고 수련하는 게 더욱 큰 관심사였기 때문이다. 나는 사도행이 작별을 고하는 말을 듣고 나서야 상념에서 빠져나왔다.

"문주, 또 보세."

나는 고개를 끄덕이면서 대꾸했다.

"련주, 일위도강 알아내면 흑묘방으로 연락해."

사도행이 고개를 끄덕였다.

"어쩌면 내가 의뢰를 해서 만날 수 있지 않을까 싶은데. 찾아내면 연락하겠네."

"어서 꺼지도록."

나는 떠나는 남천련을 바라보고 있다가 협곡의 중앙에서 가부좌를 틀었다. 수하들은 수하들이 해야 할 일이 있고, 하오문주는 문주가 해야 하는 일이 있다. 실패해도 상관없다. 나는 늘 시도하는 것이 더 중요하다고 여기는 사람이다. 전생에는 쾌당에 가입하는 것에 그쳤지만 이번에는 쾌당의 고수들을 단 한 명이라도 하오문에 끌어들일 생각이다.

나도 달리는 것을 좋아하지만… 달리는 것이 전부는 아니다. 저들의 순수한 광기와 집착은 존중하겠으나. 세상사에 필요한 것은 저들의 무공 실력이다. 세상사에 초연한 방관자들을 내 쪽으로 끌어올 수 있다면… 어떤 싸움에서 내 수하 백 명 정도가 죽어야 할 일을 서너 명만 죽는 것으로 그칠 수도 있다. 그만큼 고수를 영입하는 것은 중요한 일이다. 내가 눈을 감은 채로 명상에 잠겨있자… 잠시 후에 마군자와 노신의 속삭임이 아슬아슬할 정도로 작게 들렸다.

"아직 안 갔는데?"

"곤란하군. 쫓아낼까?"

"더 기다려 보자고."

마군자와 노신은 내 무공수위를 낮춰 보고 있을 것이다. 너무 젊었기 때문에 협곡에서 치고받고 싸운 흑도의 젊은이 정도로 생각할게 뻔했다. 나는 근처에 아직 두 사람이 있다는 것을 알아차리자마자… 가부좌를 풀고 일어나서, 심호흡을 했다. 이어서 협곡의 중앙에서 혼자 몸을 가볍게 풀듯이 움직였다.

"후우… 쓰읍… 후우… 쓰읍…"

호흡도 일부러 과장되게 하다가 느닷없이 절벽으로 질주했다. 일부러 요란하게 뛰어서 돌무더기를 튀어 오르게 했다.

파바바바바바바바바박!

어차피 세상에 쾌당의 정체를 알고 있는 사람은 극소수다. 이들은 본질적으로 경공에 미친놈들이다. 나는 절벽에 훌쩍 뛰어올라서 중앙 부근을 가로로 맹렬하게 달렸다. 누가 봐도 미친 짓거리. 하지만 쾌당의 고수들에겐 그저… '어? 제법 달리네?' 하는 정도일 것이다. 나는 혼자서 절벽을 오르고, 뛰어내리고, 거미처럼 들러붙었다가 온갖 지랄 발광을 하면서 협곡에서 뛰어다녔다. 살짝 자괴감이 들었다.

'나 밥도 안 먹고 뭐 하고 있냐. 아…'

잠시 후에 마군자와 노신이 다시 재미있는 것을 구경하러 등장한 고양이들처럼 눈을 빛내면서 나타났다. 내가 두 사람을 주시하자… 거지 놈이 실실 웃으면서 내게 말했다.

"거, 어린놈이… 좀 달리네?"

나는 고개를 끄덕이면서 진중한 어조로 대꾸했다.

"웬 거지새끼냐?"

"…"

내 막말에 당황한 노신이 마군자를 바라봤다.

"아니, 거지한테 대놓고 거지라고 하는 경우가 있나? 자네는 어떻게 생각해?"

마군자가 대꾸했다.

"몰라, 이 거지새끼야."

마군자가 팔짱을 끼더니 나를 향해 고개를 절레절레 저었다.

"자세가 좋지 않아. 허접해. 그렇게 달리다간 금방 무릎이 나갈 거야."

나는 마군자를 노려봤다.

'나도 알아. 이 새끼야.'

하지만 이번에도 속마음과 다르게 대꾸했다.

"어디서 지적질이야? 거북이 등껍질같이 생긴 놈이."

마군자가 눈을 부릅떴다.

"…!"

옆에서 노신이 낄낄대면서 웃다가 뒤로 쓰러졌다.

"으하하하하하하…"

나는 팔짱을 낀 채로 두 사람을 노려봤다. 나는 지금 하오문의 명운命運을 걸고 매우 심각하게 전략적으로 막말을 던지고 있었다. 막말도 전략적인 사내. 그것이 나다.

107.
두 사람을
보아하니

내 막말을 들은 마군자와 노신이 동시에 눈앞에 등장했다. 두 사람이 몰고 온 바람이 내 머리카락을 휘날리게 했다. 이놈들은 실력을 내보여서 나를 겁줄 생각이겠지만, 애초에 나는 이들이 빠르다는 것을 누구보다 더 잘 알고 있다. 나는 헝클어진 머리를 쓸어 올리면서 두 사람을 노려봤다.

"내게 볼일 있나?"

마군자가 씨익 웃었다.

"이거 재미있는 친구로군. 존댓말을 배우지 못했나 보지?"

나는 고개를 끄덕였다.

"못 배웠다."

마군자가 잠시 입을 다물었다.

"…"

마군자가 당황하자, 노신은 신이 난 어조로 말했다.

"못 배웠다잖아. 사람들이 너처럼 책을 많이 읽고, 많이 배운 줄 알아? 아니야. 못 배웠다잖아. 너도 전에 얘기했었지. 못 배운 것은 죄가 아니라고."

마군자가 코웃음을 쳤다.

"좋아. 그럴 수 있지. 그나저나 절벽을 제법 많이 타본 솜씨던데. 이렇게 하자. 누가 더 빠르게 절벽을 탈 수 있는지 겨뤄보자고. 진 놈은 존댓말을 써라."

이번에는 노신도 빠른 말투로 거들었다.

"좋아. 그게 좋은 방법이야. 두 사람은 어서 겨뤄보도록 해."

이것들은 지금 경공 자랑을 하고 싶어서 안달이 난 모양이다. 내가 앞서 절벽을 빠르게 타는 모습을 보여줬기 때문일 터. 나는 팔짱을 낀 채로 두 사람을 살폈다.

"겨뤄보잔 말이지."

솔직히 말하면 나는 지는 싸움을 좋아하는 사내가 아니다. 더군다나 이놈들은 나보다 나이가 많고, 수련 기간도 길고, 특히 경공만 죽어라 파고든 놈들이다. 경공을 겨루면 당연히 내가 질 가능성이 크다. 승부가 어쨌든 간에 내가 바라는 것은 쾌당의 고수를 영입하는 것이라서 조금 더 멀리 내다봐야 할 필요가 있었다. 마군자가 물었다.

"왜? 겁이 나? 그럴 줄 알았다."

나는 짧은 시간에 두 사람의 실력을 완벽하게 파악한 것처럼 말했다.

"두 사람을 보아하니… 경공을 죽어라 수련했군. 제법 빠르겠지.

여기 계신 거지 형께서는 성정이 자유분방하고 격식을 따지지 않으며 외공과 내공을 두루 수련해서 속도를 끌어 올렸겠지. 아마, 적수가 꽤 드물 거야. 반면에…"

나는 손가락으로 마군자를 가리켰다.

"여기 학사 형은 의복이 단정하고 머리부터 발끝까지 깨끗해. 이거 놀랍군. 뭐랄까. 거칠게 달리는 유형이 아니야. 마치 군자가 산책하듯이 고고한 자세를 유지하면서도 내공이 깊어서 또한 겨룰 자가 드물 정도로 빠를 것이야."

내가 이야기하는 내내 마군자와 노신은 표정이 시시각각으로 변했다.

"…!"

내 말이 끝났을 때는 두 사람이 경악에 물든 표정으로 서로를 바라봤다. 놀랄 수밖에… 내 말이 전부 맞기 때문이다. 물론 나는 전생에 알고 있었던 것을 슬쩍 나불댄 것뿐이다. 노신이 놀란 표정으로 대꾸했다.

"관찰력이 대단한데? 희한할 정도로 대단한데? 뭐야? 보는 것만으로도 그런 것을 알 수 있나?"

마군자는 아예 입을 다물었다.

"…"

노신이 내게 물었다.

"그럼 아우는 어떤 유형인가? 궁금하군."

"사실 나도 두 사람과 겨뤄보고 싶긴 하나…"

노신이 성질 급한 티를 내면서 바로 대꾸했다.

"그럼 겨뤄보자고. 간단하잖아. 간단한 일을 가지고 왜 그렇게 답답하게 굴어."

나는 손가락을 내밀어서 일부러 아주 천천히 좌우로 흔들었다.

"그럴 수는 없지."

"왜?"

나는 고개를 절레절레 저으면서 말을 이어나갔다.

"나는 무공을 본격적으로 수련한 것이 삼 년도 채 되지 않았거든."

"뭐야?"

"…!"

이번에는 너무 놀란 모양인지 마군자와 노신의 눈이 엄청나게 커졌다. 사실 더 짧게 말하면 믿지 않을 것 같아서, 적당하게 삼 년이라 말했다. 노신이 중얼거렸다.

"말도 안 돼. 엄청난 사부가 있나?"

나는 고개를 저었다.

"없어. 그게 중요한 게 아니지. 내가 무공을 익힌 것은 누군가를 상대하기 위해서지 그대들과 달리기를 겨루겠다고 익힌 게 아니야. 그리고 사실대로 말하자면 겨우 삼 년을 수련했기에 두 사람을 이길 가능성도 없겠지. 안 될 일이지. 딱 봐도 두 사람의 경공 실력은 나보다 훨씬 윗줄이군. 내가 그것을 이미 눈치챘는데 겨뤄서 뭐 하겠나. 다만…"

내가 계속 말꼬리를 흐리자, 이런 것을 가장 싫어하는 노신이 답답하다는 표정으로 대꾸했다.

"다만 뭐? 빨리 좀 말해. 왜 자꾸 말을 똥 싸다가 끊는 것처럼 멈추는 거야. 답답하게. 답답해 돌아가시겠네."

나는 노신을 물끄러미 바라봤다.

'이놈은 대체 왜 별호가 느린 몸일까.'

노신은 정말 예나 지금이나 강호에서 가장 성격이 급한 놈이었다. 상대방의 말도 인내심 있게 못 기다리는 놈이었으니 말이다.

"다만…"

노신이 나를 보면서 고개를 천천히 끄덕였다.

"그래. 다만… 다음 말을 하라고. 부탁하네."

나는 이야기를 엉뚱한 지점으로 돌렸다.

"경공은 말이야."

"…"

"매력적인 공부지."

"당연한 소리 하지 말고. 다만, 다음이 무어냐고."

마군자가 혀를 차면서 노신을 꾸짖었다.

"지금 말하고 있지 않나? 좀 닥쳐. 이야기 좀 들어보게. 가만히 있으면 어련히 이야기하지 않을까. 쯧…"

노신이 입을 다물고, 나는 입을 열었다.

"…무공을 수련해야 할 중요한 시기에 이렇게 가끔 뛰어야 속이 풀리는 현상을 뭐라 해야 할까. 이것도 주화입마의 일종이 아닐까 생각하는데…"

노신이 고개를 빠르게 내저었다.

"어, 아니야. 주화입마 아니야."

나는 반대로 고개를 천천히 끄덕였다.

"답답한 마음, 달리고 나면 가슴도 시원해지고 광증이 좀 해결되는 거 같더군. 하지만 나는 수하들이 있고, 죽여야 할 적이 있어서 무공 수련에 조금 더 집중하는 것이 맞겠지."

마군자가 고개를 끄덕였다.

"그것도 틀린 말은 아니군. 그렇긴 하나, 삼 년이라는 짧은 시간에 무공을 익혀 절벽을 그런 속도로 자유롭게 오가다니 정말 신기하긴 하군."

노신도 고개를 끄덕였다.

"내 말도 그 말이야. 삼 년이면 우리 쪽…"

마군자가 노신을 노려보자, 노신이 입을 다물었다. 쾌당의 존재를 어찌 처음 본 낯선 사람에게 밝히겠는가. 나는 아예 관심이 없는 척을 했다. 실제로 경공을 수련하는 것보다 내공을 쌓는 게 더 중요한 시점이기 때문이다. 따라서 내 말은 어느 정도 진실이다. 다만 내가 두 사람의 성격을 알기 때문에 취사선택한 진실만 들려주고 있었다. 마군자가 내게 물었다.

"사문이나 소속은 어디인가?"

나는 있는 그대로 말했다.

"나는 홀로 무공을 익히는 사내. 소속이 있긴 하나 내가 대장이라서 소속이라는 말이 애매하군."

"정말인가? 어느 세력의 대장이지?"

나는 고개를 내저었다.

"형씨들, 그건 알려줄 수 없어."

노신이 자신의 이마를 붙잡았다.

"아니, 무슨 비밀이 그렇게 많아?"

"나는 적이 많아."

마군자가 흥미를 내보이면서 물었다.

"누가 자네의 적인가?"

나는 두 사람을 상대로 심리전을 이어나갔다.

"그것도 알려줄 수 없겠소."

"왜?"

이쯤 해서 나는 알고 있는 정보를 바탕으로 엄청난 분석력을 가진 사내처럼 행동했다.

"두 사람을 보아하니…"

노신이 대꾸했다.

"또 뭘 본 게야? 뭘 자꾸 보는 게야?"

"여기 계신 거지 형께서는 당연히 개방의 고수겠지. 누가 봐도 거지니까."

"어떻게 알았지? 아, 이건 어쩔 수 없지. 그건 맞아. 나는 개방이야."

나는 마군자를 바라봤다.

"…"

마군자가 기대하는 눈초리로 내게 물었다.

"그래. 나는 어느 소속 같은가? 맞혀보게."

나는 마군자를 노려보다가 한숨을 내쉬면서 말했다.

"도저히 모르겠군. 도저히 모르겠어."

실은 알고 있다.

"희한하다단 말이지. 분명 복장과 눈빛, 자세, 호흡은 백도 명문정파의 고수 같은데…"

"그런데?"

"어쩐지 무공을 사용하면 패도霸道적인 기운을 내뿜을 것 같단 말이지. 이는 백도의 고수가 아니라는 뜻인데. 그렇다고 맹주의 제자인가 하면…그것도 아닌 것 같고. 세가도 아닐 것이며."

노신이 궁금하다는 것처럼 물었다.

"세가는 왜 제외했나? 세가에도 고수들이 즐비한데."

나는 노신에게 물었다.

"잘나가는 세가의 공자나 후계자들이, 여기 있는 거북이 선생처럼 학사 차림으로 돌아다니는 놈 봤나?"

"못 봤네만."

"못 봤으면 말을 말어. 세가의 젊은이들은 여인을 꼬시겠다고 다들 비슷비슷한 차림에 비슷한 머리 모양으로 손질하고, 얼굴에 분까지 처바르는 놈들이야. 그렇다고 이쪽을 흑도로 볼 수도 없고. 도저히 모르겠군. 내가 이렇게 모르는 경우도 드문데 말이야."

내가 말을 하는 와중에 마군자는 흡족한 표정을 짓고 있었다. 나는 노신과 함께 흡족해하는 마군자의 표정을 구경했다.

"…"

노신이 마군자를 욕했다.

"좋단다. 어이구…"

마군자가 웃음기를 지우면서 코웃음을 쳤다.

"어쨌든 젊은 친구의 경공 솜씨가 제법이군. 더 봤으면 좋겠으나 본인이 싫다는 것을 억지로 강요할 수는 없겠지."

노신이 고개를 끄덕였다.

"아쉽네."

마군자가 말을 이어나갔다.

"앞으로 경공을 계속 수련할 생각인가?"

나는 고개를 내저었다.

"아쉽지만 나는 치료를 받고 있어서."

"치료?"

노신이 걱정스러운 표정으로 내게 물었다.

"아니 왜? 멀쩡해 보이는데. 무슨 치료? 젊은 사람이 어디가 아파?"

나는 숨을 크게 내쉬었다. 노신의 말이 하도 빨라서 그 말은 내 귓구멍을 연속으로 때린 다음에 의미가 전달됐다. 나는 손으로 가슴을 부여잡았다.

"광증으로 인한 주화입마에 종종 시달리는 중이라서. 그리고…"

노신이 소리를 버럭 내질렀다.

"그리고! 뭐!"

나는 단전을 두드렸다.

"조화롭지 못한 무공을 익혀서 정신과 말투도 오락가락해. 극양과 극음의 기운이 불균형이라더군. 특히 극양의 기운이 전신에 영향을 미치고 있어서 이것이 광증의 원인이라고 하더군."

마군자가 넋이 나간 표정으로 내게 물었다.

"아니, 잠시만… 무어라 했나? 극양과 극음의 기운을 보유하고 있어?"

나는 두 사람을 바라보면서 진중한 표정으로 대꾸했다.

"그러면 안 되나?"

"아니, 그것은 매우 드문 현상인데."

"내 의형제이기도 한 의원 선생으로부터 알아낸 것인데, 아마도 내 몸은 음양지체陰陽之體라더군."

마군자가 그야말로 화들짝 놀랐다.

"음양지체라고?"

노신도 입을 동그랗게 말았다.

"호오, 놀랍군. 하늘이 내린 신체인데… 그래서 삼 년 만에 그런 경공을 펼칠 수 있었던 것인가? 자네는 어떻게 생각해. 가능해?"

마군자가 눈을 껌벅이면서 나를 바라봤다. 내가 신기할 수밖에 없으리라. 마군자는 무공에 대한 지식이 그야말로 해박하다. 분명 무공 서적을 많이 읽어서 음양지체가 무엇인지, 그것이 얼마나 희귀한 신체인지 파악하고 있을 것이다. 마군자가 조심스럽게 물었다.

"혹시…"

나는 바로 대꾸했다.

"그건 어렵겠소. 어찌 처음 본 사이에 내 몸을 살피라고 내줄 수 있겠나. 어려운 일이지."

마군자가 손을 뻗었다가 허공에서 급히 거뒀다.

"맞는 말이군."

나는 장탄식을 내뱉으면서 협곡을 바라봤다.

"그것참, 새삼… 아름다운 협곡이로군. 광증을 해결해서 경공을 더욱 수련한 다음에 이곳에서 마음껏 달려보고 싶군. 협곡뿐일까? 만장애라 불리는 절벽에도 가보고 싶고. 그렇게 험하다는 각종 명산에도 가보고 싶고. 수준을 더욱 끌어올려서 내가 초상비草上飛를 펼칠 수만 있다면… 무공도 끝이 없다지만 사실 경공도 그 끝을 헤아릴 수가 없는 무궁무진의 영역인 것이지. 두 사람은 어떻게 생각하시나?"

노신이 감탄한 표정으로 고개를 끄덕였다.

"자네 말이 맞아. 경공은 끝이 없어. 그래서 내 별호가 노신이야. 나보다 빠른 사람들이 아직 꽤 많거든."

나는 스스로 자신의 별호를 밝힌 노신에게 고개를 살짝 끄덕였다.

"노신 형, 반갑소."

전략적으로 말투를 변경했다. 노신도 나를 웃으면서 바라봤다.

"아, 정말 반갑네."

마군자는 자신의 소속 때문에 별호는 물론이고 이름도 밝히지 않았다. 당연히 지금 시기는 마군자의 소속이 마도다. 못 밝히는 게 당연하다. 마군자가 내게 물었다.

"그 불균형은 어찌 해결할 수 있다던가… 의원의 말에 따르면 말이야."

나는 팔짱을 낀 채로 착잡하고 쓸쓸한 표정 연기를 시작했다.

"실로 어렵다고 했소."

"그러니까 말이라도 해보게."

나는 일부러 내 말의 신뢰를 높이기 위해 모용백의 이름을 밝혔다.

"내 의형제, 모용백 선생에 의하면 이 광증은 결국 극양과 극음의 부조화. 즉 신체의 균형을 맞추는 것에서 시작해서 단전의 균형, 기와 체의 균형이 연달아 이어지는 연쇄작용으로만 해결할 수 있다고 했지. 그래서 나는 먼저 옛 무공을 하나 얻어서 익히는 중인데 이것이 극양의 내공을 바탕으로 하는 무공이야. 성과가 제법 있었지. 그러나 이후에는 극음의 무공을 하나 얻어서 뼈를 깎고, 피를 토하는 수련에 수련을 거듭하여 내 몸을 내가 스스로 치유하는 수밖에 없다더군. 부조화를 스스로 고쳐서 조화롭게, 그것이 내가 살 길이라더군."

나는 비장한 분위기에 휩싸인 채로 먼 하늘을 아련한 눈빛으로 주시했다. 마군자가 턱을 쓰다듬었다.

"그렇군. 참으로 특이하고 신기한 상태에 놓여있군."

마군자는 지금 음양지체 때문에 궁금해서 돌아가실 지경이었고. 노신은 나랑 경공을 겨뤄보고 싶어서 안달이 난 상태였다. 나는 이들과 전략적인 심리전을 거하게 치른 상태. 실로 보기 드문 격전이었다. 하지만 그보다 더 중요한 것은 마무리다. 나는 신비인 그 자체가 된 것처럼 이들에게 갑작스러운 작별을 통보했다.

"그럼 또 봅시다. 나는 처리해야 할 일이 많아서."

마군자가 인상을 찌푸렸다.

"젊은 형제, 그래도 자네 이름 석 자는 알려주는 것이 도리 아니겠나. 우리가 자네에게 악한 마음을 품고 있는 것도 아닌데 말이야."

노신도 초조한 어조로 말했다.

"그게 맞아. 나는 개방의 노신이다. 앞뒤가 다른 놈들 취급을 받으면 나도 참을 수가 없어. 우리 개방의 이름이 그렇게 가볍진 않을 텐데?"

나는 두 사람의 말에 승복한 것처럼 고개를 끄덕인 다음에 말했다.

"당연히 알려드릴 생각이었지. 그럼, 또 봅시다."

나는 그대로 뒤를 돌아서 혼신의 힘을 다해 경공을 펼쳤다. 나는 외공과 내공을 총망라한 힘으로 질풍처럼 뻗어나갔다. 쾌당의 고수들에게 확실한 인상을 심어주려면 이 짓밖에 답이 없었다. 대신 나는 엄청난 속도로 멀어지는 와중에 내공을 담아서 내 정체를 밝혔다.

"하오문주… 나는… 그것이…"

급하게 달리느라 말이 꼬였다. 어차피 쾌당의 정보력도 무시 못할 수준이어서 무슨 수를 써서라도 나를 찾아낼 터였다.

108.
천재, 천재, 천재!

무산협곡에서 하오문주를 인상 깊게 바라봤던 쾌당의 마군자는 어느 날 쥘부채를 여유롭게 흔들면서 한 간판을 바라보고 있었다.

〈모용의가〉

'잘 찾아왔군.'

마군자가 모용백이라는 이름 석 자로 찾아낸 곳, 모용의가에 불쑥 찾아온 상태였다. 마군자가 자리에 앉자, 모용백이 덤덤한 어조로 물었다.

"어디가 불편하셔서 오셨습니까."

질문을 던져놓고 두 사람은 잠시 눈싸움을 하듯이 서로를 바라봤다. 모용백은 대번에 상대가 강호인이라는 것을 알았으나 굳이 내색하진 않았다. 마군자가 쥘부채를 책상에 내려놓은 다음에 대꾸했다.

"솔직히 말하자면, 선생에게 용건이 있어서 찾아왔소."

"일단 들어보겠습니다."

마군자가 품에서 꺼낸 서책을 책상에 올려놓았다.
“이야기를 나눠본 후에 선생에게 이것을 전달할까 하오.”
“무슨 책입니까.”
“미리 양해를 구하겠소. 선생과 이야기를 마친 다음에 알려줄 생각이라서.”
모용백이 떨떠름한 표정으로 대꾸했다.
“제가 갑자기 나쁜 일에 휘말린 것은 아니겠지요?”
마군자가 고개를 끄덕였다.
“그렇진 않소.”
“그럼 편히 말씀하십시오. 경청하겠습니다.”
모용백은 눈앞에 있는 사내가 평범하지 않다는 것을 이미 알고 있었다. 마군자가 손을 내밀었다.
“먼저 진맥 좀 해주시오. 그래도 의가에 찾아왔는데.”
모용백이 중지와 검지를 마군자의 손목에 올려놓았다.
“…”
약간의 시간이 흐른 다음에 마군자가 물었다.
“어떻소?”
모용백이 손을 뗀 다음에 말했다.
“큰 문제는 없습니다. 아니, 완벽합니다. 다만 잠시 일어나 보십시오.”
마군자가 놀란 표정으로 대꾸했다.
“일어나란 말이오?”
“예. 그대로 서보십시오.”

모용백이 어서 일어나라는 것처럼 손을 내밀자, 마군자가 일어났다.

"죄송하지만 천천히 한 바퀴를 돌아보십시오."

마군자는 상대가 의원인지라 군말 없이 제자리에서 한 바퀴를 돌았다. 모용백이 고개를 끄덕이면서 다시 앉으라는 것처럼 자리를 가리켰다. 모용백이 말했다.

"건강하십니다. 다만 특정 자세를 오래 유지하셔서 목, 어깨, 허리, 골반 선이 안 좋습니다. 그리고 다리를 너무 많이 사용하셨나 본데 전반적으로 상체와 하체의 균형도 좋지 않습니다."

마군자가 자신의 목을 만지면서 모용백을 시험하듯이 물었다.

"목은 왜 안 좋은 거요."

"아마 책을 오래 보셨겠지요."

"음."

"가까이 와보세요. 눈을 보겠습니다."

마군자가 고개를 앞으로 쑥 내밀었다. 모용백은 마군자의 눈을 확인한 다음에 손을 뻗어서 어깨의 한 부위를 손가락으로 눌렀다.

"이곳은 어떻습니까."

마군자가 대꾸했다.

"매우 아프군."

모용백이 손으로 이런저런 모양을 만들어 가면서 마군자의 상태를 설명했다.

"일단 책을 읽는 자세가 너무 경직되어 있습니다. 제가 짚은 곳의 근육이 솟아있고 목뼈가 이렇게… 활처럼 휘어있기 때문에 편두통이 있으실 겁니다. 눈도 많이 피로한 상태겠지요. 경공을 수련하고 계십니까?"

마군자가 되물었다.

"그건 또 어찌 알았소?"

모용백이 멋쩍게 웃으면서 말했다.

"이것은 그냥 추측이었습니다. 아마 뒷짐을 진 채로 경공을 오래 수련하신 것 같습니다만. 지금은 별일이 없겠으나 이 상태로 삼사 년을 더 유지하시면 신체가 주는 고통이 만만치 않으실 겁니다. 하지만 큰 문제는 아닙니다. 무공을 수련하고 계시기에 조금만 신경을 쓰시면 일이 년 내로 교정할 수 있습니다."

"일이 년이나?"

"무공이 고강하시기 때문에 제가 줄여서 말씀드린 겁니다."

"무공은 어떻게 판단하셨소?"

"진맥을 했지 않습니까."

"의원이 내공도 살필 수 있단 말이오?"

"내공만 살핀 것은 아니지요. 내공도 신체의 일부여서 함께 살핀 겁니다."

마군자는 의심의 눈초리를 싹 거둔 다음에 모용백을 다시 바라봤다.

'보기 드문 명의名醫로구나.'

이렇게 생각하면서 새삼스럽게 바라보니 하오문주의 의형제였다. 마군자가 소탈한 어조로 말했다.

"선생께서 가르침을 주시오. 내 마음을 단단히 먹고 고쳐보겠소."

"사실 무공을 오래 수련하셨기에 방법은 알고 계실 겁니다. 이것은 그냥 인지의 문제입니다. 바르게 앉고, 자세를 펴고, 바르게 달리면 됩니다. 말은 간단하나 실행은 지루하고 고통스러운 것이라서 보통 의지로는 해결하기 힘든 것이기도 합니다."

마군자가 고개를 끄덕였다.

"마음에 쏙 드는 대답이었소."

마군자가 기지개를 켠 다음에 목을 이리저리 움직이자 우드득 소리가 울렸다. 모용백이 웃으면서 말했다.

"이제 방문하신 진짜 목적을 들어볼까요."

마군자는 고개를 끄덕이다가 할 말을 정리한 다음에 입을 열었다.

"하오문주를 알고 계시오?"

"예."

"나랑 일전에 만났는데 선생을 의형제라고 했소. 사실이오?"

모용백이 침착한 표정으로 대꾸했다.

"딱히 의형제를 맺자는 말씀은 없으셨는데…"

"아, 거짓말이었나?"

"그게 또 애매합니다. 일단 하오문주께서 크게 다치시면 제가 만사를 제치고 달려가서 치료할 것이고. 만약 모용의가가 힘든 일을 겪고 있다면 하오문주께서 달려오실 겁니다. 호칭은 서로 선생과 문주라고 하고 있으나 상호 간의 의義를 따지자면 의형제라는 표현이 과한 것은 아닙니다."

"그렇군. 하오문주는 주화입마에 시달리고 있소?"

이번에는 모용백이 잠시 대답하지 않았다. 대신에 질문으로 응수했다.

"손님께서는 하오문주의 적입니까?"

마군자가 씨익 웃었다.

"왜 그렇게 생각하는지 모르겠군. 적이면 어쩌시려고."

모용백이 턱을 쓰다듬었다.

"제가 오늘 곤란해지겠지요."

"그럴 일 없소. 적이라니… 다시 말하지만, 호의를 가지고 찾아왔소. 다소 어려운 문제를 가지고 있는 터라 모용 선생과 먼저 상의하러 온 셈이지."

"다행이군요."

"하오문주의 상태가 정확하게 어떤 것인지."

모용백이 서책을 바라보면서 말했다.

"광증狂症이 있으시지요."

"광증? 심각하오?"

"그것은 의원인 저도 잘 모르겠습니다."

"어째서 그렇소."

"본인도 광증을 인지하고 있기 때문입니다. 상태가 복잡합니다. 심리적인 것도 있고 무공과도 연계가 되어있습니다. 마냥 부작용이 있는 것도 아닙니다. 가슴에 품은 포부와도 연결이 되어있고. 희미한 상실감과 화병, 우울 그리고 가면을 쓰고 행동하는 특징도 있습니다."

"가면?"

"실제 가면을 말하는 게 아니라 특정 상황에서 사람이 달라지는 심리적인 현상이라고 할까요."

"특정 상황이라면…?"

"싸울 때겠지요. 문주님에겐 저도 관심이 많습니다. 제 환자라서 그렇기도 하지만 사람 자체가 희귀한 유형입니다. 그래서 근래 어떤 활동을 하고 계시는지, 요새는 누구와 싸우시는지 정도는 종종 물어보고 다닙니다. 이곳에 오시는 환자라서 그런 것만은 아니고, 이것도 일종의 의義라고 해야겠지요."

"문주가 어찌 싸우기에?"

"뭐 이곳저곳, 수하들과 사람들의 말에 따르면 대부분 비슷합니다. 그러니까…"

"미친놈?"

"예."

"혹시 하오문이라는 단체가 전부 그렇소?"

"문주님만 그렇습니다."

"아하. 그렇다면 대체 하오문은 어떤 세력이오? 선생께선 어떻게 생각하시오."

"알아보셨습니까?"

"발품을 팔아서 며칠 알아보긴 했는데 그냥 흑도가 아닌가 싶어서. 내가 하오라는 말의 뜻을 모르는 건 아니외다."

"아직 문주님과 대화를 오래 나누진 않으셨군요."

"그렇소."

모용백이 설명했다.

"하오문은 흑도가 아닙니다."

"흑도를 여러 차례 때려잡았던데…"

"이것은 저도 설명하기 어렵습니다. 기회가 되면 물어보십시오. 어쨌든 하오문은 상납을 받지 않습니다. 상인이나 일꾼들에게 상납을 받는 흑도를 해체하고, 대부분 우두머리를 죽인 다음 세력을 흡수하고 계실 겁니다. 그냥 흡수가 아니라 대부분 살려두거나 흩어지게 놔둡니다. 각자 할 일 찾아 떠나라는 식이죠. 그래서 규율도 엄격하지 않고… 솔직히 말하면 개판이지요. 그런데 그런 상황을 아시면서도 계속 그런 행보를 하고 계십니다. 좀 이해하셨습니까? 앞으로 많은 세력이 문주님에게 강제적으로 해체당하겠지요."

"아… 그런 것인가?"

"예. 제가 홀로 이해하기로는 그런 과정에서 정말 오갈 데 없는 밑바닥 인생들만 자신의 곁에 남으라고 하여… 그래서 하오문이 아닐까 이렇게 생각하고 있습니다."

마군자는 모용백의 말을 여러 차례 곱씹었다.

'그것참, 희한한 생각을 하는 자로군.'

마군자는 문득 궁금한 것을 물었다.

"그럼 선생도 하오문이오?"

"저는 오갈 데 없는 사람이 아니라서요. 보다시피 저는 모용의가의 의원입니다."

"아, 그럼 아닌가?"

모용백이 씨익 웃었다.

"하지만 문주께서는 저를 하오문이라고 생각하시겠죠. 굳이 제가 속해있지 않아도 말입니다."

마군자는 문득 자신의 팔뚝에 소름이 돋은 것을 바라봤다.

"아, 그런 단체로군. 그렇다면 구체적인 실체보다 훨씬 큰 세력이 되겠소."

"아마 계속 커지고 있을 겁니다."

모용백이 서책을 가리켰다.

"이것에 대한 설명은 아직입니까?"

마군자는 깜박했다는 것처럼 서책 위에 손을 올렸다.

"아, 설명해야지. 하나만 확실히 하겠소. 내 이야기를 들으면 선생도 위험해질 수 있소."

"위험을 감수하면 무엇을 얻을 수 있겠습니까."

마군자가 심각한 표정으로 대꾸했다.

"어쩌면 하오문주의 병을 치료할 수 있을 거요."

모용백은 그제야 상대가 범상치 않다는 것을 뼈저리게 느꼈다. 자신의 성격을 파악한 다음에 대꾸한 것이기 때문이었다.

'이 사내, 만만치가 않구나.'

모용백이 짤막하게 한숨을 내쉬었다가 대답했다.

"그렇다면 듣겠습니다."

마군자가 고개를 끄덕였다.

"좋소. 너무 걱정하진 마시오."

마군자가 손으로 서책을 쓰다듬으면서 말했다.

"이것은 마공魔功이오. 그것도 꽤 오래된 마공이외다."

모용백이 이번에는 정말로 깊은 한숨을 내쉬었다.

"벌써 위험해진 느낌입니다."

백도 명문세가의 서생처럼 보이는 사내가 왜 갑자기 자신에게 마공이 적힌 서책을 가져온단 말인가? 모용백이 예상할 수 있는 일이 아니었다. 모용백이 말했다.

"상세하게 설명을 해주셔야겠습니다."

마군자가 설명했다.

"나도 하오문주를 만나고 나서 아주 즉흥적으로, 우발적으로, 무언가에 홀린 듯이 이 책을 찾아보게 되었소. 하오문주가 음양지체라던데 맞소?"

"예."

"극양과 극음의 부조화가 불균형을 초래하고 그것이 주화입마의 원인이라고 하더군. 이것은 극음지기를 수련할 수 있는 마공, 즉 빙공氷功이오."

"음…"

"빙공이 세상에서 점점 사라지는 이유를 알고 있소?"

"그것까진 모르겠습니다."

"뒷받침할 재료가 부족하기 때문이오. 양기를 머금은 영약과 영물은 희귀하긴 하나 존재하고 있소. 하지만 극음의 무공을 익힐 때 필요한 재료는 현저하게 부족한 상태지. 익혀도 발전하기가 어려우니… 대성한 사람이 드물고. 대성한 사람이 드물다 보니, 연구하고 익히는 사람도 점점 줄어드는 추세라고 해야겠지."

"그래도 마도에는 종종 있지 않았습니까?"

"그래서 마도인 거요. 영약도 구하기 힘들고, 영물도 희귀하고. 운좋게 설삼雪蔘 한 뿌리 먹는다고 해서 얼마나 강해지겠소? 그러니 다른 방법으로 극음의 기운을 보충하려 했는데, 그런 방식으로 택한 것이 사람이었소. 무슨 말인지 알겠소?"

"이해가 안 가는 것이 빙공은 운기조식으로 강해질 수 없는 무공입니까?"

"가능하오. 느릴 뿐이지. 느리기에 다른 방법론에 시선을 돌리는 것이고."

"사람의 진기를 뽑아다가 영약처럼 흡수한다는 말씀이시죠?"

"대충 그런 식이오. 종종 마두들이 대규모 학살을 저지른 원인을 찾아보면, 영약을 대체할 무언가를 얻으려고 한 셈이오. 결국에 어떤 마도는 무공을 익히기 위해 수단과 방법을 가리지 않다 보니 마도가 된 셈이지."

모용백은 점잖은 표정으로 이야기를 듣고 있다가 손가락으로 서책을 가리켰다.

"이것도 그렇습니까?"

마군자가 미소를 지었다.

"사람의 말은 끝까지 들어야 하는 법. 그런 방법론이 실제로 적혀 있긴 하나, 내가 왜 하오문주의 의형제라는 선생을 먼저 찾아왔겠소. 비인간적인 방법론을 전부 지우고, 선생의 입장에서 맞지 않는 부분도 삭제하고. 오롯하게 극음의 진기를 끌어다 쓰는 방법론으로 정리하여 하오문주에게 전달할 수 있겠소? 선생이 빙공을 재해석해서 하오문주에게 전달하는 거요."

모용백이 고개를 갸웃했다.

"이해가 가는 부분도 있고, 그렇지 않은 부분도 있습니다."

"물어보시오."

"어떻게 제가, 이런 일을 할 수 있다고 여기시는 건지요?"

"그것은 이곳에 와서 대화를 해보고 난 후 나도 지금 알았소."

"음. 어쨌든 하오문주께서 빙공을 얻으면 도움이 될 겁니다. 확실히 상태가 이상하긴 했으니까요."

모용백이 마군자를 향해 손을 내밀었다.

"하지만 대체 왜 하오문주에게 이런 도움을 주시려는지… 동기를 알 수가 없군요."

마군자가 씨익 웃었다.

"그 질문이 참으로 늦게 나오는군. 선생의 참을성도 대단하시오. 내가 정말 내 속내를 솔직하게 밝히면 선생도 충분히 이해할 거요."

"들어보겠습니다."

마군자가 묘한 표정으로 생각을 정리하다가 입을 열었다.

"이 감정을 뭐라고 말해야 할까. 나는…"

"…"

"하오문주가 나보다 천재인지 확인해 보고 싶소."

모용백이 문득 정신을 바짝 차린 다음에 눈앞에 있는 사내를 바라보니. 실로 범상치 않은, 오만방자한 광인狂人이 자신을 바라보고 있었다. 그 오만방자한 광인이 점잖은 표정으로 말을 이어나갔다.

"모용백 선생, 당신도 내 마음을 이해할 거요."

"…"

마군자가 확신에 찬 미소를 지었다.

"우리는 상식에 얽매이는 사람들이 아니니까… 그렇지 않소?"

모용백은 그제야 서책을 물끄러미 바라봤다. 마음이 실로 복잡하고 미묘했다.

109.
딱 보면
모르겠어?

"바쁘셨습니까?"

"좀 뛰어다닐 일이 있어서."

나는 패검회를 수습한 다음에 모용의가를 찾아왔다. 벽 총관의 말에 따르면 모용백이 갈수록 초췌해지는 얼굴로 흑묘방에 여러 차례 찾아왔었다고 했기 때문이다. 막상 앉아서 모용백의 얼굴을 살펴보니 한숨이 절로 나왔다.

"선생, 얼굴이 왜 그 모양인가?"

모용백이 억지로 웃으면서 대꾸했다.

"근래 공부를 너무 열심히 한 모양입니다."

나는 모용백의 표정을 살피다가 대꾸했다.

"나는 공부와 담을 쌓고 살았지만, 그 얼굴이 공부를 많이 해서 그런 게 아니라는 건 알겠소. 심력을 소비한 모양인데 무슨 일이 있었나 보군."

나는 모용백의 서재를 둘러봤다. 보통 높은 곳에 있는 서책은 건드리지 않는 경우가 많은데 꽤 많은 서책을 꺼내서 살펴본 모양인지 책 먼지에 손자국이 찍혀있었다.

'이놈이 갑자기 뭘 연구했지?'

하여간 모용백의 안색이 좋지 않았기 때문에 일단 갈궜다.

"의원이라는 사람의 상태가 이거 좋지 않아. 그런 상태로 누굴 치료하겠다는 거요. 선생부터 누워야 할 것 같은데."

모용백이 자꾸 실실대면서 웃었다.

"좀 피곤하긴 합니다."

"선생."

"예."

"어서 다 털어놓으시오."

모용백이 고개를 끄덕이면서 화제를 돌렸다.

"그나저나 어찌 그렇게 바쁘셨습니까? 흑묘방에 몇 차례나 찾아갔었습니다."

나는 그간 있었던 일을 짤막하게 설명했다.

"자꾸 살수를 보내는 놈들이 있어서 찾느라 고생 중이오. 살수를 고용했던 세력은 완전히 박살을 내서 지금도 수하들이 수습하느라 정신이 없소."

"제법 큰 세력이었나 보죠?"

"패검회라고."

"들어봤습니다."

나는 모용백의 안색이 창백한 것을 보고 내 이야기는 멈췄다. 아무래도 오늘은 모용백의 이야기를 자세히 들어줘야 할 것 같은 날이었다. 모용백이 쉽사리 입을 열 것 같지 않아서 안색을 굳힌 채로 말했다.

"모용 선생."

"예."

"빠짐없이 싹 다 이야기해 보도록. 왜 그렇게 심력을 소모했는지. 내가 알아야겠으니까."

"당연히 말씀드려야지요."

모용백이 서책 한 권을 꺼내더니 책상에 올려놓았다.

"빙공을 얻었습니다."

나는 팔짱을 낀 채로 고개를 끄덕였다.

"그렇군. 그런데?"

모용백이 살짝 당황스러워하면서 말했다.

"놀라지 않으십니까?"

"빙공은 빙공이지. 내가 놀라야 할 이유가 있나. 계속 이야기해 보시오. 빙공을 얻었는데, 그다음."

"당연히 저는 이것을 문주님에게 드리면 좋겠다고 생각하고. 제가 일단 정독을 했습니다. 무공 비급이라는 것은 신기하게도 의학을 정리한 서책과 내용이 흡사합니다."

"그렇겠지."

"혹시 문주님에게 해가 될 만한 내용은 없는지 살폈습니다."

"그런데 내게 해가 될 만한 내용이 있던가?"

모용백이 손가락으로 서책을 가리켰다.

"빙공의 단계를 올리려면 일종의 채음採陰 방식을 권하고 있습니다. 알고 계시는 채음보양採陰補陽과 같은 사도의 방법론이지요. 채採는 캐낸다는 의미여서 뿌리를 뽑힌 대상은 죽기 마련입니다. 즉 사람을 죽여 강해지는 방법론이 자세히 기술되어 있는데 이 무공을 창안한 사람은 실제로 채음 방식으로 빙공을 완성했습니다. 즉 이 서책은 비급서가 아니라 일종의 일기日記나 다름이 없습니다. 본래는 불필요한 과정을 제가 임의로 첨삭하여…"

"선생, 선생, 모용 선생…"

"예."

"물 한 잔 마시고. 천천히…"

모용백이 물을 한 잔 따라 마신 다음에 나를 바라봤다.

"첨삭하여 드리고자 했는데 쉽지 않은 일이었습니다. 내용이 일기와 얽혀있기 때문입니다."

"그래서?"

나는 안타까운 마음이 들었으나, 일단 모용백의 이야기를 경청했다.

"결국 문주님과 논의를 해보려고 여러 차례 찾아갔다가 계시지 않아서 제가 혼자 서책을 연구하고 있었습니다."

나는 고개를 끄덕였다.

"그런 사연이었군. 그 채음 방식이 너무 잔인했던 모양이지?"

"예. 잔인했을 뿐만 아니라 일말의 동정심이나 양심의 가책을 느끼지 않는 강호인이 서술한 서책입니다. 책에는 적혀있지 않으나 대체 몇 명을 죽였는지 가늠할 수조차 없고. 저는 이것을 읽는 동안에 기분이 매우 우울해졌습니다."

나는 사태를 이해했다.

"마공魔功이군."

"예."

"절부채 흔들던 놈이 전달했나?"

"어떻게 아셨습니까. 당분간은 비밀로 해달라고 부탁했는데."

"내가 정말 모를 것이라 여긴다면 그놈이 날 너무 얕잡아 본 것이고."

마군자가 다녀간 모양이다. 마도의 사서관이니 옛 빙공을 얻는 것은 어렵지 않았을 터. 하지만 서고의 비급을 몰래 빼돌렸다면 쫓겨나도 이상하지 않을 일이다. 하지만 마군자는 원래 그런 놈이다. 그러니 마도 세력에서 무림맹으로 이동했겠지. 전생에도 무언가 사고를 쳤었다는 뜻. 하지만 일단 마군자보다 모용백의 상태가 중요했기 때문에 마군자는 잠시 잊었다. 나는 삐딱하게 앉아서 턱을 괸 채로 모용백을 일단 더 갈궜다.

"나이가 몇 살인데 이런 서책을 읽고 그런 심마心魔를 겪고 있나? 선생도 참 알 수 없는 사람이야."

"예. 화가 나서 그렇지요. 저는 사람을 살리는 의원인데 사람을 아무 거리낌 없이 죽이는 자의 일기를 보고 있으려니 점점…"

"점점 뭐."

"화도 나고 잠도 오지 않고. 제가 힘겹게 익히고 있는 의술이 무슨 소용인가 싶기도 하고."

"그리고."

모용백이 그제야 본심을 밝혔다.

"실은 만약 이자가 어딘가에 살아있다면 찾아내서 죽이고 싶다는 생각을 내내 했습니다."

나는 고개를 끄덕였다. 모용백의 말에 속으로만 대꾸할 수밖에 없었다.

'맞다. 그것이 독마毒魔겠지.'

신의와 독마는 종이 한 장 차이. 이 사내도 언제든지 돌변할 가능성이 있다. 내가 생각하는 그 '종이'는 순수한 사람일수록 두께가 얇기 때문이다. 오늘은 모용백을 좀 혼내야겠다는 마음을 단단히 먹었다. 물론 내가 귀하게 생각하는 인연이기 때문에 전략적으로 혼낼 필요가 있었다. 그 전략을 세우는 동안에 상태가 좋지 않은 모용백이 내게 물었다.

"문주님, 이놈은 이미 죽었겠지요?"

"죽었지."

"언제 죽었을까요?"

"내가 한번 볼까?"

"예."

나는 마군자가 남기고 간 문제의 서책을 들고 대충 훑으면서 중얼거렸다.

"뭔 말이 이렇게 많아? 구시렁구시렁, 일기 맞네. 빙공은 음공陰功의 갈래이다. 음공은 한공寒功과 빙공으로 나뉜다. 한공은 체내에 침투하는 것을 목적으로 하며, 빙공은 한랭한 기운을 외부에 퍼트리는 것이 목적이다. 한공을 익히다 보면 십중팔구 주화입마를 겪게 된다. 그러나 빙공은 체외로 냉기를 발산하는 무공이어서 주화입마에서 다소 자유롭다. 내가 서술하는 것은 월영무정공月影無情功이다. 월영무정이라… 선생, 이 빙공 말이야."

"예."

"여인이 만들었어."

모용백이 화들짝 놀라면서 대꾸했다.

"예? 그런 언급은 없었는데요."

"아니야. 여인이 만든 거야. 월영무정이라니? 달그림자는 무정하다는 뜻인데 아무래도 실연당한 비운의 여인 같아. 우리 같은 못난 남자들은 실연당하면 무조건 술이 등장하거든. 달빛 아래서 술 한잔 걸치다가 깨달은 빙공이면 내가 이해하겠다. 근데 달그림자는 무정하다? 아, 이건 못난 남자들의 감성이 아니지. 딱 봐도 여인이야. 딱 보면 모르겠어?"

모용백이 대답했다.

"그렇군요."

"보아하니, 아무래도 백도의 쓰레기 같은 놈에게 복수하려고 익힌 무공 같군."

이번에도 모용백이 화들짝 놀랐다.

"예? 그런 언급은 없었는데요."

"아니야. 잘 들어봐. 이렇게 독한 마음을 먹고 빙공을 익혀서 누구에게 복수했을까? 천하제일이 되겠다고? 아니야. 내가 생각했을 때는 복수의 대상이 위선자야. 그것도 엄청난 권력을 지니고 있고 무공도 살벌하게 강했을 거야. 거의 뭐 천하제일? 도저히 정상적인 방법으로 무공을 익혀서는 꺾을 수 없었겠지. 평판도 엄청 좋고 접근도 어려웠겠지. 대협객이라 불렸거나 아니면 맹주였을 수도 있어. 그나저나 이 여인은 정말 아름다웠나 보군."

"갑자기요?"

모용백은 슬슬 포기한 모양인지 고개만 끄덕이면서 내 이야기를 경청했다.

"암, 무척 아름다웠을 거야. 무공도 강했을 테고. 위선자 놈이 접근해서 사랑을 나눴고 여인은 평생을 함께할 생각을 하면서 행복했을 테지. 위선자가 다른 여인에게 떠났을 때… 그 추억을 잊으려면 어떻게 살아야 했을까. 가장 행복했던 순간을 기억에서 지워내려면 말이야. 위선자가 이 여인을 너무 얕잡아 본 모양이로군. 이 덤덤하고 명확한 필체, 무정한 달빛 아래에서 썼겠지."

모용백이 필체를 다시 살폈다.

"그러고 보니 필체가 참 정갈합니다."

"마도대종사 위령하韋玲霞의 필체 같군."

"너무 억측 아닌가요?"

"위령하를 알아?"

"알지요. 곤륜의 개파조사에게 도전한 여고수이지 않습니까. 그러고 보니 그 개파조사도 한때는 맹주였었군요. 위령하가 만들었던 집단도 곤륜에게 완전히 멸문당한 것으로 압니다. 멸문하고 나서야 마교라는 이름을 얻었지요."

"마교라 불리던 놈들이 어디 한둘인가. 누군가가 다른 곳에서 위령하의 무공이나 후인을 받아들였을 수도 있을 거야."

모용백이 잠시 넋이 나간 표정으로 말했다.

"그러고 보면 책을 가져왔던 사내는 글을 너무 많이 본 모양인지 자세가 매우 좋지 않았습니다. 눈도 굉장히 피로한 상태였고요."

"모용 선생."

"예."

나는 모용백을 노려봤다.

"나는 마도대종사가 아니야. 채음 따위의 방법론은 필요 없어. 이런 옛 서적에 적힌 악행에 마음을 다칠 필요는 없다. 강해지는 방법은 한 가지가 아니거든. 선생이 오늘처럼 정신을 못 차리고 있으면…"

나는 서책을 손으로 집어서 살짝 흔들었다.

"차라리 불태우는 게 낫겠다."

모용백이 깜짝 놀라서 손을 내밀었다.

"아, 그러지 마십시오. 알겠습니다. 태우지 마십시오. 어차피 이제 저는 안 볼 생각입니다."

"그래?"

"예."

나는 서책을 내려놓은 다음에 덤덤한 어조로 말했다.

"어차피 세상에는 우리가 이해 못 할 악행이 많아. 그래서 내가 지금 이렇게 바쁘게 돌아다니면서 죽여대고 있잖아. 갈고리로 싹싹 긁어서 불구덩이로 데려가고 있어. 채음하는 놈들, 사람을 영약으로 보는 놈들, 사람을 사람으로 여기지 않는 놈들, 다 내가 지옥 불구덩이로 끌고 가마."

"예."

"선생은 정신 차리고 지금처럼 환자들을 돌보면 돼. 죽이는 것은 내가 할 테니까. 알았어?"

나는 모용백의 눈을 들여다봤다. 모용백도 내 눈을 똑바로 바라보면서 대꾸했다.

"알겠습니다. 문주님, 그런데 그 사내가 서책을 가져다준 의도는 이해하고 계십니까?"

"이해하지."

"뭡니까?"

"경공을 겨뤄보자고 하더군. 경공에 미친놈이야."

"겨루셨습니까?"

"아니? 지금은 나보다 빠를 것 같아서 전략적으로 피했지. 이것은 제대로 익혀서 나중에 겨뤄보자는 뜻이겠지. 보통 정신 나간 놈이 아니야."

"나중에 문주님이 이기면 어떻게 될까요? 무공도 고강해 보이던데."

나는 씨익 웃으면서 대꾸했다.

"그야말로…"

"예."

"기뻐하겠지."

"패배를 기뻐한다고요?"

"아니. 수련할 동기를 얻어서 기뻐하겠지. 승부는 길게 봐야 해. 언젠가 다시 나타나서 웃는 얼굴로 내게 도전하겠지. 그때는 누가 이길까? 그런 책벌레, 책상머리 서생, 뜀박질 중독자, 거북이 등껍질 같이 생긴 놈에게 패배하지 않는 사내, 그것이 나다."

모용백이 고개를 끄덕였다.

"멋지십니다."

나는 서책을 쥐고선 대충 흔들었다.

"올바른 방법으로 빙공을 얻지 못하면 이것도 미련 없이 불태울 테니까 그렇게 알고 있도록. 이게 뭐라고… 빙공은 아무것도 아니야. 여러 무공 중의 하나일 뿐이야."

"예."

사실 나는 온갖 방식으로 채증할 필요도 없고 영약을 구해서 먹을 필요도 없다. 그저 천옥에 담겨있는 극음지기를 끌어다가 사용하면 그만이다. 이런 것까지 모용백에게 알려줄 수는 없었다. 나는 모용백을 손가락으로 가리키면서 명령조로 말했다.

"오늘은 이만 문을 닫고 잠부터 자도록 해."

"그러겠습니다."

"아니지. 당장 들어가서 자도록 해. 내가 오늘 여기서 운기조식을 할 테니 의녀들에겐 문 닫으라고 전하고."

오늘은 여기서 보초를 서야겠다. 모용백은 전생과 달리 무공을 깊이 익히지 않았기 때문에 본능적으로 마군자를 두려워하고 있었다. 그리고 그를 두려워하는 자신에게 화가 났을 것이다. 화가 나는 이유는 간단하다. 의원이라서 무공을 익힐 시간이 짧았을 뿐이지, 의원 짓을 내던지고 무공만 파고들면 훨씬 강해질 수 있다는 자신감이 있는 사내이기 때문이다.

사람의 심리 상태는 실로 오묘해서 전후 과정의 흐름이 상식적이진 않다. 내가 여기서 밤새 운기조식을 하는 것만으로도. 어쨌든 모용백은 편히 잠을 잘 수 있을 터였다. 나는 먼저 일어나서 오랜만에 환자들이 사용하는 침상 위에 가부좌를 틀었다. 내가 환자라 그런 것일까, 침상이 편했다. 잠시 분주하게 돌아다니는 의녀들이 많아서 눈을 감은 채로 입을 열었다.

"시끄럽다. 나 운기조식해야 하니까 조용히들 해라."

"..."

"나 누구랑 얘기하냐?"

"알겠습니다. 문주님."

사주 경계를 하면서도 운기조식을 하는 사내, 그것이…

* * *

모용백의 목소리가 잠결에 들렸다.

"…피곤하셨던 모양이야. 너희도 들어가서 쉬어라."

"앉아서 코를 고세요."

"쉿."

"..."

110. 빙공은 아무것도 아니다

어쨌든 잘 잤다.

"뭘 그렇게 열심히 보십니까?"

나는 왼손에 월영무정공을, 오른손에는 젓가락을 쥐고 있었다. 차성태의 물음에 대꾸했다.

"뭐라고?"

"뭘 그렇게 열심히 보시나 해서요. 밥이 입으로 들어가는지 콧구멍으로 들어가는지 모르겠습니다."

나는 차성태의 말에 간략하게 대꾸했다.

"아무것도 아니다."

"아무것도 아닌 것을 왜 그렇게 열심히…"

나는 서책을 내려놓은 다음에 밥에 집중했다.

"밥 먹자."

대부분의 수하들은 패검회를 수습하느라 떠난 상태. 흑묘방에는 말단 무인들과 차성태, 호연청, 벽 총관 정도가 있었다. 차성태가 물었다.

"그거 제가 봐도 됩니까?"

"안 돼."

서책에 무슨 마성이라도 깃든 것일까. 나는 내용을 숙지한 다음에 서책을 불태울 생각이다. 모용백까지 힘들어했을 정도였으니 이 책에는 확실히 문제가 많다. 하지만 나는 애초에 문제가 많은 인간이라서 이따위 실연당한 여인의 일기에 흔들릴 사람이 아니다. 애초에 마도에는 이런 인간이 많다. 당장 내가 죽이려는 교주만 해도 마도 대종사 위령하와 다를 바 없는 말종이기 때문이다.

위령하는 곤륜산에 있었다는 백월궁白月宮의 주인으로 실존 인물이다. 앞서 말했다시피 곤륜파에게 멸문당한 세력인데 이후 곤륜파는 백월궁을 마교로 선언했다. 싹 죽이고 나서 '그놈들은 마교였다'고 하는 행태는 솔직히 역겨운 일이다. 백도가 종종 역겨운 짓을 할 때가 있는데 승리하고 나서 상대를 쓰레기로 만드는 방식이 바로 그렇다.

어쨌든 중원에서 멀리 떨어진 청해의 서쪽에서 발생한 일이었으니 중원에서는 진위를 가릴 수 없었을 것이다. 이미 멸문했는데 시시비비를 어찌 가린다는 말인가. 그 억울함을 고스란히 가진 생존자가 있었다면… 그런 자가 태어날 때부터 마도의 길을 걷게 되는 셈이다. 고로, 백도가 위선자의 길을 걸을수록 길게 보면 그 피해는 백도가 고스란히 입게 된다는 것이 내 생각이다.

곤륜의 개파조사는 과거에 천하제일을 다투던 고수로 중원으로 넘어와 무림맹주 자리까지 앉았던 인물이다. 무림맹주 자리를 내려놓고 다시 곤륜으로 돌아갈 시점부터. 청해제일검파라는 칭호는 곤륜파의 것이 되었다. 청해는 무척 드넓은 강호여서 수많은 백도, 마도, 흑도가 난잡하게 얽혀있으나 여전히 제일 강대한 세력은 저 곤륜파다. 나머지 세력이 총연합을 해도 곤륜파를 꺾는 것은 어려운 일이다.

심지어 이 월영무정공을 대성한 마도대종사도 곤륜을 넘지 못했으니 곤륜파의 강대함은 나조차도 불쾌할 지경이다. 나중에 내가 천하의 고수들과 자웅을 겨룰 때. 곤륜파는 어떤 식으로든 등장할 것이다. 이놈들도 목표가 늘 천하제일이기 때문이다. 특히, 그 천하제일이라는 칭호를 개인과 단체 모두 빼앗긴 지금 시대에는 더더욱 그럴 것이다.

나는 밥을 먹으면서 월영무정공을 한 차례 독파하고, 매화나무 아래에서 다시 한번 정독했다. 잠시 후에 상념에 잠겼다가 세 번째로 정독을 한 다음에 서책을 미련 없이 염계로 불태웠다. 이로써 월영무정공은 사라졌다. 위령하가 생존해 있고, 피해자들의 가족이 여전히 고통스러워한다면. 언젠가 내가 위령하를 찾아가서 죽였을 것이나, 어쨌든 위령하는 이미 죽은 사람이다. 무슨 인연인지는 몰라도 월영무정공은 내가 익히게 되었다. 나는 위령하의 혼령을 생각하면서 덤덤한 인사를 건넸다.

'비록 복수를 위해 만들어진 무공이지만 내가 향후 위선자들을 때려잡으면서 무공을 배우게 해준 것에 대해 답례를 하겠다. 아마도 아름다웠을… 마도대종사 위령하 선배. 듣고 있나?'

내가 귀신과 소통하는 재주는 없었기 때문에 이 말도 안 되는 상념은 곧장 없앴다. 어쨌든 나는 월영무정공을 내 것으로 만든 다음에 마두와 위선자를 죽여서 죽은 자들의 넋을 기릴 생각이다. 나는 잠시 흩날리는 매화를 바라봤다. 월영무정공에 입문하는 중요한 시점이다. 만에 하나라도 일위도강이 기습하면 곤란해지기 때문에 어쩔 수 없이 일어나서 대청으로 들어갔다.

"차 총관."

"예, 문주님."

"따라와."

"예."

나는 가장 넓은 방의 중앙에서 가부좌를 튼 다음에 차성태에게 말했다.

"새로운 무공에 입문하려는데 시간이 얼마나 흐를지 모르겠다. 중요한 순간이야."

차성태가 심각한 표정으로 나를 바라봤다.

"음."

"네가 호위 서라."

"바깥에서 설까요?"

"아니. 이곳에서. 변고가 발생하면 네가 알아서 대처해라."

"알겠습니다."

나는 눈을 감은 다음에 월영무정공에 입문하는 운기조식을 시작했다. 입문 과정은 짧을 수도 있고 길어질 수도 있다. 물론 도중에 주화입마가 올 수도 있다. 만약 월영무정공이 주화입마를 일으킨다면 나는 미련 없이 이 무공을 포기한 다음에 백응지로 뛰어가서 광명좌사를 죽을 때까지 팰 것이다.

입문 과정은 간단하다. 월영무정공은 힘을 끌어내는 경로가 금구소요공과 다르다. 이것은 내가 정한 게 아니고 월영무정공을 만든 이가 정한 경로다. 처음에는 금구소요공의 진기로 경로를 탐사한 다음에 어떤 경우에도 빠르게 오갈 수 있도록 주요 거점에 지부支部를 설립한다. 지부는 일종의 파발擺撥이다. 이곳을 드나드는 진기는 파발꾼이다. 나는 파발을 설치하는 사전작업을 빠르게 마쳤다. 다음에 할 일은 논두렁에 구멍을 뚫는 일과 흡사하다.

이 부분이 약간 어렵다. 극양의 기운으로 천옥을 두들겨서 구멍을 뚫어야 한다. 그다음에 미리 설립해 둔 지부에 극음의 기운을 이끌어서 순환시키면 일주천이 끝난다. 이 과정을 매끄럽게 연결해야 극음의 기운이 단전에 쌓이고, 내가 원할 때 장력이나 지법에 한랭한 힘을 담을 수 있다.

본래는 무척 어려운 과정이지만 전생에도 이미 고생했던 과정의 변형인지라 큰 어려움 없이 탐사, 설립, 물꼬 트기, 예행, 일주천의 과정을 연달아 진행했다. 나는 일주천을 마치자마자 욕심을 내려놓고 눈을 떴다. 차성태가 놀란 눈빛으로 나를 바라봤다.

"벌써 끝나셨습니까?"

나는 고개를 끄덕였다.

"응."

"새로운 무공을 익히신 겁니까?"

"아마도."

"보여주시죠."

"그럴까."

나는 품에서 섬광비수를 꺼냈다. 월영무정공은 크게 삼 단계로 나뉜다. 잔월殘月, 현월弦月, 만월滿月. 이는 한랭한 기운과 냉기의 정도를 구분하는 말이다. 당연히 입문을 마친 나는 잔월의 경지에 위치한 상태. 나도 이것이 어떻게 될지 모르는 상황에서 섬광비수에 잔월냉기殘月冷氣를 주입했다. 칼날에 희미한 냉기가 휩싸이더니 희뿌연 서리가 칼끝에 내려앉았다. 차성태가 놀란 눈빛으로 물었다.

"빙공이에요?"

"응."

"아까 책 어딨어요?"

"불태웠어."

"문주님, 저는 안 가르쳐 주세요?"

"성태야."

"예."

"이것은 너무 어려운 영역의 무공이야."

"아니, 눈 감고 있다가 뜨니까 배웠다면서요."

나는 진중한 표정으로 대꾸했다.

"거짓말이 아니라 눈을 감고 있었던 찰나가 영원처럼 느껴졌어."

내 개소리를 예감한 차성태가 빠르게 포기했다.

"안 배울게요. 알겠습니다."

"멋으로 따지면 검객이 강호제일이다. 검법이나 혹독하게 수련해. 다른 데 한눈팔지 말고. 검법 익혔다가 빙공 익혔다가 뭐 하나 제대로 못 해서 얻다 쓸래?"

"와…"

"왜?"

"세상 진지한 마음가짐으로 호법을 섰는데 갑자기 이렇게 갈군다고요?"

"성태야. 내가 하오문을 지키기 위해, 일하는 자들을 위해, 강호의 안녕과 평화를 위해, 우리 일양현을 위해 주화입마의 공포를 무릅쓰고, 모용의가의 모용백 선생과 밤낮으로 연구해서 얻은 빙공이야. 내가 개인의 사리사욕, 개인의 욕망, 개인의 허영심을 위해서 이 무공을 익혔을까?"

차성태가 고개를 끄덕였다.

"예."

한숨이 절로 나왔다.

"말을 말자. 못난 놈."

"농담이죠. 어쨌든 부럽고 축하드립니다. 얼마나 더 강해진 걸까요?"

"이제 시작이야."

말 그대로다. 나는 빙공을 사용해 본 적이 없다. 대체 이것을 어떻게 활용해야 할까? 조합의 수가 너무 무궁무진해서 난감할 정도였다. 일단 일주천을 계속 반복해서 잔월의 경지를 현월로 올려놓을 필요도 있었다. 어느 정도 금구소요공과 균형을 맞춰야 실전에서도 빛을 볼 테니까. 어쨌든 한 손에는 불길을, 한 손에는 냉기를 사용할 수 있게 되었다. 나는 잠시 차성태를 내보낸 다음에 홀로 생각에 잠겼다.

'만약…'

금구소요공과 월영무정공을 조화롭게 사용하게 되어서. 마치 처음부터 하나의 무공이었던 것처럼 펼치게 되면. 이것은 대체 어떤 무공일까. 이런 엉뚱한 생각을 하는 이유는 간단하다. 애초에 천옥 자체가 음양이 조화로운 하나의 개체였기 때문이다. 금구소요공은 극양의 기를 다루기 때문에 일日이라 규정하고. 월영무정공은 극음의 기를 다루기 때문에 월月이라 규정하면. 두 가지를 양손에 각기 펼치는 것은 일월공日月功이라 부를 수 있다. 따라서 내가 수련해야 할 것은 월영무정공의 경지를 높여 실전에서 일월공을 사용해 보는 것이다. 이를 완성하면 비로소 일월신공日月神功이라는 새로운 이름을 붙여도 될 것이다.

하지만… 두 가지 힘을 각각 사용하지 않고. 해와 달이 교차하는 순간처럼 동시에 사용하면 어떻게 될까. 상상은 자유로운 것이기에 나는 마음껏 자하객잔에서 바라보던 노을을 떠올렸다. 해님이 가라앉고 달님이 떠올라서 교대하는 짧은 시간… 양과 음이 공존해서 만들어 내는 자줏빛이 천하를 뒤덮을 때. 일월신공과는 또 다른 경지에 다다른 무공. 당연하게도 그것은 자하신공紫霞神功이라는 이름으로 불릴 것이다. 그렇기에 내가 모용백에게 했던 말은 거짓이 아니다. 빙공은 아무것도 아니다. 자하신공에 비하면…

나는 바깥으로 나가, 흑묘방에서 가장 높은 지붕 위에 가부좌를 틀고 시시각각 색이 변하고 있는 천하를 주시했다. 내가 비록 성격이 좋지 않고. 광증에 시달리고 있으며. 마음도 하루에 수십 번이 바꿔어서, 이랬다가 저랬다가 하는 사내이긴 하나 세상사 대부분의 일은 어차피 일신의 무공으로 결판이 난다.

하오문을 아무리 크게 키운다고 한들… 어느 날 내가 나보다 강한 고수에게 죽으면 하오문도 끝장이다. 정말 밑바닥 인생만 남아있는 문파가 될 것이다. 그러나 일신의 무력이 천하를 뒤덮을 정도로 강해지면 영향력이라는 것이 자연스럽게 생긴다. 오래 살아남아… 제자를 협객으로 키우고. 하오문을 퍼뜨리고. 그 제자가 다시 협객을 키우는 문파를 만들면.

내 영향력은 강호에서 쉽게 사라지지 않을 것이다. 나는 강호의 가장 밑바닥에서 악인을 쓸어 담아 불구덩이로 이끌고. 내 제자는 강호에서 가장 빛나는 위치에 올라 많은 이들이 협객을 동경하게끔 만든다면… 내가 행하는 일 또한 빛과 어둠처럼 조화롭게 맞물릴 것이다. 하늘이 내게 다시 살아갈 수 있는 기회를 줬으니. 포부를 크게 가져야 한다. 내가 품은 포부가 이처럼 실로 크기 때문에… 점소이가 천하제일이 되는 것처럼 지극히 허무맹랑한 이야기가 될 것이다.

내가 하늘을 바라보면서 온갖 상념에 빠져있자… 자줏빛 노을에 물든 천하가 천천히 나를 마중 나오고 있었다. 나는 가슴속에 자하신공을 품은 채로 다가오는 천하를 맞이했다. 오늘은 내 안에 깃든 광기를 그 자체로 인정하는 날. 내가 품고 있는 미친 짓은 제정신으로 할 수 없을 것이다. 그런데도 오늘따라 내 마음은 실로 평온했다. 내 이름은 자하紫霞. 빛과 어둠이 공존하는… 내 존재 자체가 천하天下다.

111. 옥수산장의 비무 관전

흑묘방에서 두문불출한 지도 오십여 일째. 나는 월영무정공을 수련하는 것 이외에는 세상사에 관심을 끊었다. 내가 하오문의 일에 관여하지 않은 채로 수련에 몰두했기에 차성태는 실제로 총관 일을 할 수밖에 없었고, 벽 총관도 실질적으로 흑도 세력과 관련된 업무를 도맡았다. 하지만 차성태가 가져온 서찰에는 다시 세상사에 관여할 수밖에 없는 내용이 적혀있었다. 뜻밖에도 검마劍魔가 보낸 소식이었기 때문이다. 내용은 간략했다.

묘개산妙塏山 옥수산장玉秀山莊.

다가오는 초하룻날.

비공개로 비무를 진행하네.

양측의 참관인은 두 명으로 제한했으나 한 자리가 비었으니 자네가 오게.

…

본래 내 못난 제자만 참관을 허락하려 했으나, 자네가 문득 떠오르더군.

무료했던 내게도 뜻깊은 하루가 되겠지.

보러 오게.

옥수산장에서 재회를 기다리며.

-백응지의 검객劍客이 하오문주에게.

나는 서찰을 거듭 읽었다. 말투, 필체, 분위기가 모두 검마를 떠올리게 하여 의심하지 않아도 될 서찰이었다. 차성태가 물었다.

"무슨 내용입니까?"

차성태에겐 두루뭉술하게 대답했다.

"초대를 받았다. 묘개산 좀 다녀오마. 오늘 출발해야 얼추 맞겠군."

"오래 걸리세요? 저도 갈까요?"

"가면 좋을 텐데 아쉽게도 이번에는 안 되겠다."

"아, 가면 좋은 이유가 있어요?"

나는 고개를 끄덕였다.

"싸움 구경 좀 하고 올 테니 그렇게 알고 있고. 심각한 일이 아니면 묘개산으로 찾아오지 마. 나 찾는 사람 있어도 묘개산으로 갔다는 말은 하지 말고."

"예, 바로 떠나십니까?"

"아니. 목욕부터 해야겠다."

차성태가 눈을 크게 떴다.

"오…?"
"왜."
"여자가 싸우나요? 왜 안 하시던."
나는 차성태를 바라보다가 눈을 껌벅였다.
"…"
차성태가 고개를 살짝 숙였다.
"죄송합니다."
나는 손으로 내 가슴을 쓸어내리면서 읊조렸다.
"마음의 평화."
"예."
"내게 강 같은 평화."
"좋습니다. 좋아요. 그대로 잔잔하게. 강물처럼. 문주님도 점점 변하고 계십니다. 날이 갈수록 문주다운 위엄, 문주다운 품위, 문주다운 품격이 몸에 배어 계십니다. 멋지십니다. 지금, 정말 좋습니다."
나는 고개를 끄덕이다가, 차성태가 웃음을 참는 것을 보고 바로 손이 나갔다. 차성태의 머리통을 한 대 때린 다음에 말했다.
"적당히 해라."
차성태가 머리를 손으로 비벼대다가 말했다.
"문주님, 무사히 귀환하십시오."

* * *

나는 내 나름대로 복장을 깨끗하게 차려입은 다음에 초하룻날 묘개산 옥수산장에 도착했다. 도착하자마자 산장 바깥에 서있는 무인들 때문에 검마의 상대가 누구인지 알았다.

'기가 막히는군.'

강호에서 통일된 복장 중에서는 가장 유명한 의복이 보였다. 위아래로 깨끗한 백의에 어깨에는 맹盟이라는 한 글자가 수놓여 있는 복장. 내가 다가가자, 입구의 무인들이 물었다.

"초대받으셨습니까?"

고개를 살짝 끄덕인 다음에 대꾸했다.

"하오문주요."

하오문주라는 말에 미리 언질을 받았던 무인들이 산장의 문을 열었다. 내가 너무 젊기 때문일까. 무인들이 다소 놀란 표정을 지었으나 딱히 신경 쓰지 않았다. 나는 옥수산장으로 들어가면서 속으로 웃었다.

'무림공적 들어가신다.'

무림맹이 지금 하오문을 조사해 봤자, 흑도를 때려잡은 정보밖에 안 나올 것이다. 내가 원했던 바다. 옥수산장은 나도 처음 와보는 곳이다. 맹주의 별장이라도 되는지 무척 넓었다. 곧 산장에서 일하는 사내가 다가와서 손을 내밀었다.

"문주님, 안내하겠습니다."

백응지에 가서 좌사가 똥을 지리는 것을 구경하고. 그 덕에 검마를 만나고. 검마의 비무 때문에 이렇게 빨리 무림맹주를 만날 줄이야. 똥의 오묘함이라는 것이겠지. 그 똥은 모용백의 의술이 적용된 것이고, 모용백은 전생 독마. 즉 나처럼 무림공적이었으니 인생의 흐름은 감히 예측할 수가 없다. 대청으로 안내되어 들어가자, 검마와 몽랑이 나를 쳐다봤다. 검마가 덤덤하게 물었다.

"왔나?"

"왔소."

"앉게."

내가 자리에 앉자, 좌사 놈이 똑같이 물었다.

"왔냐?"

나는 좌사의 말을 가볍게 무시한 다음에 검마에게 물었다.

"상대가 누구요."

검마가 대꾸했다.

"맹주."

나는 휑한 대청을 둘러보다가 대꾸했다.

"왜 안 나오는 거요. 손님 불러다 놓고. 맹주가 예의가 없네."

검마가 나를 물끄러미 바라보다가 보기 드물게 피식 웃었다. 좌사도 황당한 모양인지 계속 헛바람 소리를 내면서 웃었다. 좌사가 내게 말했다.

"돌았네. 맹주님이 네 친구냐. 어디 촌동네 등산회 맹주인지 아나. 무림맹주이시다. 언행을 조심하도록 해."

나는 황당한 표정으로 좌사를 바라봤다.

'너도 무림공적이었어, 이 새끼야. 말해줄 수도 없고 답답하네.'

아직은 꼴에 풍운몽가의 공자라고 자신이 백도의 일원인 줄 아는 모양이다. 제자의 말을 가볍게 무시한 검마가 내게 물었다.

"잘 있었나?"

"별일 없었소."

"수련은?"

"근래 몰입 중이오."

"내가 괜히 초대해서 방해한 것은 아니겠지?"

나는 고개를 저었다.

"이런 비무라면 폐관수련을 하다가도 문을 부수고 달려오는 것이 도리. 그나저나 선배는…"

"말하게."

"부상 중이라고 들었는데 왜 이렇게 빨리 맹주와 겨루게 된 거요."

검마가 옅은 미소를 지었다.

"강호에서 가장 바쁜 맹주가 시간을 내주면 한가한 내가 응할 수밖에."

"음."

"평소에 다치지 않는 것도 실력이니 감수해야지. 두 사람이 비무를 보고 자극을 받는다면 내 승패와 무관하게 의미 있는 일이 되겠지."

문득 좌사가 사부를 물끄러미 바라봤다. 저런 말에는 나도 딱히 할 말이 없다. 문득 턱을 괸 채로 생각에 잠겨있는데 이상하게도 검마에게 빚을 지는 것 같은 느낌을 받았다. 그제야 안쪽에서 세 사람이 걸어 나왔다. 나는 맹주를 보자마자 속으로 화들짝 놀랐다.

'와, 깜짝이야. 진짜 맹주 놈이네.'

내가 과거로 돌아왔으니 맹주도 젊어진 게 당연할 터. 예전에 봤던 얼굴을 기억하고 있는 와중에 한창 젊은 시절인 사십 대의 맹주가 갑자기 등장했으니 놀랄 수밖에 없었다. 지금은 흰머리보다 검은

털이 많고, 얼굴이 젊어진 것을 빼면 무뚝뚝한 인상은 그대로였다.

무림맹주 임소백林小白. 검객. 협객. 교주가 가장 증오하는 사내. 내가 아는 것은 이 정도밖에 없다. 얼굴도 먼 곳에서 잠깐 쳐다본 게 전부여서 이렇게 가까운 곳에서 얼굴 생김새를 보는 것은 나도 처음이다. 임소백이 상석에 앉자, 좌우에 있는 젊은 떨거지들은 서서 대기했다. 임소백이 입을 열었다.

"이보게 검마, 참관인은 이 두 사람이야?"

"보다시피."

"네가 몽가의 차남이냐?"

좌사가 일어나더니 임소백에게 포권을 취하면서 본명을 밝혔다.

"풍운몽가의 몽연蒙燃이 맹주님을 뵙습니다."

나도 처음 듣는 좌사의 본명이다. 임소백이 고개를 끄덕이면서 좌사에게 말했다.

"백응지의 젊은이 중에서는 네가 가장 강하다는 소문이 있던데."

좌사가 바로 대답했다.

"백응지에서는 그렇습니다."

"그래. 무림맹에는 언제 들어올 텐가? 내가 한자리 줘야겠군. 원래는 맹시를 치르고 들어와야 하는데, 자네는 내가 그냥 꽂으면 돼."

"아…"

좌사가 당황하자, 검마가 끼어들었다.

"임 맹주, 이놈은 아직 수련 중이니 나중에 얘기하게."

임소백이 좌사를 바라봤다.

"수련은 평소에 하는 거지. 맹에 들어와도 수련할 시간은 많아."

좌사가 고개를 살짝 숙였다.

"유념하겠습니다."

이번에는 임소백이 나를 바라봤다.

"하오문주 이자하, 반갑다."

나는 임소백의 말에 별생각 없이 대꾸했다.

"반갑소."

"..."

분위기가 정말 싸했다. 나는 사람들의 표정을 구경했다. 검마가 나를 바라보고 있고, 좌사는 인상을 있는 대로 찌푸리고 있었다. 특히 맹주의 좌우에 있는 젊은 놈은 살짝 넋이 나간 표정으로 나를 바라보고 있었다. 그러나 정작 임소백은 놀라지 않았다. 임소백이 옆에 있는 청년에게 물었다.

"근데 하오문이 뭐 하는 문파냐."

"지역 무관 같은 곳입니다."

"확실해?"

"정보가 거의 없습니다."

"흑도를 상대했다는 소문이 있던데."

"알아보겠습니다."

임소백이 검마에게 물었다.

"이 친구는 갑자기 왜 참관하는 건가?"

검마가 퉁명스럽게 대꾸했다.

"실력이 뛰어나서."

"실력이 뛰어나면 내가 알아야 하지 않아?"

"아직 젊으니 모를 수도 있지."

임소백이 고개를 끄덕였다.

"그렇군. 그나저나 뭘로 겨루겠나. 진검이야? 교주에게 두들겨 맞아서 다쳤다는 소문이 있던데 무리하지 말아. 시간 될 때 종종 겨루면 되겠지."

검마가 대꾸했다.

"목검으로 하세."

임소백이 고개를 끄덕였다.

"목검 좋지. 가서 가져와라."

한 청년이 목검을 가지러 간 사이에 임소백이 검마에게 말했다.

"자네, 패배하면 무림맹으로 들어와."

검마가 대꾸했다.

"내가 무림맹에서 뭘 하겠나?"

"뭘 하긴. 교관으로 애들 가르치면 되겠지."

"거절하겠네."

"거절하면 다음 비무는 장담할 수 없어. 고민해 보도록. 자네가 혹시 이긴다면 내게 바라는 게 있나?"

"영약 하나 내주게."

임소백이 고개를 끄덕이더니 옆에 있는 청년에게 말했다.

"좋다. 내가 패배하면 보유하고 있는 것 중에서 가장 좋은 영약을 검마에게 전달해라."

"예, 맹주님."

임소백이 검마에게 말했다.

"좁으니 나가자."

앉아있었던 전원이 일어났다. 나는 대청 바깥으로 나가면서 짤막하게 한숨을 내쉬었다. 아무리 봐도 검마가 이길 수 있는 상대가 아니었다. 가까이서 본 것은 처음이나 임소백의 기도가 검마보다 아래 수준이 아니라는 생각이 들었다. 그런데 이것은 나만 아는 게 아니라 검마도 알고 좌사도 어느 정도 눈치를 채고 있는 모양인지 안색이 어두웠다. 임소백이 나가는 와중에 내게 물었다.

"자네는 왜 한숨을 쉬나? 하오문주."

"한숨을 쉬는 것은 내 마음이오."

"자네 마음이긴 하지만 이유가 궁금해서 물어보는 거잖아."

나는 바깥에서 임소백의 말에 대꾸했다.

"검마 선배가 질 것 같아서 한숨이 나왔소."

임소백이 덤덤한 표정으로 고개를 끄덕였다.

"응원하는 사람이 질 것 같으면 한숨이 나오기 마련이지. 그러나 목검비무라서 승패에 깊은 의미를 부여할 필요는 없다."

목검을 가져온 청년이 임소백에게 한 자루를 내밀었다.

"맹주님."

임소백이 목검을 쥐자마자 이리저리 살폈다. 청년이 이어서 검마에게도 목검을 건넸다. 임소백이 목검을 구경하다가 말했다.

"다들 떨어져라."

내원 중앙에 검마와 임소백이 남고, 관전하는 자들은 멀찍이 물러났다. 임소백이 검마에게 물었다.

"검마, 준비됐나?"

검마가 목검을 우하단으로 내린 채로 거리를 벌리더니 임소백을 물끄러미 바라봤다. 그러자 임소백이 검마를 향해 말했다.

"천천히 준비해라. 기다릴 테니."

검마는 입을 굳게 다문 채로 임소백을 노려봤다. 임소백은 완전히 딴생각을 하고 있는 사람처럼 산장을 둘러보기도 하고, 나와 좌사를 바라보기도 했다. 그 어떤 일말의 긴장감도 없는 사내였다. 나는 팔짱을 낀 채로 검마와 임소백을 번갈아 가면서 살폈다.

검마는 세상이 멈춰 있는 것처럼 미동도 하지 않은 채로 서있고, 임소백은 여전히 딴생각에 빠진 사람처럼 보였다. 이번 비무에 별다른 집중을 하지 않고 있었다. 도전했으니 받아준다는 느낌이어서 지켜보는 나조차 기분이 좋지는 않았다. 검마가 석상처럼 움직이지 않자, 임소백이 입을 열었다.

"물어볼 거 있으면 물어보도록 해. 너무 경직되어 있다."

검마가 바로 질문을 던졌다.

"맹주, 목검의 경지는 언제 넘어섰나?"

임소백이 고개를 갸웃했다.

"목검의 경지?"

임소백이 지켜보는 청년들에게 물었다.

"내가 맹주 언제 됐었나?"

"사 년 전입니다."

"목검의 경지는 그럼 대충 오 년 전인가 보군. 얼마 안 됐네. 검마, 자네도 곧 지나갈 테니 서두르지 말아. 빨리 터득한다고 해서 반드시 좋은 것도 아니야. 천천히 익히도록."

검마가 자존심을 내려놓은 태도로 질문했다.

"천천히 익혀야 할 이유는 무엇인가?"

임소백이 고개를 끄덕이면서 대답했다.

"그 뒤의 경지가 너무 길고 광활하기 때문이야. 그곳에는 천천히 들어가도 나쁘지 않지. 지루함이라는 벽을 만날 수 있거든."

검마가 옅은 미소를 머금더니 우하단으로 내렸던 검을 살짝 올렸다.

"준비되었네."

임소백이 고개를 끄덕였다.

"그렇다면 시작하게나."

그제야 임소백의 무뚝뚝했던 표정이 달라졌다. 눈이 조금 더 커졌고, 표정은 살짝 웃고 있었다. 자세는 별다를 게 없었으나 호흡을 전신으로 하는 것처럼 몸 전체가 미세하게 들썩였다. 반면에 검마는 요지부동. 나는 두 사람이 비무를 길게 할 이유가 없다고 느꼈다. 검마가 먼저 움직였다고 느꼈을 때. 이미 임소백의 앞에서 목검을 휘두르고 있는 검마의 자세가 보였다. 궤적이 그야말로 단순했다.

임소백은 거의 똑같은 자세로 목검을 휘둘렀다. 나는 임소백이 휘두르는 목검의 궤적이 다소 신기하게 보였다. 두 자루의 목검이 부딪치자마자, 한 자루는 박살이 났다. 동시에 검마가 좌장을 내밀었다. 임소백도 좌장으로 응수하자 "퍽" 소리와 함께 검마가 뒤로 세 걸음을 물러났다. 어처구니가 없을 정도로 단순한 비무였다. 손잡이만 남은 목검을 미련 없이 땅에 던진 검마가 임소백을 향해 고개를 살짝 끄덕였다.

"맹주."
"응?"
"졌네."
임소백도 자신의 목검을 청년에게 던지면서 대답했다.
"자네도 수고했네. 장력 대결은 필요 없었는데 굳이 보여줬군. 곧장 운기조식하게나. 본래 있던 부상이 깊어질 수 있으니."
임소백이 주변을 둘러보다가 손가락을 한 번 튕겼다.
"다들 복귀하자."
청년은 물론이고 바깥에서 대기하고 있었던 무림맹원들이 일제히 대꾸했다.
"예, 맹주님."
임소백이 검마에게 말했다.
"또 보세나."
검마가 입구 쪽으로 손을 내밀었다.
"살펴 가게."
입을 다물고 돌아선 임소백이 옥수산장의 정면으로 향하자, 대문이 열렸다. 비무도 짧았으나 퇴각은 전광석화電光石火 그 자체. 무림맹주는 옥수산장에서 곧장 사라졌다. 나도 딱히 할 말이 떠오르지 않는 인상적인 퇴각이었다.
"…"

112. 육전대검의 비밀은

나는 맹주가 사라진 정문을 주시했다.

'빌어먹을 새끼, 강하구나.'

이상한 일은 아니다. 맹주라서 강한 게 아니라, 강해서 맹주를 하는 놈이다. 그게 그거인가? 어쨌든 간에 뭐가 됐든 나도 기분이 불쾌한 상황. 검마가 홀로 패배한 게 아니라 나도 패배하고, 좌사의 표정을 보아하니 이놈도 패배한 모양이다.

'염병할…'

그런데도 검마는 제자와 내 표정을 슬쩍 바라보더니 알 수 없는 미소를 짓다가 그대로 가부좌를 틀고 운기조식을 시작했다. 나는 좌사와 눈을 마주쳤다가 검마를 보호하는 형태로 놈과 둘러앉아서 입을 일단 다물었다. 속이 부글부글 끓긴 했으나, 내가 패배한 것은 아니라서 무턱대고 화를 낼 수 있는 상황이 아니었다. 나는 검마를 바라보면서 바깥으로 새어 나올 뻔한 한숨도 속으로 삼켰다.

'왜 이런 싸움을 했는지 운기조식 끝나고 물어보자.'

아마도 이번 싸움은 좌사와 내게 보여주기 위한 목적이 포함되어 있을 것이다. 내가 이렇게 성질이 뻗치는 것을 보면 검마의 목적은 달성한 상태. 좌사 놈도 화를 억누르고 있는지 얼굴이 새빨갛게 된 상태였다. 정말 온갖 생각이 교차하는 와중에 침묵이 길게 이어졌다.

"…"

문득 맹주의 말이 귓가에 맴돌았다.

'목검비무라서 승패에 깊은 의미를 부여할 필요는 없다.'

진검으로 비무를 하면 의미가 달라질까? 물론 달라질 것이다. 훨씬 길게 싸웠을 것이고, 두 사람의 실력이면 옥수산장이 초토화되어도 이상하지 않은 살벌한 비무가 벌어졌을 것이다. 그러니 내가 더 어리둥절할 수밖에.

'검마가 왜 이렇게 얌전하게 싸웠지?'

맹주의 절기도 등장하지 않았고. 검마가 익혔을 것이 분명한 마공도 볼 수 없었다. 두 사람은 가장 단순한 공방전으로 비무를 끝내자마자, 약속했던 것처럼 아주 깔끔하게 헤어졌다. 맹주도 비무의 목적을 알아차렸을 것이다.

'장력 대결은 필요 없었는데 굳이 보여줬군.'

이 말은 아마도 좌사와 내게 보여주기 위한 비무임을 맹주가 알았다는 뜻일 터. 잠시 후에 운기조식을 마친 검마가 눈을 뜨자, 좌사가 조심스럽게 말했다.

"사부님, 죄송합니다."

나는 화를 억누른 채로 스승과 제자가 먼저 대화할 수 있도록 배려했다. 검마가 대답했다.

"몽랑아, 잘 봤느냐? 네 사부가 이렇게 패배했다."

"예."

"느낌이 어때."

좌사가 엉뚱하게도 이렇게 대답했다.

"저 때문에 화가 나셔서 일부러 겨루셨습니까?"

검마가 고개를 저었다.

"꼭 그렇지는 않다."

"맹주의 목검이 인상적이긴 했습니다. 하지만 사부님이 굳이 이렇게 간단, 아니 짧은 대결을 통해 패배를 선언하신 이유는 모르겠습니다. 아무리 상대가 맹주라 해도 말입니다."

검마는 제자의 말에 대답하지 않고 나를 바라봤다.

"문주도 도움이 되었나?"

나는 내 성질대로 대꾸했다.

"선배, 궁금한 게 있소."

"물어보게."

"맹주가 검을 휘두를 때 궤적은 아주 단순했는데 여러 개의 검이 같은 궤적을 따라 순차적으로 더해지는 느낌을 받았소. 분명 일검을 휘둘렀는데, 타격 지점에서는 일검, 이검, 삼검, 사검, 오검이 연달아 더해진 느낌. 대체 이것은 무슨 검법이고, 어떻게 대처해야…"

검마가 웃으면서 말했다.

"그것이 모두 몇 개의 잔상으로 보였나?"

"여섯 개로 보았소."

검마가 제자에게도 물었다.

"너는?"

좌사가 솔직하게 대답했다.

"저는 네다섯 개로 보았습니다. 잔상의 느낌이라 정확하지 않습니다."

검마가 맹주의 무공을 설명했다.

"둘 다 잘 봤다. 그것은 육전대검六戰隊劍이라는 무공이다."

"음."

"맹주의 독문무공이다. 이름만 널리 알려졌을 뿐, 원리는 누구도 모른다. 맹주의 제자들도 아직은 모를 것이다. 배울 수준이 안 될 테니까."

좌사가 질문했다.

"사부님, 저는 육전대라는 말 자체가 무슨 뜻인지 모르겠습니다."

"너는 같은 백도 세력인데 모르겠다고?"

"예. 사실 맹주의 무공까지는 관심이 없어서."

"임 맹주는 무림맹 육전대의 대주였다. 즉 대주 시절에 만든 검법을 지금까지 사용하는 것이지. 그래서 이름도 지극히 단순하다. 그냥 육전대의 검이라는 뜻이지."

좌사가 고개를 갸웃했다.

"어디 세가나 문파의 고수가 아니었습니까?"

검마가 잔잔한 어조로 말했다.

"임소백 그자는 일반 맹원, 전령, 부조장, 조장, 대주, 총대주, 단주, 호위전주로 승진했다가 나중에 맹주가 된 사람이다. 맹원일 때부터 다른 맹원들과 자주 비무를 벌여서 승리와 패배를 반복하다가 단주 때부터 패배하지 않았다. 호위전주 시절에는 백도 세력의 고수들과 비무를 자주 벌여서 패배하지 않았고, 별다른 잡음 없이 실력으로 맹주가 되었지. 성격이 특이해서 과거에 자신을 꺾었던 자들을 감정 없이 찾아가서 재차 비무를 벌였고 모두 임소백에게 패배했다."

"음."

"강호에서 맹주를 상대로 버틸 수 있는 고수는 많지 않아. 상대의 실력을 인정하고 오늘처럼 짤막하게 겨뤄서 심득心得을 살피는 것이 최선이지. 오히려 내게 시간을 내준 맹주가 대단한 것이다. 그는 실력을 재차 증명할 필요가 없는 사내라서 그렇다. 하지만 더욱 대단한 것은 무엇일까."

좌사가 대답했다.

"글쎄요. 모르겠습니다."

검마가 진중한 표정으로 말했다.

"내게 육전대검 수법을 보여준 것이다. 본인의 절기를 고작 이런 비무에서 공개한 것이지. 나더러 자극을 받아서 수련에 더 몰두하라는 질책이었을 수도 있고. 어쩌면 자신감이 대단한 것이겠지. 수법이 들통나도 나 정도는 언제든지 상대해 줄 수 있다는."

나는 맹주의 생각에 크게 감탄했는데, 좌사는 성격이 조금 더 꼬여있었다.

"그러면 더 불쾌하군요. 건방진 맹주 같으니라고."

"아니야. 여기에는 사실 감정적인 사연도 섞여있다."

검마가 옛일을 떠올리면서 말했다.

"임소백이 젊은 시절에 이끌던 육전대는 지금의 마교에게 몰살되었고. 임 맹주가 홀로 살아남았다. 자신이 펼치는 검법 이름에 육전대검이라는 말을 붙인 것은 죽을 때까지 잊지 않겠다는 뜻이겠지. 그는 마교와 관련된 고수에게는 절대 지고 싶은 마음이 없을 것이다."

이 말에는 나도 침묵하고 좌사도 침묵했다.

"…"

검마의 말이 이어졌다.

"그런데도 마교에서 나온 나와 비무를 해준 것은 임 맹주의 속이 좁지 않다는 뜻이다. 아마 마교 출신이라면 갈기갈기 찢어 죽이고 싶었을 텐데, 너희도 봤다시피 비무하는 내내 감정을 드러내지 않았다. 오히려 내게 입맹을 권유했지. 이런 사내라면 예의를 갖춰 비무를 벌이고, 오늘처럼 패배해도 덤덤하게 받아들이는 것이 옳다. 그도 나를 바라보는 감정이 좋지만은 않았을 거야."

좌사가 조심스럽게 물었다.

"설마 사부님이 육전대를 몰살한 것은 아니지요?"

"임 맹주도 감정이 있는 사람이다. 그랬다면 오늘 우리 둘은 자연스럽게 생사결을 치렀겠지."

나는 검마의 말을 듣고 나서야 속이 좀 풀렸다.

'맹주 놈에게 그런 사연이 있었구나.'

똥싸개 놈도 생각이 바뀌었는지 아무 말 없이 고개를 몇 번 끄덕였다. 어쨌든 이번 비무는 검마, 색마, 그리고 나에게도 시사하는 바가 컸다. 우리 셋은 성격이 제각각이긴 하나 무공에 관해서는 모두 진지한 사내들이다. 이번에는 내가 검마에게 물었다.

"선배가 굳이 이런 시기에 붙은 이유는 뭐요."

내 질문에 검마가 미소를 지었다.

"보아라. 이제 강호에서 교주와 겨뤄보고, 맹주와 비무를 벌인 사내는 나밖에 없을 것이다. 두 사람에게 이번 비무를 보여주고 싶은 생각도 있었으나 결국 이것은 내 발판이 될 것이다. 나는 길게 보고 있다. 오로지 수련으로 강해지는 것은 불가능한 일이지. 그리고 임 맹주도 목검비무의 의미를 알 것이다."

좌사가 물었다.

"무엇을요?"

"목검비무의 승패에 깊은 의미를 부여하지 말라는 뜻."

"예, 맹주가 그리 말했습니다."

검마는 패배했음에도 불구하고 전혀 흔들림 없는 태도로 말했다.

"애초에 죽음을 걸고 싸우는 수법은 내게 더 많아. 임 맹주도 그것을 알겠지. 다만 나는 임 맹주와 순수하게 검을 겨루고 싶었다. 그리고 졌다. 이것이 이번 비무의 전말顚末이다."

좌사가 시무룩한 표정을 짓고 있자, 검마가 뜬금없이 좌사를 공격했다.

"너도 적당히 강해져서 이런 꼴을 당하려면 앞으로 계속 처자들 희롱하면서 살아라. 장담하건대, 너는 맹주 근처에도 가지 못할 것이다."

좌사가 고개를 푹 숙였다. 검마가 이번에는 나를 지그시 바라봤다.

"그나저나 이 육전대검을 어찌 대처해야 할지 모르겠구나. 맹주에게 알려달라고 할 수도 없는 노릇이고. 문주는 어떻게 생각하나?"

이야기를 듣고 보니 검마는 맹주에게 정말 검에 대해서 한 수 배우러 온 모양새였다. 패배를 부끄러워하는 기색이 전혀 없었다. 그것이 내겐 참으로 인상적이었다. 나는 곰곰이 생각하다가 품에서 섬광비수를 꺼내 손에 쥐었다.

"육전대검의 원리를 대충이라도 따라 해보자면 아마도…"

나는 섬광비수에 염계의 기를 주입했다. 비수가 붉게 물들었다. 이어서 순식간에 목계의 기를 주입하자, 칼날이 본래의 색으로 돌아왔다.

"자세히는 알 수 없으나 이러한 단순 반복 행위를 그 짧은 찰나에 여섯 번이나 펼친 모양이오. 궤적은 그대로겠지만 검에 담기는 파괴력을 더하기 위해 고안한 수법 같소. 진검으로 펼쳤다면 상대의 병장기가 십중팔구 부러졌을 테지. 나는 어쩐지 이 육전대검이 어떻게 탄생했는지 알 것 같소."

검마가 다소 놀란 표정으로 고개를 갸웃했다.

"알 것 같다고?"

나는 고개를 끄덕였다.

"말단 맹원부터 시작했다면 집안이 대단하진 않았다는 뜻. 맹원 시절에 사용한 싸구려 철검은 잦은 비무를 통해 여러 차례 부러졌을 것이오. 없는 형편에 볼품없는 검이라도 부러뜨리지 않기 위해서 고심한 무공이 아니었을까… 허접한 검을 사용해 보지 못한 자라면 만들어 내지 못했을 검법. 어쩌면 맹주는 녹슨 철검을 사용하나, 목검을 사용하나, 날카로운 보검을 사용하나 실력 차이는 그리 크지 않을 것 같소. 전부 다 강하겠지. 맹주의 검은 실전과 생존, 그리고 가난함이 만들어 냈던 기이한 현상 같소."

이것이 내 결론이다.

"선배는 어떻게 생각하시오?"

문득 내가 검마를 바라보자, 검마는 눈을 부릅뜬 채로 나를 바라보고 있었다.

'깜짝이야.'

검마가 팔짱을 끼더니 아무 말도 하지 않은 채로 생각에 잠겼다. 문득 나는 똥싸개를 바라봤다.

'이 새끼가? 어디서 눈을 부라려?'

똥싸개도 나를 노려보고 있었다. 하지만 이놈도 이내 내 시선을 피하더니 생각에 잠겼다. 내가 다시 두 사람을 바라보니, 잠시 내 말을 곱씹는 것 같았다. 문득 나는 이런 생각이 들었다.

'좌사는 물론이고 검마도 집안 형편이 좋았구나. 이 부자 놈들.'

가난했던 적이 없었던 두 사람은 맹주의 검법에서 나처럼 이상한 상상은 하지 못한 모양이다. 하지만 나는 내내 가난했기 때문에 맹주의 무공을 이런 시각으로 바라보고 있었다. 두 사람이 너무 심각하게 생각에 잠겨있는 것 같아서 나는 슬쩍 한 발을 뒤로 뺐다.

"선배, 내 추측일 뿐이니 너무 심각하게 생각하지 마시오."

검마가 고개를 저었다.

"추측이라기엔… 아니, 정황상 자네 말이 맞아. 육전대검 수법을 펼치면 목검도 쉽게 부러지지 않을 터. 맹주는 동년배의 경쟁 고수들보다 목검식을 빠르게 돌파했을 것이다. 고생을 해봤기 때문에 무공이 더 강해진 괴이한 사례로군."

나는 검마에게 말했다.

"선배, 너무 그렇게 맹주를 띄워주지 마시오. 기분 별로 안 좋으니까."

내 말에 검마가 소리 내어 웃었다.

"알겠네."

솔직히 나는 기분이 별로 좋지 않았다. 웬만한 놈들은 내게 '가난'을 가지고 덤벼선 안 된다. 무림맹원의 가난함 대 점소이의 가난함. 역시 나의 승리다. 내가 더 찢어지게 가난했다는 말씀이지. 생각해보니 기분이 더 불쾌해졌다. 한창 대화를 하다가 아무런 이유도 없이 대화가 뚝 끊길 때가 있는데 지금이 그렇다. 나, 좌사, 검마는 잠시 서로의 얼굴을 바라보다가 콧방귀를 한 번씩 내뿜었다.

"…"

상황이 우습기도 하고, 씁쓸하기도 하고, 이런저런 복잡한 마음에 서로 한 번씩 피식대면서 웃었다. 내가 검마에게 말했다.

"검마 선배, 오늘은 술이나 한잔하자고. 쓰디쓴 패배주 한잔 드셔야지."

검마는 내 말이 우스웠는지 콧소리를 내면서 웃고, 대신 좌사가 옆에서 대꾸했다.

"너는 근데 사부님에게 매번 말투가 그게 뭐냐. 이 싸가지 없는 새끼야."

나는 좌사를 지그시 바라봤다.

"몽랑아."

"왜."

"너 몇 살이야?"

"…!"

이놈이 기어코 내게, 못난 남자들의 필살기 "너 몇 살이야"를 시전하게 만들었다. 내가 알기로는 이놈이 나보다 한두 살 어리다. 검마가 지켜보는 앞에서 나이를 서로 공개하면 좌사 놈은 앞으로 내게 꼬박꼬박 형님이라고 불러야 할 것이다. 동공에서 지진이 일어난 똥싸개 놈이 화제를 전환했다.

"사부님, 오늘 술 한잔할까요?"

검마가 진중한 어조로 대꾸했다.

"제자야."

"예."

"네가 사내놈들하고는 술을 안 마신다고 들었다. 그런 영광을 이 사부와 문주에게 주겠느냐? 대단한 영광이구나. 뜻깊은 날이로다."

좌사 놈은 말을 더듬다가 얼굴이 시뻘게졌다.

"아니, 사부님…"

나는 앉은 자세에서 웃음을 크게 터트렸다가 뒤로 넘어갔다. 확실히 검마는 강하다. 사내가 강해지려면 말부터 강력해야 한다는 것이 내 생각이다. 오늘도 검마는 제자를 말로 두들겨 패고 있었다.

113.
누가 내 물수제비를 방해하는가

오십여 일 만의 술자리다. 그동안 월영무정공을 수련하느라 술 마실 시간, 여유, 생각도 없었다. 옥수산장에서 내려와 길을 걷다가 한적한 객잔이 보이자마자 들어갔는데 이곳에는 간판도 내걸지 않은 허름한 가게가 즐비했다. 산을 타는 사람들은 은근히 술을 좋아하기 때문에 우리 일행은 평범한 사람들과 뒤섞여서 술을 마셨다.

하지만 객잔에 있던 사람들은 우리를 가끔 살피다가 강호인이라는 것을 깨닫고 하나둘씩 헛기침을 하면서 떠났다. 손님을 내쫓으려고 한 것은 아닌데 결과적으로 그렇게 되었다. 일단 검마의 분위기가 일반 사람들의 눈에도 너무 위압적이고 인상적이었을 것이다. 검마가 나름 점잖게 생겼는데도 어쩔 수가 없었다. 이를 본 좌사가 술을 마시면서 말했다.

"다들 이자하의 인상이 너무 흉악해서 자리를 피하나 봅니다."

"..."

나는 좌사의 말을 무시하고 술을 마시면서 궁금한 게 떠오를 때마다 검마에게 물었다.

"선배, 백응지에서 머무는 것은 교 때문이오?"

검마가 대답했다.

"꼭 그렇지는 않네. 어디에 있든 간에 날 죽이려 든다면 사람을 보내겠지. 다만 보낼 인원이 마땅치는 않을 것이야."

"어째서 그렇소."

검마가 엷은 미소를 지었다.

"꽤 큰 피해를 각오해야 할 테니까."

그러고 보니 교도들을 죽이고 마교를 벗어난 사내다. 이번에는 좌사가 궁금한 것을 질문했다.

"사부님, 맹주와 겨뤄보고 교주와도 겨뤄보셨는데 두 명의 우열을 가늠할 수 있을까요?"

누가 더 강하냐는 질문이다. 검마가 생각에 잠겼다.

"맹주와 교주."

솔직히 나도 궁금한 내용이다. 내 광마 시절에도 교주와 맹주는 개인 대 개인으로 부딪치지 않았기 때문이다.

"각자 수하들이 많아서 두 사람이 서로를 상대할 일이 있을까 싶군. 내 관점에서 판단하자면 교주의 내공이 더 깊은 것 같다. 비무로 진행하면 교주가 이기겠지."

좌사가 다소 놀란 표정으로 물었다.

"비무가 아니면요?"

검마가 씨익 웃으면서 대답했다.

"맹주가 목숨을 걸고 교주와 동귀어진을 선택하겠지. 맹주 정도 되는 사내가 펼치는 동귀어진 공격은 교주도 쉽게 떨쳐내지 못할 터. 두 사람 모두 멀쩡한 모습으로 살아가긴 힘들 것이다. 적어도 팔이나 다리 하나는 날려 보냈을 것이니 이겨도 이긴 게 아니다. 내 예상으로는 두 사람은 서로의 경지를 얼추 파악했을 것이고 시간을 쪼개어 계속 수련을 하고 있을 터. 강호가 비교적 잠잠한 것은 두 사람의 균형이 얼추 맞기 때문이겠지. 세력은 물론이고 개인의 무력도 말이야."

확실히 지금 시점은 양측이 힘을 비축하는 시기다. 그것은 내게 주어진 시간이기도 하다. 나는 궁금하게 여기던 것을 물었다.

"선배도 마공魔功을 익혔소?"

검마가 고개를 끄덕였다.

"어렸을 때부터 교에서 무공을 익힌 자들은 마공으로 출발하지. 백도와 운기조식의 기본 원리 자체가 다르다."

나도 월영무정공을 익히고 있기에 무엇이 다른지 궁금했다.

"어떤 식으로 다르오?"

"축공築功 과정에서 지름길을 선택하는 경우가 많다. 약 십이삼 년 정도 수련하면 주화입마가 자연스럽게 찾아오는데 이는 지름길을 악용한 여파여서 피할 길이 없다."

좌사가 물었다.

"십이삼 년이면 너무 짧지 않습니까?"

검마가 고개를 끄덕였다.

"교는 그래서 그런 주기로 종종 분쟁을 일으키지. 일반 교도들은 신체의 문제가 일어나기 전에 임무나 분쟁으로 싸우다가 죽는다. 평균 수명이 짧지."

이것은 나도 모르고 있었던 교의 내부사정이었다. 검마가 말했다.

"권력자들의 생각은 허망할 정도로 비정한 것. 애초에 놈들은 말단 교도들의 목숨에 큰 관심이 없다. 소모품이지. 죽으면 갈아치울 수 있는. 이 중에도 똑똑한 자들이 있어 주화입마도 극복하고 죽을 위기에서도 살아남아 나이를 먹게 되면 자연스럽게 위로 올라가게 되지. 교에서 인정도 받고 말이야. 여러 혜택, 돈, 여인, 호사스러운 환경 덕분에 충성심도 깊어지지. 그렇게, 약간 쓸모 있고 대접을 받는 소모품이 되어가는 것이다."

나는 술을 한잔 홀로 따라 마시면서 웃었다. 신기할 정도로 검마와 나는 교에 관한 생각이 비슷했다. 교주는 사람을 사람으로 보지 않는다. 그 점을 검마도 잘 알고 있었다. 내 표정을 확인한 검마가 넌지시 물었다.

"왜 웃나?"

"그냥 내 평소 생각과 비슷하여 웃었소. 그러면 맹은 다르오?"

검마가 고개를 끄덕였다.

"어차피 조직이라는 것은 우두머리의 생각을 따라가기 마련. 맹도 얼마든지 교처럼 될 수 있지. 교도 얼마든지 지금의 맹처럼 될 수 있다. 이것은 이끄는 자들의 문제이지 단체의 문제가 아니다. 만약 지금의 맹주가 교주 같은 놈이고, 반대로 임소백 같은 자가 교주로 앉아있었다면 나는 교를 떠나지 않았겠지."

나는 고개를 끄덕이다가 검마에게 물었다.

"교주와 상대할 때 힘들진 않으셨소?"

"내 진정한 패배는 죽음뿐이야. 교주도 나를 쉽게 죽일 수 없다."

나는 검마의 말을 듣고 내 추측이 맞는지 의심하다가 방금 말에서 어느 정도 진실을 알게 되었다.

'예전에 들었던 소문대로 정말 도검불침刀劍不侵의 사내인가?'

이번에는 검마가 내게 물었다.

"그나저나 문주는 약간 분위기가 달라졌는데 새로운 무공을 익혔나?"

"선배, 그런 것은 대체 어찌 아는 거요? 나는 딱히 달라진 게 없다고 느끼는데."

검마가 웃었다.

"이것은 꽤 미묘한 것이네."

"설명해 주시오."

검마가 술잔을 들어 올리면서 말했다.

"이 술잔을 천하에서 가장 술잔을 아름답게 만드는 장인이 만들었다고 가정해 보세."

나는 고개를 끄덕였다.

"반면에 제자 놈의 술잔은 그 장인의 것과 흡사한 모조품이라고 가정을 해보고. 평범한 술꾼들은 진품과 모조품을 구별하기 어렵겠지. 모양은 똑같기 때문이야. 하지만 직접 술잔을 만든 장인의 눈에는 모조품과 진품의 차이가 느껴지겠지. 그것은 왜일까?"

좌사가 대답했다.

"완성도의 차이가 보이기 때문이 아닐까요?"

검마가 술잔을 내려놓았다.

"무인도 마찬가지다. 우리 셋은 완성된 무인이 아니다. 그 모조품이 진품으로 향하고 있다면… 그 차이가 조금씩 보이기 마련. 지난번과 달라진 게 느껴진다면 문주가 올바르게 나아가고 있는 것이겠지. 반면에 우리 바쁜 제자께서는…"

좌사가 아까부터 빨개진 얼굴로 대답했다.

"사부님."

검마가 고개를 끄덕였다.

"한결같아서 좋구나."

"예."

"하지만 너도 정신이 각성할 날이 올 것이다."

놀리는 것인지 진담을 하는 것인지 애매해서 내가 물어봤다.

"어째서 그렇소."

검마가 대답했다.

"내가 가르치는 제자이니 그렇게 되어야지."

좌사 놈이 약간 감동한 표정을 짓고 있을 때 검마의 진심이 이어졌다.

"교주가 죽어도 교는 쉽게 없어지지 않는다. 오래된 가문이 많이 달라붙어 있기 때문이야. 그래서 올바른 교주를 세워야 한다. 지금 있는 수뇌부들을 전부 죽여서라도. 제자 놈이 나중에 교주를 하든 다른 놈이 하든 간에 그것 이외에는 방법이 없다. 어쨌든 지금 교주는 죽어야만 해."

이것은 좌사도 몇 번 들었던 말인지 바로 날 선 대답이 흘러나왔다.

"사부님, 저는 교주 같은 것은 하기 싫습니다."

"왜?"

좌사가 대답했다.

"그냥 미친놈들 같아요. 세상 논리가 교리에 다 담겨있다는 것 자체가 말입니다. 제가 비록 여자를 심히 밝히는 미친놈이긴 하나, 그런 교리는 받아들이기 어렵습니다."

검마가 웃자, 좌사가 물었다.

"왜 웃으십니까."

검마가 대답했다.

"그것이 마교魔教다. 저놈들은 설득하는 놈들이 아니야. 힘으로 군림하여 복속시키는 자들이지. 광신도들은 이치를 따져 제압할 게 아니라 죽여 없애야 하는 자들이지. 빠르나 늦으나 자웅을 겨룰 날이 다가오고 있겠지."

검마가 나를 바라봤다.

"문주도 유념하도록. 천하의 일부분은 이미 미쳐있다. 예전부터."

허름한 객잔에서 나눈 대화치고는 굉장히 천하天下적이다. 천하적이라는 말이 있는지 없는지 모르겠으나 일단 내 알 바 아니다. 어쨌든 술자리는 좋았다. 검마가 무슨 생각을 하면서 살아가는지 조금 더 알게 되었고. 똥싸개에 관한 생각도 예전보다는 약간 달라진 상태. 나는 주로 검마와 두서없이 다양한 이야기를 나누다가 술자리가 끝날 때쯤에 그에게 당부했다.

"선배, 부탁이 하나 있소."

"말하게."

“다음 비무 상대를 누구로 생각하고 있는지 모르겠으나 그때도 불러주시오.”

“수련이 길어질 것 같은데 그렇게 하지.”

나는 잠시 검마의 얼굴을 물끄러미 바라봤다. 항상 죽음을 각오한 채로 살아가는 사람이라서 그런지 관상을 살피면 수명이 긴 것 같다는 느낌은 오지 않았다. 교주가 보낸 고수들에게 암습을 당했을 수도 있고 운이 없어서 삼재에게 소멸당했을 수도 있다. 하지만 인연이 닿았으니 검마가 어디 가서 허망하게 죽는 꼴은 보기 싫어진 상황. 검마에게 들러붙어 있는 죽음의 그림자가 대체 무엇인지 내가 직접 확인해 볼 생각이었다. 뜬금없이 이런 생각이 들었다.

‘설마 광승은 아니겠지?’

광승의 등장 시기가 살짝 모호해서 나도 알 수 없는 일이다. 광승이 등장해서 사건, 사고, 활개를 치면서 악명惡名을 얻는 시기가 있고, 나를 끌고 다닌 시기는 그 이후라 나도 살짝 헷갈린다. 어쨌든 도검불침의 사내를 죽이는 것은 쉽지 않은 일. 어쩌면 교주가 직접 상대했을 가능성도 있었다. 나는 두 사람과 술을 적당히 마신 후에 일어섰다. 이들은 백웅지로 돌아가고 나는 흑묘방으로 가야 했기 때문에 객잔 앞에서 덤덤한 말 몇 마디를 나눈 후에 작별했다.

나는 홀로 길을 걷자마자, 흑묘아를 뽑았다. 맹주의 육전대검이 계속 생각났기 때문에 어쩔 수 없었다. 술을 마신 사내가 칼을 휘두르면서 걷자, 가끔 만나는 행상인들이 엉덩방아를 찧거나 나를 보자마자 기겁을 하면서 도망쳤다. 역시 내 알 바 아니다. 직접 펼쳐보니 육전대검은 그야말로 말도 안 되는 어려운 검법이었다. 타인이 바라본 것만으로 따라 할 수 있는 검법이 아니었다. 그러나 나는 그저 칼날의 색이 수시로 변하는 것이 재미있어서 한적한 길에서 계속 내려치기를 반복했다. 또 길 가던 여인이 비명을 내지르면서 도망을 쳤다.

"아…"

수련도 마음대로 하지 못하는 세상이란 말인가. 조금 억지였나? 나는 충분히 사람들이 겁을 집어먹을 만한 상황이라고 생각해서 어쩔 수 없이 칼을 도로 집어넣었다. 그러고 나서는 맨손으로 연습했다. 손날 내려치기를 반복하면서 걷자, 그제야 가끔 길에서 만나는 사람들이 비명을 내지르지 않았다. 살짝 무서워하긴 했으나, 그냥 미친놈을 바라보는 표정과 눈빛이랄까. 이래서 미친놈이 편한가 보다.

문득 나는 왼손에 염계를 휘감고, 오른손에 빙공을 휘감아서 쌍수로 손날 내려치기를 펼쳤다. 몇 번 해보니… 이것은 내가 봐도 무서워서 스스로 자제했다. 선을 넘지 않는 사내, 그것이 나다. 나는 산길도 걷고, 번화가도 걷고, 한적한 길도 걸으면서 복귀했다. 그러다가 묘개산으로 향할 때 봐뒀던 이름 모를 호수를 잠시 구경했다.

"내게 호수 같은 평화."

물 위에 튕길 납작하고 얄팍한 돌을 신중하게 찾다가, 야생 거위들이 몰려오고 있어서 잠시 구경했다.

"…"

그러나 내가 있는 쪽으로 먹이를 찾으러 오던 거위 떼가 갑자기 방향을 틀더니 물가에서 다시 멀어졌다. 거위 떼가 멀어지는 와중에 딱히 나를 두려워하지 않는 다양한 인간들이 모여들어서 내 뒤에 자리를 잡았다. 나는 굳이 돌아서지 않은 채로 팔짱을 꼈다.

"누가 감히 나의 물수제비를 방해하는가?"

"…"

거위 떼를 쫓아낼 정도의 살기는 있는 놈들인 모양이다. 포위해 놓고 바로 공격하지 않는 이유는 무엇일까. 나는 그것이 궁금해서 돌아섰다.

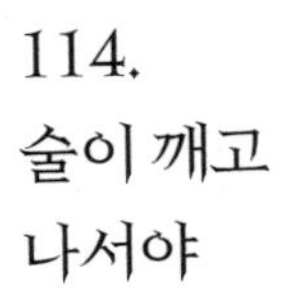

114. 술이 깨고 나서야

나는 농부, 어부, 봇짐 상인, 나무꾼, 사냥꾼, 도사, 웃통 벗은 놈, 검객, 못생긴 놈, 낫 든 놈, 공부 못하게 생긴 학사, 속 좁아 보이는 놈과 대치했다. 내가 물었다.

"살수들은 평범하게 사는 게 꿈이냐?"

포위한 놈들의 복장은 평범하고 일상적이었다. 그래도 만에 하나… 나랑 물수제비를 겨루기 위해 온 놈들일 수도 있어서 굳이 물어봤다.

"물수제비 겨룰 사람? 없어?"

도사 놈이 품에서 꺼낸 용모파기를 확인하려다가, 내 말을 듣고 도로 집어넣었다. 나는 도사 놈과 눈을 마주쳤다가 고개를 끄덕였다.

"나다. 나야 나."

이들은 나를 포위한 채로 가만히 서있었다. 정황상, 내가 흑묘방에서 묘개산으로 떠났을 때 행적을 알아냈을 것이다. 묘개산까지 누군가가 따라왔다가 무림맹이 있음을 확인하고 깜짝 놀랐겠지. 신기하게도 검마와 있을 때는 덤비지 않았다가, 내가 홀로 복귀하자 이렇게 몰려온 모양이다. 그나저나 이놈들은 누굴 기다리는 모양새였다. 나도 함께 기다리는 동안에 대화를 시도했다.

"웃을 줄도 모르고. 물수제비 할 줄도 모르는 쓸모없는 새끼들."

마음에 여유가 없고, 인정머리가 없는 놈들이 보통 이렇다. 그래서 살수다. 문득 가장 가까이 있는 놈을 손가락으로 가리킨 다음에 말했다.

"근데 너는…"

그대로 날린 목계지풍에 퍽- 하는 소리가 터지고, 이마에 구멍이 뚫린 놈은 고개가 뒤로 젖혀진 다음에 쓰러졌다.

쿵…

일위도강은 내 실력을 모른다. 알았다 하더라도 오십여 일 동안 나는 월영무정공을 익히느라 내공의 총합이 다시 또 늘었다. 그냥 늘어난 것이 아니라 전보다 음양의 조합이 더 조화로운 상태. 예전에 사용했던 목계의 공력과 지금 목계는 질이 다르다. 그 목계지풍에 구멍이 뚫린 시체를 바라보면서 말했다.

"하여간, 우두머리는 왜 이렇게 안 나오나? 빨리 오라고 해라."

말이 끝나기가 무섭게 포위망 뒤쪽에서 진형이 좌우로 벌어지더니 지팡이를 쥔 노인이 걸어왔다. 온몸이 주름으로 된 인간처럼 보이는 노인은 아무리 젊게 봐주려고 해도 팔십 세는 넘어 보였다. 나는 노인과 눈을 마주쳤다.

"노인장, 오느라 고생했다."

노인장이 쉰 목소리로 말했다.

“하오문주, 살아남고 싶으면 재산을 준비해 둬. 오늘은 약만 먹이고 물러가마. 다른 협상은 없다.”

“늙은이 새끼, 협상할 줄도 모르고. 대화도 안 통하네. 여기서 나랑 싸우면 일위도강이 해체되지 않겠어? 이런 잡다한 살수로 무슨 자신감인지 모르겠네.”

노인장이 말했다.

“엽부獵夫(사냥꾼).”

“예.”

“죽여라.”

엽부라는 놈이 대놓고 품에서 암기를 꺼내더니 나를 향해 던졌다. 내가 고갯짓으로 피하자, 일보로 도약한 엽부가 허리에서 칼을 뽑아서 직선으로 내밀었다. 본래 엽부와 나의 거리는 약 삼 장三丈(9m) 정도. 일보 도약으로 거리를 순식간에 좁힌 엽부의 칼이 눈앞에 가까워졌을 때, 나는 흑묘아로 발검식을 펼쳤다.

쐐앵!

엽부의 왼쪽 겨드랑이부터 오른쪽 어깨까지 비스듬히 잘라냈다.

푸악!

내 발검식이 빨랐던 모양인지 별다른 비명 없이 죽었다. 나는 흑묘아에 묻은 피를 바닥에 뿌린 다음에 도로 집어넣었다.

“다음.”

노인장은 장기판의 왕처럼 살수들을 배치해 놓고 나와 수 싸움을 벌였다. 수하들을 소모하여, 찰나에 담판을 지으려는 의도일까? 딱히 괜찮은 수법이라고 생각하진 않았다. 그래도 일위도강의 위계가 그야말로 엄격해 보여서 인상적이긴 했다. 노인장이 잠시 생각에 잠겼다가 입을 열었다.

"초부樵夫(나무꾼)."

"예."

"네가 신중하게 상대해라."

초부라는 놈은 엽부와 다르게 외공을 익혔는지 덩치가 컸다. 커다란 아름드리나무를 도끼질 몇 번으로 잘라낼 것처럼 보이는 장한이 대부大斧를 땅에 질질 끌면서 내 쪽으로 다가왔다. 나는 놈의 눈빛과 자세, 외공으로 다져진 근육을 보자마자 양패구상을 노리는 살수임을 깨달았다. 신체 일부를 내주고, 그와 동시에 일격에 상대의 숨통을 끊는 수법을 사용할 것이다.

거리를 좁힌 초부가 커다란 도끼를 쥔 채로 돌진했다. 마구잡이 공격처럼 보이지만, 웬만한 공격은 호신공을 익힌 몸으로 받아냈다가 도끼로 양단할 것 같은 기세였다. 문제는 내가 이놈을 상대하는 와중에 다른 일위도강의 살수가 얼마든지 기습을 할 수 있다는 점이었다.

'그렇게 나쁜 전략은 아니었네.'

반격은 최대한 짧고, 빠르게. 나는 먼저 도착한 초부의 왼손을 잔월빙공殘月氷功의 지법으로 장심 부위를 정확하게 찍고.

툭…!

빙공 때문에 현저하게 느린 속도로 날아오는 도끼는 대충 피한 다음에 빙공의 지법으로 초부의 상반신을 잔월지법으로 두 번 더 두드렸다.

타닥!

초부의 입에서 괴상한 소리가 터졌다.

"끅…"

초부가 뻣뻣하게 굳은 채로 나를 바라봤다. 나는 주변을 노려보면서 섬광비수를 꺼낸 다음에 초부의 목에 찔러 넣었다가 뺐다.

푸욱!

이번에는 돼지 멱따는 소리가 잠시 호숫가로 퍼졌다. 노인장에게 말했다.

"노인장, 수하들 죽여서 내 수법을 일단 확인하려는 모양인데. 이런 식의 차륜전은 부질없다. 그만하고 전부 덤비도록."

노인장이 대꾸했다.

"이자하가 빙공도 사용하는구나. 병장기는 칼과 비수가 전부. 암기는 없을 것이다. 유념해라. 너희는 무조건 뭐 하나라도 잘라내라. 너희가 다 죽기 전에 이자하도 죽을 것이다."

나를 지켜보는 살수들이 일제히 대답했다.

"예."

"…"

살수는 보통 잠행, 대기, 기습을 주로 수련하기에 합격이 불리하다고 판단하는 것일까. 한 명씩 보내고 있는 노인장의 의도를 내가 완벽하게 이해하진 않은 상황에서 명령이 이어졌다.

"낙방객落榜客, 냉겸冷鎌."

"예."

"합공."

학사 놈이 검을 뽑고, 낫을 든 놈도 무리에서 나와 다가왔다. 나는 두 사람이 천천히 다가오는 동안에 노인장에게 물었다.

"노인장, 그냥 다 덤벼라."

노인장이 히죽 웃었다.

"닥치거라."

문득 나는 포위망에 참여한 놈들을 빠르게 훑었다. 어쩌면 노인장이 일위도강의 우두머리가 아닐 수도 있겠다는 생각을 하면서 낙방객과 냉겸의 공격을 맞이했다. 흑묘아를 뽑아서 두 살수의 공격을 대충 쳐내다가 근접한 거리에서 염화향을 칼날에 휘감았다.

화르륵!

염화향의 열기는 칼의 궤적과 무관하게 흩날리는 매화처럼 낙방객과 냉겸의 몸과 병장기에 들러붙어서 타들어 가는 소리를 냈다. 나는 놈들이 당황하는 모습을 보자마자 좌장으로 염계대수인을 펼쳐서 낙방객과 냉겸을 뒤로 날려 보냈다.

콰아아아아아앙!

두 살수의 신형이 일직선으로 뻗어나갈 때. 흑묘아에 목계의 기를 주입해서 수평으로 그었다. 반듯한 일자 형태의 검기가 포위를 구축하고 있는 살수들에게 날아갔다.

쐐애애애액!

이 검기에 대한 대처는 제각각이었다. 이때, 유난히 평범해 보이는 농부가 한 손의 장력으로 검기를 소멸시켰다. 노인장은 그 와중에 지팡이를 휘둘러서 검기를 튕겨냈던 상태. 검기를 날려놓고 동시에 확인해 보니 노인장보다 내공이 깊은 놈이 허름한 옷을 걸치고 있는 농부였다. 나는 농부를 주시하면서 말했다.

"네가 일단 이곳의 책임자구나. 처음부터 쥐새끼처럼 지켜보고 있었군."

내가 낄낄대면서 웃자, 살수들이 일제히 입을 다물었다.

"..."

이것은 꽤 묘한 심리전이었다. 아마 노인장은 저 농부도 다음번에 내보냈을 것이다. 그때가 아마 전원이 내게 덤비는 시점이 아니었을까? 나는 농부에게 물었다.

"걸렸는데, 이제 어쩔 텐가?"

명령을 내리던 노인장도 당황스러웠는지 입을 다문 채로 농부를 바라봤다. 그제야 농부가 옅은 미소와 함께 입을 열었다.

"이..."

나는 저 붙어있었던 입이 벌어지는 찰나에 일보一步 밀어내기로 공중에 솟구쳐서 평소에 거의 펼쳐본 적이 없었던 가장 빠른 속도로 거리를 좁히고, 발검식을 펼쳤다. 이렇게 되면 누가 더 살수다운 살수일까? 나다.

농부는 감히 반격을 선택하지 못한 채로 뒤로 물러났다. 쾌검을 펼치던 나는 제법 빠르게 검을 피하는 농부의 눈빛과 동작을 확인하다가, 가장 단순한 내려치기로 농부의 정수리를 노렸다. 확실히 일위도강이 수적인 우위를 점한 상태. 농부는 양손에 장력을 휘감자마자 흑묘아의 칼날을 합장하는 형태로 붙잡았다.

탁!

동시에 농부가 말했다.

"쳐라."

나는 왼손에 잔월빙공을 휘감아서 농부의 팔목을 붙잡았다. 신형을 회전하면서 농부의 견정혈을 목계지법으로 찍고, 농부의 등을 맞댄 채로 살수들을 바라봤다.

"하오문주가 실력을 숨김… 나다."

월영무정공의 위력을 확인해 볼 시간. 나는 흑묘아를 잠시 농부에게 맡긴 다음에 보법에는 투계의 공력을 담고, 쌍장에는 잔월빙공을 유지한 채로 돌진했다. 이어서 어부, 봇짐 상인, 도사, 웃통 벗은 놈, 검객, 못생긴 놈, 낫 든 놈, 공부 못하게 생긴 학사, 속 좁아 보이는 놈까지 잔월빙공을 지법으로만 적중시키고 당황하는 노인장에게 달려들어서 십여 합을 겨뤘다.

하지만 호숫가에서 끝내 노인장의 팔을 흡성대법으로 붙잡아서 당긴 다음에 잔월지법으로 노인장의 상체를 여러 차례 두들겼다. 이제 내 물수제비를 방해한 살수들이 전부 빙공에 적중당한 상태. 월영무정공이 좌사의 빙공에 비해 위력이 전혀 뒤떨어지지 않는 것일까? 아니면 투계의 움직임과 빙공의 조합이 위력적이었던 것일까. 나는 농부에게서 흑묘아를 뺏은 다음에 다시 연달아서 냉월지법을 농부의 몸에 주입했다.

탁! 탁! 탁!

이어서 굳어있는 살수들에게 다가가서 공평하게 냉월지법만 계속 쑤셔 넣었다. 서서히 굳어있는 살수들의 얼굴이 창백해졌다. 입술은 자줏빛이 되어가는 상태. 나는 돌아다니면서 굳어있는 석상들을 향해 계속 냉월지법을 사용하면서 살수들의 표정과 호흡, 안색이 변하는 모습을 살피고 연구했다. 문득 주변이 너무 고요한 것 같아서 살수들에게 말했다.

“너희는 새롭게 익힌 빙공의 실험체다. 조금 괴롭겠지만 너희는 살수이니 원망할 필요는 없다.”

나는 그제야 호숫가로 가서 납작한 돌멩이를 하나 주운 다음에 물수제비를 날렸다. 곡선을 그리고 날아가는 납작한 돌멩이가 호수 위를 튕기면서 뻗어나갔다. 점소이 때는 약 서른 번을 튕기는 것이 신기록이었는데 지금은 눈에 보이지 않을 때까지 날아가면서도 계속 수면 위를 스치듯이 멀어졌다.

“이야… 이래서 무공을 익혀야 해.”

이번에는 납작한 돌멩이에 빙공을 주입했다가 던졌다. 그야말로 장관이었다. 차가운 돌멩이가 닿은 곳마다, 얇은 얼음이 하얀 징검다리처럼 생겼다가 서서히 줄어들었다. 나는 문득 굳어있는 살수들이 생각나서 손으로 물장구를 쳐서 살수들에게 내보냈다. 철퍽, 철퍽, 철퍽 소리와 함께 날아간 호수 물이 살수들을 적셨다.

빙공에 당한 채로 호수 물을 뒤집어쓴 살수들이 전신을 바들바들 떨기 시작했다. 지법에 적중당하긴 했으나 몸의 표면이 떨리는 것까진 어쩔 수 없는 모양이다. 내가 아혈을 짚진 않았었기에, 여기저기서 고통에 몸부림치는 신음이 새어 나왔다. 살수들에게 물었다.

“춥냐?”

“…”

나는 문득 노인장과 농부는 이놈들 중에서 더 괘씸한 것 같다는 생각이 들었다. 싸우려면 다 같이 덤벼서 끝장을 내야지, 수하들을 장기판의 말처럼 활용하다니… 섬광비수로 노인장과 농부의 숨통을 끊어냈다. 문득 피 묻은 섬광비수를 쥔 채로 살수들을 둘러보자, 이 놈들은 죄다 얼어붙은 와중에도 눈동자는 나를 주시하고 있었다. 나는 놈들에게 말했다.

"너희는 쉽게 안 죽인다. 오늘 누구 한 명은 내게 너희 본진을 불게 될 거야. 귀찮아서 마음을 독하게 먹었다. 오늘 나와 함께 밤새 호수 야영을 해보자고. 나는 곧 모닥불을 준비할 테니 너희는 지루하더라도 잠시 기다리고 있어라. 도망가면 쫓아갈 거야. 참고로 너희가 멀쩡해도 나보다 느려."

나는 살수들의 표정을 살피다가 일을 더 꼼꼼하게 처리하기 위해서 공평하게 잔월지법을 하나하나 더 적중시켰다.

탁, 탁, 탁, 탁, 탁, 탁!

문득 봇짐 상인의 얼굴을 보니, 눈물을 흘린 모양이었다. 얼굴에 눈물 자국이 얼어붙어 있었다. 나는 봇짐 상인과 눈을 마주쳤다가 물었다.

"울었어? 다 큰 놈이 왜 울어. 어이구, 이 불쌍한 살수 새끼들 주둥아리가 열렸는데도 살려달라는 놈 한 명이 없네. 대단하다. 대단해. 오늘 너희가 이기는지 내가 이기는지 살펴보자고."

추위 다음에는 배고픔 공격을 펼칠 생각이다.

"오늘 야영 일정을 설명해 주겠다. 너희는 밤새 빙공에 적중당할 거고, 가끔 물세례와 물고문을 받게 될 거야. 나는 모닥불 피워놓고 거위 한 마리를 잡아 와서 먹을 계획이야. 뒤질 놈은 알아서 뒤지세요."

나는 살수들을 차가운 물로 고문하기 위해서 바쁘게 뛰어다녔다. 거위도 잡고, 모닥불 재료도 모아야 한다. 오랜만의 야영이라 설레는 마음을 감출 수 없었다. 그러다 문득 나는 내 상태를 깨달았다.

"어?"

술이 깨고 나서야, 술에 취했던 것이 생각났다. 나는 고개를 절레절레 저으면서 거위를 찾아 나섰다.

"와, 술이 이제 깼네."

115.
지옥
어디까지 알아보고
오셨어요?

거위는 역월逆月이라는 이름으로도 불린다. 이것이 거위와 관련된 가장 이상한 일이다. 왜냐하면, 도무지 역월이라는 이름의 뜻이 무엇인지 알 수 없기 때문이다. 달을 거스른다니…? 역逆에 어떤 의미를 부여하든 간에 역월이 왜 거위를 지칭하는 말인지는 자세히 알 수 없다. 아주 가끔 단어 자체는 살아남았으나, 그것의 본래 의미는 죽은 경우가 있다.

역월이 그렇다. 세상의 누군가는 역월의 의미를 기억할 수도 있겠으나 일단 나는 모르겠다. 모닥불을 피워놓고 거위 한 마리를 손질하는 동안에 역월의 의미에 대해 여러 가지를 상상했으나 마땅한 결론을 내지 못했다. 약재로 쓰였기 때문에 의학 용어일 수도 있다.

거위 고기의 효과는 다양하다. 일단 고기 자체에 독성이 거의 없는 데다가 먹는 것만으로도 곤충에게 당한 독이나 오염된 물을 마시고 생긴 독도 어느 정도 해독할 수 있다. 그리고 대체로 고기의 성질이 서늘해서 체내의 과한 열을 가라앉힐 때도 좋다. 그러니까 내 상태로 따지자면. 광증과 화병을 어느 정도 억제하고 싶을 때 먹으면 좋은 것이 거위 고기다.

그런 의미에서 역월이란 이름은 강호인들이 붙였던 게 아닌가 싶다. 아님 말고. 나는 손질한 거위를 꼬챙이에 끼워서 모닥불에 천천히 구웠다. 이 와중에 빙공에 당해서 뻣뻣하게 굳어있는 살수들은 계속 재채기를 하고 있었다. 내가 물었다.

"춥냐?"

"..."

"혹시 여기서 거위의 이름이 왜 역월인지 아는 사람? 없어?"

"..."

"없는 모양이군. 있으면 살려줄 생각이니까 생각나면 말해라. 너희 중에 공자님 말씀 공부한 사람? 그 왜 세 명이 길을 가면 한 명은 스승이라며. 배울 게 있다는 뜻이겠지? 역월에 대해서 내게 가르침을 내릴 스승이 있으면 입을 열어라. 스승을 죽일 수는 없지."

나는 노릇노릇하게 구워진 거위를 뜯어먹기 시작했다.

"소금이 없어서 밋밋하긴 한데 그래도 먹을 만하다."

와들와들 떨고 있는 살수들은 전부 따뜻한 모닥불 앞에서 거위 고기를 뜯고 있는 나를 쳐다보고 있었다. 나는 살수들과 눈을 마주치면서 말했다.

"맛있다. 맛 좋다. 살살 녹는다. 녹아."

"..."

"생각해 보면 너희도 역월 같은 놈들이야. 사람을 죽이는 기술을 힘겹게 수련해서 살수가 되었는데 정작 사람을 왜 죽여야 하는지는 다들 까먹었지? 옛날 살수들은 그렇지 않았다. 죽일 이유가 마땅했기 때문에 목숨을 걸었겠지. 반면에 너희는 그런 거 모르잖아. 위에서 시킨다고 사람을 죽이다니… 역월의 의미가 사라졌듯이 너희가 오늘 이 자리에서 전부 뒤져도 아무도 너희를 기억하지 못할 거다."

나는 고기 살점을 싹싹 발라내면서 먹었다.

"나도 너희처럼 살수이긴 하다. 그러나 생각이 다르고 그릇이 달라. 돈 때문에 죽여대지 않았다. 약자에게 돈을 갈취하고, 몸을 빼앗고, 상납금을 받고, 이상한 논리로 사람들을 노예처럼 부리고 있어서 죽였지. 나는 누가 시켜서 살수가 된 사람이 아니야."

나는 마지막 살점을 입에 넣었다가 뽁- 소리와 함께 다리뼈를 입에서 뽑았다.

"다 먹었네."

굳어있는 살수들의 상태를 점검하다가 잔월지법을 한 대씩 더 때려 넣었다.

탁, 탁, 탁, 탁, 탁, 탁!

"끄흐으으윽!"

나는 봇짐 상인의 신음에 깜짝 놀라서 놈의 머리통을 후려쳤다.

"깜짝이야. 이 새끼야. 살수가 이 무슨 추태야? 주둥아리 안 다물어?"

둘러보니 다들 얼어붙은 눈물과 콧물이 눈과 코 주변에 들러붙어 있었다. 나는 다른 살수들에게 고자질했다.

"이 비명 지른 봇짐 상인이 말단이냐? 군기軍氣가 빠졌네. 상급자가 못 가르쳤으니 윗놈들이 지법 한 대씩 더 처맞아."

나는 비명 지른 놈을 제외하고 잔월지법을 한 대씩 더 찔러 넣었다.

탁, 탁, 탁, 탁, 탁!

"좋았어. 일위도강에 이처럼 못난 살수가 나오면 안 되지. 그나저나 근처 객잔에 가서 술 좀 사 올까 하는데, 그사이에 도망갈 사람 손?"

내가 손을 든 채로 살수들의 표정을 살폈다.

"없어?"

한숨이 절로 나왔다.

"입이 있는데도 대답을 안 하겠다는 말이지. 알았어. 너희는 뒤졌다."

성큼성큼 호숫가로 걸어가서 양손의 장풍으로 얼어붙어 있는 살수들에게 호수 물을 끼얹었다.

"뒤져랏!"

철퍽! 철퍽! 철퍽!

성난 파도, 분노한 파도, 거침없는 파도가 살수들을 덮쳤다. 나는 살수들의 창백한 표정, 절망에 빠진 표정, 곧 숨이 넘어갈 것 같은 표정을 바라보다가 웃었다.

"멍청한 놈들이네. 대답한 놈은 모닥불에 세워놓으려 했는데. 일단 기다려라. 술 좀 사 올게."

나는 경공을 펼쳐서 객잔으로 향했다. 옥수산장으로 향했을 때 술 마시고 싶은 곳을 눈여겨봤었던 상태. 차 한 잔 마실 시간 정도가 걸린 다음에 두강주 세 단지와 마른안주를 넉넉히 사서 호숫가로 돌아왔다. 나는 속삭이는 살수들의 대화에 불쑥 끼어들었다.

"넉넉하게 사 왔다. 넉넉하게. 나 빼고 무슨 대화했냐?"

살수들이 일제히 입을 다물었다.

"와, 진짜 오늘 나 누구랑 얘기하냐. 혼잣말하니까 목이 탄다. 목이 타. 목이 탈 때는 술이 최고야. 술은 두강주, 안주는 마른안주. 하하하하."

"..."

"에이씨."

나는 불길이 약해진 모닥불에 땔감을 더 집어넣은 다음, 마른 풀때기와 갈대로 대충 만든 방석에 앉아서 살수들을 구경했다. 술 한 잔 마시고, 안주 씹고. 안주 씹다가, 술 한 잔 마시고.

"캬… 농부는 아까 죽었고. 나무꾼 죽고, 사냥꾼 죽고, 학사 죽고, 낫은 얼어 죽고, 노인장 죽고. 아, 속 좁은 놈도 죽었구나. 어부, 봇짐 상인, 웃통, 검객, 못생긴 놈. 이렇게 다섯 명이 살았네. 어? 낫 든 놈 아직 살아있구나. 그럼 여섯 명."

낫을 쥔 채로 굳어있었던 놈이 눈을 떴다. 나는 걱정스러운 어조로 말했다.

"얘들아, 지금 자면 안 된다. 졸려도 참아. 잠들었다가 눈 뜨면 염라대왕이 어떻게 오셨냐고 물어보거나, 지옥 어디까지 알아보고 오셨어요? 할 거다. 일단 이자하 때문에 왔다고 전해. 대왕께서 나 때문에 고생이 많으시네."

나는 두강주를 마신 다음에 한숨을 길게 내쉬었다.

"아니, 얘들아. 말이 통해야 신나게 갈구지. 나 오늘 뭐 하는 거냐? 한심하다. 한심해."

나는 두강주를 들고 일어나서 못생긴 살수에게 다가갔다.

"야…"

나는 왼손으로 못생긴 살수의 턱을 붙잡은 다음에 눈을 노려봤다.

"내 눈 똑바로 봐. 죽이기 전에."

살수와 눈을 마주친 다음에 말을 이어나갔다.

"네가 살수라서 내가 싫어하는 게 아니야. 네가 못생겨서 싫어하는 것도 아니고. 내 말 알아들어? 네가 생각이 없는 살수라서 내가 싫어하고 증오하는 거다. 생각 좀 하고 살아. 왜 사는지… 왜 태어났는지. 왜 병신 같은 놈들이 네게 이런 짓을 시키는지. 그게 정말 의미가 있는 일인지… 생각해 봤어? 의심해 보란 말이야."

나는 못생긴 놈과 한참을 눈을 마주쳤다.

"…"

"살수야, 나를 이해해 달라고. 나도 너희와 같다. 내가 하는 일이 살수나 다름이 없단 말이야. 다만, 죽일 놈을 죽여야 하는 거야. 남의 말을 듣는 게 아니라고. 하오문주 이자하가 네게 술 한 잔 올리마. 마셔라."

나는 못생긴 살수의 주둥아리를 왼손의 악력으로 벌린 다음에 두강주를 마시게 해줬다.

꼴꼴꼴…

두강주가 못생긴 살수의 목구멍으로 꿀렁대면서 넘어갔다.

"맛이 어때? 좋아? 단언컨대, 다른 놈들은 지금 널 부러워할 거다. 하오문주와 술을 나눠 마시다니 영광이지. 암."

나는 두강주를 마시면서 내 자리로 돌아왔다.

"너희들 그거 아냐?"

"…"

"나 점소이였던 거."

나는 고개를 절레절레 저으면서 웃었다.

"아, 그건 몰랐겠지. 나를 아무리 조사했어도 그건 몰랐을 거다. 내가 괜히 문파 이름을 하오문으로 한 게 아니다. 밑바닥 인생들이 모인 문파라 이 말씀이야. 너희와 나는 별 차이가 없어. 홀로 일어난 사내인가, 아니면 남의 명령만 수행하다가 오늘처럼 허망하게 죽는 인생을 살았는가. 그 마음가짐의 차이다. 마지막으로 한 번만 묻는다."

"…"

살수들을 향해 두강주를 슬쩍 들어 올렸다.

"한 모금, 마실 사람?"

이놈들, 마지막으로 협박해서 죽일 거라는 말을 예상했을 것이다.

'응. 아니야.'

나는 살수들을 회유했다.

"본진을 불라는 말이 아니다. 너희 대장이 누구인지 알려달라는 말도 아니야. 아무 의미 없이 다시 한번 물어보마. 두강주 마실 사람?"

이때 어부의 입술이 쩍- 소리를 내면서 열렸다.

"나, 한 모금 주시오."

"좋다."

나는 일어나서 어부에게 다가갔다. 놈의 턱을 살짝 들어 올린 다음에 두강주를 마시게 해줬다.

"입 여느라 고생했다. 정말 과묵한 놈들이로군. 너희가 어떻게 훈련을 받았는지 눈에 그려진다."

나는 제자리로 돌아와서 살수들을 바라봤다. 이제야 나는 이놈들의 얼굴이 눈에 익었다.

"이야, 어느새 달이 떴네. 좀 있으면 호수에 달 비치겠다. 경화수월鏡花水月이야. 너희는 이런 생각 해본 적 있어? 달은 왜 이렇게 쓸데없이 아름다울까. 저 달빛 봐라. 밤에 일하는 사람들 넘어지지 말라고 저렇게 떠있는 거 아닐까. 아니면 바느질하는 사람들 손 조심하라고 떠있거나. 어쩌면 외롭고 고독한 사람들 가끔 눈 마주치라고 떠있거나."

"…"

"아니야? 어쨌든 너희 같은 놈들이 사람 죽이는 거 구경하겠다고 떠있는 분은 아니시다. 그게 내 결론이다. 네 명이 아직 술을 안 마셨는데 너희는 죽는 게 낫겠다."

나는 왼손에 두강주를 들고 오른손에는 섬광비수를 쥔 다음에 검객에게 다가갔다. 검객이 다급하게 입을 열자, 입술에서 붉은 피가 뚝뚝 떨어졌다.

"술 한 모금 주시오."

나는 섬광비수를 검객의 목에 댄 다음에 대꾸했다.

"왜 그렇게 빨리 말해? 내가 혼자 얼마나 떠들었는데. 몇 번을 말해야 알아들어? 칼 들어간다."

검객이 굳어있는 상태에서 비명을 내질렀다.

"술! 살려줘. 술!"

나는 검객의 눈을 바라보다가 물었다.

"술 마실 거야?"

"예!"

"알았다. 검객끼리 정이 있어야지."

나는 섬광비수 대신에 두강주를 살수의 목구멍에 넣어줬다.

"마셔라. 두강주다. 나머지 죽을 사람은 말을 하지 마."

나는 나머지 세 명에게도 선택을 강요했다.

"술 마실래 죽을래. 대답 없으면 그냥 죽이고."

두 놈은 술을 마셨는데 낫을 사용하던 놈은 나를 물끄러미 바라봤다.

"네가 냉겸이라는 놈이지? 안 마실 거야?"

"..."

나는 냉겸의 몸에 잔월지법을 때려 박은 다음에 놈의 멱살을 잡아서 호수로 가차 없이 집어 던졌다. 비명에 이어서 풍덩 하는 소리가 나더니 이내 냉겸이 호수 아래로 가라앉았다. 나는 아직 살아있는 살수들에게 고했다.

"다섯 명 남았다. 이제부터 서로 눈치들 봐라. 대화가 잘 통하는 한 놈만 살려놓을 생각이다. 나머지는 호수에 가서 야간 수영 좀 하든가. 물고기 밥이 되든가 알아서 하고. 도저히 못 버틸 것 같은 놈은 죽여달라고 내게 부탁해. 죽여주마."

나는 살아있는 다섯 명에게 다시 냉월지법을 때려 박은 다음에 내 자리로 돌아와서 가부좌를 틀었다.

"살수 여러분들, 누가 이기는지 해봅시다."

"..."

나는 눈을 감은 채로 읊조렸다.

“내가 먼저 죽을지, 너희 일위도강 우두머리가 먼저 죽을지. 명상에 잠겨보도록 해. 미리 말해주자면 나는 너희 수장보다 약한 사내가 아니다. 나는 운기조식 좀 해야겠다. 하루도 빼먹지 않고 조금씩 강해지는 사내, 그것이 나다. 어제는 너희 수장보다 내가 조금 약했을지 몰라도 내일은 내가 더 강할 거야. 이유가 뭔지 알아?”

나는 심호흡을 한 다음에 결론을 말했다.

“안 알려줌.”

월영무정공의 운기조식을 달빛 아래서 시작했다. 강물에 달그림자 내려앉은 밤. 무정한 달빛이 살아있는 살수들과 나를 비추고 있었다.

116. 쓸데없이 아름답구나

운기조식을 하는데 살수들의 대화가 들렸다.

"어부 형. 보부상이 죽었소."

"…"

"이래 죽으나 저래 죽으나 매한가지요. 어부 형은 방법이 있소?"

어부가 대답했다.

"없어."

"없으면 아는 대로 말 좀 해주시오. 우린 모르지 않소."

"나라고 뭘 알겠나. 추부醜夫(추남)가 가장 많이 알 것이야."

"추부 형, 말 좀 해주시오."

우습게도 이들은 내가 이름을 임시로 붙인 것과 실제 불리는 이름이 비슷했다. 어부는 어부였고, 못생긴 놈은 추부, 죽었다는 보부상이 봇짐 상인인 모양이다. 추부가 말했다.

"검육劍六과 야인野人이 동의하면 말하겠네."

검육은 아마도 검객을 말하고, 야인은 웃통을 벗어서 예의가 없는 놈을 지칭하는 말처럼 들렸다. 검육과 야인이 차례대로 대꾸했다.

"추부 형이 말하겠다면 따라야지."

"나도 따르겠소."

드디어 못생긴 놈이 내게 말을 걸었다.

"이보시오. 하오문주, 들리오? 아는 대로 말하겠소. 하지만 내가 아는 대로 말해도 성에 차진 않을 것이오. 운기조식 중이니 기다리겠소."

나는 운기조식을 천천히 마무리한 다음에 눈을 떴다.

"드디어 이야기할 준비가 되었나?"

추부가 나를 바라보면서 대꾸했다.

"어차피 죽을 몸. 술 한 모금 마신 것은 돌려드리겠소."

나는 가부좌를 풀고 일어나서 추부의 뒷덜미를 붙잡은 다음에 모닥불 옆에 내려놓았다. 나머지 어부, 검육, 야인도 한 손으로 들어서 모닥불 가까운 곳에 내려놓은 다음에 앉아서 두강주를 마셨다.

"말해라."

추부가 일렁이는 불꽃을 바라보면서 말했다.

"먼저 일위도강이라고 자꾸 부르시던데 대체 어디서 아셨는지 의아할 따름이오. 왜 일위도강을 단체의 이름이라 생각하시오. 일위도강은 사람의 별호는 될 수 있으나 단체의 이름으로는 어색하오. 갈댓잎 하나를 띄워 강을 건널 수 있는 경지를 말하고 있으나 아시다시피 우린 그런 실력이 없소."

나는 차분한 표정으로 고개를 끄덕였다.

"계속 말해."

"우리를 관리하는 사내를 지칭하는 말이 일위도강이오. 우리는 이 사람에게서 살수에 대한 것을 배웠소. 평소에는 흩어져 있다가 호출을 받으면 모여야 하오. 암살 대상에 대한 설명을 듣고 아까 죽은 석 노인 같은 자들이 작전을 세우고 정보를 공유하고 있소. 석 노인이 사실 가장 많이 알고 있을 것이나 이미 죽었소."

"농부는?"

"석 노인의 작전에서는 농부가 그대를 마지막에 죽일 칼이었소. 이 자리에서는 가장 실력이 뛰어난 고수였지. 내가 하고 싶은 말은 본진이랄 게 없다는 거요. 일위도강이라 불리는 사내가 중심이자 본진이오."

나는 일어나서 길게 말한 추부의 입에 두강주를 부었다. 꼴꼴꼴… 소리를 내는 술이 추부의 입으로 사라졌다. 동이 난 술 단지를 내려놓은 다음에 새것의 밀봉을 뜯어서 어부, 검육, 야인의 목구멍에도 술을 떨어뜨렸다. 나는 도로 자리에 앉은 다음에 네 사람에게 말했다.

"살아남느라 다들 고생 많았다."

"…"

문득 야인이 한숨을 내쉬더니 눈을 감은 채로 눈물을 흘렸다. 야인이 우는 모습을 확인한 어부, 검육, 추부도 한숨을 내쉬었다. 왜 우는지 묻지도 않고, 운다고 타박하지도 않았다. 추부가 내게 말했다.

"찾는다고 쉽게 찾을 수가 없소. 늘 그가 사람을 보내 우리를 불렀는데 문주께서는 어떻게 일위도강을 찾을 생각이오."

나는 잔잔한 어조로 대꾸했다.

"세상일이 어디 그렇게 마음먹은 대로 되던가? 내가 일위도강을 찾아다닌 게 아니라 너희가 계속 나를 찾아온 거 아니냐."

추부가 고개를 끄덕였다.

"그렇긴 하오. 워낙 우리가 피해를 많이 입어서."

"그렇게 꼭꼭 숨어있는 자를 내가 무슨 수로 찾겠나? 살수를 보내면 오늘처럼 죽이고. 살수가 오지 않은 밤에는 잠을 조금 길게 잘 뿐이지. 편히 잠을 이루지 못한 지도 오래되었다."

"..."

"바람결에 창문 한 번 흔들리면 침투하던 살수가 실수한 게 아닐까 싶고, 천장에 쥐 한 마리 지나가면 살수 때문에 놀라서 도망가는 게 아닐까 상상했다. 문득 몸을 뒤척이다가, 침상 밑에서 솟구치는 칼은 어찌 막을 것인지 고민했지. 그러다가 새삼스레 창문을 바라보면 동이 트고 있다."

"..."

"달도 내가 뒤척이는 것을 여러 번 봤을 거야. 내가 무너지면 하오문이 무너지고, 하오문이 무너지면 너희 같은 놈들이 득세하겠지. 흑도는 벌레처럼 꼬이고 객잔에서는 점소이들이 봉변을 당할 거야. 납치당한 여인들은 고향과 멀리 떨어진 곳에서 새로 배운 춤을 추겠지."

나는 두강주를 마신 다음에 씨익 웃었다.

"아… 그래선 안 되지. 참을 수 없다."

나는 손가락으로 모닥불을 가리켰다.

"…따뜻하구나. 삶이란 본래 모닥불과 같은 소소한 기쁨이 찾아오긴 하나, 대체로 오늘처럼 춥고, 배고프고, 고통스럽다. 그 고통은 십중팔구 사람 때문이야. 별일 없이 살아가도 힘들어하는 사람이 대부분인데 너희 같은 자들이 사람을 지옥에 빠뜨리고 있다. 내가 손수 너희 같은 놈들을 하나하나 때려죽이는 와중에 내 광증도 날이 갈수록 깊어지는 중이다. 그러나 괜찮다. 천하에서 나보다 더 광증을 잘 견디는 사내는 없을 테지. 결국에는 내가 이긴다. 그것이 나다."

나는 낮게 깔린 웃음을 토해내면서 살수들을 바라봤다.

"드디어 주둥아리가 열린 살수들과 술을 마시니까 두강주 맛이 더 좋구나."

냉월지법을 주로 이놈들의 상체에 적중시켰었다. 모닥불의 열기와 힘이 풀린 다리 때문에 어부, 검육, 야인, 추부는 내공의 깊이에 따라 허물어지듯이 주저앉았다. 나는 모닥불에 땔감을 더 넣었다. 이제 나만 일렁이는 불꽃을 바라보는 게 아니라, 시선 둘 곳을 찾지 못한 살수들도 모닥불의 불꽃을 주시하고 있었다. 살다 보면 말없이 불꽃을 바라보고 있을 때가 찾아오는데. 지금이 그렇다. 불꽃을 바라보다가 지난 생애를 뒤돌아봐야 하는 자들이 있는데. 지금 살수들이 그렇다. 정적이 흐르는 와중에 어부가 한마디를 내뱉었다.

"참으로 따뜻한 모닥불이오."

야인이 말했다.

"허망하오. 나는 이런 와중에도 아무런 생각이 없소."

검육이 대꾸했다.

"그게 말이 되나? 자네가 맨날 생각하는 거 있지 않나."

야인이 고개를 끄덕였다.

"밥 생각나오. 밥 생각밖에 안 나오. 나는 밥 먹을 때만 좋았나 보오."

나는 야인을 바라보다가 고개를 끄덕였다.

"식충이였구나. 밥 좋아하게 생겼다."

"…"

나는 마른안주를 뒤적이다가 큼지막한 육포를 하나 집어서 야인의 입에 물렸다. 야인이 입으로 들어온 육포를 씹기 시작했다.

"잘 처먹네."

야인이 육포를 씹으면서 대꾸했다.

"잘 먹겠소."

검육이 내게 물었다.

"실례지만 사부가 계시오? 젊은 데다가 유명하지도 않아서 일위도강이나 전략을 짜는 자들이 계속 실수를 했소."

"사부는 없다. 내가 유명하지 않은 이유는 내게 덤볐다가 대부분 다 죽었기 때문이겠지. 우리 하오문은 상납을 받지 않아서 영향력도 없다. 악명이랄 게 퍼지지 않았으니 유명해질 일도 없었지."

어부가 내게 물었다.

"상납을 받지 않으면 문파를 어찌 운영하오?"

"너희 같은 놈들을 탈탈 털면 돈이 많이 나와. 너희는 모르겠지만 수뇌부들은 어김없이 돈이 많아. 나도 궁금하군. 일위도강이 제법 비싼 의뢰비용을 차곡차곡 모아서 어디다 썼을지. 너희에게 쓰진 않았을 거다. 죽어나가는 것은 너희 같은 놈들이고. 돈은 항상 윗놈들이 챙기는 거야. 나이를 처먹었으면 세상이 이렇게 돌아간다는 것쯤은 알아야 해. 허구한 날 밥 처먹을 생각만 하지 말고. 야인아, 알았어?"

야인이 대꾸했다.

"알겠소."

"알긴 뭘 알아. 이 새끼야. 밥이나 잘 알겠지. 이게 고들고들한 밥인지 질게 지은 밥인지 이런 거나 알겠지. 누룽지에 물 말아먹는 거 말고 네가 아는 게 뭐가 있겠냐. 윗옷은 어디에 버리고 와서 그러고 있냐. 인생이 빙공이네. 남들보다 더 차가운 새끼. 한심한 새끼."

야인이 한숨을 길게 내쉬었다.

"후우."

문득 검육이 다짜고짜 이렇게 말했다.

"예전에 부향산장이라는 곳을 습격한 적이 있는데 일위도강 살수들이 거의 다 모였었소. 꽤 강력한 고수가 있는 것 같아서 다들 긴장했었지. 일위도강이 직접 나타나서 진두지휘했는데 그때 일위도강을 도우러 온 사내가 있었소. 일위도강이 딱 한 번 그 사내를 불렀는데."

내가 물었다.

"뭐라고."

"무흔無痕 사형이라고 했소."

나는 씁쓸한 어조로 대꾸했다.

"답설무흔踏雪無痕의 무흔인가?"

"아마 그럴 것이오."

일위도강과 답설무흔은 모두 경공의 경지를 일컫는 말이다. 얼핏 들으면 쾌당을 의심할 수도 있으나, 쾌당에는 이런 놈들이 없다.

"사형제가 있다면 사부가 있다는 뜻이고. 이들은 소수정예 살문殺門인가 보군. 적어도 일위도강은 잡아서 고문해야 내가 알고 싶어 하던 본진이 나타난다는 뜻이겠지."

아마 전생의 남명회는 이 살수들까지는 전부 죽였다가 일위도강 혹은 답설무흔에게 반격을 받아서 완전하게 망했던 모양이다. 일위도강은 당장 부려야 할 살수들을 다시 키우느라 잠잠했던 것일 테고 말이다. 나는 전생의 기억과 사건을 더듬었다.

'이 정도로 철저했던 살문이 있었나?'

살수들의 세계도 강호 속의 강호처럼 저희 나름의 서열이 있고, 문파의 다툼이 있으며, 흥하고 망하는 사건이 뒤섞여 있다. 이 중에서 내가 자세히 아는 살수는 살왕殺王밖에 없다.

'설마…?'

일위도강이 속한 살문을 알아내는 방법은 살왕을 만나서 물어보는 것이 가장 빠를 것이다. 하지만 가만히 놔두면 알아서 광승에게 덤볐다가 죽는 놈이라서 굳이 찾아야 하나 싶었다. 살왕이라는 놈은 내 눈앞에서 광승과 겨루다가 사지가 찢어진 채로 죽었기 때문이다.

여기서 착각하면 안 되는 것은 광승이 더 강해서 살왕이 죽었다는 점이다. 지금 내 상태로 살왕을 상대하는 것은 불필요한 일이다. 꼬리에 꼬리를 물듯이 생각을 이어나가던 나는 문득 이놈들의 표정을 하나하나 바라보면서 살왕에 얽힌 일화를 생각나는 대로 읊조렸다.

"화류곡花流谷이라는 아름다운 계곡이 있는데 들어본 사람?"

살수들이 고개를 저었다.

"못 들어봤소."

"금시초문이오."

나는 살수들의 눈을 바라보면서 말했다.

"옛 살수가 은거한 다음부터는 사류곡死流谷이라는 이름으로 바뀌었다고 들었다. 본래는 흐르는 계곡 위에 모란 꽃잎이 떨어져서 보기 좋은 곳이었다고 하는데, 종종 시체가 계곡에 떠내려갔다고 하더군. 꽃잎 대신에 죽음이 흐르는 계곡이 된 것이지."

"…"

"모란은 본래 화중지왕花中之王이라 불렸고. 사류곡 출신의 살수들이 종종 살수지왕殺手之王이라 불렸다. 만약에 말이야. 일위도강이 사류곡 출신이라면."

"…"

나는 어부, 검육, 야인, 추부를 바라봤다.

"내가 너무 위험한 일에 깊숙이 개입했군. 혹시 모르니 본진은 찾지 말아야겠어. 살왕을 건드릴 수도 있으니까. 아무리 생각해도 너희를 이렇게 완벽하게 세뇌하고 생각, 연기, 말투, 행동, 사상까지 주입할 수 있는 세력은 그곳밖에 떠오르지 않는다. 일위도강도 답설무흔도 사류곡 출신의 살수가 아닐까 싶은데. 너희는 어떻게 생각해?"

나는 자리에서 일어나서 어부에게 다가갔다.

"한 사람씩 신중하게 대답해 보자. 먼저 어부부터."

나는 어부의 어깨를 붙잡은 다음에 눈과 표정을 살폈다. 어부가 나를 올려다보면서 말했다.

"사류곡 출신이 맞는 거 같소."

"들어본 적 없다며."

"문주의 견문이 넓으니 맞지 않겠소?"

나는 낮게 깔린 어조로 물었다.

"두강주는 맛있더냐?"

"…"

나는 어부의 견정혈에 잔월빙공을 주입했다. 어부가 턱을 덜덜 떨면서 고개를 끄덕였다.

"맛있었소."

"다행이네."

나는 어부가 허옇게 질린 채로 굳어가는 것을 보다가 검육을 바라봤다.

"너는 어떻게 생각해."

검육이 침착한 표정으로 나를 올려다봤다.

"뛰어난 통찰력과 안목이오. 하오문주."

"그래? 내 추측이 맞았다는 말인가."

"…"

나는 일장을 내질러서 검육의 이마를 가격했다. 퍽 소리와 함께 검육이 쓰러졌다.

"못생긴 놈, 너는 어떻게 생각해?"

추부가 나를 올려다보면서 대답했다.

"그냥 죽이시오."

"사류곡은 나도 감당하기 힘든 곳인데 그냥 말하지 그랬나?"

추부가 웃으면서 말했다.

"하오문주."

"왜."

"사람은 쉽게 변하지 않는 법이오."

"호의를 베풀면 변할 줄도 알아야 하지 않아?"

"그것이 어찌 호의였소. 승부였지."

"아, 이런…"

나는 낄낄대면서 웃었다.

"세상이 나를 몰라주는구나. 알았다."

나는 흡성대법으로 추부의 목을 끌어당겨서 움켜쥔 다음에 그대로 목뼈를 부러뜨렸다. 축 늘어진 추부를 놔준 다음에 야인을 바라봤다.

"야인아, 나중에 돼지통뼈라도 먹이려고 했더니 나한테 이럴 거야?"

야인이 착잡한 표정으로 대꾸했다.

"사류곡인지 뭔지 나는 모르오. 일위도강밖에 모르는데 왜 갑자기 다 죽였소?"

"야인아."

"말씀하시오."

나는 진지한 눈빛으로 야인을 바라봤다.

"네가 가장 대단하다. 너는 뛰어난 살수야."

나를 바라보고 있는 야인의 눈에 눈물이 반쯤 고였다.

"도대체 무슨 말씀이신지…"

"유언을 남겨라."

야인이 짤막하게 탄성을 토했다가, 확 달라진 어투로 내게 말했다.

"유언은 없고. 이자하, 육포는 맛있었다."

그 와중에 빙공을 어느 정도 풀어낸 야인이 나를 향해 느릿느릿한 손을 뻗었다. 나는 내 몸으로 다가오는 살수의 손을 바라보다가 손날에 빙공을 휘감아서 야인의 정수리를 내려쳤다.

퍽!

문득 뒤통수가 뜨끔해서 돌아보니, 아찔한 달빛이 쏟아지고 있었다. 나는 호수와 함께 출렁이는 달빛을 바라보다가 중얼거렸다.

"이야, 오늘따라 달빛이 또 쓸데없이 아름답구나."

3권에서 계속됩니다.

광마회귀 2

초판 1쇄 발행 2024년 7월 23일
초판 2쇄 발행 2024년 8월 2일

지은이 | 유진성
발행인 | 강봉자, 김은경

펴낸곳 | (주)문학수첩
주소 | 경기도 파주시 회동길 503-1(문발동633-4) 출판문화단지
전화 | 031-955-9088(대표번호), 9530(편집부)
팩스 | 031-955-9066
등록 | 1991년 11월 27일 제16-482호

ISBN 979-11-93790-21-2 04810
(세트) 979-11-93790-24-3